新中国文学
经典丛书
精选本

散文
卷

孟繁华
主编

作家出版社

出版说明

中国当代文学经过70多年的探索、创作，逐渐形成了具有中国特色和经验的文学世界。这个世界丰富、绚丽、迷人，不仅从一些方面表达了当代中国的思想、情感和精神面貌，而且已经成为世界文学重要的组成部分。为了展示中国文学的巨大成就，进一步树立文化自信和文学自信，我们特别策划了这套具有一定规模的"新中国文学经典丛书·精选本"。

丛书共计十二卷，包含小说（中短篇）、诗歌、散文、报告文学、戏剧五个文学门类，其中短篇小说两卷、中篇小说六卷、诗歌一卷、散文一卷、报告文学一卷、戏剧一卷。在时间上，所选均是1949年新中国成立之后所发表或出版的优秀文学作品。在版式编排上，统一按照当前规范要求，采用简体字横排方式，字词用法也遵照当前最新标准规范。

丛书邀请著名评论家孟繁华担任主编。入选丛书的作品经过了专家论证委员会的认真评审，专家评审从文学性、思想性、时代性等多方面进行综合考察，选取了各个时期、各个体裁最具代表性的作家作品。正是这些作家作品，构筑了中国当代文学最为坚实和亮丽的文学大厦，在一定意义上，它们就是一部特殊形态的中国当代文学史，代表了新中国文学70多年所取得的不凡成就。

文学是时代的一面镜子，通过这套大型丛书，读者一方面可以了解和领略中国当代文学的发展历程和高端成就，满足精神文化发展的需求；也可以更好地了解新中国成立70多年来我们党和人民所走过的光辉道路，了解我们的祖国所发生的翻天覆地的变化。鉴古知今，面向未来，更好地投身于实现中华民族伟大复兴中国梦的新征程中去。

　　需要特别说明的是，尽管在篇目的遴选上，我们经过了认真的论证和反复的研究，但关于作品优劣的认定和选择的标准见仁见智，正所谓一千个读者眼中有一千个哈姆雷特，每个人心中都有自己认为优秀的作品。因此，这套书仅仅代表的是面对新中国70多年文学成就的一种眼光、一个角度。同时，由于丛书体量有限，遗珠之憾在所难免，恳请读者朋友理解并谅解，同时更盼批评指正。

作家出版社

2023年1月

目录

忆鲁迅先生　　　　　　　　　　　巴　金　　1

谁是最可爱的人　　　　　　　　　魏　巍　　4

游了三个湖　　　　　　　　　　　叶圣陶　　9

社稷坛抒情　　　　　　　　　　　秦　牧　　14

第二次考试　　　　　　　　　　　何　为　　20

天山景物记　　　　　　　　　　　碧　野　　23

小橘灯　　　　　　　　　　　　　冰　心　　29

长江三日　　　　　　　　　　　　刘白羽　　32

歌声　　　　　　　　　　　　　　吴伯箫　　39

雨中登泰山　　　　　　　　　　　李健吾　　43

澜沧江边的蝴蝶会　　　　　　　　冯　牧　　47

黄鹂　　　　　　　　　　　　　　孙　犁　　52

阿诗玛，你在哪里？　　　　　　　荒　煤　　55

"牛棚"小品　　　　　　　　　　丁　玲　　60

拣麦穗　　　　　　　　　　　　　张　洁　　69

狱中生态　　　　　　　　　　　　杜　宣　　73

造屋记   秦兆阳   77

黄花滩   菡　子   83

雄关赋   峻　青   91

紫藤萝瀑布   宗　璞   97

啊，你盼望的那个原野   严文井   99

梦中的天地   陆文夫   104

忆白石老人   艾　青   110

昆明的雨   汪曾祺   116

读沧海   刘再复   119

花鸟昆虫创造的奇境   李霁野   123

女孩子的花   唐　敏   127

隐身衣   杨　绛   132

秋天我在泸沽湖   于　坚   136

寻找姚元之   高洪波   140

关于死的反思   萧　乾   145

祭马思聪文   徐　迟   150

晴窗札记   郭　风   153

我与地坛   史铁生   156

性而上的迷失   韩少功   172

觅渡，觅渡，渡何处?   梁　衡   183

妈妈在山岗上   陈建功   188

剩下的事情   刘亮程   193

水墨 车前子 211

一百年的青春 谢冕 215

上海与北京 王安忆 219

依奇克里克 雷达 222

大树和我们的生活 周涛 229

老街的意义 冯骥才 232

雨后 周晓枫 236

信仰坐在我们中间多少时候了 何向阳 244

碗花糕 王充闾 252

九十述怀 季羡林 259

我吻女儿的前额 阎纲 267

一个人怎样变得衰弱 彭程 273

走进一座圣殿 周国平 279

印在水上、灰上、石头上 李敬泽 288

原下的日子 陈忠实 295

读树 李国文 301

爱着你的苦难 塞壬 305

鲁迅：暗夜里的思想者 阎晶明 309

一座城市的气味 沈苇 314

筑万松浦记 张炜 319

汉代的五个历史细节 穆涛 329

一句能令万古传 潘向黎 339

乐器的性格 王祥夫 343

山中少年今何在 铁 凝 347

忆三棵树 贺捷生 354

原来姹紫嫣红开遍 迟子建 360

北国原野在讲述什么 陈世旭 363

植物记 陆 梅 371

根河之恋 叶 梅 379

在火中生莲 李 舫 386

出镜 南 帆 395

被岁月和父亲所塑造 梁鸿鹰 404

把油灯点亮 苏沧桑 411

长安陌上无穷树 李修文 415

忆鲁迅先生

巴 金

从北京图书馆出来，我迎着风走一段路。风卷起尘土打在我的脸上，我几乎睁不开眼睛。我站在一棵树下避风。我取下眼镜来，用手绢擦掉镜片上的尘垢。我又戴上眼镜，我觉得眼前突然明亮了。我在这树下站了好一会儿，听着风声，望着匆忙走过的行人。我的思想却回到了我刚才离开的地方：图书馆里一间小小的展览室。那地方吸引了我整个的心。我有点奇怪：那个小小的房间怎么能够容纳下一个巨人的多么光辉的一生和多么伟大的心灵？

我说的是鲁迅先生，我想的是鲁迅先生。我刚才还看到他的手稿、他的信札和他的遗照。这些对我也是很熟悉的了。这些年来我就没有忘记过他。这些年来在我困苦的时候，在我绝望的时候，在我感到疲乏的时候，我常常想到这个瘦小的老人，我常常记起他那些含着强烈的爱憎的文章，我特别记得：十三年前的两个夜里我在殡仪馆中他灵前的情景。半截玻璃的棺盖没有掩住他那沉睡似的面颜，他四周都是芬芳的鲜花，夜很静，四五个朋友在外面工作，除了轻微的谈话声外，再也听不见什么。我站在灵前，望着他那慈祥的脸，我想着我个人从他那里得过的帮助和鼓励，我想着他那充满困苦和斗争的一生，我想着他对青年的热爱，我想着他对中国人民的关切和对未来中国的期望，我想着他在日本帝国主义的铁蹄踏遍华北、阴云在中国天空扩大的时候离开我们，我不能够相信在我眼前的就是死。我暗暗地说：他睡着了，他会活起来的。我曾经这样地安慰过自己。他要是能够推开棺盖坐起来，那是多么好啊。然而我望着望着，我走开，又走回来，我仍然望着，他始终不曾动过。我知道他不会活起来了。我控制不住自己的眼泪，我像立誓愿似的对着那慈祥的面颜说："你像一个普照一切的太阳，连我这渺小的青年也受到你的光辉，你像一颗永不陨落的巨星，在暗夜里我也见到你的光芒。中国青年不会辜负你的爱和你的期望，我也不应当辜负你。你会活下去，活在我们的心里，活在中国青年的心里，活在全中国人的心里。"的确，这些年来他的慈祥的笑脸，和他在棺盖下沉睡似的面颜就始终没有离开我的记忆。在困苦中，在绝望中，我每一想到那灵前的情景，我又找到了新的力量和勇气。对我来说，他的一生便是一个鼓舞的泉源，犹如他的书是我的一个指路者一样。没有他的《呐喊》和《彷徨》，我也许不会写出小说。

又是过去的事了，那是更早的事。一九二六年八月我第一次来北京考大学，住在北河沿一家同兴公寓。我在北京患病，没有进考场，在公寓里住了半个月就走了。那时北海公园还没有开放，我也没有去过别的地方。在北京我只有两三个偶尔来闲谈的朋友，半个月中间始终陪伴我的就是一本《呐喊》。我早就读过了它，我在成都就读过在《新青年》杂志上发表的《狂人日记》和别的几篇小说。我并不是一次就读懂了它们。我是慢慢地学会了爱好它们的。这一次我更有机会熟读它们。在这苦闷寂寞的公寓生活中，正是他的小说安慰了我这个失望的孩子的心。我第一次感到了、相信了艺术的力量。以后的几年中间，我一直没有离开过《呐喊》，我带着它走过好些地方，后来我又得到了《彷徨》和散文诗集《野草》，更热爱地读熟了它们。我至今还能够背出《伤逝》中的几段文字。我有意识和无意识地学到了一点驾驭文字的方法。现在想到我曾经写过好几本小说的事，我就不得不感激这第一个使我明白应该怎样驾驭文字的人。拿我这点微小不足道的成绩来说，我实在不能称为他的学生。但是墙边一棵小草的生长，也靠着太阳的恩泽。鲁迅先生原是一个普照一切的太阳。

不，他不只是一个太阳，有时他还是一棵大树，就像眼前的树木一样，这树木给我挡住了风沙，他也曾给无数的年轻人挡住了风沙。

他，我们大家敬爱的鲁迅先生，已经去世十三年了。每个人想起他，都会立刻想到他的道德和他的文章。这是他的每个读者、每个研究者永远记住，永远敬爱的。他的作品已经成了中国人民的宝物。这些用不着我来提说了。今天看完了关于他的生平和著作的展览会出来，站在树下避风沙的时候，我想起来：

这个巨人，这个有着伟大心灵的瘦小的老人，他一生教导同胞反抗黑暗势力，追求光明，他预言着一个自由、独立的新中国的到来，他为着这个前途花尽了他的心血。他忘了自己地为着这个前途铺路。他并没有骗我们，今天他所预言的新中国果然实现了。可是在大家、在全国人民欢欣鼓舞的时候，他却不在我们中间露一下笑脸。他一生诅咒中国的暗夜，歌颂中国的光明。而他却偏偏呕尽心血，死在黑暗正浓的时候。今天光明的新中国已经到来，他这个最有资格看见它的人却永远闭上了眼睛。这的确是一件叫人痛心的事。为了这个，我们只有更加感激他。

风一直不停，阳光却更灿烂地照在街上，我已经歇了一会儿，我得往前走了。

《人民文学》1949年1期

谁是最可爱的人

魏 巍

在朝鲜的每一天，我都被一些东西感动着；我的思想感情的潮水，在放纵奔流着；我想把一切东西都告诉给我祖国的朋友们。但我最急于告诉你们的，是我思想感情的一段重要经历，这就是：我越来越深刻地感觉到谁是我们最可爱的人！

谁是我们最可爱的人呢？我们的部队、我们的战士，我感到他们是最可爱的人。

也许还有人心里隐隐约约地说：你说的就是那些"兵"吗？他们看来是很平凡、很简单的哩，既看不出他们有什么高深的知识，又看不出他们有什么丰富的感情。可是，我要说，这是由于他跟我们的战士接触太少，还没有了解我们的战士：他们的品质是那样的纯洁和高尚，他们的意志是那样的坚韧和刚强，他们的气质是那样的淳朴和谦逊，他们的胸怀是那样的美丽和宽广！

让我还是来说一段故事吧。

还是在二次战役的时候，有一支志愿军的部队向敌后猛插，去切断军隅里敌人的逃路。当他们赶到书堂站时，逃敌也恰恰赶到那里，眼看就要从汽车路上开过去。这支部队的先头连（三连）就匆匆占领了汽车路边一个很低的光光的小山冈，阻住敌人，一场壮烈的搏斗就开始了。敌人为了逃命，用三十二架飞机、十多辆坦克发起集团冲锋，向这个连的阵地汹涌卷来，整个山顶都被打翻了。汽油弹的火焰把这个阵地烧红了。但勇士们在这烟与火的山冈上，高喊着口号，一次又一次把敌人打死在阵地前面。敌人的死尸像谷子似的在山前堆满了，血也把这山冈流红了。可是敌人还是要拼死争夺，好使自己的主力不致覆灭。这场激战整整持续了八个小时，最后，勇士们的子弹打光了。蜂拥上来的敌人，占领了山头，把他们压到山脚。飞机掷下的汽油弹，把他们的身上烧着了火。这时候，勇士们是仍然不会后退的呀，他们把枪一摔，身上、帽子上冒着呼呼的火苗向敌人扑去，把敌人抱住，让身上的火，把要占领阵地的敌人烧死。……据这个营的营长告诉我，战后，这个连的阵地上，枪支完全摔碎了，机枪零件扔得满山都是。烈士们的遗体，做着各种各样的姿势，有抱住敌人腰的，有抱住敌人头的，有卡住敌人脖子，把敌人掀倒在地上的，和敌人倒在一起，烧在一起。还有一个战士，他手里还紧握着一个手榴弹，弹体上沾满脑浆，和他死在一起的美国鬼子，脑浆迸裂，涂了一地。另有一个战士，他的嘴里还衔着敌人的半块耳朵。在掩埋烈士们遗体的时候，由于他们两手扣着，把敌人抱得那样紧，分都分不开，以致把有的手指都折断了。……这个连虽然伤亡很大，但他们却打死了三百多敌人，特别是，使我们部队的主力赶上，聚歼了敌人。

这就是朝鲜战场上一次最壮烈的战斗——松骨峰战斗，或者叫书堂站战斗。假若需要立纪念碑的话，让我把带火扑敌及用刺刀和敌拼死在一起的烈士们的名字记下吧。他们的名字是：王金传、邢玉堂、胡传九、井玉琢、王文英、熊官全、王金侯、赵锡杰、隋金山、李玉安、丁振岱、张贵生、崔玉亮、李树国。还有一个战士已经不可能知道他的名字了。让我们的烈士们千载万世永垂不朽吧！

这个营长向我说了以上的情形，他的声音是缓慢的，他的感情是沉重的。他说他在阵地上掩埋烈士的时候，他掉了眼泪。但他接着说："你不要以为我是为他们而伤心，我是为他们而骄傲！我感觉我们的战士是太伟大了，太可爱了，我不能不被他们感动得掉下泪来。"

朋友们，当你听到这段英雄事迹的时候，你的感想如何呢？你不觉得我们的战士是可爱的吗？你不觉得我们的祖国有着这样的英雄而值得自豪吗？

我们的战士，对敌人这样狠，而对朝鲜人民却是那样的仁义，充满国际主义的深厚热情。

在汉江北岸，我遇到一个青年战士，他今年才二十一岁，名叫马玉祥，是黑龙江青冈县人。他长着一副微黑透红的脸膛，稍高的个儿，站在那儿，像秋天田野里一株红高粱那样的淳朴可爱。不过因为他才从阵地上下来，显得稍微疲劳些。眼里的红丝还没有退净。他原来是炮兵连的，有一天夜里，他被一阵哭声惊醒了，出去一看，是一个朝鲜老妈妈，坐在山冈上哭。原来她的房子被炸毁了，又在山里搭了个窝棚，但窝棚又被炸毁了。……回来，他马上到连部要求到步兵连去，因为步兵连的需要，就批准了他。我说："在炮兵连不是一样打敌人吗？""那，不同！"他说，"离敌人越近，越觉着打得过瘾，越觉着打得解恨！"

在汉江南岸的日日夜夜里，有一天他从阵地上下来做饭。刚一进村，有几架敌机袭过来，打了一阵机关炮，接着就扔下了两个大燃烧弹。有几间房子着火了，火又盛，烟又大，不敢到跟前去。这时，他听见烟火里有一个小孩子哇哇哭叫的声音。他马上穿过浓烟到近处一看，一个朝鲜的中年男人在院子里倒着，小孩子的哭声还在屋里。他走到屋门口，可是屋门口的火苗呼呼的已经进不去人，门窗的纸边已经烧着。小孩子的哭声随着那滚滚的浓烟传出来，听得真真切切。当他叙述到这里的时候，他说："我能够不进去吗？我不能！我想，要在祖国遇见这种情形我能够进去，那么在朝鲜我就可以不进去吗？朝鲜人民和我们祖国的人民不是一样的吗？我就用脚踹开门，扑了进去。呀！满屋子灰洞洞的烟，只能听见小孩哭，看不见人。我的眼也睁不开，脸烫得像刀割一般。我也不知道自己的身上着了火没有，我也不管它了，只是在地上乱摸。先一摸摸着一个大人，拉了拉没拉动，又向大人的身后摸，才摸着一个小孩的腿，我就一把抓着抱起来跳出门去。我一看小孩子，是挺好的一个小孩子呀！他穿着个小短褂儿，光着两条小腿儿，小腿乱蹬着，哇哇地哭。我心想：'不管你哭不哭，不救活你家大人，谁养活你哩！'这时候，火更大了，墙上的纸也完全烧着了。我就把他往地上一放，就又从那火门里钻进去了。一拉那个大人，她哼了一声，再拉又不动了。凑近一看，见她脸上的血，已经把她胸前的白衣染红了，眼睛已经闭上。我知道她不行了，才赶忙跑出门外，扑灭身上的火苗，抱起这个无父无母的孩子。……"

朋友，当你听到这段事迹的时候，你的感觉又是如何呢？你不觉得我们的战士是最可爱的人吗？

谁都知道，朝鲜战场是艰苦些。但他们是怎样的呢？有一次，我见到一个战士，在防空洞里吃一口炒面，就一口雪。我问他："你不觉得苦吗？"他把正送往嘴里的一勺雪收回来，笑了笑，说："怎么能不觉得！咱们革命军队又不是个怪物！不过我们的光荣也就在这里。"他把小勺儿干脆放下，兴奋地说："拿吃雪来说吧。我在这里吃雪，正是为了我们祖国的人民不吃雪。他们可以坐在挺豁亮的屋子里，泡上一壶茶，守住个小火炉子，想吃点什么，就做点什么。"他又指了指狭小潮湿的防空洞说："你再比如蹲防空洞吧。多憋闷得慌哩。眼看着外面好好的太阳，光光的马路不能走！可是我在这里蹲防空洞，祖国的人民就可以不蹲防空洞呀。他们就可以在马路上不慌不忙地走呀。他们想骑车子也行，想走路也行，边溜达边说话也行。那是多么幸福的呢！所以，"他又把雪放到嘴里，像总结似的说："我在这里流点血不算什么，吃点苦又算什么哩！"我又问："你想不想祖国呀？"他笑起来："谁不想哩，说不想那是假话。可是我不愿意回去。如果回去，祖国的老百姓问：'我们托付给你们的任务完成得怎么样啦？'我怎么答对呢？我说'朝鲜半边红，半边黑'，这算什么话呢？"我接着问："你们经历了这么多危险，吃了这么多辛苦，你们对祖国，对朝鲜有什么要求吗？"他想了一下，才回答我："我们什么也不要。可是说心里话，我这话可不一定恰当呀。我们是想要这么大的一个东西，"他笑着，用手指比个铜子儿大小，怕我不明白，又说："一块'朝鲜解放纪念章'，我们愿意戴在胸脯上，回到咱们的祖国去。"

　　朋友们，用不着繁琐地举例，你已经可以了解到我们的战士，是怎样的一种人。这种人是什么一种品质，他们的灵魂是多么的美丽和宽广。他们是历史上、世界上第一流的战士，第一流的人！他们是世界上一切善良爱好和平人民的优秀之花！是我们值得骄傲的祖国之花！我们以我们的祖国有这样的英雄而骄傲，我们以生在这个英雄的国度而自豪！

　　亲爱的朋友们，当你坐上早晨第一列电车走向工厂的时候，当你扛上犁耙走向田野的时候，当你喝完一杯豆浆、提着书包走向学校的时候，当你安安静静坐到办公桌前计划这一天工作的时候，当你向孩子嘴里塞着苹果的时候，当你和爱人悠闲散步的时候，朋友，你是否意识到你是在幸福之中呢？你也许很惊讶地看我："这是很平常的呀！"

可是，从朝鲜归来的人，会知道你正生活在幸福中。请你们意识到这是一种幸福吧，因为只有你意识到这一点，你才能更深刻了解我们的战士在朝鲜奋不顾身的原因。朋友！你已经知道了爱我们的祖国，爱我们的伟大领袖毛主席，请再深深地爱我们的战士吧，他们确实是我们最可爱的人！

《人民日报》1951年

游了三个湖

叶圣陶

　　这回到南方去，游了三个湖。在南京，游玄武湖，到了无锡，当然要望望太湖，到了杭州，不用说，四天的盘桓离不了西湖。我跟这三个湖都不是初相识，跟西湖尤其熟，可是这回只是浮光掠影地看看，写不成名副其实的游记，只能随便谈一点儿。

　　首先要说的，玄武湖和西湖都疏浚了。西湖的疏浚工程，做的五年的计划，今年4月初开头，听说要争取三年完成，每天挖泥船轧轧轧地响着，连在链条上的兜儿一兜兜地把长远沉在湖底里的黑泥挖起来。玄武湖要疏浚，为的是恢复湖面的面积，湖面原先让淤泥和湖草占去太多了。湖面宽了，游人划船才觉得舒畅，望出去心里也开朗，又可以增多渔产。湖水宽广，鱼自然长得多了。西湖要疏浚，主要为的是调节杭州城的气候。杭州城到夏天，热得相当厉害，西湖的水深了，多蓄一点儿热，岸上就可以少热一点儿。这些个都是顾到居民的利益。顾到居民的利益，在从前，哪儿有这回事？只有现在的政权，人民自己的政权，才当作头等重要的事儿，在不妨碍国家社会主义工业化的前提之下，非尽可能来办不可。听说，玄武湖平均挖深半米以上，西湖准备平均挖深一米。

　　其次要说的，三个湖上都建立了疗养院——工人疗养院或者机关干部疗养院。玄武湖的翠洲有一所工人疗养院，太湖、西湖边上到底有几所疗养院，我也说不清。我只访问了太湖边中犊山的工人疗养院。在从前，卖力气淌汗水的工人哪有疗养的份儿？害了病还不是咬紧牙关带病做活，直到真个挣扎不了，跟工作、生命一齐分手？至于休养，那更是做梦也想不到的事儿，休养等于放下手里的活闲着，放下手里的活闲着，不是连吃不饱肚子的一口饭也没有着落了吗？只有现在这时代，人民当了家，知道珍爱创造种种财富的伙伴，才要他们疗养，而且在风景挺好、气候挺适宜的所在给他们建立疗养院。前人有句诗道，"天下名山僧占多"。咱们可以套用这一句的意思说，目前虽然还没做到，往后一定会做到，凡是风景挺好、气候挺适宜的所在，疗养院全得占。僧占名山该不该，固然是个问题，疗养院占好所在，那可绝对地该。

又其次要说的，在这三个湖边上走走，到处都显得整洁。花草栽得整齐，树木经过修剪，大道小道全扫得干干净净，在最容易忽略的犄角里或者屋背后也没有一点儿垃圾。这不只是三个湖边这样，可以说哪儿都一样。北京的中山公园、北海公园不是这样吗？撇开园林、风景区不说，咱们所到的地方虽然不一定栽花草，种树木，不是也都干干净净，叫你剥个橘子吃也不好意思把橘皮随便往地上扔吗？就一方面看，整洁是普遍现象，不足为奇。就另一方面看，可就大大值得注意。做到那样整洁绝不是少数几个人的事儿。固然，管事的人如栽花的，修树的，扫地的，他们的勤劳不能缺少，整洁是他们的功绩。可是，保持他们的功绩，不让他们的功绩一会儿改了样，那就大家有份，凡是在那里、到那里的人都有份。你栽得整齐，我随便乱踩，不就改了样吗？你扫得干净，我嗑瓜子乱吐瓜子皮，不就改了样吗？必须大家不那么乱来，才能保持经常的整洁。解放以来属于移风易俗的事项很不少，我想，这该是其中的一项。回想过去时代，凡是游览地方、公共场所，往往一片凌乱，一团肮脏，那种情形永远过去了，咱们从"爱护公共财物"的公德出发，已经养成了到哪儿都保持整洁的习惯。

现在谈谈这回游览的印象。

出玄武门，走了一段堤岸，在岸左边上小划子。那是上午九点光景，一带城墙受着晴光，在湖面和蓝天之间划一道界限。我忽然想起四十多年前头一次游西湖，那时候杭州靠西湖的城墙还没拆，在西湖里朝东看，正像在玄武湖里朝西看一样，一带城墙分开湖和天。当初筑城墙当然为的防御，可是就靠城的湖来说，城墙好比园林里的回廊，起掩蔽的作用。

回廊那一边的种种好景致，亭台楼馆，花坞假山，游人全看过了，从回廊的月洞门走出来，瞧见前面别有一番境界，禁不住喊一声"妙"，游兴益发旺盛起来。再就回廊这一边说，把这一边、那一边的景致合在一块儿看也许太繁复了，有一道回廊隔着，让一部分景致留在想象之中，才见得繁简适当，可以从容应接。这是园林里修回廊的妙用。湖边的城墙几乎跟回廊完全相仿。所以西湖边的城墙要是不拆，游人无论从湖上看东岸或是从城里出来看湖上，就会感觉另外一种味道，跟现在感觉的大不相同。我也不是说西湖边的城墙拆坏了。湖滨一并排是第一公园至第六公园，公园东面隔着马路，一带相当齐整的市房，这看起来虽然繁复些儿，可是照构图的道理说，还成个整体，不致流于琐碎，因而并不伤美。再说，成个整体也就起回廊的作用。然而玄武湖边的城墙，要是有人主张把它拆了，我就不赞成。不知道为什么，我总觉得那城墙的线条，那城墙的色泽，跟玄武湖的湖光、紫金山复舟山的山色配合在一起，非常调和，看来挺舒服，换个样儿就不够味儿了。

这回望太湖，在无锡鼋头渚，又在鼋头渚附近的湖面上打了个转，坐的小汽轮。鼋头渚在太湖的北边，是突出湖面的一些岩石，布置着曲径蹬道，回廊荷池，丛林花圃，亭榭楼馆，还有两座小小的僧院。整个鼋头渚就是个园林，可是比一般园林自然得多，何况又有浩渺无际的太湖做它的前景。在沿湖的石上坐下，听湖波拍岸，挺单调，可是有韵律，仿佛觉得这就是所谓静趣。南望马迹山，只像山水画上用不太淡的墨水涂上的一抹。我小时候，苏州城里卖芋头的往往喊"马迹山芋艿"。抗日战争时期，马迹山是游击队的根据地。向来说太湖七十二峰，据说实际不止此数。多数山峰比马迹山更淡，像是画家蘸着淡墨水在纸面上带这么一笔而已。至于我从前到过的满山果园的东山，石势雄奇的西山，都在湖的南半部，全不见一丝影儿。太湖上渔民很多，可是湖面太宽阔了，渔船并不多见，只见鼋头渚的左前方停着五六只。风轻轻地吹动桅杆上的绳索，此外别无动静。大概这不是适宜打鱼的时候。太阳渐渐升高，照得湖面一片银亮。碧蓝的天空中飘着几朵若有若无的薄云。要是天气不好，风急浪涌，就会是一幅完全不同的景色。从前人描写洞庭湖、鄱阳湖，往往就不同的气候、时令着笔，反映出外界现象跟主观情绪的关系。画家也一样，风雨晦明，云霞出没，都要研究那光和影的变化，凭画笔描绘下来，从这里头就表达出自己的情感。在太湖边做较长时期的流连，即使不写什么文章，不画什么画，精神上一定会得到若干无形的补益。可惜我来也匆匆，去也匆匆，只能有两三个钟头的勾留。

刚看过太湖，再来看西湖，就有这么个感觉，西湖不免小了些儿，什么东西都挨得近了些儿。从这一边看那一边，岸滩，房屋，林木，全都清清楚楚，没有太湖那种开阔浩渺的感觉。除了湖东岸没有山，三面的山全像是直站到湖边，又没有衬托在背后的远山。于是来了个总的印象：西湖仿佛是盆景。换句话说，有点儿小摆设的味道。这不是给西湖下贬词，只是直说这回的感觉罢了。而且盆景也不坏，只要布局得宜。再说，从稍微远一点儿的地点看全局，才觉得像个盆景，要是身在湖上或是湖边的某一个所在，咱们就成了盆景里的小泥人儿，也就没有像个盆景的感觉了。

湖上那些旧游之地都去看看，像学生温习旧课似的。最感觉舒坦的是苏堤。堤岸正在加宽，拿挖起来的泥壅一点儿在那儿，巩固沿岸的树根。树栽成四行，每边两行，是柳树、槐树、法国梧桐之类，中间一条宽阔的马路。妙在四行树接叶交柯，把苏堤笼成一条绿荫掩盖的巷子，掩盖而绝不叫人觉得气闷，外湖和里湖从错落有致的枝叶间望去，似乎时时在变换样儿。在这条绿荫的巷子里骑自行车该是一种愉快。散步当然也挺合适，不论是独个儿、少数几个人还是成群结队。以前好多回经过苏堤，似乎都不如这一回，这一回所以觉得好，就在乎树补齐了而且长大了。

灵隐也去了。四十多年前头一回到灵隐就觉得那里可爱，以后每到一回杭州总得去灵隐，一直保持着对那里的好感。一进山门就望见对面的飞来峰，走到峰下向右拐弯，通过春淙亭，佳境就在眼前展开。左边是飞来峰的侧面，不说那些就山石雕成的佛像，就连那山石的凹凸、俯仰、向背，也似乎全是名手雕出来的。石缝里长出些高高矮矮的树木，苍翠，茂密，姿态不一，又给山石添上点缀。沿峰脚是一道泉流；从西往东，水大时候急急忙忙，水小时候从从容容，泉声就有宏细疾徐的分别。道跟泉流平行。道左边先是壑雷亭，后是冷泉亭，在亭子里坐，抬头可以看飞来峰，低头可以看冷泉。道右边是灵隐寺的围墙，淡黄颜色。道上多的是大树，又大又高，说"参天"当然嫌夸张，可真做到了"荫天蔽日"。暑天到那里，不用说，顿觉清凉；就是旁的时候去，也会感觉"身在画图中"，自己跟周围的环境融和一气，挺心旷神怡的。灵隐的可爱，我以为就在这个地方。道上走走，亭子里坐坐，看看山石，听听泉声，够了，享受了灵隐了。寺里头去不去，那倒无关紧要。

　　这回在灵隐道上大树下走，又想起常常想起的那个意思。我想，无论什么地方，尤其在风景区，高大的树是宝贝。除了地理学、卫生学方面的好处而外，高大的树又是观赏的对象，引起人们的喜悦不比一丛牡丹、一池荷花差，有时还要胜过几分。树冠和枝干的姿态，这些姿态所表现的性格，往往很耐人寻味。辨出意味来的时候，咱们或者说它"如画"，或者说它"入画"，这等于说它差不多是美术家的创作。高大的树不一定都"如画""入画"，可是可以修剪，从审美观点来斟酌。一般大树不比那些灌木和果树，经过人工修剪的不多，风吹断了枝，虫蛀坏了干，倒是常有的事，那是自然的修剪，未必合乎审美观点。我的意思，风景区的大树得请美术家鉴定，哪些不用修剪，哪些应该修剪。凡是应该修剪的，动手的时候要遵从美术家的指点，唯有美术家才能就树的本身看，就树跟环境的照应配合看，决定怎么样叫它"如画""入画"。我把这个意思写在这里，希望风景区的管理机关考虑，也希望美术家注意。我总觉得美术家为满足人民文化生活的要求，不但要在画幅上用功，还得扩大范围，对生活环境的布置安排也费一份心思，加入一份劳力，让环境跟画幅上的创作同样的美——这里说的修剪大树就是其中一个项目。

《旅行家》1955年1期

社稷坛抒情

秦 牧

北京有座美丽的中山公园，公园里有个用五色土砌成的社稷坛。

社稷坛是北京九坛之一，它和坐落在南城的天坛遥遥相对。古代的帝王们，在天坛祭天，在社稷坛祭地。祭天为了要求风调雨顺，祭地为了要求土地肥沃。祭天祭地的终极目的只有一个：就是五谷丰登，可以"聚敛贡城阙"。五谷是从地里长出来的，因此，人们臆想的稷神（五谷）就和社神（土地）同在一个坛里受膜拜了。

穿过古柏参天、处处都是花圃的园林，来到这个社稷坛前，突然有一种寥廓空旷的感觉。在庄严的宫殿建筑之前，有这么一个四方的土坛，屹立在地面，它东面是青土，南面是红土，西面是白土，北面是黑土，中间嵌着一大块圆形的黄土。这图案使人沉思，使人怀古。遥想当年帝王们穿着衮服，戴着冕旒，在礼乐声中祭地的情景，你仿佛看到他们在庄严中流露出来的对于"天命"畏惧的眼色，你仿佛看到许多人慑服在大自然脚下的神情。

这社稷坛现在已经没有一点儿神秘庄严的色彩了。它只是一个奇特的历史遗迹。节日里，欢乐的人群在上面舞狮，少年们在上面嬉戏追逐。平时则有三三两两的游人在那里低回。对，这真是一个激发人们思古幽情的所在！作为一个中国人，可以让这种使人微醉的感情发酵的去处可真多呢！你可以到泰山去观日出，在八达岭长城顶看日落。可以在西湖荡画舫，到南京鸡鸣寺听钟声。可以在华北平原跑马，在戈壁滩上骑骆驼。可以访寻古代宫殿遗迹，听一听燕子的呢喃，或者到南方的海神庙旁，看浪涛拍岸……这些节目你随便可以举出一百几十种来，但在这里面可不要遗漏掉这个社稷坛！这坛后的宫殿是华丽的，飞檐、斗拱、琉璃瓦、白石阶……真是金碧辉煌！而坛呢，却很荒凉，就只有五色的泥土。然而这种对照却也使人想起：没有这泥土所代表的大地，没有在大地上胼手胝足的劳动者，根本就不会有这宫殿，不会有一切人类的文明。你在这个土坛上走着走着，仿佛走进古代去，走到一望无际的原野上，在那里，莽莽苍苍，风声如吼。一个戴着高冠，穿着芒鞋的古代诗人正在用他的悲悯深沉的眼睛眺望大地，吟咏着这样的诗句：

> 朝东西眺望没有边际，
> 朝南北眺望没有头绪，
> 朝上下眺望没有依归，
> 我的驱驰不知何所底止！
> ……

> 九州究竟安放在什么上面？
> 河床何以洼陷？
> 地面，从东至西究竟多少宽，从南至北多少长？
> 南北要比东西短些，短的程度究竟是怎样？
> ——屈原：《悲回风》和《天问》，引自郭沫若译诗

这不仅仅是屈原的声音，也是许许多多古代诗人遥望原野时曾经涌起的感情。这种"大地茫茫"的心境，是和对于自然之谜的探索和对于人间疾苦的愤慨联结在一起的。

想一想这些肥沃土地的来历，你会不由得涌起一种遥接万代的感情。我们居住的这个星球，最古老时代原是一个寂寞的大石球，上面没有一株草，一只虫，也没有一层土壤。经过了多少亿万年，太阳风雨的力量，原始生物的尸骸，才给地球造成了一层层的土壤，每经历千年万年，土壤才增加薄薄的一层。想一想我们那土壤厚达五十米的华北黄土高原吧！那该是大自然在多长的时间里的杰作！但这还不算，劳动者开辟这些土

地，是和大自然进行过多么剧烈的斗争呀！这种斗争一代接连一代继续着，我们仿佛又会见了古代的唱着《诗经》里怨愤之歌的农民，像敦煌壁画上面描绘的辛勤劳苦的农民，驾着那种和古墓里挖掘出来的陶制高轮牛车相似的车子，奔驰在原野上，辛苦开辟着田地。然而他们一代代穿着破絮似的衣服，吃着极端粗劣的食物。你仿佛看到他们在田野里仰天叹息，他们一家老小围着幽幽的灯光在饮泣。看到他们画红了眉毛，或者在头上包一块黄布揭竿起义，看到他们大批的陈尸在那吸尽了他们的汗水然后又吸尽了他们鲜血的土地。想一想，在原始社会中他们怎样匍匐在鬼神脚下，在阶级社会中他们又怎样挣扎在重重枷锁之中。啊，这些给荒凉的大地铺上了锦绣花巾的人们，这些从狗尾草、蟋蟀草中给我们选出了稻麦来的人们，我们该多么感念他们！想象的羽翼可以把我们带到古代去，在一家家的门口清清楚楚看到他们在劳动，在饮食，在希望，在叹息，可惜隔着一道历史的门限，我们却不能和他们做半句的交谈！但怀古思今，想起了我们这个时代的农民是几千年历史中第一次真正挣脱了枷锁，逐渐离开了鬼神天命的羁绊的农民，我们又仿佛走出了黑暗的历史的隧洞，突然见到耀眼的阳光了。

你在这个五色土坛上面走着走着，仿佛又回到公元前几千年去，会见了古代的思想家。他们白发苍苍，正对着天上的星辰，海里的潮汐，陶窑的火光，大地的泥土沉思。那时的思想家没有什么书籍可以阅读参考，日月经天，江河行地，四时代谢，万物死生的现象，都使他们抱头苦思。他们还远不能给世界的现象说出一个较完整的答案。但是他们终究也看出一点道理来了，世间的万物万事，有因有果，有主有从，它们互相错综地关联着……正是由于古代有这样的思想家在这样地思考过，才给后来的历史创造了这样一座五色的土坛。

"五行"的观念和我们这个民族一样的古老，东、南、西、北是人们很早就知道的，人们总以为自己所处是大地的中间，于是在四方之外又加上了一个"中心"，东、南、西、北、中凑成了五方五土的观念，直到今天我们还看到好些人家的屋角有"五方五土龙神"的牌位。烧陶方法和冶铜技术发明了，人们在熊熊火光旁边，看到火把泥土变成了陶器，把矿石烧成溶液，木头燃烧发出了火光，水又能够把火熄灭。这种现象使古代的思想家想到木、火、金、水、土（依照《左传》的排列次序）是万物的本源。于是木、火、金、水、土把五行的观念充实起来了。

烧制陶器这件事使人类向文明跨前一大步，在埃及，在希腊，都由此产生了神明用泥土造人的神话。在中国，却大大地发扬了"五行"的观念。根据木、火、金、水、土五种东西彼此的作用，又产生了五行相克相生的理论。根据这几种东西的颜色：树木是苍翠的，火光是红艳艳的，金属是亮晶晶的，深深的水潭是黝黑的，中原的泥土是黄色的。于是青、赤、白、黑、黄五种颜色就被拿来配木、火、金、水、土，成为颜色上的五行了。

这个五方、五行的观念被古代思想家用来分析许许多多的事物，音乐上的宫、商、角、徵、羽五个音阶，天上二十八宿的分隶青龙、朱雀、白虎、玄武（乌龟）四方，都是和这种观念紧密地联结起来的。

把世界万物的本源看作是木、火、金、水、土五种东西相互作用产生出来的，这和古代印度哲学家把万物说成是由地、火、水、风所构成，古代希腊哲学家说万物的本源是水或者火……那思想的脉络是多么的近似啊。

尽管这种说法在几千年后的今天看来是奇特甚至好笑的，然而那里面不也包含着光辉的真理吗：万物的本源都是物质，物质彼此起着错综的作用……哦！我们遇见的对着泥土沉思的思想家，他们正是古代的略具雏形的唯物主义者！

没有这些古代思想家，我们就不会有这个五色的土坛。审视这五种颜色吧，端详这个根据"天圆地方"的古代观念筑起来的四方坛吧！它和我们民族的古代文化存在多么密切的关系啊！

我们汉民族的摇篮在黄河的中上游，那里绵亘的是一望无际的黄土高原。因此，黄色被用来配"土"，用来配"中心"，成为我们民族传统中高贵的颜色。中心是不同于四方的，能够生长五谷的土地是不同于其他东西的，黄色是不同于其他颜色的。在这个土坛的中心，黄土被特别砌成了一个圆形，审视这个黄色的圆圈吧！它使我们想起奔腾澎湃的黄河，想起在地层下不断被发掘出来的古代村落，也想起那古木参天的黄帝的陵墓。

我多么想去抱一抱那些古代的思想家，没有他们的艰苦探索，就没有今天人类的智慧。正像没有勇敢走下树来的猿人，就不会有人类一样。多少万年的劳动经验和生活智慧积累起来，才有了今天的人类文明。每一个人在人类智慧的长河旁边，都不过像一只饮河的鼹鼠。在知识的大森林里面，都不过像一只栖于一枝的鹪鹩。这河是多少亿万滴水汇成的啊，这森林是多少亿万株草木构成的啊！

瞧着这个社稷坛，你会想起中国的泥土，那黄河流域的黄土，四川盆地的红壤，肥沃的黑土，洁白的白垩土……你会想起文学里许许多多关于泥土的故事：有人包起一包祖国的泥土藏在身旁到国外去；有人临死遗嘱必须用祖国的泥土撒到自己胸上；有人远涉异国归来，俯身亲吻了自己国门的土地。这些动人的关于泥土的故事，使人对五色土发生了奇异的感情，仿佛它们是童话里的角色，每一粒土壤都可以叙述一段奇特的故事，或者唱一首美好的诗歌一样。

瞧着这个紧紧拼合起来的五色土坛，一个人也会想起了国土的统一，在我们的土地上，为了统一而发生的战争该有多少万次呀！然而严格说来，历史上的中国从来没有高度统一过。四分五裂，豪强纷纷划地称王的时代不去说它了，可怜的供主像傀儡似的住在京都，整天送猪肉、龟肉慰问跋扈的诸侯的时代不去说它了，就是号称强盛统一的时代，还不是有许多拥兵自重的藩镇，许多专权用事的贵戚，许多地方的豪霸，在他们的领地里当着小皇帝，使中央号令不行，使国中还有许许多多的小国。中国历史上没有一个时期像今天这样高度统一过。古代思想家的预言："不嗜杀人者能一之。"由于不剥削人的无产阶级登上了历史舞台，竟使这一句话在两千多年后空前地应验了。

我在这个土坛上低回漫步，想起了许许多多的事情。我们未必"前不见古人，后不见来者"凭着思想和激情的羽翼，我们尽可去会一会古人，见一见来者。我仿佛曾经上溯历史的河流，看见了古代的诗人、农民、思想家、志士，看他们的举动，听他们的声音，然后又穿过历史的隧洞，回到阳光灿烂的现实。啊，做一个历史悠久的民族的子孙是多么值得自豪的一回事！做今天的一个中国的儿女是多么值得快慰的一回事！

回溯过去，瞻望未来，你会觉得激动，很想深深呼吸一口新鲜的空气，想好好地学习和劳动，好好地安排在无穷的时间之中一个人仅有一次，而我们又恰恰生逢其时的宝贵的生命。

啊，这座发人深思的社稷坛！

《作品》1956年11月号

第二次考试

何 为

　　声乐家苏林教授发现了一件奇怪的事情：在这次参加考试的二百多名考生中，有一个二十岁的女生陈伊玲，初试成绩十分优异，声乐、视唱、练耳和乐理等都列入优等，尤其是她的音色美丽、音域宽广，令人赞叹。而复试时却使人大失所望。苏林教授一生桃李满天下，但这样年轻而又有才华的学生却还是第一个，这样的事情也还是第一次碰到。

　　那次公开的考试是在一间古色古香的大厅里举行的。当陈伊玲镇静地站在考试委员会的几位声乐专家面前，唱完了冼星海那支有名的《二月里来》时，专家们不由得互相递了递赞赏的眼色。按照规定，应试者还要唱一支外国歌曲。她唱的是意大利歌剧《蝴蝶夫人》中的咏叹调《有一个良辰佳日》。她那灿烂的音色和深沉的感情艺惊四座。一向以要求严格闻名的苏林教授也颔首赞许。在他严峻的目光中，隐藏着一丝微笑。大家都注视着陈伊玲：嫩绿色的绒线上衣，咖啡色的西裤，宛如春天早晨里一株亭亭玉立的小树。在众目睽睽下，这个本来从容自若的姑娘也不禁有点儿困惑了。

　　复试是在一个星期后举行的。它将决定一个人的终生事业。经过初试这一关，剩下的人已经寥寥无几。本市有名的音乐界人士都到了。这些考试委员和旁听者，在评选时几乎都带着苛刻挑剔的神气。但是大家都认为，如果合乎录取条件的只有一个人，那么这人无疑应该是陈伊玲。

　　谁知道事情却出乎意料。陈伊玲是参加复试的最后一个人，唱的还是那两支歌，可是声音发涩，毫无光彩，听起来前后判若两人。是因为怯场、心慌，还是由于身体不适而影响了声音？在座的人面面相觑，大家带着询问和疑惑的眼光望着她。虽然她掩饰不住脸上的困倦，一双聪颖的眼睛显得黯然无神，那顽皮的嘴角也流露出一种无法诉说的焦虑，可是她通体是明朗、坦率的，使人信任的。她抱歉地对大家笑笑，飘然走了。

苏林教授显然是大为生气了。他一向认为，要做一个真正为人民所爱戴的艺术家，首先要是一个高尚的人，一个各方面都能成为表率的人！这样一个自暴自弃的女孩子，是永远也不能成为有成就的歌唱家的！他生气地侧过头去望着窗外。这个城市刚刚受到一次严重的台风袭击，窗外断枝残叶狼藉满地，整排竹篱倾倒在满是积水的地上，一片惨淡的景象。

考试委员会对陈伊玲有两种意见：一种认为陈伊玲的声音极不稳定，很难造就；另一种认为可以让她再试一次。苏林教授有他自己的看法，他觉得重要的是应了解造成她声音前后悬殊的原因，如果问题在于她对事业和生活的态度，就算禀赋再好，也不能录取她！

可是究竟是什么原因呢？

苏林教授从秘书那里取来陈伊玲的报名单，在填着地址的那一栏上，他用红铅笔画了一条粗线。表格上那姑娘的照片，是一张朝气蓬勃、叫人喜欢的脸，小而好看的嘴，明快单纯的眼睛，笑起来鼻翼稍稍皱起的鼻子。这一切像是在提醒这位声乐专家，不能用任何简单的方式对待一个人——一个有活力、有思想、有感情的人。至少眼前这个姑娘的某些具体情况，是从这张简单的表格上看不到的。如果这一次落选了，也许这个人终生就和音乐分手了。她的天赋可能从此被埋没。情况如果是这样，那他是绝对不能原谅自己的。

第二天，苏林教授乘早上第一班电车出发，根据报名单上的地址，好不容易找到了在杨树浦的那条偏僻的马路。他进了弄堂，不由得吃了一惊。

那弄堂里有些墙垣已经倾塌，烧焦的梁柱呈现一片可怕的黑色，断瓦残垣中间时而露出焦黄的破布碎片，所有这些说明了这条弄堂不仅受到台风破坏，而且显然发生过火灾。就在这片瓦砾场上，有些人大清早就在忙碌着清理些什么。

苏林教授手持纸条，不知从何处找起，忽然听见对面的楼窗口，有一个孩子有事没事地张口唱着："咪——咿——咿——咿——，吗——啊——啊——啊——"仿佛歌唱家在练声似的。苏林教授不禁微笑了："这准是她的家！"他猜对了，那孩子就是陈伊玲的弟弟。

　　从孩子嘴里知道：他姐姐是个转业军人，从文工团回来的，到了上海被分配到工厂里担任行政工作。她是个青年团员，又积极又热心，不管厂里也好，弄堂里也好，有事找陈伊玲准没有错！两三天前，这里因为台风造成电线走火，烧毁了不少房子。陈伊玲协助弄堂干部安置灾民，忙得整夜没睡，影响了嗓子。第二天刚好是她复试的日子，她说了声："糟糕！"还是去参加考试了。

　　这就是全部经过。

　　"瞧，她还在那儿忙着呢！"孩子向窗外扬了扬手说，"我叫她！我去叫她！"

　　"不用了。请转告你姐姐，通过第二次考试，她已经被录取了！"

　　苏林教授从陈伊玲家里出来，走得很快。他心里想着：这个女孩子完全有条件成为一个优秀的歌唱家，我差点儿犯了一个错误！这天早晨，有什么使人感动的东西充溢在他胸口，他想赶紧回去把陈伊玲的故事告诉每一个人。

《人民日报》1956 年

天山景物记

碧　野

朋友，你到过天山吗？天山是我们祖国西北边疆的一条大山脉，连绵几千里，横亘准噶尔盆地和塔里木盆地之间，把广阔的新疆分为南北两半。远望天山，美丽多姿，那常年积雪高插云霄的群峰，像集体起舞时的维吾尔族少女的珠冠，银光闪闪；那富于色彩的连绵不断的山峦，像孔雀正在开屏，艳丽迷人。

天山不仅给人一种稀有美丽的感觉，而且更给人一种无限温柔的感情。它有丰饶的水草，有绿发似的森林。当它披着薄薄云纱的时候，它像少女似的含羞；当它被阳光照耀得非常明朗的时候，又像年轻母亲饱满的胸膛。人们会同时用两种甜蜜的感情交织着去爱它，既像婴儿喜爱母亲的怀抱，又像男子依偎自己的恋人。

如果你愿意，我陪你进天山去看一看。

雪峰·溪流·森林

七月间新疆的戈壁滩炎暑逼人，这时最理想的是骑马上天山。新疆北部的伊犁和南部的焉耆都出产良马，不论伊犁的哈萨克马或者焉耆的蒙古马，骑上它爬山就像走平川，又快又稳。

进入天山，戈壁滩上的炎暑就远远地被撇在后边，迎面送来的雪山寒气，立刻会使你感到像秋天似的凉爽。蓝天衬着高矗的巨大的雪峰，在太阳下，几块白云在雪峰间投下云影，就像白缎上绣上了几朵银灰的暗花。那融化的雪水，从高悬的山涧、从峭壁断崖上飞泻下来，像千百条闪耀的银链。这飞泻下来的雪水，在山脚汇成冲激的溪流，浪花往上抛，形成千万朵盛开的白莲。可是每到水势缓慢的洄水涡，却有鱼儿在跳跃。当这个时候，饮马溪边，你坐在马鞍上，就可以俯视那阳光透射到的清澈的水底，在五彩斑斓的水石间，鱼群闪闪的鳞光映着雪水清流，给寂静的天山添上了无限生机。

再往里走，天山显得越来越优美，沿着白皑皑群峰的雪线以下，是蜿蜒无尽的翠绿的原始森林，密密的塔松像撑天的巨伞，重重叠叠的枝丫，只漏下斑斑点点细碎的日影，骑马穿行林中，只听见马蹄溅起漫流在岩石上的水声，增添了密林的幽静。在这林海深处，连鸟雀也少飞来，只偶然能听到远处的几声鸟鸣。这时，如果你下马坐在一块岩石上吸烟休息，虽然林外是阳光灿烂，而遮去了天日的密林中却闪耀着你烟头的红火光。从偶然发现的一棵两棵烧焦的枯树看来，这里也许来过辛勤的猎人，在午夜中他们生火宿过营，烤过猎获的野味。这天山上有的是成群的野羊、草鹿、野牛和野骆驼。

如果说进到天山这里还像是秋天，那么再往里走就像是春天了。山色逐渐变柔嫩，山形也逐渐变得柔和，很有一伸手就可以触摸到嫩脂似的感觉。这里溪流缓慢，萦绕着每一个山脚，在轻轻荡漾着的溪流两岸，满是高过马头的野花，红、黄、蓝、白、紫，五彩缤纷，像织不完的织锦那么绵延，像天边的彩霞那么耀眼，像高空的长虹那么绚烂。这密密层层成丈高的野花，朵儿赛八寸的玛瑙盘，瓣儿赛巴掌大。马走在花海中，显得格外矫健，人浮在花海上，也显得格外精神。在马上你用不着离鞍，只要稍微伸手就可以满怀捧到你最心爱的大鲜花。

虽然天山这时并不是春天，但是有哪一个春天的花园能比得过这时天山的无边繁花呢？

迷人的夏季牧场

就在雪的群峰的围绕中，一片奇丽的千里牧场展现在你的眼前。墨绿的原始森林和鲜艳的野花，给这辽阔的千里牧场镶上了双重富丽的花边。千里牧场长着一色青翠的酥油草，清清的溪水齐着两岸的草丛在漫流。草原是这样无边的平展，就像风平浪静的海洋。在太阳下，那点点水泡似的蒙古包在闪烁着白光。

当你尽情策马在这千里草原上驰骋的时候，处处都可以看见千百成群肥壮的羊群、马群和牛群。它们吃了含有乳汁的酥油草，毛色格外发亮，好像每一根毛尖都冒着油星。特别是那些被碧绿的草原衬托得十分清楚的黄牛、花牛、白羊、红羊，在太阳下就像绣在绿色缎面上的彩色图案一样美。

有的时候，风从牧群中间送过来银铃似的叮当声，那是哈萨克牧女们坠满衣角的银饰在风中击响。牧女们骑着骏马，优美的身姿映衬在蓝天、雪山和绿草之间，显得十分动人。她们欢笑着跟着嬉逐的马群驰骋，而每当停下来，就倚马轻轻地挥动着牧鞭歌唱她们的爱情。

这雪峰、绿林、繁花围绕着的天山千里牧场，虽然给人一种低平的感觉，但位置却在海拔两三千米以上。每当一片乌云飞来，云脚总是扫着草原，洒下阵雨，牧群在雨云中出没，加浓了云意，很难分辨得出哪是云头哪是牧群。而当阵雨过去，雨洗后的草原就变得更加清新碧绿，远看像块巨大的蓝宝石，近看缀满草尖上的水珠，却又像数不清的金刚钻。

特别诱人的是牧场的黄昏，周围的雪峰被落日映红，像云霞那么灿烂；雪峰的红光映射到这辽阔的牧场上，形成一个金碧辉煌的世界，蒙古包、牧群和牧女们，都镀上了一色的玫瑰红。当落日沉没，周围雪峰的红光逐渐消退，银灰色的暮霭笼罩草原的时候，你就可以看见无数点点的红火光，那是牧民们烧起铜壶准备晚餐。

你用不着客气，任何一个蒙古包都是你的温暖的家，只要你朝火的地方走去，不论走进哪一家蒙古包，好客的哈萨克牧民都会像对待亲兄弟似的热情地接待你。渴了你可以先喝一盆马奶，饿了有烤羊排、有酸奶疙瘩、有酥油饼，你可以一如哈萨克牧民那样豪情地狂饮大嚼。

当家家蒙古包的吊壶三脚架下的野牛粪只剩下一堆红火烬的时候，夜风就会送来冬不拉的弦音和哈萨克牧女们婉转嘹亮的歌声。这是十家八家聚居在一处的牧民们齐集到一家比较大的蒙古包里，欢度一天最后的幸福时辰。

过后，整个草原沉浸在夜静中。如果这时你披上一件皮衣走出蒙古包，在月光下或者繁星下，你就可以朦胧地看见牧群在夜的草原上轻轻地游荡，夜的草原是这么宁静而安详，只有漫流的溪水声引起你对这大自然的遐思。

野马·蘑菇圈·旱獭·雪莲

夜牧中，草原在繁星的闪烁下或者在月光的披照中，该发生多少动人的情景，但人们却在安静的睡眠中疏忽过去了；只有当黎明来到这草原上，人们才会发现自己的马群里的马匹在一夜间忽然变多了，而当人们怀着惊喜的心情走拢去，马匹立刻就分为两群，其中一群会奔腾离你远去，那长长的鬣鬃在黎明淡青的天光下，就像许多飘曳的缎幅。这个时候，你才知道那是一群野马。夜间，它们混入牧群，跟牧马一块儿嬉戏追逐。它们机警善跑，游走无定，几匹最膘壮的公野马领群，它们对许多牧马都熟悉，相见彼此用鼻子对闻，彼此用头亲热地摩擦，然后就合群在一起吃草、嬉逐。黎明，当牧民们走出蒙古包，就是它们分群的一刻。公野马总是掩护着母野马和野马驹远离人们。当野马群远离人们站定的时候，在日出的草原上，还可以看见屹立护群的公野马的长鬣鬃一直披垂到膝下，闪着美丽的光泽。

日出后的草原千里通明，这时最便于去发现蘑菇。天山蘑菇又嫩又肥厚，又大又鲜甜。这个时候你只要立马草原上瞭望，便可以发现一些特别翠绿的圆点子，那就是蘑菇圈。你对着它朝直驰马前去，就很容易在这直径三四丈宽的一圈沁绿的酥油草丛里，发现像夏天夜空里的繁星似的蘑菇。眼看着这许许多多雪白的蘑菇隐藏在碧绿的草丛中，谁都会动心。一只手忙不过来，你自然会用双手去采，身上的口袋装不完，你自然会添上你的帽子，甚至马靴去装。第一次采到这么多新鲜蘑菇，对一个远来的客人是一桩最快乐的事。你把鲜蘑菇在溪水里洗净，不要油，不要盐，光是白煮来吃就有一种特别鲜甜的滋味，如果你再加上一条野羊腿，那就又鲜甜又浓香。

天山上奇珍异品很多，我们知道水獭是生活在水滨和水里的，而天山上却生长着旱獭。在牧场边缘的山脚下，你随处都可以看见一个个洞穴，这就是旱獭居住的地方。从九十月大雪封山，到第二年四五月冰消雪化，旱獭要整整在它们的洞穴里冬眠半年。只有到了夏至后，发青的酥油草才把它们养得胖墩墩，圆滚滚。这时它们的毛色麻黄发亮，肚子拖着地面，短短的四条腿行走迟缓，正可以大量捕捉。

另一种奇珍异品是雪莲。如果你从山脚往上爬，超越天山雪线以上，就可以看见青凛凛的雪的寒光挺立着一朵朵玉琢似的雪莲，这习惯于生长在奇寒环境中的雪莲，根部扎入岩隙间，汲取着雪水，承受着雪光，柔静多姿，洁白晶莹。这生长在人迹罕到的海拔几千米雪线以上的灵花异草，据说是稀世之宝——一种很难求得的妇女良药。

天然湖与果子沟

在天山峰峦的高处，常常出现有巨大的天然湖。湖面平静，水清见底，高空的白云和四周的雪峰清晰地倒映水中，把湖山天影融为晶莹的一体。在这幽静的湖中，唯一活动的东西就是天鹅。天鹅的洁白增添了湖水的明净，天鹅的叫声增添了湖面的幽静。人家说山色多变，而事实上湖色也是多变，如果你站立高处瞭望湖面，眼前是一片爽心悦目的碧水茫茫，如果你再留意一看，接近你的视线的是鳞光闪闪，像千万条银鱼在游动，而远处平展如镜，没有一点纤尘或者没有一根游丝的侵扰。湖色越远越深，由近到远，是银白、淡蓝、深青、墨绿，界线非常分明。传说中有这么一个湖是古代一个不幸的哈萨克少女滴下的眼泪，湖色的多变正是象征着那个古代少女的万种哀愁。

就在这个湖边，传说中的少女的后代子孙现在已在放牧着羊群。湖水滋润着湖边的青草，青草喂胖了羊群，羊奶哺育着少女的后代子孙。当然，这象征着哈萨克族不幸的湖，今天已经变为实际的幸福湖。

山峦爽朗，湖边清净，日里披满阳光，夜里缀满星辰，牧民们的蒙古包随着羊群环湖周游，他们的羊群一年年繁殖，他们恋爱、生育，他们弹琴歌唱自己幸福的生活。

高山的雪水汇入湖中，又从像被一刀劈开的峡谷岩石间，深落到千丈以下的山涧里去，水从悬崖上像条飞练地泻下，即使站在几十里外的山头上，也能看到那飞的白光。如果你走到悬崖跟前，脚下就会受到一种惊心动魄的震撼。俯视水链冲泻到深谷的涧石上，溅起密密的飞沫，在日中的阳光下，形成蒙蒙的瑰丽的彩色水雾。就在急湍的涧流边，绿色的深谷里也散布着一顶顶牧民的蒙古包，像水洗的玉石那么洁白。

如果你顺着弯弯曲曲的涧流走，沿途汇入千百泉流就逐渐形成溪流，然后沿途再汇入涧流和溪流，就形成河流奔腾出天山。

就在这种深山野谷的溪流边，往往有着果树夹岸的野果子沟。春天繁花开遍峡谷，秋天果实压满山腰。每当花红果熟，正是鸟雀野兽的乐园。这种野果子沟往往不为人们所发现。其中有一条野果子沟，沟里长满野苹果，连绵五百里。春天，五百里的苹果花开无人知，秋天，五百里成熟累累的苹果无人采。老苹果树凋枯了，更多的新苹果树苗长起来。多少年来。这条五百里长沟堆积了几丈厚的野苹果泥。

现在，已经有人发现了这条野苹果沟，开始在沟里开辟猪场，用野苹果来养育成群的乌克兰大白猪；而且有人已经开始计划在沟里建立酿酒厂，把野苹果酿造成大量芬芳的美酒，让这大自然的珍品化成人们的血液，增进人们的健康。

朋友，天山的丰美景物何止这些，天山绵延几千里，不论高山、深谷，不论草原、湖泊，不论森林、溪流，处处都有丰饶的物品，处处都有奇丽的美景，你要我说我可真说不完，如果哪一天你有豪情去游天山，临行前别忘了通知我一声，也许我可能给你当一个不很出色的向导。当向导在我只是一个漂亮的借口，其实我私心里也很想找个机会去重游天山。

《人民文学》1956年12期

小橘灯

冰 心

这是十几年以前的事了。

在一个春节前一天的下午，我到重庆郊外去看一位朋友。她住在那个乡村的乡公所楼上。走上一段阴暗的仄仄的楼梯，进到一间有一张方桌和几张竹凳、墙上装着一架电话的屋子，再进去就是我的朋友的房间，和外间只隔一幅布帘。她不在家，窗前桌上留着一张条子，说是她临时有事出去，叫我等着她。

我在她桌前坐下，随手拿起一张报纸来看，忽然听见外屋板门吱的一声开了，过了一会儿，又听见有人在挪动那竹凳子。我掀开帘子，看见一个小姑娘，只有八九岁光景，瘦瘦的苍白的脸，冻得发紫的嘴唇，头发很短，穿一身很破旧的衣裤，光脚穿一双草鞋，正在登上竹凳想去摘墙上的听话器，看见我似乎吃了一惊，把手缩了回来。我问她："你要打电话吗？"她一面爬下竹凳，一面点头说："我要××医院，找胡大夫，我妈妈刚才吐了许多血！"我问："你知道××医院的电话号码吗？"她摇了摇头说："我正想问电话局……"我赶紧从机旁的电话本子里找到医院的号码，就又问她："找到了大夫，我请他到谁家去呢？"她说："你只要说王春林家里病了，他就会来的。"

我把电话打通了，她感激地谢了我，回头就走。我拉住她问："你的家远吗？"她指着窗外说："就在山窝那棵大黄果树下面，一下子就走到的。"说着就噔噔噔地下楼去了。

我又回到里屋去，把报纸前前后后都看完了，又拿起一本《唐诗三百首》来，看了一半，天色越发阴沉了，我的朋友还不回来。我无聊地站了起来，望着窗外浓雾里迷茫的山景，看到那棵黄果树下面的小屋，忽然想去探望那个小姑娘和她生病的妈妈。我下楼在门口买了几个大红橘子，塞在手提袋里，顺着歪斜不平的石板路，走到那小屋的门口。

我轻轻地叩着板门，刚才那个小姑娘出来开了门，抬头看了我，先愣了一下，后来就微笑了，招手叫我进去。这屋子很小很黑，靠墙的板铺上，她的妈妈闭着眼平躺着，大约是睡着了，被头上有斑斑的血痕，她的脸向里侧着，只看见她脸上的乱发，和脑后的一个大髻。门边一个小炭炉，上面放着一个小砂锅，微微地冒着热气。这小姑娘把炉前的小凳子让我坐了，她自己就蹲在我旁边，不住地打量我。我轻轻地问："大夫来过了吗？"她说："来过了，给妈妈打了一针……她现在很好。"她又像安慰我似的说，"你放心，大夫明早还要来的。"我问："她吃过东西吗？这锅里是什么？"她笑说："红薯稀饭——我们的年夜饭。"我想起了我带来的橘子，就拿出来放在床边的小矮桌上。她没有作声，只伸手拿过一个最大的橘子来，用小刀削去上面的一段皮，又用两只手把底下的一大半轻轻地揉捏着。

我低声问："你家还有什么人？"她说："现在没有什么人，我爸爸到外面去了……"她没有说下去，只慢慢地从橘皮里掏出一瓣一瓣的橘瓣来，放在她妈妈的枕头边。

炉火的微光，渐渐地暗了下去，外面变黑了。我站起来要走，她拉住我，一面极其敏捷地拿过穿着麻线的大针，把那小橘碗四周相对地穿起来，像一个小筐似的，用一根小竹棍挑着，又从窗台上拿了一段短短的蜡头，放在里面点起来，递给我说："天黑了，路滑，这盏小橘灯照你上山吧！"

我赞赏地接过，谢了她，她送我出到门外，我不知道说什么好，她又像安慰我似的说："不久，我爸爸一定会回来的。那时我妈妈就会好了。"她用小手在面前画一个圆圈，最后按到我的手上，"我们大家也都好了！"显然地，这"大家"也包括我在内。

我提着这灵巧的小橘灯，慢慢地在黑暗潮湿的山路上走着。这朦胧的橘红的光，实在照不了多远，但这小姑娘的镇定、勇敢、乐观的精神鼓舞了我，我似乎觉得眼前有无限光明！

我的朋友已经回来了，看见我提着小橘灯，便问我从哪里来。我说："从……从王春林家来。"她惊异地说："王春林，那个木匠，你怎么认得他？去年山下医学院里，有几个学生，被当作共产党抓走了，以后王春林也失踪了，据说他常替那些学生送信……"

　　当夜，我就离开那山村，再也没有听见那小姑娘和她母亲的消息。

　　但是从那时起，每逢春节，我就想起那盏小橘灯。十二年过去了，那小姑娘的爸爸一定早回来了。她妈妈也一定好了吧？因为我们"大家"都"好"了！

《中国少年报》1957年

长江三日

刘白羽

十一月十七日

雾笼罩着江面，气象森严。十二时，"江津"号启碇顺流而下了。在长江与嘉陵江汇合后，江面突然开阔，天穹顿觉低垂。浓浓的黄雾，渐渐把重庆隐去。一刻钟后，船又在两面碧森森的悬崖陡壁之间的狭窄的江面上行驶了。

你看那急速漂流的波涛一起一伏，真是"众水会涪万，瞿塘争一门"。而两三木船，却齐整地摇动着两排木桨，像鸟儿扇动着翅膀，正在逆流而上。我想到李白、杜甫在那遥远的年代，以一叶扁舟，搏浪急进，该是多少雄伟的搏斗，会激发诗人多少瑰丽的诗思啊！……不久，江面更开朗辽阔了。两条大江，骤然相见，欢腾拥抱，激起云雾迷蒙，波涛沸荡，至此似乎稍为平定，水天极目之处，灰蒙蒙的远山展开一卷清淡的水墨画。

从长江上顺流而下，这一心愿真不知从何时就在心中扎下根子，年幼时读"大江东去……"读"两岸猿声……"辄心向往之。后来，听说长江发源于一片冰川，春天的冰川上布满奇异艳丽的雪莲，而长江在那儿不过是一泓清溪；可是当你看到它那奔腾叫啸，如万瀑悬空，砰然万里，就不免在神秘气氛的"童话世界"上又涂了一层英雄光彩。后来，我两次到重庆，两次登枇杷山看江上夜景，从万家灯光、灿烂星海之中，辨认航船上缓缓浮动而去的灯火，多想随那惊涛骇浪，直赴瞿塘，直下荆门呀。但亲身领略一下长江风景，直到这次才实现。因此，这一回在"江津"号上，正如我在第二天写的一封信中所说：

"这两天，整天我都在休息室里，透过玻璃窗，观望着三峡。昨天整日都在朦胧的雾罩之中。今天却阳光一片。这庄严秀丽气象万千的长江真是美极了。"

下午三时，天转开朗。长江两岸，层层叠叠，无穷无尽的都是雄伟的山峰，苍松翠竹绿茸茸地遮了一层绣幕。近岸陡壁上，背纤的纤夫历历可见。你向前看，前面群山在江流浩荡之中，则依然为雾笼罩，不过雾不像早晨那样浓，那样黄，而呈乳白色了。现在是"枯水季节"，江中突然露出一块黑色礁石，一片黄色浅滩，船常常在很狭窄的两面航标之间迂回前进，顺流驶下。山愈聚愈多，渐渐暮霭低垂了，渐渐进入黄昏了，红绿标灯渐次闪光，而苍翠的山峦模糊为一片灰色。

当我正为夜色降临而惋惜的时候，黑夜里的长江却向我展开另外一种魅力。开始是，这里一星灯火，那儿一簇灯火，好像长江在对你眨着眼睛。而一会儿又是漆黑一片，你从船身微微的荡漾中感到波涛正在翻滚沸腾。一派特别雄伟的景象，出现在深宵。我一个人走到甲板上，这时江风猎猎，上下前后，一片黑森森的，而无数道强烈的探照灯光，从船顶上射向江面，天空江上一片云雾迷蒙，电光闪闪，风声水声，不但使人深深体会到"高江急峡雷霆斗"的赫赫声势，而且你觉得你自己和大自然是那样贴近，就像整个宇宙，都罗列在你的胸前。水天，风雾，浑然融为一体，好像不是一只船，而是你自己正在和江流搏斗。"曙光就在前面，我们应当努力。"这时一种庄严而又美好的情感充溢我的心灵，我觉得这是我所经历的大时代突然一下集中地体现在这奔腾的长江之上。是的，我们的全部生活不就是这样战斗、航进、穿过黑夜走向黎明的吗？现在，船上的人都已酣睡，整个世界也都在安眠，而驾驶室上露出一片宁静的灯光。想一想，掌握住舵轮，透过闪闪电炬，从惊涛骇浪之中寻到一条破浪前进的途径，这是多么豪迈的生活啊！我们的哲学是革命的哲学，我们的诗歌是战斗的诗歌，正因为这样——我们的生活是最美的生活。列宁有一句话说得好极了："前进吧！——这是多么好啊！这才是生活啊！"……"江津"号昂奋而深沉地鸣响着汽笛向前方航进。

十一月十八日

在信中，我这样叙说："这一天，我像在一支雄伟而瑰丽的交响乐中飞翔。我在海洋上远航过，我在天空上飞行过，但在我们的母亲河流长江上，第一次，为这样一种大自然的威力所吸慑了。"

朦胧中听见广播到奉节。停泊时天已微明。起来看了一下，峰峦刚刚从黑夜中显露出一片灰蒙蒙的轮廓。启碇续行，我到休息室里来，只见前边两面悬崖绝壁，中间一条狭狭的江面，已进入瞿塘峡了。江随壁转，前面天空上露出一片金色阳光，像横着一条金带，其余天空各处还是云海茫茫。瞿塘峡口上，为三峡最险处，杜甫《夔州歌》云："白帝高为三峡镇，瞿塘险过百牢关。"古时歌谣说："滟滪大如马，瞿塘不可下；滟滪大如猴，瞿塘不可游；滟滪大如龟，瞿塘不可回；滟滪大如象，瞿塘不可上。"这滟滪堆指的是一堆黑色巨礁。它对准峡口。万水奔腾一冲进峡口，便直奔巨礁而来。你可想象得到那真是雷霆万钧，船如离弦之箭，稍差分厘，便撞得个粉碎。现在，这巨礁，早已炸掉。不过，瞿塘峡中，激流澎湃，涛如雷鸣，江面形成无数漩涡，船从漩涡中冲过，只听得一片哗啦啦的水声。过了八公里的瞿塘峡，乌沉沉的云雾，突然隐去，峡顶上一道蓝天，浮着几小片金色浮云，一柱阳光像闪电样落在左边峭壁上。右面峰顶上一片白云像白银片样发亮了，但阳光还没有降临。这时，远远前方，无数层峦叠嶂之上，迷蒙云雾之中，忽然出现一团红雾，你看，绛紫色的山峰，衬托着这一团雾，真美极了，就像那深谷之中向上反射出红色宝石的闪光，令人仿佛进入了神话境界。这时，你朝江流上望去，也是色彩缤纷：两面巨岩，倒影如墨；中间曲曲折折，却像有一条闪光的道路，上面荡着细碎的波光，近处山峦，则碧绿如翡翠。时间一分钟一分钟过去，前面那团红雾更红更亮了，船越驶越近，渐渐看清有一高峰亭亭笔立于红雾之中，渐渐看清那红雾原来是千万道强烈的阳光。八点二十分，我们来到这一片晴朗的金黄色朝阳之中。

抬头望处，已到巫山。上面阳光垂照下来，下面浓雾滚涌上去，云蒸霞蔚，颇为壮观。刚从远处看到那个笔直的山峰，就站在巫峡口上，山如斧削，隽秀婀娜，人们告诉我这就是巫山十二峰的第一峰，它仿佛在招呼上游来的客人说："你看，这就是巫山巫峡了。""江津"号紧贴山脚，进入峡口。红通通的阳光恰在此时射进玻璃厅中，照在我的脸上。峡中，强烈的阳光与乳白色云雾交织一处，数步之隔，这边是阳光，那边是云雾，真是神妙莫测。几只木船从下游上来，帆篷给阳光照得像透明的白色羽翼，山峡却越来越狭，前面两山对峙，看去连一扇大门那么宽也没有，而门外，完全是白雾。

八点五十分，满船人，都在仰头观望。我也跑到甲板上来，看到万仞高峰之巅，有一细石耸立如一人对江而望，那就是充满神奇缥缈传说的美女峰了。据说一个渔人在江中打鱼，突遇狂风暴雨，船覆灭顶，他的妻子抱了小孩从峰顶眺望，盼他回来，一天一天，一月一月，他终未回来，而她却依然不顾晨昏，不顾风雨，站在那儿等候着他——至今还在那儿等着他呢！……

如果说瞿塘峡像一道闸门，那么巫峡简直像江上一条迂回曲折的画廊。船随山势左一弯，右一转，每一曲，每一折，都向你展开一幅绝好的风景画。两岸山势奇绝，连绵不断，巫山十二峰，各峰有各峰的姿态，人们给它们以很高的美的评价和命名，显然使我们的江山增加了诗意，而诗意又是变化无穷的。突然是深灰色石岩从高空直垂而下浸入江心，令人想到一个巨大的惊叹号；突然是绿茸茸草坂，像一支充满幽情的乐曲；特别好看的是悬岩上那一堆堆给秋霜染得红艳艳的野草，简直像是满山杜鹃了，峡急江陡，江面布满大大小小漩涡，船只能缓缓行进，像一个在丛山峻岭之间慢步前行的旅人。但这正好使远方来的人，有充裕时间欣赏这莽莽苍苍、浩浩荡荡长江上大自然的壮美。苍鹰在高峡上盘旋，江涛追随着山峦激荡，山影云影，日光水光，交织成一片。

十点，江面渐趋广阔，急流稳渡，穿过了巫峡。十点十五分至巴东，已入湖北境。十点半到牛口，江浪汹涌，把船推在浪头上，摇摆着前进。江流刚奔出巫峡，还没来得及喘息，却又冲入第三峡——西陵峡了。

西陵峡比较宽阔，但是江流至此变得特别凶恶，处处是急流，处处是险滩。船一下像流星随着怒涛冲去，一下又绕着险滩迂回浮进。最著名的三个险滩是：泄滩、青滩和崆岭滩。初下泄滩，你看着那万马奔腾的江水会突然感到江水简直是在旋转不前，一千个、一万个漩涡，使得"江津"号剧烈震动起来。这一节江流虽险，却流传着无数优美的传说。十一点十五分到秭归。据袁崧《宜都山川记》载：秭归是屈原故乡，是楚子熊绎建国之地。后来屈原被流放到汨罗江，死在那里。民间流传着：屈大夫死日，有人在汨罗江畔，看见他峨冠博带，美髯白皙，骑一匹白马飘然而去。又传说：屈原死后，被一大鱼驮回秭归，终于从流放之地回归楚国。这一切初听起来过于神奇怪诞，却正反映了人民对屈原的无限怀念之情。

秭归正面有一大片铁青色礁石，森然耸立江面。经过很长一段急流绕过泄滩。在最急峻的地方，"江津"号用尽全副精力，战抖着，震颤着前进。急流刚刚滚过，看见前面有一奇峰突起，江身沿着这山峰右面驶去，山峰左面却又出现一道河流，原来这就是王昭君诞生地香溪。它一下就令人记起杜甫的诗："群山万壑赴荆门，生长明妃尚有村。"我们遥望了一下香溪，船便沿着山峰进入一道无比险峻的长峡——兵书宝剑峡。这儿完全是一条窄巷，我到船头上，仰头上望，只见黄石碧岩，高与天齐，再行驶一段就到了青滩。江面陡然下降，波涛汹涌，浪花四溅，当你还没来得及仔细观看，船已像箭一样迅速飞下，巨浪为船头劈开，旋卷着，合在一起，一下又激荡开去。江水像滚沸了一样，到处是泡沫，到处是浪花。船上的同志指着岩上一片乡镇告我："长江航船上很多领航人都出生在这儿……每只木船要想渡过青滩，都得请这儿的人引领过去。"这时我正注视着一只逆流而上的木船，看起这青滩的声势十分吓人，但人从汹涌浪涛中掌握了一条前进途径，也就战胜了大自然了。

中午，我们来到了崆岭滩跟前，长江上的人都知道："泄滩青滩不算滩，崆岭才是鬼门关。"可见其凶险了。眼看一片灰色石礁布满水面，"江津"号却抛锚停泊了。原来崆岭滩一条狭窄航道只能过一只船，这时有一只江轮正在上行，我们只好等下来。谁知竟等了那么久，可见那上行的船只是如何小心翼翼了。当我们驶下崆岭滩时，果然是一片乱石林立，我们简直不像在浩荡的长江上，而是在苍莽的丛林中找寻小径跋涉前进了。

十一月十九日

早晨，一片通红的阳光，把平静的江水照得像玻璃一样发亮。长江三日，千姿万态，现在已不是前天那样大雾迷蒙，也不是昨天"巫山巫峡色萧森"，而是"楚地阔无边，苍茫万顷连"了。长江在穿过长峡之后，现在变得如此宁静，就像刚刚诞生过婴儿的年轻母亲一样安详慈爱。天光水色真是柔和极了。江水像微微拂动的丝绸，有两只雪白的鸥鸟缓缓地和"江津"号平行飞进，水天极目之处，凝成一种透明的薄雾，一簇一簇船帆，就像一束一束雪白的花朵在蓝天下闪光。

在这样一天，江轮上非常宁静的一日，我把我全身心沉浸在"红色的罗莎"——卢森堡的《狱中书简》中。

这个在一九一八年德国无产阶级革命中最坚定的领袖，我从她的信中，感到一个伟大革命家思想的光芒和胸怀的温暖，突破铁窗镣铐，而闪耀在人间，你看，这一页：

> 雨点轻柔而均匀地洒落在树叶上，紫红的闪电一次又一次地在铅灰色中闪耀，遥远处，隆隆的雷声像汹涌澎湃的海涛余波似的不断滚滚传来。在这一切阴霾惨淡的情景中，突然间一只夜莺在我窗前的一株枫树上叫起来了！在雨中，闪电中，隆隆的雷声中，夜莺啼叫得像是一只清脆的银铃，它歌唱得如醉如痴，它要压倒雷声，唱亮昏暗……
>
> 昨晚九点钟左右，我还看到壮丽的一幕，我从我的沙发上发现映在窗玻璃上的玫瑰色的返照，这使我非常惊异，因为天空完全是灰色的。我跑到窗前，着了迷似的站在那里。在一色灰沉沉的天空上，东方涌现出一块巨大的、美丽的人间少有的玫瑰色的云彩，它与一切分隔开，孤零零地浮在那里，看起来像是一个微笑，像是来自陌生的远方的一个问候。我如释重负地长嘘了一口气，不由自主地把双手伸向这幅富有魅力的图画。有了这样的颜色，这样的形象，然后生活才美妙，才有价值，不是吗？我用目光饱餐这幅光辉灿烂的图画，把这幅图画的每一线玫瑰色的霞光都吞咽下去，直到我突然禁不住笑起自己来。天哪，天空啊，云彩啊，以及整个生命的美并不只存在于佛龙克，用得着我来跟它们告别？不，它们会跟着我走的，不论我到哪儿，只要我活着，天空、云彩和生命的美会跟我同在。

"江津"号在平静的浪花中缓缓行驶。我读着书，一种非常珍贵的感情渗透我的全身。我必须立刻把它写下来，我愿意把它写在这奔腾叫啸而又安静温柔的长江一起，因为它使我联想到我前天想到的"战斗——航进——穿过黑夜走向黎明"的想象，过去，多少人，从他们艰巨战斗中向往着一个美好的明天呀！而当我承受着像今天这样灿烂的阳光和清丽的景色时，我不能不意识到，今天我们整个大地，所吐露出来的那一种芬芳、宁馨的呼吸，这社会主义生活的呼吸，正是全世界上，不管在亚洲还是在欧洲，在美洲还是在非洲，一切先驱者的血液，凝聚起来，而发射出来的最自由最强大的光辉。我读完了《狱中书简》，一轮落日——那样圆，那样大，像鲜红的珊瑚球一样，把整个江面笼罩在一脉淡淡的红光中，面前像有一种细细的丝幕柔和地、轻悄地撒落下来。

　　最后让我从我自己的一封信中抄下一段，来结束这一日吧：

　　　　夜间，九时余——从前面漆黑的夜幕中，看见很小很小几点亮光。人们指给我那就是长江大桥，"江津"号稳稳地向武汉驶近。从这以后，我一直站在船上眺望，渐渐地渐渐地看出那整整齐齐的一排像横穿起来的珍珠，在熠熠闪亮。我看着，我觉得在这辽阔无边的大江之上，这正是我们献给我们母亲河流的一顶珍珠冠呀……再前进，江上无数蓝的、白的、红的、绿的灯光，拖着长长倒影在浮动，那是无数船只在航行，而那由一颗颗珍珠画出的大桥的轮廓，完全像升在云端里一样，高耸空中，而桥那面，灯光稠密得简直像是灿烂的金河，那是什么？仔细分辨，原来是武汉两岸的亿万灯光。当我们的"江津"号，嘹亮地向武汉市发出致敬欢呼的声音时，我心中升起一种庄严的情感，看一看！我们创造的新世界有多么灿烂吧！……

《人民文学》1961年3期

歌声

吴伯箫

感人的歌声留给人的记忆是长远的。无论哪一首激动人心的歌，最初在哪里听过，哪里的情景就会深深地留在记忆里。环境，天气，人物，色彩，甚至连听歌时的感触，都会烙印在记忆的深处，像在记忆里摄下了声音的影片一样。那影片纯粹是用声音绘制的，声音绘制色彩，声音绘制形象，声音绘制感情。只要在什么时候再听到那种歌声，那声音的影片便一幕幕放映起来。"云霞灿烂如堆锦，桃李兼红杏"，《春之花》那样一首并不高明的歌，带来一整套辛亥革命以后启蒙学堂的生活。"我们是开路先锋"，反映出一个暴风雨来临的时代。"我的家在东北松花江上"，描绘出抗日战争初期一幅动乱的景象。……

我以无限恋念的心情，想起延安的歌声来了。

延安的歌声，是革命的歌声，战斗的歌声，劳动的歌声，极为广泛的群众的歌声。列宁在纪念《国际歌》的作者欧仁·鲍狄埃的文章里说："一个有觉悟的工人，不管他来到哪个国家，不管命运把他抛到哪里，不管他怎样感到自己是异邦人，言语不通，举目无亲，远离祖国，——他都可以凭《国际歌》的熟悉的曲调，给自己找到同志和朋友。"我们可以这样理解：《国际歌》是全世界无产阶级的共同的声音，共同的语言。我们也可以这样看延安的歌。在延安，《国际歌》就是被最庄严最普遍地歌唱的。

回想从冼星海同志指挥的《生产大合唱》开始吧。那是一九三九年夏初一个晚上，在延安城北门外西山脚下的坪坝上。煤气灯照得通亮。以煤气灯为中心，聚集了上万的人。印象中仿佛都是青年人。少数中年以上的人，也是青年人的心情，青年人的襟怀和气魄。记得那时候我刚刚从前方回到延安，虽然只出去四五个月，也像久别回家那样，心里热乎乎的，见到每个人都感到亲热。不管认识不认识，见到谁都打招呼。会场上那些男的，女的，都一律穿着灰布军装，朴素整洁，打扮得都那样漂亮。大家说说笑笑，熙熙攘攘，像欢度快乐的节日一样。是的，正是欢乐的节日，是第一个五四青年节。就是在那天晚上，我们听了伟大的领袖毛泽东同志那篇有名的报告：《青年运动的方向》。

说到这时候，是报告完了，热烈的鼓掌、欢呼以后，大家正极兴奋的时候。那真是"意气风发，斗志昂扬"；只是大家酣醉的幸福里，那里还想不出这样恰当的形容文字。每个人都咀嚼、回味报告里的深刻意义和精辟的语句："革命的或不革命的或反革命的知识分子的最后的分界，看其是否愿意并且实行和工农民众相结合。""今天到会的人，大多数来自千里万里之外，不论姓张姓李，是男是女，做工务农，大家都是一条心。"咀嚼着，回味着这些语句，同时等候大合唱开始。

露天会场。西边是黑黝黝的群山，东边是流水汤汤的延河，隔河是青凉山。南边是隐隐约约的古城和城上的女墙。北边是一条路，沿了延河，蜿蜒过蓝家坪，狄青牢，直通去三边的阳关大道。合唱开始，大概已经是夜里十一点了。

就在那样不平凡的时刻，在那个可纪念的地方，我第一次听见唱：

> 二月里来，好风光，
> 家家户户种田忙。……

冼星海同志指挥得那样有气派，姿势优美，大方；动作有节奏，有感情。随着指挥棍的移动，上百人，不，上千人，还不，仿佛全部到会的，上万人，都一齐歌唱。歌声悠扬，淳朴，像谆谆的教海，又像娓娓的谈话，一直唱到人们的心里，又从心里唱出来，弥漫整个广场。声浪碰到群山，群山发出回响；声浪越过延河，河水演出伴奏；几番回荡往复，一直辐散到遥远的地方。抗日战争的前线后方，有谁没有听过，没有唱过那种从延安唱出来的歌呢？

延安唱歌，成为一种风气。部队里唱歌，学校里唱歌，工厂、农村、机关里也唱歌。每逢开会，各路队伍都是踏着歌走来，踏着歌回去。往往开会以前唱歌，休息的时候还是唱歌。没有歌声的集会几乎是没有的。列宁记十九世纪七十年代德国工人歌咏团，说他们是"在法兰克福一家小酒馆的一间黑暗的、充满了油烟的里屋集会，房子里是用脂油做的蜡烛照明的"。在黑暗的时代里，唱唱歌该是多么困难啊。在延安，大家是在解放了的自由的土地上，为什么不随时随地集体地，大声地歌唱呢？每次唱歌，都有唱有和，互相鼓舞着唱，互相竞赛着唱。有时简直形成歌的河流，歌的海洋，歌声一波未平，一波又起，接唱，联唱，轮唱，使你辨不清头尾，摸不到边际。那才叫尽情地歌唱哩！

唱歌的时候，一队有一个指挥，指挥多半是多才多艺的，既能使自己的队伍唱得整齐有力，唱得精彩，又有办法激励别的队伍唱了再唱，唱得尽兴。最喜欢千人、万人的大会上，一个指挥用伸出的右手向前一指，唱一首歌的头一个音节定定调，全场就可以用同一种声音唱起来。一首歌唱完，指挥用两臂有力地一收，歌声便戛然停止。这样简直把唱歌变成了一种思想、一种语言，甚至一种号令。千人万人能被歌声团结起来，组织起来，踏着统一的步伐前进，听着统一号令战斗。

延安歌声，也有传统，那就是陕北民歌。

"信天游"唱起来高亢、悠远，"兰花花"唱起来缠绵、哀怨。那多半是歌唱爱情，诉说别离，控诉旧社会剥削压迫的。过去陕北地广人稀，走路走很远才能碰到一个村子，村子也往往只有几户人家散落在山峁沟畔。下地劳动，或者吆了牲口驮脚，两三个人一伙，同不会说话的牲口嘀嘀咚咚地走着，够寂寞，诉说不得不诉说的心事，于是就唱民歌。歌声拖得很长很长，因此能听得很远很远。人还没看见，已经先听见歌声了；或者人已经转过山头望不见了，歌声还余音袅袅，不绝如缕。

时代变了，延安的歌就增加了新的曲调，换上了新的内容。二十年前那个时候，主要是歌唱革命，歌唱领袖，歌唱抗战，歌唱生产。延安唱的歌很快传到各抗日根据地，后来又传到一个接一个地解放了的地区。日本投降以后，哪里听到延安的歌声，哪里就快要解放了。延安的歌声直接变成了解放的先声，譬如《三大纪律八项注意》那首歌吧，从苏区唱起，一直就是红军、八路军、新四军和人民解放军的先遣部队。哪个地方的人民最痛苦，哪个战场上的战斗最艰巨，这首歌就先到哪里。听见这首歌，连小孩子都知道人民的救星来了，毛主席的队伍来了。它是黑夜的火把，雪天的煤炭，大旱的甘霖。人们含着笑又含着喜欢的眼泪听这首歌。我甚至养成了这样一种习惯，听别人唱这首歌，仿佛也是自己在唱。听见声音，仿佛同时看见了队伍，看见队伍两旁拥挤着欢迎队伍的人群。人群里，年长的是大娘、大爷，同年的是大哥、大嫂、兄弟、姊妹，都是亲人。又仿佛队伍同时是群众，群众又同时是队伍，根本分不清。这首歌，唱一千遍，听一万遍，我都喜欢。

这里就不说我喜欢那首唱遍世界的歌——《东方红》了。那是标志着全国人民对伟大领袖衷心爱戴的歌，又是人民群众自己创作的歌。谁不喜欢呢？从心里，从灵魂的深处。

1961年

《北极星》人民文学出版社1963年版

雨中登泰山

李健吾

　　从火车上遥望泰山，几十年来有好些次了，每次想起"孔子登东山而小鲁，登泰山而小天下"那句话来，就觉得过而不登，像是欠下悠久的文化传统一笔债似的。杜甫的愿望："会当凌绝顶，一览众山小。"我也一样有，惜乎来去匆匆，每次都当面错过了。

　　而今确实要登山了，偏偏天公不作美，下起雨来，淅淅沥沥，不像落在地上，倒像落在心里。天是灰的，心是沉的。我们约好了清晨出发，人齐了，雨却越下越大。等天晴吗？想着这渺茫的"等"字，先是憋闷。盼到十一点半钟，天色转白，我不由喊了一句："走吧！"带动年轻人，挎起背包，兴致勃勃，朝岱宗坊出发了。

　　是烟是雾，我们辨认不清，只见灰蒙蒙一片，把老大一座高山，上上下下，裹了一个严实。古老的泰山越发显得崔嵬了。我们才过岱宗坊，震天的吼声就把我们吸引到虎山水库的大坝前面。七股大水，从水库的桥孔跃出，仿佛七幅闪光黄锦，直铺下去，碰着嶙嶙的乱石，激起一片雪白水珠，脱线一般，洒在回旋的水面。这里叫作虬在湾：据说虬早已被吕洞宾渡上天了，可是望过去，跳掷翻腾，像又回到了故居。

　　我们绕过虎山，站到坝桥上，一边是平静的湖水，迎着斜风细雨，懒洋洋只是欲步不前，一边却暗恶叱咤，似有千军万马，躲在绮丽的黄锦底下。黄锦是方便的比喻，其实是一幅细纱，护着一幅没有经纬的精致图案，透明的白纱轻轻压着透明的米黄花纹。——也许只有织女才能织出这种瑰奇的景色。

　　雨大起来了，我们拐进王母庙后的七真祠。这里供奉着七尊塑像，正面当中是吕洞宾，两旁是他的朋友铁拐李和何仙姑，东西两侧是他的四个弟子，所以叫作七真祠。吕洞宾和他的两位朋友倒也还罢了，站在龛里的两个小童和柳树精对面的老人，实在是少见的传神之作。一般庙宇的塑像，往往不是平板，就是怪诞，造型偶尔美的，又不像中国人，跟不上这位老人这样逼真、亲切。无名的雕塑家对年龄和面貌的差异有很深的认识，形象才会这样栩栩如生。不是年轻人提醒我该走了，我还会欣赏下去的。

我们来到雨地，走上登山的正路，一连穿过三座石坊：一天门、孔子登临处和天阶。水声落在我们后面，雄伟的红门把山挡住。走出长门洞，豁然开朗，山又到了我们跟前。人朝上走，水朝下流，流进虎山水库的中溪陪我们，一直陪到二天门。悬崖峻嶒，石缝滴滴答答，泉水和雨水混在一起，顺着斜坡，流进山涧，涓涓的水声变成訇訇的雷鸣。有时候风过云开，在底下望见南天门，影影绰绰，耸立山头，好像并不很远；紧十八盘仿佛一条灰白大蟒，匍匐在山峡当中；更多的时候，乌云四合，层峦叠嶂都成了水墨山水。蹚过中溪水浅的地方，走不太远，就是有名的经石峪，一片大水漫过一亩大小的一个大石坪，光光的石头刻着一部《金刚经》，字有斗来大，年月久了，大部分都让水磨平了。回到正路，雨不知道什么时候已经住了，人走了一身汗，巴不得把雨衣脱下来，凉快凉快。说巧也巧，我们正好走进一座柏树林，阴森森的，亮了的天又变黑了，好像黄昏提前到了人间，汗不但下去，还觉得身子发冷，无怪乎人把这里叫作柏洞。我们抖擞精神，一气走过壶天阁，登上黄岘岭，发现沙石全是赤黄颜色，明白中溪的水为什么黄了。

靠住二天门的石坊，向四下里眺望，我又是骄傲，又是担心。骄傲我已经走了一半的山路，担心自己走不了另一半的山路。云薄了，雾又上来。我们歇歇走走，走走歇歇，如今已经是下午四点多了。困难似乎并不存在，眼面前是一段平坦的下坡土路，年轻人跳跳蹦蹦，走了下去，我也像年轻了一样，有说有笑，跟在他们后头。

我们在不知不觉中，从下坡路转到上坡路，山势陡峭，上升的坡度越来越大。路一直是宽整的，只有探出身子的时候，才知道自己站在深不可测的山沟边，明明有水流，却听不见水声。仰起头来朝西望，半空挂着一条两尺来宽的白带子，随风摆动，想凑近了看，隔着辽阔的山沟，走不过去。我们正在赞不绝口，发现已经来到一座石桥跟前，自己还不清楚是怎么一回事，细雨打湿了浑身上下。原来我们遇到另一类型的飞瀑，紧贴桥后，我们不提防，几乎和它撞个正着。水面有两三丈宽，离地不高，发出一泻千里的龙虎声威，打着桥下奇形怪状的石头，口沫喷得老远。从这时候起，山涧又从左侧转到右侧，水声淙淙，跟我们跟到南天门。

过了云步桥，我们开始走上攀登泰山主峰的盘道。南天门应该近了，由于山峡回环曲折，反而望不见了。野花野草，什么形状也有，什么颜色也有，挨挨挤挤，芊芊莽莽，要把巉岩的山石装扮起来。连我上了一点岁数的人，也学小孩子，掐了一把，直到花朵和叶子全蔫了，才带着抱歉的心情，丢在山涧里，随水漂去。但是把人的心灵带到一种崇高的境界的，却是那些"吸翠霞而天矫"的松树。它们不怕山高，把根扎在悬崖绝壁的隙缝，身子扭得像盘龙柱子，在半空展开枝叶，像是和狂风乌云争夺天日，又像是和清风白云游戏。有的松树望穿秋水，不见你来，独自上到高处，斜着身子张望。

有的松树像一顶墨绿大伞，支开了等你。有的松树自得其乐，显出一副潇洒的模样。不管怎么样，它们都让你觉得它们是泰山的天然的主人，谁少了谁，都像不应该似的。雾在对松山的山峡飘来飘去，天色眼看黑将下来。我不知道上了多少石级，一级又一级，是乐趣也是苦趣，好像从我有生命以来就在登山似的，迈前脚，拖后腿，才不过走完慢十八盘。我靠住升仙坊，仰起头来朝上望，紧十八盘仿佛一架长梯，搭在南天门口。我胆怯了。新砌的石级窄窄的，搁不下整脚。怪不得东汉的应劭，在《泰山封禅仪记》里，这样形容："仰视天门窔辽，如从穴中视天，直上七里，赖其羊肠逶迤，名曰环道，往往有亘索可得而登也，两从者扶挟前人相牵，后人见前人履底，前人见后人顶，如画重累人矣，所谓磨胸捏石扪天之难也。"一位老大爷，斜着脚步，穿花一般，侧着身子，赶到我们前头。一位老大娘，挎着香袋，尽管脚小，也稳稳当当，从我们身边过去。我像应劭说的那样，"目视而脚不随"，抓住铁扶手，揪牢年轻人，走十几步，歇一口气，终于在下午七点钟，上到南天门。

心还在跳，腿还在抖，人到底还是上来了。低头望着新整然而长极了的盘道，我奇怪自己居然也能上来。我走在天街上，轻松愉快，像一个没事人一样。一排留宿的小店，没有名号，只有标记，有的门口挂着一只笊篱，有的窗口放着一对鹦鹉，有的是一根棒槌，有的是一条金牛，地方宽敞的摆着茶桌，地方窄小的只有炕几，后墙紧贴着峥嵘的山石，前脸正对着万丈的深渊。别成一格的还有那些石头。古诗人形容泰山，说"泰山岩岩"，注解人告诉你：岩岩，积石貌。的确这样，山顶越发给你这种感觉。有的石头像莲花瓣，有的像大象头，有的像老人，有的像卧虎，有的错落成桥，有的兀立如柱，有的侧身探海，有的怒目相向。有的什么也不像，黑乎乎的，一动不动，堵住你的去路。年月久，传说多，登封台让你想象帝王拜山的盛况，一个光秃秃的地方会有一块石碣，指明是"孔子小天下处"。有的山池叫作洗头盆，据说玉女往常在这里洗过头发；有的山洞叫作白云洞，传说过去往外冒白云，如今不冒白云了，白云在山里依然游来游去。晴朗的天，你正在欣赏"齐鲁青未了"，忽然一阵风来，"荡胸生层云"，转瞬间，便像宋之问在《桂阳三日述怀》里说起的那样，"云海四茫茫"。是云吗？头上明明另有云在。看样子是积雪，要不也是棉絮堆，高高低低，连续不断，一直把天边变成海边。于是阳光掠过，云海的银涛像镀了金，又像着了火，烧成灰烬，不知去向，露出大地的面目。两条白线，曲曲折折，是漆河，是汶河。一个黑点子在碧绿的图案中间移动，仿佛蚂蚁，又冒一缕青烟。你正在指手画脚，说长道短，虚像和真像一时都在雾里消失。

我们没有看到日出的奇景。那要在秋高气爽的时候。不过我们也有自己的独得之乐：我们在雨中看到的瀑布，两天以后下山，已经不那样壮丽。小瀑布不见，大瀑布变小了。

我们沿着西溪，翻山越岭，穿过果香扑鼻的苹果园，在黑龙潭附近待了老半天。不是下午要赶火车的话，我们还会待下去的。山势和水势在这里别是一种格调，变化而又和谐。山没有水，如同人没有眼睛，似乎少了灵性。我们敢于在雨中登泰山，看到有声有势的飞泉流瀑，倾盆大雨的时候，恰好又在斗母宫躲过，一路行来，有雨趣而无淋漓之苦，自然也就格外感到意兴盎然。

《人民文学》1961 年 11 期

澜沧江边的蝴蝶会

冯 牧

我在西双版纳的美妙如画的土地上，幸运地遇到了一次真正的蝴蝶会。

很多人都听说过云南大理的蝴蝶泉和蝴蝶会的故事，也读到过不少关于蝴蝶会的奇妙景象的文字记载。从明朝万历年间的《大理志》到近年来报刊上刊载的报道，我们都读到过关于这个反映了美丽的云南边疆的独特自然风光的具体描述。关于蝴蝶会的文字记载，由来已久。据我所知道的，第一个细致而准确地描绘了蝴蝶会的奇景的，恐怕要算是明朝末年的徐霞客了，在三百多年前，这位卓越的旅行家就不但为我们真实地描写了蝴蝶群集的奇特景象，并且还详尽地描写了蝴蝶周围的自然环境。他这样写着：

> ……山麓有树大合抱，倚崖而笸立，下有泉，东向漱根窍而出，清冽可鉴。稍东，其下又有一树，仍有一小泉，亦漱根而出，二泉汇为方丈之沼，即所溯之上流也。泉上大树，当四月初，即发花如蛱蝶，须翅栩然，与生蝶无异；又有真蝶千万，连须钩足，自树巅倒悬而下，及于泉面，缤纷络绎，五色焕然。

这是一幅多么令人目眩神迷而又美妙奇丽的景象！无怪乎许多来到大理的旅客都要设法去观赏一下这个人间奇观了。但可惜的是，胜景难逢，由于某种我们至今还不清楚的自然规律，每年蝴蝶会的时间总是十分短促并且是时有变化的；而交通的阻隔，又使得有机会到大理去游览的人，总是难于恰巧在那个时间准确无误地来到蝴蝶泉边。就是徐霞客也没有亲眼看到真正的蝴蝶会的盛况；他晚去了几天，花朵已经凋谢，使他只能折下一枝蝴蝶树的标本，惆怅而去。他的关于蝴蝶会的描写，大半是根据一些亲历者的转述而记载下来的。

我在七八年前也探访过一次蝴蝶泉。我也去晚了。但我并没有像徐霞客那样怅然而返。我还是看到了成百的蝴蝶在集会。在一泓清澈如镜的泉水上面，环绕着一株枝叶婆娑的大树，一群彩色缤纷的蝴蝶正在翩翩飞舞，映着水潭中映出的倒影，确实是使人感到一种超乎常态的美丽。

以后，我遇见过不少曾经专程探访过蝴蝶泉的人。只有个别的人有幸遇到了真正的蝴蝶盛会。但是，根据他们的描述，比起记载中和传说中所描述的景象来，已经是大为逊色了。

其实，这是毫不足怪的。随着公路的畅通，游人的频至，附近的荒山僻野的开拓，蝴蝶泉边蝴蝶的日渐减少，本来是完全符合自然发展规律的。而且，如果我们揭开关于蝴蝶会的那层富有神话色彩的传说的帷幕，我们便会发现：像蝴蝶群集这类罕见的景象，其实只不过是一定的自然环境的产物；而且有些书籍中也分明记载着，所谓蝴蝶会，并不是大理蝴蝶泉所独有的自然风光，而是在云南的其他地方也曾经出现过的一种自然现象。比如，在清人张泓所写的一本笔记《滇南新语》中，就记载了昆明城里的圆通山（就是现在的圆通公园）的蝴蝶会，书中这样写道：

> 每岁孟夏，蝴蝶千百万会飞此山，屋树岩壑皆满，有大如轮、小于钱者，翩翩随风，缤纷五彩，锦色烂然，集必三日始去，究不知其去来之何从也。余目睹其呈奇不爽者盖两载。

张泓是乾隆年间人，他自然无法用科学道理来解释他在昆明看到的奇特景象；同时，由于时旷日远，现在住在昆明的人恐怕也很少有人听说过在昆明城里有过这种自然界的奇观。但是，张泓关于蝴蝶会的绘影绘色的描写，却无意中为我们印证了一件事情：蝴蝶的集会并不只是大理蝴蝶泉所独有的现象，而是属于一种云南的特殊自然环境所特有的自然现象，属于一种气候温煦、植物繁茂、土地肥腴的自然境界的产物。由此，我便得出了这样一个设想：即使是大理的蝴蝶逐渐减少了（正如历史上的昆明一样），在整个云南边疆的风光明丽的锦绣大地上，在蝴蝶泉以外的别的地方，我们一定也不难找到如像蝴蝶泉这样的诗情浓郁的所在的。

这个设想，被我不久以前在西双版纳旅途中的一次意外的奇遇所证实了。

由于一种可遇而不可求的机会，我看到了一次真正的蝴蝶会，一次完全可以和徐霞客所描述的蝴蝶相媲美的蝴蝶会。

西双版纳的气候是四季长春的。在那里你永远看不到植物凋敝的景象。但是，即使如此，春天在那里也仍然是最美好的季节。就在这样的季节里，在傣族的泼水节的前夕，我们来到了被称为西双版纳的一颗"绿宝石"的橄榄坝。

在这以前，人们曾经对我说：谁要是没有到过橄榄坝，谁就等于没有看到真正的西双版纳。当我们刚刚从澜沧江的小船踏上这片密密地覆盖着浓绿的植物层的土地时，我马上就深深地感觉到，这些话是丝毫也不夸张的。我们好像来到了一个天然的巨大的热带花园里。到处都是一片浓荫匝地，繁花似锦。到处都是一片蓬勃的生气：鸟类在永不休止地啭鸣；在棕褐色的沃土上，各种植物好像是在拥挤着、争抢着向上生长。行走在村寨之间的小径上，就好像是行走在精心培植起来的公园林荫路上一样，只有从浓密的叶隙中间，才能偶尔看到烈日的点点金光。我们沿着澜沧江边的一连串村寨进行了一次远足旅行。

我们的访问终点，是背倚着江岸、紧密接连的两个村寨——曼厅和曼扎。当我们刚刚走上江边的密林小径时，我就发现，这里的每一块土地，每一段路程，每一片丛林，都是那样地充满了秾丽的热带风光，都足以构成一幅色彩斑斓的绝妙风景画面。我们经过了好几个隐藏在密林深处的村寨，只有在注意寻找时，才能从树丛中发现那美丽精巧的傣族竹楼。这里的村寨分布得很特别，不是许多人家聚成一片，而是稀疏地分散在一片林海中间。每一幢竹楼周围都是一片丰饶富庶的果树园；家家户户的庭前窗后，都生长着枝叶挺拔的椰子树和槟榔树，绿荫盖地的杧果树和荔枝树。在这里，人们用垂实累累的香蕉树做篱笆，用清香馥郁的夜来香做围墙。被果实压弯了的柚子树用枝叶敲打着竹楼的屋檐；密生在枝丫间的波罗蜜散发着醉人的浓香。

我们在花园般的曼厅和曼扎度过了一个愉快的下午。我们参观了曼扎的办得很出色的托儿所；在那里的整洁而漂亮的食堂里，按照傣族的习惯，和社员们一起吃了餐富有民族特色的午饭，分享了社员们的富裕生活的欢快。我们在曼厅旁听了为布置甘蔗和双季稻生产而召开的社长联席会，然后怀着一种充实的心境走上了归途。

我们走的仍然是来时的路程，仍然是那条浓荫遮天的林中小路，数不清的奇花异卉仍然到处散发着沁人心脾的清香。在路边的密林里，响彻着一片鸟鸣和蝉叫的嘈杂而又悦耳的合唱。透过树林枝干的空隙，时时可以看到大片的平整的田畴，早稻和许多别的热带经济作物的秧苗正在夕照中随风荡漾。在村寨的边沿，可以看到巨叶林荫道菩提林的巨人似的身姿，在它们的荫蔽下，佛寺的高大的金塔和庙顶在闪着耀眼的金光。

一切都和我们来时一样。可是，我们又似乎觉得，我们周围的自然环境和来时有些异样。终于，我们发现了一种来时所没有的新景象：我们多了一群新的旅伴——成群的蝴蝶。在花丛上，在枝叶间，在我们的周围，到处都有三五成群的彩色蝴蝶在迎风飞舞；它们有的在树丛中盘旋逗留，有的却随着我们一同前进。开始，我们对于这种景象也并不以为奇。我们知道，这里的蝴蝶的美丽和繁多是别处无与伦比的；我们在森林中经常可以遇到彩色的斑斓的蝴蝶和人们一同行进，甚至连续飞行几里路。我们早已养成了这样的习惯：习于把成群的蝴蝶看作是西双版纳的美妙自然景色的一个不可缺少的组成部分了。

但是，我们越来越感到，我们所遇到的景象实在是超过了我们的习惯和经验了。蝴蝶越聚越多，一群群、一堆堆从林中飞到路径上，并且结队成伙地在向着我们要去的方向前进着。它们上下翻飞，左右盘旋；它们在花丛树影中飞快地扇动着彩色的翅膀，闪得人眼花缭乱。有时，千百只蝴蝶拥塞了我们前进的道路，使我们不得不用树枝把它们赶开，才能继续前进。

就这样，在我们和蝴蝶群的搏斗中走了大约五里路的路程之后，我们看到了一个奇异的景色。我们走到一片茂密的木贝树林边；在一块草坪上面，有一株硕大的菩提树，它的向四面伸张的枝丫和浓茂的树叶，好像是一把巨大的阳伞似的遮盖着整个草坪。在草坪中央的几方丈的地面上，仿佛是密密地丛生着一片奇怪的植物似的，聚集着数以万计的美丽的蝴蝶，好像是一座美丽的花坛一样，它们互相拥挤着，攀附着，重叠着，面积和体积都在不断地扩大。从四面八方飞来的新的蝶群正在不断地加入进来。这些蝴蝶大多数是属于一个种族的，它们的翅膀的背面是嫩绿色的，这使它们在停伫不动时就像是绿色的小草一样，它们翅膀的正面却又是金黄色的，上面还有着美丽的花纹，这使它们在扑动翅翼时又像是朵朵金色的小花。在它们的密集着的队伍中间，仿佛是有意来作为一种点缀，有时也飞舞着少数的巨大的黑底红花身带飘带的大木蝶。在一刹那间，我们好像是进入了一个童话世界；在我们的眼前，在我们四周，在一片令人心旷神怡的美妙的自然景色中间，到处都是密密匝匝、层层叠叠的蝴蝶；蝴蝶密集到这种程度，使我们随便伸出手去便可以捉到几只。天空中好像是雪花似的飞散着密密的花粉，它和从森林中飘来的野花和菩提的气息混在一起，散出了一种刺鼻的浓香。

面对着这种自然界的奇景，我们每个人几乎都目瞪口呆了。站在千万只翩然飞舞的蝴蝶当中，我们觉得自己好像是有些多余的了。而蝴蝶却一点也不怕我们；我们向它们的密集的队伍投掷着树枝，它们立刻轰涌地飞向天空，闪动着彩色缤纷的翅翼，但不到一分钟之后，它们又飞到草地上集合了。我们简直是无法干扰它们的参与盛会的兴致。

我们在这些集成阵的蝴蝶前长久地观赏着，赞叹着，简直是流连忘返了。在我的思想里，突然闪过了一个念头：难道这不正是过去我们从传说中听到的蝴蝶会么？我们有人时常慨叹着大理蝴蝶泉上的蝴蝶越来越少了，但是，在祖国边疆的无限美好无限丰饶的土地上，不是随处都可以找到它们欢乐聚会的场所么？

当时，我们这些想法自然是非常天真可笑的。我根本没有考虑到如何为我所见到的奇特景象去寻求一个科学解释（我觉得那是昆虫学家和植物学家的事情），也没有考虑到这种蝴蝶群集的现象，对于我们的大地究竟是一种有益的还是有害的现象。我应当说，我完全被这片童话般的自然影像所陶醉了；在我的心里，仅仅是充溢着一种激动而欢乐的情感，并且深深地为了能在我们祖国边疆看到这样奇丽的风光而感到自豪。我们所生活、所劳动、所建设的土地，是一片多么丰富，多么美丽，多么奇妙的土地啊！

《人民日报》1962年

黄鹂

——病期琐事

孙 犁

这种鸟儿，在我的家乡好像很少见。童年时，我很迷恋过一阵捕捉鸟儿的勾当。但是，无论春末夏初在麦苗地或油菜地里追逐红靛儿，或是天高气爽的秋季，奔跑在柳树下面网罗虎不拉儿的时候，都好像没有见过这种鸟儿。它既不在我那小小的村庄后边高大的白杨树上同鹈鸡儿一同鸣叫，也不在村南边那片神秘的大苇塘里和苇咤子一块儿筑窠。

初次见到它，是在阜平县的山村。那是抗日战争期间，在不断的炮火洗礼中，有时清晨起来，在茅屋后面或是山脚下的丛林里，我听到了黄鹂的尖厉的富有召唤性和启发性的啼叫。可是，它们飞起来，迅若流星，在密密的树枝树叶里忽隐忽现，常常是在我仰视的眼前一闪而过，金黄的羽毛上映照着阳光，美丽极了，想多看一眼都很困难。

因为职业的关系，对于美的事物的追求，真是有些奇怪，有时简直近于一种狂热。在战争不暇的日子里，这种观察飞禽走兽的闲情逸致，不知对我的身心情感，起着什么性质的影响。

前几年，终于病了。为了疗养，来到了多年向往的青岛。

春天，我移居到离海边很近，只隔着一片杨树林洼地的一幢小楼房里。有很长的一段时间，我一个人住在这里，清晨黄昏，我常常到那杨树林里散步。有一天，我发现有两只黄鹂飞来了。

这一次，它们好像喜爱这里的林木深密幽静，也好像是要在这里产卵孵雏，并不匆匆离开，大有在这里安家落户的意思。

每天，天一发亮，我听到它们的叫声，就轻轻打开窗帘，从楼上可以看见它们互相追逐，互相逗闹，有时候看得淋漓尽致，对我来说，这真是饱享眼福了。

观赏黄鹂，竟成了我的一种日课。一听到它们叫唤，心里就很高兴，视线也就转到杨树上，我很担心它们一旦要离此地他去。这里是很安静的，甚至有些近于荒凉，它们也许会安心居住下去。我在树林里徘徊着，仰望着，有时坐在小石凳上谛听着，但总找不到它们的窠巢所在，它们是怎样安排自己的住室和产房的呢？

一天清晨，我又到树林里散步，和我患同一种病症的史同志手里拿着一支猎枪，正在瞄准树上。

"打什么鸟儿？"我赶紧过去问。

"打黄鹂！"老史兴致勃勃地说，"你看看我的枪法。"

这时候，我不想欣赏他的枪技，我但愿他的枪法不准。他瞄了一会儿，黄鹂发觉飞走了。乘此机会，我以老病友的资格，请他不要射击黄鹂，因为我很喜欢这种鸟儿。

我很感激老史同志对友谊的尊重。他立刻答应了我的要求，没有丝毫不平之气。并且说：

"养病么，喜欢什么就多看看，多听听。"

这是真诚的同病相怜。他玩猎枪，也是为了养病，能在兴头儿上照顾旁人，这种品质不是很难得吗？

有一次，在东海岸的长堤上，一位穿皮大衣戴皮帽的中年人，只是为了讨取身边女朋友的一笑，就开枪射死了一只回翔在天空的海鸥。一群海鸥受惊远飏，被射死的海鸥落在海面上，被怒涛拍击漂卷。胜利品无法取到，那位女人请在海面上操作的海带培养工人帮助打捞，工人们愤怒地掉头划船而去。这给我留下了深刻的印象。回到房子里，无可奈何地写了几句诗，也终于没有完成，因为契诃夫在好几种作品里写到了这种人。我的笔墨又怎能更多地为他们的业绩生色？

在他们的房间里，只挂着契诃夫为他们写的褒词就够了。

惋惜的是，我的朋友的高尚情谊，不能得到这两只惊弓之鸟的理解，它们竟一去不返。从此，清晨起来，白杨萧萧，再也听不到那种清脆的叫声。夏天来了，我忙着到浴场去游泳，渐渐把它们忘掉了。

有一天我去逛鸟市。那地方卖鸟儿的很少了，现在生产第一，游闲事物，相应减少，是很自然的。在一处转角地方，有一个卖鸟笼的老头儿，坐在一条板凳上，手里玩弄着一只黄鹂。黄鹂系在一根木棍上，一会儿悬空吊着，一会儿被拉上来。我站住了，我望着黄鹂，忽然觉得它的焦黄的羽毛，它的嘴眼和爪子，都带有一种凄惨的神气。

"你要吗？多好玩儿！"老头儿望望我问了。

"我不要。"我转身走开了。

我想，这种鸟儿是不能饲养的，它不久会被折磨得死去。

这种鸟儿，即使在动物园里，也不能从容地生活下去吧，它需要的天地太宽阔了。

从此，有很长一段时间，我不再想起黄鹂。第二年春季，我到了太湖，在江南，我才理解了"杂花生树，群莺乱飞"这两句文章的好处。

是的，这里的湖光山色，密柳长堤；这里的茂林修竹，桑田苇泊；这里的乍雨乍晴的天气，使我看到了黄鹂的全部美丽，这是一种极致。

是的，它们的啼叫，是要伴着春雨、宿露，它们的飞翔，是要伴着朝霞和彩虹的。这里才是它们真正的家乡，安居乐业的所在。

各种事物都有它的极致。虎啸深山，鱼游潭底，驼走大漠，雁排长空，这就是它们的极致。

在一定的环境里，才能发挥这种极致。这就是形色神态和环境的自然结合和相互发挥，这就是景物一体。典型环境中的典型性格，也可以从这个角度来理解吧。这正是在艺术上不容易遇到的一种境界。

1962年

《晚华集》百花文艺出版社1979年版

阿诗玛，你在哪里？

荒　煤

　　好客的主人把正在昆明举行现代文学史、现代汉语和外国文学教材协作会议的代表，邀请到石林，参加撒尼族欢乐的"火把节"。来自全国各地的三百多名代表，畅游了石林，观看了摔跤、歌舞。第二天下午，我们少数人又来到小石林寻找"阿诗玛"。一位青年司机同志热情地引导我们到了一丛石林面前，指着一个好几米高的石块，让我们从一个角度观望。经过他的解说，我们好几个人不约而同地叫道："看见了，看见了!""真像!"

　　果然，我们看到了这块石顶上有一段天然的石头，显然像耸立着阿诗玛的半身雕像。我们看到阿诗玛戴着撒尼族姑娘的头巾，半侧着脸，仰望着远处。这时正好有一簇白云在天边慢慢浮动。于是，我仿佛还看到了阿诗玛大眼窝里蕴藏着怀念与沉思。她背上还背着背篓。她是在去劳动的途中，还是在归家途中思念着阿黑呢？

　　几个中央人民广播电台、中央电视台的记者忙了起来，拥着我在阿诗玛面前照了相。一个女孩子还尖声笑着叫嚷：你是阿诗玛的支持者，你应该单独照个相作为纪念。

　　就这样，我们找到了阿诗玛，在她身边度过了一段欢乐的时光。

　　走出小石林，已是黄昏时候，我们还不由得回过头看看石顶上的阿诗玛——她依然挺着胸，一丝不动地仰侧着半边脸，眺望着远方；可是白云消逝了，天色渐渐幽暗，我似乎看到她的眼色变得忧伤起来，感到她的胸脯有些颤动，似乎长叹了一声。

　　这天晚上，我终于没有睡好。我不禁想到在昆明听到的《阿诗玛》

的命运。

《阿诗玛》是云南省撒尼族（彝族的一个支系）人民的一个民间传说的叙事长诗。撒尼族人民说："阿诗玛的苦就是我们撒尼族人民的苦。"这个民间传说把阿诗玛表现为一个反抗奴隶主强迫婚姻致死而变成在石林中永生不灭的回声。她英勇地宣告：

> 日灭我不灭，
> 云散我不散，
> 我的灵魂永不散，
> 我的声音永不灭。

这个民间传说经过云南省文艺工作者搜集整理为长篇诗歌出版，先后出版过四种版本。这首长诗最初发表后，撒尼族人民奔走相告，高兴地说："有了毛主席、共产党的领导，我们撒尼族人民的阿诗玛才得出世！"

一九六四年，上海电影制片厂又根据长诗改编拍摄成彩色宽银幕影片。但影片受到林彪、"四人帮"的迫害，一直没有上映。我支持过这部影片，但影片摄成后，我已离开电影界，我没有看到这部影片。

扮演阿诗玛的青年彝族女演员，是云南省歌舞团演员杨丽坤，主演过《五朵金花》，曾跟随敬爱的周总理和陈毅副总理出国访问过，也是受到周总理亲切关怀的青年演员。周总理在一次出国途中，发现杨丽坤同志的普通话讲得不好，知道了《五朵金花》是别人替她配音的，曾经批评过我们这种做法，指出对青年演员要有严格的训练和要求。总理后来听说又选她担任《阿诗玛》的主角时，特地打电话来问，她的讲话是否有进步。周总理这种对青年演员的真挚关怀和爱护，使我深受感动和教育。但她却受到了林彪、"四人帮"的残酷迫害，被打成"黑线人物""黑苗子"，终于精神失常。一个同志告诉我，当她被迫下放思茅地区时，任何人给她两分钱，都可以叫她唱歌跳舞。回到昆明后，她往往把刚领到的全月工资，全部买了食物和日用品，分给街头的孩子们……打倒"四人帮"后，在领导关怀下，把她送到上海积极治疗，至今还没痊愈。

我国著名的散文家李广田同志是《阿诗玛》长诗的重新修订者，又是这部影片的文学顾问，也因林彪、"四人帮"一伙迫害致死（走投无路绝望，被迫跳昆明莲花池）。

林彪、"四人帮"给《阿诗玛》影片强加了两条罪名：一条是宣传"恋爱至上"，一条是选的扮演阿诗玛及其一群年轻女伴的演员，都是年轻美丽的姑娘，就是"选美人"——"资产阶级思想"。然而长诗中却是这样唱的：

> 千万朵山茶，
> 你是最美的一朵。
> 千万个撒尼姑娘，
> 你是最好的一个。

而又是这个最美丽的姑娘这样宣告：

> 不管他家多有钱，
> 休想迷住我的心，
> 不管我家怎样穷，
> 都不嫁给有钱人！
>
> 清水不愿和浑水在一起，
> 我绝不嫁给热布巴拉家，
> 绵羊不愿和豺狼做伙伴，
> 我绝不嫁给热布巴拉家。

影片描写阿诗玛在成堆的金银珠宝和彩服面前，在遭受毒打监禁时，都始终不屈服，表现了少数民族的劳动妇女的崇高品质。如果这叫作"恋爱至上"，我看今天倒真应该宣传这种"恋爱至上"！

奇怪的是，这部好影片却至今没有公开上映过。我在云南一次教育、文艺工作者会上谈到我很想看看《阿诗玛》影片时，竟得到全场热烈的掌声，原来大家都想看看。

当然，影片改编与原作有些不同，它把阿诗玛和阿黑的兄妹关系改为爱人关系，强调了爱情的关系。但是，原整理的同志告诉过我，原始材料中也有把阿诗玛和阿黑的关系表现为爱人关系的。但是并没有改变他们的阶级关系。而且，从风俗上看，撒尼族人民举行婚礼的时候，老人们常常举着酒杯，歌唱阿诗玛，为新婚夫妇祝福。还说，我们的姑娘都是阿诗玛，小伙子都是阿黑。那么，这一改动丝毫也无损阿诗玛与阿黑的形象。

至于说影片的缺点，那总是难免的，例如影片的艺术表现手法，民间传说的神话色彩还不够浓，特别是歌词没有尽量采用原作，有些歌词失去原作的纯朴和美丽。也有部分创作的歌曲，失去原来民间曲调的优美。

但从总的倾向来看，这还是一部富有民族特色的健康的优美的影片。演阿诗玛和阿黑的两个年轻演员的形象是朴实可爱的，较之现在某些影片的演员的过火表演，也比较真实、自然、朴素。

我为扮演阿诗玛这个演员受到迫害的命运感到痛心。我在看影片过程中不禁流了泪。我至今还不能忘记，在她作为回声，最后出现在石林中的形象时，她那明亮的眼睛里，确实流露着一种欢乐与忧伤交集的眼光。

我简直不能想象，倘若她一旦知道，我到昆明才争取看到影片，并在一千多观众中间，向一些军队干部、教授、文艺工作者、大学生一再征求意见，问这部影片可否上映时，听到了许多惊讶、赞扬和质问声……她将会流露出什么样的表情！当然，我们今天要强调拍摄现代题材的影片。但是这一部少数民族优秀的民间传说，也还可以上映的吧。

特别要看到，《阿诗玛》不过是一个例子，证明林彪、"四人帮"一伙对少数民族文学的残酷摧残。叫人痛心的事还多得多。从一九五八年开始，云南文艺工作者响应毛主席的号召，搜集了大量少数民族的民歌、民间传说、神话、故事、长诗各种资料达数万件，统统被当作封资修的毒草毁掉了，造成了无法弥补的损失。还有许多进行收集整理工作的同志被打成"反革命"。

西双版纳傣族人民有句口语："没有赞哈（歌手），等于吃饭没有盐巴。"但大批的赞哈受到林彪、"四人帮"的迫害。自治州最著名的三个老歌手，有两个被迫害致死。原有数百名歌手，到今年召开歌手会议时，却只有两名报到……

白发苍苍的老教授居然会提出以下一些常识性的问题：整理民间传说是否涉及国王、王子、公主，是否宣传帝王将相？整理神话是否宣传封建迷信？大量民歌中的情歌有无价值……对这些问题果真是不了解么？我坚信他懂得，不过是"心有余悸"而已！

我离开昆明时，在机场上，一位年轻的女同志还再三叮嘱我，一定要写篇文章呼吁一下，让《阿诗玛》早日解放吧。

飞机起飞了，没几分钟就进入了高空。一望无尽白悠悠的云堆，呈现着奇异的景色，有的似高耸的冰山，有的似翻滚着白浪的大海。我不觉回忆起杨丽坤同志十多年前和我的会见。当她谈到周总理对她的关怀，她笑得那么纯真，明亮的眼睛里闪耀着泪花，当她说周总理说她"你说话怎么还是奶声奶气的，像个孩子"的时候，她脸红了，泪珠流在脸颊上，神态十分严肃，一个字一个字地说道："那时候，我心里难过极了，讲不出话来，可是我心里向周总理做了保证，我一定要把普通话说好！"……我不知道周总理是否看过《阿诗玛》，我也不知道杨丽坤同志的普通话是否真的说好了，——即使说好了，她也不能再上银幕了，更不能让周总理再听到她的声音了。

我也回忆起再也见不到的作家刘澍德、李广田同志，回忆起云南少数民族文学遭到的浩劫……我想，党中央一再向文艺界发出号召，要坚决肃清林彪、"四人帮"的流毒，贯彻毛主席提出的百花齐放、百家争鸣的方针的时候，《阿诗玛》长诗已经再版，我想《阿诗玛》影片的悲惨命运也一定要改变的。

回忆使我感到疲倦，我闭上眼睛，蒙眬入睡了，但是，在耳边还似乎听到影片开始时，阿黑焦急的呼喊声：

"阿诗玛，你在哪里！"

同时，却也听见阿诗玛回答我：

"你们来叫我，我就应声回答！"

《人民日报》1978年

"牛棚"小品

丁　玲

窗　后

尖锐的哨声从过道这头震响到那头，从过道里响彻到窗外的广场。这刺耳的声音划破了黑暗，蓝色的雾似的曙光悄悄走进了我的牢房。垂在天花板上的电灯泡，显得更黄了。看守我的陶芸推开被子下了炕，匆匆走出了小屋，反身把门带紧，扣严了门上的搭袢。我仔细谛听，一阵低沉的嘈杂的脚步声，从我门外传来。我更注意了，希望能分辨出一个很轻很轻而往往是快速的脚步声，或者能听到一声轻微的咳嗽和低声的甜蜜的招呼……"啊呀！他们在这过道的尽头拿什么呢？啊！他们是在拿笤帚，要大扫除；还要扫窗外的广场。"如同一颗石子投入了沉静的潭水，我的心跃动了。我急忙穿好衣服，在炕下来回走着。我在等陶芸，等她回来，也许能准许我出去扫地。即使只准我在大门内、楼梯边、走廊里打扫也好。啊！即使只能在这些地方打扫，不到广场上去，即使我会腰酸背疼，即使我……我就能感到我们都在一同劳动，一同在劳动中彼此怀想，而且……啊！多么奢侈的想望啊！当你们一群人扫完广场回来，而我仍在门廊之中，我们就可以互相睨望，互相凝视，互相送过无限的思念之情。你会露出纯净而炽热的、旁人谁也看不出来的微笑。我也将像三十年前那样，从那充满了像朝阳一样新鲜的眼光中，得到无限的鼓舞。那种对未来满怀信心、满怀希望，那种健康的乐观，无视任何艰难险阻的力量……可是，现在我是多么渴望这种无声的、充满了活力的支持，而这个支持，在我现在随时都可以倒下去的心境中，是比三十年前千百倍地需要，千百倍地重要啊！

没有希望了！陶芸没有回来。我灵机一动，猛然一跃，跳上了炕，我战战兢兢地守候在玻璃窗后。一件从窗棂上悬挂着的旧制服，遮掩着我的面孔。我悄悄地从一条窄窄的缝隙中，向四面搜索，在一群扫着广场的人影中仔细辨认。这儿，那儿，前边，窗下，一片，两片……我看见了，在清晨的、微微布满薄霜的广场上，在移动的人群中，在我窗户正中的远处，我找到了那个穿着棉衣也显得瘦小的身躯，在厚重的毛皮帽子下，露出来两颗大而有神的眼睛。我轻轻挪开一点窗口挂着的制服，一缕晨光照在我的脸上。我注视着的那个影儿啊，举起了竹扎的大笤帚，他，他看见我了。他迅速地大步大步地左右扫着身边的尘土，直奔了过来，昂着头，注视着窗里微露的熟识的面孔。他张着口，好像要说什么，又好像在说什么。他，他多大胆啊！我的心急遽地跳着，赶忙把制服遮盖了起来，又挪开了一条大缝。我要你走得更近些，好让我更清晰地看一看：你是瘦了，老了，还是胖了的更红润了的脸庞。我没有发现有没有人在跟踪他，有没有人发现了我……可是，忽然我听到我的门扣在响，陶芸要进来了。我打算不理睬她，不管她，我不怕她将对我如何发怒和咆哮。但，真能这样吗？我不能让她知道，我必须保守秘密，这个幸福的秘密。否则，他们一定要把这上边一层的两块玻璃也涂上厚厚的石灰水，将使我同那明亮的蓝天，白雪覆盖的原野，常常有鸦鹊栖息的浓密的树枝，和富有生气的、人来人往的外间世界，尤其是我可以享受到的缕缕无声的话语，无限深情的眼波，从此告别。于是我比一只猫的动作还轻还快，一下就滑坐在炕头，好像只是刚从深睡中醒来不久，虽然已经穿上了衣服，却仍然恋恋于梦寐的样子。她开门进来了，果然毫无感觉，只是说："起来！起来洗脸，通炉子，打扫屋子！"

于是一场虚惊过去了，而心仍旧怦怦怦地跳着。我不能再找寻那失去的影儿了。哨音又在呼啸，表示清晨的劳动已经过去。他们又将回到他们的那间大屋，准备从事旁的劳动了。

这个玻璃窗后的冒险行为，还使我在一天三次集体打饭的行进中，来获得几秒钟的、一闪眼就过去的快乐。每次开饭，他们必定要集体排队，念念有词，鞠躬请罪，然后挨次从我的窗下走过，到大食堂打饭。打饭后，再排队挨次返回大"牛棚"。我每次在陶芸替我打饭走后（我是无权自己去打饭的，大约是怕我看见了谁，或者怕谁看见了我吧），就躲在窗后等待，而陶芸又必定同另外一伙看守走在他们队伍的后边。因此，他们来去，我都可以站在那个被制服遮住的窗后，悄悄将制服挪开，露出脸面，一瞬之后，再深藏在制服后边。这样，那个狡猾的陶芸和那群凶恶的所谓"造反战士"，始终也没能夺去我一天几次、每次几秒钟的神往的享受。这些微的享受，却是怎样支持了我度过最艰难的岁月，和这岁月中的多少心烦意乱的白天和不眠的长夜，是多么大地鼓舞了我的生的意志啊！

书　简

陶芸原来对我还是有几分同情的。在批斗会上，在游斗或劳动时，她都曾用各种方式对我给予某些保护，还常常违反众意替我买点好饭菜，劝我多吃一些。我常常为她的这些好意所感动。可是自从打着军管会的招牌从北京来的几个人，对我日日夜夜审讯了一个月以后，陶芸对我就表现出一种深仇大恨，整天把我反锁在小屋子里严加看管，上厕所也紧紧跟着。她识不得几个字，却要把我写的片纸只字，翻来拣去，还叫我念给她听。后来，她索性把我写的一些纸张和一支圆珠笔都没收了，而且动不动就恶声相向，再也看不到她的好面孔了。

没有一本书，没有一张报纸，屋子里除了她以外，甚至连一个人影也见不到，只能像一个哑巴似的呆呆坐着，或者在小屋中踱步。这悠悠白天和耿耿长夜叫我如何挨得过？因此像我们原来住的那间小茅屋，一间坐落在家属区的七平方米大的小茅屋，那间曾被反复查抄几十次，甚至在那间屋里饱受凌辱、殴打，那曾经是我度过多少担惊受怕的日日夜夜的小茅屋，现在回想起来，都成了一个辉煌的、使人留恋的小小天堂！尽管那时承受着狂风暴雨，但却是两个人啊！那是我们的家啊！是两个人默默守在那个小炕上，是两个人围着那张小炕桌就餐，是两个人会意地交换着眼色，是两个人的手紧紧攥着、心紧紧连着，共同应付那些穷凶极恶的打砸抢分子的深夜光临……多么珍贵的黄昏与暗夜啊！我们彼此支持，彼此汲取力量，排解疑团，坚定信心，在困难中求生存，在绝境中找活路。而现在，我离开了这一切，只有险恶浸入我寂寞的灵魂，死一样的孤独窒息着我仅有的一丝呼吸！什么时候我能再痛痛快快看到你满面春风的容颜？什么时候我能再听到你深沉有力的语言？现在我即使有冲天的双翅，也冲不出这紧关着的牢笼！即使有火热的希望，也无法拥抱一线阳光！我只能低吟着我们曾经爱唱的地下斗争中流传的一首诗："囚徒，时代的囚徒，我们并不犯罪。我们都从那火线上扑来，从那阶级斗争的火线上扑来。凭它怎么样压迫，热血依然在沸腾……"

一天，我正在过道里通火墙的炉子，一阵哨音呼啸，从我间壁的大屋子里拥出一群"牛鬼蛇神"，他们急速地朝大门走去。我暗暗抬头观望，只见一群背上钉着白布的人的背影，他们全不掉头看望，过道又很暗，因此我分不清究竟谁是谁，我没有找到我希望中的影子。可是，忽然，我感觉到有一个东西，轻到无以再轻地落到我的脚边。我本能地一下把它踏在脚下，心怦怦地跳了起来，多好的机会啊，陶芸不在。我赶忙伸手去摸，原来是一个指头大的纸团。我来不及细想，急忙把它揣入怀里，踅进小屋，塞在铺盖底下。然后我安定地又去过道通完了火炉，把该做的事都做完了，便安安稳稳地躺在铺上。其实，我那时的心啊，真像火烧一样，那个小纸团就在我的身底下烙着我，烤着我，表面的安宁，并不能掩饰我心中的兴奋和凌乱。"啊呀！你怎么会想到，知道我这一时期的心情？你真大胆！你知不知道这是犯法的啊！我真高兴，我欢迎你大胆！什么狗屁王法，我们就要违反！我们只能这样，我们应该这样……"

不久，陶芸进来了。她板着脸，一言不发，满屋巡视一番，屋子里一张桌子，一把椅子，没有引起她丝毫的怀疑，她看见我一副疲倦的样子，吼道："又头痛了？"我嗯了一声，她不再望我了，反身出去，扣上了门扣。我照旧躺着。屋子里静极了，窗子上边的那层玻璃，透进两片阳光，落在炕前那块灰色的泥地上。陶芸啊！你不必从那门上的小洞洞里窥视了，我不会让你看到什么的，我懂得你。

当我确信无疑屋子里真正只剩我一个人的时候，才展开那个小纸团。那是一片花花绿绿的纸烟封皮。在那被揉得皱皱巴巴的雪白的反面，密密麻麻排着一群蚂蚁似的阵势，只有细看，才能认出字来！你也是在"牛棚"里，在众目睽睽下生活，你花了多大的心思啊！

上面写着："你要坚定地相信党、相信群众、相信自己、相信时间，历史会做出最后的结论。要活下去！高瞻远瞩，为共产主义的实现而活，为我们的孩子们而活，为我们的未来而活！永远爱你的。"

这封短信里的心里话，几乎全是过去向我说过又说过的。可是我好像还是第一次听到，还是那么新鲜，那么有力量。这是冒着大风险送来的！在现在的情况底下，还能有什么别的话好说呢？……我一定要依照这些话去做，而且要努力做到，你放心吧。只是……我到底能做什么呢？我除了整天在这不明亮的斗室中冥思苦想之外，还能做什么呢？我只有等着，等着……每天早晨我到走廊通炉子，出炉灰，等着再发现一个纸团，等着再有一个纸团落在我的身边。

果然，我会有时在炉边发现一叶枯干了的苞米叶子，一张废报纸的一角，或者找到一个破火柴盒子。这些聪明的发明，给了我多大的愉快啊！这是我唯一的精神食粮，它代替了报纸，代替了书籍，代替了一切可以照亮我屋子的生活的活力。它给我以安慰，给我以鼓励，给我以希望。我要把它们留着，永远地留着，这是诗，是小说，是永远的纪念。我常常在准确地知道没有人监视我的时候，就拿出来抚摸、收拾，拿出来低低地反复吟诵，或者就放在胸怀深处，让它像火一般贴在心上。下边就是这些千叮嘱、万叮嘱，千遍背诵，万遍回忆的诗句：

> 他们能夺去你身体的健康，却不能抢走你健康的胸怀。你是海洋上远去的白帆，希望在与波涛搏斗。我注视着你啊！人们也同我一起祈求。
>
> 关在小屋也好，可以少听到无耻的谎言；没有人来打扰，沉醉在自己的回忆里。那些曾给你以光明的希望，而你又赋予他们以生命的英雄；他们将因你的创作而得名，你将因他们而永生。他们将在你的回忆里丰富、成长，而你将得到无限愉快。
>
> 忘记那些迫害你的人的名字，握紧那些在你困难时伸过来的手。不要把豺狼当人，也不必为人类有了他们而失望。要看到远远的朝霞，总有一天会灿烂光明。
>
> 永远不祈求怜悯，是你的孤傲；但总有许多人要关怀你的遭遇，你坎坷的一生，不会只有我独自沉吟，你是属于人民的，

千万珍重!

黑夜过去，曙光来临。严寒将化为春风，狂风暴雨打不倒柔嫩的小草，何况是挺拔的大树！你的一切，不是哪个人恩赐的，也不可能被横暴的黑爪扼杀、灭绝。挺起胸来，无所畏惧地生存下去！

我们不是孤独的，多少有功之臣、有才之士都在遭难受罪。我们只是沧海一粟，不值得哀怨！振起翅膀，积蓄精力，为将来的大好时机而有所作为吧。千万不能悲观！

……

这些短短的书简，可以集成一个小册子，一本小书。我把它扎成小卷，珍藏在我的胸间。它将伴着我走遍人间，走尽我的一生。

可惜啊！那天，当我戴上手铐的那天，当我脱光了衣服被搜身的那天，我这唯一的财产，我珍藏着的这些诗篇，全被当作废纸而毁弃了。尽管我一再恳求，说这是我的"罪证"，务必留着，也没有用。别了，这些比珍宝还贵重的诗篇，这些同我一起受尽折磨的纸片，竟永远离开了我。但这些书简，却永远埋在我心间，留在我记忆里。

别　离

春风吹绿了北大荒的原野，天气一天比一天暖和，按季节，春播已经开始了。我们住在这几间大屋子、小屋子里的人，一天比一天少了。听说，有的已经回了家，回到原单位；有的也分配到生产队劳动去了。每个人心中都将产生一个新的希望。

五月十四日那天，吃过早饭，一个穿军装的人，来到了我的房间，我意识到我的命运将有一个新的开始。我多么热切地希望回到我们原来住的那间小屋，那间七平方米大的小茅屋，那个温暖的家。我幻想我们将再过那种可怜的而又是幸福的、一对勤劳贫苦的农民的生活啊！

我客气地坐到炕的一头去，让来人在炕中间坐了下来。他打量了我一下，然后问："你今年多大年纪?"

我说："六十五岁了。"

他又说："看来你身体还可以，能劳动吗？"

"我一直都在劳动。"我答道。

他又说："我们准备让你去劳动，以为这样对你好些。"

不懂得他指的是什么，我没有回答。

"让你去××队劳动，是由革命群众专政，懂吗？"

我的心跳了一下。××队，我理解，去××队是没有什么好受的。这个队的一些人我领教过。这个队里就曾经有过一批一批的人深夜去过我家，什么事都干过。但我也不在乎，反正哪里都会有坏家伙，也一定会有好人，而且好人总是占多数。我只问："什么时候去？"

"就走。"

"我要清点一些夏天的换洗衣服，能回家去一次吗？"我又想到我的那间屋子了，我离开那间小屋已经快十个月了，听说去年冬天黑夜曾有人砸开窗户进去过，谁知道那间空屋现在成了什么样子！

"我们派人替你去取，送到××队去。"他站了起来，想要走的样子。

我急忙说："我要求同C见一面，我们必须谈一些事情，我们有我们的家务。"

我说着也站了起来，走到门边去，好像他如不答应，我就不会让他走似的。

他沉吟了一下，望了望我，便答应了。然后，我让他走了，他关上了门。

难道现在还不能让我们回家吗？为什么还不准许我们在一道？我们究竟犯了什么罪？自从去年七月把我从养鸡队（我正在那里劳动），揪到这里关起来，打也打了，斗也斗了，审也审了。现在农场的两派不是已经联合起来了吗？据说要走上正轨了，为什么对我们还是这样没完没了？真让人不能理解！

实际我同C分别是从去年七月就开始了的。从那时起我就独自一人被关在这里。到十月间才把这变相的牢房扩大，新拥进来了一大批人，C也就住在我间壁的大"牛棚"里了。尽管不准我们见面，碰面了也不准说话，但我们总算住在一个屋顶之下，而且总还可以在偶然的场合见面。我们有时还可以隔着窗户望，何况在最近几个月内我还收到他非法投来的短短的书简。现在看来，我们这种苦苦地彼此依恋的生活，也只能成为供留恋的好景和回忆时的甜蜜了。我将一个人到××队去，到一个老虎队去，去接受"革命群众专政"的生涯了。他又将到何处去呢？我们何时才能再见呢？我的生命同一切生趣、关切、安慰、点滴的光明，将要一刀两断了。只有痛苦，只有劳累，只有愤怒，只有相思，只有失望……我将同这些可恶的魔鬼搏斗……我决不能投降，不能沉沦下去。死是比较容易的，而生却很难；死是比较舒服的，而生却是多么痛苦啊！但我是一个共产党员（尽管我已于一九五七年底被开除了党籍，十一年多了。我一直是这样认识，这样要求自己和对待一切的），我只能继续走这条没有尽头的艰险的道路，我总得从死里求生啊！

门呀的一声开了。C走进来。整个世界变样了。阳光充满了这小小的黑暗牢房。我懂得时间的珍贵，我抢上去抓住了那两只伸过来的坚定的手，审视着那副好像几十年没有见到的面孔，那副表情非常复杂的面孔。他高兴，见到了我；他痛苦，即将与我别离，他要鼓舞我去经受更大的考验，他为我两鬓白霜、容颜憔悴而担忧；他要温存，却不敢以柔情来消融那仅有的一点勇气；他要热烈拥抱，却生怕触动那不易克制的激情。我们相对无语，无语相对，都忍不住让热泪悄悄爬上了眼睑。可是随即都摇了摇头，勉强做出一副苦味的笑容。他点了点头，低声说："我知道了。"

"你到什么地方去？"我悄然问他。

"还不知道。"他摇了摇头。

他从口袋里拿出来一张钞票，轻轻地而又慎重地放在我的手中。我知道这是他每月十五元生活费里的剩余，仅有的五元钱。但我也只得留下，我口袋里只剩一元多钱了。

他说："你尽管用吧，不要吃得太省、太坏，不能让身体垮了。以后，以后我还要设法……"

我说我想回家取点衣服。

他黯然说道："那间小屋别人住下了，那家，就别管它了。东西么，我去清理，把你需要的拣出来，给你送去。你放心好了。我一定每月给你写信。你还要什么，我会为你设法的。"

我咽住了。我最想说的话，强忍住了。他最想说的话，我也只能从他的眼睛里看到。我们的手，紧紧攥着；我们的眼睛，盯得牢牢的，谁也不能离开。我们马上就要分别了。我们原也没有团聚，可是又要别离了。这别离，这别离是生离呢，还是死别呢？这又有谁知道呢？

"砰"的一下，房门被一只穿着翻毛皮鞋的脚踢开了。一个年轻小伙瞪着眼看着屋里。

我问："干什么？"

他道："干什么！时间不早了，带上东西走吧！"

我明白这是××队派来接我的"解差"。管他是董超，还是薛霸，反正得开步走，到草料场劳动去。

于是，C帮助我清理那床薄薄的被子，和抗战胜利时在张家口华北局发给的一床灰布褥子，还有几件换洗衣服。为了便于走路，C把它们分捆成两个小卷，让我一前一后地那么背着。

这时他迟疑了一会儿，才果断地说："我走了。你注意身体。心境要平静，遇事不要激动。即使听到什么坏消息，如同……没有什么，总之，随时要做两种准备，特别是坏的准备。反正，不要怕，我们已经到了现在这种地步，还有什么可怕的呢？我担心你……"

我一下给他吓傻了，我明白他一定瞒着我什么。他现在不得不让我在思想上有点准备。唉，你究竟还有什么更坏的消息瞒着我呢？

他见到我呆呆发直、含着眼泪的两眼，便又宽慰我道："什么事也没有发生，都是我想得太多，怕你一时为意外的事而激动不宁。总之，事情总会有结局的。我们要相信自己。事情不是只限于我们两个人。也许不需要很久，整个情况会有改变。我们得准备有一天要迎接光明。不要熬得过苦难，却经不住欢乐。"他想用乐观引出我的笑容，但我已经笑不出来了。我的心，已为这没有好兆头的别离压碎了。

他比我先离开屋子。等我把什么都收拾好，同那个"解差"离开这间小屋走到广场时，春风拂过我的身上。我看见远处槐树下的井台上，站着一个向我挥手的影子，他正在为锅炉房汲水。他的臂膀高高举起，好像正在无忧地、欢乐地、热烈地遥送他远行的友人。

《十月》1979年3期

拣麦穗

张 洁

在农村长大的姑娘谁还不知道拣麦穗这回事？

我要说的，却是几十年前的那段往事。

或许可以这样说，拣麦穗的时节，也是最能引动姑娘们遐想的时节。

在那月残星稀的清晨，挎着一空篮子，顺着田埂上的小路走去拣麦穗的时候，她想的是什么？

等到田野上腾起一层薄雾，月亮，像是偷偷地睡过一觉又悄悄地回到天边，她方才挎着装满麦穗的篮子，走回自家那孔破窑的时候，她又想的是什么？

唉，她还能想什么！

假如你没有在那种日子里生活过，你永远也无法想象，从这一颗颗丢在地里的麦穗上，会生出什么样的痴想。

她拼命地拣哪、拣哪，在这个拣麦穗的时节或许能拣上一斗？她把这麦子卖了，再把这钱攒起来，等到赶集的时候，扯上花布、买上花线，然后她剪呀，缝呀，绣呀……也不见她穿、也不见她戴，谁也没和谁合计过，谁也没和谁商量过，可是等到出嫁的那一天，她们全会把这些东西，装进她们新嫁娘的包裹里去。

不过当她们把拣麦穗时伴着的痴想，一同包进包裹里的时候，她们会突然发现那些痴想全都变了味儿。觉得多少年来，她们拣呀，缝呀，绣呀的是多么傻。她们要嫁的那个男人，和她们在拣麦穗、扯花布、绣花鞋的时候所想象的那个男人，又有多么的不同。

但是她们还是依顺地嫁了出去，只不过在穿戴那些衣物的时候，再也找不到做它、缝它时的情怀了。

这又算得了什么？谁也不会为她们叹上一口气，谁也不会关心她们曾经有过的那份痴想，甚至连她们自己也不会感到过分的悲伤，顶多不过像是丢失了一个美丽的梦，有谁见过哪个人会死乞白赖地寻找一个丢失的梦呢？

当我刚刚能够歪歪趔趔地提着一个篮子跑路的时候，就跟在大姐姐们的身后拣麦穗了。

对我来说，那篮子未免太大，老是磕碰着我的腿和地面，时不时就让我跌上一跤，我也少有拣满一篮子的时候。我看不见地里的麦穗，却总是看见蚂蚱和蝴蝶。而当我追赶它们的时候，好不容易拣到的麦穗，还会从篮子里跳出来，重新回到地上。

有一天，二姨看着我那稀稀拉拉盛着几个麦穗的篮子说："看看，我家大雁也会拣麦穗了。"然后又戏谑地问我，"大雁，告诉二姨，你拣麦穗做啥？"

我大言不惭地说："我要备嫁妆哩。"

二姨贼眉贼眼地笑了，还向围在我们周围的姑娘、婆姨眨了眨她那双不大的眼睛："你要嫁谁呀？"

是呀，我要嫁谁呀？我想起那个卖灶糖的老汉，说："我要嫁给那个卖灶糖的老汉。"

她们全都放声大笑，像一群鸭子一样嘎嘎地叫着。笑啥嘛！我生气了。难道做我的男人，他有什么不体面的吗？

卖灶糖的老汉有多大年纪了？不知道。他脸上的皱纹一道挨着一道，顺着眉毛弯向两个太阳穴，又顺着腮帮弯向嘴角。那些皱纹，为他的脸增添了许多慈祥的笑意。当他挑着担子赶路的时候，他那剃得如半个葫芦的脑袋后面，残留着的、尽显旧代遗风的齐颈白发，便随着颤悠悠的扁担一同忽闪着。

我的话，很快就传进了他的耳朵。

那天，他挑着担子来到我们村，见到我就乐了。说："娃呀，你要给我做媳妇吗？"

"对呀！"

他张着大嘴笑了，露出了一嘴的黄牙。他那残留在半个葫芦后头的白发，也随着笑声一齐抖动着。

"你为啥要给我做媳妇？"

"我要天天吃灶糖呢。"

他把旱烟锅子往鞋底上磕了磕，说："娃呀，你太小哩。"

我说："你等我长大嘛。"

他摸着我的头顶说："不等你长大，我可该入土了。"

听了这话，我着急了。他要是死了，那可咋办呢？我那淡淡的眉毛，在满是金黄色茸毛的脑门上拧成了疙瘩，我的脸也皱巴得像个核桃。

他赶紧拿块灶糖塞进我的手里。看着那块灶糖，我又咧嘴笑了："你莫死啊，等着我长大。"

他笑眯眯地答应着我："我等你长大。"

"你家住在哪搭呢？"

"这担子就是我的家，走到哪搭，就歇在哪搭。"

我犯愁了："等我长大上哪搭寻你去呀。"

"你莫愁，等你长大我来接你。"

这以后，每逢经过我们这个村，他总是带些小礼物给我，或一块灶糖，或一个甜瓜，或一把红枣……还乐呵呵地对我说："看看我的小媳妇来呀。"

我呢，也学着大姑娘的样子，让我娘找块碎布给我剪了一个烟荷包，还让我娘在布上描了花，我缝呀，绣呀……烟荷包绣好了，我娘笑得个前仰后合，说那个不是烟荷包，皱皱巴巴的倒像个猪肚子。我让我娘给我收了起来。我说了，等我出嫁的时候，就要送给我的男人。

我渐渐地长大了，到了知道认真地拣麦穗的年龄了。懂得了我说过的那些个话，都是让人害臊的话。卖灶糖的老汉也不再开那玩笑，叫我是他的小媳妇了。不过他还是常常带些小礼物给我。我知道，他真的疼我呢。

我不明白为什么，我倒真是越来越依恋他。每逢他经过我们村子，我都会送他好远。我站在土坎上，看着他的背影，渐渐地消失在山坳坳里。

年复一年，我看得出来，他的背更弯了，步履也更加蹒跚了。这时我真的担心了，担心他早晚有一天会死去。

　　有一年，过腊八节的前一天，约莫着卖灶糖的老汉那一天该会经过我们村。我站在村口一棵已经落尽叶子的柿子树下，朝沟底下的那条大路上望着、等着。

　　那棵树的顶梢梢上，还挂着一个小火柿子。小火柿子让冬日的太阳一照，更是红得透亮。那柿子多半是因为长在太高的枝子上，才没让人摘下来。真怪，也没让风刮下来、让雨打下来、让雪压下来。

　　路上来了一个挑担子的人。走近一看，担子上挑的也是灶糖，人可不是那个卖灶糖的老汉了。我向他打听卖灶糖的老汉，他告诉我，卖灶糖的老汉老去了。

　　我仍旧站在那棵柿子树下，望着树梢上那个孤零零的小火柿子。它那红得透亮的色泽，依然给人一种喜盈盈的感觉。可是我却哭了，哭那陌生的，但却疼爱我的卖灶糖的老汉。

　　后来我常想，他为什么疼爱我呢？无非我是个贪吃的，因为丑陋而又少人疼爱的孩子吧。

　　等我长大以后，总感到除了母亲，再没有谁能够像他那样朴素地疼爱过我——没有任何希求，也没有任何企望的。

　　我常常想念他，也常常想要找到我那个像猪肚子一样的烟荷包。可是，它早已不知被我丢到哪里去了。

《光明日报》1979年

狱中生态

杜 宣

四只蚊虫

我被押进一幢新建的秘密监狱，两个凶神恶煞的家伙，将我推进一间极小的单人牢房后，砰的一声就将门锁上了。从此我就失去了自由，成了囚犯。由于关门，小牢房中空气受到震荡，原来有四只大蚊虫叮在天花板上，打算偷偷地度过一个宁静的冬天，被这突然袭击的气浪骇得惊慌失措，在四壁上撞来撞去。

这时我环顾了一下我的新居，真是四壁萧然。除了地上一张草垫外，一无所有。我就坐在草垫上，回想刚才这批家伙对我的突然袭击，用绑票的手段，将我投进这所秘密监狱的经过。但这四只蚊虫，就不停地在眼前飞来飞去，干扰了我的思路。

可能这间阴冷的小牢房，长期没有住过人，也可能由于我身体散发出的热量的缘故，使这四只蚊虫，不断在我身边盘旋，甚至还有想对我进行突然袭击的样子。一切生命都有保护自己抵抗外来侵略的本能。当时我想，现在我处在这监狱中，必须要加倍地珍惜我的健康和生命，我要准备进行韧性的战斗。这四只蚊虫，居然想乘人之危，实属可恶。必须消灭它们。于是我起身来追逐这四只蚊虫。由于天冷，它们飞翔的能力很弱。很快地我就得到了全歼的战果。当我又坐回在草席上的时候，我却没有得到胜利者的愉快，相反地我却感到怅然若失。

现在这间与世隔绝的小囚室中，除了我之外，就没有第二个生命了。

我感到深沉的孤寂，我后悔刚才的孟浪，如果四只蚊虫还在的话，这室内多少还有些生机啊！

一只红蜘蛛

天气渐渐暖和了，单身囚徒的生活，也逐渐习惯了。自从蚊虫被我消灭后，我一直想在这室内再寻出其他的生命。经过长期多方努力，有一天，我居然发现了奇迹。在水泥墙地脚的裂缝中，看到一只像红宝石一样晶莹的小蜘蛛，它只有绿豆那么大小。当时喜悦的心情，是很难形容的，我高兴得几乎要大叫起来。因为敌人是要我孤独，将我投入在这间密封得像罐头一样的小囚室中，使我与世隔绝。现在，除我之外，又有生命，我已经不孤独了。在我的生活中，霎时间添上了无限生机。

这以后我就以观察小蜘蛛来排遣我的岁月。开春天气虽然开始回暖，但还是乍暖还寒的时节。小蜘蛛极少出来活动，有时偶然出来侦察一下外界环境，也限于在裂缝旁边，只要有一点使它感到异样时，它就立即缩回到裂缝中。裂缝是它的家，它回到裂缝中，缩着不动，表现出一种安全感。有时，我被提审，一回到囚室中，第一件事，就是去看小蜘蛛，一看到它安然无恙，我就感到莫大慰藉。

后来，天气渐渐暖和了，小蜘蛛的活动也就频繁了。不像过去随时可以在裂缝中找到它了。但我还是能找到它的，因为它的活动，基本上是有规律的。天热了，小蜘蛛完全不像过去那样温顺，它的矫健、敏捷和勇猛，使我为之失色。有一次，我忽然看到它，极其迅速地朝着一个方向前进，我顺着方向看过去，一只大蚊虫正停在它的正前方。还没有等我看清楚时，它以料想不到的敏捷跳在蚊虫旁边，立刻我看不到小蜘蛛了，只看到一根红线在蚊虫身边飞转。一会儿，红线不见了。却看到小蜘蛛咬着蚊虫，蚊虫的脚上，缠满了蛛丝。这真是令人惊心动魄的一场袭击啊！

两只小鸟

我的小囚室，面向西北方。下午可以挂上点偏西的太阳。有扇较高的小窗户。从那里我可以看到一块很小的天空。这是十分难得的，我不仅可以从那儿看阴晴雨雪，更重要的，是通过这一角苍空，使我和外界联系起来了。我可以看到监狱四堵墙外的一块自由天地了。我的思想就可以通过这一小块蓝天，自由地飞翔了。如果没有它，我想我在狱中的生活，就会更加郁闷了。

更重要的，还不止这个。窗外远处还有一根电线，电线柱子看不见。只能看到凌空的一段线，而且只有晴天才看得清楚，阴天就看不见了。

大约每天下午两三点钟的时候，就有一对小鸟停在那电线上。除了暴风雨或暴风雪外，每天这个时候，它们就来了。而且一来，必定是一对。从前听说，鸟有鸟道。这话的确是有道理的。据此，我认为这可能是它们归途的一个休息站，因为它们只在下午两三点钟才来这儿。我这座监狱四周都是水稻田，它在这一带是很突出的。这对鸟儿，可能就是用它来作为认路的标志。

这是一对幸福的小鸟。它们凌空展翅，比翼双飞。它们停下来休息的时候，总是不停地相互用嘴为对方梳羽毛。有时还歪着脖子，彼此看着。也有时，像打情骂俏似的，啄一口对方后，立即扑着双翅逃走，对方就跟着去追逐它，然后彼此在电线附近，上下翻飞……

我十分喜爱这对小鸟。每天一到下午我就等待它们。看到它们来了，我心里就高兴，好像看见自己的亲人战友一样。

我十分喜爱这对小鸟。一看到它们，我就忘记了当时我的处境。我完全沉醉在它们幸福和谐的生活中了。我感谢它们，因为它们带给了我对自由美好生活的向往。

人要求过着美好和谐的生活，这是正常的。这个愿望应该得到保障。我们认为人压迫人、剥削人，这是罪恶。我们就反对它，打倒它。目的也就是为了保障我们美好和谐的生活。

"四人帮"被打倒后，有的读者要求我写点受"四人帮"迫害的作品。"四人帮"是人世间最丑恶的东西。我希望读者从文学作品中,多得到点美的享受,所以我不愿写它。

但"四人帮"的罪恶绝不能遗忘,遗忘就意味着背叛。因此我就写了这篇短文。

我们这一代人,没有即时制止"四人帮",我们的确有愧;但我们这一代人,毕竟亲手粉碎了"四人帮",我更引为自豪。

《榕树文学丛刊》1981年3期

造屋记

秦兆阳

我常常在"假如"中悬空回旋，在现实中实地迈步。我痛惜失去了的年华，羡慕现在的青年，想做的事情很多，而精力非常有限。于是就常常在脑子里产生出一连串的"假如"：假如我现在只有四十岁，假如我壮实得像一头牛，假如我还可以活二十年……我当然也知道这都是一些空泛的无补于实际的想法。于是我回到现实中来：爱惜时间吧！快点做事吧！

但是，困难之多，难以尽述。

于是我又回到"假如"里悬空回旋。……

近年来，一连串震天动地的历史事件振奋了我的心情，使我焦急时间的空过，使我连做梦都想到行动计划。然而我没有行动的空间。多病的老伴，教书的女儿，连我一共三口人，住在一间空间不大的屋子里。有时在外地工作的二女儿和儿子回来，就是五口之家同处一室。老伴呻吟于病榻，儿女喧声于耳边；一人说话，大家来听；来一位客人，全家奉陪；冬天还要在屋子中安一个炉子，卧室又兼厨房。于是一家人一百遍计议：假如能在院子里盖一间小屋，那是多好！

是的，假如我自己有一间可以单独做事的小屋，哪怕是只能够搁得下一张桌子和一张椅子的小屋，那我就可以不浪费时间，那就等于延长了寿命。

决心下定了：在这样的大城市里，一无所有，白手起家！

那时正是地震以后，到处在拆烂墙，修旧房。不少有劳动力的人家，推着小车拾烂砖头，用公家发的搭防震棚的木头，在院里院外盖起一间间小屋来。我们呢？我和女儿，一老一小，是劳动力。而且女儿只有在星期天才有空。没有小车，用两个小铁桶来挑。可惜啊，并不是所有拆烂墙的地方都让你去捡。完整一些的砖头，工人们要留着砌新墙用。半大的可用的砖头，早被劳力强的人抢光了。好容易捡到了一点，路远担子重，真够呛。

木头呢？需要几条碗口粗、两丈长的檩条，还有一百几十根小椽子。女儿在西郊一个中学里教书，托老师，托学生，寻寻找找。找到了，又托人用三轮车拉到家。几十里路拉来，能不好好招待人家？多病的妻子还得当厨师。

泥土呢？如果是用农村的大车来计算，得用几大车。幸好附近两处地方在挖防空洞，挖出来的土堆在马路边，可以随便要。拼着老骨头，挑吧！有时女儿也帮着。挑来先堆在大门外，然后再往我们住的后院挑。上台阶，经门洞，下台阶，曲里拐弯，来到后院。挑了几百担！

石灰呢？得用几百斤！又是女儿的功劳：托人买，托人用汽车拉到胡同口，然后一筐筐抬到后院里。怕雨淋，用塑料布盖起来。

小院子里成了泥土的山，石灰的山，烂砖头的山，出来进去，要翻山越岭。祈祷老天爷别下雨，别把院子里变成黄泥岗。

有一天，女儿下班回来时很高兴：在郊区买到了一千五百块砖！

又有一天，女儿下班回来又很高兴：托人找到了大卡车，明天就可以把砖头拉回来！

第二天，砖头拉来了。但是胡同小，卡车进不来。搬吧！连好心的汽车司机也帮着搬。哼唷哼唷，整整一个下午。砖头进了院，人却倒上了床，连起来吃饭的力气也没有。

院子里又增加了几座更大的砖头山。

这些事情用了多长时间？将近一年！

在这一年里，脑子里出现过多少个"假如"！又有多少次被现实拖回到现实！

只有三个"假如"没有落空。一个是：假如我的女儿是个男孩子——她也确实半点也不比男孩子差，累死了她也要干。再一个是：假如我只有二十岁——我也确实是把老命来拼，忘记了年岁。第三个是：假如世界上有许多热心人——也确实是有许多热心人，都是女儿的同事和同事的家属与朋友。特别是有一位外号叫"木匠"的年轻人：剑眉大眼，虎背熊腰，外表英俊，内心火热，许多事情都是他帮的忙。

还要把几百斤石灰都泡制成灰浆子，这又是我的事，因为女儿天天要上班。在院子里清理出一块小空地，挖了一个小坑坑，把石灰一桶一桶泡成浆，倒进去，把沉底的渣滓丢弃掉。足足忙了十来天，是在七月的太阳下，简直是用汗水泡石灰！

到此为止，一切准备工作总算做好了。

但是又发生了一个意想不到的大波折。

这就又使我回到一连串的"假如"里去了：假如没有一九五七、一九五八年的大不幸，我就不会远谪南方，家里就不会光留下两个不懂事的女孩子，也就不会有空余的房子。假如没有十年的"史无前例"，街道上就不会把本属"私人生活资料"的空余房子都分配给别人居住。假如没有长期的"阶级斗争，一抓就灵"，北京市的居民住房问题早就会"一抓就灵"，就不需要对千万间私人房产一抓就灵，而且中华人民共和国的宪法也就不抓也灵，政策也就不落也实。还有：假如占住我的房子的这家人家的当家人不是脾气古怪的人，那也就不会发生这个意想不到的大的波折。

这后院是大约三十平方米的一块地方，是个东西方向的长方形。前两年北京市普遍使用煤气炉做饭，居民们都设法在院里院外盖了简易的搁煤气炉子的小厨房，我女儿也费了很大力气在院子的东头盖了个简易的小厨房。不到四平方米大，高个子进去就要碰脑袋。我们这回原是计划把这个厨房拆了，再在原地盖一个扩大将近一倍的小屋。不料，在一个星期天，我女儿叫来了两位年轻的同事帮忙，把小厨房拆了，把地基也挖好了，住在我们对面屋的男主人却走出屋来，把腰一叉，把脖子一梗，发话了：

"喂！你们这样不行！把屋子盖在我们后窗户跟前，挡风挡亮，走遍天下能说得过这个理去吗?"

我的老伴连忙迎上去,赔着笑脸说:

"×大爷,我们不是早就跟×姨商量好了吗?是×姨同意的呀!"

×姨,是他的内当家,是我们平常习惯的称呼。

"跟她商量了不算,她不能当我的家!"接着又是一大堆很难听的话。

我实在气得忍不住,走上去问他:

"你有意见为什么不早说?为什么偏偏等我们把东西堆满一院子,把小厨房也拆了,连做饭的地方也没有了,你才说?你这是什么理?"

"我愿意什么时候说,就什么时候说,你要是不服气,打官司去!"这是他的回答。

我老伴连忙把我拦开了,又向他解释:离他们后窗户有好远,计划盖多高,对他的后窗户影响非常小。但是,总归一句话:不行!

工程停止了。"忍住!忍住!"我对自己说。

夜里,我老伴又去找他赔笑脸,做解释。但是,得到的又是一大堆更加难听的话。

假如不是自己的房子院子而自己反倒受制于人;假如不是我跟女儿千辛万苦准备了一年;假如我老伴不是一个革命了几十年的老干部,如今反而在这样的事情上受这样的气;假如那个不讲理的横人说话稍微好听一点……那么,我那可怜的老伴的心脏病就不会犯得这么重。

她躺在床上整整一个月,吃不下,睡不着,胸口憋得出不来气,连说话力气也没有。

我跟我女儿,由盖房子忙,变成了为病人忙。

我女儿又到那"横人"的女儿的工作单位去,请求那年轻人从中疏通一下。几经往返,最后得到的回答是:"把院子从中间分,在你们那一半盖去吧!"

这时已经是一九七七年深秋了,眼看就要到隆冬上冻的时候了,时候不等人啊!而且,没有地方做饭,没有地方搁锅碗瓢盆,满院子的砖头、泥土、木头……人,怎么生活!

又是那位好心的"木匠"救了我们(假如真有上帝,我愿意一辈子为他祈求幸福）。他带来两位老泥瓦工师傅，在院子里左衡量，右察看，决定了：在我们这一半，从我们住的南屋接出去，三天以后就动工！

三天以后，好心的"木匠"约好了十来个人，有泥瓦工老师傅，有木工电工，有年轻的小工，从三十里路以外，骑着车子，带着工具，一路飞跑，天刚亮就来了。

一整天紧张的战斗。天黑了，把电灯拉到外面，挑灯夜战。到夜里十点，每个人，包括我和女儿，用了好几盆清水洗净了满头满脸的泥沙，大家围在用两张桌子接在一起的饭桌边，痛饮三杯，庆祝胜利——除了窗户和门没有安上，地没有铺好，墙壁没有抹灰以外，房子基本上竖起来了，连屋顶上也抹了一层泥，只等以后慢慢再加工。

以后又忙了一个多月的收尾工作，门窗也是木匠安的。

冬天来了。买不到玻璃，用两层塑料薄膜钉在窗棂上，安上了炉子，搁上一张单人床，一个两屉桌，两张椅子。老天，我总算有了一个看书和写作的窝儿了！

厨房呢？我已经累得无能为力了。女儿一人干了两天，累得卧床不起了。只得写信让儿子从农村请假回来搭盖，又用了几天时间才盖成。只有两平方米大，只搁得下煤气罐和炉子，外加一个小碗橱；只容得下一个人在里面转身子。

我有了窝儿，写了东西，第一篇小说是《女儿的信》，歌颂的是老干部，是人民，是真理。……直到现在，已经两年有半了。来的客人越来越多：有约稿的，看望的，谈写作的，我总是说："对不起，房子太小……"书籍，没地方摆；杂志，没地方堆；报纸，没地方塞；各种稿子和材料，没地方……房顶又矮又薄，下大雨就漏。热天，上面烤，窗户当西晒，屋子里像火炉。写论文时要找一本参考书，写小说时要翻翻笔记本，难找哇！还有：在外地工作的儿女都已回来，不但都需要学习用功的地方，而且都要结婚，哪有房子？于是我想：假如……但是有时我又感到很幸福——特别是每天晚上往床上一躺，先不忙关灯，瞪着眼看着房顶上裸露着的托梁和檩条，就好像回到了以前的老革命根据地，住在农民家里。

于是我作了一篇《陋室之歌》：

假如假如，现实现实。得来不易，敢不知足？既已知足，岂可不酬之以水酒，歌之以"打油"？乃作歌曰：

　　呜呼！山岂在高，有树就好。水岂在深，有鱼就好。屋岂在大，能住就好。艰苦缔造，始知块砖撮土之可宝。破陋狭窄，方怜三代同堂之苦恼。况且身居其中，可骋神思，可对稿纸，可绞脑汁，可读来稿。一息尚存今，怎不思涂地以肝脑！纵有华屋千间，尽庇女婿姨，岂不怕无颜以对江东之父老？

附记：上文写好后之数日，我正坐于陋室中之小折叠靠椅上，入神地阅读一部长篇来稿，忽然轰隆之声乍起，如墙倒屋塌一般，尚未清醒过来，书籍杂志兜头盖脑砸了下来，堆了一身，自己竟被埋进了书籍的坟墓。原来是，靠椅旁边有个唯一的一人多高的书柜，日益增多的书籍杂志，不但把柜子塞得毫无缝隙，连柜顶上也一直堆到屋顶，柜子不胜负荷，压断了柜脚，竟突然倒了下来，几乎真的使我肝脑涂地！……

1981年

《黄山失魂记》文化艺术出版社1987年版

黄花滩

菡 子

1

那滩如环流中沐浴的美女,坐在沸腾的河里,昂着头,头上插满了星星般的黄花,花儿贴着头皮,风都吹不动这低眉的微美,而她淡淡的馨香弥漫上空,甚至随风飘得很远很远。

黄花并不风姿绰约,国色天香。这滩因拥有黄花而冠名为黄花滩,河流年复一年地给滩长身体,黄花也年复一年地靓她的秋妆,暖她的冬妆。岁月黄花给黄花滩芬芳与美丽。1975年冬季,黄花滩上来了数百拓荒者,不逾百亩的黄花滩上顿时热闹拥挤起来,滩上黄花大都在人的脚迹下香消玉殒。只有人迹罕至之处,那黄花婷婷颤颤地盯着穿流的人们,亮相着那一簇一簇娇小而又坚强的美丽。

我们驻扎在黄花滩上,为矮围漉湖而来。工棚坐落在黄花滩之东,芦苇搭成。共两个,小的为厨房,大的为社员的寝室。门朝南开,里面地铺丁字形,长的男劳力睡,短的姑娘们睡。入冬,寒气往地底钻,虽然对人身体影响减弱,但还是为安全起见,地铺挨地用早已准备好的干杨树、杨树枝隔离打底,再在上面铺上干芦苇,扒平芦苇后,又铺上一层又厚又软的干蓼草。还不够,队里还在上面添上一张金丝垫被(稻草)。如是,地铺暖烘烘的,软绵绵的。来黄花滩的第一天,我们做了两件事:开铺,下河捉鱼。

开铺风波。开铺本来是一件容易的事,一铺一盖,各自邀好对味的就行了。这次上工地，我是带队的，再不是五花洲时期的孤童弱少了，男劳力都想邀我睡，二十一个男劳力，排来排去总多一个有盖被就没有垫被，有垫被就没有盖被。而且落单的恰是队里最有非议的"四不惹"（本来只有三不惹，即老人不惹，女人不惹，儿童不惹，秋月成了队里的四不惹），刚好女铺那边也有一个落单，不知谁高喊：秋秋，那边要邀伴，你到那边去吧。顿时，笑声差点把工棚都掀翻了。秋秋落单，早已不好意思低着头，一听到这声喊，等于刀子捅心，面红耳赤，目光电射找那个人，同时口出粗言：你妈妈的，我今天就同你妈妈睡去，日你娘。你敢骂老子？华挤到他面前，扬起拳头，我赶忙插入其中，推走了身强力壮的华，秋怒目视华，嘴角一抽一抽。我把华压在地铺上坐着，同他说：你是民兵排长，也是你的兵，就同你搅和睡吧。我有办法，又有人说：队长到丁字头上去，当洪常青，蛮好。我比"四不惹"好点，刚准备骂那人倒粪桶，妇女队长卅腔了：只要李队敢来我们就敢收。笑声，快乐的梯恩梯炸开了棚。笑声最热烈时候也是解决问题的时候，我就汤下面，趁热打铁，跟秋说，你同华从来就是好朋友又是亲戚，他开玩笑，别计较，你就同他睡吧。华此时也向他投来接纳的目光。秋别过头，说：我就是同猪睡也不同他睡。大家都开铺了谁也没有理秋秋，我落了单，把被子丢在林哥他们中间。秋秋还是没有同猪去睡，他拿着自己的行李，蜗牛一样慢慢地向华靠近，我们一边开铺一边偷看秋秋，抿着嘴笑。

华走过来，接过秋秋手中的被子，满工棚的人都直起腰，不约而同地鼓掌。开怀的笑再一次炸棚了，人炸得都拥到棚外。华最后一个出来，一出来就露出一副神秘的样子，对大家说：跟我走吧，我带你们到河里去体验一个惊喜。

2

西阳暖水，白云舒卷。邻队的棚里也陆续来人，我们挥手打打招呼，径直走到河边。华开始说话了：社员同志们啦，你们在家时常埋怨吃红锅子，没有闻过腥气。今天队里运来了一头猪的肉，不怕没有油；这河里有吃不尽的鱼，只怕你不勤快。他边说边跳下河，还没有移步，他就惊呼：鱼。弯下腰去，两手从水底抓出两条粑粑鲫鱼甩上岸来。脸笑成鲜艳的黑牡丹。岸上的人并没有因华的惊喜都下了河，有的开始脱鞋袜，有的还蹲在河边用手指头试水温，水冷，手猛地缩回，像被烫着似的，直朝那只碰水的手指吹气。姑娘们更细心，不知在哪个坑穴里发现了昨天的寒迹，惊呼有雪。这时，我发现都是赤手空拳，抓了鱼没有东西装，我要姑娘们回去拿桶筐等盛物来。她们正在脱鞋袜，听我这般安排，一个清脆的哦吠跑了回去。

我下了水，回头笑着说：鸭子都下河捕鱼了，鱼鹰可不能歇着啊。大家都跳下了河，捉了鱼就往黄花滩上丢。等到姑娘们来时，岸上的《渔光曲》旋律将姑娘们旋了进去，她们拾起跳跃挣扎的银色音符，融入婉丽略带野性的欢笑，长辫子姐姐唱起了《红梅赞》，云来遮，雾来盖，云里雾里放光彩。

岸上的鱼没有了，姑娘们站在岸上喊：没鱼啰。水中呆立木鸡的我们，才从岸上的美丽回神，相互打趣着继续摸鱼。摸了一阵鱼，都时时有刷新纪录，可我这个带头人纪录上仍然是零。华走过来，说：队长，捉鱼有窍门，我告诉你吧。他说，冬天的鱼不爱活动，跟人一样怕冷。大鱼奔深，小鱼窝脚迹眼，我们就抓脚迹眼里的鱼。踩着它，手探下去扣住鱼的腮帮子，鱼就捉住了。我按华哥传授的方法做，果然抓到了鱼，我能抓到鱼，岸上的姑娘们还鼓掌，真羞得我面红耳赤的。像秋秋那么骂她们吗？怎么骂？爱她们都来不及呢。

我也捉了不少鱼，大家捉得兴起，忘记了寒霭来袭，红日的屁股坐在了河面。一个瘦高的人站在岸上喊小李，我才挥手散工，自己诚惶诚恐地来到瘦高个面前。

3

瘦高个就是三年前我们几个顽少贴大字报炮轰的人——大队支书龚连生。他微笑着说：小李，工作不错嘛。卢林来了没有？来了，我答道。给他批段假，有个政治任务交给他，叫他来找我。龚支书摔下这句话转身就走。我冲着背影问什么任务？干好自己的事吧，党在考验你。这声音当时对我来说，比父母亲的声音还亲切珍贵。

我跑回工棚，看到大家都在拾掇鱼。鱼不大，数量近百斤，菜刀一把，单靠主炊的姑娘们不睡也完不成任务。汉子们成家和冇成家的，都对姑娘们很关心，鱼倒在黄花滩上，有的用茅镰剥，有的干脆手掐，把最小的游条从鳃下掐个口子，挤出肠胆。鱼没有洗，姑娘们弄到大桶里，腌上盐。我到处搜索，就没看见卢林，问他们谁都不吱声。我刚伸手推杨华，突然，一声尖叫，把眼球都吸引到姑娘堆里。只见长辫子姐姐直起腰，左手捏着右手的食指，愁眉苦脸，指头上开出鲜血的小花。妇女队长说她在桶里拌鱼时被鱼刺扎了一下，我笑着说：洪姐，别怕，盐是杀菌的，吹口气就好了。毛孩子，晓得什么？她这句话真把我堵得慌，大我六岁就把我看成毛孩子，何况我还是队长，我也有十九岁了我也知道那个，不敢出口，脸红到脖子根。还是洪姐解的围。问：你找卢林做什么？

龚支书找他，叫他到指挥部去一趟。我真不想与她说话，一是她太美，喜欢她，可我在她面前确实是小毛孩；一是她刚才的话刺中了我的痛，恨她，恨不得马上躲开她，可当我要离开这尴尬之地时，偏偏是这位长辫子缠住我说能帮我找到卢林。

队长，我知道卢林在哪，我帮你去通知。她说罢，还没有我的发话，她就风一般地卷远了。像一枝剧烈摇曳风中的荷花，想象她那起伏颤抖的胸脯一定导致呼吸紧张。

此刻，大家七嘴八舌地议开了：

原来斗卢花时，她还上台抽嘴巴，如今爱上她仔啊。九头鸟说。

酒葫芦边卷旱烟边感慨：人生戏人生戏，就是戏呀，苦的时候无人问，甜的时候仇人变亲人啊。卢花是个日本女人，那么斗那么打都没有坦白交代，这女人够武士道的。不是一九六九年中日建交，中央派人带着日本友人来找遗孤，芦花早变成棺材花花了。

卢花到过北京还回过故乡北海道，为什么卢林不去？有人发问。

上头不批准呗。

酒葫芦又开腔了：什么批准不批准，卢花傻不棱登的。日本那边，亲人不是有钱就是有权，而且那边做了大量工作，要她带着儿子回国，这边也同意放。你说她怎么说？

怎么说？十几个脑袋凑了过来。

酒葫芦不紧不慢地伸出舌头，舔湿滚烟的纸边儿，粘紧，喇叭筒状的旱烟卷成，细尖的一端衔在嘴里，掏出火柴，划燃一根风吹灭，划第二根又被风吹灭。有人等得不耐烦了，摇他膀子，无奈，只好忍住烟瘾，收起喇叭筒，极不耐烦地将扒在背上的人一掀，直起腰说：卢花说日本是生她的国家，中国是扎下了根的国家，都是我的祖国，我都爱，但我更爱中国，绝不会因现在贫穷而离开我扎下了深根的祖国。

大家都笑他，根本不相信他的话。他还有一个比酒葫芦更响亮的绰号：扯白佬（说谎意思）。我知道酒葫芦讲的是真的，他跟卢林的二叔砍得脑壳共得疤，而卢花已是他二叔的妻子，这些掏心窝子的话，妻子对丈夫讲，丈夫又对砍脑壳朋友讲，很正常。几年的事，乡亲们大都不知道，可见这个酒葫芦并不酒迷糊。但选在这个日子，这个地点这个时候讲出来，我很感意外。

酒葫芦离开剥鱼和议论，藏在工棚背风处点火抽烟去了。他点燃了烟叼在嘴上，然后朝我招手。我赶到酒葫芦面前，他神秘而又急切地说：你快去找洪姐和卢林吧，不然会误大事。

我瞪着惊疑的眼盯着他，说：九叔，你别吓我。

不信？出了问题到那时你哭都迟了。

4

酒葫芦压低声音：你看见胡华么？长辫子跑去找卢林，他眼珠子都快蹦出来了。他爱她好多年了呢。当年斗卢花那么积极，就是长辫子同卢林青梅竹马引起的。他不是图臭积极响应晚婚的号召，长辫子早就是他的当家婆了。偏偏卢花转运一九六九年，从此，长辫子疏远了胡华，极力亲近卢林，卢花十分反对，卢林也没有接纳她的感情。胡华牛脾气，肯定恨卢林，不会放过他，看今天洪秀英的样子，说不定会弄出个生米煮成熟饭的剧来。小伢仔，这帮大哥大姐们要看紧点啰。在家里没事，在这里闹出丑事来你就吃不了兜着走了。

酒葫芦大叔不说则已，一说真说出了我一身冷汗。那时，我虽已成大人，除劳动外，满脑壳地想读书，那时书里很少有直接描写男欢女爱的事，因此，对男女之事完全混沌。今经酒葫芦大叔一拨拉，心里亮堂，决定亲自去找林哥。

千年沉寂的黄花滩沸腾了。小滩上集聚着大队的七百民工，以小队为单位，工棚一溜矗立在滩东端。芦苇搭成的拱形建筑，如馒头状的是厨棚，似长闸形的是工棚，像金锥子样的是厕所。我无心感受滩上的欢歌笑语，无暇欣赏夕阳下战地居所的辉煌，更不在意星散在北河里捕鱼捉虾的快感。眼睛盯住黄花滩东南接壤处，薄暮微笼的杨树林。因为，那朵美丽的荷花，甩着长辫子就飘进了杨树林。也该出来的时候了，猪吃菜，羊去赶。我快步朝杨树林走去，突然，林子里闪过一个熟悉的身影，我心一下蹦到喉咙里，胡华比我到得早，真被酒葫芦言中了。我走近林子边，看到卢林背靠一棵大杨树坐着，洪姐也背对背靠树坐着，满脸委屈的样子。而林哥望着满河捕鱼人，望着潜入水中仅剩个红顶儿的夕阳，目无旁人，满腹心事，发呆。

林哥，多年了，为你妈的事还记恨我吗？

我不是那种鸡肠小肚的人。

你的微笑，你的真诚为什么还那么冷呢？

我喜欢你，但没有资格爱你，我爸是被枪毙的。我觉得胡华对你不错，跟他会很幸福。

洪姐流泪了，说：他不该骗我，差点让我万劫不复。

你是知识分子，我仅读了几句书。

哎哟！洪姐一声尖叫。

卢林回过头问：怎么啦？

鱼刺扎过一下，刚又碰在树上，痛。

看看。卢林移动屁股，侧过身子，洪姐也侧过身子，把伤指儿举到卢林的眼前，花面如火，秋波激荡。双手冷不丁地钩住卢林的脖子。

我再也不能藏猫猫了，咳嗽一声。她见我从杨林里转出来，赶忙收回手，嘴噘起老高，丢下一句：小毛孩，真不懂事。气羞羞地跑回去了。卢林不好意思地站起来，我问：洪姐告诉你到龚支书那里去么？

没有。

我就讲了来意，卢林笑了。我打趣说：你一走，被子留给我，我就不用去当党代表啦。他在我背上轻擂一拳，说：我不会走远，肯定会回来同你大战黄花滩的。

这时候，胡华拿着一把茅镰走到我们面前。

5

胡华手握茅镰，虎卢林一眼，脸面马上露出笑容，说：队长，我过河去砍捆芦苇明天煮早饭。说完转身朝河边走了，我还来不及说心中想的，卢林也抛下一个微笑走了。他们两人的微笑，与其说是对我的热情友好，还不如说各送了只反目成仇的刺猬放在心里蹦跶呢。

我们大队的任务就是黄花滩两侧的河流堵口合龙。黄花滩上取土，太窄太小，七百人挤在滩上，砍土分方搞定额包工不可能，就以小队划土分方进行劳动。早上六点上工，下午六点收工，三餐饭，每天休息四次。天公作美，日日晴和，连那些早应秋时衰微的黄花草，仍然精神抖擞，张扬着卑微而倔强的金色。队里来了四位姑娘，开始都服务后勤，不久，男劳力有意见，说我照顾她们太过分。如是把她们四人分为两组，轮流后勤担土。说也怪，每天土堪里有女的，担土的人哦和喧天，谈笑风生，任务进度快，天天得表扬。若长辫子姐小组上战场，那简直是一道亮丽的风景，满黄花滩的眼球都像遇到了磁石，谁也顾不上擦汗，谁也不想耽搁看风景的时光，满滩歌声催得尘土飞扬，似乎太阳不在天上，而在地上。奇怪的是，自己队里的歌声哑了，连爱调笑异性的言语都躲在快乐腹里发呆。只有脚步匆匆，只有忘记抹的热汗如雨。

这时，胡华担着土赶到我身边，说：队长，大家说天天吃干鱼腊肉没味了，想换换口味，你看怎么办？

我说：滩头野地，没村没店的，还能怎么办？

我有办法。胡华鼓起明亮的大眼睛，脸上流淌着黝黑的兴奋，继续说，河那边芦苇山里有鳝鱼挖，我带个帮手，保准晚餐打个好牙祭。

那带谁去呢？

男劳力抽不得。

那你自己挑吧。

他高兴得一蹿上前老远，倒掉土，箭一般地射到姑娘小组面前，不一会儿，两个姑娘跟他走了。我陡觉自己犯了错误，不该表这个荒唐的态。君子言，将军箭，射出去了怎能收回？

胡华喊走了洪姐和小玉，一路上就对小玉说：你累了，去工棚里休息吧，那事有我同你洪姐就行了。小玉凝望着洪姐，洪姐犹豫片刻，说：你休息吧。小玉浅浅一笑，说：我才不愿当你的煤气灯呢。小辫子一摆走开了。胡华从厨棚里提出一个大桶，又跑到工棚里拿出一把锹，领着洪姐撑船渡过了河。无边无际的苇山呈现眼前，部分芦苇已被砍伐，洪姐一踏进苇山，就唱起了：芦花放，稻谷香。岸柳成行……

还没来过吧，英子。

这是第一次。

第一次都不想来，怕我吃了你么？

我怕谁？怕你吃你不早吃了我么。

嘿嘿，英子不但是花中最美，还是一张巾帼英雄嘴呢。

你不是到柴山里挖鳝鱼吗？快挖呀。

这里没有，要到沟里蓼草滩上。胡华真厉害，不到一个时辰，用锹挖，用手在沟里黑泥里盘，鳝鱼泥鳅捉了半桶。提得洪姐直喊累。胡华看差不多了，说：到蓼草滩休息一下回去，那边芦苇挡了风暖和。他洗干净手脚，把锹递给洪姐，接过沉甸甸的桶提着，来到了蓼草滩。

午后冬日温暖了蓼草滩，大半人深的蓼草，密匝匝地长在冲积层上，犹如美女飘逸的长发，经过霜秋，又似白发魔女的相思，苦苦的等待和渴望纠结成一床天然的棉被铺在日下的沉默里。洪姐突然意识到了什么，她对胡华说：我们不休息了，还是回去吧。

此时胡华没有看洪姐红润的脸，更不知道她颤动的乳房在冒火在胆怯，在准备做柔软而坚挺的抵抗。他在对飞翔在天边的孤鸟说话：你失去了太多的机会，才这么孤独无助。他突然像一头疯牛，转身扑过去，抱倒洪姐。接着，孤鸟不见了，只有衰草的抖动与羞怒的呻吟。

《羊城晚报》1981年

雄关赋

峻 青

哦，好一座威武的雄关——山海关，这号称"天下第一关"的山海关。

山海关这铮铮响的名字，是我刚记事的童年，从我的一位四爷那里听到的，从此，在心里刻下了这座雄关的影子。

我的四爷，是一个关东客。还在他才十几岁的时候，就像我故乡的许许多多为贫困所迫无路可走的农民一样，孑然一身，肩上背着一张当作行李的狗皮，下关东谋生去了。待到重返故里，已经是七十多岁的老人。和他几十年前离乡时一样，依然是孑然一身，两手空空。他带回来的唯一财物，就是那漂泊异乡浪迹天涯的悲惨往事和种种见闻。

这当中，就有着山海关。

至今我还清晰地记得：冬景天，我们爷儿俩偎坐在草垛根下，晒着暖烘烘的三九阳光，他对我讲述山海关的一些传说、故事的情景。那雄伟的城楼，那险要的形势，那悲壮的历史，那屈辱的陈迹，那塞上的风雪，那关外的离愁……

善感的心灵，也曾为背井离乡、远徙异地的行人在跨过关门时四顾苍茫的悲凄情景而落下过伤感的眼泪，也曾为孟姜女的忠贞和不幸而郁郁寡欢；然而更多的却是为那雄关的雄伟气势和它那抵御外侮捍卫疆土的英雄历史所感动，所鼓舞。幼稚的心灵上，每每萌发起一种庄严肃穆、慷慨激昂的情怀。

也曾做过一些童年的梦：梦中，常常是身着戎装，飞越那绵延万里的重重关山，或是手执金戈高高地站立在雄伟高大的城门之上……

啊，梦虽荒唐，然而那仰慕雄关、热爱国土的心却是真挚的，深沉的。

遗憾的是，这离京都颇近的雄关，我却没有到过。它留给我的依然还是童年时代从四爷那里得来的模糊的影子。

机会不是没有。有一次，大概是一九五六年的春天吧，我出访东欧，乘的是横越东北大地和西伯利亚荒原的国际列车。我从列车播音员的广播中，听到了沿途将要经过的一些城市，这当中，就有山海关。当时的心情是十分兴奋的。列车过了秦皇岛以后，我就渴望尽快看到山海关。列车驶近山海关车站的时候，我才发现：原来这车站和铁路线离山海关还有相当远的一段距离。我从车窗里探出头去，向北张望，心想能远远地眺望一下也好。时已黄昏，苍茫的暮色，笼罩着大地，任你瞪大了眼睛，竭力张望，也望不见山海关，只能隐隐约约地望见一抹如烟似雾的淡影，和从四野里升腾起来的炊烟暮霭融合在一起，像三春烟雨中的景色似的，迷离难辨。我失望地转回头去，脑幕上留下的依然是童年时代从四爷那儿得来的模糊的影子。

现在，我终于亲眼看到这思慕已久的雄关了。啊！好一座威武的雄关！果然名不虚传：那气势的雄伟，那地形的险要，在我所看到的重关要塞中，是没有能与它伦比的了。

先说那城楼吧。它是那么雄伟，那么坚固，高高的箭楼，巍然耸立于蓝天白云之间，那"天下第一关"的巨大匾额，高悬于箭楼之上，特别引人注目，从老远的地方，就看得清清楚楚。这五个大字，笔力雄厚苍劲，与那高耸云天气势磅礴的雄关，浑然一体，煞是壮观。但是，最壮观的还是它形势的险要。不信，你顺着那城门左侧的台阶往上走吧，你走到城墙之上，箭楼底下，手扶着雉墙的垛口，昂首远眺，你会情不自禁地发出一声又惊又喜的赞叹："嗬，好雄伟的关塞，好险要的去处！"

你往北看吧，北面，是重重叠叠的燕山山脉，万里长城像一条活蹦乱跳的长龙，顺着那连绵起伏的山势，由西北面蜿蜒南来，向着南面伸展开去。南面，则是苍茫无垠的渤海，万里长城从燕山支脉的角山上直冲下来，一头扎进了渤海岸边，这个所在，就是那有名的老龙头，也就是万里长城的尖端。山海关，就耸立在万里长城的脖颈之上，高峰沧海的山水之间，进出锦西走廊的咽喉之地，其形势的险要，正如古人所说：

两京锁钥无双地，

万里长城第一关。

　　站在这雄关之上，人的精神顿时感到异常振奋，心胸也倍加开阔。真想顺着那连绵不断的山势，大踏步地向着西北走去，一路上，去登临那一座座屏藩要塞、烽台烟墩，从山海关、喜峰口、古北口、居庸关、雁门关，一直走到那长城的尽处嘉峪关口。也想反回身来，纵缰驰马，奔腾于广袤无垠的塞外草原之上，逶迤翻腾的幽幽群山之间，然后随着那蜿蜒南去的老龙头，纵身跳进那碧波万顷的渤海老洋里，去一洗那炎夏溽暑的汗水，关山万里的风尘……

　　甚至更想身披盔甲，手执金戈，站立在这威武的雄关之上，做一名捍卫疆土的武士。

　　哦，童年的梦，又从长久尘封的记忆中复活了。复活在这"天下第一关"的城楼之上、山海之间，复活在这二十世纪的八十年代，复活在这十年内乱后的一个励精图治的夏天。

　　这，能说是荒唐的吗？

　　不，你瞧，那是什么？

　　正当我凭栏四眺遐思迩想的时候，猛听得一阵喧哗，回头一看，啊，一个身披盔甲手执青龙大刀的武士，从那古老而高大的箭楼大门里面走了出来。我不禁吃了一惊，心里好生诧异。上前仔细一看，却原来是一个来游览的小伙子，故意穿着一身戎装拍照留念的。这戎装，是从箭楼大门里面的一家照相馆租来的。

　　这件新鲜事儿，使我非常高兴。开始时我想到的是这家照相馆真是"生财有道"，会想点子赚钱；可是转又一想：这不单纯是个赚钱营利的问题，而更重要的是他们体会到那些从祖国的四面八方会集到这儿来的游人们，在登临这座古老而著名的雄关时的心情。我由此也就懂得了：这身着戎装的拍照留念的小伙子，也绝不是为了好玩和逗趣，这当中，蕴藏着一种可贵的感情。

　　瞧，这小伙子手执大刀昂首挺胸的威武严肃的神情，不就是很好的

雄关赋　　　　　　　　　　　　　　　　　　　　　　　　　　93

证明吗？

看着这，有谁会感到滑稽可笑呢？

不，相反地，人们会情不自禁地从心里涌起一种肃穆庄严的感觉，怀古爱国的激情。

也许是受到这种情绪的感染，与我一起来的一位青年女作家，也仿效那个小伙子，花了五角钱租了一套盔甲、兵器披挂起来。当她披挂停当从箭楼里走出来时，我简直不认得她了。那个一身天蓝色西装衫裙的时髦姑娘，一刹那间变成了一位威风凛凛的古代武士。她头戴朱缨金盔，身穿粉底银甲战袍，手抚绿色鲨鱼鞘青锋宝剑，昂首挺胸地站在城楼之上，俨然是一位身扼重关、力敌千军的守关武士，叱咤风云的巾帼英雄。

这位女作家，过去当过演员，拍过一部电影。在那部电影里，她演的是一个从穷山沟里出来的农村姑娘，当上了飞行员，驾驶着银鹰，翱翔在蓝色的天空，保卫着祖国的神圣疆土。现在，她又身披戎装，手执金戈，在扼守这重关要塞了。八月的骄阳，映照着金盔银甲，闪烁出耀眼的光芒，她高高地站在那里，两眼凝视着远方，脸上的神情，是那样的庄严，真不啻是花木兰再世，穆桂英重生。

看着这，一刹那间，我竟然仿佛置身于中世纪的古战场上。一股慷慨悲歌的火辣辣的情感，涌遍了我的全身。

啊，雄关：
这固若金汤的雄关！
这"一夫当关，万夫莫开"的雄关！

在我们古老的中华民族的伟大历史上，在那些干戈扰攘、征战频仍的岁月里，这雄关，巍然屹立于华夏的大地之上，山海之间，咽喉要地，一次又一次地抵御着异族的入侵，捍卫着神圣的祖国疆土。这高耸云天的坚固的城墙上的一块块砖石，哪一处没洒上我们英雄祖先的殷红热血？这雄关外面的乱石纵横、野草丛生的一片片土地上，哪一处没埋葬过入侵者的累累白骨？

啊，雄关，它就是我们伟大的民族的英雄历史的见证人，它本身就是一个热血沸腾顶天立地的英雄好汉！

如今，这雄关虽已成为历史陈迹，但是它却仍以它那雄伟庄严的风貌、可歌可泣的历史，鼓舞着人们的坚强意志，激励着人们的爱国情感。

我相信：假若一旦我们的神圣的国土再一次遭受到异族入侵的话，那位手执大刀的青年小伙子，还有我们的现代花木兰，以及所有登临这雄关的公民，全都会毫不犹豫地拿起武器，奔赴杀敌卫国的战场！

由此，我又悟出了一个道理：雄关，这早已变成了历史陈迹的雄关，虽然已失去了它往日的军事作用，但是这雄关的伟大体魄，忠贞的灵魂，却永远刻在人们的心中。哦，更确切一点说，这关，不在地壳之上，山海之间，而是在人们的心中。

是的，在人们的心中。这才是真正的雄关，比什么金城汤池还要坚固的雄关！

不是吗？山海关纵然是坚固险要，可也有被攻破的记载；而吴三桂的引清入关，更是不攻自破。多尔衮的铁骑，不就是从这洞开的大门下面蜂拥而过、席卷中原的吗？

"恸哭六军皆缟素，冲冠一怒为红颜。"吴梅村的《圆圆曲》，道出了当时爱国人士对吴三桂的愤慨和痛恨。尽管历史学家对吴三桂降清的动机是不是为了"红颜"这一事实还有争议，但雄关被出卖而不攻自破却是事实，也是教训。

这遭到过玷污的雄关，至今还蒙受着耻辱的灰尘，并在无声地向人们诉说着这一段痛苦的历史，也仿佛在向着人们告诫：谁道雄关似铁？任是这似铁的雄关，也有被攻破的时候，说什么"一夫当关，万夫莫开"？在我们那辽阔的疆土之上的许许多多重关要塞，从来就没有哪一座关塞真正起到过这样的作用。它们或者被强敌攻陷，或者为内奸出卖，而尤其是后者，堡垒最易从内部攻破，历史上最不乏这种沉痛记载的。吴三桂的丑剧，只不过是其中的一件而已。

由此看来，古往今来的大量史实证明：那所谓"固若金汤"的雄关，是从来就不存在的；而真正坚固的雄关，只有存在于人们的心中。

——这，就是信念。

对社会主义，对革命事业，对我们伟大的祖国的坚贞不渝的信念，就是最坚固最强大的雄关，是任凭什么现代化的武器都不能攻破的雄关。千百万吨级的热核武器攻不破它，重型轰炸机和远距离洲际导弹攻不破它。它，永远巍然屹立于我们伟大辽阔的国土之上，屹立在亿万英雄儿女的丹心之中。

这才是真正的雄关！"固若金汤"的雄关！

啊，雄关！无比坚固的雄关！

《人民日报》1982年

紫藤萝瀑布

宗　璞

我不由得停住了脚步。

从未见过开得这样盛的藤萝，只见一片辉煌的淡紫色，像一条瀑布，从空中垂下，不见其发端，也不见其终极。只是深深浅浅的紫，仿佛在流动，在欢笑，在不停地生长。紫色的大条幅上，泛着点点银光，就像迸溅的水花。仔细看时，才知道那是每一朵紫花中的最浅淡的部分，在和阳光互相挑逗。

这里春红已谢，没有赏花的人群，也没有蜂围蝶阵。有的就是这一树闪光的、盛开的藤萝。花朵儿一串挨着一串，一朵接着一朵，彼此推着挤着，好不活泼热闹！

"我在开花！"它们在笑。

"我在开花！"它们嚷嚷。

每一穗花都是上面的盛开、下面的待放。颜色便上浅下深，好像那紫色沉淀下来了，沉淀在最嫩最小的花苞里。每一朵盛开的花就像是一个小小的张满了的帆，帆下带着尖底的舱，船舱鼓鼓的；又像一个忍俊不禁的笑容，就要绽开似的。那里装的是什么仙露琼浆？我凑上去，想摘一朵。

但是我没有摘。我没有摘花的习惯。我只是伫立凝望，觉得这一条紫藤萝瀑布不只在我眼前，也在我心上缓缓流过。流着流着，它带走了这些时一直压在我心上的关于生死的疑惑，关于疾病的痛楚。我沉浸在这繁密的花朵的光辉中，别的一切暂时都不存在，有的只是精神的宁静和生的喜悦。

这里除了光彩，还有淡淡的芳香，香气似乎也是浅紫色的，梦幻一般轻轻地笼罩着我。忽然记起十多年前家门外也曾有过一大株紫藤萝，它依傍一株枯槐爬得很高，但花朵从来都稀落，东一穗西一串伶仃地挂在树梢，好像在试探什么。后来索性连那稀零的花串也没有了。园中别的紫藤花架也都拆掉，改种了果树。那时的说法是，花和生活腐化有什么必然关系。我曾遗憾地想：这里再也看不见藤萝花。

过了这么多年，藤萝又开花了，而且开得这样盛，这样密，紫色的瀑布遮住了粗壮的盘虬卧龙般的枝干，不断地流着，流着，流向人的心底。

花和人都会遇到各种各样的不幸，但是生命的长河是无止境的。我抚摸了一下那小小的紫色的花舱，那里满装生命的酒酿，它张满了帆，在这闪光的花的河流上航行。它是万花中的一朵，也正是一朵朵花，组成了万花灿烂的流动的瀑布。

在这浅紫色的光辉和浅紫色的芳香中，我不觉加快了脚步。

《福建文学》1982年7期

啊，你盼望的那个原野

严文井

看着你的画像，我忽然想起要举行一次悄悄的祭奠。我举起了一个玻璃杯。它是空的。

你知道我的一贯漫不经心。

我有酒。你也知道，那在另一个房间里，在那个加了锁的柜橱里。

现在我只是单独一人。那个房间，挂满了蜘蛛网，积满了厚厚的灰尘。我没有动，只是瞅着你的面容。

我由犹豫转而徘徊。

我徘徊在一个没有边际的树林里。

这儿很丰饶，但有些阴森。几条青藤缠绕着那些粗大的树干，开着白色的花。青藤的枝条在树冠当中伸了出来，好像有人在那儿窥望。

我跌跌绊绊。到处都是那么厚的落叶，歪歪斜斜的朽木，还有水坑。

我低头审视，想认出几个足迹和一条小径。也许我是想离开树林。我可能已经染成墨绿色了，从头到尾。我干渴，舌头发苦，浑身湿透。

我总是忘不了那个有些令我厌烦的世俗的世界。我不懂为什么还要回到那里去。可是我优柔寡断，仍然在横倒的老树干和被落叶埋着的乱石之间跌跌绊绊，不断来回，不断绕着圈儿。这儿过于清幽，反而令人感到憋闷。

"七毛啊——回来吧！"一个女人在叫喊。

"回来了！"另一个女人在回答。

"七毛啊——回来吧！"

"回来了！"

一个母亲在为一个病重的儿子招魂。一呼一应，忧伤的声音渐渐远去。

那是五十多年前的一个夜晚。记不清是一个什么样的夜晚，但那的确是一个夜晚。那个小城市灯光很少，街巷里黑色连成一片。

"魂兮归来！"
"魂兮归来！"

一片黄色的树叶在旋转着飘飘而下，落在我的面前。也许这就是他，他失落在我的面前。我张口呼喊。然而我听不见自己的声音。一片寂静。难道我也失落了？我又失落在谁的面前？

如果真有那么一个人，我很想看见他。只有一阵短促的林鸟嘶鸣，有些凄厉，随即消失。那不能算回答。

那飘忽不定的是儿个模糊的光圈，颜色惨白。那一定是失落到这儿的太阳。

有微小的风在把树林轻轻摇晃。

"不要看，快把眼睛闭着。你的眼睛反光，会暴露目标。"

九架轰炸机，排成三排，正飞临我们上空。它们的肚皮都好像笔直地对着我们躺在里面的那个土坑，对着我们。

"驾驶员看不见我的眼睛。"
"不，看得见的。你的眼睛太亮。"

你伸出一只手来遮住我的双眼，又用一只胳膊来护住我的脑袋。你毫不怀疑你那柔弱的胳膊能够拯救我的生命。上帝也不会这样真诚。

轰炸机从这片田野上空飞过去了，炸弹落在远方。战争过去了，我们安然度过了自己的青春。但是，总是匆匆忙忙。

你躺在那张病床上。

你并不知道那就是你临终的病床，说：

"明年我们一定要一起出去旅行，到南方。你陪着我去那些我没有去过的地方。"

你还说：

"可怜的老头儿，你也该休息休息。"

在昏迷中，你还有一句不完整的话：

"……那个花的原野，那个原野都是花……"

就这样，你一点点地耗尽了灯油，熄灭了你的光。

我和几个人把蒙着白布的你从床上抬起。我真没有想到你有这么沉。

护士们来打开这间小房的窗扇，让风肆意吹。这些窗扇好久没有打开过，你总是幻觉到有股很冷的风。

我提着那个瓷坛走向墓地。瓷坛叮当作响，那是我母亲火化后剩余的骨殖在里面碰击。

我尽量走得慢一些，也不断调整我走路的姿势，但无法找到一个更妥当的办法，避免这样的碰击。

一些路人远远躲开我。他们认得这种瓷坛。

我母亲不会这样对待我。当我在她肚子里的时候，我得到的只能是温暖和柔和。即使我有些不安分，她也不会让我碰击作响。她用自己的肉体装着我，我用冰冷的瓷坛装着她。那个给予和这个回报是如此不相称。我的后悔说不完。

我正在把母亲送往墓地。一片宁静，我没有听见母亲说话的声音。

我仍在密树和丛莽之间转圈儿。

这也许是一个我永远无法穿过的迷宫。树叶沙沙作响，无边无垠，无始无终。也许一阵暴风雨就要来临。

突然响起了一个闷雷，在一个不知道的远方。

我也许会永远失落在这里，也许。

我是这样矛盾。喜欢孤寂，可又害怕与世隔绝。

这么热。这里可能有一团厚厚的水蒸气正在郁结。可是我又看不见那股灰白色的热雾。

我已满身湿透，我仍在转悠。

我多么希望听见你的一声呼唤。哪怕是嘲笑，甚至斥责，只要是你的声音。

你太善良了。我有失误，你总是给以抚慰；我有不幸，必然会引起你的忧伤；我对你粗暴，你只有无声的眼泪。

"魂兮归来！归来！"

只有树叶沙沙作响。

那个时候我们真是无忧无虑，只要能够行走就会感到海阔天空。

那片高原上有黄土，有石头，有酸枣刺，还有溪流。溪流里还常常看到成群的小蝌蚪。我们老是沿着弯弯拐拐的山沟跋涉，不知道哪儿是尽头。

我绝没有想到你后我而来，竟会先我而去。绝没有，绝没有。

"魂兮归来！归来！"

现在我脑子里独自装着那些山沟，我只好勉强承认那个有些神秘的尽头。

现在我正跟着一大队奇装异服的人去开垦一块"沼泽地"，一个美丽的湖。大水还没退尽，一片泥泞。这是一个多雨的地方。我们不少人滑倒了，每个人都是大汗淋漓。如果你看见这个场面，肯定又会说："可怜的老头儿！"

不，我们不应该讨人怜悯，更不必为自己伤心。

前面有一片高地，地面铺满了小草，竟然一片翠绿。

你定会代我感到高兴，再前面又突然出现了一丛丛野花。

紫色的一片，红色的一片，蓝色的一片，都是矮矮的，紧紧贴着地面。它们没有喧嚣，更不吵嚷。只是一片宁静，一片安详。

我叫不出那些小小的野花的名字。我的最高赞美只有一个字：花！

正如同你就是你一样，它们就是花，就是美，就是它们自己。

我很想为那些野花野草多流连一会儿，但是没有办法。我们并没有参加一场战争，也没存心冒犯谁，一夜之间却变成了自己同事的"俘虏"。我们还得继续在无尽的泥泞里东歪西倒，去开垦那片"沼泽地"，那个美丽的湖。那是命令。唉！那个年代！虚妄逐渐退却，幻影慢慢隐去。我终于在树林中找到了一片开阔地。这里有许多蘑菇，许多野花。一片宁静，一片幽香。这不就是你说的那个"花的原野"！

我想你早就想象过这样一个原野，而你白白盼望了一生，等待了一生。

我终于明白了你未说完的话的意思。

我颠三倒四地向你说了这么一大堆，你当然记得这是我难移的秉性。你在倾听，带着我熟悉的那个笑容。你从来不嫌我啰唆。

不必再呼唤你的归来，你根本就没有离开。你就在我的身边，每朵花都可以作证明。

我放下了酒杯。

原谅我，我忘记了你是不会喝酒的。美好的感情，不靠酒来激发。我们的心很柔和，还要继续保持柔和。

你应该高兴，我们正在走向花的原野。

啊，你盼望的那个原野！

1983年

《严文井散文选》人民文学出版社1985年版

梦中的天地

陆文夫

我也曾到过许多地方，可是梦中的天地却往往是苏州的小巷。我在这些小巷中走过千百遍，度过了漫长的时光；青春似乎是从这些小巷中流走的，它在脑子里冲刷出一条深深的沟，留下了极其难忘的印象。

三十八年前，我穿着蓝布长衫，乘着一条木帆船闯进了苏州城外的一条小巷。这小巷铺着长长的石板，石板下还有流水淙淙作响。它的名称也叫街，但是两部黄包车相遇便无法交会过来；它的两边都是低矮的平房，晾衣裳的竹竿从这边的屋檐上搁到对面的屋檐上。那屋檐上都砌着方形带洞的砖墩，看上去就像古城上的箭垛一样。

转了一个弯，巷子便变了样，两边都是楼房，黑瓦、朱栏、白墙。临巷处是一条通长的木板走廊，廊檐上镶着花板，雕刻都不一样，有的是松鼠葡萄，有的是八仙过海，大多是些"富贵不断头"，马虎而平常。也许是红颜易老吧，那些朱栏和花板都已经变黑、发黄。那些晾衣裳的竹竿都在雕花的檐板中躲藏，竹帘低垂，掩蔽着长窗。我好像在什么画卷和小说里见到过此种式样，好像潘金莲在这种楼上晒过衣裳。那楼下挑着糖粥担子的人，也像是那卖炊饼的武大郎。

这种巷子里也有店铺，楼上是住宅，楼下是店堂。最多的是烟纸店、酱菜店和那带卖开水的茶馆店。茶馆店里最闹猛，许多人左手搁在方桌上，右脚跷在长凳上，端起那乌油油的紫砂茶杯，一个劲儿地把那些深褐色的水灌进肚皮里。这种现象苏州人叫作皮包水，晚上进澡堂便叫水包皮。喝茶的人当然要高谈阔论，一片嗡嗡声，弄不清都是谈的些什么事情。只有那叫卖的声音最清脆，那是提篮的女子在兜售瓜子、糖果、香烟。还有那戴着墨镜的瞎子在拉二胡，沙哑着嗓子唱什么，说是唱，但也和哭差不了许多。这小巷在我面前展开了一幅市井生活的画图。

就在这图卷的末尾，我爬上了一座小楼。这小楼实际上是两座，分前楼与后楼，两侧用厢房连在一起，形成了一个口字。天井小得像一口深井，只放了两只接天水的坛子。伏在前楼的窗口往下看，只见人来人往，市井繁忙；伏在后楼的窗口往下看，却是一条大河从窗下流过。河上橹声咿呀，天光水波，风日悠悠。河两岸都是人家，每家都有临河的长窗和石码头。那码头建造得十分奇妙，简单而又灵巧，是用许多长长的条石排列而成的。那条石一头腾空，一头嵌在石驳岸上，一级一级地扦进河床，像一条条石制的云梯挂在家家户户的后门口。洗菜淘米的女人便在云梯上凌空上下，在波光与云影中时隐时现。那些单桨的小船，慢悠悠地放舟中流，让流水随便地把它们带走，那船上装着鱼虾、蔬菜、瓜果。只要临河的窗内有人叫买，那小船便箭也似的射到窗下，交易谈成，楼上便垂下一只篮筐，钱放在篮筐中吊下来，货放在篮筐中吊上去。然后楼窗便吱呀关上，小船又慢慢地随波漂去。

在我后楼的对面，有一条岔河，河上有一顶高高的石拱桥，那桥栏是一道弧形的石壁，人从桥上走过，只有一个头露在外面。可那桥洞却十分宽大，洞内的岸边有一座古庙，我站在石码头上向里看，还可以看见黄墙上的"南无"二字。有月亮的晚上可以看见桥洞里流水湍急，银片闪烁，月影揉碎，古庙里的磬声随着波光向外流溢。那些悬挂在波光和月色中的石码头上，捣衣声咚咚地响成一片，"长安一片月，万户捣衣声"，小巷的后面也颇有点诗意。反身再上前楼，又见巷子里一片灯光，黄包车辚辚而过，卖馄饨的敲着竹梆子，卖五香茶叶蛋的提着带小炉子的大篮子。茶馆店夜间成了书场，琵琶叮咚，吴语温软，苏州评弹尖脆悠扬，卖茶叶蛋的叫喊怆然悲凉。我没有想到，一条曲折的小巷竟然变化无穷，表里不同，鳞次栉比的房屋分隔着陆与水，静与动。一面是人间的苦乐与喧嚷，一面是波影与月光，还有那低沉回荡的夜磬声，似乎要把人间的一切都遗忘。

我也曾住过另一种小巷，两边都是高高的围墙，这围墙高得要仰面张望，任何红杏都无法出墙，只有那常春藤可以爬出墙来，像流苏似的挂在墙头上。这是一种张生无法越过的粉墙，而且那沉重的大门终日紧闭，透不出一点个中的消息，还有两块下马石像怪兽似的伏在门边，虎视眈眈，阴冷威严，注视着大门对面的一道影壁。那影壁有砖雕镶边，当中却是空白一片。这种巷子里行人稀少，偶尔有卖花人拖着长声叫喊："阿要白兰花?"其余的便是麻雀在门楼上吱吱唧唧，喜鹊在风火墙上跳上跳下。你仿佛还可以看见王孙公子骑着高头大马走进了小巷，吊着铜环的黑漆大门咯咯作响，四个当差的从大门堂内的长凳上慌忙站起来，扶着主子踏着门边的下马石翻身落马，那马便有人牵着系到影壁的旁边。你仿佛可以听到喇叭声响，爆竹连天，大门上张灯结彩，一顶花轿抬进巷来。若干年后，在那花轿走过的地方却竖起了一座贞节坊或节孝坊。在那发了黄的志书里，也许还能查出那烈女、节妇的姓氏，可那牌坊已经倾圮，只剩下两根方形的大石柱立在那里。

我擦着那方形的石柱走进了小巷，停在一座石库门前。这里的大门上钉着竹片，终日不闭，有一个老裁缝兼作守门人，在大门堂里营业，守门工便抵作了房租费。也有的不是裁缝，是一个老眼昏花的妇人，她戴着眼镜伏在绷架上，在绣着龙凤彩蝶。这是那种失去了青春的绣女，一生都在为他人作嫁衣裳，老眼虽然昏花，戴上眼镜仍然能把如丝的彩线劈成八片。这种大门堂里通常都有六扇屏门，有的是乳白色，有的在深蓝色上飞起金片，金片都发了黑，成了许多不规则的斑点。六扇屏门只开靠边的一扇，使你对内中的情景无法一目了然。我侧着身子走进去，不是豁然开朗，而是进入了一个黑黝黝的天地，一条窄长的陪弄深不见底。陪弄的两边虽然有许多洞门和小门，但门门紧闭，那微弱的光线是从间隔得很远的漏窗中透出来的。踮起脚来从漏窗中窥视，左面是一道道的厅堂，阴森森的；右面是一个个院落，湖石修竹，朱栏小楼，绿荫遍地。这是那种钟鸣鼎食之家，妻妾儿女各有天地，还有个花园自成体系。

我曾经在某个东花园中借住过半年，这园子仅占两亩多地，可以说是一个庭院，也可以说是个花园，因为在这小小的地方却具备了园林的一切特点，这里有湖石堆成的假山，山上有鹅卵石铺成的小路，小路盘旋曲折，忽高忽低，一会儿钻进洞中，一会儿又从小桥上越过山涧；山涧像个缺口,那桥也小得像模型似的。如果你循着小路上下,居然也得走好大一气;如果你行不由径,三五步便能爬上山顶。山顶笼罩在参天的古木之中,阳光洒下的都是金线,处处摇曳着黑白相间的斑点。荷花池便在山脚边,有一顶石板曲桥横过水面。曲桥通向游廊,游廊通向水榭、亭台,然后又回转着进入居住的小楼。下雨天你可以沿着游廊信步,看着那雨珠在层层的枝叶上跌得粉碎,雨色空蒙,楼台都沉浸在烟雾之中。你坐在亭子里小憩,可以看那池塘里慢慢地涨水,涨得把石板曲桥都没在水里。

这园子里荒草丛生,地上都是白色的鸟粪,山洞里还出没着狐狸。除掉鸟鸣之外,就算那荷塘最有生气,那里水草茂盛,把睡莲都挤到了石驳岸,初夏时石缝里的清水中游动着惹人喜爱的蝌蚪。尖尖的荷叶好像犀利无比,它可以从厚实的水草中戳出来,一夜间就能钻出水面。也有些钻不出来,因为鲤鱼很喜欢鲜嫩的荷叶。一到夜间更加热闹,蛙声真像打鼓似的,一阵喧闹,一阵沉寂,沉寂时可以听见鱼儿唧喋。呼啦啦一声巨响,一条大鱼跃出水面,那响声可以惊醒树上的宿鸟,吱吱不安,直到蛙声再起时才会平息。住在这种深院高墙中是很寂寞的,唯有书籍可以作为伴侣,我常常坐在假山上看书,看得入神时身上便爬来许多蚂蚁,这种蚂蚁捏不得,它身上有股怪味,似乎是一种冲脑门儿的松节油的气味,我怀疑它是吃那白皮松的树脂长大了的。

比较起来我还是欢喜另一种小巷,它有浓厚的生活气息,在形式上也是把各种小巷的特点都汇集在一起。既有深院高墙,也有低矮的平房;有烟纸店、大饼店,还有老虎灶。那石库门里住着几十户人家,那小门堂里只有几十个平方。巷子头上有公用的水井,巷子里面也有只剩下石柱的牌坊。这种巷子也是一面临河,却和城外的巷子大不一样,两岸的房子拼命地挤,把个河道挤成一条狭窄的水巷。"古宫闲地少,水巷小桥多",唐代的诗人就已经见到过此种景象。

夏日的清晨,你走进这种小巷,小巷里升腾着烟雾,巷子头上的水井边有几个妇女在那里汲水,慢条斯理地拉着吊桶绳,似乎还带着夜来的睡意,还穿着那肥大的、直条纹的睡衣。其实整个的巷子早就苏醒了。退休的老头已经进了园林里的茶座,或者是什么茶馆店,在那里打拳、喝茶、聊天。也有的老头足不出户，在庭院里侍弄盆景，或者是呆呆地坐在藤椅子上，把一杯杯的浓茶灌下去。家庭主妇已经收拾了好大一气，提篮走进那个喧嚷嘈杂的小菜场里。她们熙熙攘攘地进入小巷，一路上议论着菜肴的有无、好丑和贵贱。直等到垃圾车的铃声响过，垃圾车渐渐地远去，上菜场的人才纷纷回来，结束清晨买菜这一场战斗。

买菜的队伍消散了，隔不多久，巷子里的活动就进入了高潮。上班的人几乎是在同一个时间内拥出来的，有的出巷往东走，有的入巷往西去，背书包的蹦蹦跳跳，抱孩子的叫孩子和好婆说声再见，只看见那自行车银光闪闪，只听见那铃铛儿响成一片。小巷子成了自行车的竞技场、展览会，技术不佳的女同志只好把车子推出巷口再骑。不过这种高潮像一阵海浪，半个小时后便会平息。

上班、上学的都走了，那些喝茶、打拳的便陆陆续续地回来。这些人走进巷子里来时，大多不慌不忙，神色泰然，眼帘半垂，好像是这条巷子里再也没有任何东西可以使他们感到新奇。欢乐莫如结婚，悲伤莫如死人，张皇莫如失火，可怕莫如炮声，他们都经历过的，无啥稀奇。如果你对他们不感兴趣的东西感兴趣的话，每个人的经历倒很值得收集。他们有的是一代名伶，有的身怀绝技；有的是八级技工，曾经在汉阳兵工厂造过枪炮的；有的人历史并不光彩，可那情节却也十分曲折离奇。研究这些人的生平，你可以追溯一个世纪。但是需要使用一种电影手法——化出，否则的话，你怎么也想不到那个白发如银、佝偻干瘪的老太太是演过《天女散花》的。

夏天是个敞开的季节。入夜以后，小巷的上空星光低垂，风从巷子口上灌进来，扫过家家户户的门口。这风具有很大的吸引力，把深藏在小庭深院中的生活都吸到了外面。巷子的两边摆着许多小凳和藤椅，人们坐着、躺着来接受那凉风的恩惠。特别是那房子缩进去的地方，那里有几十个平方的砖头地，是一个纳凉、休息小憩的场所。砖头地上洒上了凉水，附近的几家便来聚会。连那些终年卧床不起的老人也被儿孙搀到藤椅子上，接受邻居的问候。于是，这巷子里的春花秋月，油盐柴米，婚丧嫁娶统统成了人们的话题，生活底层的秘密情报可以在这里猎取。只是青年人的流动性比较大，一会儿来了个小友，几个人便结伴而去；

一会儿来了个穿连衫裙的，远远地站在电灯柱下招手，藤椅子咯喳一响，小伙子便被吸引而去。他们不愿意对生活做太多的回顾，而是欢喜向未来做更多的索取；索取得最多的人却又不在外面，他们面对着课本、提纲、图纸，在房间里挥汗不止，在蚊烟的缭绕中奋斗。

奇怪的是今年夏天在巷子里乘凉的人不多，夏夜敞开的生活又有隐蔽起来的趋势。这都是那些倒霉的电视机引起的，那玩意儿以一种飞跃的速度日益普及。在那些灯光暗淡的房间里老少咸集，一个个寂然无声，两眼直瞪，摇头风扇吹得呼呼地响。又风凉，又看戏，谁也不愿再到外面去。有趣的是那些电视机的业余爱好者，那些头发蓬乱、衣冠不整的小青年，他们把刚刚装好还没有配上外壳的电视机捧出来，放在那砖头地上做技术表演，免费招待那些暂时买不起或者暂时不愿买电视机的人。静坐围观的人也不少，好像农村里看露天电影。

小巷子里一天的生活也是由青年人来收尾，夜深人静，情侣归来，空巷沉寂，男女二人的脚步都很合拍、和谐、整齐。这时节，路灯灼亮，粉墙反光，使得那挂在巷子头上的月亮也变得红殷殷的。脚步停住，钥匙声响，女的推门而入，男的迟疑而去，步步回头；那门关了又开，女的探出上半身来，频频挥手，这一对厚情深意，那一对不知道出了什么问题，男的手足无措，站在一边，女的倚在那牌坊的方形石柱上，赌气、别扭，双方僵持着，好像要等待月儿沉西。归去吧姑娘，夜露浸凉，不宜久留，何况那方形的石柱也倚不得，那是块死硬而沉重的东西……

面对着大路你想驰骋，面对着高山你想攀登，面对着大海你想远航。面对着这些深邃的小巷呢？你慢慢地向前走啊，沿着高高的围墙往前走，踏着细碎的石子往前走，扶着牌坊的石柱往前走，去寻找艺术的世界，去踏勘生活的矿藏，去倾听历史的回响……

1983年

《梦中的天地》海天出版社，1996年版

忆白石老人

艾 青

　　1949年我进北京城不久，就打听白石老人的情况，知道他还健在，我就想看望这位老画家。我约了沙可夫和江丰两个同志，由李可染同志陪同去看他，他住在西城跨车胡同十三号。进门的小房间住了一个小老头子，没有胡子，后来听说是清皇室的一名小人监，给他看门的。

　　当时，我们三个人都是北京军事管制委员会的文化接管委员，穿的是军装，臂上戴臂章，三个人去看他，难免要使老人感到奇怪。经李可染介绍，他接待了我们。我马上向前说："我在十八岁的时候，看了老先生的四张册页，印象很深，多年都没有机会见到你，今天特意来拜访。"

　　他问："你在哪儿看到我的画？"

　　我说："1928年，已经二十一年了，在杭州西湖艺术院。"

　　他问："谁是艺术院院长？"

　　我说："林风眠。"

　　他说："他喜欢我的画。"

　　这样他才知道来访者是艺术界的人，亲近多了，马上叫护士研墨，戴上袖子，拿出几张纸给我们画画。他送了我们三个人每人一张水墨画，两尺琴条。给我画的是四只虾，半透明的，上画有两条小鱼。题款：

　　"艾青先生雅正八十九岁白石"，印章"白石翁"，另一方"吾所能者乐事"。

　　我们真高兴，带着感激的心情和他告别了。

　　我当时是接管中央美术学院的军代表。听说白石老人是教授，每月到学校一次，画一张画给学生看，做示范表演。有学生提出要把他的工资停掉。

我说："这样的老画家，每月来一次画一张画，就是很大的贡献。日本人来，他没有饿死。国民党来，也没有饿死，共产党来，怎么能把他饿死呢?"何况美院院长徐悲鸿非常看重他，收藏了不少他的画，这样的提案当然不会采纳。

老人一生都很勤奋，木工出身，学雕花，后来学画。他已画了半个多世纪了，技巧精练，而他又是个爱创新的人，画的题材很广泛：山水、人物、花鸟虫鱼。没有看见他临摹别人的。他具有敏锐的观察力，记忆力特别强，能准确地捕捉形象。他有一双显微镜的眼睛，早年画的昆虫，纤毫毕露，我看见他画的飞蛾，伏在地上，满身白粉，头上有两瓣触须；他画的蜜蜂，翅膀好像有嗡嗡的声音；画知了、蜻蜓的翅膀像薄纱一样；他画的蚱蜢，大红大绿，很像后期印象派的油画。

他画鸡冠花，也画牡丹，但他和人家的画法不一样，大红花，笔触很粗，叶子用黑墨只几点；他画丝瓜、倭瓜；特别爱画葫芦；他爱画残荷，看看很乱，但很有气势。

有一张他画的向日葵。题：

"齐白石居京师第八年画"，印章"木居士"。题诗：

"茅檐矮矮长葵齐，雨打风摇损叶稀。干旱犹思晴畅好，倾心应向日东西。白石山翁灯昏又题"。印章"白石翁"。

有一张柿子，粗枝大叶，果实赭红，写"杏子坞老民居京华第十一年矣丁卯"，印章"木人"。

他也画山水，没有见他画重峦叠嶂，多是平日容易见到的。他一张山水画上题：

"予用自家笔墨写山水，然人皆余为糊涂，吾亦以为然。白石山翁并题"。印章"白石山翁"。

后在画的空白处写"此幅无年月，是予二十年前所作者，今再题。八十八白石"，印章"齐大"。

事实是他不愿画人家画过的。

我在上海朵云轩买了一张他画的一片小松林，二尺的水墨画，我拿到和平书店给许麟庐看，许以为是假的，我要他一同到白石老人家，挂起来给白石老人看。我说："这画是我从上海买的，他说是假的，我说是真的，你看看……"他看了之后说："这个画人家画不出来的。"署名齐白石，印章是"白石翁"。

我又买了一张八尺的大画，画的是没有叶子的松树，结了松果，上面题了一首诗："松针已尽虫犹瘦，松子余年绿似苔。安得老天怜此树，雨风雷电一起来。阿爷尝语，先朝庚午夏，星塘老屋一带之松，为虫食其叶。一日，大风雨雷电，虫尽灭绝。丁巳以来，借山馆后之松，虫食欲枯。安得庚午之雷雨不可得矣。辛酉春正月画此并题记之。三百石印富翁五过都门"，下有八字："安得之安字本欲字"。印章"白石翁"。

他看了之后竟说："这是张假画。"

我却笑着说："这是昨天晚上我一夜把它赶出来的。"他知道骗不了我，就说："我拿两张画换你这张画。"我说："你就拿二十张画给我，我也不换。"他知道这是对他画的赞赏。

这张画是他七十多岁时的作品。他拿了放大镜很仔细地看了说："我年轻时画画多么用心呵。"

一张画了九只麻雀在乱飞。诗题：

"叶落见藤乱，天寒入鸟音。老夫诗欲鸣，风急吹衣襟。枯藤寒雀从未有，既作新画，又作新诗。借山老人非懒辈也。观画者老何郎也"。印章"齐大"。看完画，他问我："老何郎是谁呀？"

我说："我正想问你呢。"他说："我记不起来了。"这张画是他早年画的，有一颗大印"甑屋"。

我曾多次见他画小鸡，毛茸茸，很可爱；也见过他画的鱼鹰，水是绿的，钻进水里的，很生动。

他对自己的艺术是很欣赏的，有一次，他正在画虾，用笔在纸上画了一根长长的头发粗细的须，一边对我说："我这么老了，还能画这样的线。"

他挂了三张画给我看，问我："你说哪一张好？"我问他："这是干什么？"他说："你懂的。"

我曾多次陪外宾去访问他，有一次，他很不高兴，我问他为什么，他说外宾看了他的画没有称赞他。我说："他称赞了，你听不懂。"他说他要的是外宾伸出大拇指来。他多天真！

他九十三岁时，国务院给他做寿，拍了电影，他和周恩来总理照了相，他很高兴。第二天画了几张画作为答谢的礼物，用红纸签署，亲自送到几个有关的人家里。送我的一张两尺长的彩色画，画的是一筐荔枝和一枝枇杷，这是他送我的第二张画，上面题：

"艾青先生齐璜白石九十三岁"，印章"齐大"，另外在下面的一角有一方大的印章"人犹有所憾"。

他原来的润格，普通的画每尺四元，我以十元一尺买他的画，工笔草虫、山水、人物加倍，每次都请他到饭馆吃一顿，然后用车送他回家。他爱吃对虾，据说最多能吃六只。他的胃特别强，花生米只一咬成两瓣，再一咬就往下咽，他不吸烟，每顿能喝一两杯白酒。

一天，我收到他给毛主席刻的两方印子，阴文阳文都是毛泽东（他不知毛主席的号叫润之）。我把印子请毛主席的秘书转交。毛主席为报答宴请他一次，由郭沫若作陪。

他所收的门生很多，据说连梅兰芳也跪着磕过头，其中最出色的要算李可染。李原在西湖艺术院学画，素描基础很好，抗战期间画过几个战士被日军钉死在墙上的画。李在美院当教授，拜白石老人为师。李有一张画，一头躺着的水牛，牛背脊梁骨用一笔下来，气势很好，一个小孩赤着背，手持鸟笼，笼中小鸟在叫，牛转过头来听叫声……

白石老人看了一张画，题了字：

"心思手作不愧乾嘉间以后继起高手。八十七岁白石甲亥"。印章"白石题跋"。

一天，我去看他，他拿了一张纸条问我："这是个什么人哪，诗写得不坏，出口能成腔。"我接过来一看是柳亚子写的，诗里大意说："你比我大十二岁，应该是我的老师。"我感到很惊奇地说："你连柳亚子也不认得，他是中央人民政府的委员。"他说："我两耳不闻天下事，连这么个大人物也不知道。"感到有些愧色。

我在给他看门的太监那儿买了一张小横幅的字，写着："家山杏子坞，闲游日将夕。忽忘还家路，依着牛蹄迹。"印章"阿芝"，另一印"吾年八十已矣"。我特别喜欢他的诗，生活气息浓，有一种朴素的美。

早年，有人说他写的诗是薛楷体，实在不公平。

我有几次去看他，都是李可染陪着，这一次听说他搬到一个女弟子家——是一个起义的将领家。他见到李可染忽然问："你贵姓？"李可染马上知道他不高兴了，就说："我最近忙，没有来看老师。"他转身对我说："艾青先生，解放初期，承蒙不弃，以为我是能画几笔的……"李可染马上说："艾先生最近出国，没有来看老师。"他才平息了怨怒。他说最近有人从香港来，要他到香港去。我说："你到香港去干什么？那儿许多人是从大陆逃亡的……你到香港，半路上死了怎么办？"他说："香港来人，要了我的亲笔写的润格，说我可以到香港卖画。"他不知道有人骗取他的润格，到香港去卖假画。

不久，他就搬回跨车胡同十三号了。

我想要他画一张他没有画过的画，我说："你给我画一张册页，从来没有画过的画。"他欣然答应，护士安排好了，他走到画案旁边画了一张水墨画：一只青蛙往水里跳的时候，一条后腿被草绊住了，青蛙前面有三个蝌蚪在游动，更显示青蛙挣不脱去的焦急。他很高兴地说："这个，我从来没有画过。"我也很高兴。他问我落什么款。我说："你就题吧，我是你的学生。"他题：

青也吾弟小兄璜时同在京华深究画法九十三岁时记齐白石

一天，我在伦池斋看见了一本册页，册页的第一张是白石老人画的：一个盘子放满了樱桃，有五颗落在盘子下面，盘子在一个小木架子上。我想买这张画。店主人说："要买就整本买。"我看不上别的画，光要这一张，他把价抬得高高的，我没有买；马上跑到白石老人家，对他说："我刚才看了伦池斋你画的樱桃，真好。"他问："是怎样的？"我就把画给他说了，他马上说："我给你画一张。"他在一张两尺的琴条上画起来，但是颜色没有伦池斋的那么鲜艳，他说："西洋红没有了。"

画完了，他写了两句诗，字很大：

"若教点上佳人口，言事言情总断魂"。

他显然是衰老了，我请他到曲园吃了饭，用车子送他回到跨车胡同，然后跑到伦池斋，把那张册页高价买来了。署名"齐白石"，印章"木人"。

后来，我把画给吴作人看，他说某年展览会上他见过这张画，整个展览会就这张画最突出。

有一次，他提出要我给他写传。我觉得我知道他的事太少，他已经九十多岁，我认识他也不过最近七八年，而且我已经看了他的年谱，就说："你的年谱不是已经有了吗？"我说的是胡适、邓广铭、黎锦熙三人合写的，商务印书馆出版的《齐白石年谱》。他不作声。

后来我问别人，他为什么不满意他的年谱，据说那本年谱把他的"瞒天过海法"给写了。一九三七年他七十五岁时，算命的说他流年不利，所以他增加了两岁。

这之后，我很少去看他，他也越来越不爱说话了。

最后一次我去看他，他已奄奄一息地躺在躺椅上，我上去握住他的手问他："你还认得我吗？"他无力地看了我一眼，轻轻地说："我有一个朋友，名字叫艾青。"他很少说话，我就说："我会来看你的。"他却说："你再来，我已不在了。"他已预感到自己在世之日不会有多久了。想不到这一别就成了永诀——紧接着的一场运动把我送到北大荒。

他逝世时已经九十七岁。实际是九十五岁。

《光明日报》1984年

昆明的雨

汪曾祺

宁坤要我给他画一张画，要有昆明的特点。我想了一些时候，画了一幅，右上角画了一片倒挂着的浓绿的仙人掌，末端开出一朵金黄色的花。左下画了几朵青头菌和牛肝菌。题了这样几行字：

"昆明人家常于门头挂仙人掌一片以辟邪，仙人掌悬空倒挂，尚能存活开花。于此可见仙人掌生命之顽强，亦可见昆明雨季空气之湿润。雨季则有青头菌、牛肝菌，味极鲜腴。"

我想念昆明的雨。

我以前不知道有所谓的雨季。"雨季"，是到昆明以后才有了具体感受的。

我不记得昆明的雨季有多长，从几月到几月，好像是相当长的。但是并不使人厌烦。因为是下下停停、停停下下，不是连绵不断，下起来没完。而且并不使人气闷。我觉得昆明雨季气压不低，人很舒服。昆明的雨季是明亮的、丰满的，使人动情的。城春草木深，孟夏草木长。昆明的雨季，是浓绿的。草木的枝叶里的水分都到了饱和状态，显示出过分的、近于夸张的旺盛。

我的那张画是写实的。我确实亲眼看见过倒挂着还能开花的仙人掌。旧日昆明人家门头上用以辟邪的多是这样一些东西：一面小镜子，周围画着八卦，下面便是一片仙人掌，——在仙人掌上扎一个洞，用麻线穿了，挂在钉子上。昆明仙人掌多，且极肥大。有些人家在菜园的周围种了一圈仙人掌以代替篱笆。——种了仙人掌，猪羊便不敢进园吃菜了。仙人掌有刺，猪和羊怕扎。

昆明菌子极多。雨季逛菜市场，随时可以看到各种菌子。最多，也最便宜的是牛肝菌。牛肝菌下来的时候，家家饭馆卖炒牛肝菌，连西南联大食堂的桌子上都可以有一碗。牛肝菌色如牛肝，滑，嫩，鲜，香，很好吃。炒牛肝菌须多放蒜，否则容易使人晕倒。青头菌比牛肝菌略贵。这种菌子炒熟了也还是浅绿色的，格调比牛肝菌高。菌中之王是鸡𡵅，味道鲜浓，无可方比。鸡𡵅是名贵的山珍，但并不真的贵得惊人。一盘红烧鸡𡵅的价钱和一碗黄焖鸡不相上下，因为这东西在云南并不难得。有一个笑话：有人从昆明坐火车到呈贡，在车上看到地上有一棵鸡𡵅，他跳下去把鸡𡵅捡了，紧赶两步，还能爬上火车。这笑话用意在说明昆明到呈贡的火车之慢，但也说明鸡𡵅随处可见。有一种菌子，中吃不中看，叫作干巴菌。乍一看那样子，真叫人怀疑：这种东西也能吃?! 颜色深褐带绿，有点像一堆半干的牛粪或一个被踩破了的马蜂窝。里头还有许多草茎、松毛、乱七八糟！可是下点功夫，把草茎松毛择净，撕成蟹腿肉粗细的丝，和青辣椒同炒，入口便会使你张目结舌：这东西这么好吃?! 还有一种菌子，中看不中吃，叫鸡油菌。都是一般大小，有一块银圆那样大的溜圆，颜色浅黄，恰似鸡油一样。这种菌子只能做菜时配色用，没甚味道。

雨季的果子，是杨梅。卖杨梅的都是苗族女孩子，戴一顶小花帽子，穿着扳尖的绣了满帮花的鞋，坐在人家阶石的一角，不时吆唤一声："卖杨梅——"，声音娇娇的。她们的声音使得昆明雨季的空气更加柔和了。昆明的杨梅很大，有一个乒乓球那样大，颜色黑红黑红的，叫作"火炭梅"。这个名字起得真好，真是像一球烧得炽红的火炭！一点都不酸！我吃过苏州洞庭山的杨梅、井冈山的杨梅，好像都比不上昆明的火炭梅。雨季的花是缅桂花。缅桂花即白兰花，北京叫作"把儿兰"（这个名字真不好听）。云南把这种花叫作缅桂花，可能最初这种花是从缅甸传入的，而花的香味又有点像桂花，其实这跟桂花实在没有什么关系。——不过话又说回来，别处叫它白兰、把儿兰，它和兰花也挨不上呀，也不过是因为它很香，香得像兰花。我在家乡看到的白兰多是一人高，昆明的缅桂是大树！我在若园巷二号住过，院里有一棵大缅桂，密密的叶子，把四周房间都映绿了。缅桂盛开的时候，房东（是一个五十多岁的寡妇）

就和她的一个养女，搭了梯子上去摘，每天要摘下来好些，拿到花市上去卖。她大概是怕房客们乱摘她的花，时常给各家送去一些。有时送来一个七寸盘子，里面摆得满满的缅桂花！带着雨珠的缅桂花使我的心软软的，不是怀人，不是思乡。

　　雨，有时是会引起人一点淡淡的乡愁的。李商隐的《夜雨寄北》是为许多久客的游子而写的。我有一天在积雨少住的早晨和德熙从联大新校舍到莲花池去。看了池里的满池清水，看了做比丘尼状的陈圆圆的石像（传说陈圆圆随吴三桂到云南后出家，暮年投莲花池而死），雨又下起来了。莲花池边有一条小街，有一个小酒店，我们走进去，要了一碟猪头肉，半市斤酒（装在上了绿釉的土瓷杯里），坐了下来，雨下大了。酒店有几只鸡，都把脑袋反插在翅膀下面，一只脚着地，一动也不动地在檐下站着。酒店院子里有一架大木香花，昆明木香花很多。有的小河沿岸都是木香，但是这样大的木香却不多见。一棵木香，爬在架上，把院子遮得严严的。密匝匝的细碎的绿叶，数不清的半开的白花和饱胀的花骨朵，都被雨水淋得湿透了。我们走不了，就这样一直坐到午后。四十年后，我还忘不了那天的情味，写了一首诗：

> 莲花池外少行人，
> 野店苔痕一寸深。
> 浊酒一杯天过午，
> 木香花湿雨沉沉。

　　我想念昆明的雨。

《滇池》1984 年 10 期

读沧海

刘再复

一

我又来到海滨了，又亲吻着海的蔚蓝色。

这是北方的海岸，烟台山迷人的夏天。我坐在花间的岩石上，贪婪地读着沧海——展示在天与地之间的书籍，远古与今天的启示录，我心中不朽的大自然的经典。

带着千里奔波的饥渴，带着漫长岁月久久的思慕的饥渴，我读着浪花，读着波光，读着迷蒙的烟涛，读着从天外滚滚而来的文字，发出雷一样响声的白色的标点。我敞开胸襟，呼吸着海香很浓的风，开始领略书本里汹涌的内容，澎湃的情思，伟大而深邃的哲理。

打开海蓝色的封面，我进入了书中的境界。隐约地，我听到太阳清脆的铃声，海底朦胧的音乐。乐声中，我眼前出现了神奇的海景，我看到了安徒生童话里天鹅洁白的舞姿，看到罗马大将安东尼和埃及女王克莉奥特佩拉在海战中爱与恨交融的戏剧，看到灵魂复苏的精卫鸟化作大群的银鸥在寻找当年投入海中的树枝。看到徐悲鸿的马群在这蓝色的大草原上仰天长啸。看到舒伯特的琴键像星星在浪尖上跳动……

就在此时此刻，我感到一种神奇的变动在我身上发生，一种无法言说的谜在我胸中跃动：一种曾经背叛过我自己但是非常美好的东西复归了，而另一种我曾想摆脱而无法摆脱的东西消失了。我感到身上好像少了很多，又增加了很多，只是减少了些什么和增加了些什么，我说不出来。我只感到自己的世界在扩大，胸脯在奇异地延伸，一直延伸到无穷的远方，延伸到海天的相接处，我觉得自己的心，同天，同海，同躲藏的星月连成一片。也就在这个时候，喜悦像涌上海面的潜流，突然滚过我的胸脯。生活多么美好啊！这大海涌载着的土地，这土地涌载着的生活，多么值得我爱恋啊！

我不能解释自己身上所发生的一切，然而，我仿佛听到蓝色的启示录在对我说，你知道什么是幸福吗？你如果要赢得它，请你继续敞开你的胸襟，体验着海，体验着自由，体验着无边无际的壮阔，体验着无穷无尽的渊深！

二

我读着海，我知道海是古老的书籍，很古老很古老了，古老得不可思议。

原始海洋没有水，为了积蓄成大海，造化整整花了十亿年。造化天才的杰作啊，十亿年的积累，十亿年的构思，十亿年的吸吮天空与大地的乳汁。雄伟的横贯天地的巨卷啊，谁能在自己的一生中读尽你丰富而博大的内涵呢？

有人在你身上读到豪壮，有人在你身上读到寂寞，有人在你心中读到爱情，有人在你心中读到仇恨，有人在你身边寻找生，有人在你身边寻找死，那些蹈海的英雄，那些自沉海底失败的改革者，那些越过怒浪向彼岸进取的冒险家，那些潜入深海发掘古化石的学者，那些耳边飘忽着丝绸带子的水兵，那些驾着风帆顽强地表现自身强大本质的运动健将，还有那些仰仗着你的豪强铤而走险的海盗，都在你这里集合过，把你作为人生的拼搏的舞台。

你，伟大的双重结构的生命，兼收并蓄的胸怀：悲剧与喜剧，壮剧与闹剧，正与反，潮与汐，深与浅，珊瑚与礁石，洪涛与微波，浪花与泡沫，火山与水泉，巨鲸与幼鱼，狂暴与温柔，明朗与朦胧，清新与混沌，怒吼与低唱，日出与日落，诞生与死亡，都在你身上冲突着，交织着。

哦，雨果所说的"大自然的双面像"，您不就是典型吗？

在颤抖的长岁月中，不知有多少江河带着黄土污染你的蔚蓝，不知道有多少狂风带着大陆的尘埃挑衅你的壮丽，也不知道有多少巨鲸和群鲨的尸体毒化你的芬芳，然而，你还是你，海浪还是那样活泼，波光还是那样明艳，阳光下，海水还是那样清。不是吗？我明明读到浅海的海底，明明读到沙，读到礁石，读到飘动的海带。

啊！我的书籍，不被污染的伟大的篇章，不会衰老的雄奇的文采！我终于找到了书魂——一种伟大的力量，一种比海上的风暴更伟大的力量，这是举世无双的沉淀力与排除力，这是自我克服与自我战胜的蔚蓝色的奇观。

三

我读着到海，从浅海读到深海，从海平面读到海底我神往的世界。但我困惑了，在我的视线未能穿透的海底，伟大书籍最深的层次，有我读不懂的深奥。

我知道许多智勇双全的科学家、工程师和探险家，也在读着深海，他们的眼光像一团炬火正在越过黑色的深渊去照明海底的黄昏。全人类都在读海，世界皱着眉头在钻研着海的学问。海底的水晶宫在哪里？海底的大森林在哪里？海底火山或石油的故乡在哪里？古生代里怎样开始生物繁衍的故事？寒武纪发生过怎样惊天动地的沉浮与沧桑？奥陶纪和志留纪发生过怎样扣人心扉的生存和死灭？海底有机界的演化又有过怎样波澜壮阔的革命的飞跃？

我读着我不懂的深奥。于是，在花间的岩石上，我对着浪花，发出一串串的海问，从我起伏的热血涌流出来的海问。我知道人类一旦揭开了海谜，读懂这不朽的书卷，开拓这伟大的存在，人类将有更伟大的生活，世界将三倍的富有。

我有我读不懂的大深奥。然而，我知道今天的海，是曾经化为桑田的海，是曾经被圆锥形的动物统治过的海，是曾经被凶猛的海蛇和海龙霸占过的海。而今天，这荒凉的波涛世界变成了另一个繁忙的人世间。我读着海，读着眼前驰骋的七彩风帆，读着威武的舰队，读着层楼似的庞大的轮船，读着海滩上那些红白相间的帐篷，和刚刚拥抱过海而倒卧在沙地上沐浴着阳光的男人与女人。我相信，二十年后的海，被人类读不懂其深奥的海，又会是另一种壮观，另一种七彩，另一种海与人和谐的世界。

伟大的书籍，你时时在更新，在丰富，在进化，一刻也不停止。我曾经千百次地思索，大海，你为什么能够终古常新，能够有这种永远不会消失的气魄。而今天，我读懂了：因为你自身是强大的，自身是健康的，自身是倔强地流动着。

别了，大海，我心中伟大的启示录，不朽的经典，今天，我在你身上体验到自由，体验到力，体验到丰富与深渊，也体验到我的愚昧，我的贫乏，我的弱小。然而，我将追随你滔滔的寒流与暖流，驰向前方，驰向深处，去寻找新的力和新的未知数，去充实我的生命，更新我的灵魂！

《人民文学》1984年4期

花鸟昆虫创造的奇境

李霁野

　　这两天又翻读哈德生（W. H. Hudson）的《鸟与人》（Birds and Man），在第二章中他谈到，格雷（Edward Grey）在讲演中说，对于禽鸟的喜爱、欣赏和研究，比在许多人的二道手兴趣的和习惯的娱乐中，有更新鲜、更欢快的乐趣；叫着禽鸟的快感比其他任何欢乐都更为纯洁而持久。这几句话引起我颇为愉快的回忆。

　　在我故乡老屋的后面有一个池塘，塘中有个小小的土岛，这是我童年的仙乡。有时我站在塘岸看望游鱼和浮萍，一次一双翡翠鸟从水面急飞掠过，那电光似的一闪留下色彩悦目的印象，以后很久，多次我一闭目，这印象就在我的脑际浮现，仙乡似的景物清晰在望。同我一起惊看翡翠的有我童年初恋的少女，她的倩影当然也会一同出现。

　　在此后三十多年，我在白沙女子师范学校教书，常在一条小溪岸上散步。一次看见一双翡翠在水面一闪飞过，我不禁惊呼："翡翠，翡翠！"使游侣有些惊异。我闭目默默站了一会儿，童年的仙乡景物和伊人的倩影又在我的脑际浮现了。

　　在童年另一给我留下美好印象的鸟是黄鹂。看到听到这个鸟时，自然要联想到杜甫的诗句"两个黄鹂鸣翠柳"。在抗日战争胜利后，我回到故乡，那仙乡似的池塘虽然不像童年时美丽了，但我站在塘岸看望，美的联想一点也没有遭到破坏，看望翡翠时的幻美影像还多次浮现眼前。有一次，我突然听到黄鹂在不远的树上歌唱，那娇黄色的羽毛在透过树叶的日光下鲜艳夺目。父亲写春联的形象立刻在我的脑际出现了，因为父亲常写"两个黄鹂鸣翠柳，一行白鹭上青天"。我虽然没有同父亲谈过，我想这两种在故乡常见的鸟，一定在他的视觉和听觉上留下过很美好的印象。

我这次回乡，一方面同一位朋友刚分手，一方面殷切期望着同还在异乡的妻稚欢聚，情绪是波动较大的。这次听看到黄鹂时，印象自然同这时的心情分不开。这以后我没有再听看到黄鹂，但偶一吟诵杜甫的诗句，那情景和心情会立刻再现，虽然时间过去已经二十年甚至三十年了。

还有一种童年常见的鸟就是鸽。鸽声叫起来也很令人愉快，但在我的记忆中留下美好印象的不是鸽鸣，而是高飞在空中的鸽尾的哨声。我童年放风筝时，表兄有时在上面加一个哨，那声音同这很相似。有一年冬，我在天津女师学院患重感冒，一直好不了，放假回到北京，住在当时还存在的未名社，一早醒来，天气晴朗，我听到云鸽的哨声，像仙乐一样给我以美的享受，童年放风筝的情景立刻在我的眼前出现了。感冒病倒不药自愈。

大雁是富于诗意和感情联想的，雁传引和鸽送信一为诗，一为真，我们对前者更为欣赏。听到雁嘹天，看到雁行飞过碧空，我总听到母亲亲切的声音，看到母亲慈祥的容貌，因为童年的回忆留下的印象太深了。在白沙我已经是中年的人了，雁声和雁行引起同样亲切的感情波动，但对童年的印象只起相映生辉的作用，二者有时分别呈现，有时混为一体，但都美似海市蜃楼。

白鹭在我的故乡是比较少见的，在四川就颇多了。杜甫的诗写的是"一行白鹭"，似乎是群居的多。我在北碚时，每天沿着嘉陵江岸散步，一次黄昏，在我的眼前呈现一幅极美的画图，一次清早一只白鸟从碧空飞过，当时就口占一绝：

> 曾记温泉晚渡头，
> 斜阳帆影恋碧流。
> 今朝白鹤腾空去，
> 不负此番万里游。

因为只有一只白鸟，我的知识有限，又没有切近观察，我就假定那只白鸟是鹤了。鹤也罢，白鹭也罢，这幅美景图，在我闭目长眠之前是不会消失的了。

我的家虽然在一个小镇上，同农村并不隔离，倒是鸡犬相闻的。也许有人以为鸡犬之声不会引起什么美的联想吧，那就大错特错了。从童年起，鸡鸣犬吠都使我深深感到农村入夜安静得可爱，使我对"鸟鸣山更幽"多一层体会。以后长期住在城市里，总惋惜听不见这两种声音。一九二六年我回故乡省母，它们唤起许多童年回想，使我感到很大的安慰。我在白沙时写过一首长诗，有句云"鸡鸣频频忆故村"，是当时的真情实感。

抗日战争胜利后一年多，我才有机会沿着视为畏途的川陕公路坐长途汽车回乡。第一天到达一个小村的小旅店过夜。天将破晓时，醒来听到鸡鸣，周围死般沉静。月色窥窗，似乎在致黎明的问候。"鸡声茅店月"——这诗的意境在我的心上留下永不磨灭的印记，这瞬间的生活我认为是最幸福的了，只有死亡才能泯灭它。旅途的万苦千辛统统可以忘怀了。

有时候视觉和嗅觉联合起来，留下的印象就更鲜明难忘，时时闪现在我们的心头。妻同我都很爱夜来香。新婚后，一次坐在小院里乘凉，旁边有一盆夜来香，我们目不转睛看着它。花朵突然放苞，清香扑鼻，我们相视微笑。虽然前年我们才买到一盆夜来香，想一温旧梦而终于失望；但我们只要一提起或想到这个花名，旧时的情景就会像一幅美妙画图呈现在我们眼前，人生难免的一些小小烦恼也就烟消云散了。

哈德生说："我们偏爱一种花，因为这种花与我们的快乐童年或早年生活有亲切的联系。这种联系使一种花成为花中之王，有微妙的魅力，只要见到它或嗅到它，就可以在我们的脑子里唤起美丽的幻想。这使我想起童年看到乳燕在菊丛飞舞，携情侣踏雪寻梅的往事，我在《初恋》中写过，在这里就不重述了。"

在白沙，一次漫步经过一段峡谷，走上一座小山，看到竹枝上一只小鸟（大概是画眉），面对夕阳歌唱。"白云生处有人家"，但我们未见到人，只闻微风吹送来的水仙香味，鸟语花香结合，留下永不磨灭的美妙印象，在鸟语花香的环境中，虽然花鸟不同，这幅图景总会浮现在眼前脑际。

除鸟之外，我很喜爱两种昆虫——蟋蟀和知了。蟋蟀的弹琴声，我觉得比人工的乐声更为悦耳。它能唤起多少我童年的愉快回忆呵！它同我童年小友的欢笑声分不开。它使我会突然听到初恋情人银铃般的笑语。除在白沙偶然听到一两次，这美妙的弹琴声我多年都没有听到过了。但"轻柔的声音化为乌有，音乐还在记忆中颤抖"。

在天津这样喧闹的城市中生活多年，这样的经验就比较少了。我不像哈德生一样，对城市生活怀着那样深的憎恶，因为我不能像他一样，觉得在旷野荒原，只要能最亲近地投入大自然的怀抱，并不想听到"君喉歌宛转"，就可以"旷野即天堂"。他既然可以同我默异趣，我也不必勉强和他求同了。

但是物以稀为贵，我在天津的一次经验特别为我所珍惜。我同妻定情之后，有时我们到海河岸上散步闲坐。一次夏季月夜，我们在树荫下坐着看海河上的帆船缓缓行驶，船头白浪在月光中闪闪发亮，忽然一阵蝉声，我们像倾听音乐一样沉默。抗战后期我在白沙，一次蝉声就为我复活了这幻想，使我的乡愁倍增。今年已到初秋天气了，我意外听到小园里一阵蝉鸣，上言的情景立刻浮现在我的眼前了。与此同时，我也听到了纺织娘，但却未引起丰富优美的联想。

哈德生说，假如我们有一种习惯，在一切地方看到美，看到美的东西能够欣赏，一切消逝景物的无限形象宝藏，就是我们的最好最亲的所有物，是常青的欢乐——是储藏在我们内心里的阳光。

《文汇月刊》1985年10期

女孩子的花

唐　敏

　　相传水仙花是由一对夫妻变化而来，丈夫名叫金盏，妻子名叫百叶。因此水仙花的花朵有两种，单瓣的叫金盏，重瓣的叫百叶。

　　"百叶"的花瓣有四重，两重白色的大花瓣中夹着两重黄色的短花瓣。看过去既单纯又复杂，像闽南善于沉默的女子，半低着头，眼睛向下看的。悲也默默，喜也默默。

　　"金盏"由六片白色的花瓣组成一个盘子，上面放一只黄花瓣团成的酒盏。这花看去一目了然，确有男子干脆简单的热情。特别是酒盏形的花蕊，使人想到死后还不忘饮酒的男人的豪情。

　　要是他们在变成花朵之前还没有结成夫妻，百叶的花一定是纯白的，金盏也不会有洁白的托盘。世间再也没有像水仙花这样体现夫妻互相渗透的花朵了吧？常常想象金盏喝醉了酒来亲昵他的妻子百叶，把酒气染在百叶身上，使她的花朵里有了黄色的短花瓣。百叶生气的时候，金盏端着酒杯，想喝而不敢，低声下气过来讨好百叶。这样的时候，水仙花散发出极其甜蜜的香味，是人间夫妻和谐的芬芳，弥漫在迎接新年的家庭里。

　　刚刚结婚，有没有孩子无所谓。只要有一个人出差，另一个就想方设法跟了去。炉子灭掉、大门一锁，无论到多么没意思的地方也是有趣的。到了有朋友的地方就尽兴地热闹几天，留下愉快的记忆。没有负担的生活，在大地上溜来逛去，被称作"游击队之歌"。每到一地，就去看风景，钻小巷走大街，袭击眼睛看得到的风味小吃。

　　可是，突然地、非常地想要得到唯一的"独生子女"。

冬天来临的时候，开始养育水仙花了。

从那一刻起，把水仙花看作是自己孩子的象征了。

像抽签那样，在一堆价格最高的花球里选了一个。

如果开"金盏"的花，我将有一个儿子；

如果开"百叶"的花，我会有一个女儿。

用小刀剖开花球，精心雕刻叶茎。一共有六个花苞。看着包在叶膜里像胖乎乎婴儿般的花蕾，心里好紧张。到底是儿子还是女儿呢？

我希望能开出"金盏"的花。

从内心深处盼望的是男孩子。

绝不是轻视女孩子。而是无法形容地疼爱女孩子。

爱到根本不忍心让她来到这个世界。

因为我不能保证她一生幸福，不能使她在短暂的人生中得到最美的爱情。尤其担心她的身段容貌不美丽而受到轻视，假如她奇丑无比却偏偏又聪明又善良，那就注定了她的一生将多么痛苦。

而男孩就不一样。男人是泥土造的，苦难使他们坚强。

"上帝"用泥土创造了男人，却用男人的肋骨造出了女人。肋骨上有新鲜的血和肉，只要轻轻一碰就会痛彻心肠。因此，女子连最微小的伤害也是不能忍受的。

从这个意义来说，女子是一种极其敏锐和精巧的昆虫。她们的触角、眼睛、柔软无骨的躯体，还有那艳丽的翅膀，仅仅是为了感受爱、接受爱和吸引爱而生成的。她们最早预感到灾难，又最早在灾难的打击下夭亡。

一天和朋友在咖啡座小饮。这位比我多了近十年阅历的朋友说：

"男人在爱他喜欢的女人的过程中感到幸福。他感到美满是因为对方接受他为她做的每件事。女人则完全相反，她只要接受爱就是幸福。如果女人去爱去追求她喜欢的男子，那是顶痛苦的事，而且被她爱的男人也就没有幸福的感觉了。这是非常奇妙的感觉。"

在茫茫的暮色中，从座位旁的窗口望下去，街上的行人如水，许多各种各样身世的男人和女人在匆匆走动。

"一般来说，男子的爱比女子长久。只要是他寄托过一段情感的女人，在许多年之后向他求助，他总是会尽心地帮助她的。男人并不太计较那女的从前对自己怎样。"

那一刹间我更加坚定了要生儿子的决心。男孩不仅仅天生比女孩能适应社会、忍受困苦，而且是女人幸福的源泉。我希望我的儿子至少能以善心厚待他生命中的女人，给她们短暂人生中永久的幸福感觉。

"做男人最大的缺点就是，没有办法珍惜他不喜欢的女人对他的爱慕。这种反感发自真心一点不虚伪，他们忍不住要流露出对那女儿的轻视。轻浮的少年就更加过分，在大庭广众下伤害那样的姑娘。这是男人邪恶的一面。"

我想到我的女儿，如果她有幸免遭当众的羞辱，遇到一位完全懂得尊重她感情的男人，却把尊重当成了对她的爱，那样的悲哀不是更深吗？在男人，追求失败了并没有破坏追求时的美感；在女人则成了一生一世的耻辱。

怎么样想，还是不希望有女孩。

用来占卜的水仙花却迟迟不开放。

这棵水仙长得从未有过的结实，从来没晒过太阳也绿葱葱的，虎虎有生气。

后来，花蕾冲破包裹的叶膜，像孔雀的尾巴一样张开来，六只绿孔雀停在一块儿。

每一个花骨朵都胀得满满的，但是却一直不肯开放。

到底是"金盏"还是"百叶"呢？

弗洛伊德的学说已经够让人害怕了，婴儿在吃奶的时期起就有了爱欲。而一生的行为都受着情欲的支配。

偶然听佛学院学生上课，讲到佛教的"缘生"说。关于十二因缘，就是从受胎到死的生命的因果律，主宰一切有形和无形的生命与精神变化的力量是情欲。不仅是活着的人对自身对事物的感受受着情欲的支配，就连还没有获得生命形体的灵魂，也受着同样的支配。

生女儿的，是因为有一个女的灵魂爱上了做父亲的男子，投入他的怀抱，化作了他的女儿；

生儿子的，是因为有一个男的灵魂爱上了做母亲的女子，投入她的怀抱，化作她的儿子。

如果我到死也没有听到这种说法，脑子里就不会烙下这么骇人的火印。如今却怎么也忘不了。

回家，我问我的郎君："要男孩还是女孩?"

"女孩!"他毫不犹豫地回答。

"男孩!"我气极了!

"为什么?"他奇怪了。

我却无从回答。

就这样，在梦中看见我的水仙花开放了。

无比茂盛，是女孩子的花，满满地开了一盆。

我失望得无法形容。

开在最高处的两朵并在一起的花说：

"妈妈不爱我们，那就去死吧!"

她们俩向下一倒，浸入一盆滚烫的开水中。

等我急急忙忙把她们捞起来，并表示愿意带她们走的时候，她们已经烫得像煮熟的白菜叶子一样了。

过了几天，果然是女孩子的花开放了。

在短短的几天内，她们拼命地怒放开所有的花朵。也有一枝花茎抽得最高的，在这簇花朵中，有两朵最大的花并肩开放着。和梦中不同的，她们不是抬着头，而是全部低着头的，像受了风吹，花向一个方向倾斜。抽得最长的那根花茎突然立不直了，软软地东倒西歪。用绳子捆，用铅笔顶，都支不住。一不小心，这花茎就啪地倒下来。

不知多么抱歉，多么伤心。终日看着这盆盛开的花。

它发出一阵阵锐利的芬芳，香气直钻心底。她们无视我的关切，完全是为了她们自己在努力地表现她们的美丽。

每朵花都白得浮悬在空中，云朵一样停着。其中黄灿灿的花瓣，是云中的阳光。她们短暂的花期分秒流逝。

她们的心中鄙视我。

我的郎君每天忙着公务，从花开到花谢，他都没有关心过一次，更没有谈到过她们。他不知道我的鬼心眼。

于是这盆女孩子的花就更加显出有多么的不幸了。

她们的花开盛了，渐渐要凋谢了，但依然美丽。

有一天停电，我点了一支蜡烛放在桌上。当我从楼下上来时，发现蜡烛灭了，屋内漆黑。我划亮火柴。是水仙花倒在蜡烛上，把火压灭了。是那枝抽得最高的花茎倒在蜡烛上。和梦中的花一样，她们自尽了。蜡烛把两朵水仙花烧掉了，每朵烧掉一半。剩下的一半还是那样水灵灵地开放着，在半朵花的地方有一条黑得发亮的墨线。

我吓得好久回不过神来。

这就是女孩子的花，刀一样的花。

在世上可以做许多错事，但绝不能做伤害女孩子的事。

只剩了养水仙的盆。

我既不想男孩也不想女孩，更不做可怕的占卜了。

但是我命中的女儿却永远不会来临了。

《福建文学》1986年7期

女孩子的花

隐身衣

杨　绛

我们夫妇有时候说废话玩儿。

"给你一件仙家法宝，你要什么？"

我们都要隐身衣；各披一件，同出遨游。我们只求摆脱羁束，到处阅历，并不想为非作歹。可是玩得高兴，不免放肆淘气，于是惊动了人，隐身不住，得赶紧逃跑。

"啊呀！还得有缩地法！"

"还要护身法！"

想得越周到，要求也越多，干脆连隐身衣也不要了。

其实，如果不想干人世间所不容许的事，无须仙家法宝，凡间也有隐身衣；只是世人非但不以为宝，还唯恐穿在身上，像湿布衫一样脱不下。因为这种隐身衣的料子是卑微。身处卑微，人家就视而不见，见而无睹。我记得我国笔记小说里讲一人梦魂回家，见到了思念的家人，家里人却看不见他。他开口说话，也没人听见。家人团坐吃饭，他欣然也想入座，却没有他的位子。身居卑微的人也仿佛这个未具人身的幽灵，会有同样的感受。人家眼里没有你，当然视而不见；心上不理会你，就会瞠目无睹。你的"自我"觉得受了轻视或怠慢或侮辱，人家却未知有你；你虽然生存在人世间，却好像还未具人形，还未曾出生。这样活一辈子，不是虽生犹如未生吗？假如说，披了这种隐身衣如何受用，如何逍遥自在，听的人只会觉得这是发扬阿Q精神，或阐述"酸葡萄论"吧？

且看咱们的常言俗语，要做个"人上人"呀，"出类拔萃"呀，"出人头地"呀，"脱颖而出"呀，"出风头"或"拔尖""冒尖"呀等等，可以想见一般人都不甘心受轻忽。他们或悒悒而怨，或愤愤而怒，只求有朝一日挣脱身上这件隐身衣，显身而露面。英美人把社会比作蛇阱（snakepit）。阱里压压挤挤的蛇，一条条都拼命钻出脑袋，探出身子，把别的蛇排挤开，压下去；一个个冒出又没入的蛇头，一条条拱起又压下的蛇身，扭结成团、难分难解的蛇尾，你上我下，你死我活，不断地挣扎斗争。钻不出头，一辈子埋没在下；钻出头，就好比大海里坐在浪尖儿上的跳珠飞沫，迎日月之光而生辉，可说是大丈夫得志了。人生短促，浪尖儿上的一刹那，也可作一生成就的标志，足以自豪。你是"窝囊废"吗？你就甘心郁郁久居人下？

但天生万物，有美有不美，有才有不才。万具枯骨，才造得一员名将；小兵小卒，岂能都成为有名的英雄。世上有坐轿的，有抬轿的；有坐席的主人和宾客，有端茶上菜的侍仆。席面上，有人坐首位，有人陪末座。厨房里，有掌勺的上灶，有烧火的灶下婢。天之生材也不齐，怎能一律均等。

人的志趣也各不相同。《儒林外史》二十六回里的王太太，津津乐道她在孙乡绅家"吃一、看二、眼观三"的席上，坐在首位，一边一个丫头为她掠开满脸黄豆大的珍珠拖挂，让她露出嘴来吃蜜饯茶。而《堂吉诃德》十一章里的桑丘，却不爱坐酒席，宁愿在自己的角落里，不装斯文，不讲礼数，吃些面包葱头。有人企求飞上高枝，有人宁愿"曳尾涂中"。人各有志，不能相强。

有人是别有怀抱，旁人强不过他。譬如他宁愿"曳尾涂中"，也只好由他。有人是有志不伸，自己强不过命运。譬如庸庸碌碌之辈，偏要做"人上人"，这可怎么办呢？常言道："烦恼皆因强出头。"猴子爬得愈高，尾部又秃又红的丑相就愈加显露；自己不知道身上只穿着"皇帝的新衣"，却忙不迭地挣脱"隐身衣"，出乖露丑。好些略具才能的人，一辈子挣扎着求在人上，虚耗了毕生精力，一事无成，真是何苦来呢。

我国古人说："彼人也，予亦人也。"西方人也有类似的话，这不过是勉人努力向上，勿自暴自弃。西班牙谚云："干什么事，成什么人。"人的尊卑，不靠地位，不由出身，只看你自己的成就。我们不妨再加上一句："是什么料，充什么用。"假如是一个萝卜，就力求做个水多肉脆的好萝卜；假如是棵白菜，就力求做一棵瓷瓷实实的包心好白菜。萝卜白菜是家常食用的菜蔬，不求做庙堂上供设的珍果。我乡童谣有"三月三，荠菜开花赛牡丹"的话，荠菜花怎赛得牡丹花呢！我曾见草丛里一种细小的青花，常猜测那是否西方称为"勿忘我"的草花，因为它太渺小，人家不容易看见。不过我想，野草野菜开一朵小花报答阳光雨露之恩，并不求人"勿忘我"，所谓"草木有本心，何求美人折"。

我爱读东坡"万人如海一身藏"之句，也企慕庄子所谓"陆沉"。社会可以比作"蛇阱"，但"蛇阱"之上，天空还有飞鸟；"蛇阱"之旁，池沼里也有游鱼。古往今来，自有人避开"蛇阱"而"藏身"或"陆沉"。消失于众人之中，如水珠包孕于海水之内，如细小的野花隐藏在草丛里，不求"勿忘我"，不求"赛牡丹"，安闲舒适，得其所哉。一个人不想攀高就不怕下跌，也不用倾轧排挤，可以保其天真，成其自然，潜心一志完成自己能做的事。

而且在隐身衣的掩盖下，还会别有所得，不怕旁人争夺。苏东坡说："山间之明月，水上之清风"是"造物者之无尽藏"，可以随意享用。但造物所藏之外，还有世人所创的东西呢。世态人情，比明月清风更饶有滋味；可作书读，可当戏看。书上的描摹，戏里的扮演，即使栩栩如生，究竟只是文艺作品；人情世态，都是天真自然地流露，往往超出情理之外，新奇得令人震惊，令人骇怪，给人以更深刻的效益，更奇妙的娱乐。唯有身处卑微的人，最有机缘看到世态人情的真相，而不是面对观众的艺术表演。

不过这一派胡言纯是废话罢了。急要挣脱隐身衣的人，听了未必入耳；那些不知世间也有隐身衣的人，知道了也还是不会开眼的。平心而论，隐身衣不管是仙家的或凡间的，穿上都有不便——还不止小小的不便。

英国威尔斯（H. G. Wells）的科学幻想小说《隐形人》（*Invisible Man*）里，写一个人使用科学方法，得以隐形。可是隐形之后，大吃苦头，例如天冷了不能穿衣服，穿了衣服只好躲在家里，出门只好光着身子，因为穿戴着衣服鞋帽手套而没有脸的人，跑上街去，不是兴妖作怪吗？他得把必须外露的面部封闭得严严密密：上部用帽檐遮盖，下部用围巾包裹，中部架上黑眼镜，鼻子和两颊包上纱布，贴满橡皮膏。要掩饰自己的无形，还需这样煞费苦心！

当然，这是死心眼儿的科学制造，比不上仙家的隐身衣。仙家的隐身衣随时可脱，而且能把凡人的衣服一并隐掉。不过，隐身衣下的血肉之躯，终究是凡胎俗骨，耐不得严寒酷热，也经不起任何损伤。别说刀枪的袭击，或水烫火灼，就连砖头木块的磕碰，或笨重地踩上一脚，都受不了。如果没有及时逃避的法术，就需炼成金刚不坏之躯，才保得大事。

穿了凡间的隐身衣有同样不便。肉体包裹的心灵，也是经不起炎凉，受不得磕碰的。要练成刀枪不入、水火不伤的功夫，谈何容易！如果没有这份功夫，偏偏有缘看到世态人情的真相，就难保不气破了肺，刺伤了心，哪还有闲情逸致把它当好戏看呢，况且，不是演来娱乐观众的戏，不看也罢。假如法国小说家勒萨日笔下的瘸腿魔鬼请我夜游，揭起一个个屋顶让我观看屋里的情景，我一定辞谢不去。获得人间智慧必须身经目击吗？身经目击必定获得智慧吗？人生几何！凭一己的经历，沾沾自以为独具冷眼，阅尽人间，安知不招人暗笑。因为凡间的隐身衣不比仙家法宝，到处都有，披着这种隐身衣的人多得很呢，他们都是瞎了眼的吗？

但无论如何，隐身衣总比国王的新衣好。

1987年

《将饮茶》三联书店1987年版

秋天我在泸沽湖

于　坚

现在是在高山上走，尘土已沉在下界，空气中透着蓝的寒气。路上挡着一排排荒草，很窄的路，刚刚够四只车轮小心翼翼地爬过。向下一看，头便发晕，仿佛站在二十层摩天大楼的边上。峡谷底部是原始森林，像是一溜草地，金黄红紫的树叶，被秋日的阳光涂过，有一种印象派油画的韵味。一两只鹰，紧贴着谷底森林的树梢，平稳地飞行，像是从高山上放下去的黑纸风筝。有几个人，盯牢了司机，抓死车上的扶手，一生一死，须臾之间，全凭司机一双手把握了。他却坦然，和一个熟人，讲着闲话。极壮美的风景，极险恶的地势，人忘了呼吸，忘了思想，进入一阵永恒，不生不死，似死似生。

冷不防就看见了泸沽湖。心头一怖，冷气直钻后心。以为在生命中永远不会看见的东西，忽然就到了眼前。幽蓝的湖，在一样幽蓝的天空下，如高原群山忽然睁开的一只眼，闪着阴郁的光。湖边的山峰，阴森神秘，仿佛暗藏着一片杀机。我张开口，真想一声惨叫，喷一口鲜血。却停着，山风灌满了喉咙。这是一片生命之湖啊！世界再也没有归宿，没有天边外，一切都已冷酷地呈现。

我走下山冈，穿过叮咚乱响的树林，走到湖边。湖不大，只是一个水库的样子。湖水极蓝，看不见底，像是一个处女的梦，叫你不敢用手去碰它。靠岸的水中，长着长发一般的植物，在水下开着白花，闪出珍珠般的光。阔大的叶子，像圣女的衣襟，飘飘忽忽。有鱼，瘦长的鱼和肥短的鱼，在其间走来走去。这是安徒生童话中的世界，我看不见它的深处。

湖中有岛，极美丽的岛。岛上多蛇，据说有人在岛上睡觉，给蛇压死了。瞬间，一只水鸟腾空而起，白的；又一只，也是白的。一前一后，一高一低，在山的黑影中闪闪烁烁，宛如星子。见不到摩梭人，大树刨成的独木舟三五横斜于水边，登舟弃岸，舟却不前，在水中打转，一阵慌乱，几乎翻进湖底。终于摸着门道，朝着湖心去了。心中却越来越怕，那水深得叫人害怕，蓝得叫人害怕，静得叫人害怕。仿佛有一只手，正悄悄地从湖底伸出。不敢再看湖水，拨转船头，拼命向岸，仿佛有东西追来。到得岸边，再看那湖，极静。

湖岸的高山，狮身人面，有一二巨洞，嵌在山眉。据摩梭人说，那是干木山，女神的化身。仰头视之，觉凶险已极，隐隐地，似乎听见虎啸，从暮霭中传来。赶紧回了住处。晴夜中，那湖银白一片，仍是如一只眼，望着黑的天宇，叫人想哭。

摩梭人的村庄，全是用优良的圆木搭成，呈深黄色，颇似阿尔卑斯山中的欧式木屋。进去，一院坝的烂泥。数头大猪，卧在当中。一头猛犬，昂头劲吼。被一女子的声音喝住了，抬头一看，见那女子，握一把木杈，站在屋顶，正翻晒苞谷。低眼望我笑笑，指指里屋。屋里已摸出一位老妇人，穿着一身粗糙而干净的黑布衣裙，闪身让我进去。跨过膝盖高的门槛，眼睛陷入一片纯黑，仿佛被蒙了黑布。在洞式的屋里摸行了一阵，眼睛才适应了。只见一个火塘，正咝咝燃着，一只大锅，冒着热气。坐下，老妇人就递过几只烧煳的马铃薯，我胡乱啃起来。好半天，又进来几个女子，有中年妇人，有少女，有小姑娘，都坐着啃马铃薯，始终不见男子进来。都不说话，只是添火，加水，有人到暗处去一会儿，又回来。我置身其间，好像被她们视而不见，置身局外；又好像视我为一家，没有客套，不特别地搭理我。暗光中，那老妇人坐在位首，一动也不动。我依稀看出她树皮一样粗糙的脸上，竟没有鼻梁，只露出两个惨不忍睹的鼻孔。我知道这是过多结交"阿注"的结果（"阿注"：此处指摩梭人男访女家的走访式婚姻，在婚姻关系中，不受一夫一妻限制）。我想，她年轻时，一定很美丽吧。借着突然跳起来的火光，我看出她表情中没有半点痛苦，倒是有一种骄傲和自信，一种人类之母才有的骄傲和自信。我觉得不可思议，正像这屋子一样不可思议。这屋子也许有百年以上的历史了吧，它从来没有见过阳光，从来是这么黑。即使在火光中，也是黑乎乎的。坐着的人，是黑乎乎的一团，挂在梁上、墙上的物件，也是黑乎乎的一串一串。但这屋子却安全、温暖，它顽强地活着，在人祸天灾，在高原可怕的风暴中，默默地活着。

在干木山的石壁上，有一个洞。摩梭人每年都在这儿举行宗教祭祀活动。洞里的一石一木都是圣物，不许任何人带走。据说有壮实的摩梭小伙子，想探到洞底，可是爬进去三天三夜也未探到。我好奇地向摩梭人探问这个洞，我发现他们都支支吾吾，语焉不详。仿佛有什么奥秘要瞒住我。有一天，我遇见永宁喇嘛寺的一位僧侣，他穿着紫红的僧袍，在山坡上看守着一群羊。我们谈得很高兴。老僧到过拉萨，是见过大世面的人。但我问起干木山的洞时，他却沉默了，眼睛里闪出两点深不可测的寒光，如泸沽湖的水。我怅然离去，那老僧坐在山坡上，像一块石头。

我知道，我永远无法洞悉那个秘密。那是他们民族的"乌默他"。每一个民族，都有它自己的意大利黑手党式的"乌默他"。也许这种"乌默他"，比黑手党的"乌默他"更难打破，它是一种天生的沉默，一种无法言喻的东西。我知道，即使一辈子在摩梭人中间生活，我仍旧是一个局外人，永远无法穿透那沉默的硬壳。今天，你可以在泸沽湖边随处遇到提着三洋录音机、听香港歌星哼小调的摩梭青年，你可以见到一夫一妻的摩梭家庭，但如果你以为摩梭人已被外来文明同化，你就错了。古老的灵魂，正借着现代文明的外壳把自己隐藏起来。摩梭人表面也建立了许多新的家庭，但暗中却仍是自由自在，谁和谁想好，就好。每到夜晚，一群一群拿手电筒的小伙子和小姑娘，双双对对散入黑暗的去处。"阿嘿嘿！阿嘿嘿……"的求偶之声，比起女子群居，男子只是过客的、牧歌式的往昔，多了一层尝禁果的滋味。月光很明，干木山真有些像一个正在泸沽湖上沐浴的女神。我们几个汉人，怅然地朝那黑暗的去处望望。回到旅馆，睡觉。

这是在秋天，这是我生命中遇见的最美的秋季。金黄高大的乔木站满山岗，叶子落下，没有声音。生命安静了，欲念却燃烧起来，想有一个女人，和她说说话，或者不说话，充满爱情。但只是一人，在山之外，在湖之外，在天空之外，在山下的摩梭人之外。只是一人，只是这美丽世界的局外人。我感到它的美丽，所以我是在局外，在静观，我永远无法置身其中。我为什么远离故乡，千里跋涉，风尘仆仆来寻这世外桃源？在故乡的城里，我日日想着离开，想着天边外的湖。在这湖边，我仍是置身局外。这真是我的生命之湖吗？这是摩梭人的湖。这是干木山的湖。

《散文》2001年9期

寻找姚元之

高洪波

1

人的一生实际上是由许多偶然的片段连缀而成的，岁月把片段耐心地拾起，当你把玩它们时，心理学家很世故地概括道：这就叫回忆。

拥有回忆，是一种幸福。

当然，使人感到幸福的绝不仅仅是回忆。

2

我在寻找一个叫姚元之的人。在寻找姚元之之前，我对历史，尤其是清史一无所知，对清代典籍、清代宦海及野史更是茫然。但很奇怪地姚元之出现了。

姚元之是借助于一枚印章出现在我的生活中的。这枚印章很古朴雅致，质地介于田黄与田白之间，俗称"金银地儿"，无疑是很名贵的一种印材；印纽为一条螭虎，印文仅一个字："元"。旁款极简单："伯昂仁兄属刻"，署名"奕泉"。

这枚"元"字印有一个深蓝色的小小印套，拔出印章，在印套里还有两行纤细的墨迹："姚元之嘉庆进士左都御史"。这几个字说明了印主人的身份，也至少告诉我这印主人是位历史人物、一位官吏，但他是哪朝哪代的进士和御史呢？唔，嘉庆，是乾隆的儿子，清朝的皇帝，姚元之是清朝的官!

这是我对姚元之最初的了解。至于别的材料,我一无所知。但手头有了一枚姚元之的印,而且又是那么温润、那么秀美的一方印,不多了解一些姚元之的故事,好像不够朋友。

3

这种定点搜寻很像破译密码,一方清印,几行原收藏者的注释,引我向偌大的清朝书籍钻去,向一个叫姚元之的人发出质询电波,很有趣不是?先是在一本名为《冷庐杂识》的书上,我读到该书作者陆以湉写的一则笔记,题为"姚侍郎奏牍":"桐城姚伯昂侍郎元之,因事被议褫职,旋奉命授内阁学士。"

陆以湉生于嘉庆六年(1801),道光年间中了进士,比姚伯昂姚元之晚了一辈,因此他的记述相当可靠,由此可以知道这位姚先生是陆先生四岁时成为进士的,即嘉庆十年(1805)中进士。而后升为侍郎,后来又当内阁学士,实在很显赫的。在"姚侍郎奏牍"中还有一段妙文,把桐城派古文的传人姚元之的文采展示无余:"圣无弃物,木虽朽而仍雕;帝有恩言,垢纵污而顿涤。钦承新命,回忆前尘。燕识旧巢,庇复之欢更洽;羊追歧路,补牢之计弥殷。臣唯有事事讲求,时时省察。向倾葵藿,感恩有胜于迁除;收望桑榆,纠过常萦于寤寐。"

"葵藿"者,向日葵也。姚元之的意思很接近"文革"中流行歌曲"葵花向太阳",然后是诚惶诚恐地反思检讨自我批评,但毫无疑问他的这段文字对仗工整,用典准确,不愧一代才子!

也正是在《冷庐杂识》中我发现姚伯昂元之不单单是官僚,他同时还是书法家,"杭州石屋、烟霞二洞,皆在南高峰下有姚伯昂侍郎元之题'湖南第二洞天',隶书。"瞧,姚元之越来越了不起了。

4

姚元之像个耐心的导游,领我走入《清稗类钞》,一共十三大本,都极有趣，我被吸引得废寝忘食，同时又生发出一串串奇妙的联想。但是我没忘记寻找姚元之。

《清稗类钞》的第九册名为"艺术类"，姚元之果然置身其中。不过此时他的身份既不是侍郎，也不是御史，而是画家。

一则名为《姚伯昂画猫》笔记写道："姚伯昂副宪元之曾豢一黑猫，形如虎，甚爱之。且亲为之绘之于轴。刘少涂曾于其京邸中见之，觉神气如生，副宪固精于绘事也。"

另一则《十六画人》，把姚元之排在有清嘉、道年间画家中第十一的位置，可见这位姚先生的确不凡。

5

我没有见过姚元之的画，可是一旦知道了他画家的身份，便有了一种查询他身世的凭证，翻寻画家辞典，姚元之的大名赫然在目，而且是在不同时代、不同版本的画家辞典上，都有他的位置，仅就我手头一本中国书店出版的《中国画家大辞典》"姚元之"条载，便不难看出姚在当时的影响："姚元之，字伯昂，号荐青，又号竹叶亭生。嘉庆乙丑进士，工隶书行草，尤善白描人物。尝摹赵承旨罗汉十六尊，黄左田叹为今人不让古人。所画花卉，不落时下窠臼。盖平生所见粉本甚众，故一落笔即别有机杼也。间作果品，亦别饶风致。"

作为画家的姚元之，身居高位，自然是"平生所见粉本甚众"，见多则识广，画起画来，甭管猫也好，花也好，果品也好，肯定是高人一筹的了。

6

那么姚元之居住北京什么地方呢？清人震钧在《天咫偶闻》中又透露得很清楚："姚总宪旧居，在东铁匠胡同，其中听秋馆、竹叶亭、小红鹅馆诸名尚存。"震钧同时也对姚先生的字画表示倾慕：姚总宪"工书画，其隶书学《曹全碑》，而参以《史晨》《孔庙》，有台阁气象，行书亦有风韵。一时声称满日下。"可见嘉庆时节姚元之早是北京一大名人，炙手可热而又官运亨通。

<h1 style="text-align:center">7</h1>

这方姚元之的印端放在我的书桌，沉稳、静润，螭虎目光炯炯气态威严，印色如蒸粟，放在灯光下端详，有一种"冻"的透明感。更妙的是将印放在掌心里握紧，不到五分钟便火烫火烫，这种石头，极似古人称谓的"暖玉"，不知姚元之当年如何地把玩、摩挲它？更不知他作画完毕是否揿下这一方"元"字？

姚元之的来龙去脉大体清晰了，昔日神秘的"嘉庆进士左都御史"已成为有血有肉活生生的人物，时时与我攀谈引我沉思。据《清代七百名人传》记载：姚元之一八六〇年中进士；一八四三年"离休"，即"致仕"；咸丰二年（1852）去世。这几十年宦海生涯中，他得意过，也失意过；被人攻击诋毁，甚至降级、罚俸；但他也曾在皇帝身边公干，曾在"南书房行走"，干过内阁学士、礼部侍郎、兵部左侍郎、工部右侍郎等一些显赫的要职，他还干过刑部右侍郎、户部右侍郎，这一系列"副部长"职务，给人一种"万金油"干部的印象。他好像很忙碌地调来调去，还干过一任都察院左都御史，就是前面提及的"总宪"吧？姚元之想必是当年"六部口"的一大忙人。

<h1 style="text-align:center">8</h1>

忙归忙，难能可贵的是姚元之还保有一颗艺术家的心灵，在清代绘画史上据有了一席地位。

我在琉璃厂的海王村中国书店里，无意中翻阅一大册中国历代画家印鉴集，内中果然见到了姚元之的墨迹手书，还有他的一幅画像。画上的姚元之面团团若富家翁，一缕长须及胸，给人一种和气蔼然的感觉。如果拿此时的姚元之对比于《清代七百名人传》上的记述，你无论如何也很难把这老翁同"国防部长""公安部长""民政部长"和"总检察长"

寻找姚元之

们联在一起，即便联在一起，也让你悟出内中的荒诞意蕴来。

姚元之的印鉴图中没有这方"元"字印，看来他当年使用不多。

9

我揣想姚元之一定是拿这印当小玩意儿把玩的，一个简单的"元"字，含有极丰富的内涵，加上优质华贵的印材，浸润可爱的螭虎纽，小握片刻便呈现出的温热性能，这些足以让姚先生入迷，拿来揿在宣纸上做表记，反倒不重要了。

午夜里我时时端详这印，用掌心玩味，感到人生苦短，古印的生命倒长得不可思议！

或许这正是中国文化了不起的体现，随便找出一块旧石头，就能比美国的历史还悠久。

10

是很让人自豪。

当然，也有几分吃力。

《人民文学》1992年2期

关于死的反思

萧 乾

死对我并不陌生。还在三四岁上，我就见过两次死人：一回是我三叔，另一回是我那位卖烤白薯的舅舅。印象中，三叔是坐在一张凳子上咽的气。他的头好像剃得精光，歪倚在婶婶胸前。婶婶一边摆弄他的头，一边颤声地责问："你就这么狠心把我们娘儿几个丢下啦！"接着，那脑袋就耷拉下来了。后来，每逢走过剃头挑子，见到有人坐在那里剃头，我就总想起三叔。舅舅死得可没那么痛快。记得他是双脚先肿的。舅母泪汪汪地对我妈说："男怕穿靴，女怕戴帽。我看他是没救了。"果然，没几天他就蹬了腿儿。

真正感到死亡的沉痛，是当我失去自己妈妈的那个黄昏。那天恰好是我生平第一次挣钱——地毯房发工资。正如我在《落日》中所描绘的，那天一大早上工时，我就有了不祥的预感。妈一宿浑身烧得滚烫，目光呆滞，已经不大能言声儿了。白天干活我老发愣。发工资时，洋老板刚好把我那份给忘了。我费了好一番周折才拿到那一块五毛钱。我一口气就跑到北新桥头，胡乱给她买了一蒲包干鲜果品。赶回去时，她已经双眼紧闭，神志迷糊，在那里捯气儿哪。我硬往她嘴里灌了点荔枝汁子。她是含着我挣来的一牙苹果断的气。

登时我就像从万丈悬崖跌下。入殓时，有人把我抱到一只小凳子上，我喊了她最后一声"妈"——亲友们还一再叮嘱我可不能把泪滴在她身上。在墓地上，又是我往坑里抓的第一把土。离开墓地，我频频回首：她就已经成为一个尖尖的土堆了。从那以后，我就开始孤身在茫茫人海中漂浮。

我的青年时期大部分是在战争中度过的。死人还是见了不少。"八一三"事变时，上海大世界和先施公司后身掉了两次炸弹，我都恰好在旁边。我命硬，没给炸着。可我亲眼看到一辆辆大卡车把血淋淋的尸体拉走。伦敦的大爆炸就更不用说了。

　　死究竟是咋回事？咱们这个民族讲求实际，不喜欢在没有边际的事上去费脑筋。"未知生焉知死！"十分干脆。英国早期诗人约翰·邓恩曾说："人之一生是从一种死亡过渡到另一种死亡。"这倒有点像庄子的"生也死之途，死也生之始"，都把生死看作连环套。

　　文学作品中，死亡往往是同恐怖联系在一起的。它不是深渊，就是幽谷。但丁的《神曲》与弥尔顿的《失乐园》中的地狱同样吓人。英国作家中，还是哲人培根来得健康，他认为死亡并不比碰伤个指头更为痛苦，而且人类许多感情都足以压倒或战胜死亡。"仇隙压倒死亡，爱情蔑视死亡，荣誉感使人献身，巨大的哀痛使人扑向死亡。"他蔑视那些还没死就老在心里嘀咕死亡的人，认为那是软弱怯懦，并引用朱维诺的话说，死亡是大自然赐给人类的恩惠之一，它同生命一样，都是自然的产物。"人生最美的挽歌莫过于当你在一种有价值的事业中度过了一生。"这与司马迁的泰山与鸿毛倒有些异曲同工之妙。

　　死亡，甚至死的念头，一向离我很远。第一次想到死是在1930年的夏天。其实，那也只在脑际闪了一下。那是当《梦之谷》中的"盈"失踪之后，我孤身一人坐了六天六夜的海船，经上海、塘沽回到北京的那次。那六天我不停地在甲板上徘徊，海浪朝我不断龇着白牙。作为统舱客，夜晚我就睡在甲板上，我确实冒出过纵身跳下去的念头，挽住我的可并不是什么崇高的理想。我只是想，妈妈自己出去做佣工把我拉扯这么大，我轻生可对不起她。我又是个独子，这就仿佛非同一般。其实，归根结底，还是我对生命有着执着的爱，那远远超出死亡对我的诱惑。

　　只有在1966年的仲夏，死才第一次对我显得比生更为美丽，因为那样我就可以逃脱无缘无故的侮辱与折磨。坐在牛棚里，有一阵子我成天都在琢磨着各种死法。我还总想死个周全、妥善，不能拖泥带水。首先就是不能牵累家人。为此，我打了多少遍腹稿，才写出那几百字无懈可击的遗嘱。我还要确保死就死个干脆，绝不可没死成反而落个残废。我甚至还想死个舒服。所以最初我想投河自尽：两口水咽下去，就人事不省了。那天下午我骑车到自己熟稔的青年湖去，可那里满是戴红箍的。我也曾想从五层楼往下跳，并且还勘察过——下面倒是洋灰地，但我仍然不放心。所以那晚我终于采取了双重保险的死法：先吞下一整瓶安眠药，再去触电。我怕家人因救我而触电，所以还特意搬出孩子们写作业的小黑板，用粉笔写上"有电"两个大字，我害怕临时对自己下不去手，就先灌下半瓶二锅头才吞安眠药的。没等我扎到水缸里去触电，就倒下失掉了知觉。

我真有一副结实的胃！也谢谢隆福医院那位大夫。12个小时以后，我又坐在出版社食堂里啃起馒头了。对于又重返人世，我感到庆幸，尽管周围的红色恐怖没有什么改变。我太热爱生活了，那次自尽是最大的失误。我远远地朝着饭厅另一端也在监视之下、可望而不可即的洁若发誓：我再也不寻死了。

从1966年至今，又快30年了，我越活越欢实，尤其当我记起自己这条命——这段辰光，真正是白白捡来的。当年，隆福医院大夫满可以不收我这个"阶级敌人"，勒令那辆平板三轮把我拉走了事。那时，这样做还最合乎立场鲜明的标准。即便勉强收下，也尽可以马马虎虎，敷衍了事。没有人会为一个"阶级敌人"给自己找麻烦。然而那位正直的大夫却收下了我。当然，他（她）只好在我的病历上写下"右派畏罪自杀"几个字（我是后来看到的）。这是必要的自卫措施。但是他（她）认真地为我洗了胃，洗得干干净净。

人在一场假死之后，对于生与死有了崭新的认识。从此，它使我正确地面对人生了。死，这个终必到来的前景，使我看透了许多，懂得生活中什么是可珍贵的，什么是粪土；什么是持久，什么是过眼浮云。我再也不是雾里看花了，死亡使生命对我更成为透明的了。

死亡对我还成为一个巨大的鞭策力量，所以1979年重新获得艺术生命之后，我才对自己发誓要"跑好人生这最后一圈"。"最后"二字就意味着我对待死亡的坦荡胸怀。我清醒地知道剩下的时间不会很长了。我并不把死看作深渊或幽谷。它只不过是运动场上所有跑将必然到达的终点，也即是天下没有不散的筵席。所以在医院里散步每走过太平间，我一点也不胆怯。两次动全身麻醉的大手术，我都是微笑着被推入手术室的。心里想，这回也许是终点，也许还不是。及至开完刀，人又活过来之后，我就继续我的跑程。

我的姿势不一定总是好的，有时还难免会偏离了跑线。然而我就像一匹不停蹄的马，使出吃奶的劲头来跑。30年代上海有过跑狗场，场上，一个电动的兔子在前头飞驰，狗就在后边追。死亡之于我，就如跑道上的电动兔子和追在后边的那只狗。

有人会纳闷我何以在写完《未带地图的旅人》之后，还有兴致又写了文学回忆录。1957年大小报纸对我连篇累牍地揭批以及那位顶头上司后来写的《萧乾是个什么人》，对我起了激励作用。我就是要认认真真地交代一下自己。

这12年，我同洁若真是马不停蹄地爬格子。就连在死亡边缘徘徊的那八个月，肾部插着根橡皮管子，我也没歇手，还是把《培尔·金特》赶译了出来。当时我确实是在跟死亡拼搏，无论如何不愿丢下一部未完成的译稿。是死神促使我奋力把它完成。

我已经好几年没进百货公司了，却热衷于函购药物及医疗器械。我想尽可能延年益寿。每逢出访或去开会，能直直地躺在宾馆大洋瓷澡盆里痛痛快快洗个热水澡，固然是一种有益于健康的享受，我却不愿意为此而搬家，改变目前的平民生活。

我酷爱音乐，但只愿守着陪我多年的双卡半导体，无意添置一套音响设备。奇怪，人一老，对什么用过多年的旧东西都产生了执着的感情。

既然儿女都不急于结婚，我膝下至今没有第三代。但我身边有一簇喊我"萧爷爷"的年轻人。他们不时来看我，我从他们天真无邪的言谈笑声中，照样也得到温馨的快乐。

死亡的必然性还使我心胸豁达，懂得分辨生活中各种事物的性质和分量。因而对身外之物越看越淡。我经常对自己也对家人说："什么也带走不了！"物质上不论占有多少，荣誉的梯阶不论爬得多高，最终也不过化为一撮骨灰。倒是每听到一支古老而优美的曲子就想：哪怕一生只创作出一宗悦耳、悦目和悦心的什么，能经得起时间的磨损，也不枉此生。在自己的生活位置上尽了力，默默无闻地做了有益于同类的事撒手归去，也会心安理得。

在跑最后一圈时，死亡这个必将使我与家人永别的前景，还促进了家庭中的和睦。由于习惯或对事物想法的差异，紧密生活在一起的家人有时难免会产生一瞬间的不和谐。遇到这种时刻和场合，最有力的提醒就是"咱们还能再相处几年啦！"任何扣子都能在这一前景下，迎刃而解，谁也不愿说日后会懊悔的话，或做那样的事。

怕死，以为人可以永远不死或者死后还能带走什么，都是彻头彻尾的唯心主义。死亡神通广大，它能促使人奋勇前进，又能看透事物本质。我想来想去，唯一解释是：死亡的前景最能使人成为唯物主义者，因而也就无所畏惧了。"人只有一辈子好活。"认识了死，才能活得更清醒，劲头更足，更有目标。

愿与天下老人共勉之。

1992年

《关于死的反思》陕西人民出版社1995年版

祭马思聪文

徐 迟

历史上，放逐、出奔这类事不少。屈原、但丁是有名的例子。

在"文革"中，我中华民族的著名作曲家马思聪先生，受尽极"左"路线的残酷迫害，被迫于1967年出走国外，以抗议暴徒罪恶，维护了人的尊严，他根本没有错，却还是蒙受了十九年（1967—1985年）的不白之冤。

1984年11月，当我在美国费城和他会晤之时，他给我最初印象最令我惊奇。虽然他还和过去一样的故人情重，且神志泰然，并相当乐观，还在勤奋作曲，我感到他和以前却有所不同。我没有去深入思考他在哪一点上跟以前不同。我只是从他的声音笑貌中，感到他似乎不时流露着一点点不易觉察的细微凄怆，却未能体会他心灵深处，埋藏着巨大的痛苦。

后来在他女儿马瑞雪回忆她父亲最后日子的文章里说到一个晚上，马思聪听着贝多芬的《第五（命运）交响乐》。他忽然失声痛哭，他求他夫人王慕理让他哭一个够。后来，他含泪说："这个世界很美……"他为什么哭？他哭他内心的哀伤。他哭他离开了祖国大地，这么久了没能回去。但这个世界很美，很美。

有一次中央音乐学院一位前副院长和我谈到他们在"文革"中的往事。这位前副院长在黯然伤神中，突然颜容扭曲，喘息哽咽地说道："有人用有钉子的鞋猛打他们的马院长……怎么打得下去！……"他说不下去了！

那年年底我回到国内，不久便听说我国已公开为马思聪平反。不白之冤终于昭雪了。从此我就等他回国。1985年8月16日，他从美国寄我一封长信，其中讲到他"读了叶浅予文章，谢谢他的真情。那时代的人好像比较真情，'文革'把人弄坏了"。

看来我真不如浅予。在《为马思聪饶舌》一文中浅予写道："受过欺凌而被迫出亡的人，最懂得祖国的可爱，爱国之心也是最切。只有那些口口声声教训别人如何如何爱国，而自己却横着心侮辱善良灵魂的人才是真正的罪人。马思聪不欠祖国什么，那些窃国篡权的人却欠他太多了。"叶浅予说得又慷慨，又体贴。我们许多人却都没有说什么，以帮助他解除那凝冻住他内心的深沉痛苦啊！

那封长信是他从欧洲旅游回来写给我的，他写到了南斯拉夫的钟乳石岩洞，威尼斯舟子的金色歌喉，罗马的铁伏黎喷泉的音乐和瓦格纳常去喝咖啡的一家希腊咖啡店。他还写到翡冷翠的大教堂，比萨的斜塔。还有，如入仙境的瑞士雪山，以及大雪纷飞之下雪山餐厅里的丰盛午餐。还有他的那一别已半个世纪的巴黎，他写到巴黎他的母校国家音乐学院的陈旧的铁门。最后他到了伦敦，这次旅游快要结束了，他忽又悲从中来，说"盛衰转换，月圆月缺，周而复始，自是天地之轨道"。什么引起他的感慨万端？他为何要自苦了呢？想来是因为他能做欧游，还不能回国。他只在信尾说了，"待我从西双版纳出来，立刻跑新疆"。这却不是说他想去一次云南和新疆。不，他说的是他正在修改那五易其稿的、以云南民歌为主要旋律的《A大调钢琴协奏曲》（作品第六十号），等到他修改完工，从这曲中，从云南旋律中跑出来，便要立刻跑到新疆民歌为主要旋律的一部写新疆生活的大歌剧《热碧亚》（作品第六十一号）的创作中去。他人在北美心在祖国。他只是没有法子给我说他暂时还不能回国来，虽然他正神驰于云南的热带雨林和新疆的天山南北牧场上。

因为他不知道回来的话会怎么对待他。他也许是心中在想，他既然出走了，他还能回去吗？他童年时是一个固执的小孩，到了晚年他还是一个固执的老人。在"文革"中他有勇气出走，现在他无勇气回来。出走是不得已的事，在国外十九年是不得已的事，暂时不回来也是不得已的事，如今永远不会回来，更是不得已的事。这中间，恐怕只有叶浅予等少数人，只有少数亲友，给过他巨大痛苦的心灵一点儿慰藉。

他保持了他独特的性格。除了他音乐的民族性和世界性之外，他还有最纯洁的最天真的最美的音乐的个性。他还有一点疑虑。还没有回来，等待着一个能够回来的时机，等待着他疑虑的被消除。不幸他没有能等到那一天，他的灵魂已经飞升到了万里云天之外，但是他的灵魂，正像在歌德的《浮士德》第一部的结尾，是"得到了拯救"的。

1988年5月20日，马思聪逝世一周年。他在无可奈何中生，在无可奈何中死，生离死别，徒呼负负。呜呼哀哉，作文奠祭，其辞曰：

逝者如斯，从兹离分。恨别经年，梦睹英灵。你是珍珠，晶莹蒙尘。你是国宝，横遭蹂躏。黄钟坠地，瓦釜雷鸣。美人离宫，骚客出境。梦思沸腾，莫此为甚。魂逐飞蓬，爱国有心。嬬闺泪尽，永安幽冥。欢怨非贞，中和可径。幽幽琴声，一往情深。民族之音，冬夏常青。百世芳芬，千秋永恒。

《人民日报》海外版1988年

晴窗札记

郭　风

成　熟

他自己，六十九岁。

他的女儿，二十一岁，在鼓浪屿一所美术学校就读。那里的海、蓝天以及似乎是从花朵和树荫间随风送来的，例如贝多芬或莫扎特的音乐，也许还有她自己的天性，使她的心地善良。她似乎也耽于幻想，所以有时写点散文，表达一种天真的感情。

暑假，她从鼓浪屿回来。这天，她看他——她的爸爸躺在阳台的藤椅上休息。她忽然问他：

"爸爸，你看我是不是开始'成熟'了？"

"——怎么说的？"

"我举一些例子，告诉你，"女儿说，"看看我算不算开始走向'成熟'了？"

"你说吧。"

"我到你在鼓浪屿的几位友人家中，"女儿说，"不知怎的，我会感觉得到这一位为人高尚，另一位追求虚荣……"

"哦。"他不在意地应了一声，唇边有老年的淡淡的笑意。

"爸爸，是不是说，如果说我开始'成熟'了，"女儿说，"更重要的是在于：我开始认识自己，开始能够'自省'……"

"哦？"

"我发现自己有时会对自己的好友，隐瞒真情……"

"哦?"

他从藤椅上向女儿侧过身来。

"我因此感到羞耻!"

"哦!"他看了女儿一下，似乎显得格外的认真。

"爸爸，我有时会嫉妒。不是对于美貌、才智发生嫉妒，而是对于他人的美德往往产生嫉妒——不过，我会克制自己，抑制内心的嫉妒情绪……"

他点点头。然后闭起目来。

女儿以为他倦怠了，便轻轻踮着脚离开了阳台。其实，他的心显得有些不平静起来。他想，对于善良的人来说，例如，对于像自己的女儿这样的姑娘来说，她的幼年期似乎很长；她的幼年期似乎一直延伸到当前——二十一岁，乃至二十二岁、二十三岁?……她现在似乎开始真正步上人生的旅途。这旅途上充满种种纷纭的是非，充满对于美恶等等的种种抉择，充满种种疑虑和矛盾，充满种种自我克制——直到终老始可达到自我人格的完成?那时，也许才能够说，人之一生，像一颗果实一般地成熟了?……

他在想，人之"成熟"是一个贯穿一生，以终老为终极的过程，而且是充满矛盾的过程?

年青时候

这一天早上，他坐在阳台的藤躺椅上，一边观看阳台栏杆上一盆正在开花的玫瑰。女儿忽然走进来，说："爸爸，你从来不和我讲一讲你自己年青时候的事情!"

"什么事情?"

他注意到，女儿这时似乎有些羞涩。女儿望了他一下，接着以一种含有年青姑娘的某种深意的暗示，笑着说："爸爸，听人家说，你年青时候很潇洒——"

他不以为然地说："哪里。"

女儿说:

"有人看过你年青时候的照片。还描写一下，高高的鼻梁，明亮的眼晴……"

他笑着说：

"爸爸老了，别说这等事——"

女儿以一种含有年轻姑娘某种深意和试探的语调，说：

"爸爸，那你讲一点点你年青时候难忘的人或事情……"

要讲一点点哪方面的难忘的人或事呢？不管如何，他似乎有所感触地说：

"可是，那都是遥远的事情了，孩子！"

随着，他又喃喃地说：

"那又怎么说得清楚呢？——"

女儿听了，感到父亲似乎有点感伤的样子，她是一位对待父亲也很讲礼貌、有教养的姑娘。她抱歉似的借故离开了阳台。

他望着女儿的背影；她走到自己的卧室去了。他开始闭目养神。这时，他恍惚地感到，女儿刚才所问的、所欲了解的，可能是有关他的爱情的事情？那么，这怎么说好呢？

他想，他一生爱过两位女子。一位是听父母之命而结婚的结发妻子。她坚毅，她多么贤淑，她具有旧中国女子的自我牺牲精神和品德，她无条件地爱他。而他，似乎不止爱她，而且感激她。她已经辞世六年了，他至今时或怀念自己的亡妇。但是，怎么说好呢？他在爱自己的妻子的同时，的确曾经暗自倾慕另一位女子。他写了一些书简，表达这种倾慕之情，但始终未发给这位他所倾慕之人；而把这些书简作为小品文，用一个化名在若干期刊上发表了。是的，他始终未曾向这位女子表达自己的心事，但情况又的确如此：他至今有时还会暗自念及曾经和她一起散步过的山间草径，念及那座小山村、杉木林、小溪和溪上的浮桥以及散步尽处出现的一座小小土地庙……看来，确有一粒爱情的种子，仿佛被封起来，埋在他的心中……

他想，人之一生中，可能有一些心事以及悲伤，一些情感的克制和矛盾，会一直埋藏于心中，直至终老。

《人民文学》1988年3期

我与地坛

史铁生

一

我在好几篇小说中都提到过一座废弃的古园，实际就是地坛。许多年前旅游业还没有开展，园子荒芜冷落得如同一片野地，很少被人记起。

地坛离我家很近。或者说我家离地坛很近。总之，只好认为这是缘分。地坛在我出生前四百多年就坐落在那儿了，而自从我的祖母年轻时带着我父亲来到北京，就一直住在离它不远的地方——五十多年间搬过几次家，可搬来搬去总是在它周围，而且是越搬离它越近了。我常觉得这中间有着宿命的味道：仿佛这古园就是为了等我，而历尽沧桑在那儿等待了四百多年。

它等待我出生，然后又等待我活到最狂妄的年龄上忽地残废了双腿。四百多年里，它一面剥蚀了古殿檐头浮夸的琉璃，淡褪了门壁上炫耀的朱红，坍圮了一段段高墙又散落了玉砌雕栏，祭坛四周的老柏树愈见苍幽，到处的野草荒藤也都茂盛得自在坦荡。这时候想必我是该来了。十五年前的一个下午，我摇着轮椅进入园中，它为一个失魂落魄的人把一切都准备好了。那时，太阳循着亘古不变的路途正越来越大，也越红。在满园弥漫的沉静光芒中，一个人更容易看到时间，并看见自己的身影。

自从那个下午我无意中进了这园子，就再没长久地离开过它。我一下子就理解了它的意图。正如我在一篇小说中所说的："在人口密聚的城市里，有这样一个宁静的去处，像是上帝的苦心安排。"

两条腿残废后的最初几年，我找不到工作，找不到去路，忽然间几乎什么都找不到了，我就摇了轮椅总是到它那儿去，仅为着那儿是可以逃避一个世界的另一个世界。我在那篇小说中写道："没处可去我便一天到晚耗在这园子里。跟上班下班一样，别人去上班我就摇了轮椅到这儿来。园子无人看管，上下班时间有些抄近路的人们从园中穿过，园子里活跃一阵，过后便沉寂下来。""园墙在金晃晃的空气中斜切下一溜阴凉，我把轮椅开进去，把椅背放倒，坐着或是躺着，看书或者想事，撅一权树枝左右拍打，驱赶那些和我一样不明白为什么要来这世上的小昆虫。""蜂儿如一朵小雾稳稳地停在半空；蚂蚁摇头晃脑捋着触须，猛然间想透了什么，转身疾行而去；瓢虫爬得不耐烦了，累了祈祷一回便支开翅膀，忽悠一下升空了；树干上留着一只蝉蜕，寂寞如一间空屋；露水在草叶上滚动、聚集，压弯了草叶轰然坠地摔开万道金光。""满园子都是草木竞相生长弄出的响动，窸窸窣窣窸窸窣窣片刻不息。"这都是真实的记录，园子荒芜但并不衰败。

除去几座殿堂我无法进去，除去那座祭坛我不能上去而只能从各个角度张望它，地坛的每一棵树下我都去过，差不多它的每一米草地上都有过我的车轮印。无论是什么季节，什么天气，什么时间，我都在这园子里待过。有时候待一会儿就回家，有时候就待到满地上都亮起月光。记不清都是在它的哪些角落里。我一连几小时专心致志地想关于死的事，也以同样的耐心和方式想过我为什么要出生。这样想了好几年，最后事情终于弄明白了：一个人，出生了，这就不再是一个可以辩论的问题，而只是上帝交给他的一个事实；上帝在交给我们这件事实的时候，已经顺便保证了它的结果，所以死是一件不必急于求成的事，死是一个必然会降临的节日。这样想过之后我安心多了，眼前的一切不再那么可怕。比如你起早熬夜准备考试的时候，忽然想起有一个长长的假期在前面等待你，你会不会觉得轻松一点？并且庆幸并且感激这样的安排？

剩下的就是怎样活的问题了，这却不是在某一个瞬间就能完全想透的、不是一次性能够解决的事，怕是活多久就要想它多久了，就像是伴你终生的魔鬼或恋人。所以，十五年了，我还是总得到那古园里去，去它的老树下或荒草边或颓墙旁，去默坐，去呆想，去推开耳边的嘈杂理一理纷乱的思绪，去窥看自己的心魂。十五年中，这古园的形体被不能理解它的人肆意雕琢，幸好有些东西是任谁也不能改变它的。譬如祭坛石门中的落日，寂静的光辉平铺的一刻，地上的每一个坎坷都被映照得灿烂；譬如在园中最为落寞的时间，一群雨燕便出来高歌，把天地都叫喊得苍凉；譬如冬天雪地上孩子的脚印，总让人猜想他们是谁，曾在哪儿做过些什么，然后又都到哪儿去了；譬如那些苍黑的古柏，你忧郁的时候它们镇静地站在那儿，你欣喜的时候它们依然镇静地站在那儿，它们没日没夜地站在那儿从你没有出生一直站到这个世界上又没了你的时候；譬如暴雨骤临园中，激起一阵阵浓烈而清纯的草木和泥土的气味，让人想起无数个夏天的事件；譬如秋风忽至，再有一场早霜，落叶或飘摇歌舞或坦然安卧，满园中播散着熨帖而微苦的味道。味道是最说不清楚的。味道不能写只能闻，要你身临其境去闻才能明了。味道甚至是难于记忆的，只有你又闻到它你才能记起它的全部情感和意蕴。所以我常常要到那园子里去。

二

我才想到，当年我总是独自跑到地坛去，曾经给母亲出了一个怎样的难题。

她不是那种光会疼爱儿子而不懂得理解儿子的母亲。她知道我心里的苦闷，知道不该阻止我出去走走，知道我要是老待在家里结果会更糟，但她又担心我一个人在那荒僻的园子里整天都想些什么。我那时脾气坏到极点，经常是发了疯一样地离开家，从那园子里回来又中了魔似的什么话都不说。母亲知道有些事不宜问，便犹犹豫豫地想问而终于不敢问，因为她自己心里也没有答案。她料想我不会愿意她跟我一同去，所以她从未这样要求过，她知道得给我一点独处的时间，得有这样一段过程。她只是不知道这过程得要多久，和这过程的尽头究竟是什么。每次我要动身时，她便无言地帮我准备，帮助我上了轮椅车，看着我摇车拐出小院；这以后她会怎样，当年我不曾想过。

有一回我摇车出了小院，想起一件什么事又反身回来，看见母亲仍站在原地，还是送我走时的姿势，望着我拐出小院去的那处墙角，对我的回来竟一时没有反应。待她再次送我出门的时候，她说："出去活动活动，去地坛看看书，我说这挺好。"许多年以后我才渐渐听出，母亲这话实际上是自我安慰，是暗自的祷告，是给我的提示，是恳求与嘱咐。只是在她猝然去世之后，我才有余暇设想。当我不在家里的那些漫长的时间，她是怎样心神不定坐卧难宁，兼着痛苦与惊恐与一个母亲最低限度的祈求。我可以断定，以她的聪慧和坚忍，在那些空落的白天后的黑夜，在那不眠的黑夜后的白天，她思来想去最后准是对自己说："反正我不能不让他出去，未来的日子是他自己的，如果他真的要在那园子里出了什么事，这苦难也只好我来承担。"在那段日子里——那是好几年的一段日子，我想我一定使母亲做过了最坏的准备了，但她从来没有对我说过："你为我想想。"事实上我也真的没为她想过。那时她的儿子，还太年轻，还来不及为母亲想，他被命运击昏了头，一心以为自己是世上最不幸的一个，不知道儿子的不幸在母亲那儿总是要加倍的。她有一个长到二十岁忽然截瘫了的儿子，这是她唯一的儿子；她情愿截瘫的是自己而不是儿子，可这事无法代替；她想，只要儿子能活下去哪怕自己去死呢也行，可她又确信一个人不能仅仅是活着，儿子得有一条路走向自己的幸福；而这条路呢，没有谁能保证她的儿子终于能找到。——这样一个母亲，注定是活得最苦的母亲。

有一次与一个作家朋友聊天，我问他学写作的最初动机是什么？他想了一会儿说："为我母亲。为了让她骄傲。"我心里一惊，良久无言。回想自己最初写小说的动机，虽不似这位朋友的那般单纯，但如他一样的愿望我也有，且一经细想，发现这愿望也在全部动机中占了很大比重。这位朋友说："我的动机太低俗了吧？"我光是摇头，心想低俗并不见得低俗，只怕是这愿望过于天真了。他又说："我那时真就是想出名，出了名让别人羡慕我母亲。"我想，他比我坦率。我想，他又比我幸福，因为他的母亲还活着。而且我想，他的母亲也比我的母亲运气好，他的母亲没有一个双腿残废的儿子，否则事情就不这么简单。

在我的头一篇小说发表的时候，在我的小说第一次获奖的那些日子里，我真是多么希望我的母亲还活着。我便又不能在家里待了，又整天整天独自跑到地坛去，心里是没头没尾的沉郁和哀怨，走遍整个园子却怎么也想不通：母亲为什么就不能再多活两年？为什么在她儿子就快要碰撞开一条路的时候，她却忽然熬不住了？莫非她来此世上只是为了替儿子担忧，却不该分享我的一点点快乐？她匆匆离我而去时才只有四十九呀！有那么一会儿，我甚至对世界对上帝充满了仇恨和厌恶。后来我在一篇题为《合欢树》的文章中写道："我坐在小公园安静的树林里，闭上眼睛，想，上帝为什么早早地召母亲回去呢？很久很久，迷迷糊糊地我听见了回答：'她心里太苦了，上帝看她受不住了，就召她回去。'我似乎得了一点安慰，睁开眼睛，看见风正从树林里穿过。"小公园，指的也是地坛。

只是到了这时候，纷纭的往事才在我眼前幻现得清晰，母亲的苦难与伟大才在我心中渗透得深彻。上帝的考虑，也许是对的。

摇着轮椅在园中慢慢走，又是雾罩的清晨，又是骄阳高悬的白昼，我只想着一件事：母亲已经不在了。在老柏树旁停下，在草地上在颓墙边停下，又是处处虫鸣的午后，又是鸟儿归巢的傍晚，我心里只默念着一句话：可是母亲已经不在了。把椅背放倒，躺下，似睡非睡挨到日没，坐起来，心神恍惚，呆呆地直坐到古祭坛上落满黑暗然后再渐渐浮起月光，心里才有点明白，母亲不能再来这园中找我了。

曾有过好多回，我在这园子里待得太久了，母亲就来找我。她来找我又不想让我发觉，只要见我还好好地在这园子里，她就悄悄转身回去，我看见过几次她的背影。我也看见过几回她四处张望的情景，她视力不好，端着眼镜像在寻找海上的一条船，她没看见我时我已经看见她了，待我看见她也看见我了我就不去看她，过一会儿我再抬头看她就又看见她缓缓离去的背影。但是我无法知道有多少回她没有找到我。有一回我坐在矮树丛中，树丛很密，我看见她没有找到我；她一个人在园子里走，走过我的身旁，走过我经常待的一些地方，步履茫然又急迫。我不知道她已经找了多久还要找多久，我不知道为什么我决意不喊她——但这绝不是小时候的捉迷藏，这也许是出于长大了的男孩子的倔强或羞涩？但这倔只留给我痛悔，丝毫也没有骄傲。我真想告诫所有长大了的男孩子，千万不要跟母亲来这套倔强，羞涩就更不必，我已经懂了可我已经来不及了。

儿子想使母亲骄傲，这心情毕竟是太真实了，以致使"想出名"这一声名狼藉的念头也多少改变了一点形象。这是个复杂的问题，且不去管它了罢。随着小说获奖的激动逐日暗淡，我开始相信，至少有一点我是想错了：我用纸笔在报刊上碰撞开的一条路，并不就是母亲盼望我找到的那条路。年年月月我都到这园子里来，年年月月我都要想，母亲盼望我找到的那条路到底是什么。母亲生前没给我留下过什么隽永的哲言，或要我恪守的教诲，只是在她去世之后，她艰难的命运，坚忍的意志和毫不张扬的爱，随光阴流转，在我的印象中愈加鲜明深刻。

有一年，十月的风又翻动起安详的落叶，我在园中读书，听见两个散步的老人说："没想到这园子有这么大。"我放下书，想，这么大一座园子，要在其中找到她的儿子，母亲走过了多少焦灼的路。多年来我头一次意识到，这园中不单是处处都有过我的车辙，有过我的车辙的地方也都有过母亲的脚印。

三

如果以一天中的时间来对应四季，当然春天是早晨，夏天是中午，秋天是黄昏，冬天是夜晚。如果以乐器来对应四季，我想春天应该是小号，夏天是定音鼓，秋天是大提琴，冬天是圆号和长笛。要是以这园子里的声响来对应四季呢？那么，春天是祭坛上空飘浮着的鸽子的哨音，夏天是冗长的蝉歌和杨树叶子哗啦啦地对蝉歌的取笑，秋天是古殿檐头的风铃响，冬天是啄木鸟随意而空旷的啄木声。以园中的景物对应四季，春天是一径时而苍白时而黑润的小路，时而明朗时而阴晦的天上摇荡着串串杨花；夏天是一条条耀眼而灼人的石凳，或阴凉而爬满了青苔的石阶，阶下有果皮，阶上有半张被坐皱的报纸；秋天是一座青铜的大钟，在园子的西北角上曾丢弃着一座很大的铜钟，铜钟与这园子一般年纪，浑身挂满绿锈，文字已不清晰；冬天，是林中空地上几只羽毛蓬松的老麻雀。以心绪对应四季呢？春天是卧病的季节，否则人们不易发觉春天的残忍与渴望；夏天，情人们应该在这个季节里失恋，不然就似乎对不起爱情；秋天是从外面买一棵盆花回家的时候，把花搁在阔别了的家中，并且打开窗户把阳光也放进屋里，慢慢回忆慢慢整理一些发过霉的东西；冬天伴着火炉和书，一遍遍坚定不死的决心，写一些并不发出的信。还可以用艺术形式对应四季，这样春天就是一幅画，夏天是一部长篇小说，秋天是一首短歌或诗，冬天是一群雕塑。以梦呢？以梦对应四季呢？春天是树尖上的呼喊，夏天是呼喊中的细雨，秋天是细雨中的土地，冬天是干净的土地上的一只孤零的烟斗。

因为这园子，我常感恩于自己的命运。

我甚至就能清楚地看见，一旦有一天我不得不长久地离开它，我会怎样想念它，我会怎样想念它并且梦见它，我会怎样因为不敢想念它而梦也梦不到它。

四

让我想想，十五年中坚持到这园子来的人都是谁呢？好像只剩了我和一对老人。

十五年前，这对老人还只能算是中年夫妇，我则货真价实还是个青年。他们总是在薄暮时分来园中散步，我不大弄得清他们是从哪边的园门进来，一般来说他们是逆时针绕这园子走。男人个子很高，肩宽腿长，走起路来目不斜视，胯以上直至脖颈挺直不动；他的妻子攀了他一条胳膊走，也不能使他的上身稍有松懈。女人个子却矮，也不算漂亮，我无端地相信她必出身于家道中衰的名门富族；她攀在丈夫胳膊上像个娇弱的孩子，她向四周观望似总含着恐惧，她轻声与丈夫谈话，见有人走近就立刻怯怯地收住话头。我有时因为他们而想起冉阿让与柯赛特，但这想法并不巩固，他们一望即知是老夫老妻。两个人的穿着都算得上考究，但由于时代的演进，他们的服饰又可以称为古朴了。他们和我一样，到这园子里来几乎是风雨无阻，不过他们比我守时。我什么时间都可能来，他们则一定是在暮色初临的时候。刮风时他们穿了米色风衣，下雨时他们打了黑色的雨伞，夏天他们的衬衫是白色的裤子是黑色的或米色的，冬天他们的呢子大衣又都是黑色的，想必他们只喜欢这三种颜色。他们逆时针绕这园子一周，然后离去。他们走过我身旁时只有男人的脚步响，女人像是贴在高大的丈夫身上跟着飘移。我相信他们一定对我有印象，但是我们没有说过话，我们互相都没有想要接近的表示。十五年中，他们或许注意到一个小伙子进入了中年，我则看着一对令人羡慕的中年情侣不觉中成了两个老人。

　　曾有过一个热爱唱歌的小伙子，他也是每天都到这园中来，来唱歌，唱了好多年，后来不见了。他的年纪与我相仿，他多半是早晨来，唱半小时或整整唱一个上午，估计在另外的时间里他还得上班。我们经常在祭坛东侧的小路上相遇，我知道他是到东南角的高墙下去唱歌，他一定猜想我去东北角的树林里做什么。我找到我的地方，抽几口烟，便听见他谨慎地整理歌喉了。他反反复复唱那么几首歌。"文化大革命"没过去的时候，他唱"蓝蓝的天上白云飘，白云下面马儿跑……"我老也记不住这歌的名字。"文革"后，他唱《货郎与小姐》中那首最为流传的咏叹调。"卖布——卖布嘞，卖布——卖布嘞！"我记得这开头的一句他唱得很有声势，在早晨清澈的空气中，货郎跑遍园中的每一个角落去恭维小姐。"我交了好运气，我交了好运气，我为幸福唱歌曲……"然后他就一遍一遍地唱，不让货郎的激情稍减。依我听来，他的技术不算精到，在关键的地方常出差错，但他的嗓子是相当好的，而且唱一个上午也听不出一点疲惫。太阳也不疲惫，把大树的影子缩小成一团，把疏忽大意的蚯蚓晒干在小路上，将近中午，我们又在祭坛东侧相遇，他看一看我，我看一看他，他往北去，我往南去。日子久了，我感到我们都有结识的愿望，但似乎都不知如何开口，于是互相注视一下终又都移开目光擦身而过；这样的次数一多，便更不知如何开口了。终于有一天——一个丝毫没有特点的日子，我们互相点了一下头。他说："你好。"我说："你好。"他说："回去啦？"我说："是，你呢？"他说："我也该回去了。"我们都放慢脚步（其实我是放慢车速），想再多说几句，但仍然是不知从何说起，这样我们就都走过了对方，又都扭转身子面向对方。他说："那就再见吧。"我说："好，再见。"便互相笑笑各走各的路了。但是我们没有再见，那以后，园中再没了他的歌声，我才想到，那天他或许是有意与我道别的，也许他考上了哪家专业文工团或歌舞团了吧？真希望他如他歌里所唱的那样，交了好运气。

　　还有一些人，我还能想起一些常到这园子里来的人。有一个老头，算得一个真正的饮者；他在腰间挂一个扁瓷瓶，瓶里当然装满了酒，常来这园中消磨午后的时光。他在园中四处游逛，如果你不注意你会以为园中有好几个这样的老头，等你看过了他卓尔不群的饮酒情状，你就会相信这是个独一无二的老头。他的衣着过分随便，走路的姿态也不慎重，走上五六十米路便选定一处地方，一只脚踏在石凳上或土埂上或树墩上，解下腰间的酒瓶，解酒瓶的当儿眯起眼睛把一百八十度视角内的景物细细看一遭，然后以迅雷不及掩耳之势倒一大口酒入肚，把酒瓶摇一摇再挂向腰间，平心静气地想一会儿什么，便走向下一个五六十米去。还有一个捕鸟的汉子，那岁月园中人少，鸟却多，他在西北角的树丛中拉一张网，鸟撞在上面，羽毛饯在网眼里便不能自拔。他单等一种过去很多而现在非常罕见的鸟，其他的鸟撞在网上他就把它们摘下来放掉，他说已经有好多年没等到那种罕见的鸟，他说他再等一年看看到底还有没有那种鸟，结果他又等了好多年。早晨和傍晚，在这园子里可以看见一个中年女工程师；早晨她从北向南穿过这园子去上班，傍晚她从南向北穿过这园子回家。事实上我并不了解她的职业或者学历，但我以为她必是学理工的知识分子，别样的人很难有她那般的素朴并优雅。当她在园子穿行的时刻，四周的树林也仿佛更加幽静，清淡的日光中竟似有悠远的琴声，比如说是那曲《献给爱丽丝》才好。我没有见过她的丈夫，没有见过那个幸运的男人是什么样子，我想象过却想象不出，后来忽然懂了想象不出才好，那个男人最好不要出现。她走出北门回家去。我竟有点担心，担心她会落入厨房，不过，也许她在厨房里劳作的情景更有另外的美吧，当然不能再是《献给爱丽丝》，是个什么曲子呢？还有一个人，是我的朋友，他是个最有天赋的长跑家，但他被埋没了。他因为在"文革"中出言不慎而坐了几年牢，出来后好不容易找了个拉板车的工作，样样待遇都不能与别人平等，苦闷极了便练习长跑。那时他总来这园子里跑，我用手表为他计时。他每跑一圈向我招下手，我就记下一个时间。每次他要环绕这园子跑二十圈，大约两万米。他盼望以他的长跑成绩来获得政治上真正的解放，他以为记者的镜头和文字可以帮他做到这一点。

第一年他在春节环城赛上跑了第十五名，他看见前十名的照片都挂在了长安街的新闻橱窗里，于是有了信心。第二年他跑了第四名，可是新闻橱窗里只挂了前三名的照片，他没灰心。第三年他跑了第七名、橱窗里挂前六名的照片，他有点怨自己。第四年他跑了第三名，橱窗里却只挂了第一名的照片。第五年他跑了第一名——他几乎绝望了，橱窗里只有一幅环城赛群众场面的照片。那些年我们俩常一起在这园子里待到天黑，开怀痛骂，骂完沉默着回家，分手时再互相叮嘱：先别去死，再试着活一活看。他已经不跑了，年岁太大了，跑不了那么快了。最后一次参加环城赛，他以三十八岁之龄又得了第一名并破了纪录，有一位专业队的教练对他说："我要是十年前发现你就好了。"他苦笑一下什么也没说，只在傍晚又来这园中找到我，把这事平静地向我叙说一遍。不见他已有好几年了，他和妻子和儿子住在很远的地方。

这些人都不到园子里来了，园子里差不多完全换了一批新人。十五年前的旧人，就剩我和那对老夫老妻了。有那么一段时间，这老夫老妻中的一个也忽然不来，薄暮时分唯男人独自来散步，步态也明显迟缓了许多，我悬心了很久，怕是那女人出了什么事。幸好过了一个冬天那女人又来了，两个人仍是逆时针绕着园子走，一长一短两个身影恰似钟表的两支指针；女人的头发白了许多，但依旧攀着丈夫的胳膊走得像个孩子。"攀"这个字用得不恰当了，或许可以用"挽"吧，不知有没有兼具这两个意思的字。

五

我也没有忘记一个孩子——一个漂亮而不幸的小姑娘。十五年前的那个下午，我第一次到这园子里来就看见了她，那时她大约三岁，蹲在斋宫西边的小路上捡树上掉落的"小灯笼"。那儿有几棵大梨树，春天开一簇簇细小而稠密的黄花，花落了便结出无数如同三片叶子合抱的小灯笼，小灯笼先是绿色，继而转白，再变黄，成熟了掉得满地都是。小灯笼精巧得令人爱惜，成年人也不免捡了一个还要捡一个。小姑娘咿咿呀呀地跟自己说着话，一边捡小灯笼；她的嗓音很好，不是她那个年龄所常有的那般尖细，而是很圆润甚或是厚重，也许是因为那个下午园子里太安静了。我奇怪这么小的孩子怎么一个人跑来这园子里？我问她住在哪儿？她随便指一下，就喊她的哥哥，沿墙根一带的茂草之中便站起一个七八岁的男孩，朝我望望，看我不像坏人便对他的妹妹说："我在这儿呢。"又伏下身去，他在捉什么虫子。他捉到螳螂、蚂蚱、知了和蜻蜓，来取悦他的妹妹。有那么两三年，我经常在那几棵大梨树下见到他们，兄妹俩总是在一起玩，玩得和睦融洽，都渐渐长大了些。之后有很多年没见到他们。我想他们都在学校里吧，小姑娘也到了上学的年龄，必是告别了孩提时光，没有很多机会来这儿玩了。这事很正常，没理由太搁在心上，若不是有一年我又在园中见到他们，肯定就会慢慢把他们忘记。

那是个礼拜日的上午。那是个晴朗而令人心碎的上午，时隔多年，我竟发现那个漂亮的小姑娘原来是个弱智的孩子。我摇着车到那几棵大梨树下去，恰又是遍地落满了小灯笼的季节；当时我正为一篇小说的结尾所苦，既不知为什么要给它那样一个结尾，又不知何以忽然不想让它有那样一个结尾，于是从家里跑出来，想依靠着园中的镇静，看看是否应该把那篇小说放弃。我刚刚把车停下，就见前面不远处有几个人在戏耍一个少女，做出怪样子来吓她，又喊又笑地追逐她拦截她，少女在几棵大树间惊惶地东跑西躲，却不松手揪卷在怀里的裙裾，两条腿袒露着也似毫无察觉。我看出少女的智力是有些缺陷，却还没看出她是谁。我正要驱车上前为少女解围，就见远处飞快地骑车来了个小伙子，于是那几个戏耍少女的家伙望风而逃。小伙子把自行车支在少女近旁，怒目望着那几个四散逃窜的家伙，一声不吭喘着粗气。脸色如暴雨前的天空一样一会儿比一会儿苍白。这时我认出了他们，小伙子和少女就是当年那对小兄妹。我几乎是在心里惊叫了一声，或者是哀号。世上的事常常使上帝的居心变得可疑。小伙子向他的妹妹走去。少女松开了手，裙裾随之垂落了下来，很多很多她捡的小灯笼便撒落了一地，铺散在她脚下。她仍然算得漂亮，但双眸迟滞没有光彩。她呆呆地望着那群跑散的家伙，望着极目之处的空寂，凭她的智力绝不可能把这个世界想明白吧？大树下，破碎的阳光星星点点，风把遍地的小灯笼吹得滚动，仿佛暗哑地响着无数小铃铛。哥哥把妹妹扶上自行车后座，带着她无言地回家去了。

无言是对的。要是上帝把漂亮和弱智这两样东西都给了这个小姑娘，就只有无言和回家去是对的。

谁又能把这世界想个明白呢？世上的很多事是不堪说的。你可以抱怨上帝何以要降诸多苦难给这人间，你也可以为消灭种种苦难而奋斗，并为此享有崇高与骄傲，但只要你再多想一步你就会坠入深深的迷茫了：假如世界上没有了苦难，世界还能够存在吗？要是没有愚钝，机智还有什么光荣呢？要是没了丑陋，漂亮又怎么维系自己的幸运？要是没有了恶劣和卑下，善良与高尚又将如何界定自己又如何成为美德呢？要是没有了残疾，健全会否因其司空见惯而变得腻烦和乏味呢？我常梦想着在人间彻底消灭残疾，但可以相信，那时将由患病者代替残疾人去承担同样的苦难。如果能够把疾病也全数消灭，那么这份苦难又将由（比如说）相貌丑陋的人去承担了。就算我们连丑陋，连愚昧和卑鄙和一切我们所不喜欢的事物和行为，也都可以统统消灭掉，所有的人都一味健康、漂亮、聪慧、高尚，结果会怎样呢？怕是人间的剧目就全要收场了，一个失去差别的世界将是一条死水，是一块没有感觉没有肥力的沙漠。

看来差别永远是要有的。看来就只好接受苦难——人类的全部剧目需要它，存在的本身需要它。看来上帝又一次对了。

于是就有一个最令人绝望的结论等在这里：由谁去充任那些苦难的角色？又由谁去体现这世间的幸福、骄傲和快乐？只好听凭偶然，是没有道理好讲的。

就命运而言，休论公道。

那么，一切不幸命运的救赎之路在哪里呢？设若智慧的悟性可以引领我们去找到救赎之路，难道所有的人都能够获得这样的智慧和悟性吗？

我常以为是丑女造就了美人。我常以为是愚氓举出了智者。我常以为是懦夫衬照了英雄。我常以为是众生度化了佛祖。

六

设若有一位园神，他一定早已注意到了，这么多年我在这园里坐着，有时候是轻松快乐的，有时候是沉郁苦闷的，有时候优哉游哉，有时候恓惶落寞，有时候平静而且自信，有时候又软弱，又迷茫。其实总共只有三个问题交替着来骚扰我，来陪伴我。第一个是要不要去死？第二个是为什么活？第三个，我干吗要写作？

让我看看，它们迄今都是怎样编织在一起的吧。

你说，你看穿了死是一件无须着急去做的事，是一件无论怎样耽搁也不会错过的事，便决定活下去试试？是的，至少这是很关键的因素。为什么要活下去试试呢？好像仅仅是因为不甘心，机会难得，不试白不试，腿反正是完了，一切仿佛都要完了，但死神很守信用，试一试不会额外再有什么损失。说不定倒有额外的好处呢是不是？我说过，这一来我轻松多了，自由多了。为什么要写作呢？作家是两个被人看重的字，这谁都知道。为了让那个躲在园子深处坐轮椅的人，有朝一日在别人眼里也稍微有点光彩，在众人眼里也能有个位置，哪怕那时再去死呢也就多少说得过去了，开始的时候就是这样想，这不用保密，这些已经不用保密了。

我带着本子和笔，到园中找一个最不为人打扰的角落，偷偷地写。那个爱唱歌的小伙子在不远的地方一直唱。要是有人走过来，我就把本子合上把笔叼在嘴里。我怕写不成反落得尴尬。我很要面子。可是你写成了，而且发表了。人家说我写得还不坏，他们甚至说：真没想到你写得这么好。我心说你们没想到的事还多着呢。我确实有整整一宿高兴得没合眼。我很想让那个唱歌的小伙子知道，因为他的歌也毕竟是唱得不错。我告诉我的长跑家朋友的时候，那个中年女工程师正优雅地在园中穿行；长跑家很激动，他说好吧，我玩命跑，你玩命写。这一来你中了魔了，整天都在想哪一件事可以写，哪一个人可以让你写成小说。是中了魔了，我走到哪儿想到哪儿，在人山人海里只寻找小说，要是有一种小说试剂就好了，见人就滴两滴看他是不是一篇小说，要是有一种小说显影液就好了，把它泼满全世界看看都是哪儿有小说，中了魔了，那时我完全是为了写作活着。结果你又发表了几篇，并且出了一点小名，可这时你越来越感到恐慌。我忽然觉得自己活得像个人质，刚刚有点像个人了却又过了头，像个人质，被一个什么阴谋抓了来当人质，不定哪天被处决，不定哪天就完蛋。你担心要不了多久你就会文思枯竭，那样你就又完了。凭什么我总能写出小说来呢？凭什么那些适合做小说的生活素材就总能送到一个截瘫者跟前来呢？人家满世界跑都有枯竭的危险，而我坐在这园子里凭什么可以一篇接一篇地写呢？你又想到死了。我想见好就收吧。当一名人质实在是太累了太紧张了，太朝不保夕了。我为写作而活下来，要是写作到底不是我应该干的事，我想我再活下去是不是太冒傻气了？你这么想着你却还在绞尽脑汁地想写。我好歹又拧出点水来，从一条快要晒干的毛巾上。恐慌日甚一日，随时可能完蛋的感觉比完蛋本身可怕多了，所谓不怕贼偷就怕贼惦记，我想人不如死了好，不如不出生的好，不如压根儿没有这个世界的好。可你并没有去死。我又想到那是一件不必着急的事。可是不必着急的事并不证明是一件必要拖延的事呀？你总是决定活下来，这说明什么？是的，我还是想活。人为什么活着？因为人想活着，说到底是这么回事，人真正的名字叫作：欲望。可我不怕死，有时候我真的不怕死。有时候，——说对了。不怕死和想去死是两回事，有时候不怕死的人是有的，一生下来就不怕死的人是没有的。我有时候倒是怕活。可是怕活不等于不想活呀？可我为什么还想活呢？因为你还想得到点什么、你觉得你还是可以得到点什么的，比如说爱情，比如说，价值之类，人真正的名字叫欲望。这不对吗？我不该得到点什么吗？没说不该。可我为什么活得恐慌，就像个人质？后来你明白了，你明白你错了，活着不是为了写作，而写作是为了活着。你明白了这一点是在一个挺滑稽的时刻。那天你又说你不如死了好，你的一个朋友劝你：你不能死，你还得写呢，还有好多好作品等着你去写呢。这时候你忽然明白了，你说：只是因为我活着，我才不得不写作。或者说只是因为你还想活下去，你才不得不写作。是的，这样说过之后我竟然不那么恐慌了。就像你看穿了死之后所得的那份轻松？一个人质报复一场阴谋的最有效的办法是把自己杀死。我看出我得先把我杀死在市场上，那样我就不用参加抢购题材的风潮了。你还写吗？还写。你真的不得不写吗？人都忍不住要为生存找一些牢靠的理由。你不担心你会枯竭了？我不知道，不过我想，活着的问题在死前是完不了的。

这下好了，您不再恐慌了不再是个人质了，您自由了。算了吧你，我怎么可能自由呢？别忘了人真正的名字是：欲望。所以您得知道，消灭恐慌的最有效的办法就是消灭欲望。可是我还知道，消灭人性的最有效的办法也是消灭欲望。那么，是消灭欲望同时也消灭恐慌呢？还是保留欲望同时也保留人生？

我在这园子里坐着，我听见园神告诉我，每一个有激情的演员都难免是一个人质。每一个懂得欣赏的观众都巧妙地粉碎了一场阴谋。每一个乏味的演员都是因为他老以为这戏剧与自己无关。每一个倒霉的观众都是因为他总是坐得离舞台太近了。

我在这园子里坐着，园神成年累月地对我说：孩子，这不是别的，这是你的罪孽和福祉。

七

要是有些事我没说，地坛，你别以为是我忘了，我什么也没忘，但是有些事只适合收藏。不能说，也不能想，却又不能忘。它们不能变成语言，它们无法变成语言，一旦变成语言就不再是它们了。它们是一片朦胧的温馨与寂寥，是一片成熟的希望与绝望，它们的领地只有两处：心与坟墓。比如说邮票，有些是用于寄信的，有些仅仅是为了收藏。

如今我摇着车在这园子里慢慢走，常常有一种感觉，觉得我一个人跑出来已经玩得太久了。有一天我整理我的旧相册，一张十几年前我在这园子里照的照片——那个年轻人坐在轮椅上，背后是一棵老柏树，再远处就是那座古祭坛。我便到园子里去找那棵树。我按着照片上的背景找很快就找到了它，按着照片上它枝干的形状找，肯定那就是它。但是它已经死了，而且在它身上缠绕着一条碗口粗的藤萝。有一天我在这园子碰见一个老太太，她说："哟，你还在这儿哪？"她问我，"你母亲还好吗？""您是谁？""你不记得我，我可记得你。有一回你母亲来这儿找你，她问我您看没看见一个摇轮椅的孩子？……"我忽然觉得，我一个人跑到这世界上来真是玩得太久了。有一天夜晚，我独自坐在祭坛边的路灯下看书，忽然从那漆黑的祭坛里传出一阵阵唢呐声；四周都是参天古树，方形祭坛占地几百平方米空旷坦荡独对苍天，我看不见那个吹唢呐的人，唯唢呐声在星光寥寥的夜空里低吟高唱，时而悲怆时而欢快，时而缠绵时而苍凉，或许这几个词都不足以形容它，我清清醒醒地听出它响在过去，一直在响，回旋飘转亘古不散。

必有一天，我会听见喊我回去。

那时您可以想象一个孩子，他玩累了可他还没玩够呢。心里好些新奇的念头甚至等不及到明天。也可以想象是一个老人，无可置疑地走向他的安息地，走得任劳任怨。还可以想象一对热恋中的情人，互相一次次说"我一刻也不想离开你"，又互相一次次说"时间已经不早了"，时间不早了可我一刻也不想离开你，一刻也不想离开你可时间毕竟是不早了。

我说不好我想不想回去。我说不好是想还是不想，还是无所谓。我说不好我是像那个孩子，还是像那个老人，还是像一个热恋中的情人。很可能是这样：我同时是他们三个。我来的时候是个孩子，他有那么多孩子气的念头所以才哭着喊着闹着要来，他一来一见到这个世界便立刻成了不要命的情人，而对一个情人来说，不管多么漫长的时光也是稍纵即逝，那时他便明白，每一步每一步，其实一步步都是走在回去的路上。当牵牛花初开的时节，葬礼的号角就已吹响。

但是太阳，他每时每刻都是夕阳也都是旭日。当他熄灭着走下山去收尽苍凉残照之际，正是他在另一面燃烧着爬上山巅布散烈烈朝晖之时。那一天，我也将沉静着走下山去，扶着我的拐杖。有一天，在某一处山洼里，势必会跑上来一个欢蹦的孩子，抱着他的玩具。

当然，那不是我。

但是，那不是我吗？

宇宙以其不息的欲望将一个歌舞炼为永恒。这欲望有怎样一个人间的姓名，大可忽略不计。

《上海文学》1991 年 1 期

性而上的迷失

韩少功

有些事情如俗话说的：你越把它当回事它就越是回事。所谓"性"就是这样。

性算不上人的专利，是一种遍及生物界的现象，一种使禽兽花草万物生生不息的自然力。不，甚至不仅仅是一种生物现象，很可能也是一种物理现象，比如是电磁场中同性相排斥异性相吸引的常见景观，没有什么奇怪。谁会对那些哆哆嗦嗦乱窜的小铁屑赋予罪恶感或神圣感呢？谁会对它们痛心疾首或含泪欢呼呢？事情差不多就是这样，一种类同于氨基丙苯的化学物质，其中包括新肾上腺素、多巴胺，尤其是苯乙胺，在情人的身体内燃烧，使他们两颊绯红，呼吸急促，眼睛发亮，生殖器官充血和勃动，面对自己的性对象晕头晕脑地呆笑。他们这些激动得哆哆嗦嗦的小铁屑在上帝微笑的眼里一次次实现着自然的预谋。

问题当然没有如此简单。性的浪漫化也是一笔文化遗产，始于裤子及文明对性的禁忌，始于人们对私有财产、家庭、子女优育等经济性需要。性的浪漫化刚好是它被羞耻化和神秘化之后一种必然的精神酿制和幻化，放射出五彩十色的灵光，照亮了男人和女人的双眸。直到这个世纪的一九六八年，时间已经很晚了，传统规范才受到最猛烈动摇。美国好莱坞首次实行电影分级制度，X级的色情电影合法上映令正人君子们目瞪口呆。一个警察说，当时一个矮小的老太太如果想买一份《纽约时报》，就得爬过三排《操×》杂志才能拿到。

避孕术造成了性与生殖分离的可能，使苯乙胺呼啸着从生殖义务中突围而去。其实，突围一直在进行，通奸与婚姻伴生，淫乱与贞节影随，而下流话历来是各民族语言中生气勃勃的衍生物，通常在人们最高兴或最痛苦的时候脱口而出，泄露出情感和思想中性的基因。即使在礼教最为苛刻和严格的民族，人们也可以从音乐、舞蹈、文学、服饰之类中辨出性的诱惑，而一个个名目各异的民间节庆，常在道德和法律的默许之下，让浪漫情调暖暖融融弥漫于月色火光之中，大多数都少不了自由男女之间"性"致盎然和性味无穷的交往和游戏，对歌，协舞，赠礼，追打笑闹，乃至幽会野合。这种节庆狂欢不拘礼法，作为礼法的休息日，是文明禁忌对苯乙胺的短暂性假释。

从某种特定意义上来说，种种狂欢节是人类性亢奋的文化象征。民俗学家们直到现在也不难考察到那些狂欢节目中性的遗痕。

始于西方的性解放，不过是把隐秘在狂欢节里的人性密码，译解成了宣言、游行、比基尼、国家法律、色情杂志、教授的著作、换妻俱乐部等等，使之成为一种显学，堂而皇之进入了人类的理智层面。

它会使每一天都成为狂欢节么？

禁限是一种很有意味的东西。礼教从不禁限人们大汗淋漓地为公众干活和为政权牺牲，可见禁限之物总是人们私心向往之物——否则就没有必要禁限。而禁限的心理效应往往强化了这种向往，使突破禁限的冒险变得更加刺激，更加稀罕，更加激动人心。设想要是人们以前从未设禁，性交可以像大街上握手一样随便，那也就索然无味，没有什么说头了。

因此，正是传统礼教的压抑，蓄聚了强大的纵欲势能，一旦社会管制稍有松懈，便洪流滚滚势不可挡地群"情"激荡举国变"色"。性文学也总是在性蒙昧灾区成为一个隐性的持久热点，成为很多正人君子一种病态的津津乐道和没完没了的打听癖、窥视癖。道德以前太把它当回事，它就真成一回事了。纵欲作为对禁欲的补偿和报复，常常成为社会开放初期一种心理高烧。纵欲者为了获得义理上的安全感，会要说出一些深刻的话。他们中间的某些人，如果吃饱喝足又有太多闲暇，如果他们本就缺乏热情和能力关注世界上更多刺心的难题，那么性解放就是他们最高和最后的深刻，是他们文化态度中唯一的激情之源。他们干不了别的什么。

这些人作为礼教的倒影，同样是一种文化。他们的夸大其词，可能使刚刚有的坦诚失鲜得太快，可能把真理弄得脏兮兮的让人掉头而去。他们用清教专制兑换享乐专制，轻率地把性解放描绘成最高的政治，最高的宗教，最高的艺术，就像以前的伪道学把性压抑说成最高的政治，最高的宗教，最高的艺术。他们解除了礼教强加于性的种种罪恶性意义之后，必须对性强加上种种神圣性意义，不由分说地要别人对他们的性交表示尊敬和高兴。他们指责那些没有及时响应步调一致来加入淫乱大赛的人是伪君子，是辫子军，是废物。这样做当然简单易行——"富贵生淫欲"这句民间大俗话一旦现代起来就成了精装本。

这些文学脱星或学术脱星，把上帝给人穿的裤子脱了下来，然后要求人们承认生殖器就是新任上帝，春宫画就是最流行的现代《圣经》。他们最痛恶圣徒但自己不能没有圣徒慷慨悲歌的面孔。

这当然是有点东方特色的一种现代神话，最容易在清教国家或后清教国家获得信徒们的喝彩。相反，在性解放洪潮过去的地方，X级影院里通常破旧而肮脏，只有寥落几个满身虱子和酒气的流浪汉昏昏瞌睡，不再被大学生们视为可以获得人生启迪的教堂和圣殿。性解放并没有降低都市男女的孤独指数和苦闷指数，并没有缓解"文明病"。最早的性解放先锋邓肯后来也生活极其恶化，肥胖臃肿，经常酗酒，胡吵乱闹，不大像一个幸福的退休教母。那里一方面有了得乐且乐的潇洒，另一方面也有艾滋病、性变态、冷漠、吸毒之类的苦果。如果有人去那里宣言只要敢脱就获取了天堂的入场券，就可以一劳永逸地解除性的困惑和苦恼，甚至进而达到人生幸福的至境，这个神经病肯定半个美元也赚不着。

自由是一种风险投资。社会对婚姻问题的开明，提供了改正错误的自由也提供了增加错误的自由。解放者从今往后必须孤立无援地对付自己与性相关的困惑和苦恼，一切后果自己承担，没法向礼教赖账。正如有些父母怕孩子摔跤就不让他们踢球，我们为勇敢破禁欢呼。但勇敢就是勇敢，勇敢不是包赚不赔的特别股权。一九六八并不是幸运保险单的号码。踢足球就是踢足球，一只足球不算什么特别了不起的东西，不值得大吹大擂。穿上球鞋不意味着一定能射门得分，一定成为球星，更不意味着万事如意。

对理论常常不能太认真。

一个现代女子找到了一个她感性趣的男人，如果对方婉言拒绝她，这个女子就可能断言对方在压抑自己。你怎么活得这么虚伪呢？你太理智了，我觉得理智是最可恶的东西，是最压抑人性和情感的东西。人生能有几时醉？……

这个女子开导完了，出门碰到一个使她极其恶心的男人，被对方纠缠不休，她就可能说出另外一些理论：你怎么这样不克制自己呢？怎么这样缺乏理智呢？你只能让我恶心，我从没有见过像你这样无耻的人……

这个女子的理智论和反理智论兼备，只是随时根据具体情况各派其用，各得其所。你能说她是"理智派"还是"感情派"？同样，如果她心爱的丈夫另有新欢，要抛弃她了，她可能要大谈婚姻的神圣性；时隔不久如果她找到了更可心的人，对方是人家的丈夫，她就可能要大谈婚姻的荒谬性。你能说她是卫道士还是第三者乱党？如此等等。

理论、观念、概念之类，一到实际中总是为利欲所用。尤其在最虚无又最实用的现代，在我们这些凡夫俗子中间，理论通常只是某种利欲格局的体现，标示出理论者在这个格局中的方位和行动态势。一般来说，每一个人在这个利欲格局中都是强者又都是弱者——只是相对于不同的方面而言。因此每一个人都万法皆备于我，都是潜在的理论全息体，从原则上说，是可以接受任何理论的，是需要任何理论的。用这一种而不用那一种，基本上取决于利欲的牵引。但这决不妨碍对付格局中的其他方面的时候，或者在整个格局发生变化的时候，人们及时呈现出完全不同的理论面目。比如一个大街上的革新派，完全可能是家里的保守派；一个下级面前的集权派，完全可能是上级面前的民主派。

这种情形难免使人沮丧：你能打起精神来与这些堂而皇之的理论较个真吗？

纵欲论在实际生活那里，通常是求爱术的演习，到时候与自述不幸、请吃请喝、看手相、下跪等等合用，也有点像征服大战时的劝降书。若碰上恶心的纠缠者，他们东张西望决不会说得这么滔滔不绝。他们求爱难而拒爱易，习惯于珍视自己的欲望而漠视他人的欲望，满脑子都是美事，因此较为偏好纵欲说。就像一些初入商界的毛头小子，只算收入不算支出，怎么算都是赚大钱，不大准备破产时的说辞和安身之处。

他们中的一些人通常不喜欢读书这类累人的活，瞟一瞟电视翻翻序跋当然也足够开侃。所以他们的宣言总是纷繁而又混乱，尤其不适宜有些呆气的人来逐字逐句地较真。比如他们好谈弗洛伊德，从他的"里比多"满足原理中来汲取自己偷情的勇气，他们不知道或不愿意知道，正是这一个弗洛伊德强调性欲压抑才能产生心理能量的升华，才得以创造科学和艺术，使人类脱离原始和物质的状态。他们也好谈罗兰·巴特、J.德里达以及后现代主义，用"差延""解构""颠覆"等字眼来威慑文明规范，力求回复人的自然原态。他们不知道或不愿意知道，巴特们的文化分析正是从所谓"自然原态"下刀，其理论基点就是揭示"自然原态"的欺骗性、虚妄性，是一种统治人类太久的神话。一切都是文本，人的一切都免不了文化的浸染。巴特们正是从这一点开始与传统的人本主义和人道主义割席分道，开始了天才的叛逆。用他们来声张"自然原态"或"人之本性"，哪儿跟哪儿？

很有些人，从不曾注意弗洛伊德和巴特的差别，不曾注意尼采和萨特的差别，不曾注意孔子和毛泽东的差别，最大的本领只是注意名人和非名人的差别，时髦与不时髦的差别。他们擅长把一切时髦的术语搜罗起来，一股脑儿地用上。就像一个乡下小镇的姑娘闯进大都市之后，把商店里一切好看的化妆品都抹在自己脸上。这也是一种 Pastiche——拼凑，杂拌，瞎搅和，以五颜六色的脸作为时尚标准像。

一直有人尝试办专供妇女看的色情杂志，但屡屡失败，顾客寥落。不能说男性的身体天生丑陋不堪入目，也不能说妇女还缺乏足够的勇气冲破礼教——某些西方女子裸泳裸舞裸行都不怕了还怕一本杂志？这都不是原因，至少不是最重要的原因。这个现象只是证明：身体不太被女性看重，没有出版商想象的那种诱惑力。女性对男体来者不拒，常常是男作家在通俗杂志里自我满足的夸张，是一种对女性的训练。

在这一点上，女人与男人很不一样。

有些专家一般性地认为，男性天生地有多恋倾向，而女性天生地有独恋倾向，很多流行小册子都作如是说。多恋使人想到兽类，似乎男人多兽性，常常适合"兽性发作"之类的描述。独恋使人想到多是"从一而终"的鸟类，似乎女人多鸟性，"小鸟依人"之类的形容就顺理成章。这种看法其实并不真实。女性来自人类进化的统一过程，不是另走捷径直接从天上飞临地面的鸟人。进入工业社会之后，如果让妻子少一点对丈夫的经济依附性，多一点走出家门与更多异性交往的机会，等等，她们也能朝秦暮楚地"小蜜""小情"起来。

女性与男性的不同，在于她们无论独恋还是多恋，对男人的挑选还是要审慎得多，苛刻得多。大多男人在寻找性对象时重在外表的姿色，尤其猎色过多时最害怕投入感情，对方要死要活卿卿我我的缠绵只会使他们感到多余，琐屑，沉重，累人，吃不消。而大多女人在寻找性对象时重在内质，重在心智，能力，气度和品德——尽管不同文化态度的女人们标准不一，有些人可能会追随时风，采用金钱、权势之类的尺度，但她们总是挑选尺度上的较高值，作为对男人的要求，看重内质与其他女人没有什么两样。俗话说"男子无丑相"，女性多把相貌作为次等的要求，一心要寻求内质优秀的男人来点燃自己的情感。明白此理的男人，在正常情况下的求爱，总是要千方百计表现自己或是勇武，或是高尚，或是学贯中西，或是俏皮话满腹，如此等等，形成精神吸引，才能打动对方的春心。经验每每证明，男子无情亦可欲，较为容易亢奋。而女人一般只有在精神之光的抚照下，在爱意浓厚情绪热烈之时，才能出现交合中的性高潮。从这一点来看，男人的性活动可以说是"色欲主导"型，而女人的性活动可以说是"情恋主导"型。

男人重"欲"，嫖娼就不足为怪。女人重"情"，即便找面首也多是情人或准情人——在武则天、叶卡捷琳娜一类宫廷"淫妖"的传说中，也总有情意绵绵甚至感天动地的情节，不似红灯区里的交换那么简单。男子的同性恋，多半有肉体关系。而女子的同性恋，多半只有精神的交感。男子的征婚广告，常常会夸示自己的责任感和能力（以存款、学历等等为证），并宣言"酷爱哲学和文学"——他们知道女人需要什么。女子的征婚手段，常常是一张悦目的艳照足矣——她们知道男人需要什么。

这并非说女性都是柏拉图，尤其一些风尘女子作为被金钱或权势毒害的一种特例，这种经济或政治活动可以不在我们讨论范围之内。"主导"也当然不是全部。女子的色欲也能强旺（多在青年以后），不过那种色欲往往是对情恋的确证和庆祝，是情恋的一种物化仪式。在另一方面，男子也不乏情恋（多在中年以前），不过那种情恋往往是色欲的铺垫和余韵，是色欲的某种精神留影。纷繁复杂的文化积存，当然会改写很多人的本性，造成很多异变。一部两性互相渗透互相塑造的长长历史中，男女都很可能会演变为对方的作品。两性的冲突有时发生在两性之间，有时也可以发生在一个人身上。

男性文化一直力图把女性塑造得感官化、媚女化。女子无才便是德，但三围定要合格，穿戴不可马虎，要秀色可餐妖媚动人甚至有些淫荡——众多电影、小说、广告、妇女商品都在做这种诱导。于是很多女子本不愿意妖媚的，是为了男人才学习妖媚的，搔首弄姿卖弄风情，不免显得有些装模作样。女性文化则一直力图把男性塑得道德化、英雄化。坐怀不乱真君子，男儿有泪不轻弹，德才兼备建功立业而且不弃糟糠——众多电影、小说、广告、男性商品都在做这种诱导。于是很多男子本不愿意当英雄的，是为了女人才争做英雄的，他们做深沉态做悲壮态做豪爽态的时候，不免也有些显得装模作样。

装模作样，证明了这种形象的后天性和人为性。只是习惯可成自然，经验可变本能，时间长了，有些人也就真成了英雄或媚女，让我们觉得这个世界还有些意思。

道德是弱者用来制约强者的工具。女性相对于男性的体弱状态，决定了性道德的女性性别。在以前，承担道德使命的文化人多少都有一点女性化的文弱，艺术和美都有女神的别名。曹雪芹写《红楼梦》，认为女人是水，男人是污浊的泥。川端康成坚决认为只有三种人才有美：少女，孩子以及垂死的男人——后两者意指男人只有在无性状态下才可能美好。与其说他们代表了东方男权社会的文化反省，毋宁说他们体现了当时弱者的道德战略，在文学中获得了战果。

工业和民主提供了女性在经济、政治、教育等方面的自主地位，就连在军事这种女性从来最难涉足的禁区，女性也开始让人刮目相看——海湾战争后一次次模拟电子对抗战中，心寻手巧的女队也多次战胜男队。这正是女性进一步要求自尊的资本，进一步争取性爱自主性爱自由的前提。奇怪的是，她们的呼声一开始就被男性借用和改造，最后几乎完全湮灭。旧道德的解除，似乎仅仅只是让女性更加色欲化，更加玩物化，更加要为迎合男性而费尽心机。假胸假臀是为了给男人看的；耍小性子或故意痛恨算术公式以及认错外交部长，是为了成为男人"可爱的小东西"和"小傻瓜"；商业广告教导女人如何更有女人味："让你具有贵妃风采""摇动男人心旌的魔水""有它在手所向无敌"，如此等等。女性要按流行歌词的指导学会忍受孤寂，接受粗暴，被抛弃后也无悔无怨。"我明明知道你在骗我，也让我享受这短暂的一刻……"有一首歌就是这样为女人编出来的。

相反，英雄主义正在这个时代褪色，忠诚和真理成了过时的笑料，山盟海誓天长地久只不过是电视剧里假惺惺的演出，与卧室里的结局根本不一样。女人除了诅咒几句"男子汉死绝了"之外，对此毫无办法。有些女权主义者不得不愤愤地指责，工业只是使这个社会更加男权中心了，金钱和权力仍然掌握在男人手里，男性话语君临一切，女性心理仍然处于匿名状态，很难进入传媒。就像这个社会穷人是多数，但人们能听到多少穷人的声音？

对这些现象做出价值裁判，不是本文的目的。本文要指出的只是：所谓性解放非但没有缓释性的危机，从某种意义上来说，反倒使危机更加深重，或者说是使本就深重的危机暴露得更加充分了。女人在寻找英雄，即便唾弃"良家妇女"的身份，也未尝不暗想有朝一日扮演"红粉知己"，但越来越多的物质化男人，充当英雄已力不从心，不免令人失望，最易招致"负心""禽兽"之类的指责。男人在寻找媚女，但越来越多被文明史哺育出来的精神化女人，不愿接受简单的泄欲，高学历女子更易有视媚为俗的心理逆反，也难免令人烦恼，总是受到"冷感""寡欲"之类的埋怨。影视剧里越来越多爱啊恋啊的时候，现实生活中的两性反倒越来越难以协调，越来越难以满足异性的期待。

女性的情恋解放在电视剧里，男性的色欲解放在床上。两种解放的目标错位，交往几天或几周之后，就发现我们全都互相扑空。

M.昆德拉在《生命中不能承受之轻》中表达了一种情欲分离观。男主人公与数不胜数的女人及时行乐，但并不妨碍他对女主人公有着忠实的（只是需要对忠实重新定义）爱情。对于前者，他只是有"珍奇收藏家"的爱好，对于后者，他才能真正地心心相印息息相通。如果女人们能够接受这一点，当然就好了。问题是昆德拉笔下的女主人公不能接受，对此不能不感到痛苦。解放对于多数女性来说，恰恰不是要求情与欲分离，而是要求情与欲的更加统一。她们的反叛，常常是要冲决没有爱情的婚姻和家庭，抗拒某些金钱和权势的合法性强奸，像D.H.劳伦斯笔下的女主人公。她们的反叛也一定心身同步，反叛得特别彻底，不像男子还可以维持肉体的敷衍。她们把解放视为欲对情的追踪，要把性作成抒情诗；而与此同时的众多男人，则把解放视为欲对情的逃离，想把性做成品种繁多的快餐食品，像速溶咖啡或方便面一样立等可取。性解放运动一开始就这样充满着相互误会。

昆德拉能做出快食的抒情诗或者诗意的快食么？像有些作家一样，他也只能对此沉默不语或含糊其词，有时靠外加一些政治、偶然灾祸之类的惊险情节，使冲突看似有个过得去的结局，让事情不了了之。

先天不足的解放最容易草草收场。有些劲头十足的叛逆者一旦深入真实，就惶恐不安地发出"我想有个家"之类的悲音，含泪回望他们一度深恶痛绝的旧式婚姻，只要有个避风港可去，不管是否虚伪，是否压抑，是否麻木呆滞也顾不得了。从放纵无忌出发，以苟且凑合告终。如果不这样的话，他们也可以在情感日益稀薄的世纪末踽踽独行，越来越多抱怨，越来越习惯在电视机前拉长着脸，昏昏度日。这些孤独的人群，不交际时感到孤独，交际时感到更孤独，性爱对生活的镇痛效应越来越低。是自己的病越来越重呢？还是药质越来越差呢？他们不知道。他们下班后回到独居的狭小公寓里，常常感到房子就是巨大监狱里的一间单人囚室。

最后，同性恋就是对这种孤独一种畸变的安慰。同性恋是值得同情的，同性恋证明人类是值得同情的。这种现象的增多，只能意味着这个世界爱的盛夏一晃而过，冬天已经来临。

在性的问题上，女性为什么多有不同于男性的态度？

原因在于神意？在于染色体的特殊配置？或在于别的什么？也许女人并非天然精神良种。哺育孩子的天职，使她们产生了对家庭、责任心、利他行为的渴求，那么一旦未来的科学使生育转为试管和生物工厂的常规业务之后，女性是否也会断然抛弃爱情这个古老的东西？如果说是社会生存中的弱者状态，使她们自然而然要用爱情来网结自己的安全掩体，那么随着更多女强人夺走社会治权，她们的精神需求是否会逐步减退并且最终把爱情这个累心的活甩给男人们去干？

多少年来，女性隐在历史的暗处，大脑并不长于形而上但心灵特别长于性而上。她们远离政坛商界的严酷战场（在这一点上请感谢男人），得以悠闲游赏于自己的情感家园。她们被男性目光改造得妩媚之后（在这一点上请再感谢男人），一切把美貌托付给美德。她们自己常常没有干成太多的大事，但她们用眼风、笑靥、唠叨及体态的线条，滋养了什么都能干的男人。她们创立的"爱情"这门新学科，常常成为千万英雄真正的造就者，成为道义和智慧的源泉，成为一幕幕历史壮剧的匿名导演。她们做的事很简单，不需要政权不需要信用卡也不需要手枪，她们只需把那些内质恶劣的男人排除在自己的选择目光之外，这种淘汰就会驱动性欲力的转化和升华，驱使整个社会克己节欲并且奋发图强，科学和艺术事业得到发展并且多一些情义。她们被男人改造出来以后反过来改造男人自己。她们似乎一直在操作一个极其困难的实验：在诱惑男人的同时又给男人文化去势。诱惑是为了得到对方，去势则是为了永久得到对方——更重要的是，使对方值得自己得到，成为一个在灿烂霞光里凯旋的神圣骑士，成为自己的梦想。

梦想是女人最重要的消费品，是对那些文治武功战天斗地出生入死的男人们最为昂贵的定情索礼。

在这里，"女性"这个词已很大程度上与"神性"的词义重叠。在性的问题上，历史似乎让神性更多地向女性汇集，作为对弱者的补偿。从这一点上来看，女权运动从本质上来说，是心界对物界的征服，精神对肉体的抗争——一切对物欲化人生的拒绝（无论出自男女）都是这场运动的体现。至于它的女性性别，只能说是历史遗留下来的一个不太恰当的标签。它的胜利，也绝不仅仅取决于女性的努力，更不取决于某些词不达意或者"秀（show）"色太浓的女权宣言和女权游行。

人在上帝的安排之下，获得了性的快感，获得了对生命的鼓励和乐观启示，获得了两性之间甜蜜的整合。上帝也安排了两性之间不同理想的尖锐冲突，如经纬交织出了人的窘境。上帝不是幸福的免费赞助商。上帝指示了幸福的目标但要求人们为此付出代价，这就是说，电磁场上这些激动得哆哆嗦嗦的小铁屑，为了得到性的美好，还须一次次穿越两相对视之间的漫漫长途。

人既不可能完全神化，也不可能完全兽化，只能在灵肉两极之间巨大的张力中燃烧和舞蹈。"人性趋上"的时风，经常会造就一些事业成功道德苛严的君子淑女；"人性趋下"的时风，则会播种众多百无聊赖极欲穷欢的浪子荡妇。他们通常都从两个不同的极端，感受到阳痿、阴冷等等病变，陷入肉体退化和自然力衰竭的苦恼。这些灭种的警报总是成为时风求变的某种生理潜因，显示出文化人改变自然人的大限。

简单地指责女式的性而上或者男式的性而下都是没有意义的，消除它们更是困难——至少几千年的文明史在这方面尚未提供终极的解决。有意义的首先是揭示出有些人对这种现状的盲目和束手无策。少一些无视窘境的欺骗。这是解放的真正起点。

解放者最大的敌人是自己，是特别乐意对自己进行的欺骗——这些欺骗在当代像可口可乐一样廉价和畅销，闪耀着诱人的光芒。

《读书》1994年1期

觅渡，觅渡，渡何处？

梁 衡

常州城里那座不大的瞿秋白的纪念馆我已经去过三次。从第一次看到那个黑旧的房舍，我就想写篇文章。但是六个年头过去了，还是没有写出。秋白实在是一个谜，他太博大深邃，让你看不清摸不透，无从写起但又放不下笔。去年我第三次访秋白故居时正值他牺牲六十周年，地方上和北京都在筹备关于他的讨论会。他就义时才三十六岁，可人们已经纪念他六十年，而且还会永远纪念下去。是因为他当过党的领袖？是因为他的文学成就？是因为他的才气？是，又不全是。他短短的一生就像一幅永远读不完的名画。

我第一次到纪念馆是1990年。纪念馆本是一间瞿家的旧祠堂，祠堂前原有一条河，河上有一桥叫觅渡桥。一听这名字我就心中一惊，觅渡，觅渡，渡在何处？瞿秋白是以职业革命家自许的，但从这个渡口出发并没有让他走出一条路。"八七会议"他受命于白色恐怖之中，以一副柔弱的书生之肩，挑起了统帅全党的重担，发出武装斗争的吼声。但是他随即被王明，被自己的人一巴掌打倒，永不重用。后来在长征时又借口他有病，不带他北上。而比他年纪大身体弱的徐特立、谢觉哉等都安然到达陕北，活到了建国。他其实不是被国民党杀的，是被"左"倾路线所杀。是自己的人按住了他的脖子，好让敌人的屠刀来砍。而他先是仔细地独白，然后就去从容就义。

如果秋白是一个如李逵式的人物，大喊一声："你朝爷爷砍吧，二十年后又是一条好汉。"也许人们早已把他忘掉。他是一个书生啊，一个典型的中国知识分子，你看他的照片，一副多么秀气但又有几分苍白的面容。他一开始就不是舞枪弄刀的人。他在黄埔军校讲课，在上海大学讲课，他的才华熠熠闪光，听课的人挤满礼堂，爬上窗台，甚至连学校的教师也挤进来听。后来成为大作家的丁玲，这时也在台下瞪着一双稚气的大眼睛。瞿秋白的文才曾是怎样折服了一代人。后来成为文化史专家、新中国文化部副部长的郑振铎，当时准备结婚，想求秋白刻一对印，秋白开的润格是五十元。郑付不起转而求茅盾。婚礼那天，秋白手提一手帕小包，说来送礼金五十，郑不胜惶恐，打开一看却是两方石印。可想他当时的治印水平。

秋白被排挤离开党的领导岗位后，转而为文，短短几年他的著译竟有五百万字。鲁迅与他之间的敬重和友谊，就像马克思与恩格斯一样的完美。秋白夫妻到上海住鲁迅家中，鲁迅和许广平睡地板，而将床铺让给他们。秋白被捕后鲁迅立即组织营救，他就义后鲁迅又亲自为他编文集，装帧和用料在当时都是第一流的。秋白与鲁迅、茅盾、郑振铎这些现代文化史上的高峰，也是齐肩至顶的啊，他应该知道自己身躯内所含的文化价值，应该到书斋里去实现这个价值。但是他没有，他目睹人民沉浮于水火，目睹党濒于灭顶，他振臂一呼，跃向黑暗。只要能为社会的前进照亮一步之路，他就毅然举全身而自燃。他的俄文水平在当时的中国是数一数二的，他曾发宏愿，要将俄国文学名著介绍到中国来。他牺牲后鲁迅感叹说，本来《死魂灵》由秋白来译是最合适的。这使我想起另一件事。与秋白同时代的有一个人叫梁实秋，在抗日高潮中仍大写悠闲文字，被左翼作家批评为"抗战无关论"。他自我辩解说，人在情急时固然可以操起菜刀杀人，但杀人毕竟不是菜刀的使命。他还是一直弄他的纯文学，后来确实也成就很高，一人独立译完了《莎士比亚全集》。现在，当我们很大度地承认梁实秋的贡献时，更不该忘记秋白这样的，情急用菜刀去救国救民，甚至连自己的珠玉之身也扑上去的人。如果他不这样做，留把菜刀做后用，留得青山来养柴，在文坛上他也会成为一个，甚至十个梁实秋。但是他没有。

如果秋白的骨头像他的身体一样的柔弱，他一被捕就招供认罪，那么历史也早就忘了他。革命史上有多少英雄就有多少叛徒。曾是共产党总书记的向忠发、政治局委员的顾顺章，都有一个工人阶级的好出身，但是一被逮捕，就立即招供。至于陈公博、周佛海、张国焘等高干，还可以举出不少。而秋白偏偏以柔弱之躯演出一场泰山崩于前而不动的英雄戏。他刚被捕时敌人并不明他的身份，他自称是一名医生，在狱中读书写字，连监狱长也求他开方看病。其实，他实实在在是一个书生、画家、医生，除了名字是假的，这些身份对他来说一个都不假。这时上海的鲁迅等正在设法营救他。但是一个听过他讲课的叛徒终于认出了他。特务乘其不备突然大喊一声："瞿秋白！"他却木然无应。敌人无法，只好把叛徒拉出当面对质。这时他却淡淡一笑说："既然你们已认出了我，我就是瞿秋白。过去我写的那份供词就权当小说去读吧。"

蒋介石听说抓到了瞿秋白，急电宋希濂去处理此事。宋在黄埔时听过他的课，执学生礼，想以师生之情劝其降，并派军医为之治病。他死意已决，说："减轻一点痛苦是可以的，要治好病就大可不必了。"当一个人从道理上明白了生死大义之后，他就获得了最大的坚强和最大的从容。这是靠肉体的耐力和感情的倾注所无法达到的，理性的力量就像轨道的延伸一样坚定。

一个真正的知识分子向来是以理行事，所谓士可杀而不可辱。文天祥被捕，跳水、撞墙，唯求一死。鲁迅受到恐吓，出门都不带钥匙，以示不归之志。毛泽东赞扬朱自清宁饿死也不吃美国的救济粉。秋白正是这样一个典型的已达到自由阶段的知识分子。蒋介石威胁利诱实在不能使之屈服，遂下令枪决。刑前，秋白唱《国际歌》，唱红军歌曲，泰然自行至刑场，高呼"中国共产党万岁"，盘腿席地而坐，令敌开枪。从被捕到就义，这里没有一点死的畏惧。

如果秋白就这样高呼口号为革命献身，人们也许还不会这样长久地怀念他研究他。他偏偏在临死前又抢着写了一篇《多余的话》，这在一般人看来真是多余。我们看他短短一生，斗争何等坚决。他在国共合作中对国民党右派的批驳、在党内对陈独秀右倾路线的批判何等犀利；他主持"八七会议"，决定武装斗争，永远功彪史册；他在监狱中从容斗敌，最后英勇就义，泣天地恸鬼神。这是一个多么完整的句号。但是他不肯，他觉得自己实在藐小，实在愧对党的领袖这个称号，于是用解剖刀，将自己的灵魂仔仔细细地剖析了一遍。别人看到的他是一个光明的结论，他在这里却非要说一说光明之前的暗淡，或者光明后面的阴影。这又是一种惊人的平静。

就像敌人要给他治病时，他说：不必了。他将生命看得很淡。现在，为了做人，他又将虚名看得很淡。他认为自己是从绅士家庭，从旧文人走向革命的，他在新与旧的斗争中受着煎熬，在文学爱好与政治责任的抉择中受着煎熬。他说以后旧文人将再不会有了，他要将这个典型，这个痛苦的改造过程如实地录下，献给后人。他说过："光明和火焰从地心里钻出来的时候，难免要经过好几次的尝试，试探自己的道路，锻炼自己的力量。"他不但解剖了自己的灵魂，在《多余的话》里还嘱咐死后请解剖他的尸体，因为他是一个得了多年肺病的人。这又是他的伟大，他的无私。我们可以对比一下世上有多少人都在涂脂抹粉，挖空心思地打扮自己的历史，极力隐恶扬善。特别是一些地位越高的人越爱这样做，别人也帮他这样做，所谓为尊者讳。而他却不肯。作为领袖，人们希望他内外都是彻底的鲜红，而他却固执地说：不，我是一个多重色彩的人。在一般人是把人生投入革命，在他是把革命投入人生，革命是他人生实验的一部分。当我们只看他的事业，看他从容赴死时，他是一座平原上的高山，令人崇敬；当我们再看他对自己的解剖时，他更是一座下临深谷的高峰，风鸣林吼，奇绝险峻，给人更多的思考。他是一个内心既纵横交错，又坦荡如一张白纸的人。

我在这间旧祠堂里，一年年地来去，一次次地徘徊，我想象着当年门前的小河，河上来往觅渡的小舟。秋白就是从这里出发，到上海办学，后来又在上海会见鲁迅；到广州参与国共合作，去会孙中山；到苏俄去当记者，去参加共产国际会议；到汉口去主持"八七会议"，发起武装斗争；到江西苏区去主持教育工作。他生命短促，行色匆匆。

他出门登舟之时一定想到"野渡无人舟自横"，想到"轻解罗裳，独上兰舟"。那是一种多么悠闲的生活，多么美的诗句，是一个多么宁静的港湾。他在《多余的话》里一再表达他对文学的热爱。他多么想靠上那个码头，但他没有，直到临死的前一刻他还在探究生命的归宿。他一生都在觅渡，但是到最后也没有傍到一个好的码头，这实在是一个悲剧。但正是这悲剧的遗憾，人们才这样以其生命的一倍、两倍、十倍的岁月去纪念他。如果他一开始就不闹什么革命，只要随便拔下身上的一根汗毛，悉心培植，他也会成为著名的作家、翻译家、金石家、书法家或者名医。梁实秋、徐志摩现在不是尚享后人之飨吗？如果他革命之后，又拨转船头，退而治学呢，仍然可以成为一个文坛泰斗。与他同时代的陈望道，本来是和陈独秀一起筹建共产党的，后来退而研究修辞，著《修辞学发凡》，成了中国修辞第一人，人们也记住了他。可是秋白没有这样做。就像一个美女偏不肯去演戏，像一个高个儿男子偏不肯去打球。他另有所求，但又求而无获，甚至被人误会。

一个人无才也就罢了，或者有一分才干成了一件事也罢了。最可惜的是他有十分才只干成了一件事，甚而一件也没有干成，这才叫后人惋惜。你看岳飞的诗词写得多好，他是有文才的，但世人只记住了他的武功。辛弃疾是有武才的，他年轻时率一万义军反金投宋，但南宋政府不用，他只能"醉里挑灯看剑，梦回吹角连营"，后人也只知他的文才。瞿秋白以文人为政，又因政事之败而反观人生。如果他只是慷慨就义再不说什么，也许他早已没入历史的年轮。但是他又说了一些看似多余的话，他觉得探索比到达更可贵。当年项羽兵败，虽前有渡船，却拒不渡河。项羽如果为刘邦所杀，或者他失败后再渡乌江，都不如临江自刎这样留给历史永远的回味。项羽面对生的希望却举起了一把自刎的剑，秋白在将要英名流芳时却举起了一把解剖刀，他们都把行将定格的生命的价值又向上推了一层。哲人者，宁肯舍其事而成其心。

秋白不朽。

《中华儿女》1996年8期

妈妈在山岗上

陈建功

    四年前，妈妈过世三周年那天，我到八宝山骨灰堂取回了妈妈的骨灰——按照当时的规定，三年期满，骨灰堂不再负保管的责任。

    远在广州的父亲来信说，还是入土为安吧！

    可是，哪里去买这一方土？

    四年前那时候还不像现在，现在倒新辟了好几处安葬骨灰的墓地。那时，只有一个别无选择的，形同乱葬岗子的普通百姓的墓地。我去那里看过，普通百姓身后的居处和他们生前的住处一样拥挤。我辈本是蓬蒿人，把妈妈安葬在这里，并不委屈。然而，想到性喜清静的妈妈将挤在这喧嚣的、横七竖八的坟场上，又于心何忍？

    对官居"司局级"方可升堂入室的"革命公墓"，我是不敢奢望的。假若妈妈是个处长，说不定我也会像无数处长的儿子一样，要求追封个"局级"，以便死者荣登龙门，荫及子孙。而我的妈妈不过是一个普通的中学教员。非分之想或许有过——为妈妈买骨灰盒的时候，不知深浅的我，要买一个最好的。我当即被告知：那必须出示"高干证明"。从那以后，我不敢再僭越。现在，妈妈躺在八十元一个的骨灰盒里。躺在八十元一个的骨灰盒里的妈妈，得找一个合乎名分的墓地。

    最后，我把妈妈的骨灰，埋在我挖过煤的那座大山的山岗上。

    那几天，我转悠遍了大半个北京城，终于买到了一个刚好容下骨灰盒的长方形玻璃缸。我又找到一家玻璃店，为这自制的"水晶棺"配上了一个盖。一位朋友开来了一辆"拉达"，把我送到距北京一百多里以外的那座山脚下。

那些曾经一块儿挖过煤的朋友，现在有的已经是矿长了，有的还是工人。不管是当了官的，还是没当官的，谁也没有忘记我的热情好客的妈妈对他们的情分。我们一起动手，把骨灰盒埋下，堆起了一座坟头，又一人搭了一膀子，把那巨大的汉白玉石碑由山脚下一步一步抬上山来。

石碑俯瞰着那条由北京蜿蜒西来的铁路。

我十八岁那年，列车就是顺着这条铁路，把我送到这里当了一名采掘工人的。当年的我，身单力薄，体重不及百斤。我扛着一个裹在蓝塑料布里的巨大的行李卷儿，沿着高达三百六十级的台阶，一步一步爬上山来。此后的十年间，我在这里抡锤打眼，开山凿洞，和窑哥们儿相濡以沫，相嘘以暖，也尝到了政治迫害的风霜。十年以后，二十八岁，当春风重新吹拂中国大地的时候，我揣着北京大学的录取通知书，又是顺着这条铁路，迤逦东去，寻回我少年时代便萦绕于心的文学之梦。

我没想到，妈妈的坟居然就正对着这条令人百感交集的铁路线。尽管是巧合，却不能不使人怦然心动。如果说，这是因为我想到了人生际遇的沉浮兴衰，想到了妈妈可以在这山岗上为她的儿子感到自豪和欣慰，那么，我也未免过于肤浅了。妈妈毕竟是妈妈，她当然自豪过，得意过，为儿子发表的第一篇小说，为儿子出版的第一本书，为儿子获得的第一篇评论……然而，妈妈绝不是千千万万望子成龙的妈妈中的一个。我接触过不少望子成龙的妈妈们，她们所能给予自己子女的，只是一种出人头地的焦虑。除了这焦虑，子女们一无所得。我的妈妈绝不想让儿女们为自己争回点什么，哪怕是一个面子。她从来也没跟我念叨过"争光""争气"之类的话。她甚至告诉过我她并不望子成龙，她只希望自己的子女自立自强，自爱自重，度过充实的一生。我当工人的时候，妈妈对我说："你是不是还应该坚持每周一书？同是工人，我相信，有人活得很贫乏，有人活得很充实。别怨天，别怨地，也别怨生活对你是不是公正。你只能自问是不是虚掷了青春？"我当作家以后，妈妈对我说："得意的时候，你别太拿这得意当回事，省得你倒霉的时候想不开。其实，只要自己心里有主意，倒霉了，也可以活得很好，知道吗？"……坦率地说，和许许多多儿子们一样，妈妈的话并不句句中听，自然也就不能声声入耳，特别是当儿子有点"出息"了以后。可是，当你在人生旅途上又走了一段以后，你忽然发现，妈妈这平实的劝诫中蕴藏的是一种宠辱不惊的人生信念，自我完善的人格追求，焉知这不正是妈妈为儿子留下的最宝贵的遗产？

我当然不会忘记妈妈是怎样领我去叩文学之门的。我十岁的时候，她开始督促我写日记。我十二岁的时候，她让我读《西游记》。同样是十二岁那年，她教我"反叛"老师："老师让你怎么写，你就怎么写吗？为什么不能写得和老师不一样？"我至今清楚地记得自己的第一次"反叛"：用一首诗去完成了一篇作文。结果我得了二分。"如果我是你们老师，我就表扬你。你不是偷懒。按老师的思路一点儿不差地写，那才是偷懒呢？"——其实妈妈也是个老师。多少年后我才明白，敢让学生"反叛"老师的老师，才是最好的老师。妈妈的苦心在我考高中时得到了回报，那试卷的作文题是《我为什么要考高中》。我开始耍小聪明，玩邪的，对于今天的中学生来说，大概也真的不过是小聪明而已。可对于当时循规蹈矩的初中生来讲，确乎有点胆大包天了。富于戏剧性的是，妈妈恰恰是那次中考的阅卷老师之一。阅卷归来，眉飞色舞地夸奖有那么一位考生如何聪明，用书信体写成了这篇作文，成为全考区公认的一份富于独创性的试卷，为此被加了分。讲完了"别人"，开始数落自己的儿子如何如何不开窍。我等她唠叨够了，才不无得意地告诉妈妈：那位因封卷遮盖而使她不知姓名的答卷者，便是我。

为这个得意的杨朔散文式的结尾，我的下巴颏足足扬了一个夏天。

不过，对于我来说，最为铭心刻骨的，还是文学以外的事情。

我的学生时代，家境并不宽裕。父亲虽然在大学教书，却也不过是个讲师。父母除了抚养姐姐、妹妹和我以外，还要赡养奶奶、外祖。我记得小时候，父亲给年龄尚小的妹妹买来苹果增加营养，我和姐姐只能等在一旁，吃削下来的苹果皮。我的裤子穿短了，总是由妈妈给接上一截。当接上两三截的时候，妈妈就笑着对我说："看，你这模样简直像个少数民族了！"比起那些地处边远，温饱难继的人们，这当然也算不得什么，可是我读书的学校，是一个高干子女集中的地方。那些政治地位优越、衣食无愁的同学们，每逢假日，坐着"华沙""胜利"翩然来去。新学年返校，这个谈北戴河度假，那个谈中南海做客，我辈寒士子嗣，自尊心岂有不被伤害之理？我永远忘不了班上一个高傲的女同学，穿着一件蓝灯芯绒面的羔羊皮大衣，雍容华贵，使我不敢直视。每当看见那件皮大衣的时候，我就要想起自己的妈妈穿的那件旧皮袄。那是妈妈从南方调来北京和爸爸团圆时，为了抵御北方的寒风，在旧货店买的。那是一件由无数块一寸见方的碎皮子拼成的皮袄，每年冬天，我都看见妈妈小心翼翼地在那些碎皮子间穿针走线。我常常伤心地想，我妈妈穿的衣服，都不如这些女同学们啊！这感受，被写进了我的日记，它是不可能不被妈妈看见的，因为她每周都要对我的日记作一次评点。

"你怎么这么自卑？你想一想，自己什么都不如人家吗？"妈妈问。

我想了想，我说当然不是，我的书读得比他们多，作文也写得比他们好。

妈妈说，她也想过，除了让姐弟俩吃苹果皮、穿补丁衣服使她有点难过以外，她也不是一个事事都不如人的妈妈。比如，她可以告诉我们该读些什么书，怎样写好作文。

我哭了。妈妈也哭了。

我告诉妈妈，我错了，我不跟他们比这些。

"那你觉得怎么想才是对？"

"比读书，比学习。"我说。

妈妈笑了，说："这当然不坏。不过，慢慢你就明白了，读书、学习也不是怄气的事，干吗老想着'比'？你得学会把读书、学习、思考、创造，都变成生活的一部分。我这话你大概理解不了，以后再说吧！"

我当时的确是似懂非懂，只有当我十八岁以后，一个人借着矿区宿舍一盏自制的床头灯，偷偷读《红楼梦》《战争与和平》，又偷偷开始写一点什么的时候，才渐渐领会了妈妈这段话的深意。那是"黄钟毁弃，瓦釜雷鸣"的时代，而我，不仅从事着最艰苦的职业，而且政治上也屡经坎坷。连我自己都颇觉奇妙，十年光阴何以如白驹过隙，忽然而已。尽管迷茫，却不空虚，尽管苦闷，却不消沉。我把一颗心完全沉浸在写作和读书里。书，大部分是妈妈利用分管图书馆之便，偷偷借给我的。坦率地说，也有一部分是我溜进矿上列为"四旧"的书库，偷出来的。"读书人，偷书还叫偷吗？"孔乙己的这句话，常常被我引以自嘲。

当你找到了属于自己的生活方式，你会觉得活得那样忙碌而充实。你不再怨天尤人，也不再度日如年。你渐渐地理解了，你的妈妈不可能留给你万贯家财，她甚至也不大关心你是否能吃上文学这碗饭——我猜想其中不乏余悸和苦衷。你的妈妈最关心的，是她的儿女是否能选择到一种有意义的活法儿。这活法儿使他们即便身处卑微，也不会失去自立于同类的尊严感，不会失去享受充实的人生的自信。

妈妈病故的时候，年仅五十五岁。

我已经忘记是哪一位作者在哪一篇文章里讲过自己过生日的惯例了：那一天他绝不张灯结彩，也绝不大快朵颐。他把生日那天作为"母难日"，他说因为自己的出生给母亲带来了太大的痛苦。

每一个人都可以选择最适宜的方式来表达这种孝心。不过，这"母难日"三个字，总使我难免动容。因为我不仅是在出生那天给母亲带来痛苦的儿子，而且是给母亲带来了终生灾难的儿子。因我的出生，使妈妈患了风湿性心脏病，而母亲如此过早地亡故，恰恰是由于心脏病的发作。

我没有更多的话好说。

好好活着。充实，自信，宠辱不惊。像妈妈期望的那样。

妈妈还在山岗上。山岗是普通的。妈妈也是普通的。

每年清明，我都去看望山岗上的妈妈。

妈妈去世后，我们三个子女各自拿了一件遗物做纪念，我拿的，是那件用无数块碎皮子拼成的皮袄。

1997年

《建功散文精选》华夏出版社1997年版

剩下的事情

刘亮程

一、剩下的事情

他们都回去了，我一个人留在野地上，看守麦垛。得有一个月时间，他们才能忙完村里的活儿，腾出手回来打麦子。野地离村子有大半天的路，也就是说，一个人不能在一天内往返一次野地。这是大概两天的路程，你硬要一天走完，说不定你走到什么地方，天突然黑了，剩下的路可就不好走了。谁都不想走到最后，剩下一截子黑路。是不是。

紧张的麦收结束了。同样的劳动，又在其他什么地方开始，这我能想得出。我知道村庄周围有几块地。他们给我留下够吃一个月的面和米，留下不够炒两顿菜的小半瓶清油。给我安排活儿的人，临走时又追加了一句：别老闲着望天，看有没有剩下的活儿，主动干干。

第二天，我在麦茬地走了一圈，发现好多活儿没有干完，麦子没有割完，麦捆没有拉完。可是麦收结束了，人都回去了。

在麦地南边，扔着一大捆麦子。显然是拉麦捆的人故意漏装的。地西头则整齐地长着半垄麦子。即使割完的麦垄，也在最后剩下那么一两镰，不好看地长在那里。似乎人干到最后已没有一丝耐心和力气。

我能想到这个剩下半垄麦子的人，肯定是最后一个离开地头。在那个下午的斜阳里，没割倒的半垄麦子，一直望着扔下它们的那个人，走到麦地另一头，走进或蹲或站的一堆人里，再也认不出来。

麦地太大。从一头几乎望不到另一头。割麦的人一人把一垄，不抬头地往前赶，一直割到天色渐晚，割到四周没有了镰声，抬起头，发现其他人早割完回去了，剩下他孤零零的一垄。他有点急了，弯下腰猛割几镰，又茫然地停住。地里没一个人。干没干完都没人管了。没人知道他没干完，也没人知道他干完了。验收这件事的人回去了。他一下泄了气，瘫坐在麦茬上，愣了会儿神：球，不干了。

我或许能查出这个活儿没干完的人。

我已经知道他是谁。

但我不能把他喊回来，把剩下的麦子割完。这件事已经结束，更紧迫的劳动在别处开始。剩下的事情不再重要。

以后几天，我干着许多人干剩下的事情，一个人在空荡荡的麦地里转来转去。我想许多轰轰烈烈的大事之后，都会有一个收尾的人，他远远地跟在人们后头，干着他们自以为干完的事情。许多事情都一样，开始干的人很多，到了最后，便成了某一个人的。

二、远离村人

我每天的事：早晨起来望一眼麦垛。总共五大垛，一溜排开。整个白天可以不管它们。到了下午，天黑之前，再朝四野里望一望，看有无可疑的东西朝这边移动。

这片大野隐藏着许多东西。一个人，五垛麦子，也是其中的隐匿者，谁也不愿让谁发现。即使是树，也都蹲着长，躯干一曲再曲，枝丫匍着地伸展。我从没在荒野上看见一棵像杨树一样高扬着头，招摇而长的植物。有一种东西压着万物的头，也压抑着我。

有几个下午我注意到西边的荒野中有一个黑影在不断地变大。我看不清那是什么东西，它孤孤地蹲在那里，让我几个晚上没睡好觉。若有个东西在你身旁越变越小最后消失了，你或许一点不会在意。有个东西在你身边突然大起来，变得巨大无比，你便会感到惊慌和恐惧。

早晨天刚亮我便爬起来，看见那个黑影又长大了一些。再看麦垛，似乎一夜间矮了许多。我有点担心，扛着锹小心翼翼地走过去，穿过麦地走了一阵，才看清楚，是一棵树。一棵枯死的老胡杨树突然长出许多枝条和叶子。我围着树转了一圈。许多叶子是昨晚上才长出来的，我能感觉到它的枝枝叶叶还在长，而且会长得更加蓬蓬勃勃。我想这棵老树的某一条根，一定扎到了土地深处的一个旺水层。

能让一棵树长得粗壮兴旺的地方，也一定会让一个人活得像模像样。往回走时，我暗暗记住了这个地方。那时，我刚刚开始模糊地意识到，我已经放任自己像植物一样去随意生长。我的胳膊太细，腿也不粗，胆子也不大，需要长的东西很多。多少年来我似乎忘记了生长。

随着剩下的事情一点一点地干完，莫名的空虚感开始笼罩草棚。活儿干完了，镰刀和铁锹扔到一边。孤单成了一件事情。寂寞和恐惧成了一件大事情。

我第一次感到自己是一个，而它们——成群地、连片地、成堆地对着我。我的群落在几十里外的黄沙梁村里。此时此刻，我的村民帮不了我，朋友和亲人帮不了我。

我的寂寞和恐惧是从村里带来的。

每个人最后都是独自面对剩下的寂寞和恐惧，无论在人群中还是在荒野上。那是他一个人的。

就像一粒虫、一棵草，在它浩荡的群落中孤单地面对自己的那份欢乐和痛苦。其他的虫草不知道。

一棵树枯死了，提前进入了比生更漫长的无花无叶的枯木期。其他的树还活着，枝繁叶茂。阳光照在绿叶上，也照在一棵枯树上。我们看不见一棵枯树在阳光中生长着什么。它埋在地深处的根在向什么地方延伸。死亡以后的事情，我们不知道。

一个人死了，我们把它搁过去——埋掉。

我们在坟墓旁边往下活。活着活着，就会觉得不对劲：这条路是谁留下的。那件事谁做过了。这句话谁说过。那个女人谁爱过。

我在村人中生活了几十年，什么事都经过了，再待下去，也不会有啥新鲜事。剩下的几十年，我想在花草中度过，在虫鸟水土中度过。我不知道这样行不行，或许村里人会把我喊回去，让我娶个女人生养孩子。让我翻地，种下一年的麦子。他们不会让我闲下来，他们必做的事情，也必然是我的事情。他们不会知道，在我心中，这些事情早就结束了。

如果我还有什么剩下要做的事情，那就是一棵草的事情，一粒虫的事情，一片云的事情。

我在野地上还有十几天时间，也可能更长。我正好远离村人，做点自己的事情。

三、风把人刮歪

刮了一夜大风。我在半夜被风喊醒。风在草棚和麦垛上发出恐怖的怪叫，像女人不舒畅的哭喊。这些突兀地出现在荒野中的草棚麦垛，绊住了风的腿，扯住了风的衣裳，缠住了风的头发，让它追不上前面的风。它撕扯，哭喊。喊得满天地都是风声。

我把头伸出草棚，黑暗中隐约有几件东西在地上滚动，滚得极快，一晃就不见了。是风把麦捆刮走了。我不清楚刮走了多少，也只能看着它刮走。我比一捆麦子大不了多少，一出去可能就找不见自己了。风朝着村子那边刮。如果风不在中途拐弯，一捆一捆的麦子会在风中跑回村子。明早村人醒来，看见一捆捆麦子躲在墙根，像回来的家畜一样。

每年都有几场大风经过村庄。风把人刮歪，又把歪长的树刮直。风从不同方向来，人和草木，往哪边斜不由自主。能做到的只是在每一场风后，把自己扶直。一棵树在各种各样的风中变得扭曲，古里古怪。你几乎可以看出它沧桑躯干上的哪个弯是南风吹的，哪个拐是北风刮的。但它最终高大粗壮地立在土地上，无论南风北风都无力动摇它。

我们村边就有几棵这样的大树，村里也有几个这样的人。我太年轻，根扎得不深，躯干也不结实，担心自己会被一场大风刮跑，像一棵草一片树叶，随风千里，飘落到一个陌生地方。也不管你喜不喜欢，愿不愿意，风把你一扔就不见了。你没地方去找风的麻烦，刮风的时候满世界都是风，风一停就只剩下空气。天空若无其事，大地也像什么都没发生。

只有你的命运被改变了，莫名其妙地落在另一个地方。你只好等另一场相反的风把自己刮回去。可能一等多年，再没有一场能刮起你的大风。你在等待飞翔的时间里不情愿地长大，变得沉重无比。

去年，我在一场东风中，看见很久以前从我们家榆树上刮走的一片树叶，又从远处刮回来。它在空中翻了几个跟头，摇摇晃晃地落到窗台上。那场风刚好在我们村里停住，像是猛然刹住了车。许多东西从天上往下掉，有纸片——写字的和没写字的纸片、布条、头发和毛，更多的是树叶。我在纷纷下落的东西中认出了我们家榆树上的一片树叶。我赶忙抓住它，平放在手中。这片叶的边缘已有几处损伤，原先背阴的一面被晒得有些发白——它在什么地方经受了什么样的阳光。另一面沾着些褐黄的黏土。我不知道它被刮了多远又被另一场风刮回来，一路上经过了多少地方，这些地方都是我从没去过的。它飘回来了，这是极少数的一片叶子。

风是空气在跑。一场风一过，一个地方原有的空气便跑光了，有些气味再闻不到，有些东西再看不到——昨天弥漫村巷的谁家炒菜的肉香。昨晚被一个人独享的女人的体香。下午晾在树上忘收的一块布。早上放在窗台上写着几句话的一张纸。风把一个村庄酝酿许久的、被一村人吸进呼出弄出特殊味道的一窝子空气，整个地搬运到百里千里外的另一个地方。

每一场风后，都会有几朵我们不认识的云，停留在村庄上头，模样怪怪的，颜色深深的，弄不清啥意思。短期内如果没风，这几朵云就会一动不动赖在头顶，不管我们喜不喜欢。我们看顺眼的云，在风中跑得一朵都找不见。

风一过，人忙起来，很少有空看天。偶尔看几眼，也能看顺眼，把它认成我们村的云，天热了盼它遮遮阳，地旱了盼它下点雨。地果真就旱了，一两个月没水，庄稼一片片蔫了。头顶的几朵云，在村人苦苦的期盼中果真有了些雨意，颜色由雪白变铅灰再变墨黑。眼看要降雨了，突然一阵北风，这些饱含雨水的云跌跌撞撞，飞速地离开村庄，在荒无人烟的南梁上，哗啦啦下了一夜雨。

我们望着头顶腾空的晴朗天空，骂着那些养不乖的野云。第二天全村人开会，做了一个严厉的决定：以后不管南来北往的云，一律不让它在我们村庄上头停，让云远远滚蛋。我们不再指望天上的水，我们要挖一条穿越戈壁的长渠。

那一年村长是胡木，我太年轻，整日缩着头，等待机会来临。

我在一场南风中闻见浓浓的鱼腥味。遥想某个海边渔村，一张大网罩着海，所有的鱼被网上岸，堆满沙滩。海风吹走鱼腥，鱼被留下来。

另一场风中我闻见一群女人成熟的气息，想到一个又一个的鲜美女子，在离我很远处长大成熟，然后老去。我闲吊的家什朝着她们，举起放下，鞭长莫及。

各种各样的风经过了村庄。屋顶上的土，吹光几次，住在房子里的人也记不清楚。无论南墙北墙东墙西墙都被风吹旧，也都似乎为一户户的村人挡住了南来北往的风。有些人不见了，更多的人留下来。什么留住了他们。

什么留住了我。

什么留住了风中的麦垛。

如果所有粮食在风中跑光，所有的村人，会不会在风停之后远走他乡，留一座空荡荡的村庄。

早晨我看见被风刮跑的麦捆，在半里外，被几棵铃铛刺拦住。

这些一墩一墩，长在地边上的铃铛刺，多少次挡住我们的路，剐烂手和衣服，也曾多少次被我们的镢头连根挖除，堆在一起一把火烧掉。可是第二年它们又出现在那里。

我们不清楚铃铛刺长在大地上有啥用处。它浑身的小小尖刺，让企图吃它的嘴、折它的手和践它的蹄远离之后，就闲闲地端扎着，刺天空，刺云，刺空气和风。现在它抱住了我们的麦捆，没让它在风中跑远。我第一次对铃铛刺深怀感激。

也许我们周围的许多东西，都是我们生活的一部分，生命的一部分，关键时刻挽留住我们。一株草，一棵树，一片云，一只小虫……它替匆忙的我们在土中扎根，在空中驻足，在风中浅唱……

任何一株草的死亡都是人的死亡。

任何一棵树的夭折都是人的夭折。

任何一粒虫的鸣叫也是人的鸣叫。

四、铁锨是个好东西

我出门时一般都扛着铁锨。铁锨是这个世界伸给我的一只孤手，我必须牢牢握住它。

铁锨是个好东西。

我在野外走累了，想躺一阵，几锨就会铲出一块平坦的床来。顺手挖两锨土，就垒一个不错的枕头。我睡着的时候，铁锨直插在荒野上，不同于任何一棵树一杆枯木。有人找我，远远会看见一把锨。有野驴野牛飞奔过来，也会早早绕过铁锨，免得踩着我。遇到难翻的梁，虽不能挖个洞钻过去，碰到挡路的灌木，却可以一锨铲掉。这棵灌木也许永不会弄懂挨这一锨的缘故——它长错了地方，挡了我的路。我的铁锨毫不客气地断了它一年的生路。我却从不去想是我走错了路，来到野棘丛生的荒地。不过，第二年这棵灌木又会从老地方重长出一棵来，还会长到这么高，长出这么多枝杈，把我铲开的路密密封死。如果几年后我从原路回来，还会被这一棵挡住。树木不像人，在一个地方吃了亏下次会躲开。树仅有一条向上的生路。我东走西走，可能越走越远，再回不到这一步。

在荒野上我遇到许多动物，有的头顶尖角，有的嘴龇牙利，有的浑身带刺，有的飞扬猛蹄，我肩扛铁锨，互不相犯。

我还碰到过一匹狼。几乎是迎面遇到的。我们在相距约二十米远处同时停住。狼和我都感到突然——两匹低头赶路的敌对动物猛一抬眼，发现彼此已经照面，绕过去已不可能。狼上上下下打量着我。我从头到尾注意着狼。这匹狼看上去就像一个穷叫花子，毛发如秋草黄而杂乱，像是刚从刺丛中钻出来，脊背上还少了一块毛。肚子也瘪瘪的，活像一个没支稳当的骨头架子。

看来它活得不咋样。

这样一想倒有了一点优越感。再看狼的眼睛，也似乎可怜兮兮的，像在乞求：你让我吃了吧。你就让我吃了吧。我已经几天没有吃东西了。

狼要是吃麦子，我会扔给它几捆子。要是吃饭，我会为它做一顿。问题是，狼非要吃肉。吃我腿上的肉，吃我胸上的肉，吃我胳膊上的肉，吃我脸上的肉。在狼天性的孤独中我看到它选择唯一食物的孤独。

我没看出这是匹公狼还是母狼。我没敢把头低下朝它的后裆里看，我怕它咬断我的脖子。

在狼眼中我又是啥样子呢。狼那样认真地打量着我，从头到脚，足足有半小时，最后狼悻悻地转身走了。我似乎从狼的眼神中看见了一丝失望—— 一个生命对另一个生命的失望。我不清楚这丝失望的全部含意。我一直看着狼翻过一座沙梁后消失。我松了一口气，放下肩上的铁锨，才发现握锨的手已出汗。

这匹狼大概从没见过扛锨的人，对我肩上多出来的这一截东西眼生，不敢贸然下口。狼放弃了我。狼是明智的。不然我的锨刃将染上狼血，这是我不愿看到的。

我没有狼的孤独。我的孤独不在荒野上，而在人群中。人们干出的事情放在这里。即使最无助时我也不觉孤独和恐惧。假若有一群猛兽飞奔而来，它会首先惊慑于荒野中的这片麦地，以及耸在地头的高大麦垛，而后对站在麦垛旁手持铁锨的我不敢轻视。一群野兽踏上人耕过的土地，踩在人种出的作物上，也会像人步入猛兽出没的野林一样惊恐。

人们干出的事情放在土地上。

人们把许多大事情都干完了。剩下些小事情。人能干的事情也就这么多了。

而那匹剩下的孤狼是不是人的事情。人迟早还会面对这匹狼，或者消灭或者让它活下去。

我还有多少要干的事情。哪一件不是别人干剩下的——我自己的事情。如果我把所有的活儿干完，我会把铁锨插在空地上远去。

曾经干过多少事情，刃磨短磨钝的一把铁锨，插在地上。

是谁最后要面对的事情。

五、野兔的路

上午我沿一条野兔的路向西走了近半小时，我想去看看野兔是咋生活的。野兔的路窄窄的，勉强能容下我的一只脚。要是迎面走来一只野兔，我只有让到一旁，让它先过去。可是一只野兔也没有。看得出，野兔在这条路上走了许多年，小路陷进地面有一拳深。路上撒满了黑豆般大小的粪蛋。野兔喜欢把粪蛋撒在自己的路上，可能边走边撒，边跑边撒，它不会为排粪蛋这样的小事停下来，像人一样专门找个隐蔽处蹲半天。野兔的事可能不比人的少。它们一生下就跑，为一口草跑，为一条命跑，用四只小蹄跑。结果呢，谁知道跑掉了多少。

一只奔波中的野兔，看见自己上午撒的粪蛋还在路上新鲜地冒着热气是不是很有意思。

不吃窝边草的野兔，为一口草奔跑一夜回来，看见窝边青草被别的野兔或野羊吃得精光又是什么感触。

兔的路小心地绕过一些微小东西，一棵草、一截断木、一个土块就能让它弯曲。有时兔的路从挨得很近的两棵刺草间穿过，我只好绕过去。其实我无法看见野兔的生活，它们躲到这么远，就是害怕让人看见。一旦让人看见或许就没命了。或许我的到来已经惊跑了野兔。反正，一只野兔没碰到，却走到一片密麻麻的铃铛刺旁，打量了半天，根本无法过去。我蹲下身，看见野兔的路伸进刺丛，在那些刺条的根部绕来绕去不见了。

往回走时，看见自己的一行大脚印深嵌在窄窄的兔子的小路上，突然觉得好笑。我不去走自己的大道，跑到这条小动物的路上闲逛啥，把人家的路踩坏。野兔要来来回回走多少年，才能把我的一只深脚印踩平。或许野兔一生气，不要这条路了。气再生得大点，不要这片草地了，翻过沙梁远远地迁居到另一片草地。你说我这么大的人了，干了件啥事。

过了几天，我专程来看了看这条路，发现上面又有了新鲜的小爪印，看来野兔没放弃它。只是我的深脚印给野兔增添了一路坎坷，好久都觉得不好意思。

六、等牛把这事干完

麦子快割完的那天下午，地头上赶来一群牛，有三十来头。先割完麦子的人，已陆陆续续从麦地那头往回走。我和老马走出草棚。老马一手提刀，一手拿着根麻绳。我背着手跟在老马后头。我是打下手的。

我们等这群牛等了一个上午。

早晨给我们安排活儿的人说，牛群快赶过来了，你们磨好刀等着。宰那头鼻梁上有道白印子的小黑公牛。肉嫩，煮得快。

结果牛群没来，我们闲了一上午。

那头要宰的黑公牛正在爬高，压在它身下的是头年轻的花白母牛。我们走过去时，公牛刚刚爬上去，花白母牛半推半就地挣扎了几下，好像不好意思，把头转了过去，却正好把亮汪汪的水门对着我们。公牛细长细长的家什一举一举，校正了好几次，终于找准地方。

"快死了还干这事。"老马拿着绳要去套牛，被我拦住了。

"慌啥。抽根烟再动手也不迟。"我说。

我和老马在草地上坐下，开始卷烟抽。我们边抽烟边看着牛干事情。

我们一直等到牛把这件事干完。

我们无法等到牛把所有的事干完。刀已磨快，水也烧开，等候吃肉的，坐在草棚外。宰牛是分给我们的事情，不能再拖延。

整个过程我几乎没帮上忙。老马是个老屠夫，宰得十分顺利。他先用绳把牛的一只前蹄和一只后蹄交叉拴在一起，用力一拉，牛便倒了。像一堵墙一样倒了。

接着牛的四蹄被牢牢绑在一起。老马用手轻摸着牛的脖子，找下刀的地方。那轻柔劲就像摸一个女人。老马摸牛脖子的时候，牛便舒服地闭上眼睛。刀很麻利地捅了进去。牛没吭一声。也没挣扎一下。

冒着热气的牛肉一块块卸下来，被人扛到草棚那边。肠肚、牛蹄和牛头扔在草地上，这是不要的东西。

卸牛后腿的时候，老马递给我一根软绵绵的东西。

"拿着，这个有用，煮上吃了劲大得很。"

我一看，是牛的那东西。又扔给了老马。

"不要?"老马扭头看着我。

"你拿回去吃吧。"我说，"你老了，需要这个。"

"我吃过几十个了，我现在比牛的还硬哩。"老马说着用刀尖一挑，那东西便和肠肚扔在了一起。我们需要的只是牛肉，牛的清纯目光、牛哞、牛的奔跑和走动、兴奋和激情，还有，刚才还在享受生活的一根牛鞭，都只有当杂碎扔掉了。

七、对一朵花微笑

我一回头，身后的草全开花了。一大片。好像谁说了一个笑话，把一摊草惹笑了。

我正躺在土坡上想事情。是否我想的事情——一个人头脑中的奇怪想法让草觉得好笑，在微风中笑得前仰后合。有的哈哈大笑，有的半掩芳唇，忍俊不禁。靠近我身边的两朵，一朵面朝我，张开薄薄的粉红花瓣，似有吟吟笑声入耳。另一朵则扭头掩面，仍不能遮住笑颜。我禁不住也笑了起来。先是微笑，继而哈哈大笑。

这是我第一次在荒野中，一个人笑出声来。

还有一次，我在麦地南边的一片绿草中睡了一觉。我太喜欢这片绿草了，墨绿墨绿，和周围的枯黄野地形成鲜明对比。

我想大概是一个月前，浇灌麦地的人没看好水，或许他把水放进麦田后睡觉去了。水漫过田埂，顺这条干沟漫流而下。枯萎多年的荒草终于等来一次生机。那种绿，是积攒了多少年的，一如我目光中的饥渴。我虽不能像一头牛一样扑过去，猛吃一顿。但我可以在绿草中睡一觉。和我喜爱的东西一起睡一觉，做一个梦，也是满足。

一个在枯黄田野上劳忙半世的人，终于等来草木青青的一年。一小片。草木会不会等到我出人头地的一天。

这些简单地长几片叶，伸几条枝，开几瓣小花的草木，从没长高长大，没有茂盛过的草木，每年每年，从我少有笑容的脸和无精打采的行走中，看到的是否全是不景气。

我活得太严肃，呆板的脸似乎对生存已经麻木，忘了对一朵花微笑，为一片新叶欢欣和激动。这不容易开一次的花朵，难得长出的一片叶子，在荒野中，我的微笑可能是对一个卑小生命的欢迎和鼓励。就像青青芳草让我看到一生中那些还未到来的美好前景。

以后我觉得，我成了荒野中的一个。真正进入一片荒野其实不容易，荒野旷敞着，这个巨大的门让你在努力进入时不经意已经走出来，成为外面人。它的细部永远对你紧闭着。

走进一株草、一滴水、一粒小虫的路可能更远。弄懂一棵草，并不仅限于把草喂到嘴里嚼几下，尝尝味道。挖一个坑，把自己栽进去，浇点水，直愣愣站上半天，感觉到的可能只是腿酸脚麻和腰疼，并不能断定草木长在土里也是这般情景。人没有草木那样深的根，无法知道土深处的事情。人埋在自己的事情里，埋得暗无天日。人把一件件事情干完，干好，人就渐渐出来了。

我从草木身上得到的只是一些人的道理，并不是草木的道理。我自以为弄懂了它们，其实我弄懂了自己。我不懂它们。

八、三只虫

一只八条腿的小虫，在我的手指上往前爬，爬得慢极了，走走停停，八只小爪踩上去痒痒的。停下的时候，就把针尖大的小头抬起往前望。然后再走。我看得可笑。它望见前面没路了吗，竟然还走。再走一小会儿，就是指甲盖，指甲盖很光滑，到了尽头，它若悬崖勒不住马，肯定一头栽下去。我正为这粒小虫的短视和盲目好笑，它已过了我的指甲盖，到了指尖，头一低，没掉下去，竟从指头底部慢慢悠悠向手心爬去了。

这下该我为自己的眼光羞愧了，我竟没看见指头底下还有路。走向手心的路。

人的自以为是使人只能走到人这一步。

虫子能走到哪里，我除了知道小虫一辈子都走不了几百米，走不出这片草滩以外，我确实不知道虫走到了哪里。

一次我看见一只蜣螂滚着一颗比它大好几倍的粪蛋，滚到一个半坡上。蜣螂头抵着地，用两只后腿使劲往上滚，费了很大劲才滚动了一点点。而且，只要蜣螂稍一松劲，粪蛋有可能再滚下去。我看得着急，真想伸手帮它一把，却不知蜣螂要把它弄到哪。朝四周看了一圈也没弄清哪是蜣螂的家，是左边那棵草底下，还是右边那几块土坷垃中间。假如弄明白的话，我一伸手就会把这个对蜣螂来说沉重无比的粪蛋轻松拿起来，放到它的家里。我不清楚蜣螂在滚这个粪蛋前，是否先看好了路，我看了半天，也没看出朝这个方向滚去有啥好去处，上了这个小坡是一片平地，再过去是一个更大的坡，坡上都是草，除非从空中运，或者蜣螂先铲开一条路，否则粪蛋根本无法过去。

或许我的想法天真，蜣螂根本不想把粪蛋滚到哪去。它只是做一个游戏，用后腿把粪蛋滚到坡顶上，然后它转过身，绕到另一边，用两只前爪猛一推，粪蛋骨碌碌滚了下去，它要看看能滚多远，以此来断定是后腿劲大还是前腿劲大。谁知道呢。反正我没搞清楚，还是少管闲事。我已经有过教训。

那次是一只蚂蚁，背着一条至少比它大二十倍的干虫，被一个土块挡住。蚂蚁先是自己爬上土块，用嘴咬住干虫往上拉，试了几下不行，又下来钻到干虫下面用头顶，竟然顶起来，摇摇晃晃，眼看顶上去了，却掉了下来，正好把蚂蚁碰了个仰面朝天。蚂蚁一轱辘爬起来，想都没想，又换了种姿势，像那只蜣螂那样头顶着地，用后腿往上举。结果还是一样。但它一刻不停，动作越来越快，也越来越没效果。

我猜想这只蚂蚁一定是急于把干虫搬回洞去。洞里有多少孤老寡小在等着这条虫呢。我要能帮帮它多好。或者，要是再有一只蚂蚁帮忙，不就好办多了吗。正好附近有一只闲转的蚂蚁，我把它抓住，放在那个土块上，我想让它站在上面往上拉，下面的蚂蚁正拼命往上顶呢，一拉一顶，不就上去了吗。

可是这只蚂蚁不愿帮忙，我一放下，它便跳下土块跑了。我又把它抓回来，这次是放在那只忙碌的蚂蚁的旁边，我想是我强迫它帮忙，它生气了。先让两只蚂蚁见见面，商量商量，那只或许会求这只帮忙，这只先说忙，没时间。那只说，不白帮，过后给你一条虫腿。这只说不行，给两条。一条半。那只还价。

我又想错了。那只忙碌的蚂蚁好像感到身后有动静，一回头看见这只，二话没说，扑上去就打。这只被打翻在地，爬起来仓皇而逃。也没看清咋打的，好像两只牵在一起，先是用口咬，接着那只腾出一只前爪，抢开向这只脸上扇去，这只便倒地了。

那只连口气都不喘，回过身又开始搬干虫。我真看急了，一伸手，连干虫带蚂蚁一起扔到土块那边。我想蚂蚁肯定会感激这个天降的帮忙。没想到它生气了，一口咬住干虫，拼命使着劲，硬要把它搬到原土块那边去。

我又搞错了。也许蚂蚁只是想试试自己能不能把一条干虫搬过土块，我却认为它要搬回家去。真是的，一条干虫，我会搬它回家吗。

也许都不是。我这颗大脑袋，压根儿不知道蚂蚁那只小脑袋里的事情。

九、老鼠应该有一个好收成

我用一个下午，观察老鼠洞穴。我坐在一蓬白草下面，离鼠洞约二十米远。这是老鼠允许我接近的最近距离。再逼近半步老鼠便会仓皇逃进洞穴，让我什么都看不见。

老鼠洞筑在地头一个土包上，有七八个洞口。不知老鼠凭什么选择了这个较高的地势。也许是在洞穴被水淹多少次后，知道了把洞筑在高处。但这个高它是怎样确定的。靠老鼠的寸光之目，是怎样对一片大地域的地势做高低判断的。它选择一个土包，爬上去望望，自以为身居高处，却不知这个小土包是在一个大坑里。这种可笑短视行为连人都无法避免，况且老鼠。

但老鼠的这个洞的确筑在高处。以我的眼光，方圆几十里内，这也是最好的地势。再大的水灾也不会威胁到它。

这个蜂窝状的鼠洞里住着大约上百只老鼠，每个洞口都有老鼠进进出出，有往外运麦壳和杂渣的，有往里搬麦穗和麦粒的。那繁忙的景象让人觉得它们才是真正的收获者。

有几次我扛着锨过去，忍不住想挖开老鼠的洞看看，它到底贮藏了多少麦子。但我还是没有下手。

老鼠洞分上中下三层，老鼠把麦穗从田野里运回来，先贮存在最上层的洞穴。中层是加工作坊。老鼠把麦穗上的麦粒一粒粒剥下来，麦壳和渣滓运出洞外，干净饱满的麦粒从一个垂直洞口滚落到最下层的底仓。

每一项工作都有严格的分工，不知这种分工和内部管理是怎样完成的。在一群匆忙的老鼠中，哪一个是它们的王，我不认识。我观察了一下午，也没有发现一只背着手迈着方步闲转的官鼠。

我曾在麦地中看见一只当搬运工具的小老鼠，它仰面朝天躺在地上，四肢紧抱着两枝麦穗，另一只大老鼠用嘴咬住它的尾巴，当车一样拉着它走。我走近时，拉的那只扔下它跑了，这只不知道发生了啥事，抱着麦穗躺在地上发愣。我踢了它一脚，才反应过来，一骨碌爬起来，扔下麦穗便跑。我看见它的脊背上磨得红兮兮的，没有了毛。跑起来一歪一斜，很疼的样子。

以前我在地头见过好几只脊背上没毛的死老鼠，我还以为是它们相互厮打致死的，现在明白了。

在麦地中，经常能碰到几只匆忙奔走的老鼠，它让我停住脚步，想想自己这只忙碌的大老鼠，一天到晚又忙出了啥意思。我终生都不会走进老鼠深深的洞穴，像个客人，打量它堆满底仓的干净麦粒。

老鼠应该有这样的好收成。这也是老鼠的土地。

我们未开垦时，这片长满苦豆和艾蒿的荒地上到处是鼠洞，老鼠靠草籽和草秆为生，过着富足安逸的日子。我们烧掉蒿草和灌木，毁掉老鼠洞，把地翻一翻，种上麦子。我们以为老鼠全被埋进地里了。当我们来割麦子的时候，发现地头筑满了老鼠洞，它们已先我们开始了紧张忙碌的麦收。这些没草籽可食的老鼠，只有靠麦粒为生。被我们称为细粮的坚硬麦粒，不知合不合老鼠的口味。老鼠吃着它胃舒不舒服。

这些匆忙的抢收者，让人感到丰收和喜悦不仅仅是人的。也是万物的。

我们喜庆的日子，如果一只老鼠在哭泣，一只鸟在伤心流泪，我们的欢乐将是多么的孤独和尴尬。

在我们周围，另一种动物，也在为这片麦子的丰收而欢庆，我们听不见它们的笑声，但能感觉到。

它们和村人一样期待了一个春天和一个漫长夏季。它们的期望没有落空。我们也没落空。它们用那只每次只能拿一枝麦穗、捧两颗麦粒的小爪子，从我们的大丰收中，拿走一点儿，就能过很好的日子。而我们，几乎每年都差那么一点儿，就能幸福美满地——吃饱肚子。

十、孤独的声音

有一种鸟，对人怀有很深的敌意。我不知道这种鸟叫什么。它们常站在牛背上捉虫子吃，在羊身上跳来跳去，一见人便远远飞开。

还爱欺负人，在人头上拉鸟屎。

它们成群盘飞在人头顶，发出悦耳的叫声。人陶醉其中，冷不防，一泡鸟屎落在头上。人莫名其妙，抬头看天上，没等看清，又一泡鸟屎落在嘴上或鼻梁上。人生气了，捡一个土块往天上扔，鸟便一只不见了。

还有一种鸟喜欢亲近人，对人说鸟语。

那天我扛着锨站在埂子上，一只鸟飞过来，落在我的锨把上，我扭头看着它，是只挺大的灰鸟。我一伸手就能抓住它。但我没伸手。灰鸟站稳后便对着我的耳朵说起鸟语，声音很急切，一句接一句，像在讲一件事，一种道理。我认真地听着，一动不动。灰鸟不停地叫了半个小时，最后声音沙哑地飞走了。

以后几天我又在别处看见这只鸟，依旧单单的一只。有时落在土块上，有时站在一个枯树枝上，不住地叫。还是给我说过的那些鸟语。只是声音更沙哑了。

离开野地后，我再没见过和那只灰鸟一样的鸟。这种鸟可能就剩下那一只了，它没有了同类，希望找一个能听懂它话语的生命。它曾经找到了我，在我耳边说了那么多动听的鸟语。可我，只是个种地的农民，没在天上飞过，没在高高的树枝上站过。我怎会听懂鸟说的事情呢。

不知那只鸟最后找到知音了没有。听过它孤独鸟语的一个人，却从此默默无声。多少年后，这种孤独的声音出现在他的声音中。

十一、最大的事情

我在野地只待一个月（在村里也就住几十年），一个月后，村里来一些人，把麦子打掉，麦草扔在地边。我们一走，不管活儿干没干完，都不是我们的事情了。

老鼠会在仓满洞盈之后，重选一个地方打新洞。也许就选在草棚旁边，或者草垛下面。草棚这儿地势高，干爽，适合人筑屋鼠打洞。麦草垛下面隐蔽、安全，麦秆中少不了有一些剩余的麦穗麦粒，足够几代老鼠吃。

鸟会把巢筑在草棚上，在伸出来的那截木头上，涂满白色鸟粪。

野鸡会从门缝钻进来，在我们睡觉的草铺上，生几枚蛋，留一地零乱羽毛。

这些都是给下一年来到的人们留下的麻烦事情。下一年，一切会重新开始。剩下的事将被搁在一边。

如果下一年我们不来。下下一年还不来。

如果我们永远地走了，从野地上的草棚，从村庄，从远远近近的城市。如果人的事情结束了，或者人还有万般未竟的事业但人没有了。再也没有了。

那么，我们干完的事，将是留在这个世界上的——最大的事情。

别说一座钢铁空城、一个砖瓦村落。仅仅是我们弃在大地上的一间平常的土房子，就够它们多少年收拾。

草大概用五年时间，长满被人铲平踩瓷实的院子。草根蛰伏在土里，它没有死掉，一直在土中窥听地面上的动静。一年又一年，人的脚步在院子里走来走去，时缓时快，时轻时沉。终于有一天，再听不见了。草根试探性地拱破地面，发一个芽，生两片叶，迎风探望一季，确信再没锨来铲它，脚来踩它，草便一棵一棵从土里钻出来。这片曾经是它们的土地已面目全非，且怪模怪样地耸着一间土房子。

草开始从墙缝往外长，往房顶上长。

而房顶的大木梁中，几只蛀虫正悄悄干着一件大事情。它们打算用八十七年，把这根木梁蛀空。然后房顶塌下来。

与此同时，风四十年吹旧一扇门上的红油漆。雨八十年冲掉墙上的一块泥皮。

厚实的墙基里，一群蝼蚁正一小粒一小粒往外搬土。它们把巢筑在墙基里，大蝼蚁在墙里死去，小蝼蚁又在墙里出生。这个过程没有谁能全部经历，它太漫长，大概要一千八百年，墙根就彻底毁了。曾经从土里站起来，高出大地的这些土，终归又倒塌到泥土里。

但要完全抹平这片土房子的痕迹，几乎是不可能。

不管多大的风，刮平一道田埂也得一百年工夫。人用旧扔掉的一只瓷碗，在土中埋三千年仍纹丝不变。而一根扎入土地的钢筋，带给土地的将是永久的刺痛。几乎没有什么东西能够消磨掉它。

除了时间。

时间本身也不是无限的。

所谓永恒，就是消磨一件事物的时间完了，这件事物还在。

时间再没有时间。

《上海文学》1997年10期

水墨

车前子

　　宣纸，一方积雪的园地，笔落下去，仿佛扫开积雪，能被广袤的地气吸引住，古代画论有"墨分五色"的说法，其实这就是水的功德。

　　谈水说墨，先要道笔，当然还有纸。水墨通过笔，传达纸上。

　　俗话说，"湖笔甲天下"，湖州成为中国制笔业中心约是明清之际，那个时候，会有这样的图景：阳光照在桑园里，像把一块绿玉凿碎，浓浓淡淡撒了一地。桑叶的影子，风吹过，影子丁当。几头山羊，喔，那边还有，该是十几头山羊，桑树下抬长了头，吃着桑叶。蚕食如沙漏，而羊吃桑叶的声音，像把书页掀来掀去。有头母羊饕餮，它的咀嚼声散裂着，一如撕扇。

　　有位小姑娘横渡出来，她是笔庄千金吧，还抱着头羊羔，"吃，吃。"她把羊羔举到桑树下。转眼，桑树上满挂桑葚，那些山羊的胡须，一下，都紫紫的了。

　　很久以前，这样的图景在湖州或许看得到。因为我没有见诸书籍，只是听人说：山羊喂桑叶，它的羊毛就与吃草的山羊不同，做出的羊毫笔光洁如玉，富有弹性。看来过去是先要有座桑园，再养上山羊，才能开出笔庄。

　　桑树皮也是很好的造纸原料。

　　想来不错。制笔者在选毛之前，把产毛看作第一道工序。制笔之法，以尖齐圆健为四德，这四德的基础，应该就是毛，所谓制笔工艺，也就是"毛文化"吧。我现在买毛笔,从不"毛里求斯",大多数毛笔已"一毛不拔"了,出类拔萃的"拔"。只要笔管不弯即行。买笔时弹指一下,让笔在柜台上滚动,看它反应,能够急流勇退的,笔管定是笔直;而翻个身就赖着不走的,弯管无疑。

文章是竖写的格式,才华是横溢的姿态。不论书法,就是毛笔字我也写不好(尽管书法写到最后,就是简简单单的毛笔字),但能凑近灯火看看锋颖,摩挲摩挲竹制笔管,也是福气。优秀书画家笔到之处,有切切之声,这不仅仅是功力,还有风吹竹叶的感觉,这感觉只能是竹管带来的。毛笔还是竹管的好。记得儿时,使用过一种竹管圆珠笔,这有点"中学为体,西学为用"的意思。

假说笔如篱笆桩,那么纸就是含住篱笆桩的园地。而水墨,则为篱间开落的花了。上乘的纸就是一方园地,我说的是宣纸,一方积雪的园地,笔落下去,仿佛扫开积雪,能被广袤的地气吸引住,一直携到深不可测的所在。所谓力透纸背,更是踏雪寻春,笔端那黑色的小毛驴嗒嗒走过茫茫大地,硬是在那虚空处折回一枝梅花!梅花落在宋朝,范成大手制"梅花笺"。"'薛涛笺'深红一色,'彤霞笺'亦深红一色。盖以胭脂染,色最为靡丽。范公成大亦爱之。然更梅溽,则色败萎黄,尤难致远。……一时把玩,固不为久计也。"虽不为久计,风雅却是长存。这是他在成都为四川制置使时的事。而这种风雅的可贵之处,却不是用公款消费的。日常范成大厉行节约,当时蜀地衙门,都用长途贩来的徽纸,"蜀人爱其轻细",而范成大只用蜀纸,蜀纸价廉,这样一来,下级单位也就不敢"爱其轻细",省下许多办公经费。这在元代费著《笺纸谱》中有过记载。

春月下积雪的大地,——而水在高处。

古代画论有"墨分五色"的说法,其实这就是水的功德。像风穿行于藤蔓之间,使藤蔓"疏可走马、密不通风"地错落变化,水使墨枯湿浓淡起来。即使墨枯到极点,也是"枯木逢春"的枯:因为水做了枯墨悄然的底蕴。

于天地之间,笔、纸、水进行着神秘的交流,墨录下它们的对话,这一切,再加上砚的话,我以为是中国从古至今最有才情的文艺社团了。

驾扁舟一叶，上能追溯宇宙洪荒；垂钓丝一线，下可探寻鳞潜羽翔。笔纸为扁舟，水墨作钓丝。那驾舟人呢？那垂钓人呢？陈子昂曰："前不见古人，后不见来者。"

只有水在高处，墨留住水淡然的梦痕。而水与墨做伴之际，大致是一幅宁静的场面：

冬天冻白了一大群椅子。一个少女，绕过一把椅子，又绕过一把椅子。最后，她像一根布条似的绕在椅子上。一根蓝布条，她在布条上打结：在胸部打个结（茸茸的湿墨），在臀部打个结（茸茸的湿墨），结，在现代或后现代的热潮中微微颤动，一个新娘出现了，她倒退着穿行于椅子中间。她在椅子中间倒退着穿行，只看见椅子椅子椅子椅子椅子椅子椅子椅子，见不到那位少女——

这是比方。

水像少女，当她通过墨表达出来，当她被表达了，我们看到的也就是叫"墨"的这位新娘。

我就接着说墨。其实前面已经计白当黑。想白的时候觉得雪也不白，求黑的时候以为墨还欠黑。而我喜欢的墨，并不希望很黑，在纸上留下的痕迹，最好能有一丝青气，青气隐隐泛出，清风顿生腋下，不需连饮七杯茶。茶要新，墨要旧，这是一句闲话。

据说"刑夷始制墨"，人的发明是为了自身的需要，也就是说，是需要发明了墨。发明者，无非是这种需要的代名词而已吧。但墨的发明，其中似乎还有一种宇宙观的眼波流动。

白为阳，黑为阴，黑白因为阴阳，也就分明。墨书于纸，符合《道德经》中的"道德"，"负阴而抱阳"，对于纸来讲，是负墨之阴；对于墨而言，是抱纸之阳。阴阳调和，血脉通畅，天地悠悠，道德文章，韩愈"文以载道"，沈德潜"温柔敦厚"，这两人虽以儒家行世，却不料纸墨却使他们悄悄入了老子法门，看来儒与道，只是一句话的两种说法。

阴阳都在这里，五行更是座无虚席，而墨本身就是这么一个世界。

松林里，苏东坡和他的儿子苏过砍着松枝（木）。斧头（金）一下接着一下，像匹马站在寒冷的驿站前，吐着白气，时而交换着马蹄。苏东坡后颈的肉褶子里，汗已莽莽泻出，他停下斧头，苏过看看父亲，使劲地挥了几挥，也把斧头搁到脚边。"不如归去"，布谷叫了。苏东坡说："总不能把一座松林都砍回家去，也要给以后的车前子们有墨可造。"他驮上一捆少一些的松枝，东坡已老。苏过驮上一捆多一些的松枝。一大一小两捆松枝在路上移动。他们可以烧烟（火）制墨了。烟积一层，如灰如尘（土）。聚烟和胶（水），一锭一锭墨就这样成了（当然是一种省事的记叙，为了戏说墨本身就是个五行小世界。读《墨法集要》知道，制墨的工序繁琐得像解方程式）。就在这时，余烬雄起，烧去半壁房子。苏过很是沮丧，东坡于一旁说道："不要紧，不要紧，墨成便好。"这则笔记，我更愿看为一个隐喻，中国文化人他们玩味细枝末节，而对整个现实却常常轻描淡写一笔带过。

水与墨的关系的确有趣，水在暗处。水像格律，在这格律内所填的词句一如墨迹，这墨迹无处不映出水之格律的粼粼波动。有时候我想，笔、纸、水、墨，既是物质，更为精神，它们融洽，就转换出另一种精神：东方，被纸笔想象过的水墨家园。

大运河边，我用手比试着某种高度，仿佛咄咄书空。

1997年

《明月前身》作家出版社1998年版

一百年的青春

谢　冕

　　北大这地方真有点特别，它似是一块磁铁，谁到了这里，谁就被吸住，再也不想离开。其原因并不在校园的美丽。北大现在的校园是很美，但在旧时，那校园说不上美。在战时，在昆明，那校园竟是陋巷蓬屋，是相当地残破了。但在北大人的心目中，它依然很美，依然是一块磁石，吸住你，想着它，恋着它，不愿离开。即使你走向天涯海角，北大依然牵着你的灵魂，占领着你的心。

　　徐志摩向我们倾诉过他轻轻地来又轻轻地走了的康桥，冰心优美地描写过她所钟情的威尔斯利慰冰湖畔透明澄澈的风光。尽管中国许多远游的学子赞美过哈佛、倾心过早稻田那些巍峨的学术殿堂的美轮美奂，但事实上世界上任何一所校园，也未必能在他们心中替代北大的位置。

　　北大有它永恒的魅力。这魅力来自历史、来自历史漫长行进中形成的传统精神。一切犹如人，人有诸形诸态，但人的气质往往仅属于个人。中国有许许多多的大学，但北大的精神也仅仅属于北大。当然，北大的地位很特殊，都说它是中国的"第一大学"，由于它作为国家创办的综合性大学，是第一所。溯自古时，它继承了汉太学和晋国子监的传统，算起来也有近两千年的历史了。作为不间断的校史，而且作为戊戌变法的新学的雏形，自1898年算起的一百年来，北大一方面承继中国悠久的文化学术源流，同时又在20世纪世界现代化的潮流中，建立起新的学术精神和学术品格。

　　京师大学堂的建立，其最具本质的特征，即在于以新学取代腐朽的科举，以中西贯通、文理互融的新型大学取代以仕途为目标的旧学。

北大的前身京师大学堂在王朝覆灭前夜的出现，是一个明显的信号。它作为一支烛照封建暗夜的火炬，划时代地宣告了中国文化的世纪转型。

当然，作为一个新的教育体制的形成和生长，它的由旧而新的过程，充满了蜕变的苦痛。京师大学堂在它演变为北京大学的进程中，同样充满了不离开中国国情的错综复杂，同样充满了痛苦与抗争。北大诚然美好，但也并非绝无杂质的纯粹，"老北大"或"穷北大"的谑称，大体也能说明北大的朝气与青春的另一面。时至今日，北大依然有它的积习与痼弊，把它想象为无可挑剔的完好，并不符合这所"太学"的实际，也不符合它的性格。

诞生于1898年的北京大学，是与中国的苦难和追求相联系的。

1898年是充满痛苦和灾难的年代，有很多的焦虑和困窘，有很多的流放、囚禁和牺牲。建立京师大学堂是有感于中国的贫弱与无边的悲痛。当日中国如狂澜中的一叶危舟。改变科举、建立学堂，旨在培养拯救国运的新型人才。因而，这所大学的诞生，是在无边暗黑的沉云中，求生存的一线光亮。

北大诞生于无边的忧患中。那一场激情的梦幻破灭之时，许多志士仁人为此付出了代价。流产的改革使新政的一切构想都变成了空文，唯独这所大学却奇迹般地被保留了下来。这个站立在废墟上的幸存者，它既是苦难和阴谋的见证，又承担了那些死者的遗愿。所以，北大从它诞生之日起，就承袭了中国苦难与忧患的遗产。当然，上一个世纪末的理想和追求的火种，也在它的身上得到了绵延。

这是一个宿命。千年的梦想、百年的抗争、1840年开始的半个多世纪的苦难、死者无声的托付、生者的吁求，都遥遥地羁系在这片风雨迷雾中升浮而起的圣地之上。史载，戊戌那年突然降临的灾难，使京师大学堂未能如期开学，直至1902年方才正式上课。开学之后发生的第一件大事，却是非关学业的，1903年俄国没有按照条约从营口撤兵，当年4月30日，京师大学堂仕学馆和师范馆师生二百余人"鸣钟上堂"，集会抗议，他们的爱国行动推动了全国抗俄运动的发展。这是北大建立之后的第一次爱国行动。北大师生作为现代知识者的精英意识，第一次得到显扬。这是让人耳目一新的举动，黑暗沉沉的中华大地上，燃起了20世纪第一线觉醒的曙光。

这所大学，它诞生在灾难深重的年代，它承袭了这大地上的全部忧患，生发而为抗争和奋斗、追求和梦想。在"广育人才，讲求时务"的召唤中走来的一代又一代学人，万家的忧乐、社会的盛衰充盈在这批最新觉醒的中国精英的心灵之中。当周围处于蒙昧和混沌状态时，这里的呼唤和怒吼是黑暗中国上空的惊雷！

北大是五四运动的摇篮和发祥地，民主广场的钟声，从沙滩红楼传向古老中国沉睡的大地。从抗议丧权辱国开始，北大人把思考转向深沉，把批判和抗议转向新思想、新文化的建设。蔡元培主政北大时，提出"囊括大典，网罗众家，思想自由，兼容并包"的方针。这十六字真正体现了北大的魂，是一种能够包容一切的大气度和大胸襟。蔡元培校长为改革当日北大的陋习，即确定学生以学业为目的的方针。为达到兼收并蓄的目标，他邀请各派学术巨擘来校任教，使古今、东西、文理互融互通成为北大学术一大景观。由于嗣后各届校长秉承蔡先生确立的方针，使北大在它校史的每一阶段都如一面旗帜，飘扬在中国教育阵地上。

北大人以精英使命自励，他们从未曾忘却他们的社会承诺，但北大也从未降低过自己确立的学术标准。这种要求，早在一百年前酝酿建校之时即已确定，清政府《筹议京师大学堂章程》说："京师大学堂为各省之表率，万国所瞻仰，规模当极宏远，条理当极详密，不可因劣就简，有失首善体制。"仅有第一等的才智还不够，还要有第一等的胸襟、第一等的怀抱。因为心系于天下，眼界自然开阔，神气自有不同。这是北大学生的常态，也造成北大学生常被人诟病的傲气。

这里是科学民主的故乡。北大人一直高举蔡元培校长倡导的学术民主、思想自由的旗帜，在艰难的年代，在困苦的岁月，为科学、为真理、为正义、为维护人性尊严，北大人从来没有放弃过独立的思考、勇敢的抗争。人们不会忘记那个春寒料峭的时节，思想如刚刚解冻大地上冒尖的草芽，一曲"是时候了"，呼唤人们高举五四火炬、拆去人间藩篱，表现出新时代的激情。当思想被禁锢，充满挑战勇气的"一株毒草"赫然出现在墙上，那激情的宣扬让人耳目一新。那时胡风冤案既成，举国一片静默，是北大的莘莘学子发出了公开的质疑。

在新时代，为了维护思想自由，一位张志新式的北大女诗人，悲壮地赴死在黑暗与黎明交会时刻。

一百年的青春，一百年的激情，一百年的奋斗，留下了一百年难泯的记忆。最难忘，年年岁首，大膳厅灯火辉煌，马寅初校长在新年钟声中，带着微醺致辞。他的潇洒不羁，在思想禁锢的年代，是一缕带着暖意的和风。马寅初终于以诤言获罪，他的《新人口论》遭到围攻。马寅初勇迎风暴，他的《重申我的请求》是一道惊世骇俗的雷电：

"我虽年近八十，明知寡不敌众，自当单枪匹马，出来应战，直至战死为止，决不向专以力压服、不以理说服的那种批判者投降。"坚定的人格，坚贞的气节，凛然不屈的坚持，在马寅初沉重的金石之声的背后，人们不难发现那种年轻了一百年的北大精神。从京师大学堂到北京大学，从严复到胡适、陈独秀，从蔡元培到马寅初，这是一道永不枯竭的春天的长流水。这水已流了整整一百年，它将永远流下去，它是北大永远的骄傲。

1998年

《青春的北大》北京大学出版社1998年版

上海与北京

王安忆

上海和北京的区别首先在于小和大。北京的马路、楼房、天空和风沙，体积都是上海的数倍。刮风的日子里，风在北京的天空浩浩荡荡地行军，它们看上去就像是没有似的，不动声色的。然而，透明的空气却变成颗粒状的，有些沙沙的，还有，天地间充满着一股鸣声，无所不在的。上海的风则要琐细得多，它们在狭窄的街道与弄堂索索地穿行，在巴掌大的空地上盘旋，将纸屑和落叶吹得溜溜转，行道树的枝叶也在乱摇。当它们从两幢楼之间挤身而过时，便使劲地冲击一下，带了点撩拨的意思。

北京的天坛和地坛就是让人领略辽阔的，它让人领略大的含义。它传达"大"的意境是以大见大的手法，坦荡和直接，它就是圈下泱泱然一片空旷，是坦言相告而不是暗示提醒。它的"大"还以正和直来表现，省略小零小碎，所谓大道不动干戈。它是让人面对着大而自识其小，面对着无涯自识其有限。它培养着人们的崇拜与敬仰的感情，也培养人们的自谦自卑，然后将人吞没，合二而一。上海的豫园却是供人欣赏精微、欣赏小的妙处，针眼里有洞天。山重水复，做着障眼法，乱石堆砌，以作高楼入云，迷径交错，好似山高路远。它乱着人的眼睛，迷着人的心。它是炫耀机巧和聪敏的。它是给个谜让人猜，也试试人的机巧和聪敏的，它是叫人又惊又喜，还有点得意的。它是世俗而非权威的，与人是平等相待，不企图去征服谁的。它和人是打成一片，且又你是你，我是我，并不含糊的。

即便是上海的寺庙也是人间烟火，而北京的民宅俚巷都有着庄严肃穆之感。北京的四合院是有等级的，是家长制的。它偏正分明，主次有别。它正襟危坐，慎言笃行。它也是叫人肃然起敬的。它是那种正宗传人的样子，理所当然，不由分说。

当你走在两面高墙之下的巷道，会有压迫之感，那巷道也是有权力的。上海的民居是平易近人的，老城厢尽是那种近乎明清市井小说中的板壁小楼。带花园的新式里弄房子，且是一枝红杏出墙来的。那些雕花栏杆的阳台，则是供上演西装旗袍剧的。豪富们的洋房，是眉飞色舞，极尽张扬的，富字挂在脸上，显得天真浮浅而非老于世故，既要拒人于门外，又想招人进来参观，有点沉不住气。

走在皇城根下的北京人有着深邃睿智的表情，他们的背影有一种从容追忆的神色。护城河则往事如烟地静淌。北京埋藏着许多辉煌的场景，还有惊心动魄的场景，如今已经沉寂在北京人心里。北京人的心是藏着许多事的。他们说出话来都有些源远流长似的，他们清脆的口音和如珠妙语已经过数朝数代的锤炼，他们的俏皮话也显得那么文雅，骂人也骂得有文明：瞧您这德行！他们个个都有些诗人的气质，出口成章的，他们还都有些历史学家的气质，语言的背后有着许多典故。他们对人对事有一股潇洒劲，洞察世态的样子。

上海人则要粗鲁得多，他们在几十年的殖民期里速成学来一些绅士和淑女的规矩，把些皮毛当学问。他们心中没多少往事的，只有二十年的繁华旧梦，这梦是做也做不完的，如今也还沉醉其中。他们都不太惯于回忆这一类沉思的活动，却挺能梦想，他们做起梦来有点海阔天空的，他们像孩子似的被自己的美梦乐开了怀，他们行动的结果好坏各一份，他们的梦想则一半成真一半成假。他们是现实的，讲究效果的，以成败论英雄的。他们的言语是直接的，赤裸裸的，没有铺垫和伏笔的。他们把"利"字挂在口上，大言不惭的。他们的骂人话都是以贫为耻，比如"瘪三""乡下人""叫花子吃死蟹——只只鲜"，没什么历史观，也不讲精神价值的。北京和上海相比更富于艺术感，后者则更具实用精神。

北京是感性的，倘若要去一个地方，不是凭地址路名，而是要以环境特征指示的：过了街口，朝北走，再过一个巷口，巷口有棵树，等等。这富有人情味，有点诗情画意，使你觉得，这街，这巷，与你都有些渊源似的。北京的出租车司机，是凭亲闻历见认路的，他们也特别感性，他们感受和记忆的能力特别强，可说是过目不忘。但是，如果要他们带你去一个新地方，麻烦可就来了，他们拉着你一路一问地找过去，还要走些岔道。上海的出租车司机则有着概括推理的能力，他们凭着一纸路名，便可送你到要去的地方。他们认路的方法很简单，先问横马路，再弄清直马路，两路相交成一个坐标。这是数学化的头脑，挺管用。

北京是文学化的城市，天安门广场是城市的主题，围绕它展开城市的情节，宫殿、城楼、庙宇、湖泊，是情节的波澜，那些深街窄巷则是细枝末节。但这文学也是帝王将相的文学，它义正词严，大道直向，富丽堂皇。上海这城市却是数学化的，以坐标和数字编码组成，无论是多么矮小破陋的房屋都有编码，是严丝合缝的。上海是一个千位数，街道是百位数，弄堂是十位数，房屋是个位数，倘若是那种有着支弄的弄堂，便要加上小数点了。于是在这城市生活，就变得有些抽象化了，不是贴肤的那种，而是依着理念的一种，就好像标在地图上的一个存在。

北京是智慧的，上海却是凭公式计算的。因此，北京深奥难懂，要有灵感和学问的；上海则简单易解，可以以理类推。北京是美，上海是管用。如今，北京的幽雅却也是拆散了重来，高贵的京剧零散成一把两把胡琴，在花园的旮旯里吱吱呀呀地拉，清脆的北京话里夹杂进没有来历的流行语，好像要来同上海合流。高架桥、超高楼、大商场，是拿来主义的，虽是有些贴不上，却是摩登，也还是个美。上海则是俗的，是埋头做生计的，螺蛳壳里做道场的，这生计越做越精致，竟也做出一份幽雅，这幽雅是精工车床上车出来的，可以复制的，是商品化的。如今这商品源源打向北京，像要一举攻城似的。

1998年

《寻找上海》学林出版社2001年版

依奇克里克

雷　达

　　一眼望见你，我就被你刻骨的苍凉打蒙了，我就知道此生再也不会忘记你了。这世上，有的场面，只要一撞入眼帘，就让人头皮麻炸，电击似的一颤，然后烙进了记忆的穹隆。快两年了，路途多么遥远，可你的模样在我完全无意识的时候会冒出来，又悄然隐去，如云影掠过戈壁滩。这或许是你给我的一种神秘暗示，希望我用笔把你不灭的存在昭告世人。

　　其实，你只不过是一片废弃的油井和一座倾圮的油城，默默隐身于天山南麓一条不知名的山沟。按地理方位算，你处在"塔北隆起带"，当在轮台、库车之间，正是岑参诗中"轮台九月风夜吼，一川碎石大如斗"的那个地方。那天，我们本不是去看你的，而是去看正在穿凿中的将深达九千米的亚洲最深井——"依南一号"的，却偶然地瞥见了你。

　　我们乘坐的是"沙漠王"，巡洋舰吉普第二代，马力大，底盘重，不怕颠簸，最宜于跑戈壁瀚海。可惜，拐进一片干涸而宽阔的石漫滩，汽车就扭起了秧歌，越扭越欢，后来干脆跳开了桑巴舞。轮子从尖利的石头上碾过，似有赤裸的脚掌踩过刀尖的痛楚感。抬眼望去，鹅卵石的波涛一直排上了天。没有人，连个野兔的踪影也没有，仿佛登上了月球般死寂。正午时分，却有瘆人的恐怖阵阵袭来——没有人的地方就会生出恐怖。突想，此刻要是把谁推下车，他还能活着回去吗？风像个隐身强盗，吹着尖厉的口哨，围着车子打转，好像随时准备下手。两岸是山的波涛，呈赭红色，变幻出狰狞百态，气象森凛：它或如狮虎伫立，或如巨鹰攫人，或做尖塔状，或做钟乳状，或做孝感麻糖千层饼状，眼看齐刷刷地要压下来，瞪视着这渺小的汽车在石头的河谷里摆簸。

我忽发奇想：石油这种与人类命运攸关的珍贵燃料，就像飘忽的仙女，总爱跟人类捉迷藏，她不是遁入莽原和海洋的底下，就是潜进无垠的沙漠，非要累死找她的人不可。石油仙女的魔力真大，堪与传说中妖冶的海伦媲美，海伦诱发了特洛伊战争，石油仙女也曾经折腾得萨达姆和布什双双失眠，导火索似的引爆了海湾战争。我们的石油工人，却像勇武、忠诚的骑士，仙女躲到哪里，骑士就追向哪里，风尘万里，一往情深，甘做现代的游牧人。可为什么，驱动文明车轮的神油，非要藏在人类无法生存的绝塞？文明与洪荒是对峙的，为何文明发展的最深根基却又蕴藏在洪荒之中？有人说，宇宙是人的放大，人是微缩的宇宙；还有人说，世界是意志的表象，地球万物是意志的器官。那么，人和原油，是否都是神秘的生命意志外化于大地的具象？

那天，我们的汽车还真出了毛病，司机下去一看，一只石牙刺进了轮胎。他说，千万不敢拔，不拔还能跑，一拔就只能瘫在这儿了。他抬头看着天说，万一遇上暴雨，那咱们全得完蛋，跑都没处跑啊。我想起了斯文·赫定写新疆的著作里，多次描绘过的"干沟"：那是指天山南北孔道间的一段河谷，盛夏万里无云，天边突有一团不祥的黑云悄悄探出，霎时间，暴雨掀天揭地，干沟翻成了怒海，人畜顿成鱼鳖，竟无一幸免。一切只消几十分钟，浩劫即完成，天重归晴朗。直到一九九五年，还发生过一起整车旅客罹难于"干沟"的惨祸。所以，提起干沟，没有不心惊肉跳的。我们感受着一沟热浪翻涌，唯有长太息耳。

哦，依奇克里克，谁能想得到，你，就在这个时候蓦然现身了，令人猝不及防哪！

当时汽车总算摆脱河谷，爬上高岸，我们可作壁上观了，我得意地想，哪怕你真个洪水滔天，其奈我何？忽然发现拐弯处，有一条新的河谷地在展开，定睛细看，只见密麻麻一片蜂窝状的东西摆在谷底，呈一字形，像大地震后的遗迹，又像大火焚毁的集镇，还像影片里被劫掠过的村庄，裸露于光天化日之下，令人极感恐怖。里面的人呢，怎么全失踪了？抛下经营多年的家园，不心疼吗？到底是地震、洪水、野兽，还是神秘的外星人，把你们掠走了？我以为，在最骇人心目的景象中，废墟要算一种，它简直像一具尸骸，仰身躺在那儿，使人急于探知它的来历和藏在残垣断壁中的秘密。我是见过一些废墟的，比如圆明园、高昌古城、交河古城、庞贝遗址，但眼下的景象却大为不同，像是个活物，好像炊烟刚刚散尽，主人刚离开不久似的。这就是你，名叫依奇克里克的山谷和同名的废油城所给予我的击打般的第一印象。

一孔孔遭尽风吹雨打的黑窗洞，像盲人忧郁而深思的眼窝。漏斗状的旋风一圈圈跟了过来，尖啸着旋过我身旁，旋过街巷，旋向远方，像你不安的灵魂在向我倾诉。你的规模真不小：有大操场，戏台，小学校，成排的泥坯房，宽的街巷，虽大多已坍塌，却不难见出一个完整村社形态。我知道，独山子是新疆最早的油田，发现于解放前；继之是北疆的克拉玛依，发现于一九五五年；而你，依奇克里克，则是南疆最早的油田，发现于一九五八年。从五十年代中期到"文革"结束，你聚集过七千石油健儿，最多时达到十万人。你是一所严酷的学校，培育了第一代新疆石油人：教会他们从地壳深处钻油，锻造其顽铁般的筋骨，磨炼其与恶劣环境周旋的能力。人们都说，没有依奇克里克，就没有今天准噶尔和塔里木的广大油田。从这里走出去的人，遍布全疆，有的还远走江汉、胜利、大庆。你的出名，还因为你的北面有个"健人沟"，南面有新兴的"依南油井"——新疆石油人的秘密好像全汇集在这儿了。

我知道，你原先只有地窝子，后来才有了干打垒，至于土坯房、自磨电和家属、学校，是最后阶段的事了。一道道暗红的山脊紧贴你身后，好像人一抬头就能碰到鼻子尖，你最大的财富就是满眼戈壁滩上的石头。你啊，冬天的雪有半人深，夏天硕大的蚊子能钻透衣服咬人，春秋沙暴多，它一来，呼吸憋闷，能见度不到一米，只隐约看见人的白牙在闪亮。人们一年四季都脱不下棉袄，就是那种四十八道杠杠的工服。汽车半个月会来一趟，运来物资，再拉走一车车原油。当时大学生比牛毛还多，上趟厕所没准就能撞上两个。一封信要走几个月，新婚的人两年才探一次家。没电灯，没任何娱乐活动，没有八小时工作制，只有繁重的两班倒。从山边的钻井下班的人，顾不上脱衣，死猪也似的倒头便睡。山谷的夜黑沉，只有野狼的嗥叫在寒风中远游。那时，你与外界是隔绝的。后来，有了一只小半导体，每晚几百人围着这小玩意儿听，把声音放到最大，大到好像一条街都能听到，才不那么孤寂了……

哎呀，怎么老说这些，多没劲啊，难道不觉得，这一切并不怎么新鲜有趣，在老掉牙的故事片里不是也能看到吗？怎么就不说说，七千人，封闭在一条山沟里，把人的体能耗到极限，二十年，只出产了可怜巴巴的一百万吨原油，生产力多么低下，设备何其落后？今天，不用走远，只要看看轮台的东河塘联合站，电视监控，自动分流，十九个人穿着白大褂儿就管起了一大片油田，相当于以前上万人干的活，年产六十五万吨呢，你还有什么好夸耀的呢？

是该想一想了，依奇克里克，面对历史，你究竟是耻辱的象征，还是光荣的大旗？我在一块滑洁的大石上坐下来，摸出一支烟点燃，透过急风掠走的烟圈，打量着你。我想起有人当笑话告诉我，说某油田有个青工名字叫"石生"，二十多年前，就出生在依奇克里克，他这名字有来历，一说是因为他的母亲感到即将分娩的疼痛时正好坐在一块大戈壁石上，但另一种说法却是，当年他的父母难得独处，是夏夜在一块大青石上做爱才有了他的。我更相信后一种说法。我不但不觉得可笑，反而感到有种苦涩的激情和前无古人的浪漫撞击心头。

一九六五年，最大的一口油井在经历了长久的钻探和焦灼的等待后，终于喷油了。那一夜，狂喜的人们热泪纵横，点起火把，敲起脸盆，彻夜在山谷里欢呼、笑闹、奔跑、唱歌，脸盆都敲碎了还在敲，火把照得斑猫和塔里木兔惊惶四窜。没人布置以这种方式庆祝，一切都是自发的。这是一场无人喝彩的演出。当时，整个民族即将卷进"阶级斗争"的大厮杀，谁还顾得上天山深处的这一群油黑子？对依奇克里克人的情感来说，这也是压抑很久的一次井喷。你们说过，日日夜夜的辛苦有了回报，这就够了，"我们的兴奋点是油啊"，这朴素的话语多么令人深思！那是个说大话不上税的年代，但天上飞的，地上跑的，海里游的，哪一样不急等着石油解除焦渴？口腔运动可是变不出一升油来。你的封闭和远离反倒有助于盯紧出油这个目标，这真是不幸中之万幸。没有先进的设备，没有雄厚的物资，就只有靠团队精神，靠肉搏，靠"熬鹰"来弥补了，不然怎能夺取油呢？你抗拒不了潮流，扭转不了混乱，但你必须给狂躁的城市提供燃料，于是你只能在夹缝中战斗，奇迹般地维持了另一种秩序。在今天，你的意义或者说遗产，难道仅仅是那点原油吗？

我曾被你的一堵土坯砌的大照壁吸引，旁边还有戏台和操场。照壁上的宣传画早已剥落，剩下一行语录独对风雨，那就是："阶级斗争，一抓就灵。"这照壁，这戏台，这操场，太容易与残酷斗争连在一起了。我问一位同来的老钻长，"文革"这里斗得够凶的吧？谁知回答竟是：风平浪静，世外桃源。他还说，我就挨过批斗，斗完后我的心情不是更坏了而是更好了。我以为他在搞反讽，说怪话，嘿嘿地笑了，不料他正色道，你当我在说笑话吗？我才不说笑话哩。这儿的人来自四面八方，原先谁也不认识谁，现在为了出油，谁也离不开谁，就像一家人，一个大家族。石油这一行，最讲"师"道尊严，比如玉门出身的老师傅，就像酋长一般威严。整个"文革"，也有个别捣蛋的，但始终只有一派，斗不起来，你想嘛，当领导的没有特权，要说有就是吃苦的特权。大家穿的一样，吃的一样，连饭盒都一样。上井，领导得走在前头，批判会领导也得冲在前头，他得像完成生产定额一样完成政治任务啊。

我仿佛沿着时间隧道逆行，来到了三十年前一个夏日的傍晚，眼前幻化出一幕滑稽突兀的场景：我的身旁，匆匆走过梳洗完毕的工人们，他们换上干净衣服，取出手帕包着的红宝书，在大喇叭播放的语录歌声中，拥向操场。气氛欢快，如过年闹社火。一伙人把一人压在身下，不是斗他，而是硬掏走了他的烟给大伙儿分发了；另一小伙子的帽子被人掀起，他找寻着，一回头，却见帽子被抛上了天空，众人皆畅快地大笑着。不一会儿，大会开始，一切模仿内地的批斗会，先是念老三篇，晚汇报，接着一声"断喝"，钻井大队的书记被"揪"上台，垂首站在台侧。然后是各分队代表的发言比赛，有人刚一上台，底下就笑，笑得莫名其妙，谁念得利索，就鼓掌，谁念得结巴，就哄笑，发言内容与批斗对象毫无关系，书记有时还不顾此刻的角色，纠正起发言人念的错别字。最后，书记像卸装似的把胸前的牌子一摘，缓步走到麦克风前，清清喉咙说："今天的会就开到这里，下面，我把明天的任务布置一下。"夜色渐浓，人们才恋恋不舍地散了场。有人把书记拉进小屋，沏上好茶说，你今天站得不错，腿累不累？哈，这不是中世纪的狂欢节吗？

一九七九年夏，大撤离的日子到了。依奇克里克，你的表现又一次使我意外。按说，油井枯了，留下已毫无意义，走出封闭，到条件好的地方去，该是人们求之不得啊，可实际情形却是，人们并不愿离开，磨蹭着，就像快出嫁的姑娘舍不得离娘家。对于外面即将开始的轰轰烈烈的改革，人们既感新奇、向往，又显得迟钝、茫然、畏怯。有人评价说，这是因为过惯了家族式的、封闭的、整齐划一的生活，某些方面退化了，不知该怎样适应外面陌生的世界。也有人说，多少年的青春、理想、汗水和精神追求，全都扔在这块土地上了，怎么忍心离开？虽然有的东西正在过时，但它和我们的生命连在一起撕扯不开，我们怎能像别人那样轻易抛下？

我听说，在整理东西和等车搬运的日子里，人们不约而同地来到了附近的"健人沟"，面对这条与天山山脉千万条山谷并无两样的山谷出神。"健人沟"，好怪的名字！原来它是为了纪念一九五八年牺牲于此的两个年轻勘探队员戴健、李月人而命名的。戴健，女，时年二十三岁，湖南长沙人，地质学校出身。李月人，男，年仅十九岁，刚参加工作。那年，戴健已完成任务，本应回南方与未婚夫完婚，却主动放弃了，继续入山勘探，突遇山洪，攀援不及，被裹着泥沙和滚石的洪水卷出了十几里，死时手中紧攥着资料，观者无不动容。现在有一出歌剧叫《大漠女儿》，是写杨虎城之女杨拯陆为找油而牺牲的，与戴健之死情况很相近，只是前者被冰雪冻死，后者被山洪淹死。想想戴健，作为一个少女，还没来得及品尝爱情的酒浆，作为一个女性，还没有哺育可爱的婴儿，就被洪流吞噬了。她死时身在异乡，身边只有天塌地陷似的暴雨和一万头猛兽似的黑浪，她的呼叫没人能听得见，她像一只蜉蝣似的在洪荒宇宙中隐没了。依奇克里克，你看见了这一切，却没办法救她。如今我们来到这里，红色的山脊逶迤着，周围静得吓人，只有风儿呼喊着说，她就在这儿。追想四十年前事，我对依奇克里克人的恋家情结似有所悟。

依奇克里克，我觉得你不仅是一片物质的废墟，更是一片蕴藏丰富复杂的精神遗产的废墟，以至于使我一时理不清头绪。今天是昨天的继续，今天我们日益雄厚的石油工业绝非从天而降，而是靠你这样的血肉之躯一步步铺垫的，包括你提供的经验、智慧和教训。尽管你把人的体能利用到了极限，但你的科技水平、管理方式和产量的严重滞后，仍然证明了精神不是万能的，唯意志论是愚昧的，不走现代化之路就没有出路。应该说，你是一种过时的生产方式的象征。然而，现代人早就发现，物质的东西过分壅塞，精神就没有地盘，有时想激动都激动不起来，不得不苦苦地呼唤激情。无论物质技术条件如何发达，作为主体的人依然需要拼搏、牺牲和奉献，否则人就不能发展。这也是被反复证明了的真理。依奇克里克，你的伟大和复杂，正在这里。

我们离开你时，看见废油井旁只有一个维吾尔族瞎老汉和一条狗守候着，斜阳残照里，有人在一点一滴地打捞着你的余沥。才十八年，你已成废墟，古老如一个世纪，令人无限感慨。向南看，"依南一号"高耸的井架冲天而起，直插霄汉，它将是亚洲最深井。我们向它走去。我很惊讶，在这同一条山谷，昨天与今天，历史与现实，只有一步之遥。

《光明日报》1999年

大树和我们的生活

周　涛

> 我们不但是今天生活在这块土地上，而且过去生活在，并且还要永远生活在那里，在整体之中。
>
> ——列夫·托尔斯泰

如果你的生活周围没有伟人、高贵的人和有智慧的人怎么办？请不要变得麻木，不要随波逐流，不要放弃向生活学习的机会。因为至少在你生活的周围还有树——特别的大树，它会教会你许多东西。一棵大树，那就是人的亲人和老师，而且也可以毫不夸张地说，它就是伟大、高贵和智慧。

更早发现这一点的，是托尔斯泰。他在《战争与和平》这部巨著中，有一段保尔康斯基公爵与老橡树的对话，就体现了树的生命对人的生命所产生的不可忽视的影响。再早些，中国历史上也有人流露过这种意思，叫作"树犹如此，人何以堪"。这证明，树的生命比人的生命更长久，从"阅世"的意义上看，人是比不过树的。所以，你若是到十三陵，看到周围静止立在那里的松柏，尤其是看到那种虎踞龙盘的老柏，会不由得生出某种敬畏和感激——有什么办法，帝王们全都死了，它们却依然活着，默默地、居高临下地看着人间的兴衰更迭、生死荣辱。在某种意义上，它们就是历史，它们就是帝王。

我甚至觉得没有什么哲学比一棵不朽的千年老树给人的启示和教益更多。同样的生命，树以静以不言而寿，它让自己根扎大地（根据地）并伸出枝叶去拥抱天空，尽得天地风云之气。相比之下，人愚蠢而又浅薄，人一生都在说话，声嘶力竭，奔走呼号。没有人肯静下来想一想，没有人想到向树学习点什么，在人的心目中，树是傻瓜。那么，在树的心目中人是什么东西呢？不清楚。能够清楚的是，树为人们贡献了自己的全部，从枝叶到花果给人喂养照料。树本来是用不着人养的，它在大自然中间活得好好的，姿态优美，出神入化。那些绝崖石缝中斜逸而出的美松树是靠人养活栽种的吗？谁敢到那种险处去呢？树甚至连恳求人们不要砍伐它的意思都不曾流露——那是锯子在尖叫而不是树在尖叫。

等到大树被伐倒了，人们看到了它的心——年轮，一圈一圈，岁月的波纹荡漾，生命的记忆永存。这时候，略有悟性和良知的人就全明白了：树绝不是麻木的，而恰恰是有灵有智的。它虽不语不行，心里面却比谁都清楚。它与山河大地、飞禽走兽、风云雨雪雷电雾的关系，比人更深入、更和谐。它是处理这些复杂关系的大师。

它不靠捕杀谁、猎获谁而生存，但它活得最长久。这可真不是一件简单的事儿，它连草也不吃，连一只小虫的肉也不吃，但它却能长得最高大、最粗壮、最漂亮。这才是奇迹呢，树不用吃饭，真正有生命力的大树全都已经与天地风云融为一体了。它与山河共呼吸，取万物之精气，反过来又养育万物；得日月之灵华，结果又陪衬日月。若是说什么气功，树才是真懂气功的大师。要说什么"天人合一"，人类不过从树那儿学了一点皮毛。

我在塔克拉玛干边缘的墨玉县见到过一棵八百年的梧桐树王，那样干旱的沙漠边缘，它得有多么大的修行才能活过来呢？何况它不仅活着，而且枝繁叶茂，生机勃勃。它像一个巨人一样健康地屹立着，襟怀博大，人和梯子在它的脚下显得极其可笑。

它的王者风范不是靠什么前呼后拥的虚势造成的，它靠它的阅历、它的顽强生命力、它的光辉的生命形态，使人望之而生敬仰之心、爱慕之情，使人认识到伟大、高贵、智慧这些词语从人类头脑中产生时的本意。

我还见到过五百年高龄的无花果王，这件事我也在《和田行吟》一文中描述过。它占地数亩，落地的无花果使它周围散发着甜腻的腐败和幽深的清香，它的枝干如同无数巨蟒纠缠盘绕、四处爬伸。它达到了它这种植物的极致，造就成、编织成一座自己的宫殿。

但是树和人一样，同样有各式各样的苦难伴随，除了被砍伐之外，还有各种艰难。在天山南麓温暖干燥的农村，白杨是路边、渠旁、屋后、田畔常栽的树，它绿叶飒飒直耸高天。可是有一年冬天，南疆奇冷，这些适应了温暖干燥气候的白杨经历了打击。有些已经非常粗壮、高大的白杨被生生从中间冻出一条裂缝，裂缝一指宽，从树这边透过裂缝可以一眼看到那边的农田。

还有一年八月北疆下大雨，下着下着，变成了大雪。大雪里饱含水汽，落在仍然枝叶翠绿茂密的树上，雪积成很厚、很重的银冠。第二天阳光一照，十分奇丽壮观。但是不少树承受不了了，枝丫被压得劈开。银雪、绿叶之下，被劈折后露出的白生生的枝丫内质，望过去就像人的白骨被折断后的模样，一样地惊心动魄。树无声，可是你完全可以感受它骨折的疼痛。

一棵树在漫长的成长过程中，会遇到各种大大小小的灾难，但它要是都挺过去了，经历了时间的考验，它就会成为一棵大树。这样的大树会引起人们特殊的敬意。比如在哈密，就有一些幸存下来的百年老柳树。它们的形态确实不同凡响，一看就知道是有特殊生命力和特殊经历的树。它们身上都有编号挂牌，就像勋章一样，代表着特殊的荣誉。这些柳树就是大名鼎鼎的"左公柳"——左宗棠平阿古柏后沿途栽下的柳树。可是当年"遍栽杨柳三千里"，能活到今天的，已经只有这些了。

你细细端详这些巨大的柳树，会从它们每一棵树的神态雄姿上，找到左宗棠的神韵，一派大人物的风范。我当时就颇觉疑惑，心想，难道树也会遗传栽树人的风貌吗？要是果然如此，那树就是通神灵的生物了。

看来我们对它们的了解还远远不够。

1999年

《周涛散文选集》百花文艺出版社2012年版

老街的意义

冯骥才

城市是有生命的，所以我们结识了一个城市之后，总会问一问这城市的由来。有的城市没有留下童年的痕迹，它的历史仅存于空洞的文字记载中；有的却活生生地遗存至今——这便是城中的老街。

有时徜徉在村镇中，会觉得它很像一个城市的雏形。如同一只羽翼未丰的雏鸡那样，说不定百年之后会壮大和发福，长成一个膀大腰圆的城市。村镇都是这样，一大片房子，中间有一条街，街上有店铺和作坊，有东西卖，有吃有喝，这条街很重要，供应这镇上居民一切生活之必需，自然也就是为这个群落的成长而输送能源的血脉了。我这话的意思是，城市的源头是一条街。最早的街，过后都叫作老街。

天津这城市，受益于海河水系。这无疑以码头为起点。那时四方货物都凭借着河水的运载进行流畅的交换。码头便是转运站，或称枢纽。码头首先都是吃喝不愁，东西充足，各地运来的物品全是利润极低的"源头货"。这一来，人就都聚到这儿来了。而且人聚在一起，需要用品多，买卖店铺也就应运而生。店铺愈多，活计愈多。供和需互动，买和卖相生，码头便孕育出一个有血有肉的城市的胚胎。

由码头演变为城市，要比由村镇发展为城市快得多。

这胚胎的一个重要特征便是生活性的街道的出现。而且这生活性渐渐又质变为社会性。待社会形成，才好说城市开始成形。

码头靠着河，所以天津最古老的街道都在河边，与河平行。主要是两条，分列在三岔河口的一东一西。东边一条是古文化街，以前称作宫前街，由于天津先民的民间崇拜妈祖的庙宇在那里，所以那条街更多文化色彩。

西边一条是估衣街。估衣街虽然不长，但在此地百姓的生活中至关重要。在天津城市的孕育时期，它的作用就像前边说的村镇中的那条大街一样。

这条街的历史可以追溯到元明时期，当时叫作码头东街。顾名思义，表明天津远在码头阶段即已形成这么一条古街；时间距今超过六个世纪，应在天津建城之前。对于城市史来说，街道两旁的建筑会不断推陈出新，街道本身却总是老样子。倘若没有发生地区毁灭性的天灾人祸，谁也不会把一座新房子盖在街道中央的位置上来。现在，估衣街两边的建筑多是本世纪初商业大发展时期涌现出来的，但也是一座一座新楼屋渐渐插进来的，街道的模样却不改初衷，依然故我。它狭窄细长，略略弯曲，属于那种典型的自然形成的原始形态的老街。

最初，这条街只是码头上居住群落中间的一条干线，兼有购物的作用。但并无"估衣"的功能，估衣街的大名也没有出现。

一条老街总是历尽沧桑。但估衣街还算幸运。它与早期的天津共同经历了数百年的繁华。1900年以前，天津的重心在城市的东面和北面，亦即三岔河口的两边。富商大贾一半居住在城中，一半居住在北城与东城外，尤其南运河边。估衣街正好从中穿过。商埠的特征是贫富之间风云多变。一夜间的暴发和转瞬间的破败全是此地世间的波澜。于是，当铺和那种将死当的衣服贱卖给平民的估衣铺，成了天津的热门买卖。这条花街由于估衣铺集中而得名"估衣街"。但是，估衣街决不仅仅做估衣买卖。天津老字号的名店全都云集这里。如绸缎庄之"谦祥益"和"瑞蚨祥"，药店之"达仁堂"和"乐仁堂"，鞋帽店之"盛聚福"和"同升和"，瓷器店之"瑞昌祥"和"同泰祥"，糖果店之"瑞鑫号"，南纸局之"文美斋"，以及皮货、香烛、眼镜、广货、银号、颜料等等，还有饭店、戏园、澡堂、理发店掺杂其间，几乎浓缩了整个天津的商业。在它的极盛时期，有一二百家名店夹峙在这仅有一里长的老街上。

估衣街的繁荣历经了两个高潮，一是清代中期（1800年）至庚子事变（1900年），一是从1900年至1930年。应该说第二个高潮期达到了历史上的巅峰。此时天津正由本土的商埠，急速转变为中国现代大都市。

估衣街上应时出现了一批大型商店。建筑上将本地的磨砖对缝等传统技术与西式楼房结构相结合，将本地古色古香的刻砖艺术与舶来洋味十足的铁花护栏相融合，创造了非常独特又优美的民初时期的商业建筑。大概是临街的外墙高耸，装饰华美，形成一道十分新奇又气派的店面；店内两层楼，经营空间比老式的店铺大了一倍以上。应该说，这是我国本土最早的一种大型商厦。其中代表作如谦祥益保记和瑞蚨祥等，至今仍风姿绰约伫立在估衣街头。除去估衣街，不仅在津门——即便走遍全国，也很难找到同类风格的历史精品了。

1930年以后，一个现代的商业区——劝业场商业区在天津崛起。它将一种外来的极其便利的综合性商业形式，即集购物、娱乐、餐饮和旅店为一体的商业大楼生机勃勃地带给人们。津门的商业中心遂由西北迁至东南，也就是原法租界地区，即今滨江道一带。估衣街上的一些老店，也迁营拔寨，前来加入新一轮的竞争。这一来，估衣街便一步步移出商埠的中心位置，走向边缘，并一点点有了历史文化的价值。

今天，这条老街不仅仍旧保存那些名店，还有大量昔日的货栈、会馆、商业公所等等遗迹。近日我们在其中又发现一些记载着当年商业活动的碑刻，生动地体现了这条街昨日的经济活力。如果再加上史逾百年的总商会遗址，这一地区应是目前我国大都市中保留最完整的系统性的一座本土商业历史博物馆。对于后世，它在旅游方面肯定具有久远和持续的价值——当然，关于将老城区怎样开发为旅游区的话题，还不属于本文探讨的范畴。

一个城市可能有一条或几条老街。对于天津这种文化多元的城市来说，历史深厚的老街大致有四，一是老城中心的十字街，一是古文化街即宫前街，一是估衣街，一是解放路即旧租界中街。每条老街都有其独特内涵，相互不能替代。十字街是本土的政治与文化的核心；旧中街虽然讲究又漂亮，洋楼林立，近代史的积淀很深，但对于津门百姓来说，情感上却比较生疏；至于宫前街和估衣街，就像上海的城隍庙一带、南京的夫子庙地区、苏州的观前街一样，都是市井生活的中心地带，与本地百姓情牵意连，难舍难分。

一个城市的街道，倘从高天俯视，宛如一株大树成百上千条的根须。

城市愈大，其根愈茂；这根须其中有几条最长最长的，便是这城市的老街。它与城市的历史一样漫长而悠远。它深深扎在这城市厚厚的历史文化的土壤里，也就是深深扎在这城市人们的心里。这街上的风雨，人们曾与之一起经受；人世间的苦乐悲欢，它也是无言的见证。人们不断地丰富它的故事，反过来它又施惠于人们——从古到今！从物质到精神！人们从老街可以找到的往日的东西真是太多了。故而，一个城市由于有了几条老街，便会有一种自我的历史之厚重、经验之独有，以及一种丰富感和深切的乡恋；它是个实实在在的巨大的历史存在，既是珍贵的物质存在，更是无以替代的精神情感的存在，这便是老街的意义。

如果哪个城市还有条老街，那就是拥有一件传家宝！

今天的辉煌是一种实力，昨日的辉煌才是一种文化。1996年我在开罗，被主人邀请到他们的老城区——著名的汗·哈利利市场去游玩。那是几十条老街构成的最古老的市中心。这些曲折繁复交织如网的老街老巷中，挤着几千家小店铺，专门出售埃及人特有的铜盘、首饰、纸莎草画、罗钿镶嵌、皮件和石雕，店铺中还有一些两层楼的饭店，可以吃到埃及人爱吃的烤饼和手抓羊肉。身在其中，我觉得已经陷入开罗人独有的生活旋涡里，奇特又温暖。我说："在这里的感觉真是好极了。我读过你们的诺贝尔奖得主纳吉布·马哈福子关于这个市场的一些小说片断。现在不知道是他把这条街写活了，还是这条街使他写活了。"主人听了很高兴，他说："开罗也有一些国际化现代化的大街，很漂亮，很气派，但那不是开罗，这才是开罗，是埃及！哎——"他忽问我，"你的城市也有这样的老街吗？"

我心里忽然冒出古文化街和估衣街来，不由得很骄傲地说："当然！"

《今晚报》1999年

老街的意义

雨后

周晓枫

　　从平凡的时刻出发，从洁净的地点开始。雨，这个美妙的象形字，它是唯一在同时成为一幅儿童简笔画的汉字：四个孪生的水滴兄弟，正路过窗口，乘着风倾斜的滑梯。雨的样子多么简单，我们的种种迷惑和猜想正基于此——因为包含着巨大的可能性，所有的未知数均大于已知。在"无"中才能放进"有"，雨就是这样，盛下一桩浩大的无望爱情，或是数次摧折万物的风暴。流浪的波西米亚人从水晶球中占卜命运，一个孩子，从雨里得知的更多。我仰头，第一滴雨恰巧落下，像神奇的药液，瞳孔从未这样清亮。

　　先于每年春天到来的，是一场雨。经过冬季漫长的肆虐，大地伤痕累累。一切都是光裸的、贫苦的，世界被剥削得彻底破产。只有秃丫的柿树上，挂着几个去年的残破果实，难挨寒冷中，麻雀曾把它们——啄开，作为最后的救命赈济。空旷，体现出某种近乎哀悼的气氛。从备受拷打的昏迷中苏醒，需要一盆迎头泼下的水。雨就此到来。我们放心了，雨是自行车的悦耳铃声，穿绿制服的树，很快就会把春天直接邮递到我们手里。雨下起来，优美的天地乐器，它竖琴的弦连续演奏，把我带进童话般无尘的想象。雨是春天的小号，夏日的珠链。雨是竖纹的网，低垂的帘。雨是细齿的一把水晶梳。

　　来自高空，来自目力不可抵达的玄想之城，从未有一种事物等同雨，让我如此想象天堂的存在。雨是神播种的秧苗。雨是一棵生满针叶的玻璃植物。或许，它盛大的树冠隐匿在天庭，雨滴，只是一颗颗椭圆的籽粒，摇落下来，要在土壤间植入秘密的和平。雨是最小的仙女，舞裙浅灰，踮起芭蕾足尖——靛蓝色的夜晚，她们的絮语和歌声在枕边，好心的仙女因何忧伤？绵密的雨，好似银针，谁踩着一架巨大的缝纫机在大地上刺绣？更大的雨来了，做值日的天使在冲洗楼上的台阶。当天上的河流注满，水就瀑布一样溢出，让我们认清天地之间的巍峨落差。雨是上帝垂下的钓线，就像从水层下面诱引鲜活的鱼，他从黑暗的土壤深处钓出花朵。联系起天与地，雨仿佛是一种信物，这些来自天上的字母，我们无从解读。但我深信，神用雨水降下谕旨，字字剔透晶莹，灌溉万物，渗透至它们的根部，过后又无迹可循，然而，雨后每个晴朗的日子，都要默默执行这一含而不露的律令。

有一次，很小的一个石块从五楼阳台上碰落，轻易敲开一个叔叔坚硬的头骨，在医务室里，我看到汹涌的血流淌不止，身材魁梧的叔叔呻吟起来，他害怕了。我不禁迷惑，怎样的力量控制，使每一滴雨从那么那么高的地方下坠依旧温柔？穿过辉煌的彩绘玻璃，澄蜜色的阳光照耀生来有罪的婴孩，他核桃般幼小的心中已承载下世袭的恶念——神父正为婴儿施洗，以纯洁之水。教堂中，默立着信徒们，作为受洗人，圣水也曾滴洒在他们的额头。那么雨，是否是一场来自天父的盛大洗礼？世间一切，沐浴在无限恩泽与宽恕之中。

水是灵魂物质，占有生命的最大比例——雨是对生命的慷慨补充。雨落在青灰的瓦砾，在迟归小鸟的毛羽间，在公园空着的长椅，在抽芽不久的麦苗上，在失恋一样忧伤的湖面，在行路人撑开的伞篷，在大动物的脊背，在草丛间隐蔽的小小的昆虫尸体上，在农家敞口的水缸，在孤儿有点儿乱的头发里。所有的，尊贵和卑贱的，呼吸着的和陷入冷寂的，歌唱的和饮泣的，走近和远离——那重逢和告别的，都在雨里得到平等对待。雨，冲走漂泊者的眼泪、孩子的玩具、情人的遗书、罪犯留下的脚印。什么在雨里此消彼长生生灭灭？滴水穿石，千万雨滴，岁岁年年，日日月月，洞穿看似坚不可摧的东西。

我贪恋刚刚落雨时地面挥发出的土腥味儿，这种好闻的气味被随后而来的水湿气淹没。我伸出手，雨就落在手中，它们很快聚成一小滩，然后顺着掌边流下去——什么也不能阻挡，它们命定要向着最低的地方，向着深渊。我朝上望去，每一滴雨都抱有一种坠楼者的果决，以及了断时刻的奇异轻松。就像不能连续凝视太阳，眼睛很快疲倦了，不同的是，这次让我疲倦的是天不变的灰调子。不论热情还是冷漠，只要是长久的、单调的，都让人不愿忍受。移开视线，眼前一刹那暗了下来，再次清晰起来的时候，我认识到一场雨对世界的改观——雨水本身透明无色，但它使被浇淋的事物颜色加深。屋顶覆着的鱼鳞一样的瓦片更黑，葡萄架上弯曲的藤丝更绿，晾衣绳上忘记被主人收走的衬衫更蓝。纯洁可以成为更改世界的力量，只不过在时间上是短暂的。一盆水只需要一抔土就成了泥浆，而大地，却一年四季吸纳雨水，并以此作为生生不息的源泉。可以就此推理出一个冷峻的结论：肮脏可以贯彻到底，纯洁被迫要在中途停下。

雨停了。我们迫不及待地跑出来，蹚着混浊的积水，相互追逐，这是被大人们厌恶和禁止的，也正因此，这种嬉戏才保持经久不息的魅力。水被鞋子和手撩起来，哗哗地响。一个孩子穿着不相称的笨重的黑橡胶雨靴，奔跑过程中跌倒在水里，就是那双用于阻隔雨水的靴子，使他浑身湿透了。两个小姑娘蹲在楼边，专心致志地在一块湿地上玩儿分田地的游戏，顾不得裙角已被泥水弄脏，一把刻刀轮流使用，权充她们瓜分天下的武器——如果替换主人公身份与年龄，将她们手中的玲珑工具放大，就会发掘这个比拟暗含惊人的逼真之处。刀刃所到之处，标明占领者的疆界。过多的划分和争夺让那块象征的田地过早地烂掉了，再也支撑不了一把小刀的刃尖，于是，小女孩换了个地儿，继续她们的竞争。

平日藏匿的弱小生灵暴露出行迹。很多蚯蚓被孩子不经意的鞋子踩扁。它们习惯隐身地表之下，用柔软的身体疏松土壤，因此，成为受园丁欢迎的益虫——对于植物来说，根部的土质不坚固，反而更益于生长，这相悖于一个人对基础和秩序的依赖。我蹲下来观察一只蚯蚓，它无力地瘫软在那里，可以对抗泥块和石子的力量对空气却无能为力。样子丑陋，盲眼，没有四肢，它是残疾的，缺乏逃脱本领——不知什么原因，它们在雨后纷纷钻出，毫无保护地裸露在潮湿地面，这是个危险行动，无异于集体自杀。一个小孩要试一试玩具铁铲的锋利，他将蚯蚓——拦腰斩断。蚯蚓扭动着，似乎在承受剧痛。然而，这场看似的悲剧并未终结，它有个出人意料的喜剧尾声——被切开的两部分，会发展为两条各自完整的蚯蚓。再生本领令人迷惑，在失去的位置复述那失去的——蚯蚓的回忆、想象和愿望如此之强烈，以至于它真的获得新生。人们惧于死的终点，灵药和宗教都不能让他们平息，而上帝，从未因祈祷之声而赦免他们永生，现在我们看到他令人惊讶的偏宠和戏弄：上帝把非凡的复活能力赋予这世上最卑不足道的蚯蚓。并且，这不是简单意义的重生，蚯蚓失去一条性命，换回两条。也许这是蚯蚓无畏死亡的原因，它们乐于与刀口相逢。在雨后的好日子里，死，让它们享有干净的无性生殖。想起小时候妈妈考过我的问题："一张方桌砍去一个角，还剩几个角？"我回答错了，答案并不是三个，而是五个。这不是四减一的数学问题，它包括奇妙的逻辑与转移：短促亏损，将以双倍的盈余补偿。蚯蚓携带复活的神迹，一语不发，潜行土层之中。

　　雨天，对另一种地下昆虫来说也是解放的通知，它的命运即将展开截然不同的篇章。知了猴用两只有力钳脚钩住土壁向上攀援，它马上就要见识阳光雨露，就要像它的父辈，拥有鸟一样的飞翔自由——在此之前，它已在沉寂、黑暗与孤独中度过多年。自由，是生命遭受奴役的理由。洞穴深邃幽暗，向上的道路细窄而漫长。洞口极小，比蚂蚁的洞口大不了多少，以停在上面针尖大的丁点阳光作为渺远希望，它忍耐长久的苦难。苦乐之间，保持一个悬殊比例，幸福处于塔尖的位置，那样高，那样远，又那样小。知了猴离地面越来越近，有时候，它会遇到意外的迎接——男孩正掘开表土，手指探进洞里。撤退往往已来不及，受害者终于明白了苦难尽头的东西，那是更大的苦难：油炸知了猴是男孩父亲最喜欢的下酒菜。有的知了猴被掏出后，孩子把它放在纱窗上。背脊裂开一条线，它要蜕壳了，事实证明，过去的厚重艰辛，最后仅等同为一层脆弱单薄的废弃皮壳。刚蜕出的蝉与几分钟之前样子迥异，嫩绿的，像个初春饱满的树芽。逐渐，它打开翅膀，轻盈透明的翅膀，相对笨拙身体，完全是件奢侈品——其实所有理想，都带有奢侈的性质。这只蝉沿着纱窗向上爬，但它永远也不会找到梦想中的栖枝了。它停住了，发音板振动起来，呼应窗外嘹亮的蝉鸣。那些幸运儿吮吸着树汁，而这一只，将很快死于绝望与干渴。几片叶影投递过来罩住这只蝉，像另一双隐蔽的阴凉的翅膀，要无声地带它飞走。我在空荡荡的树下，听着蝉近乎呐喊或哭诉的歌唱。

在一丛植物中，我发现一张蛛网完好无损，镶嵌着碎钻般的水滴，那些来自天上的小小暗器没有打断其中任何一根细丝，它谜一样悬在空中，被风轻轻吹动。丝网的主人今天一定会狩猎成功，因为它日常的谋杀行为中又加入了美的辅助。

草木得到雨水丰沛的灌溉。花朵格外美艳——秉承神的眼泪，用它们碎裂几片的托盘。我同时注意到，在羽鳞状叶片的层层遮护下，柏枝呈现出炭似的焦黑颜色，仿佛刚才不是经过水的洗涤，而是身历火的冶炼。水火之间难道本来不就存在奇异的置换吗？比如长时间握住一块冰，感到的却是烧灼般的痛楚，所以要想让一个被冻僵的人获得温暖，人们不是靠近火堆，而是用冰冷雪水搓遍他的全身，他会在冰雪的簇拥下恢复知觉。水火对立，又在对立中进行着诡秘的融合。谁能称出一朵火焰的重量，谁又能测定一场雨的幅员？一条彩虹横跨天际。雨水，洗净这座悬浮的拱桥，红橙黄绿青靛紫，它带有显而易见的幻境色彩，它的美让人不知所措。桥和台阶往往朴素，要以朴素衬照它们所指向的辉煌圣殿——我猜想，彩虹已华美至此，它通往的天国，那种灿烂与壮丽也许会让我们当场瞎掉。空气清新的雨后，孩子为彩虹欢呼。我们忍不住要向它跑去，而彩虹，不久就要把光芒收拢。也许我们稍加注意，就会觉察美的欺哄性质。彩虹永远出现在太阳的对面，当你向它靠近，最后发现那里只有空白的天际；而当你低头，你会明白追寻的结果就是背离阳光，地上只有自己浅淡而变形的影子。

不是所有的雨都恩泽给世界温柔和安慰。雨也可以成为一种天地暴力。乌云，像运输的灰漆水车，慢慢开动，寻找合适的卸装地点——让干旱的地方更干旱，让潮湿的地方更潮湿，它要制造出更广大的沙漠、更汹涌的洪水。天空迅速暗下来，变成低低的黑色，好像谁从大瓶子里倾倒出成吨的灰墨水。天边滚过隐隐雷声，好像一个巨人在走动。街上行人也加快了步伐，他们的脸上流露出紧张不安的表情。一场暴雨即将来临。

暴风雨每每令我恐慌。亲昵生欺侮，而敬畏规定了权位和等级。平静和完整被打破，雨，使这个世界瞬间布满划痕——只有钻石能在玻璃上切割，只有雨水能在空气中刻写。雨越下越大。愤怒的雨，像直立起来的奔流河水充塞一切空间，它带有显而易见的惩罚倾向。雷击之声剧烈敲击着耳膜，我缩在屋角，甚至不敢接近窗子，玻璃也被震得微微颤抖。闪电的剑柄从天而降。尤其在夜晚，频繁而短促的闪电，让我的眼前一会儿亮如白昼，一会儿又漆黑一团——整个世界就像一只坏了的日光灯管。在这摧枯拉朽的暴雨中，处身旷野的人无所荫护，他出于惧怕要去寻找能够遮挡在他头顶的东西，而这儿，什么也没有，除了树。他如此惊恐，以至于忘记常识的警告，他向那棵树跑去，似乎它的高大树冠可以提供某种保护，或者替他受过。其实，来自树木的安慰如同诱饵，是为了使他心甘情愿落入陷阱。树把闪电传导过来，而他不能承担这样大的电量，于是，他闭上眼睛，停下心跳，把自己作为一件献给雨神的祭品。这个人完全解除了对天谴的恐惧，并且只在一瞬之间。他的身上一滴血也没有，流过他身体的雨依然清洁。他头顶的树会在天晴后发出新芽，而命运不同，他不会苏醒，并且，他故乡的小儿子被雨淋湿，将在一场高烧中感染肺炎。暴雨就像细韧的鞭绳抽打，我可以感受到那种疼痛，并由此得知远方的灾难。

　　一天傍晚，雷雨交加。父亲在厨房准备收拾邻家送来的鱼，我坐在小板凳上，搅动脸盆里的水，试图让那些缺氧的鱼得到一点空气。这无济于事，我的帮助反而会延长鱼的痛苦。鱼皮光滑，像女人的肌肤，我不小心碰了一下，马上反射似的缩回手。在银闪闪的鳞片上，我发现一条清晰的侧线，好像手术缝合的痕迹那样。这条宿命的鱼似乎早有预感，它安静地躺在案板上，吐出最后几口气，等待刀刃，等待折叠着的身体被重新裁开。支流丰富的河川如同一棵分出枝丫的大树——生活在其中，鱼是水结出的果实。窗外风雨大作，听起来像为失去一个孩子而悲恸，但它无法施加拯救。这时，我忽然想起邻居叔叔送鱼过来，还顺便给了我一条很小的鱼，只有一寸来长，放在空罐头瓶里。对着阳光照一照，它像是一片银柳叶漂在浅水里。下午出去玩儿，我把它藏在一个保密的地点，可快下雨的时候，雷声吓得我匆匆跑回家，把小鱼忘在院子里了。我慌忙趴在窗台上，可是外面什么也看不清，只听见瓢泼大雨的击打之声。我心事重重地等待雨停。这个晚上，我没有睡好，伴着不息不止整夜的大雨，我做了许多奇奇怪怪的梦。

第二天我醒得特别早，清晨偷偷溜出家门，院子里没有一个人。我小心翼翼，走过湿滑泥泞的路面。拔开叶丛的掩护，拿出我的秘宝——可是我愣住了：罐头儿瓶里荡漾着半瓶不甚清湛的水，里面空空的，小鱼不见了！我不相信地摇晃着瓶子。没有人会发现我的藏宝处，雨水也没有漫过瓶口，难道小鱼会溶解在水里？或者，昨夜有一根特别的长长的雨线隐藏着，接走了它？忍冬青蜡质的卵形叶片，反出温和的白光，那上面水滴悬着，很久很久，没有落下，若是欲言又止的话语。雨中相互追随的苍蝇嗡嗡作响，听起来如同我脑子里轻微的轰鸣。那个年纪，我正处于摆脱对梦、神仙和会说话的苹果树的信任阶段，而一条体现魔法的鱼，让我在怀疑中安静下来。想起魔术，表演者走到观众群中，无中生有地钓上一尾红鲤。有一回钓竿竟然就伸在眼前，甩动的鱼尾几乎拍打在我惊讶的脸上。注定是一个谎言，却令人执迷不悟，我乐于听信。然而，后来在首都体育馆的一次演出让我大失所望。据说，那是个有名的民间艺人，穿着深蓝色的长袍，几分钟时间，他变出大小十余个鱼缸，里面的金鱼色彩斑斓、活泼游动——但这并不让人钦佩，刚才上场的时候，谁都看出他显得过分臃肿，长袍的下端被奇怪地撑开，他整个人好像一座矮墩的塔。携带的道具如此之重，他步履维艰，以至于甚至需要别人搀扶上台。这样的表演几近笑柄，魔术关键在于建立神秘感，而他旨在泄露，他的谜底已先于谜面公开。白发艺人身手灵活地退场，他的袍子宽宽荡荡。工作人员匆忙搬开众多鱼缸，现在无法把它们再变回长袍里了。轻易识破了机关，观众幸灾乐祸，又索然无味。而我的小鱼，能像银亮的剃刀般划开水体的小鱼，它消失了，没有留下任何线索，那背后的魔术师没有暴露一根他万能的手指。太阳穿过树木翡翠的叶簇，投下椭圆光斑，鳞片似的闪闪烁烁，灰黑而狭长的路面，宛如一条侧卧的鱼。沿着鱼脊，是一条回家的路。

战争，划分出征服与被俘，最后奉上的是带血剑柄；灾祸，区别了强者与弱者，首先蒙难的是无辜儿童。大雨过后，经常能发现浑身淋透的幼鸟挣扎在泥浆里。为什么神赐的明净雨水，到我们这里却成泥泞？什么在中途改变？抑或，雨也不过是天上的尘埃而已？一只麻雀雏毛羽稀疏，嘴角还未褪去鲜艳的黄色，风雨，使它过早结束摇篮时代。它被路过的一个男孩收养，我看到他眼里燃烧着奇异的亮光，在他半攥的拳里，麻雀小小的头颅更深地缩进颈部。癞蛤蟆缓慢地从隐居的角落爬出来，在它看来，一场雨，就是天降一个浅浅的幸福池塘——可惜，这种判断存在致命的美化成分。男孩纷纷用砖头击打，在石头重压下，我看到一条终于停止抽搐、渐渐收回的黄疸色后腿，它为了投奔理想而奔赴死亡。对于大量喝水的动物，雨，布置下海市蜃楼的欺骗场景。

一切都有相对称的展现背景，湿雾之于江面的汽轮，积雪之于深僻的村落，风之于外表沉默内心狂野的树冠，而雨，使草根复活，铁生锈，穷人的椽檩松动——它将抵达得更多更远，屋檐，山谷，夜晚，纸张，情人的脸，墓碑上斑驳的字迹……

2000年

《鸟群》云南人民出版社2000年版

信仰坐在我们中间多少时候了

何向阳

有意思的是，人们印象中的林徽因娴淑、文弱而瘦削，除掉确乎存在的多病因素，或者，熟识她故事和诗歌的人还会生出善感、敏锐或执情，对于她的概括还包括才女一类的陈词，会牵连到太太学堂年代的英式文学气派，那种氛围里的自由，和交谈时的话多好争论，所谓谈锋机健——这可是距人们印象中的闺淑有些远。传说中的美丽公主总是被人注意着她女性的一面——更多时候是身边周遭的男性观看赋予的，加以渲染扩展，为欣赏磨平着；不是说没有，有，但不是全部。然而，谁又能画出个全部，对待完美，总是纯一便足够，又有谁再追问其中的刚强与韧度？其背后的理由？

至少，这是一个从不放弃走的女人。一个走着的人。如那首诗不经意自述的：

> 我也看人流着流着过去来回
> 黑影中冲着波浪翻星点
> 我数桥上栏杆龙样头尾
> 像坐一条寂寞船，自己拉纤

《十月独行》的她并不是一个壁上观者，窗子以外的世界虽然相距遥远，却是有勇气把笔一搁地站起来说，"这叫作什么生活！"生的一切活动、滋味与颜色，百里的平原土地、起伏山峦，那么叫嚷着要被认识，于是她真是穿上了袜鞋要走一走的，山明水秀、古刹寺院、宋辽原物，探古寻胜么，才不那么简单悠闲。路上的徽因是与那些对她的印象或改写大不相同的，田亩一片，年年收成，还有洗衣裳缝被子的张家吕家百姓，迎着面，她们见识过她的真正气象，不同于在太太沙龙里的另一种。这个女人，温文、雍容，其里却刚烈要强，她是决不当观者的，自然也摒弃了几千年中国女性的被观特性，角色不是她要的，她要做的是一个人，有个性，有思想，并且对生命认真。旅途就是这么开始的：

> 我卷起一个包袱走，
> 过一个山坡子松，
> 又走过一个小庙门，
> 在早晨最早的一阵风中。
> 我心里没有埋怨，人或是神；
> 天底下的烦恼，连我的
> 拢总，
> 像已交给谁去，……
>
> 前面天空。
> 山中水那样清，
> 山前桥那么白净，——
>
> 我不知道造物者认不认得
> 自己图画；
> 乡下人的笠帽，草鞋，
> 乡下人的性情。

　　山东乡间的步行只是多年行路的一个缩影。"旅途中"此后成为林徽因生活中的功课，不仅是自愿投身的山西、河北、山东、浙江等地遍布中国的古文物建筑徒步考察，还有日军侵华战乱年代不得已的西南流亡，颠簸的尘土与愁苦一起写在脸上，还有疾病在这粗布上打着补丁，饥饿、困顿、病痛、家务是必得放弃些和平心境里长生的理想的，包括那些能够在灯下纸上细细描画的晚上。

> 我不敢问生命现在人该当如何
> 喘气！经验已如旧鞋底的穿破，
> 这纷歧道路上，石子和泥土模糊，
> 还是赤脚方便，去认取新的辛苦。

就是在这时，仍然有《彼此》的文字记录。和那一声探问式的提醒——"信仰坐在我们中间多少时候了？"这是她未敢忘的。是她总不放弃的。在每一寸土每一滴血已是可接触可把持的十分真实的事物而不仅一句话一个概念而已的年代，在"离散而相失……去故乡而就远""心婵媛而伤怀兮，眇不知其所蹠"的陌生城乡奔走的年代，生活其实很需要韧性支持的年代，相聚仍然会有朋友的一笑，会有友人递书中言说无论如何在这时候他为这老国家带着血活着或流血死去都觉荣耀。于是那样的句子写出来，"信仰坐在我们中间多少时候了"？！是呵，你我可曾觉察到，"信仰所给予我们的力量不也正是那坚忍韧性的倔强？我们都相信，我们只要都为它忠贞地活着或死去，我们的大国家自会永远地向前迈进，由一个时代到又一个时代"。一切都是这么彼此，相同。还有什么话说。连那共同酸甜的笑纹都要有力地横过历史的。这种力量是必要迸发的，如那要在雨里等着看虹的人所拥有的一份对美对生命的"完全诗意的信仰"，不是吗？不也一直在这样行走？和蔼、优容却也另样刚强。这是男人们不大能看到的大美，这种优雅高贵与质朴天真不正如你从不取媚于谁的坦然表情。

> 但我不信热血不仍在沸腾；
> 思想不仍铺在街上多少层；
> 甘心让来往车马狠命的轧压，
> 待从地面开花，另来一种完整。

这是怎样气魄。可惜并不是很多人能够读懂，或者欣赏，或者心疼。

但是不管，要走的，还是在走。不止脚步。也不因不被懂多做解释迟疑停留。又算得了什么，大地之上。

> 心此刻同沙漠一样平，
> 思想象孤独的一个阿拉伯人；
> 然而谁又曾想，
> 白袍，腰刀，长长的头巾，
> 浪似的云天，沙漠上风！

才是徽因。才是那个辗转于乡间为更好保留中国建筑文化传统所作的艰辛发现考察的人，如果不是具有这样气质，又怎能与事业同道生活伴侣梁思成一起为《中国建筑史》的撰写风尘仆仆，不要忘了，她肺、肾俱损，可是在照片上我看见她趴在河北正定开元寺钟楼梁架上，站在山西五台山佛光寺一座"经幢"侧的木架上；沈阳北陵、山西大同云冈、陕西跃县药王山药王庙、山东滋阳兴隆寺、河南洛阳龙门、北京香山，15省份200县2000座古建筑，她踏访大部；有一幅图片两人一同倚坐在北京天坛祈年殿屋顶上，1936年的林自豪地相信自己是中国历史上第一个敢于踏上皇帝祭天宫殿屋顶的女性。工作艰苦而充满兴味，徽因与热爱的事业热爱的人一起总是生机勃勃地，感染着身边的人，难怪同事莫宗江会对这样的野外调查发出赞叹，"看上去弱不禁风的女子，但是爬梁上柱，凡是男子能上去的地方，她就准能上得去"。

> 上面再添了足迹；
> 早晨，
> 早又到了黄昏，
> 这赓续
> 绵长的路……
>
> 不能问谁
> 想望的终点，——

没有终点

这前面。

　　这一种韧性，犹如护卫。做着前提。所以有《论中国建筑之几个特征》，有《平郊建筑杂录》《晋汾古建筑预查纪略》，有《中国建筑史》的宋金辽部分，有爱意在里面的《我们的首都》，这是路堆出来的。另一条路却是不可见的，那由美文、诗歌、小说、剧本、译文与书信记录的成长心路，再没有看过比《悼志摩》更好的怀人文字了，在对诗人人格的解释里其实不正说着自己类近的品质——纯净、认真、虔诚、善良、人性与不折不挠非坚持到底不可的理想主义；也再难看到《旅途中》这样文辞干净的诗了，"我卷起一个包袱走，过一个山坡子松"，真是要把一场人生都放在里面了。这两条路，如经纬来去，交互织着，"生命早描定它的式样"么？薄弱的身体加之无止的颠簸奔走劳顿与她争夺着时间，死亡呵，她已见了太多，友人的，亲人的，最后是自己的，医生也要大大惊讶了，她与疾病争夺了10年，正是这生命的最后争来的10年，使她为新中国做了一个知识分子该做的一切。生命已到秋天，红叶的火总要燃着的，哪怕流血般耗尽生命，也要去做，谁又能挡住一个情愿。

　　　谁能问这美丽的后面
　　　是什么？赌博时，眼闪亮，
　　　从不悔那猛上孤注的力量；
　　　都说任何苦痛去换任何一分，
　　　一毫，一个纤微的理想！

　　　所以脚步此刻仍在迈进，
　　　不能自己，不能停！

　　这时候的走，真有拿了整个生命赌上去的意思了。历史此后这样总结这个女子最后的工作，生命记载了她最后的三次拼搏：第一次是参与设计中华人民共和国国徽，她是梁思成、莫宗江、朱畅中、汪国瑜、高庄等同志组成的清华国徽设计小组中唯一的女性，绘图、试做、讨论、修改都在病中完成，定稿图案下的说明辞中林徽因写下了"国徽的内容为国旗、天安门、齿轮和麦稻穗，象征中国人民自'五四'运动、新民主主义革命斗争和工人阶级领导的以工农联盟为基础的人民民主专政的新中国的诞生"一行字，1950年6月23日全国政协一届二次大会召开并在毛主席提议下全体起立鼓掌通过梁、林主持设计的国徽图案时，她已经病弱得几乎不能从座椅上站起来；第二次是抢救景泰蓝，这个代表中国艺术高成就的国宝工艺就是在她的带领下，发现、发掘、设计、制作才在新中国不致失传而发展壮大的，她带学生，跑工厂作坊，谁能相信这时的她已是肺布满空洞、肾切除一侧、结核菌已到肠而一天只吃二两饭只睡四五个小时觉的人呢；第三次拼搏是参与人民英雄纪念碑的设计工作，主要承担纪念碑须弥座装饰浮雕设计，这也是她生命最后的英雄乐章。长期积劳，病情恶化，同仁医院1955年4月1日，这位勇敢地与死亡奋战到最后一刻从它那里多争到10年时间的女士走完了她51年的生命历程。如今八宝山革命公墓她的墓碑上朴素地镶嵌着她生命里最后的作品，石刻的牡丹、荷花、菊花图案同样象征着这个为信仰拼尽一生的知识分子女性的高贵、纯洁与坚韧。她也是一位英雄，是千万个为理想献身长眠于她（他）们曾爱过走过的大地上的一个。"献出我最热的一滴眼泪，/我的信仰，至诚，和爱的力量，/永远膜拜，/膜拜在你美的面前！"写诗的人这样说了，也这样做了。走过的路，会困苦，有怅惘，可是走着的人不是凄怨的，她身体虽有病痛，可是她的精神磊落而健康。这才是最重要的。行者，你是在与信仰走在一起呢！

> 知道我的日子仅是匆促的
> 几天，如果明年你同红叶
> 再红成火焰，我却不见，……
> ……
> 记下我曾为这山中红叶，
> 今天流血地存一堆信念！

信仰坐在我们中间多少时候了，一生一世，短不过百年，半百却是那要凝固你的时间，然而这样的灵魂怎么会死？行走不辍的人，谁又能阻住你的步子？

　　当我去了，还有没说完的话，
　　好像客人去后杯里留下的茶；
　　说的时候，同喝的机会，都已错过，
　　主客黯然，可不必再去惋惜它。
　　如果有点感伤，你把脸掉向窗外，
　　落日将尽时，西天上，总还留有晚霞。

　　总是这般辉煌的颜色，终于胜着灰暗疾病一筹。又会是一场出发吗？在草丛中读碑碣，在砖堆中间偶然还会碰到菩萨的一双手一个微笑？正像你坚信友人的作品自己的追寻会否长存，是看它们会否活在一些从不认识的、散在各时各处的孤单的人的心里；一扫功利与寂寞，也才能做到把个信仰理想握紧抓牢。
　　所以有：

　　算作一次过客在宇宙里，
　　认识这玲珑的生从容的死，
　　这飘忽的途程也就是个——
　　也就是个美丽美丽的梦。

　　所以在亲人的哀悼里会无愧说出也是自己的生命信条：

　　可能的情爱，家庭，儿女，及那所有
　　生的权利，喜悦；及生的纠纷！
　　你们给的真多，都为了谁？你相信
　　今后中国多少人的幸福要在
　　你的前头，比自己要紧；那不朽

中国的历史，还需要在世上永久。

谁说不是给后来者的一份特别遗嘱？

就是为了这个，这最后一句话，已经很久还要永久的，中国的历史——

你相信，你也做了，最后一切你交出。

《随笔》2000年2期

碗花糕

王充闾

一

小时候，一年到头最欢乐的日子要算是旧历除夕了。

除夕是亲人欢聚的日子。行人在外，再远也要赶回家去过个团圆年。而且，不分穷家富家，到了这个晚上，都要尽其所能痛快地吃上一顿。母亲常说："打一千，骂一万，丢不下三十晚上这顿饭。"老老少少，任谁都必须熬过夜半，送走了旧年、吃过了年饭再去睡觉。

我的大哥在外做瓦工，一年难得回家几次，但旧历年、中秋节却绝无例外地必然赶回来。到家后，第一件事是先给水缸满满地挑上几担水，然后再抢起斧头，劈上一小垛劈柴。到了除夕之夜，先帮嫂嫂剁好饺子馅，然后就盘腿上炕，陪着祖母和父亲、母亲玩纸牌。剩下的夜餐的活儿就由嫂嫂全包了。

一家人欢欢乐乐地说着笑着。《笑林广记》上的故事，本是寥寥数语，虽说是笑话，但"包袱"不多，笑料有限。可是，到了父亲嘴里就说起来有味、听起来有趣了。原来，他自幼曾跟说书的练过这一招儿。他逗大家笑得前仰后合，自己却顾自站一旁"吧嗒、吧嗒"地抽着老旱烟。我是个"自由民"，屋里屋外乱跑，但多数情况下听从嫂嫂的调遣。此刻，她正忙着擀面皮、包饺子，两手沾满了面粉，便让我把摆放饺子的盖帘拿过来。一会儿又喊着："小弟，递给我一碗水！"我也乐得跑前跑后，两手不闲。

到了亥时正点，也就是所谓"一夜连双岁，五更分二年"的"五更"时刻，哥哥到外面去放鞭炮，这边饺子也下锅了。煮了一会儿，估摸着已经熟了，母亲总要在屋里问上一句："煮挣了没有?"嫂嫂一定回答："挣了。"母亲听了，特别高兴，她要的就是这一句话。"挣了"，意为赚钱，如果说"煮破了"，那就不吉利了。热腾腾的一大盘饺子端了上来，全家人一边吃一边说笑着。突然，我喊："我的饺子里有一个钱。"嫂嫂的眼睛笑成了一道缝，甜甜地说："恭喜，恭喜! 我小弟的命就是好!"旧俗，谁能在大年夜里吃到铜钱，就会长年有福，一顺百顺。哥哥笑说，怎么偏偏小弟就能吃到铜钱，这里一定有说道，咱们得检查一下。说着，就夹起了我的饺子，一看，上面有一溜花边，其他饺子都没有。原来，铜钱是嫂嫂放在里面的，花边也是她捏的，最后又由她盛到我的碗里。谜底揭开了，逗得满场哄然腾笑起来。

父母膝下原有一女三男，早几年姐姐和二哥相继去世。大哥、大嫂都长我二十岁，他们成婚时，我才一生日多。嫂嫂姓孟，是本屯的姑娘，哥哥常年在外，她就经常把我抱到她的屋里去睡。她特别喜欢我，再忙再累也忘不了逗我玩，还给我缝制了许多衣裳。其时，母亲已经四十三四岁了，乐得清静，便听凭我整天泡在嫂嫂的屋里胡闹。后来，嫂嫂自己生了个小女孩，也还是照样地疼我爱我亲我抱我。有时我跑过去，正赶上她给小女儿哺乳，便把我也拉到她的胸前，我们就一左一右地吸吮起来。

但我印象最深刻的，还是嫂嫂蒸的"碗花糕"。她有个舅爷，在京城某王府的膳房里混过两年，别的没学会，但做一种蒸糕却是出色当行。一次，嫂嫂说她要"露一手"，不过，得准备一个大号的瓷碗，乡下闭塞，买不着，最后，还是她回家把舅爷传下来的浅花瓷碗捧了过来。一个面团是事先和好的，经过发酵，再加上一些黄豆面，搅拌两个鸡蛋和一点点白糖，上锅蒸好。吃起来又甜又香，外暄里嫩。家中每人分尝一块，其余的全都由我吃了。蒸糕做法看上去很简单，可是，母亲说，剂量配比、水分、火候都有讲究。嫂嫂也不搭言，只在一旁甜甜地浅笑着。

二

关于嫂嫂的相貌、模样，我至今也说不清楚。在孩子的心目中，似乎没有俊丑的区分，只有"笑面"或者"愁面"的感觉。小时候，我的祖母还在世，她给我的印象，是终日愁眉不展，似乎从来也没见到过笑容；而我的嫂嫂却生成了一张笑脸，两道眉毛弯弯的，一双水灵灵的大眼睛总带着盈盈笑意。不管我遇到怎样不快活的事，比如，心爱的小鸡雏被大狸猫捕吃了，赶庙会母亲拿不出钱来为我买彩塑的小泥人，只要看到嫂嫂那一双笑眼，便一天云彩全散了，即使正在哭闹着，只要嫂嫂把我抱起来，立刻就会破涕为笑。这时，嫂嫂便爱抚地轻轻地捏着我的鼻子，念叨着："一会儿哭，一会儿笑，小鸡鸡，没人要，娶不上媳妇，瞎胡闹。"

待我长到四五岁时，嫂嫂就常常引逗我做些惹人发笑的事。记得一个大年三十晚上，嫂嫂叫我到西院去，向堂嫂借枕头。堂嫂问："谁让你来借的？"我说："我嫂。"结果，在一片哄然笑闹中被堂嫂"骂"了出来。堂嫂隔着小山墙，对我嫂嫂笑骂我，嫂嫂又回骂了一句什么，于是，两个院落里便伴随着一阵阵爆竹的震响，腾起了叽叽嘎嘎的笑声。原来，旧俗：三十晚上到谁家去借枕头，等于要和人家的媳妇睡觉。这都是嫂嫂出于喜爱，让我出洋相，有意地捉弄我，拿我开心。

还有一年除夕，她在床头案板上切菜，忽然连声地喊叫着："小弟！快把荤油罐给我搬过来。"我便趔趔趄趄地从厨房把油罐搬到她的面前。只见嫂嫂拍手打掌地大笑起来，我却呆望着她，不知是怎么回事。过后，母亲告诉我，乡间习俗，谁要想早日"动婚"，就在年三十晚上搬一下荤油坛子。

嫂嫂虽然没有读过书，但十分通晓事体，记忆力也非常好。父亲讲过的故事、唱过的"子弟书"，我小时在家里"发蒙"读的《三字经》《百家姓》，她听过几遍后便能牢牢地记下来。我特别贪玩，家里靠近一个大沙岗，整天跑到那里去玩耍。早晨，父亲布置下两页书，我早就忘记背诵了，她便带上书跑到沙岗上催我快看，发现我浑身上下满是泥沙，便让我把衣服脱下，光着身子坐在树荫下攻读，她就跑到沙岗下面的水塘边，把脏衣服全部洗干净，然后晾在青草上。

我小时候又顽皮又淘气，一天到晚总是惹是生非。每当闯下祸端父亲要惩治时，总是嫂嫂出面为我讲情。这年春节的前一天，我们几个小伙伴随着大人到土地庙去给"土地爷"进香上供，供桌设在外面，大人有事先回去，留下我们在一旁看守着，防止供果被猪狗扒吃了。挨过两个时辰之后，再将供品端回家去，分给我们享用。所谓"心到佛知，上供人吃"。可是，两个时辰是很难熬的，于是，我们又免不了起歪作祸。家人走了以后，我便悄悄地从怀里摸出几个偷偷带去的"二踢脚"（一种爆竹），分别插在神龛前的香炉上，然后用香火一点燃，只听"劈——啪"一阵轰响，小庙里面便被炸得烟尘四散，一塌糊涂。自以为神不知鬼不觉，哪晓得，早被邻人发现了，告到了我的父亲那里。我却一无所知，坦然地溜回家去。看到嫂嫂等在门前，先是一愣，刚要向她炫耀我们的"战绩"，她却小声告诉我：一切都"露馅"了，见到父亲二话别说，立刻跪下，叩头认错。我依计而行，她则多长多短地叫个不停，赔着笑脸，又是装烟，又是递茶。父亲渐渐地消了气，叹说了一句："长大了，你能赶上嫂嫂一半，也就行了。"算是结案。

我家养了一头大黄牛，哥哥春节回家度假时，常常领着我逗它玩耍。他头上顶着一花围巾，在大黄牛面前逗引着，大黄牛便跳起来用犄角去顶，尾巴翘起老高老高，吸引了许多人围着观看。这年秋天，我跟着母亲、嫂嫂到棉田去摘棉花，顺便也把大黄牛赶到地边去放牧。忽然发现它跑到地里来嚼棉桃，我便跑过去扬起双臂轰赶。当时，我不过三四岁，胸前只系着一个花兜肚，没有穿衣服。大黄牛看我跑过来，以为又是在逗引它，便挺起了双角去顶我。结果，牛角挂在兜肚上，我被挑起四五尺高，然后抛落在地上，肚皮上出了两道血印子。周围的人都吓得目瞪口呆，母亲和嫂嫂呜呜地哭了起来。事后，村里人都说，我捡了一条小命。晚上，嫂嫂给我做了"碗花糕"，然后，叫我睡在她的身边，夜半悄悄地给我"叫魂"，说是白天吓得灵魂出窍了。

三

每当我惹事添乱，母亲就说："人作（读如昨）有祸，天作有雨。"果然，乐极生悲，祸从天降了。在我五岁这年，中秋节刚过，回家休假的哥哥突然染上了疟疾，几天下来也不见好转。父亲从镇上请来一位中医，把过脉之后，说怕是转成了伤寒，开出了一个药方。父亲随他去取了药，当天晚上哥哥就服下了，夜半出了一身透汗。明人沈复在《浮生六记》中，记载其父病疟返里，寒索火，热索冰，竟转伤寒，病势日重，后来延请名医诊治，幸得康复。而我的哥哥遇到的却是"杀人不用刀"的庸医，由于错下了药，结果，第二天就死去了。人说，这种病即使不看医生，几天过后也会逐渐痊复的。父亲逢人就说："人间难觅后悔药，我真悔青了肠子。"

他根本不相信，那么健壮的一个小伙子，眼看着生命就完结了。在床上停放了两整天，他和嫂嫂不合眼地枯守着，希望能看到哥哥长舒一口气，苏醒过来。最后，由于天气还热，实在放不住了，只好入殓，父亲却破命叫喊，不许扣上棺盖，不让钉上铆钉。而后又连续几天，深夜里到坟头去转悠，幻想能听到哥哥的呼叫声。母亲和嫂嫂双双地病倒了，东屋卧着一个，西屋卧着一个，原来雍雍乐乐、笑语欢腾的场面再也见不到了。我像是一个团团乱转的卷地蓬蒿，突然失去了家园，失去了根基。

冬去春来，天气还没有完全变暖，嫂嫂便换了一身月白色的衣服，衬着一副瘦弱的身躯和没有血色的面孔，似乎一下子苍老了许多。其实，这时她不过二十五六岁。父亲正筹划着送我到私塾里读书。嫂嫂一连几天，起早睡晚，忙着给我缝制新衣，还做了两次"碗花糕"。不知为什么，吃起来总觉着味道不及过去了。母亲看她一天天瘦削下来，说是太劳累了，劝她停下来歇歇，她说，等小弟再大一点娶了媳妇，我们家就好了。

一天晚上，坐在灯下，父亲问她下步有什么打算。她明确地表示，守着两位老人、守着小弟弟、带着女儿过一辈子，哪里也不去。

父亲说："我知道你说的是真话，没有掺半句假。可是……"

嫂嫂不让爹说下去，呜咽着说："我不想听这个可是。"

父亲说："你的一片心情我们都领了。可是，你还年轻，总要有个归宿。如果有个儿子，你的意见也不是不可以考虑，可是，只留下一个女儿，这怎么能行呢？"

嫂嫂说："等小弟长大了，结了婚，生了儿子，我抱过来一个，不也一样吗？"

父亲听了长叹一声："唉，真像杨家将的下场，七狼八虎，死的死，亡的亡，只剩下一个无拳无勇的杨六郎，谁知未来又能怎样？"

嫂嫂呜呜地哭个不停，翻来覆去，重复着一句话："爹，妈，就把我当作你们的女儿吧。"嫂嫂又反复亲我，问："小弟放不放嫂嫂走？"我一面晃着脑袋，一面号啕大哭。父亲、母亲也伤心地落下了眼泪。这场没有结果的谈话，暂时就这样收场了。

但是，嫂嫂的归宿问题到底成了两位老人的一块心病。一天夜间，父亲又和母亲说起这件事。他们说论起她的贤惠，是百里挑一，亲闺女也做不到这样。可是，总不能看着二十几岁的人这样守着我们。我们不能干那种伤天害理的事，我们于心难忍啊！

第二天，父亲去了嫂嫂的娘家，随后又把嫂嫂叫过去了，同她母亲一道，软一阵硬一阵，再次做她的思想工作。终归是"胳膊拧不过大腿"，嫂嫂同意改嫁了。两个月后，嫁到二十里外的郭泡屯。我们那一带的风俗，寡妇改嫁叫"出水"，一般都悄没声的，不举行婚礼，也不坐娶亲轿，而是由娘家的姐妹或者嫂嫂陪伴着，送上事先等在村头的婆家的大车，往往都是由新郎亲自赶车来接。那一天，为了怕我伤心，嫂嫂是趁着我上学，悄悄地溜出大门的。

午间回家，发现嫂嫂不在了，我问母亲，母亲只是默默地揭开锅，说是嫂嫂留给我的，原来是一块"碗花糕"，盛在浅花瓷碗里。我知道，这是最后一次吃这种蒸糕了，泪水唰唰地流下，却无论如何也不能下咽。

每年，嫂嫂都要回娘家一两次。一进门，就让她的侄子跑来送信，叫父亲母亲带我过去。因为旧俗，妇女改嫁后再不能登原来婆家的门，所谓"嫁出的媳妇泼出的水"。见面后，嫂嫂先上下打量我，说"又长高了""比上次瘦了",坐在炕沿上,把我夹在两腿中间,亲亲热热地同父亲拉着话,像女儿见到爹妈一样,说起来就没完,什么都想问,什么都想告诉。送走了父亲母亲,还要留我住上两天,赶上私塾开学,早上直接把我送到校舍去,晚上再接回家去。这样,一直到我长到十三四岁。

后来,我进县城、省城读书,又长期在外工作,难得见上嫂嫂一面了。因早年丧痛,又过分劳累,听说她身体一直不好。一次,回去探家,听母亲说,嫂嫂去世了。我感到万分的难过,万分的悲戚,觉得从她身上得到的太多太多,而我给予她的又实在太少太少,真是对不起这位母亲一般地爱我、怜我的伟大女性。引用韩愈《祭十二郎文》中的话,正是"汝病吾不知时,汝殁吾不知日,生不能相养以共居,殁不能抚汝以尽哀,殓不凭其棺,窆不临其穴","彼苍者天,曷其有极!"

一次,我向母亲偶然问起嫂嫂留下的浅花瓷碗,母亲说:"你走后,我和你父亲更感到孤单,越发想念她想念过去那段一家团聚的日子。见物如见人,经常把碗端起来看看,可是,你父亲手哆嗦了,碗又太重……"

就这样,我再也见不到我的嫂嫂,再也见不到那个蒸"碗花糕"的浅花瓷碗了。

《人民文学》2000年5期

九十述怀

季羡林

杜甫诗："人生七十古来稀。"对旧社会来说，这是完全正确的，因为它符合实际情况。但是，到了今天，老百姓却创造了三句顺口溜："七十小弟弟，八十多来兮，九十不稀奇。"这也是完全正确的，因为它符合实际情况。

但是，对我来说，却另有一番纠葛。我行年九十矣，是不是感到不稀奇呢？答案是：不是，又是。不是者，我没有感到不稀奇，而是感到稀奇，非常地稀奇。我曾在很多地方都说过，我在任何方面都是一个没有雄心壮志的人，我不会说大话，不敢说大话，在年龄方面也一样。我的第一本账只计划活四十岁到五十岁。因为我的父母都只活了四十多岁，遵照遗传的规律，遵照传统伦理道德，我不能也不应活得超过了父母。我又哪里知道，仿佛一转瞬间，我竟活过了从心所欲不逾矩之年，又进入了耄耋的境界，要向期颐进军了。这样一来，我能不感到稀奇吗？

但是，为什么又感到不稀奇呢？从目前的身体情况来看，除了眼睛和耳朵有点不算太大的问题和腿脚不太灵便外，自我感觉还是良好的，写一篇一两千字的文章，倚马可待。待人接物，应对进退，还是"难得糊涂"的。这一切都同十年前，或者更长的时间以前，没有什么两样。李太白诗："高堂明镜悲白发。"我不但发已全白（有人告诉我，又有黑发长出），而且秃了顶。这一切也都是事实，可惜我不是电影明星，一年照不了两次镜子，那一切我都不视不见。在潜意识中，自己还以为是"朝如青丝"哩。对我这样无知无识、麻木不仁的人，连上帝也没有办法。在这样的情况下，我怎么能会不感到不稀奇呢？

但是，我自己又觉得，我这种精神状态之所以能够产生，不是没有根据的。我国现行的退休制度，教授年龄是六十岁到七十岁。可是，就我个人而论，在学术研究上，我的冲刺起点是在八十岁以后。开了几十年的会，经过了不知道多少次政治运动，做过不知道多少次自我检查，也不知道多少次对别人进行批判，最后又经历了"十年浩劫"，"对酒当歌，人生几何？"我自己的一生就是这样白白地消磨过去了。如果不是造化小儿对我垂青，制止了我实行自己年龄计划的话，在我八十岁以前（这也算是高寿了）就"邃归道山"，我留给子孙后代的东西恐怕是不会多的。不多也不一定就是坏事。留下一些不痛不痒、灾梨祸枣的所谓著述，对任何人都没有好处。但是，对我自己来说，恐怕就要"另案处理"了。

　　在从八十岁到九十岁这个十年内，在我冲刺开始以后，颇有一些值得纪念的甜蜜的回忆。在撰写我一生最长的一部长达八十万字的著作《糖史》的过程中，颇有一些情节值得回忆、值得玩味。在长达两年的时间内，我每天跑一趟大图书馆，风雨无阻，寒暑无碍。燕园风光旖旎，四时景物不同。春天姹紫嫣红，夏天荷香盈塘，秋天红染霜叶，冬天六出蔽空。称之为人间仙境，也不为过。然而，在这两年中，我几乎天天都在这样瑰丽的风光中行走。可是我都视而不见，甚至不视不见。未名湖的涟漪，博雅塔的倒影，被外人视为奇观的胜景，也未能逃过我的漠然、懵然、无动于衷。我心中想到的只是大图书馆中的盈室满架的图书，鼻子里闻到的只有那里的书香。

　　《糖史》的写作完成以后，我又把阵地从大图书馆移到家中来，运筹于斗室之中，决战于几张桌子之上。我研究的对象变成了吐火罗文A方言的《弥勒会见记剧本》。这也不是一颗容易咬的核桃，非用上全力不行。最大的困难在于缺乏资料，而且多是国外的资料。没有办法，只有时不时地向海外求援。现在虽然号称为信息时代，可是我要的消息多是刁钻古怪的东西，一时难以搜寻，我只有耐着性子恭候。舞笔弄墨的朋友，大概都能体会到，当一篇文章正在进行写作时，忽然断了电，你心中真如火烧油浇，然而却毫无办法，只盼喜从天降了，只能听天由命了。此时燕园旖旎的风光，对于我似有似无，心里想到的、切盼的只有海外的来信。如此又熬了一年多，《弥勒会见记剧本》英译本终于在德国出版了。

两部著作完了以后，我平生大愿算是告一段落。痛定思痛，蓦地想到了，自己已是望九之年了。这样的岁数，古今中外的读书人能达到的只有极少数。我自己竟能置身其中，岂不大可喜哉！

我想停下来休息片刻，以利再战。这时就想到，我还有一个家。在一般人心目中，家是停泊休息的最好的港湾。我的家怎样呢？直白地说，我的家就我一个孤家寡人，我就是家，我一个人吃饱了，全家不饿。这样一来，我应该感觉很孤独了吧。然而并不。我的家庭"成员"实际上并不止我一个"人"。我还有四只极为活泼可爱的、一转眼就偷吃东西的、从我家乡山东临清带来的白色波斯猫，眼睛一黄一蓝。它们一点礼节都没有，一点规矩都不懂，时不时地爬上我的脖子，为所欲为，大胆放肆。有一只还专在我的裤腿上撒尿。这一切我不但不介意，而且顾而乐之，让猫们的自由主义恶性发展。

我的家庭"成员"还不止这样多，我还养了两只山大小校友张衡送给我的乌龟。乌龟这玩意儿，现在名声不算太好；但在古代却是长寿的象征。有些人的名字中也使用"龟"字，唐代就有李龟年、陆龟蒙等等。龟们的智商大概低于猫们，它们决不会从水中爬出来爬上我的肩头。但是，龟们也自有龟之乐，当我向它们喂食时，它们伸出了脖子，一口吞下一粒，它们显然是愉快的。可惜我遇不到惠施，他决不会同我争辩，我何以知道龟之乐。

我的家庭"成员"还没有到此为止，我还饲养了五只大甲鱼。甲鱼，在一般老百姓嘴里叫"王八"，是一个十分不光彩的名称，人们讳言之。然而，我却堂而皇之地养在大瓷缸内，一视同仁，毫无歧视之心。是不是我神经出了毛病？用不着请医生去检查，我神经十分正常。我认为，甲鱼同其他动物一样有生存的权利。称之为王八，是人类对它的诬蔑，是向它头上泼脏水。可惜甲鱼无知，不会向世界最高法庭去状告人类，还要求赔偿名誉费若干美元，而且要登报声明。我个人觉得，人类在新世纪、新千年中最重要的任务是处理好与大自然的关系。恩格斯已经警告过我们："不要过分陶醉于我们对自然界的胜利。对每一次这样的胜利，自然界都报复了我们。"一百多年来的历史事实，日益证明了恩格斯警告之正确与准确。在新世纪中，人类首先必须改恶向善，改掉乱吃其他动物的恶习。人类必须遵守宋代大儒张载的话："民吾同胞，物吾与也。"把甲鱼也看成是自己的伙伴，把大自然看成是自己的朋友，而不是征服的对象。这样一来，人类庶几能有美妙光辉的前途。至于对我自己，也许有人认为我是《世说新语》中的人物，放诞不拘。如果真是的话，那就，那就——由它去吧。

再继续谈我的家和我自己。

我在"十年浩劫"中，自己跳出来反对那位倒行逆施的"老佛爷"，被打倒在地，被戴上了无数顶莫须有的帽子，天天被打，被骂。最初也只觉得滑稽可笑。但"谎言说上一千遍，就变成了真理"，最后连我自己都怀疑起来了："此身合是坏人未？泪眼迷离问苍天。"其实我并没有那么坏；但在许多人眼中，我已经成了一个"不可接触者"。

然而，世事多变，人间正道。不知道是怎么一来，我竟转身一变成了一个"极可接触者"。我常以知了自比。知了的幼虫最初藏在地下，黄昏时爬上树干，天一明就蜕掉了旧壳，长出了翅膀，长鸣高枝，成了极富诗意的虫类，引得诗人"倚杖柴门外，临风听暮蝉"了。我现在就是一只长鸣高枝的蝉，名声四被，头上的桂冠比"文革"中头上戴的高帽子还要高出多多，有时候我自己都觉得脸红。其实我自己深知，我并没有那么好。然而，我这样发自肺腑的话，别人是不会相信的。这样一来，我虽孤家寡人，其实家里每天都是热闹非凡的。有一位多年的老同事，天天到我家里来"打工"，处理我的杂务，照顾我的生活，最重要的事情是给我读报，读信，因为我眼睛不好。还有就是同不断打电话来或者亲自登门来的自称是我的"崇拜者"的人们打交道。学校领导因为觉得我年纪已大，不能再招待那么多的来访者，在我门上贴出了通告，想制约一下来访者的袭来，但用处不大，许多客人都视而不见，照样敲门不误。有少数人竟在门外荷塘边上等上几个钟头。除了来访者打电话者外，还有扛着沉重的摄像机而来的电视台的导演和记者，以及每天都收到的数量颇大的信件和刊物。有一些年轻的大中学生，把我看成了有求必应的土地爷，或者能预言先知的季铁嘴，向我请求这请求那，向我倾诉对自己父母都不肯透露的心中的苦闷。这些都要我那位"打工"的老同事来处理，我那位"打工者"此时就成了拦驾大使。想尽花样，费尽唇舌，说服那些想来采访、想来拍电视的好心和热心又诚心的朋友，请他们少安毋躁。这是极为繁重而困难的工作，我能深切体会。其忙碌困难的情况，我是能理解的。

最让我高兴的是，我结交了不少新朋友。他们都是著名的书法家、画家、诗人、作家、教授。我们彼此之间，除了真挚的感情和友谊之外，决无所求于对方。我是相信缘分的，"有缘千里来相会，无缘对面不相识"，缘分是说不明道不白的东西，但又确实存在。我相信，我同朋友之间就是有缘分的。我们一见如故，无话不谈。没见面时，总惦记着见面的时间；既见面则如鱼得水，心旷神怡；分手后又是朝思暮想，忆念难忘。对我来说，他们不是亲属，胜似亲属。有人说："人生得一知己足矣。"我得到的却不只是一个知己，而是一群知己。有人说我活得非常滋润。此情此景，岂是"滋润"二字可以了得！

我是一个呆板保守的人，秉性固执。几十年养成的习惯，我决不改变。一身卡其布的中山装，国内外不变，季节变化不变，别人认为是老顽固，我则自称是"博物馆的人物"，以示"抵抗"，后发制人。生活习惯也决不改变。四五十年来养成了早起的习惯，每天早晨四点半起床，前后差不了五分钟。古人说"黎明即起"，对我来说，这话夏天是适合的；冬天则是在黎明之前几个小时，我就起来了。我五点吃早点，可以说是先天下之早点而早点。吃完立即工作。我的工作主要是爬格子。几十年来，我已经爬出了上千万的字。这些东西都值得爬吗？我认为是值得的。我爬出的东西不见得都是精金粹玉，都是甘露醍醐，吃了能让人升天成仙。但是其中绝没有毒药，绝没有假冒伪劣，读了以后至少能让人获得点享受，能让人爱国，爱乡，爱人类，爱自然，爱儿童，爱一切美好的东西。总之一句话，能让人在精神境界中有所收益。我常常自己警告说：人吃饭是为了活着，但活着绝不是为了吃饭。人的一生是短暂的，决不能白白把生命浪费掉。如果我有一天工作没有什么收获，晚上躺在床上就疚愧难安，认为是慢性自杀。爬格子有没有名利思想呢？坦白地说，过去是有的。可是到了今天，名利对我都没有什么用处了，我之所以仍然爬，是出于惯性，其他冠冕堂皇的话，我说不出。"爬格不知老已至，名利于我如浮云"，或可能道出我现在的心情。

你想到过死没有呢？我仿佛听到有人在问。好，这话正问到节骨眼上。是的，我想到过死，过去也曾想到死，现在想得更多而已。在"十年浩劫"中，在1967年，一个千钧一发般的小插曲使我避免了走上"自绝于人民"的道路。从那以后，我认为，我已经死过一次，多活一天，都是赚的，到现在已经三十多年了，我真赚了个满堂满贯，真成为一个特殊的大富翁了。但人总是要死的，在这方面，谁也没有特权，没有豁免权。虽然常言道"黄泉路上无老少"，但是，老年人毕竟有优先权。燕园是一个出老寿星的宝地。我虽年届九旬，但按照年龄顺序排队，我仍落在十几名之后。我曾私自发下宏愿大誓：在向八宝山的攀登中，我一定按照年龄顺序鱼贯而登，决不抢班夺权，硬去加塞。至于事实究竟如何，那就请听下回分解了。

既然已经死过一次，多少年来，我总以为自己已经参悟了人生。我常拿陶渊明的四句诗当作座右铭："纵浪大化中，不喜亦不惧，应尽便须尽，无复独多虑。"现在才逐渐发现，我自己并没能完全做到。常常想到死，就是一个证明，我有时幻想，自己为什么不能像朋友送给我摆在桌上的奇石那样，自己没有生命，但也决不会有死呢？我有时候也幻想，能不能让造物主勒住时间前进的步伐，让太阳和月亮永远明亮，地球上一切生物都停住不动，不老呢？哪怕是停上十年八年呢？大家千万不要误会，认为我怕死怕得要命。决不是那样。我早就认识到，永远变动，永不停息，是宇宙根本规律，要求不变是荒唐的。万物方生方死，是至理名言。江文通《恨赋》中说："自古皆有死，莫不饮恨而吞声。"那是没有见地的庸人之举，我虽庸陋，水平还不会那样低。即使我做不到热烈欢迎大限之来临，我也决不会饮恨吞声。

但是，人类是心中充满了矛盾的动物，其他动物没有思想，也就不会有这样多的矛盾。我忝列人类的一分子，心里面的矛盾总是免不了的。我现在是一方面眷恋人生，一方面却又觉得，自己活得实在太辛苦了，我想休息一下了。我向往庄子的话："大块载我以形，劳我以生。"大家千万不要误会，以为我就要自杀。自杀那玩意儿我决不会再干了。在别人眼中，我现在活得真是非常非常惬意了。不虞之誉，纷至沓来；求全之毁，几乎绝迹。我所到之处，见到的只有笑脸，感到的只有温暖。时时如坐春风，处处如沐春雨，人生至此，实在是真应该满足了。然而，实际情况却并不完全是这样惬意。古人说："不如意事常八九。"这话对我现在来说也是适用的。我时不时地总会碰到一些令人不愉快的事情，让自己的心情半天难以平静。即使在春风得意中，我也有自己的苦恼。我明明是一头瘦骨嶙峋的老牛，却有时被认成是日产鲜奶千磅的硕大的肥牛。已经挤出了奶水五百磅，还求索不止，认为我打了埋伏。其中情味，实难以为外人道也。这逼得我不能不想到休息。

我现在不时想到，自己活得太长了，快到一个世纪了。九十年前，山东临清县一个既穷又小的官庄出生了一个野小子，竟走出了官庄，走出了临清，走到了济南，走到了北京，走到了德国；后来又走遍了几个大洲，几十个国家。如果把我的足迹画成一条长线的话，这条长线能绕地球几周。我看过埃及的金字塔，看过两河流域的古文化遗址，看过印度的泰姬陵，看过非洲的撒哈拉大沙漠，以及国内外的许多名山大川。我曾住过总统府之类的豪华宾馆，会见过许多总统、总理一级的人物，在流俗人的眼中，真可谓极风光之能事了。然而，我走过的漫长的道路并不总是铺着玫瑰花的，有时也荆棘丛生。我经过山重水复，也经过柳暗花明；走过阳关大道，也走过独木小桥。我曾到阎王爷那里去报到，没有被接纳。终于曲曲折折，颠颠簸簸，坎坎坷坷，磕磕碰碰，走到了今天。现在就坐在燕园朗润园中一个玻璃窗下，写着《九十述怀》。窗外已是寒冬。荷塘里在夏天接天映日的荷花，只剩下干枯的残叶在寒风中摇曳。玉兰花也只留下光秃秃的枝干在那里苦撑。但是，我知道，我仿佛看到荷花蜷曲在冰下淤泥里做着春天的梦；玉兰花则在枝头梦着"春意闹"。它们都在活着，只是暂时地休息，养精蓄锐，好在明年新世纪、新千年中开出更多更艳丽的花朵。

我自己当然也在活着。可是我活得太久了，活得太累了。歌德暮年在一首著名的小诗中想到休息，我也真想休息一下了。但是，这是绝对不可能的。我就像鲁迅笔下的那一位"过客"那样，我的任务就是向前走，向前走。前方是什么地方呢？老翁看到的是坟墓，小女孩看到的是野百合花。我写《八十述怀》时，看到的是野百合花多于坟墓，今天则倒了一个个儿，坟墓多而野百合花少了。不管怎样，反正我是非走上前去不行的，不管是坟墓，还是野百合花，都不能阻挡我的步伐。冯友兰先生的"何止于米"，我已经越过了米的阶段。下一步就是"相期以茶"了。我觉得，我目前的选择只有眼前这一条路，这一条路并不遥远。等到我十年后再写《百岁述怀》的时候，那就离茶不远了。

《十月》2001年3期

我吻女儿的前额

阎　纲

美丽的夭亡。她没有选择眼泪。

女儿阎荷，取"延河"的谐音，爸妈都是陕西人。菡萏初成，韵致淡雅，越长越像一枝月下的清荷。大家和她告别时，她的胸前置放着一枝枝荷花，总共38朵。

女儿1988年查出肿瘤，从此一病不起。两次大手术，接二连三地检查、化疗、输血、打吊针，"那瓶走尽这瓶流，点滴何时是个头？"祸从天降，急切的宽慰显得苍白无力，气氛悲凉。可是，枕边一簇簇鲜花不时地对她绽出笑容，她睁开双眼，反而用沉静的神态和温煦的目光宽慰我们。我不忍心看着女儿被痛苦百般折磨的样子，便俯下身去，梳理她的头发，轻吻她的前额。

神使鬼差般地，我穿过甬道，来到协和医院的老楼。21年前，也是协和医院，我在西门口等候女儿做扁桃腺手术出来。女儿说："疼极了！医生问我幼儿时为什么不做，现在当然很痛。"其状甚惨，但硬是忍着不哭，怕我难过。羊角小辫，黑带儿布鞋。

19年前，同是现在的六七月间，我住协和医院手术。

穿过甬道拐进地下室，再往右，是我当年的病房，死呀活呀的，一分一秒的，就是在这里度过的，这里还留着女儿的身影。此前，我在隆福医院手术输血抢救，女儿13岁，小小的年纪，向我神秘地传递妈妈在天安门广场的见闻，带来天安门诗抄偷偷念给我听。她用两张硬板椅子对起来睡在上面陪护，夜里只要我稍重的一声呼吸或者轻微的一个翻动，她立刻机警地、几乎同步地坐起俯在我的身边，那眼神与我方才在楼上病房面对的眼神酷似无异。她不敢熟睡。她监视我不准吸烟。有时，女儿的劝慰比止痛针还要灵验。

回到病房，我又劝慰女儿说："现在我们看的是最好的西医郎景和，最好的中医黄传贵，当年我住院手术不也挺过来了？那时好吓人的！"女儿嘴角一笑，说："你那算什么？'轻松过关'而已。"她千叮咛、万嘱咐，一定让提醒那些对妇科检查疏忽大意的亲友，务必警惕卵巢肿瘤不知不觉癌变的危险，卵巢是个是非之地，特别隐蔽，若不及时诊治，就跟她一样受大罪了。

最后的日子里，五大痛苦日夜折磨着我的女儿：肿瘤吞噬器官造成的巨痛；无药可止的奇痒；水米不进的肠梗阻；腿、脚高度浮肿；上气不接下气的哮喘。谁受得了呵？而且，不间断地用药、做检查，每天照例的检血、挂吊针，不能将痛苦减轻到常人能够忍受的程度。身上插着管子，都是捆绑女儿的锁链，叫她无时无刻不在炼狱里经受煎熬。

"舅妈……舅妈！"当小外甥跑着跳着到病房看望她时，她问了孩子这样一句话："小镤，你看舅妈惨不惨呀？"孩子大声应道："惨——"声音拉得很长，病房的气氛顿觉凄凉。同病房有个6岁的病友叫明月，一天，阎荷坐起梳头，神情坦然，只听到一声高叫："阎荷阿姨，你真好看，你用的什么化妆品呀？"女儿无力地笑着："阿姨抹的是酱豆腐！"惹得病房一阵笑声。张锲和周明几位作家看望，称赞："咪咪，真坚强！"女儿报以浅笑，说："病，也坚强！"又让人一阵心酸。

胃管里流出黑色的血，医生急忙注射保护胃黏膜和止血的针剂，接着输血。女儿说："现在最讨厌的是肠梗阻。爸，为什么不上网求助国际医学界？"我无言以对。女儿相信我，我会举出种种有名有姓的克癌成果和故事安抚她，让她以过人的毅力，一拼赢弱不堪的肢体，等待奇迹的出现。我的心情十分矛盾：一个比女儿还要清醒、还要绝望的父亲，是不是太残忍？可是，我又能怎么做呢？只能把眼泪往肚里咽，只能以最大的耐心和超负荷的劳碌让她感受亲情的强大支持。夜深了，女儿周身疼痛，但执意叫我停止按摩，回家休息。我离开时，吻了吻她的手，她又拉回我的手不舍地吻着。我一步三回头地出了病房，下楼复上楼，见女儿已经关灯，枕边收音机的指示灯如芥的红光在黑暗中挣扎。一个比白天还要难熬的长夜开始折磨她了。我多想返回她的身边啊！但不能，在这些推让上，她很执拗。

父爱、爱父，爱到深处是不忍！

女儿在病房从不流露悲观情绪，她善良、聪颖，稳重而有风趣，只要还有力气说话，总要给大家送上一份真情的、不含苦涩的慰藉，大人孩子、护士大夫都喜欢她，说"阎荷的病床就是一个快乐角，什么心里话都愿意说给她听"。

7月18日凌晨4时，女儿喘急，不停地捯气儿，大家的心随着监护仪上不断闪动的数字紧张地跳动。各种数字均出现异常，血氧降至17。外孙女给妈妈擦拭眼角溢出的泪水。10时20分，女儿忽然张口用微弱的语调问了声："怎么还不给我抽胸水？"这是她留给亲人们最后的一句话。

她用捯气儿抵御窒息，坚持着、挣扎着，痛苦万分。我发现女儿的低压突然降到32，女婿即刻爬到她的胸前不停地呼叫："咪咪，咪咪，你睁眼，睁眼看我……咪！"女儿眼睛睁开了，但是失去光泽……哭声大作。大夫说："大家记住时间：10点36。这对阎荷也是一种解脱，你们多多保重！现在让我们擦洗、更衣、包裹……"可怜的女儿，疼痛的双腿依然翘着。护士们说："阎荷什么时候都爱干净。阎荷，给你患处贴上胶布，好干干净净地上路。"又劝慰大家说："少受些罪好。阎荷是好人！"女儿的好友甄颖，随手接过一把剪子，对着女儿耳语："阎荷，取你一撮头发留给妈妈，就这么一小撮。"整个病房惊愕不已。

女儿离去后，有泪皆成血，无声不断肠，但是我如梦如痴，紧紧抓住那只惨白的手，眼睁睁看着她的眸子渐渐地黯淡下来，却哭不出声来。我吻着女儿的前额。《文艺报》的李兴叶、贺绍俊、小韩、小娟闻讯赶来，痛惜之余，征询后事。我说："阎荷生前郑重表示'不要搞任何仪式，不要发表任何文字'。非常感谢报社和作协，你们给予她诚挚的关爱，在她首次手术时竟然等候了10个小时！"

妈妈的眼睛哭坏了。伴随着哭声，我们将女儿推进太平间，一个带有编号的抽屉打开了，已经来到另外一个世界。我抚摸着她僵硬疼痛的双腿，再吻她的前额，顶着花白的头发对着黑发人说："孩子，过不多久，你我在天国相会。"

八宝山的告别室里，悬挂着女儿的遗言："大家对我这么好，我无力回报。我奉献给大家的只有一句话：珍惜生命。"那天来的亲友很多，文艺报社和作家协会的领导几乎都到了，女儿心里受用不起，她生来就不愿意惊扰别人。

女儿的上衣口袋里，贴身装着一张纸片，是她和女婿的笔谈记录，因为她说话已经相当困难了。血书般的纸片，女婿至今不敢触目。

——等你好了，我们好好生活。

——哪儿有个好啊？美好的时光只能回忆了。

——只要心中有我们，一定能够战胜疾病。

——我心中始终有你们，却没能控制住疾病。如果还有来世，只盼来世我俩有缘再做夫妻，我将好好报答你。

——从今天开始咱俩谁也不能说过分的话，好吗？

——这些都是心里话，因为我觉得特别对不住你们，你们招谁惹谁了，正常的生活都不能维持。

——你有病，我们帮不了忙，不能替你受苦。

——谁也别替我受苦了，还是我一人承受了吧。我只希望这痛苦早些结束，否则劳民伤财。真的，我别无他求，早些结束对我来说是最大的幸福。

——别这么想，只要有一点希望咱们俩就要坚持，为了我，是不是我太自私了。

——坚持下去又会怎样呢？你看你们每天跑来跑去，挺累的，为了你们，我看还是不再坚持为好。肠梗阻太讨厌了！

——生病没有舒服的，特别痛苦，你遇事不慌，想得开，我看是有希望的。

——你看不行，你是大夫吗（玩笑）？

——你知道多少人惦着你呀？

——大家对我这么好，我无力回报。我奉献给大家的只有一句话：珍惜生命。我真的爱大家，爱你，爱丝丝，爱咱们这个家，都爱疯了，怎么办？真羡慕你们正常人的生活，自由地行走，尽情地吃喝。没办法，命不好。酷刑！胃液满了吧？快去看看！

后来，又在她的电脑里发现一则有标题短文，约作于第十一次化疗之后。惧怕的事情终于发生了，她却变得坦然。"思丝"即思恋青丝，女儿的女儿也叫丝丝。

思丝

做梦也没有想到，我，一个12岁孩子的妈妈、满头青丝的妇女同志会以秃头示人。更没有想到，毅然剃发之后竟不在意地在房间内跑来跑去，倒是轻松，仿佛"烦恼丝"没了，烦恼也随之无影无踪，爽！

活了30多岁，还没见过自己的头型呢，这次，嘿，让我逮个正着。没头发好。

摸着没有头发的脑袋，想一想也不错。往常这时候我该费一番脑筋琢磨这头是在楼下收拾收拾呢，还是受累到马路对面的理发店修理修理？是多花几块洗洗呢，还是省点钱自己弄弄？掉到衣服上的头发渣真麻烦，且弄一阵儿呢。没头发好。

没了头发才明白为什么有人愿意剃光头。盛夏酷暑，燥热难耐，哪怕悄悄过来一股小风，没有头发的脑袋立马就感到丝丝凉意，那是满头青丝的人无论如何也体会不到的。没头发好。

没有头发省了洗发水，没有头发节约护发素，没有头发不用劳驾梳子，没有头发不会掉头皮屑。没头发好。

没头发的时候，只能挖空心思发挥其优势，有什么办法呢？再怎么说，这头也得秃着啊。

我翘首盼着那一天，健康重现、青丝再生。到那时，我注定会跑到自己满意的理发店去，看我怎么摆弄这一撮撮来之不易的冤家。洗发水、护发素？拣最好、最贵的买喽！还有酷暑呀？它酷它的，我美我的，谁爱光头谁光去，反正我不！

衰惫与坚强，凄怆与坦荡，生与死，抚慰与反抚慰……生命的巨大反差，留给亲友们心灵上难以平复的创痛。

吻别女儿，痛定思痛，觉得死亡也没有什么可怕。死后，我将会再见先我一步在那儿的女儿和我心爱的一切人，所以，我活着就要爱人，爱良心未泯的人，爱这诡谲的宇宙，爱生命本身，爱每一本展开的书，与世界上第一流的思想家作精神上的交流。

《散文》2001年6期

一个人怎样变得衰弱

彭　程

"人皆向往自由，却无往而不在樊笼中。"这是一句名言。

受这个句式启发，我杜撰了这样一个说法：人总是讴歌强壮，却不幸每每与衰弱相邻。

请注意，这里我并非指身体的衰老和虚弱。衰老是一切生命体的共同原则，对此只有领受而已。就像大山矗立，大河流淌，是一桩铁一样的事实，哪里需要我们思辨诘问？明代理学家王阳明盯着一棵竹子看，"格物"以求"致知"，那毕竟是哲学家的怪癖，说好听些是职业习惯。我们平常人，依据常识行事也就够了。

但我要说的却并非纯粹的生物过程。我说的是一种精神的委顿，情感的倦怠，生命意志的自我否定，欲望热情的主动弃绝。这种情形，并不像生物体的衰老那样，无人可以逃避，而是因人而异，大相径庭。"身未老、心先死"者有之，"老夫聊发少年狂"者亦有之。既然如此，也就有探究的必要。

生命适合以四季来比拟。先是春天，明媚娇艳，破土而出的禾苗，绽放新绿的树木，皆是生命在欢喜呐喊。继之以葱茏的夏，活力和热情像喷发的暑气，笼天罩地，酣畅淋漓，无从躲避。再之以沉郁的秋，深邃明净，丈量不出的广阔与深厚。最后是冬天，木叶凋零，寒凝大地，在静默中奏响一阕寂灭和轮回的乐曲，安详而神秘。但为什么有那么多那么严重的错位？尚在中年，就预支了晚秋萧瑟的悲凉。黄昏甫至，本来尚留"余霞散成绮"的绚烂，但过早地呈现为霞彩燃尽后的黯淡暮霭，沉重如铅色。

"他提前进入了自己的冬季。"这句话出自某位著名的外国诗人的一首诗作。请原谅我糟糕的记性。

目光浑浊了，声音冷漠了，脚步迟缓了，但并非仅仅起因于自然年龄的增加。激情沉睡了，意志暗哑了，幻想不再飞扬，却完全来自精神的疲惫。

提前进入冬季的人，远比我们想象的要多。

他可能是我们的父兄，在年富力强时，就早早卸下了行囊，过早地为晚年的岁月筹划。可能是单位的一个同事，每天第一个来，最后一个走，但从他对待每一张报纸、每一条小道消息的热心，你知道他心里是凌乱涣散的。可能是一个朋友，数年不通音信，一朝相见，发现和当年毫无二致。然而你想到的不是青春永驻，而是一种难以忍受的停滞：为什么岁月能够使五谷丰登，却不曾让他在夸夸其谈外增添些许真正令人感到鼓舞的东西？

火焰黯淡了，在本来应该炽烈燃烧的时候。

那么，一个人怎样变得衰弱？

有些悲剧显现很强的因果关联。为什么一些巨大的灾难，会特别眷顾某些人？当一个如花怒放的年轻生命，被一次飞来的车祸、一场绵延的疾病毁灭，我们不能苛求他或她的亲人能够承受这一切，微笑依旧从容，如果这个生命不过是如你我一样的庸常资质。因为，魔鬼的指爪同时也挖破了他的心，伤痕累累，血迹斑斑。还有，在一段漫长的岁月里，非人的政治灾难曾是笼罩这块古老土地的无边梦魇，它繁衍了丰饶的苦难，压碎了多少灵魂。毁损于暗无天日的黑牢中的视力，阳光也无法使之痊愈复原。

但这里，我们只想谈谈一个容易被忽略的方面。它不涉及非人力所能承受的横逆之灾，也撇开戏剧性的起伏跌宕鬼斧神工，而是一些日常的、熟视无睹的负面习性。它们让人想到一个成语"积羽沉舟"——轻得几乎没有重量的羽毛，慢慢堆积，却能够将一条船压沉。

仿佛一片暮色中的、刚刚收割过的原野，未刨尽的根茬，坑洼不平的地面，有那么多让人绊倒、陷落的可能性一样，精神或者情感的缺陷，也随时在生命的路途中设下了陷阱。一个个陷阱就是一张张嘴巴，咬噬我们的生命之躯。

都是些什么样的角色，吸血鬼一样吮吸着我们的精血，使得我们面色苍白，疲惫不堪？我们认识它们吗？

它有许多的名字，仿佛一场戏要求许多演员。但总有几个是主角，操纵故事发展，决定剧情走向。根据登场的次数频度，发挥的作用影响，其中最活跃的一个主角，名字叫作"习惯"。它最突出的特征，是自身的不停息的增殖和膨胀，仿佛滚雪球，最初只有一小团，越来越大，直到成为庞然大物。而时间，便是那一片使雪球得以不断吸附积雪从而扩张自身的雪地。譬喻以算术，它的形成过程好比加法，由一到二，由二到三，但它所呈现的结果却分明是乘法的，是令人吃惊的大数。到最后，又更接近除法——拿实际的获取和期望值相比较，生命的账目上只有些可怜的零数。习惯，就这样把人拖入无望的黑暗之域。

"冤枉我了！"一个声音在叫屈，为自己辩解。原来它也叫同样的名字，却属于方向相反的另外一支队伍，队首的大纛上，写着的是勤奋、勇敢、进取等等字眼。在它的前方，隐约可见一片光明的田野，歌声在飘荡。习惯，可使人死，亦可使人生，全看它是什么标签。看来我们需要加上修饰词，以区别有着天渊之别的二者。需要提防的，实在只是那些戕害生命的恶习，诸如拖延、懒怠、畏惧，都是其麾下羸弱的兵士。

第二主角的名字也许应该叫作"空想"。他怎么看都像是一个思想者，思索贯穿于其生存的每一方面，每一瞬间，如影随身。和前者相比，他的形象似乎更具备某种亲和力。不停顿的思索难道有什么不妥？周密的考虑，反复的斟酌，不正是为了目标明朗、道路正确吗？问题是除了思考，他从不做别的，思考因而成了一颗不发芽的种粒。"生存还是毁灭？这是一个问题。"——他可能会让某些人联想起哈姆雷特王子，面对弑父夺母的僭越者，却迟迟不能挥动手中的长剑。但这只是错觉。二者只是在缺乏行动这一点上相似。哈姆雷特陷溺于怀疑的迷雾中，找不到行动的理由，但我们这位主角的迟疑却没有相应的价值支撑。他清楚自己的目标，却匮乏行动的意志。毕竟，构想比实行容易得多。结果，他每天一遍遍修订自己的梦想，使之无比丰富生动，却从不诉诸实施。在他的梦想和行动之间隔着一道巨大的鸿沟，巨人和婴孩的区别，勉强可以比拟这种不成比例的对照。梦想因此降格、蜕变为空想。

他为什么不跨出这一步？难道他不知道，唯有行动才产生价值，行动才是一切？这有些不可思议，然而却在每天的现实生活中反复搬演。他磨剑的工夫太长了，等到终于决定挺剑一击时——有这样的一天吗？——目标早已不知所终了。这样，一出戏剧就变味了，成了极富讽喻意味的滑稽剧。这样的人实在太多了！哪怕只有百分之一的人成为行动者，世界会是另外一种样子。

当然还有第三、第四个名字……

绘出衰弱因子的详细家族谱系不是我的任务。我只是举例提醒人们，一定要注意这种静悄悄的杀戮。每一种衰弱的症候都仿佛防波堤上的蚁穴，初看微不足道，但若不及时排除，任其发育扩大，总有一天将溃决生命的堤坝。

与此相关，还需要搞清楚这样一点：当某一张欲吞噬我们的嘴巴凑近脸颊时，我们为什么不但不觉得恐惧，反而感到亲吻般的惬意？

这些精神衰弱的因子，有时会以假面孔显现，甚至是一种接近美德的形式。对此尤其需要警醒。我认识一个有志于成为著名作家的写作者，他的发轫之作确实闪耀着罕见的才华之光，使人不由得对他有所期许。为了创作出伟大的作品，他一再推迟拿起手中的笔。十几年过去，当年远不及他的人都有了丰硕的收获，他却只发表了几篇短小的故事。实际情形是，他不愿承认自己的懒惰，不肯聚集起全部力量同字词搏斗，不敢坦然面对写作中随时会遭遇的过程的艰难和结果的平庸——这其实是再正常不过的事。为了回答人们的疑问，摆脱某种尴尬的局面，他总是声称他在夯实基础，潜心打磨，一定要耐住寂寞，穷毕生之力成就一部杰作。这样的话重复千万次之后，他自己居然都相信了，从而得以纵容自己的堕落而心安理得。等到他终于认识到或者说承认了这不过是谎言时，惰性已经深深地侵入了他的血液和神经，时间已经不允许他走出新路。他唯有出局。

总之，一个人就这样变得衰弱了。

那么，进一步想，这是否意味着，如果我们能够及时地、充分地意识到这些，认识清楚形形色色的惰性行为背后的窒息生命的本质所在，我们就能够挣脱它们的羁绊?

不存在长久的遮蔽。每个人迟早都会憬悟，哪怕天性愚顽，闭目塞听。仿佛街巷间最幽深曲折的旮旯，也会在一天中的某个时辰，渗透进一缕阳光。因为这种事情会无数次重复，而时间又是那样悠长，足以完成一次精神的感光，彰显其暗昧的本质。

但重要的不是认识到，而是真实的行动，是与之角力并战而胜之。意志力——这才是关键。

然而此刻，生存显露了其惨淡景象，让我们不由得倒吸一口凉气——失败者满山遍野。

对许多人来说，倘若始终不曾觉悟，也许倒是好事? 在不知天空到底有多大之前，井底之蛙是愉快的。他有幸或者不幸醒转过来，知今是而昨非，却难以摆脱积习的缧绁。对这样的情形我们到底应该鼓掌还是叹息? 血液中布满了毒素，意志的火苗太微弱了，不足以烤化厚重坚固的惯性的冰块。他们一边诅咒心中的魔鬼，一边依然故我地受其牵领。衰弱，就是这样难以改写。这些人中，有的更坦白些，会承认自己的失败的症结，这样尽管已经于事无补，至少还能提示更年轻的人们，在尚来得及时调整好自己的方向。但也有怯懦而虚荣者，宁可把一切归结为天命——这样也许可能获得片时的廉价安慰，却为更严重的衰弱之旅准备了粮草。衰弱，终于不可收拾。在生命的航船灭顶之时，他还会想什么?

这就是一个人走向衰弱的历史。

不幸的是，这样的人到处能够找到自己的同伴，类似的故事从来就生长得葳蕤茂盛。默默的然而又是深刻的悲剧，广阔地弥漫与覆盖，随时消失又随时发生，彼此不相关联但又相互映照——寂寞独处时空无所依的叹息，夜半醒来后生命浪费的尖锐刺痛，面对美好事物无力获取的难堪……尽管呈现万千纷纭的表象，层层剥离后，却是相似的情感图式，相同的灵魂抽搐。这样的故事表面看来远离戏剧性，没有悬念和冲突，不会成为新闻记者笔下的一则短讯，更无缘历史学家的如椽之笔，但却是诗人和心理学家关注和勘测的富矿。他熟悉这一切：风平浪静的情感水面下的潜流暗洄，外表的恬然自若后不足与旁人道及的惶惑和哀伤，疲惫如何一点点累积，以及自尊如何一寸寸丧失。

每一桩这样的悲剧都是一个封闭的循环或递进。它只属于个人，演员就是观众，对他人、社会不产生任何重要的影响，刀刃对着他自己。然而每个人只有一次生命——这个念头使人内心寒战。

可能由于此，寥寥可数的胜利者的荣耀才被映衬得那样光彩夺目。

对这种结果该说些什么？

我们只能以黯淡的心情，来凭吊这些人生疆场上的失意者，同时祈祷，远离这一切负性的因素，并在灵魂中注入足以与之抗衡的神秘的力量。

《美文》2002年7期

走进一座圣殿

周国平

一

那个用头脑思考的人是智者，那个用心灵思考的人是诗人，那个用行动思考的人是圣徒。倘若一个人同时用头脑、心灵、行动思考，他很可能是一位先知。

在我的心目中，圣埃克苏佩里就是这样一位先知式的作家。

圣埃克苏佩里一生只做了两件事——飞行和写作。飞行是他的行动，也是他进行思考的方式。在那个世界航空业起步不久的年代，他一次次飞行在数千米的高空，体味着危险和死亡，宇宙的美丽和大地的牵挂，生命的渺小和人的伟大。高空中的思考具有奇特的张力，既是性命攸关的投入，又是空灵的超脱。他把他的思考写进了他的作品，但生前发表的数量不多。他好像有点儿吝啬，要把最饱满的果实留给自己，留给身后出版的一本书，照他的说法，他的其他著作与它相比只是习作而已。然而他未能完成这本书，在他最后一次驾机神秘地消失在海洋上空以后，人们在他留下的一只皮包里发现了这本书的草稿，书名叫《要塞》。

经由马振骋先生从全本中摘取和翻译，这本书的轮廓第一次呈现在了我们面前。我是怀着虔敬之心读完它的，仿佛在读一个特殊版本的《圣经》。在圣埃克苏佩里生前，他的亲密女友B夫人读了部分手稿后告诉他："你的口气有点儿像基督。"这也是我的感觉，但我觉得我能理解为何如此。圣埃克苏佩里写这本书的时候，他心中已经有了真理，这真理是他用一生的行动和思考换来的，他的生命已经转变成这真理。一个人用一生一世的时间见证和践行了某个基本真理，当他在无人处向一切人说出它时，他的口气就会像基督。他说出的话有着异乎寻常的重量，不管我们是否理解它或喜欢它，都不能不感觉到这重量。这正是箴言与隽语的区别，前者使我们感到沉重，逼迫我们停留和面对，而在读到后者时，我们往往带着轻松的心情会心一笑，然后继续前行。

如果把《圣经》看作唯一的最高真理的象征，那么，《圣经》的确是有许多不同的版本的，在每一思考最高真理的人那里就有一个属于他的特殊版本。在此意义上，《要塞》就是圣埃克苏佩里版的《圣经》。圣埃克苏佩里自己说："上帝是你的语言的意义。你的语言若有意义，向你显示上帝。"我完全相信，在写这本书时，他看到了上帝。在读这本书时，他的上帝又会向每一个虔诚的读者显示，因为也正如他所说："一个人在寻找上帝，就是在为人人寻找上帝。"圣埃克苏佩里喜欢用石头和神殿作譬：石头是材料，神殿才是意义。我们能够感到，这本书中的语词真有石头一样沉甸甸的分量，而他用这些石头建筑的神殿确实闪放着意义的光辉。现在让我们走进这一座神殿，去认识一下他的上帝亦即他见证的基本真理。

二

沙漠中有一个柏柏尔部落，已经去世的酋长曾经给予王子许多英明的教诲，全书就借托这位王子之口宣说人生的真理。当然，那宣说者其实是圣埃克苏佩里自己，但是，站在现代的文明人面前，他一定感到自己就是那支游牧部落的最后的后裔，在宣说一种古老的即将失传的真理。

全部真理围绕着一个中心问题：生命的意义是什么？因为，人必须区别重要和紧急，生存是紧急的事，但领悟神意是更重要的事。因为，人应该得到幸福，但更重要的是这得到了幸福的是什么样的人。

沙漠和要塞是书中的两个主要意象。沙漠是无边的荒凉，游牧部落在沙漠上建筑要塞，在要塞的围墙之内展开了自己的生活。在宇宙的沙漠中，我们人类不正是这样一个游牧部落？为了生活，我们必须建筑要塞。没有要塞，就没有生活，只有沙漠。不要去追究要塞之外那无尽的黑暗。"我禁止有人提问题，深知不存在可能解渴的回答。那个提问题的人，只是在寻找深渊。"明白这一真理的人不再刨根问底，把心也放在围墙之内，爱那嫩芽萌生的清香，母羊剪毛时的气息，怀孕或喂奶的女人，传种的牲畜，周而复始的季节，把这一切看作自己的真理。

换一个比喻来说，生活像汪洋大海里的一只船，人是船上的居民，把船当成了自己的家。人以为有家居住是天经地义的，再也看不见海，或者虽然看见，仅把海看作船的装饰。对人来说，盲目凶险的大海仿佛只是用于航船的。这不对吗？当然对，否则人如何能生活下去。

那个远离家乡的旅人，占据他心头的不是眼前的景物，而是他看不见的远方的妻子儿女。那个在黑夜里乱跑的女人，"我在她身边放上炉子、水壶、金黄铜盘，就像一道道边境线"，于是她安静下来了。那个犯了罪的少妇，她被脱光衣服，拴在沙漠中的一根木桩上，在烈日下奄奄待毙。她举起双臂在呼叫什么？不，她不是在诉说痛苦和害怕，"那些是厩棚里普通牲畜得的病。她发现的是真理"。在无疆的黑夜里，她呼唤的是家里的夜灯，安身的房间，关上的门。"她暴露在无垠中无物可以依傍，哀求大家还给她那些生活的支柱：那团要梳理的羊毛，那只要洗涤的盆儿，这一个，而不是别个，要哄着入睡的孩子。她向着家的永恒呼叫，全村都掠过同样的晚间祈祷。"

我们在大地上扎根，靠的是日常生活中的牵挂、责任和爱。在平时，这一切使我们忘记死亡。在死亡来临时，对这一切的眷恋又把我们的注意力从死亡移开，从而使我们超越死亡的恐惧。

人跟要塞很相像，必须限制自己，才能找到生活的意义。"人打破围墙要自由自在，他也就只剩下了一堆暴露在星光下的断垣残壁。这时开始无处存身的忧患。""没有立足点的自由不是自由。"那些没有立足点的人，他们哪儿都不在，竟因此自以为是自由的。在今天，这样的人岂不仍然太多了？没有自己的信念，他们称这为思想自由。没有自己的立场，他们称这为行动自由。没有自己的女人，他们称这为爱情自由。可是，真正的自由始终是以选择和限制为前提的，爱上这朵花，也就是拒绝别的花。一个人即使爱一切存在，仍必须为他的爱找到确定的目标，然后他的博爱之心才可能得到满足。

<h1 style="text-align:center">三</h1>

生命的意义在最平凡的日常生活之中，但这不等于说，凡是过着这种生活的人都找到了生命的意义。圣埃克苏佩里用譬喻向我们讲述这个道理。定居在绿洲中的那些人习惯了安居乐业的日子，他们的感觉已经麻痹，不知道这就是幸福。他们的女人蹲在溪流里圆而白的小石子上洗衣服，以为是在完成一桩家家如此的苦活。王子命令他的部落去攻打绿洲，把女人们娶为己有。他告诉部下：必须千辛万苦在沙漠中追风逐日，心中怀着绿洲的宗教，才会懂得看着自己的女人在河边洗衣其实是在庆祝一个节日。

我相信这是圣埃克苏佩里最切身的感触，当他在高空出生入死时，地面上的平凡生活就会成为他心中的宗教，而身在其中的人的麻木不仁在他眼中就会成为一种亵渎。人不该向要塞外无边的沙漠追究意义，但是，"受威胁是事物品质的一个条件"，要领悟要塞内生活的意义，人就必须经历过沙漠。

日常生活到处大同小异，区别在于人的灵魂。人拥有了财产，并不等于就拥有了家园。家园不是这些绵羊、田野、房屋、山岭，而是把这一切联结起来的那个东西。那个东西除了是在寻找和感受着意义的人的灵魂，还能是什么呢？"对人唯一重要的是事物的意义。"不过，意义不在事物之中，而在人与事物的关系之中，这种关系把单个的事物组织成了一个对人有意义的整体。意义把人融入一个神奇的网络，使他比他自己更宽阔。于是，麦田、房屋、羊群不再仅仅是可以折算成金钱的东西，在它们之中凝结着人的岁月、希望和信心。

"精神只住在一个祖国，那就是万物的意义。"这是一个无形的祖国，肉眼只能看见万物，领会意义必须靠心灵。上帝隐身不见，为的是让人睁开心灵的眼睛，睁开心灵眼睛的人会看见他无处不在。母亲哺乳时在婴儿的吮吸中，丈夫归家时在妻子的笑容中，水手航行时在日出的霞光中，看到的都是上帝。

那个心中已不存在帝国的人说："我从前的热忱是愚蠢的。"他说的是真话，因为现在他没有了热忱，于是只看到零星的羊、房屋和山岭。心中的形象死去了，意义也随之消散。不过人在这时候并不觉得难受，与平庸妥协往往是在不知不觉中完成的。心爱的人离你而去，你一定会痛苦。爱的激情离你而去，你却丝毫不感到痛苦，因为你的死去的心已经没有了感觉痛苦的能力。

有一个人因为爱泉水的歌声，就把泉水灌进瓦罐，藏在柜子里。我们常常和这个人一样傻。我们把女人关在屋子里，便以为占有了她的美。我们把事物据为己有，便以为占有了它的意义。可是，意义是不可占有的，一旦你试图占有，它就不在了。那个凯旋的战士守着他的战利品，一个正裸身熟睡的女俘，面对她的美丽只能徒唤奈何。他捕获了这个女人，却无法把她的美捕捉到手中。无论我们和一个女人多么亲近，她的美始终在我们之外。不是在占有中，而是在男人的欣赏和倾倒中，女人的美便有了意义。我想起了海涅，他终生没有娶到一个美女，但他把许多女人的美变成了他的诗，因而也变成了他和人类的财富。

四

所以，意义本不是事物中现成的东西，而是人的投入。要获得意义，也就不能靠对事物的占有，而要靠爱和创造。农民从麦子中取走滋养他们身体的营养，他们向麦子奉献的东西才丰富了他们的心灵。

"那个走向井边的人，口渴了，自己拉动吱吱咯咯的铁链，把沉重的桶提到井栏上，这样听到水的歌声以及一切尖利的乐曲。他口渴了，使他的行走、他的双臂、他的眼睛也都充满了意义，口渴的人朝井走去，就像一首诗。"而那些从杯子里喝现成的水的人却听不到水的歌声。坐滑竿——今天是坐缆车——上山的人，再美丽的山对于他也只是一个概念，并不具备实质。"当我说到山，意思是指让你被荆棘刺伤过，从悬崖跌下过，搬动石头流过汗，采过上面的花，最后在山顶迎着狂风呼吸过的山。"如果不用上自己的身心，一切都没有意义。贪图舒适的人，实际上是在放弃意义。

你心疼你的女人，让她摆脱日常家务，请保姆代劳一切，结果家对她就渐渐失去了意义。"要使女人成为一首赞歌，就要给她创造黎明时需要重建的家。"为了使家成为家，需要投入时间。现在人们舍不得把时间花在家中琐事上，早出晚归，在外面奋斗和享受，家就成了一个旅舍。

爱是耐心，是等待意义在时间中慢慢生成。母爱是从一天天的喂奶中来的。感叹孩子长得快的都是外人，父母很少会这样感觉。你每天观察院子里的那棵树，它就渐渐在你的心中扎根。有一个人猎到一头小沙狐，便精心喂养它，可是后来它逃回了沙漠。那人为此伤心，别人劝他再捉一头，他回答："捕捉不难，难的是爱，太需要耐心了。"

是啊，人们说爱，总是提出种种条件，埋怨遇不到符合这些条件的值得爱的对象。也许有一天遇到了，但爱仍未出现。那一个城市非常美，我在那里旅游时曾心旷神怡，但离开后并没有梦魂牵绕。那一个女人非常美，我邂逅她时几乎一见钟情，但错过了并没有日思夜想。人们举着条件去找爱，但爱并不存在于各种条件的哪怕最完美的组合之中。爱不是对象，爱是关系，是你在对象身上付出的时间和心血。你培育的园林没有皇家花园美，但你爱的是你的园林而不是皇家花园。你相濡以沫的女人没有女明星美，但你爱的是你的女人而不是女明星。也许你愿意用你的园林换皇家花园，用你的女人换女明星，但那时候支配你的不是爱，而是欲望。

爱的投入必须全心全意，如同自愿履行一项不可推卸的职责。"职责是连接事物的神圣纽结，除非在你看来是绝对的需要，而不是游戏，你才能建成你的帝国、神庙或家园。"就像掷骰子，如果不牵涉你的财产，你就不会动心。你玩的不是那几颗小小的骰子，而是你的羊群和金银财宝。在玩沙堆的孩子眼里，沙堆也不是沙堆，而是要塞、山岭或船只。只有你愿意为之而死的东西，你才能够借之而生。

五

当你把爱投入到一个对象上面，你就是在创造。创造是"用生命去交换比生命更长久的东西"。这样诞生了画家、雕塑家、手工艺人等等，他们工作一生是为了创造自己用不上的财富。没有人在乎自己用得上用不上，生命的意义反倒是寄托在那用不上的财富上。那个瞎眼、独腿、口齿不清的老人，一说到他用生命交换的东西，就立刻思路清晰。突然发生了地震，人们害怕的不是死亡，而是自己的作品的毁灭，那也许是一只亲手制造的银壶，一条亲手编结的毛毯，或一篇亲口传唱的史诗。生命的终结诚然可哀，但最令人绝望的是那本应比生命更长久的东西竟然也同归于尽。

文化与工作是不可分的。那种只会把别人的创造放在自己货架上的人是未开化人，哪怕这些东西精美绝伦，他们又是鉴赏的行家。文化不是一件谁的身上都能披的斗篷。对于一切创造者来说，文化只是完成自己的工作，以及工作中的艰辛和欢乐。每个人生活中最重要的部分是自己所热爱的那项工作，他借此而进入世界，在世上立足。有了这项他能够全身心投入的工作，他的生活就有了一个核心，他的全部生活围绕这个核心组织成了一个整体。没有这个核心的人，他的生活是碎片，譬如说，会分裂成两个都令人不快的部分，一部分是折磨人的劳作，另一部分是无所用心的休闲。

顺便说一说所谓"休闲文化"。一个醉心于自己的工作的人，他不会向休闲要求文化。对他来说，休闲仅是工作之后的休整。"休闲文化"大约只对两种人有意义，一种是辛苦劳作但从中体会不到快乐的人，另一种是没有工作要做的人，他们都需要用某种特别的或时髦的休闲方式来证明自己也有文化。我不反对一个人兴趣的多样性，但前提是有自己热爱的主要工作，唯有如此，当他进入别的领域时，才可能添入自己的一份意趣，而不只是凑热闹。

创造会有成败，这不重要，重要的是保持创造的热忱。有了这样的热忱，无论成败都是在为创造做贡献。还是让圣埃克苏佩里自己来说，他说得太精彩："创造，也可以指舞蹈中跳错的那一步，石头上凿坏的那一凿子。动作的成功与否不是主要的。这种努力在你看来是徒劳无益，这是由于你的鼻子凑得太近的缘故，你不妨往后退一步。站在远处看这个城区的活动，看到的是意气风发的劳动热忱，你再也不会注意有缺陷的动作。"一个人有创造的热忱，他未必就能成为大艺术家。一大群人有创造的热忱，其中一定会产生大艺术家。大家都爱跳舞，即使跳得不好的人也跳，美的舞蹈便应运而生。说到底，产生不产生大艺术家也不重要，在这片生机勃勃的土地上，生活本身就是意义。

人在创造的时候是既不在乎报酬，也不考虑结果的。陶工专心致志地伏身在他的手艺上，在这个时刻，他既不是为商人，也不是为自己工作，而是"为这只陶罐以及柄子的弯度工作"。艺术家废寝忘食只是为了一个意象，一个还说不出来的形式。他当然感到了幸福，但幸福是额外的奖励，而不是预定的目的。美也如此，你几曾听到过一个雕塑家说他要在石头上凿出美？

从沙漠征战归来的人，勋章不能报偿他，亏待也不会使他失落。"当一个人升华、存在、圆满死去，还谈什么获得与占有？"一切从工作中感受到生命意义的人都是如此，内在的富有找不到、也不需要世俗的对应物。像托尔斯泰、卡夫卡这样的人，没有得诺贝尔奖于他们何损，得了又能增加什么？只有那些内心中没有欢乐源泉的人，才会斤斤计较外在的得失，孜孜追求教授的职称、部长的头衔和各种可笑的奖状。他们这样做很可理解，因为倘若没有这些，他们便一无所有。

六

如果我把圣埃克苏佩里的思想概括成一句话，譬如说"生命的意义在于爱和创造，在于奉献"，我就等于什么也没有说，只是在重复一句陈词滥调。是否用自己独特的语言说出一个真理，这不只是表达的问题，而是决定了说出的是不是真理。世上也许有共同的真理，但它不在公共会堂的标语上和人云亦云的口号中，只存在于一个个具体的人用心灵感受到的特殊的真理之中。那些不拥有自己的特殊真理的人，无论他们怎样重复所谓共同的真理，说出的始终是空洞的言辞而不是真理。圣埃克苏佩里说："我瞧不起意志受论据支配的人。词语应该表达你的意思，而不是左右你的意志。"真理不是现成的出发点，而是千辛万苦要接近的目标。凡是把真理当作起点的人，他们的意志正是受了词语的支配。

这本书中还有许多珍宝，但我不可能一一指给你们看。我在这座圣殿里走了一圈，把我的所见所思告诉了你们。现在，请你们自己走进去，你们也许会有不同的所见所思。然而，我相信，有一种感觉会是相同的。"把石块砌在一起，创造的是静默。"当你们站在这座用语言之石垒建的殿堂里时，你们一定也会听见那迫人不得不深思的静默。

《海燕·都市美文》2003 年 10 期

印在水上、灰上、石头上
——关于真实

李敬泽

印在水上、灰上、石头上之一

《春明梦录·战事奏报不足信》：

闻咸同之际，军务紧急，朝廷日盼军报。遇有胜仗，即用红旗报捷，飞折八百里驿递。所谓八百里者，真八百里也。驿站遇军务时，每站必秣马以待，一闻铃声，即背鞍上马接递。其忙急至于如此。然奏报中所叙战情，委曲详尽，一若好整以暇者。按之事势，种种可疑。后查知其幕府言，此等奏稿，皆于未战之前，先行拟定；一得胜仗，即行发摺，驰陈其当日如何冲锋，如何陷阵，贼从何地来，我从何地追，杀贼若干，获战利品若干，皆由幕府以意为之。将来如有事实太悖谬处，只于奏报详细情形时，设法补救，亦不必显为更正也。然后来所撰，平定某地某匪方略，皆根据当日奏折原文，酌量删减，不能自赞一辞。今之战事如此，古之战事何莫不然。读史者不可不知。

——《春明梦录》的作者何刚德，晚清同光之际任职吏部，他是军机大臣宝鋆的门生，于"宝中堂"府上走动甚勤，腿勤、嘴快、好事，我估计也是个传播"政治谣言"的喇叭。笔记一体，本是"谣言汇编"，到清末民初，王纲解钮，世道凌夷，大家伙儿造谣更无顾忌。相比之下，何氏尚余一点"老吏"习气，就算造谣也不致全无根底。

张爱玲谈"流言"，引了一句英诗："Writtenon water"（水上写的字），"是说它不持久，而又希望它像谣言传得一样快。"——有多快呢？如水流，如潮动，其实还是不太快的。在前工业时代，蒸汽机尚未发明，谣言传播的最快速度是一日一夜八百里，平均时速16.67公里。

——据何刚德说，这正是我军战报从遥远前线抵达朝廷的速度。该速度在19世纪中后期不免为洋人所笑，但是在此之前的上千年，咱们一直领先世界。唐宋以后来华观光的外国人说起此事总是叹羡不已：在China，朝廷上放个屁，天高地远之外很快就能闻到味儿，反之亦然。

但我要谈的不是速度问题，读《春明梦录》读到《战事奏报不足信》，只见咱们圣明神武先天下之忧而忧的皇上半夜里被"特快专递"喊起，披龙袍，秉孤灯，"忽闻官军收河北，漫卷折子喜欲狂"！而我就比较纳闷，他们是否知道他们手里的折子其实是一篇小说，是"军事题材文学创作"？

对啦，我要谈的是小说问题。据何刚德所说，每到战前，师爷们必先拟妥奏稿，由此推断，这种预制的"新闻"肯定不止一份。如果我早生两百年，有幸加入某大帅的秘书班子，我就会一口气写它六七份，因为战争的结局可能是大胜、中胜、小胜，或者大败、中败、略败，还可能是互有胜负，打个平手，如此算来，至少需要七种写法，我将在纸上虚拟不同的七场战争。也就是说，不管结局如何，战争实际上已经发生了，它就装在我的袖筒里。

想到此，我的尾巴又禁不住要翘啦，谁是战争的指挥者？不是大帅，更不是皇上，在下是也。

是的，我是小说家，对我来说，战争的结局如同人的命运，其实也翻不出很多花样，重要的是，我们如何走向那个命定的结局，这就需要妙笔生花，需要情节、气氛，需要煽情的小闲笔，诸如"关键时刻，某把总奋不顾身……"或者"寡不敌众，某将军望北而拜，挥刀自刎……"云云，所有这一切是为了什么呢？为了让命运通俗易懂地展开，让惊喜、恐惧、绝望和哀愁不再是绝对的、不可理解的，尽管命运这匹马跑向了自己的终点，但通过我的书写，你们将相信，这匹马没有发疯，它已被驯服。

所以，皇上必须看小说，你必须讲故事。我认为皇上们对此是"圣聪烛照"，心知肚明的。电视剧《康熙王朝》中，"与天同在"的太皇太后老祖宗有句名言：天下最不可信的就是奏折这东西。我听了之后，和广大观众一样在心里磕头如捣蒜：教训得是！但窃以为这话后头还得加一句：天下最可信也是奏折。我相信老祖宗的意思也正是如此，否则你就不能理解皇上们为什么总是把大堆奏折捆绑打包，移交史馆，历史学家们据此增删裁减，编一个更大的、更加不容置疑的故事。

——这完全是一个创作、编辑和阅读过程，战场上那些脑袋滚在地上、肠子见了阳光的人其实是可有可无的。当然，你会争辩说，那个结局总是确实发生的吧？在虚构的海洋中总会有一块坚硬的石头，它由"真实"的人类活动凝聚而成。

对此我表示怀疑。我认为这种说法极大地低估了人类的创造力也就是无中生有的能力。有一件事显然是可能的：我孤身一人，躲在某个遥远的地方不断书写奏报，虚构一场正在激烈进行的战争，这些折子通过八百里驿递传到皇上手中，当它们在龙书案上堆积如山时，它们就会被重新编纂，流传后世……

——这不可能！好吧好吧，我就知道你会惊叫，你觉得你的某些最珍贵的信念遭了非礼，但其实你手里也没什么证据是吧？"真实"的人类活动在发生的同时就已消逝，累累白骨也化作鲜花、青草和沙砾，如露如电如梦幻泡影，你看到的只是刻在石头上，写在绢帛、羊皮和纸上的模糊不清的字迹，你对"真实"的信念只是表达了你对书写者的祈求、信任和顺从，当然，除此之外，你也没有别的选择。

"写在水上的字"，这在汉语中有一个更准确的对应词："浮辞"，漂浮在水上的言辞；汉语中还有一个词叫"浮生"，它的意思是，人类的活动，以及作为"真实"的最终证据的人的肉身，都是水之波纹。

1930年，美国《国家地理》杂志的记者约瑟夫·洛克在黄河上游：沿着河流走了一天，我看见有一个喇嘛，他仿佛是在水中嬉戏玩耍。他带着一个大约两英尺长的木板，木板用一根绳子系着。他让木板在水中漂流，漂流一会儿后，他再将木板拉回来。两个小时之后，当我返回来时，他还在那儿，还在玩木板。木板的背面，有五个铜模子，是用佛教的人物形象装饰了的。通过调查，我发现他在印刷佛教的人物形象。他通过这样做来获得一种价值。他就这样耐心地致力于做这件事，一做就是好几个小时。

——佛的形象印在水上，这是绝对的假也是绝对的真，是绝对的空幻和永恒。

印在水上、灰上、石头上之二

《罗马帝国兴衰史》：

在整个帝国中，似乎仅仅只有马尔库斯不知道，或不曾注意到福斯丁娜的反常行为；那类行为，根据历代以来的偏见，都认为是对受伤害的男人的一种侮辱。她的好几个奸夫都被委以高位或肥缺，而且，在他们在一起的三十年的生活中，他始终表现得对她无比关怀和信任，而且直到她死后还对她十分尊敬。在他的《沉思录》中他感谢上帝给了他如此忠贞、如此温柔，在为人处事方面如此纯朴的妻子。唯命是从的元老院，在他的恳切要求下，正式尊她为女神。在她的庙中塑有她的神像，把她和朱诺、维纳斯和色雷斯同等看待；而且明文规定，每到他们结婚的那一天，所有男女青年都一定要到他们的这位忠贞不二的保护神的圣坛前宣誓。

——吉本讲了一个老故事：妻子（或丈夫）有了外遇，丈夫（或妻子）总是最后一个知道。不过，吉本这个故事里的主人公比较特殊：马尔库斯是罗马帝国的皇帝。皇帝无疑是一种稀有人物，皇帝而兼哲人，这更是"珍稀"，马尔库斯正好也是哲人。该哲人的名字在中文里通常译为马可·奥勒留，在他的《沉思录》里，奥勒留皇帝睿智、仁慈、谦卑，一日三省其身，是沉静的斯多噶派信徒。

按照柏拉图关于"理想国"的设计方案，在该国的中心、在万众之上端坐着一位哲人王，他是绝对理念的化身，所有的人都从他身上分享真理的荣耀。这的确是一种完美的构想，我们忍不住要在地面上实现它，为此我们需要哲人王，通常只要有了哲人王，千千万万的草民自然会合乎"理想"。

那么现在就有了一位：马可·奥勒留。据说在他的统治下，辽阔的帝国繁荣、安宁，老有所养，幼有所依，每个人的心都是舒展的，就像绿叶挂着露珠儿，每一对新婚夫妇都在一尊崭新的大理石偶像前宣誓：我们真诚，我们忠贞，我们将恪守神圣的契约……

但是，我们知道，面前的这尊偶像是个不折不扣的荡妇，我们知道，所有的人都知道，只有皇帝不知道。

这个故事正逐渐接近"皇帝的新装"，你们正屏住呼吸，等着某个孩子发出那声著名的喊叫。但是，生活不是童话，"理想国"中的生活更非安徒生之流的理想主义者所能想象，在我们那里，即使是拖着鼻涕的孩子也会夸他的老师新衣漂亮。所以，我们的哲人王将永远圣明，万众欢呼，万众景仰。

唯一的问题是：皇帝真的不知道吗？这个问题像毒蛇一样盘踞在我们内心深处，细微的声音如蛇芯颤动：他知道、他知道、他知道……

——是的，我知道。作为一位哲人、一位王者，我，马可·奥勒留，我知道的比你们想象的更多。我知道事情的真相，那就是：福斯丁娜是个婊子。但是我永远不会把它说出来，不说不是因为男人的体面——即使是吉本也不能理解这一点，他错误地描绘了一个受蒙蔽的丈夫，不，不是，之所以不说是因为这是哲人王的责任。

一个哲人王必须保存和守护"真实"。我的心已经像一座盛夏里堆满了臭鱼烂虾的仓库，但是为了我的臣民们的幸福，我必须忍受。

是的，我知道，所有的人心里都在嘀咕"福斯丁娜是个婊子"，他们从我这里秘密分享着"真实"的恶臭，但他们不会说出来，因为我不说。他们一个个都快憋得发疯了，在我的帝国里，每一个垂死的老人都在喘气儿、瞪眼儿，用他仅存的最后一丝力量把卡在嗓子里的那句话强咽回去。正是我的沉默培养了我的臣民们对"真实"秘密的热爱和深沉的敬畏。

你必须敬畏"真实"，你必须在"真实"面前满怀恐惧，你必须知道那是你永远不能说出的具有毁灭性的事物。当这些信念深深地在每个人的心里扎根，那么"盛世"就会来临。实际上，我最忠顺的臣子恰恰是福斯丁娜的那些奸夫，他们在我面前卑躬屈膝，他们每天临睡时都在祈祷我不会在明天的早朝上说出那句话，他们为此时时对照检查，朝乾夕惕，鞠躬尽瘁，以至于其中的大部分人已经臻于道德上的完善，我正在考虑他们死后在罗马城的广场上为他们树立雕像。

恐惧是幸福的，它有助于道德的完善。但是，正如你们所知，我的帝国并非死气沉沉，恰恰相反，这里灯红酒绿，到处欢歌笑语。这一切都源于那个著名的仪式：新婚夫妇在福斯丁娜面前宣誓。这意味着什么？意味着神圣的契约在订立的同时被庄严地撕毁，或者更准确地说，你在庄严地肯定的同时也在庄严地否定，你忠贞，你不忠贞，你热爱"真实"，你反对"真实"。

这样的双重境界包含着盛大的快乐。我了解我的臣民，当他们立誓"忠贞"时，他们正在准备背叛，他们对"真实"爱得越深，他们就越急切地背弃"真实"；"真实"是冰清玉洁令人屏息仰视的贵妇，而"不真实"是人尽可夫的娼妓，娼妓纵容我们，让我们沉湎于粗俗的快乐。

那么，还有谁比福斯丁娜更完美地体现着这种双重性？她是最高贵的贵妇，她也的确是个婊子，她既是禁忌，也在纵容，既是利刃，又是床榻，她激起同时抚慰了人们的恐惧，她维持了秩序又保证了活力，她把人们引向"真实"又制止人们走近"真实"，她就像一幅春宫或一张毛片，既暴露又隔绝，她使人经历安全的快乐，然后心满意足地睡去。

只有我们的"王"是痛苦的，他独自照料我们的美梦和噩梦，他一个人，在黑暗的花园里，沉思。

《沉思录》：

> 这看来是多么明白啊：没有一种生活条件比你现在碰巧有的条件更适合于哲学。
>
> 对生活中发生的事情感到奇怪的人是多么可笑和奇怪啊！
>
> 如果这是不对的，不要做它，如果这是不真实的，不要谈它。因为你要这样努力……

《斯大林秘闻》：

> 在哥里，裁缝就在街上揽活，衣服尺寸是这样量的：裁缝在地上铺好草木灰，顾客仰面躺在灰上，裁缝骑坐在顾客身上，把他的身形压在灰上。

——这本书的作者是爱德华·拉津斯基。多年前，李洱向我推荐了这本书，现在我记得的只是哥里街头的这一幕。

我认为哥里的裁缝们对"真实"有一种特别质朴的理解，他们抵达"真实"的办法也是切实可行的。当然，我们由此可以推断哥里是个气候温和的城市，如果那里像北京的春天一样多风，裁缝们在草木灰上的印刷工作就会相当麻烦。

所以，结论一：风之吹动会损害"真实"。结论二：所谓"真实"，就是一个人骑在别人的身上。

哥里是斯大林的家乡，据说，斯大林微时也曾做过裁缝。

2003年

《二十一世纪中国文学大系·2003年散文》

原下的日子

陈忠实

一

新世纪到来的第一个农历春节过后，我买了二十多袋无烟煤和吃食，回到乡村祖居的老屋。我站在门口对着送我回来的妻女挥手告别，看着汽车转过沟口那座塌檐倾壁残颓不堪的关帝庙，折回身走进大门进入刚刚清扫过隔年落叶的小院，心里竟然有点酸酸的感觉。已经摸上六十岁的人了，何苦又回到这个空寂了近十年的老窝里来。

从窗框伸出的铁皮烟筒悠悠地冒出一缕缕淡灰的煤烟，火炉正在烘除屋子里整个一个冬天积攒的寒气。我从前院穿过前屋过堂走到小院，南窗前的丁香和东西围墙根下的三株枣树苗子，枝头尚不见任何动静，倒是三五丛月季的枝梢上爆出小小的紫红的芽苞，显然是春天的讯息。然而整个小院里太过沉寂太过阴冷的气氛，还是让我很难转换出回归乡土的欢愉来。

我站在院子里，抽我的雪茄。东邻的屋院差不多成了一个荒园，兄弟两个都选了新宅基建了新房搬出许多年了。西邻曾经是这个村子有名的八家院，拥挤如同鸡笼，先后也都搬迁到村子里新辟的宅基地上安居了。我的这个屋院，曾经是父亲和两位堂弟三分天下的"三国"，最鼎盛的年月，有祖孙三代十五六口人进进出出在七八个或宽或窄的门洞里。在我尚属朦胧混沌的生命区段里，看着村人把装着奶奶和被叫作厦屋爷的黑色棺材，先后抬出这个屋院，再在街门外用粗大的抬杠捆绑起来，在儿孙们此起彼伏的哭号声浪里抬出村子，抬上原坡，沉入刚刚挖好的墓坑。我后来也沿袭这种大致相同的仪程，亲手操办我的父亲和母亲从屋院到墓地这个最后驿站的归结过程。许多年来，无论有怎样紧要的事项，我都没有缺席由堂弟们操办的两位叔父一位婶娘最终走出屋院走出村子走进原坡某个角落里的墓坑的过程。现在，我的兄弟姊妹和堂弟堂妹及我的儿女，相继走出这个屋院，或在天之一方，或在村子的另一个角落，以各自的方式过着自己的日子。眼下的景象是，这个给我留下拥挤也留下热闹印象的祖居的小院，只有我一个人站在院子里。原坡上漫下来寒冷的风。从未有过的空旷。从未有过的空落。从未有过的空洞。

我的脚下是祖宗们反复踩踏过的土地。我现在又站在这方小小的留着许多代人脚印的小院里。我不会问自己也不会向谁解释为了什么又为了什么重新回来，因为这已经是行为之前的决计了。丰富的汉语言文字里有一个词儿叫龌龊。我在一段时口里充分地体味到这个词儿的不尽的内蕴。

我听见架在火炉上的水壶发出噗噗噗的响声。我沏下一杯上好的陕南绿茶。我坐在曾经坐过近二十年的那把藤条已经变灰的藤椅上，抿一口清香的茶水，瞅着火炉炉膛里炽红的炭块，耳际似乎萦绕着见过面乃至根本未见过面的老祖宗们的声音，嗨！你早该回来了。

第二天微明，我搞不清是被鸟叫声惊醒的，还是醒来后听到了一种鸟的叫声。我的第一反应是斑鸠。这肯定是鸟类庞大的族群里最单调最平实的叫声，却也是我生命磁带上最敏感的叫声。我慌忙披衣坐起，隔着窗玻璃望去，后屋屋脊上有两只灰褐色的斑鸠。在清晨凛冽的寒风里，一只斑鸠围着另一只斑鸠团团转悠，一点头，一翘尾，发出连续的咕咕咕……咕咕咕的叫声。哦！催发生命运动的春的旋律，在严寒依然裹盖着的斑鸠的躁动中传达出来了。

我竟然泪眼模糊。

二

傍晚时分，我走上灞河长堤。堤上是经过雨雪浸淫沤泡变成黑色的枯蒿枯草。沉落到西原坡顶的蛋黄似的太阳绵软无力。对岸成片的白杨树林，在蒙蒙灰雾里依然不失其肃然和庄重。河水清澈到令人忍不住又不忍心用手撩拨。一只雪白的鹭鸶，从下游悠悠然飘落在我眼前的浅水边。我无意间发现，斜对岸的那片沙地上，有个男子挑着两只装满石头的铁丝笼走出一个偌大的沙坑，把笼里的石头倒在石头垛子上，又挑起空笼走回那个低陷的沙坑。那儿用三脚架撑着一张钢丝笋筛。他把刨下的沙石一锨一锨抛向笋筛，发出连续不断千篇一律的声响，石头和沙子就在笋筛两边分流了。

我久久地站在河堤上，看着那个男子走出沙坑又返回沙坑。这儿距离西安不足三十公里。都市里的霓虹此刻该当缤纷。各种休闲娱乐的场合开始进入兴奋期。暮霭渐渐四合的沙滩上，那个男子还在沙坑与石头垛子之间来回往返。这个男子以这样的姿态存在于世界的这个角落。

我突发联想，印成一格一框的稿纸如同那张笋筛。他在他的笋筛上筛出的是一粒一粒石子。我在我的"笋筛"上筛出的是一个一个方块汉字。现行的稿酬标准无论高了低了贵了贱了，肯定是那位农民男子的石子无法比对的。我自觉尚未无聊到滥生矫情，不过是较为透彻地意识到构成社会总体坐标的这一极。这一极与另外一极的粗细强弱的差异。这是新世纪的第一个早春。这是我回到原下祖屋的第二天傍晚。这是我的家乡那条曾为无数诗家墨客提供柳枝，却总也寄托不尽情思离愁的灞河河滩。此刻，三十公里外的西安城里的霓虹灯，与灞河两岸或大或小村庄里隐现的窗户亮光；豪华或普通轿车壅塞的街道，与田间小道上悠悠移动的架子车；出入大饭店小酒吧的俊男倩女打蜡的头发涂红（或紫）的嘴唇，与拽着牛羊缰绳背着柴火的乡村男女；全自动或半自动化的生产流水线，与那个在沙坑在笋筛前挑战贫穷的男子……构成当代社会的大坐标。我知道我不会再回到挖沙筛石这一极中去，却在这个坐标中找到了心理平衡的支点，也无法从这一极上移开眼睛。

三

村庄背靠的鹿原北坡。遍布原坡的大大小小的沟梁奇形怪状。在一条阴沟里该是最后一坨尚未化释的残雪下，有三两株露头的绿色，淡淡的绿，嫩嫩的黄，那是茵陈，长高了就是蒿草，或卑称臭蒿子。嫩黄淡绿的茵陈，不在乎那坨既残又脏经年未化的雪，宣示了春天的气象。

桃花开了，原坡上和河川里，这儿那儿浮起一片一片粉红的似乎流动的云。杏花接着开了，那儿这儿又变幻出似走似住的粉白的云。泡桐花开了，无论大村小庄都被骤然爆出的紫红的花帐笼罩起来了。洋槐花开的时候，首先闻到的是一种令人总也忍不住深呼吸的香味，然后惊异庄前屋后和坡坎上已经敷了一层白雪似的脂粉。小麦扬花时节，原坡和河川铺天盖地的青葱葱的麦子，把来自土地最诱人的香味，释放到整个乡村的田野和村庄，灌进庄稼院的围墙和窗户。椿树的花儿在庞大的树冠和浓密的枝叶里，只能看到绣成一团一串的粉黄，毫不起眼，几乎没有任何观赏价值，然而香味却令人久久难以忘怀。中国槐大约是乡村树族中最晚开花的一家，时令已进入伏天，燥热难耐的热浪里，闻一缕中国槐花的香气，顿然会使焦躁的心绪沉静下来。从农历二月二龙抬头迎春花开伊始，直到大雪漫地，村庄、原坡和河川里的花儿便接连开放，各种奇异的香味便一波迭过一波。且不说那些红的黄的白的紫的各色野草和野花，以及秋来整个原坡都覆盖着的金黄灿亮的野菊。

五月是最好的时月，这当然是指景致。整个河川和原坡都被麦子的深绿装扮起来，几乎看不到巴掌大一块裸露的土地。一夜之间，那令人沉迷的绿野变成满眼金黄，如同一只魔掌在翻手之瞬间创造出来神奇。一年里最红火最繁忙的麦收开始了，把从去年秋末以来的缓慢悠闲的乡村节奏骤然改变了。红苕是秋收的最后一种庄稼，通常是待头一场浓霜降至，苕叶变黑之后才开挖。湿漉漉的新鲜泥土的垄畦里，排列着一行行刚刚出土的红艳艳的红苕，常常使我的心发生悸动。被文人们称为弱柳的叶子，居然在这河川里最后卸下盛妆，居然是最耐得霜冷的树。柳叶由绿变青，由青渐变浅黄，直到几番浓霜击打，通身变成灿灿金黄，张扬在河堤上河湾里，或一片或一株，令人钦佩生命的顽强和生命的尊严。小雪从灰蒙蒙的天空飘下来时，我在乡间感觉不到严冬的来临，却体味到一缕圣洁的温柔，本能地仰起脸来，让雪片在脸颊上在鼻梁上在眼窝里飘落、融化，周围是雾霭迷茫的素净的田野。直到某一日大雪降至，原坡和河川都变成一抹银白的时候，我抑制不住某种神秘的诱惑，在黎明的浅淡光色里走出门去，在连一只兽蹄鸟爪的痕迹也难觅踪的雪野里，踏出一行脚印，听脚下的好雪发出铮铮铮的脆响。

我常常在上述这些情景里，由衷地咏叹，我原下的乡村。

四

漫长的夏天。

夜幕迟迟降下来。我在小院里支开躺椅，一杯茶或一瓶啤酒，自然不可或缺一支烟。夜里依然有不泯的天光，也许是繁密的星星散发的。白鹿原刀裁一样的平顶的轮廓，恰如一张简洁到只有深墨和淡墨的木刻画。我素性关掉屋子里所有的电灯，感受天光和地脉的亲和，偶尔可以看到一缕鬼火飘飘忽忽掠过。

有细月或圆月的夜晚，那景象就迷人了。我坐在躺椅上，看圆圆的月亮浮到东原头上，然后渐渐升高，平静地一步一步向我面前移来，幻如一个轻摇莲步的仙女，再一步一步向原坡的西部挪步，直到消失在西边的屋脊背后。

某个晚上，瞅着月色下迷迷蒙蒙的原坡，我却替两千年前的刘邦操起闲心来。他从鸿门宴上脱身以后，是抄哪条捷径便道逃回我眼前这个原上的营垒的？"沛公军灞上"。灞上即指灞陵原。汉文帝就葬在白鹿原北坡坡畔，距我的村子不过十六七里路。文帝陵史称灞陵，分明是依着灞水而命名。这个地处长安东郊自周代就以白鹿得名的原，渐渐被"灞陵原""灞陵""灞上"取代了。刘邦驻军在这个原上，遥遥相对灞水北岸骊山脚下的鸿门，我的祖居的小村庄恰在当间。也许从那个千钧一发命悬一线的宴会逃跑出来，在风高月黑的那个恐怖之夜，刘邦慌不择路翻过骊山涉过灞河，从我的村头某家的猪圈旁爬上原坡直到原顶，才嘘出一口气来。无论这逃跑如何狼狈，并不影响他后来打造汉家天下。

大唐诗人王昌龄，原为西安城里人，出道前隐居白鹿原上滋阳村，亦称芷阳村。下原到灞河钓鱼，提镰在菜畦里割韭菜，与来访的文朋诗友饮酒赋诗，多以此原和原下的灞水为叙事抒情的背景。我曾查阅资料企图求证滋阳村村址，毫无踪影。

我在读到一本《历代诗人咏灞桥》的诗集时，大为惊讶，除了人皆共知的"年年柳色，灞陵伤别"所指的灞桥，灞河这条水，白鹿（或灞陵）这道原，竟有数以百计的诗圣诗王诗魁都留了绝唱和独唱。

> 宠辱忧欢不到情，
> 任他朝市自营营。
> 独寻秋景城东去，
> 白鹿原头信马行。

这是白居易的一首七绝。是诸多以此原和原下的灞水为题的诗作中的一首。是最坦率的一首，也是最通俗易记的一首。一目了然可知白诗人在长安官场被蝇营狗苟的龌龊惹烦了，闹得腻了，倒胃口了，想呕吐了。却终于说不出口呕不出喉，或许是不屑于说或吐，干脆骑马到白鹿原头逛去。

还有什么龌龊能淹没脏污这个以白鹿命名的原呢？断定不会有。

我在这原下的祖屋生活了两年。自己烧水沏茶。把夫人在城里擀好切碎的面条煮熟。夏日一把躺椅冬天一抱火炉。傍晚到灞河沙滩或原坡草地去散步。一觉睡到自来醒。当然，每有一个短篇小说或一篇散文写成，那种愉悦，相信比白居易纵马原上的心境差不了多少。正是原下这两年的日子，是近八年以来写作字数最多的年份，且不说优劣。

我愈加固执一点，在原下进入写作，便进入我生命运动的最佳气场。

《人民文学》2004年3期

读树

李国文

树可以读吗？

我想这个回答是肯定的。因为一棵树，就是一本书。

如果说，书本凝聚着古往今来的知识积累，那么，树木就压缩着一去不返的逝水流年。如果说，书本是用文字承载着人类的智慧，那么，树木就是用年轮记录着地球的历史。因此，读书，让我们得以了解自己，了解人生；读树，让我们懂得把握现在，把握明天。所以，读树与读书一样，是大有益处的事情。

早年住在东城，去劳动人民文化宫的机会较多。第一，因为离住处苏州胡同，离单位东单三条近些；第二，因为一九五七年以后有一段日子，几乎没有什么朋友，还肯跟我来往；第三，人要是倒霉了，也就没有什么社会活动，还能让我参加，也就没有什么事情，还能打起精神来做。于是，那里是我唯一可去可待的场合。

当然，还有第四，由于戴上了一顶桂冠，自惭形秽的原因，愿意觅一个远离人群的所在，免得看到熟面孔打招呼不好，不打招呼也不好的尴尬，这样，在太庙里的冷僻角落里，垫着报纸，席地而坐。待到树荫里的路灯亮了，抖掉落在衣服上的松针，在薄暮中的长安街上，慢慢地走回去。

那些树，给了我特别的依靠。

因为在那些年里，所有以为靠得住的朋友，都来不及地闪开了，只有这些无言的树木，没有一点表示嫌弃我的意思。

当时，年轻，二十多岁，哪经过这种急风暴雨式的大阵仗，劈头盖脸，口诛笔伐，真是觉得什么都不可靠了，不可信了，只有倚在树干上，能让我感觉到这世界上还有靠得住的地方。

太庙里的古树，那一种令人肃然的沧桑感，也在昭示着我：打倒了，也别趴下，挣扎着，要活下来。好像在说，我几百年立在这里，什么风霜雨电没经过，什么暑热苦寒没熬过，怎么着？不继续存活着！

虽然，它什么也没说，沉默着，但那庄重自敬、从容不迫、卓立挺直、不苟颜色的精神状态，使我渐渐悟透这点启示。

犹如我的读书习惯那样，看看这本，又翻翻那本，我也喜欢坐在这棵树下，端详对面的那棵树，然后，换一个位置，再掉转头观察这棵树。每棵树和它的周围，构成一个天地。你走进这个天地里，你就和这个和谐的整体融合在一起。这些有了点年岁的古树，既不特别向你表示亲近，也不格外向你表示拒绝。树老了和人老了，有相似之处，老人比较固执，老树比较倔僵，尽管如此，这对那时的我来讲，就是相当友善的态度了。

唯其感到可靠，不用提防背后突然的袭击，唯其感到可信，不必担心会兜头泼我一身污水，能在树底下得到这一份苟安，也就难能可贵了。后来，随着北京市的向外拓展，我们的住房拆了盖北京站，便搬到城外去了。后来，我差不多有二十年光景被逐出北京，过着背井离乡的流放生涯。只要有机会回京探亲，只要劳动人民文化宫开放，我总是要在那些古树下稍坐一会儿，以看望长辈的眼光，尊敬地瞅着那些曾经慰我孤寂的老朋友。

直到我也到了白发苍苍的年纪，那顶帽子不翼而飞，才终于回到北京。然而，人老了，腿懒了，却不常过来拜访这些老友。只是每年的书市，挤到熙熙攘攘的人群里，买一些想买的廉价书。但热销的摊点，往往难以与年轻人比赛力气，半天下来，也着实劳累，便找个树荫下的长椅歇腿，重温我当年举目无助时的读树场景。

其实，一棵树，固然是一本书，再往深处探究，更像一个人。

人，各有各的不同风采；树，各有各的独特个性。即使同一品种的树木，无论在山谷里林海起伏，在旷野里连片成群，在公园里彼此相邻，在马路上延绵不断，那也是形态相异，姿势不一，张弛收放，绝非一色。如果说没有两片相同的叶子，那么这世界上也找不到两棵完全相同的树。

这和我们在大千世界里，很难找到两个一模一样的人，是同样的道理。

我还记得，五十年代，那时北京城里的人，没有今天这样多，公园里的游客，非节假日则尤其得少。坐在那里，看阳光下的树影，慢慢移动的轨迹，心也就自然地平静了下来。树影渐渐拖长，渐渐淡化，渐渐消失，这时候，物我两忘，相坐无语，这种树与人的交流，也是相当惬意的享受。然而，人与人，在提倡阶级斗争的年代，却是很难达到这样无隔阂、无歧别的境界。

这些太庙里的，曾经慰我孤独的老树，也许看得多了，久了，它们的身影，居然烂熟于心，如同老朋友那样，有一点变化便会觉察出来。树木如人，都是生命的载体，都有其生命的流程。因此，人的历史，是一本可读的书；树的历史，也是一本可读的书。尽管，人这本书，没有树这本书厚实，但是，树这本书，却没有人这本书复杂，这就是人和树的不同之处。

所有的人，尤其有了一点名气的人，都会要顽强地表现出自己的存在，唯恐别人漠视，将他忽略或者忘却。最害怕的事情，莫过于不把他当回事。而树木，没有连根砍掉锯断之前，它的年轮，那一圈圈深深浅浅的岁月隐秘，都是密藏不露的。在其中所凝固着的她的一生，也许并不费解，可压根儿就没打算让人知道。

不想为人知，更不在乎人知或不知，这是树的性格。

唯恐人不知，恨不能吵吵嚷嚷得满世界都对他大惊失色，这是人的性格。微风轻拂之中，枝叶摇摆之际，听那响动，你能感觉到树木也是很有灵性的生物，和所有老年人一样，大概也是很爱回首往事，感叹当年的。应该说，这些仍旧健在的太庙古树，至少见识过北京人从爷爷的爷爷那辈以来的往事：谁忽然红了，谁一下黑了；谁日前赢了，谁后来败了；谁拔份一时，谁窝脖一世；谁平步青云，谁乐极生悲；谁说胖就喘，谁盛极而衰……结果呢，时过境迁，斗转星移，谁也逃不了病的病，老的老，死的死，亡的亡，最终的句号。

而树，年年常绿，岁岁更新，继续存在碧瓦黄墙之中，经历着清朝的衰亡，民国的沿革，"五四"的启蒙，军阀的混战，日伪的占领，一直到中华人民共和国的建立，以及嗣后政治上的折腾。不管这其间，是显赫的或卑微的，了不起的或马马虎虎的，脚一跺地乱颤的，或蝇营狗苟，稀里糊涂过一辈的人物，也不管怎么样地折腾，鼓捣，翻跟头，跳得天高，最终都有伸腿瞪眼，退出舞台的那一刻。

　　所以，读一读这些古老的树，能够多少参悟出一些人生道理。

《中华散文》2005年10期

爱着你的苦难

塞 壬

　　他在流鼻血。但他看着我。他那苍白、虚弱的外表下有一种清澈如水的东西。我了解他的骨头，他的肠子，还有他的脏器。它们一样地清澈如水。我甚至看见了他河水一样的命运，薄薄的。现在他，我的弟弟，他在我面前抽泣，一个肉身隐退的干净的魂灵在抽泣。

　　我打了他一耳光。他流鼻血了。我再一次遭遇到另一个自己，我的虚弱，还有跟他一样单薄、河水一样的命运。跟任何一次一样，我会跑过去抱着他哭。他的血滴落在我的脸上。我哭着嚷：你这个没用的东西呀！

　　面对这样的弟弟，我会无端地悲悯，悲悯我们活着，要受那么多的苦。我总是想起我跟他一起放的那头小牛，听话、懂事，睁着大眼睛，满是泪水。

　　他是贴着我长大的。那该是一个什么样的姐姐呢？健康、野性、有力气。笑声能吓跑阁楼顶的鸽子。他每晚贴着她睡，蜷伏在她的左侧，无声无息像只猫。她了解他身上的一切，皮肉、骨头，毛发、脏器，包括他那蜷着的生殖器。这些她都触手可及。她唱歌的时候，他用他的大眼睛看着她，无神的，那时，他被她带走。

　　这样的烦人精、跟屁虫是让我无可奈何的。除了他，谁也没办法让我流泪。去学校读书，他会尾随跟你出来。有一回，我走得好远了，眼看天就要下大雨，跑到学校也得二十分钟。我小跑起来，忽然就听见后面有人哭着喊我。他跟来了。

　　你回去！快回去！天下雨了。我对他招手。

他瘪着嘴哭。向我一路奔跑过来，他那么瘦弱，在喘气。我了解这瘪嘴的哭法。雨很快就落下来，我站在那里等他，他拢来了，就扑到我跟前，抱着我的腰，仰着脸看着我。我一言不发地把他背在背上，冒着大雨，往学校疯跑，一路泪流满面。

打他，他承受一切。也不怨你。

我们是不能对视的，不，我不能注视他。那些个有月亮的夜晚，月光安静地泻在庭院的扁豆架上，泻在天台的水井沿上（不，这不是在抒情！）。他坐在石磨上吃我给他煎的鸡蛋，他的脸勾得很低，几乎贴着碗。我就站在他背后，他穿着白衬衣，身子是弓的，他那孱弱的样子，嵌在苍白的月光下。嵌在我心里，生疼生疼的。他吃着我给他煎的鸡蛋。

我所感知的，是月光照彻着他的苦难。这样的苦难也是我的，普遍的，默默地不为人知。我又想起他帮一个瓜农捡瓜的样子。那是一个卖西瓜的老人来到村子，一帮顽劣的野孩子抢了老人的瓜，踢翻了他的担子，瓜破了，滚了，哄抢后就作鸟兽散。我的弟弟留下了，他默默地躬身给那老人捡瓜，拾好他的担子。他那样子，虚弱、苍白。跟月光下坐在石磨上吃鸡蛋时一模一样。

我无法解释这种认同，这是两件毫无关联的事，但却给我同样的感受。我再一次看见了——

高中毕业后说是要去学开车。我在武汉闻讯后赶回来制止。他就用他那双大眼睛注视着我，没有滴落的泪水噙在眼眶打转。他开口跟我说话，他的声音混着胸腔的轰鸣。我的少年长大了，我不能支配他。

多年后，我南下广州，在熙熙攘攘的人群中，我能准确地闻到某一类人，他们瘦弱、苍白，平民的表情中透着一种清澈如水的东西。他们有时看着你，让你觉得你永远无法伤害到他们。他们就像是一个巨大的容器，他们承受一切。他们勾着头吃着快餐，背着大黑包跑着业务，干着皮肉不轻松的差事。我想起尼采，他抱着一头生病的老马放声大哭：我的受苦受难的兄弟呀！我不知道，在安静的夜晚，是否有人会细致地抚摸他们平躺的肉身和魂灵。

他把女朋友带到我面前。这是个眉眼很顺的女孩子。她贴着他，一言不发。他看着她，眼里是一种我极其陌生的东西，我想那叫作爱情。

我的少年长大了，他知道爱一个女人了，他知道做爱吗？我真不明白。他再也不用贴着我睡了，现在她贴着他。她能像我一样了解他的一切吗？他的骨头、他的肠子，还有他的脏器。看着他的背影，她会不会像我一样泪流满面？他会跟她结婚，就像所有的人那样，还会生出孩子。为什么我忍不住悲伤？一旦深入他生命的细部，哪怕是件平常的事，我都要伤心、难过。我再一次抚摸到了那苦难。

我开始想着他的成长，林林总总，我想到他的将来，完全可以预料的，像规律一样可怕。我再一次想起他的背影，看见他河水一样的命运。我注视着他，上帝注视着我。我不知它是否会流泪。

母亲打电话过来向我哭诉，你弟弟开车很辛苦，一个星期前给人拖了批货去安徽，前天去跟人家要运费，那人不给就算了，还叫人打了他，他被打倒在地上，那些人用脚踢他的肚子——他今天还要出车，我叫他休息，他不肯——

我想起多年前打他的情景，他承受一切，默默无语。我哭着抱住他：你这个没用的东西！第二天，他什么都忘了，就像什么事都没发生一样。

办公室的门突然开了，闯进来一个瘦弱、苍白的年轻人。他喘着气，睁着大眼睛看着我：黄总监，我——

他跟我说，他是一家印刷厂的业务员。一个半月前接了我公司的一笔单，到现在还没收到钱，财务的小姐说，那笔钱没有拨下来，叫他等着，他等了一个多月了。每次他来，财务室的几个小姐理都不理，只顾在那儿说笑，今天忍不住了，才闯到我的办公室。

怒火一下子涌向了太阳穴，但我忍住了，我不能在这个年轻人面前失态。这笔钱我早拨下去了。听听我的财务小姐的解释吧：谁叫他那么木，收这种钱哪有那么容易？规矩都不懂，你说，给我们办公室的几个小姐买点小礼物会穷死他吗？我听不下去了，不顾一切地喝住了她，真想，真想扇她一耳光，他妈的！

这是规矩。我的弟弟，他是不是也没弄懂什么规矩？

母亲说，你弟弟第二天就要出车。

我看见，那样的一些人，我能闻到他们的气味。他们走着，或者站立，他们三三两两，在城市、在村庄、在各个角落。他们瘦弱、苍白，用一双大眼睛看人，清澈如水，他们看不见苦难，他们没有恨。他们退避着它，默默无语。我突然觉得这就是力量，日复一日，年复一年，这样的力量没有消弭，它只是永久地持续。我们讲的所谓的道理或者意义就在其中。真正懂的人其实什么都不知道，什么都不会去想。我看见我也身在其中，被带动飞快地旋转起来，我与他们相同，却又不同。我看见了他们身上的苦难，并因此深深地爱他们。注视着他们，我会泪流满面。

《天涯》2005年1期

鲁迅：暗夜里的思想者

阎晶明

读鲁迅，常常会遥想他曾经的写作状态。那些透着感情和思想，充满力道的文字，是在一种怎样的环境和心境中写出的？从上世纪30年代至今，很多谈鲁迅的人，都在描述自己想象中鲁迅看取人间世相的态度和眼光。而时常浮现在我眼前的鲁迅，是一位暗夜里的思想者，只有到了周遭宁静、人声悄息的时刻，他才会静下心来，把白天所见的一切欢颜、泪水，得意、苦相，青年的激昂、文人的嘴脸，强者的怒目、弱者的悲哀，尽收在心底，一一经自己的心绪过滤，化成他那有时一泻千里，也有时生涩难懂的文字，构成他独异于常人的文章。寻常的人，都是在歌颂和期盼黎明的曙光驱赶走夜的黑暗，而鲁迅，却在深夜里思索。夜幕让他的思想有了惊人的穿透力。揭开夜的"黑絮"，让光天化日下的一切现出原形，是鲁迅独有的功力。

夜，不但是鲁迅思考和写作的习惯性时光，更是他作品里经常出现的意境。《野草》是鲁迅写"夜"和"梦"最集中的作品集，从中我们可以感受到鲁迅那双"看夜"的眼睛。《秋夜》的开头写道："在我的后园，可以看见墙外有两株树，一株是枣树，还有一株也是枣树。"这一特异的描写经常引来疑惑式的解读。其实，也许正是鲁迅在暗夜的深处，将目光望向窗外，孤寂的心情下才能写出这样两行字。因为接下来，他的目光直接穿过两棵枣树，望向了夜的天空："这上面的夜的天空，奇怪而高，我生平没有见过这样的奇怪而高的天空。他仿佛要离开人间而去，使人们仰面不再看见。然而现在却非常之蓝，闪闪地睐着几十个星星的眼，冷眼。他的口角上现出微笑，似乎自以为大有深意，而将繁霜洒在我的园里的野花草上。"夜的空阔、神秘和诡异的景象向我们展开。"落尽叶子，单剩干子"的枣树此刻再次回到鲁迅眼中，成了一种意味深长的意象。枣树的树干，"默默地铁似的直刺着奇怪而高的天空，使天空闪闪地鬼睒眼；直刺着天空中圆满的月亮，使月亮窘得发白。鬼睒眼的天空愈加非常之蓝，不安了，仿佛想离去人间，避开枣树，只将月亮剩下。然而月亮也暗暗地躲到东边去了。而一无所有的干子，却仍然默默地铁似的直刺着奇怪而高的天空，一意要制他的死命，不管他各式各样地睒着许多蛊惑的眼睛。"开头似乎无意中进入眼中、用闲笔写在纸上的枣树，在夜幕中却成了刺向天空的利器，让人联想到鲁迅心目中的"战士"形象。

在鲁迅笔下，暗夜是空虚，也是充实；是绝望，也是希望；有虚假的上演，更有逼人的真实。《野草》的《希望》里这样描写"向黑暗里彷徨于无地"的心境："我只得由我来肉搏这空虚中的暗夜了，纵使寻不到身外的青春，也总得自己来一掷我身中的迟暮。但暗夜又在哪里呢？现在没有星，没有月光以至笑的渺茫和爱的翔舞；青年们很平安，而我的面前又竟至于并且没有真的暗夜。""绝望之为虚妄，正与希望相同！"而在《影的告别》中，他又这样说："呜呼哀哉，倘若黄昏，黑夜自然会来沉没我，否则我要被白天消失，如果现是黎明。"正是在黑暗里，孤独的心才会放大，空虚的感觉同时成为唯一可以掌握的东西。"我愿意只是黑暗，或者会消失于你的白天；我愿意只是虚空，决不占你的心地。""我独自远行，不但没有你，并且再没有别的影在黑暗里。只有我被黑暗沉没，那世界全属于我自己。"在《颓败线的颤动》《好的故事》等篇什里，暗夜中的独行者、静思者，是鲁迅刻意要确立的人物。即使《过客》这样发生在黄昏时分的故事，也不忘在孤独的"过客"决意要上路时加一句"夜色跟在他后面"，以强调情境之色调。

作为最早具有自觉的而成熟的现代意识的小说家，鲁迅在小说创作中十分注重故事情境的强调和描写。黑夜，正是《呐喊》《彷徨》里最多见的一日中的时光。《狂人日记》的开头就写道："今天晚上，很好的月光。"紧接着引出狂人的恐惧心理，"我不见他，已是三十多年；今天见了，精神分外爽快。才知道以前的三十多年，全是发昏；然而须十分小心。"第二节的开头第一句又是："今天全没月光，我知道不妙。"白天的事在没有月光的夜里回味才感知更深，"早上小心出门，赵贵翁的眼色便怪：似乎怕我，似乎想害我。还有七八个人，交头接耳的议论我，又怕我看见。其中最凶的一个人，张着嘴，对我笑了一笑；我便从头直冷到脚根，晓得他们布置，都已妥当了。"

《药》的氛围是这样营造的："秋天的后半夜，月亮下去了，太阳还没有出，只剩下一片乌蓝的天；除了夜游的东西，什么都睡着。华老栓忽然坐起身，擦着火柴，点上遍身油腻的灯盏，茶馆的两间屋子里，便弥满了青白的光。"《明天》里的单四嫂子则始终是在压抑得让人难以透气的深夜里，孤寂地陪伴着死去的儿子。单四嫂子在空大的屋子里沉睡过去之后，黑暗而凄凉的情景为故事涂抹上了凝重的色彩，"这时的鲁镇，便完全落在寂静里。只有那暗夜为想变成明天，却仍在这寂静里奔波；另有几条狗，也躲在暗地里呜呜的叫。"《白光》里的陈士成在月色中走完他可悲的、灰色的人生。一切都落空了，"独有月亮，却缓缓的出现在寒夜的空中"。"月亮对着陈士成注下寒冷的光波来"。

在鲁迅笔下，月亮通常是一个照彻寒冷和孤独，增强恐惧和悲哀的意象，那情景跟传统的阴晴圆缺没有关系。在《孤独者》中，月色和心境也有交融，"潮湿的路极其分明，仰看太空，浓云已经散去，挂着一轮圆月，散出冷静的光辉。"但人心却并没有同样的诗意，"我快步走着，仿佛要从一种沉重的东西中冲出，但是不能够。耳朵中有什么挣扎着，久之，久之，终于挣扎出来了，隐约像是长嗥，像一匹受伤的狼，当深夜在旷野中嗥叫，惨伤里夹杂着愤怒和悲哀。"夜晚有时是美好的，但这美好也会因人物悲剧的落幕而陡增黯然之色。《祝福》的结尾，鲁镇的人们在除夕夜里的"无限的幸福"和祥林嫂可悲的死正是鲜明的对比。

不过，我们并不能因此认为鲁迅对月夜有偏执的看法，有时，在记忆的深处，那些美好的时光也会和月夜有关。夜晚的月色在鲁迅小说里也有闪光的时候。《故乡》里的"我"见到儿时的好友闰土，第一反应便是一幅夜空下的美景。"深蓝的天空中挂着一轮金黄的圆月"，月夜下那个身手不凡的少年形象在小说里出现过两次。还有如《社戏》，欢喜的情景也和月色相关。"月还没有落，仿佛看戏也并不很久似的，而一离赵庄，月光又显得格外的皎洁。"

鲁迅就是这样一个对夜有着特殊敏感的诗人和思想者。他有"看夜"的眼睛，也有"听夜"的耳朵。暗夜中，他听到那些人间的嘈杂，楼上的吵骂、楼下的呻吟、对门的打牌声、河中船上女人的哭泣声，它们综合成一幅世间景象，呈现出世事悲喜的互不相通以及人心的隔膜。他也听到自己内心深处的声音，并用尖锐的笔触书写出来。《秋夜》里写道："我忽而听到夜半的笑声"。"夜半，没有别的人，我即刻听出这声音就在我嘴里。"

暗夜里的思索和时势的黑暗正好形成一种映衬和对比。光明，在鲁迅那里总是一个远未达到和实现的理想目标。他努力冲破这暗夜，宁愿自己"肩住了黑暗的闸门，放别人到光明的地方去"。暗夜里的思想者鲁迅，渐渐地对夜有了特殊的感情。1933年，"晚年"鲁迅曾署名"游光"写下一篇动情的文字：《夜颂》。这篇精美的文章可以说是鲁迅关于暗夜的集大成之作和整体阐释。在这篇精短的抒情文章里，鲁迅作为一个"爱夜的人"表达了对夜最彻底的真实表述。首先，人在白天和黑夜是有区分的，"人的言行，在白天和在深夜，在日下和在灯前，常常显得两样。夜是造化所织的幽玄的天衣，普覆一切人，使他们温暖，安心，不知不觉的自己渐渐脱去人造的面具和衣裳，赤条条地裹在这无边际的黑絮似的大块里"。也正因此，在鲁迅那里，"爱夜的人要有听夜的耳朵和看夜的眼睛，自在暗中，看一切暗"。这"耳闻""目睹"的功力，就是要能看得出"夜的降临，抹杀了一切文人学士们当光天化日之下，写在耀眼的白纸上的超然，混然，恍然，勃然，粲然的文章，只剩下乞怜，讨好，撒谎，骗人，吹牛，捣鬼的夜气，形成一个灿烂的金色的光圈，像见于佛画上面似的，笼罩在学识不凡的头脑上"。与黑夜相对的白天，充满了热闹和喧嚣。"而高墙后面，大厦中间，深闺里，黑狱里，客室里，秘密机关里，却依然弥漫着惊人的真的大黑暗。"到最后，鲁迅如此表达他对白天和黑夜的区别："现在的光天化日，熙来攘往，就是这黑暗的装饰，是人肉酱缸上的金盖，是鬼脸上的雪花膏。只有夜还算是诚实的。我爱夜，在夜间作《夜颂》。"在鲁迅生活的年代，白天的"大黑暗"和夜的"诚实"，这样的颠倒正是一个思想者、批判者，一个革命的文学家的真切感受。

鲁迅的性格里有孤独、怀疑的质地，他的成长中有看穿"世人真面目"的真切，他的创作既有为时代呐喊的自觉，更有直面惨淡人生的大胆，他心底有爱，对亲人、对青年、对战士时常传递着温暖，但他更多显现的是对论敌的不宽恕，对虚伪、狡猾、正人君子式的作态的厌恶。他的文风让人觉得冷峻异常，但真正的读者又能从中感受到他那"冰之火"的热情。他在深夜思索，顾不得欣赏月亮和星星的诗意。他要用心灵的力量穿透"黑絮似的大块"，这漫长的努力让他逐渐喜欢上了深沉、真实的暗夜，成了一个彻底的"爱夜的人"。任何鼓噪、声称、招牌，在他那里都首先被怀疑，其次才是理性地分析对待。这是鲁迅独有的魅力，是他至今深深吸引我们的重要原因。

《文学报》2008年

一座城市的气味

沈　苇

一定程度上来说，气味是打开一座城市的门。它是看不见的，不会吱呀开合的，却是可以直接认知和直达心灵的感官之门。

读过中世纪的一部欧洲传奇，里面有这样一个细节："东方？"一位苏格兰长者一次突然说，"东方只不过是一股气味！"

同样，我们可以将喀什噶尔描述成一股气味，一座气味之城。

喀什噶尔的气味中有香料的气味、饮食的气味、瓜果花卉的气味、尘土的气味、经书古籍的气味、伊斯兰的气味……她是一部气味大全，是气味的博览中心。她的气味其实是一种与众不同的气息和气质，四处弥漫，扣人心弦，使我们的嗅觉突然觉醒，内心也恍若有悟。

一位烤肉师傅往吱吱冒油的羊肉串上撒孜然。一位主妇将切好的金黄色榅桲放入泡好的大米中，为家人做一锅香喷喷的抓饭。一位白胡子老者坐在巴扎的凉棚下，吃着抹了藿香酱的馕，一边喝着放了玫瑰花和沙枣花的药茶。一个小男孩津津有味地吃着农民汤饭（羊肉汤面片），汤饭上漂着一些切碎的薄荷叶，他用核桃木勺舀起，吹一吹，小心烫了自己的嘴……这是喀什噶尔现实生活中的典型场景。

喀什噶尔过去和今天的生活都离不开香料，但我们知道，香料最早是高高在上的，是用来取悦神灵的，是寺庙和祭祀仪式的用品。再后来与女性、闺房发生了关系，成为情欲的催化剂。维吾尔族人却将它从空中请回到人间，请回到世俗和日常，使袅袅香烟重返它脚踏实地的根部。

这使我想起新疆的清真寺。许多清真寺的楼上是祈祷室和讲经堂，是举行神圣仪式的地方，楼下往往是烟熏火燎的餐厅和人头攒动的商场。

这种情况对于基督教堂和佛教寺庙来说是不可思议的，也是不太可能出现的。它与土耳其人在墓地开咖啡馆、印度人将餐厅开在棺木旁，或许存在某种共通之处。

清真寺呈现的有趣格局是维吾尔族人生活态度的某种象征：日课是日课，日子是日子。就像一位刀郎艺人对我说过的那样："有时是安拉和使者，有时是歌唱和舞蹈。"信仰是信仰，生活是生活，它们成了两条"战线"，成了"生活之寺"的楼上和楼下，却一点也不冲突，反而和谐地交融在一起了。

简单地说，将信仰生活化和将生活信仰化，是维吾尔族人的生活哲学。气味、感官、精神、秘密，也常常交错和置换。

我们知道，丝绸之路有时也被叫作"香料之路"，东西方的香料贸易要早于丝绸贸易。公元前128年，张骞出使西域，发现疏勒（宋元之前喀什噶尔的习惯称谓）"有市列"，虽人口不多，却俨然已是一座城市。从公元前二世纪到公元十五世纪，疏勒一直保持了葱岭之东商业都会的地位。

尤其是在唐代，疏勒成为丝绸之路南道上最重要的商品集散地和贸易中转站，是著名的国际商埠。"驰命走驿，不绝于时日；商胡贩客，日款于塞下"。集市上商品琳琅满目，仅香料的运输清单中，就有来自中国内地的肉桂、龙脑、香茅、麝猫香、紫花勒精，来自波斯、印度乃至地中海地区的檀香、沉香、乳香、安息香、没药、波斯树脂、苏合香。作为一个香料集散中心，东西方的奇香熏染过喀什噶尔大地。

时至今日，对香味的迷恋仍是喀什噶尔生活的一个可见的特征。香味渗透到日常生活的各个侧面和细节：饮食、起居、服饰、信仰、艺术等。维吾尔族人常常将"香"等同于"热"。凡是热性的东西，都是好的，对身体和精神有益的。他们对"香"的迷恋其实是对"热"的渴望。当香料走下神坛，走向民间和日常，它就成了更具现实用途的调料，成为嗅觉和舌尖的共享。

像所有维吾尔族聚居的城市一样，来自波斯的孜然（安息茴香）是喀什噶尔的第一调料、第一香味。孜然独特的芳香来自烤肉炉、馕坑，来自快餐店、宴会厅，来自调料铺、药材店……孜然无处不在，它的芳香四处飘散、弥漫。是孜然激发了喀什噶尔饮食的特点：质朴、浓郁、热烈。在孜然飘香的街区和小巷，借助感官的陶醉，我们似乎能一下子抓住这座城市的灵魂。

孜然香味激发了旅行者对喀什噶尔的记忆，它就像普鲁斯特笔下的小玛德莱娜点心，多年之后当他们在别的地方闻到类似的气味时，会情不自禁回想起在喀什噶尔度过的时光。

喀什噶尔一带出产奇花异果。叶城的石榴，英吉沙的巴旦杏，伽师的甜瓜，疏附的阿月浑子，疏勒的榅桲，阿图什的无花果，吐曼河边的沙枣树，还有一种长得疙里疙瘩的化石模样的土梨，使人如数家珍。十三世纪的意大利旅行家马可·波罗看到的喀什噶尔"幅员极其辽阔广大……这里有美丽的花园、果木园和葡萄园"。《拉失德史》上说，喀什噶尔不贩卖水果，也不禁止任何人采摘。果树一般都种植在路边，大家可以随意采摘。

在我眼里，喀什噶尔和它的绿洲就是一个巨大的花果园，是由不计其数的花园和果园组成的。喀什老城有一个叫"亚瓦格"的地方，意为"悬崖乐园"或"峭崖上的花园"，用来描述整个喀什噶尔也是恰如其分的。

这片土地上四季飘散的花果芳香（冬季围着火炉吃瓜，还有各种花酱）使人想到天堂和乐园，更联想起伊甸园的景象。

所有的乐园都缺少不了瓜果、花木、美女、美食等元素，无论基督徒描述的还是穆斯林想象的。十四世纪成书于阿拉伯—波斯的《先知史》传入新疆后，添加了许多中亚维吾尔族人的信仰和传说。在他们的讲述中，大洪水变成了塔克拉玛干的沙尘暴，伊甸园也移植到了从喀什噶尔到于阗（和田）一带的昆仑山北麓。《先知史》中还说，亚当和夏娃分离七年后在昆仑山的冰川上重逢，他们再也控制不住炽热的情欲，便在冰川上做起爱来。所以，从那一天开始，女人的臀部是冷的，男人的腰部是凉的。"于阗"的发音就取自"伊甸"，或者说是对"伊甸"的附会。

从地理角度去看，喀什噶尔三面环山，北依天山，西为帕米尔高原，南边则是昆仑山系。喀什噶尔就像一个群山环抱中的襁褓，更像以连绵山峦为背景的一个孤寂的舞台，独自面向塔克拉玛干沙漠空无一人的剧场，并承受着来自沙漠腹地的沙尘暴的侵袭。

在这里，我要写一写喀什噶尔更为宏大的一种气味：尘土和沙暴的气味。每年春天到初夏的尘霾天气，阳光明媚的喀什噶尔变得朦胧、暧昧而昏暗，它不再是伊甸般的乐园了，而更接近《拉失德史》的作者米尔扎·穆罕默德·海达尔所说的"炼狱"。一个炼狱般的喀什噶尔，出现在群山与沙漠之间。

二十世纪初，英国驻喀什噶尔总领事馆的两位领事夫人绘声绘色地描写过这里的沙尘天气。有一天，凯瑟琳·马嘎特尼看到远处沙漠里升起一个巨大的黑柱子，穿过晴朗的天空疾驰而来。黑柱子越变越大，太阳变成了一个苍白的球，很快就消失了。天空越来越暗，紧接着是狂风呼啸，铺天盖地袭来，像要把人裹挟而走。空气中的尘土穿过每一条缝隙扑向室内，使人连呼吸都感到十分困难。一般风暴要持续二十四小时左右，才会平静下来。凯瑟琳写道："在那些天气里，如果你把一张白纸摊放在什么地方，过不了多久，纸上就会出现一层厚厚的尘土，你可以在上面写自己的名字，清晰可见。"

另一位领事夫人戴安娜·西普顿说，喀什噶尔无穷无尽的尘霾就像伦敦大雾一样，好几个星期都不会消失，把自然界的万物都罩在里面了。她把尘霾比作一个大信封，将人装在昏天黑地之中。"你吃的是尘土，闻到的是尘土，打喷嚏喷出的也是尘土。尘土无孔不入，钻到了房子里的每一个角落。然而，又是尘土，却也常常清洁着空气。"

尘霾现象几乎四季都发生，春夏之交最甚。天空经常在下土，即使天晴气朗的时候。只有在雨后或雪后才稍有停息，但雨雪天气在喀什噶尔并不多见。在喀什老城的庭院里，几乎家家户户种有无花果树，因为无花果宽大的叶子能吸附和过滤空气中的沙尘和毒素。还有绿洲上挺拔的白杨树，同样起到了抵挡沙暴的作用。

在巴扎、老城、小巷以及广袤的乡村，尘土的气味是每时每刻可以闻到的，它就是大地本身的气味，代表了大地的安宁和暴戾。一个喀什噶尔的孩子，从小就在尘霾中长大，尘土的气息他是再熟悉不过的了。他熟悉它如同熟悉自己的家人、熟悉家里的气息。

特别是喀什噶尔的女孩子，从小就从母亲那里学到了对付尘土飞扬的办法：每天早晨起来，提一桶清水，洒在院子里、大门外。行人走过小巷，能闻到湿气传递的含有腥味的尘土气味。这个女孩子一天天长大，后来做了母亲、祖母，直到耄耋之年，她都会不停地重复这一洒水的动作。这个动作无疑已成为喀什噶尔女性的日课，是我们能看到的最经典的动作之一。它是简单的、重复的，但其片刻的停顿和凝神包含了古老雕塑般的内涵与力度。

当我们面对瀚海腹地袭来的沙尘暴时，我们是在经历它的洗礼。尘土和沙暴来自沙漠本身，也可能来自楼兰、尼雅废墟和众多沙埋古城，来自某个血腥的古战场和某座圣人麻扎（墓地），来自这块土地上宗教、政治曾经博弈的时光深处……如果尘霾是一部历史，那么通过它，我们正可以呼吸喀什噶尔的历史。每一粒尘埃，每一颗沙子，或许都包含了时光所丢失的鲜活细节。

气味统治我们的感官，解放我们的心灵。喀什噶尔的气味是一席嗅觉的盛宴。气味来自尘土、花果、香料和饮食，也来自一切可能的别处：古老的木卡姆音乐，艾德莱斯绸的绚丽，老城民居里的壁挂和地毯。还可能来自艾提尕尔清真寺边的几家旧书店，在那里，我买到过胡桃木做的读经架和赫尔克提的一册诗集。那么，喀什噶尔的气味同样可能来自赫尔克提的诗集，来自他的几行诗：

> 我呀，并不需要去天方朝觐，
> 喀什噶尔有的是麻扎，擦眼土药也够用；
> 用睫毛扫净那大片的广场，
> 哭出你的泪水，这支天堂里的礼歌。

2008年

《喀什噶尔》青岛出版社2008年

筑万松浦记

张 炜

我一直想找一个很好的地方，在那里做一点极有意义的事情。是什么事情还不知道，但我想它要能足以引起自己的长久兴趣。当然，它对许多人来说都应该是极有意义的。它的整个过程还应该是朴素的、积极的。它要具有相当长的生命力，并且在未来让人高兴。它还需要由许多人以各种方式去参与，而不是被许多的人去索取一空。它从一开始就将拒绝那些只想到索取的人。

小岛对面

在龙口市的北部，渤海湾里有两个小岛，桑岛和依岛。桑岛上有八百多户，有松树和槐树林，有灯塔和礁石。这是个很美的岛，关于它的传说很多。其中有一个传说与它的命名有关，说的是秦代的智慧人物徐市（福）被秦始皇遣去东瀛寻找长生不老药，行前曾在岛上种植桑树，养蚕织造。徐市后来带走了很多人，包括史书上记载的三千童男童女、五谷百工，当然也少不了各类智慧人物。他这一去发现了日本列岛，高高兴兴过起了独立王国的日子，再也不回来了。这就是所谓的"止王不归"：整个的事件记录在中国的信史《史记》中，可见已不是传说了。

桑岛之名的由来倒是个传说。不过如今岛上已没有大片桑树，也没有纺织业，只有其他林木，有发达的渔业。从南岸去岛上有十几分钟的水路，这是指现代客轮的速度。我在中学时坐了木制机动船去过一次海岛，大约花了二十分钟。那一次我在岛上待了一个多星期，住在同学家里，尽享岛上新奇。进岛前站在南岸看一片海雾中的葱绿，如同仙境；进了岛，则不停地往南边的大陆遥望了，望到的是一片无边的林木，林木前镶了一道金边，那就是海滩了。

当年桑岛上的房子都是一种黑色岛石垒起的，屋顶覆以海草。岛的四周永远有鸥鸟环绕，正像岛的四周永远有扑扑的水浪和细细的沙岸一样。它的西北方，仅仅二三华里远的地方就是那个依岛了。如果把我们脚踏这个岛比作地球，那么依岛就是月亮，不过它不会绕桑岛运行罢了。我们当年极想去依岛上看看，可是没有船。因为小小的依岛上面没有人烟，而且与桑岛之间隔开了一道湍急的暗流，据说除非有第一流的驾船技术才能渡过。渔民介绍说，依岛上过去只有一幢小小的茅屋，那是为躲避风浪的渔人准备的。一旦来了大风不能及时赶回，捕鱼的人可以就近靠岸，并在小屋中歇息下来，里面总是有常备的水米。如今岛上空空荡荡，一派灌木白沙，风景秀丽。一大群野猫成了这里的实际主人，据见过的人说它们靠吃水浪涨上来的小鱼小虾之类，个个长得干净强壮。

今天，这两个岛对于城市人来说已是旅游观光的最好去处。但要在岛上长期生活下去，要做一点想做的事情，似乎还缺少点什么。我去了岛上，像过去那样向对岸的陆地遥望，再次惊讶地盯视那片无边的葱绿。我的心头涌起了一阵感动。正对着这个小岛的是绵长的沙滩，茂密的树林。

那里与人口繁密的小城相距二十分钟的车程。

港滦河

有许多天，我一直在小岛对面的那片海滩上徘徊。这是一片真正迷人的沙岸，洁白到了无一丝粗粝和污迹；碧蓝的海水，退潮时露出五十多米的浅滩。这里没有鲨鱼出没，是天然的优良海水浴场。更为可贵的是它背靠了一大片松林，大得足可以藏禽隐兽，一眼望不到边，只听到鸟声不断，与近海翱飞的海鸥遥相呼应。与海岸交成直角的是一条古河道，叫港滦河。河的上游源自南部山区，很早以前与曲折密集的山下水网相连，接受丰富的山落水，水流量终年很大，这由古河道的宽大壮观可以看出。河的入海口有古港遗址，而今的小旅游码头就建在遗址右侧。

像许多古河道一样，如今的港滦河也在时间里萎缩了，充其量只能算是一条中小河流。但好在它还有辉煌的历史可以留恋。它的下游建有不止一个村庄，可以说它们都拥有得天独厚的地理条件。河中有鱼蟹，它有别于海鱼海蟹。入海口有洄游产卵的鱼类，所以每到了四月春阳照耀时，浅海里到处都是捕捞鲈鱼苗的男男女女，他们将把一个春季的收获卖给淡水养殖场。河道里有茂密的蒲苇，河堤上有高大的槐柳。由于古河道淤积土深厚肥沃，所以河两岸的树木比其他处茁壮得多，夏秋里看去真是冠盖相连，如雾如峦。槐柳与成片的松树相依衬，形成了另一种风韵。槐柳的碧嫩与松树的墨绿相间，层次错落；冬天和秋末松树浓绿依旧，槐柳则剩下了裸枝。槐的苍枝和柳的红条在绿色中闪烁，该是画家们的向往之地。

走在河岸上，就会把海浪的噗噗声遗忘，耳廓与视野全是淙淙水流。青蛙和鲫鱼在水中窥视，它们以漂亮的翻越引人注目。有咕咕声响在密集的获草中，不是水鸟就是穴中动物。这条河的珍贵在于它在许多时候为林中的鸟兽提供足够的淡水，如今堤岸下到处可见一溜溜小兽蹄印，可以分辨的有兔子、刺猬和獾之类。也仅仅是十几年前，河两岸还有狐狸出没。

人们的传统居住理想，就是尽可能在河边筑屋，做所谓的"河畔人家"。而眼前的情与境何等诱人：海岸林中河边，三位一体。更为难能可贵的是，这里离那个去海岛的小码头仅有一华里之遥，安静便利，却没有喧闹。除此之外这里还有历史掌故，有传奇，有静下来即可听到的古河的哗哗之声。

万亩松林

最为诱人的还是这片无边的松林。准确讲它有两万六千亩，主要是黑松。据说这种松不易见到一万亩以上的面积，所以说眼下的规模实在可叹。它的形成是漫长的，除了原生树木，再就是依靠了人工种植。大约四十年前有一场浩大的造林活动，出动了万人营造沿海防风林，是这样的日积月累才产生了如此伟大的造就。苍茫海滩上的原生树种有小量黑松，其余就是一些灌木；乔木类有白杨、槐树、榆树、小叶杨、橡树和柳树。当人工松林于四十年后蔚然壮观之时，原有的大树就显得苍老豪迈了。它们间杂在一片林海中，是树木的尊长，是自然的智星。

有了不同的树种，有了偌大的面积，也就有了丰富的大自然的内容。我们今天的人对于大自然的孕育越来越陌生了，简直是十分隔膜。关于一些动物的故事，我们仅仅是从书中，特别是从动画片上获得。我们还不习惯于发生在眼前的、身边的动物故事。我们知道动物的故事通常主要是发生在大面积的林子中，它们比起家里和动物园中的动物，会是完全不同的。

我走进这片松林，愈走愈深，竟有两次迷失了方向。从河的左岸向西向南，会走向它不测的纵深。林深处一片呜呜响起，这就是无时不在的松涛了。只要稍有一点风，就有这低沉浑厚的声音；但是如果有大风吹起，林中又是最好的避风之地。

随着往前，林中空地上出现了小动物的劫痕：散羽和断蹄，凌乱的兽毛。这里有隐下的猛禽，也有食肉四蹄动物。抬头寻觅，最常见的是红足隼和雀鹰。我们马上想到的是厮杀，是弱肉强食。在无声的嘶嚎中，在一时安静得出奇的林莽间，一低头就是零散的羽毛；再就是黄色的小花，是小蓟与荠菜，还有草丛树下探出的蘑菇圆顶。在林中行走随手采下蘑菇是一件快事，那是毫不费力的收获。这里最多的当然是松蘑，还有杨树蘑和柳树蘑，都是最受人们青睐的美味。如果在春天，林中的松脂气味正浓得化不开；更有槐花的清香、满林满地杂花野草的熏蒸，人走在里面真像一场特别的沐浴。我与朋友在林中仅仅走了半个小时，鞋子就被花粉全部染成了黄绿色。那时各种不知名的飞禽成群掠过，云雀在高空欢唱，野鸡在深处鸣叫。我们惊扰最多的是野兔，它们有许多次被我们同时惊跑了三两只。鸟窝遍藏在深草中、树丫上，有时一不小心就会惊起正在孵蛋的鸟儿。

无论是雨天雪天，进入这片林海常常都会有一种享受。林雨淅淅好，大雨怒吼也好——它别有一种气势，让你在稍稍惊异中领略许多。你会看到各种动物在雨中的姿态，树与草在洗涤中的欢快。脚下是刚刚润湿的沙土，是一簇簇顶着满身珍珠的绿叶。当然最好还是淅淅小雨，那时会有一种绵绵不绝的低语伴随着你的行走和深思。不过大雨滂沱是骤然而至的，这时我们就再也不会忘记闪电的颜色，记住在万木丛中急速穿行的风雨之声。在冬天，当踏着雪后的林地，会惊讶这里奇特的安静和干净。只要走动，脚下就响起无法形容的雪的声音；此时围拢在四周的全是清冽的脂香。林子在冬天变得幽深和优雅，树隙的天空闪烁新的瓦蓝。积雪在这里会存留一个冬天，或者再加上一个初春。雪后只需多半天，地上就是叠起的一个个小兽蹄印了，是它们留下的一些巧妙的图案。走在林中雪地辨认兽蹄是一种乐趣，有经验的林中老人能一口气认出二十多种。

走在林中，难免想象做一个林中人的幸福。可是这种打算太奢侈了。这种奢侈不可以留给自己，而应该留给更多的人。

人　缘

一个情境在心中渐渐完成，这就是在滦河边、万亩松林的空地上盖一处书院。是"书院"而不是别的什么，是因为这两个字所包含的"内美"。

中国古代有著名的三大书院，如今除了岳麓，其余学术不兴。书院是高级形态的私学，起于唐，盛于宋，是中国大学的源头。现代书院该是怎样的姿容，倒也颇费猜想。静下思之，她起码应该是收敛了的热烈，是喧闹一侧的安谧和肃穆。热闹易，安稳难。在记忆里我们从来都是热闹的，不同的时期有不同的热闹。可是一些深邃的思想和悠远的情怀，自古以来都成就在有所回避之地。它的确需要退开一些，退回到一个角落里。

于是就想到找一处角落、一个地方。龙口地处半岛上的一个小小犄角，深入渤海，像是茫茫中的倾听或等待，更像是沉思。更好在它还是那个秦代大传奇的主角——徐市（福）的原籍，是他传奇人生的启航之地。港滦河入海口处的古港也曾被认为是他远涉日本的船队泊地，当然更多的人认为是离它不远的黄河营古港：东去三华里，二者遥相呼应。

一个更迷人的故事就发生在脚下：战国末期，强秦凌弱，只有最东方的齐国接收了海内最著名的流亡学士，创立了名噪天下的稷下学派。"百花齐放百家争鸣"就源于稷下。随着暴秦东进，焚书坑儒和齐的最后灭亡，这批伟大的思想家就不得不继续向东跋涉，来到地处边陲的半岛犄角"徐乡县"。这里又成为新的"百花齐放之城"。而今天的港滦河入海口离徐乡县古城遗址仅有十华里，正是她当年的出海口。

可以想见，秦代一统海内最初几年，徐乡城称得上天下的文心。

十余年来龙口人越来越多地迷于"徐市研究"，而且声动南北，呼应京津，大约几十位教授发起成立了"徐市（福）国际文化交流协会"。不说它的学术，只说这种追忆和缅怀所蕴含的一种地方自豪感，也许还有他们未及领会的另一些东西的珍贵。思想需要一种连绵性，传统也可以在追溯中慢慢建立。这个艰苦的过程已经开始并且不能停止，于是就给了我许多启发。多少年来，当地有多少热衷于文事、具有文化眼光的境界高远之士，在此不再一一列举。那将是令人感动的一长串名字。没有他们的热烈倡议和实实在在的支持，书院择址海滨河畔的意念就不会生成，更不可能坚定。

在那些令人难忘的日子里，不止一位朋友与我一起实地勘察，迈步丈量穿林过河。往往是多半天过去，面无倦容手持野花而归，谈吐间全是书院遐想。朋友即便身负重任，日理万机，也未曾把一件浪漫的设想掷于脑后；那种于俗务操劳中顽强存留的超拔的精神，实在令人钦佩和铭记。好像从来如此，一种信念和决意必须在人缘里生成，没有帮衬就不可能成功。

后来又有远城友人、海外文士抵达这个犄角。我们仿佛一起倾听了当年的朗朗书声和稷下辩论，激动不已。至此，对我来说，书院还未破土心中先自有了梁木。它是众手举力搭建的。

读书处

十余年来我一直寻找和迷恋这样一个读书处：沉着安静、风清树绿；一片自然生机，会助长人的思维，增加心灵的蕴含；这里没有纠缠的纷争，没有轰轰市声，也没有热心于全球化的现代先生。在这里可以赏图阅画，可以清诵古典，也可以打开崭新的书简。可惜这在以前仅仅是耽于幻想，而在我徘徊林中河畔之时，这样的机会总算实现了。只要带上书，携一个水瓶来到林间空地，坐上干艾草或一段朽木，背倚大树即可有一日好读。来时天气晴好，心情自然。若风雨袭来时则可奔海边渔铺，太阳热烈时会有枝丫遮护。远近是鸟鸣兽语，海浪扑扑；仰向高空，或可见一只盘旋的苍鹰。

我相信有一些好书必需自然的润释，不然字迹就会模糊不清。记得以前苦读中尚不能明了之处，一旦坐上林中空地则一概清明、进而着迷。特别是中国的典籍，那简直是由花草林木汇成的芬芳精华，除非远离现代装饰的房间而不能弥散。我与三两好友入林读书，一天下来不觉得疲累，也不感到漫长，而是于陶醉中享用了宝贵的时间，有一种最大的休憩和充实的快乐。

我不知道古代的稷下先生们踏上这里是怎样的情景，此地又做了什么用场。但我相信这里绝不会是林荒。因为它离一个繁荣的古港只有短短一华里，想必会有不薄的文明。时越两千余年，它的斯文不灭，仅仅是沉淀到土层而已，化为一片繁茂的绿色生长出来。我甚至想象那些稷下先生就站在此地辩理说难，手掌翻飞，一个个美目修眉，仙风道骨。总之，沧桑巨变，隔海听音，丛林守护的大半是永恒的精神。

林中阅读的间隙少不了神飞天外，幻想起浪漫的远古。我想象那些远涉大洋的探访，琢磨《史记》上记载的那段惊心动魄的大迁徙，心中怦然。这段史实比哥伦布发现新大陆还要遥远和惊险。不知有多少次了，我与朋友在这里流连，时有讨论。有一次当我们安静下来，甚至发现了一只专注倾听的大鸟，它隐在枝叶间一动不动。这或许是两千年前的一个灵魂，是他们飞越时空的化身。我记得朋友先是一怔，接着响起喃喃诗声，连接了草木的一片悉索。

在这样的时刻我们不能不又一次意识到，这种情与境在全球化的喧嚣中已近梦幻，它真的是太奢侈了。这种奢侈实在不可以独有。一种分享和转告的念头滋长起来，并在心底发出催促。我们知道，应该脚踏实地做点什么了。那种长期以来的理想和期盼正与此时心境暗合如一，让

筑万松浦记

人把一个深长的激动悄悄隐藏下来。

多么静谧的林子，海浪都不忍打扰它了。

开筑了

修筑一座现代书院的心愿渐渐化为一张蓝图。书院不是研究所，也不是一般的学校。"书院"这两个字所包孕的精神和内容，或许只可意会。它在今天将是什么形象和气质，真得一个独自守持的人才能把握。当然，它不能奢华也不得张扬，只应安卧一角倾听天籁，与周边天色融为一体。静下时不由得问一句：自宋代风行的书院体制缘何由兴到衰，它宝贵的流脉直到今天不绝，其缘由又在哪里？

我知道，在一个角逐急遽同时又是极尽虚荣的时光，筹集巨资团结商贾筑起皇皇楼堂已不是难事。难的是始终敛住精神，收住心性。今天做事未必秘而不宣，却难得坦然自为。一切不仅是为了结自己的梦想，而是接续那个千年的梦想。一条港滦河波浪不宽，如何载得起这么多沉重，可见须得一点一点经营，一墢一墢堆积。首先学会拒绝，然后才有接纳。砖石事小，人脉为大，有一些质朴的精神，有一点求实的作为，这样才能有一个起码的开端。

我让善绘者一遍遍描叙轮廓，让专门家细心制定结构，又经历三番改动五次争论，终于有了个主意。我甚至想象，它该是顺河而下的船夫登岸歇息处，是造访林莽的远足借宿地，是深处的幽藏和远方的消息，是沉寂无言者的一方居所。朴素是不必说了，但要坚固得像个堡垒。古代书院并不高大，今天的书院也不应太隆。它要隐在林中空地上，伏下来静听河水和海声；每天到了午夜，它会有一个深长的呼吸与林海河流相通。不言而喻，它的身边还应有古树老藤，就是说它连系着原野上的一草一木。我对施工的人说：在这儿人是第一宝贵，树是第二宝贵。

开筑了，最初的日子颇为顺利，但地基深挖下去就遇到了古河淤泥，这就需要清泥填沙，需要打进粗长的水泥桩。还有尽力躲避空地林木的问题，因为一不小心就会碰折一棵树木。事至半截有野夫纠集一起，有零零散散的阻拦，这些当不出预料。有人出面化解鼎力相助，更是感激在心。总之，同志们未敢懈怠，只盼早日成就起来才好。整个过程都有赖地方，他们守土有责，爱惜文物，拳拳之心令人铭记。七月大雨，冬月霜冻，施工者辛苦劳作，操持者多有勉励。

一砖一瓦都取舍再三，权衡难定。最后采用了京西山地层石做了瓦顶，南国粗砖做了围墙。一时见仁见智，褒贬纷纷。

筑起了

不管怎么说石瓦砖墙在绿树下闪闪烁烁，再加上地场开阔，真是令人目光一亮。它绝不似拟古之物，又不像摩登馆所，只与林河海野两相厮守。砖石事毕，剩下的事就是把周边整饬一番，把内里稍加装修。这一切当然还是力求朴素，以功能为先，要让人既安居又心定，于是尽可能放弃炫目扰神的饰物。现代的时髦累赘务必去掉，一味仿古的不伦不类也当力戒。总而言之有适当之形式，有合理之心情，能居能为，可迎可送，如此这般也就可以了。它绝不该是声名远播的辉煌庙堂之类，也不会有高僧在这里日夜诵经。这只是当今的人和事，是现代的一处藏书访学和研修之地。

古书院素有三大要务：一是讲学，二是积书，三是接待游学。今天三大要务需一一承续，但又不可强为，不可一味拘泥；一切或可量力而行，所谓的随缘成事；既有所发挥，又能够坚守根本。现代书院既未有先例，也就多了许多尝试的工夫。这一点我和朋友认识同一，只想从头做起。凡事不求广大，不追虚名，不恋热闹，不借威焰。有三四同道即可，有远方讯息则安。爱书籍爱思想爱自然，勤奋劳动，不打扰乡邻不增添俗腻，始终如一地做下去就好。

我和朋友一起制定了个公约：书院选址在此，就要爱惜此地自然，绝不能损伤一点动物林草；所有在书院做事营生者，都要做个体力劳动与脑力劳动相结合者，不得终日室内攻读或消闲懒散，而要每天于野外做工，所有劳务凡能自己动手绝不找别人帮助；最好每人学一份手艺，农事，木工，园林，装裱，陶艺，所学必得应用，并在应用中日见精密；无论做学问做日常功夫，都不必受时尚驱使；要心安勿躁，勤勉认真，崇尚真理。

书院建于此，不仅因为自然之诱惑，还借助人事之祥和。所以要人人自珍。书院大门上左书"和蔼"，右书"安静"；进入大厅右折进入接待室，则可见内悬匾额："这里人人皆诗人"——由最初的平静温煦入门，待登堂入室，再感受一种热烈和浪漫。书院的最终、她的本质，仍还是一种执着求索的情怀。能够保护和持守这一情怀的，当然首先还是一种自主自为的精神环境，一种与喧嚣稍有隔离的自然环境。这也许是现代生活中最为宝贵的。

终于说到她的命名了："万松浦书院"。其中的"万松"不难理解，因为地处两万亩松林；"浦"，是河的入海口。

中国历史上有许多书院。其中成名并流传的有三大书院，至今仍然运行的仅余一二。书院废弃的原因各种各样，比如人们马上会想到的兵火战乱之类。但细究起来还是人们面对野蛮，特别是面对庸常时渐渐失去了坚持力。因为直接被大火烧掉或失于兵匪的，毕竟还是少数。而在绝望的岁月中慢慢坍塌冷落拆毁的，恐怕要占十之八九。

万松浦书院立起易，千百年后仍立则大不易。

2009年

《筑万松浦记》青岛出版社2010年版

汉代的五个历史细节

穆　涛

汉代的一国两治

汉代的一国两治，不是体制创新，而是封建遗存。

封建这个词，专指周代的分封诸侯建制国家。汉代改封建制为帝国制，但也部分保留了封建制。刘邦在建国后，分天下为六十二郡，郡相当于今天的省，在郡之外，还分封了十位异姓功臣王，和十一位刘氏同姓王，这些诸侯王国，是当年的特别行政区，有独立的行政权和经济权，并且也有一定的军事权。但诸侯王国权力过重，给国家埋下了隐患。

十位异姓功臣王是打江山时期分封的，国家的政权稍事稳定后，刘邦即以"非刘氏而王者，天下共击之"的名义，诛除了其中的七位，具体是，韩王信（都城初在山西太原，古称晋阳，后迁朔州，古称马邑），赵王张耳（都城在河北邢台，古称襄国），齐王韩信（都城在山东淄博，古称临淄），淮南王英布（都城初在安徽六安，古称六，后迁淮南寿县，古称寿春），梁王彭越（都城在山东菏泽，古称定陶），燕王先封臧荼，臧荼反叛被诛后，再封卢绾（都城在北京房山区，古称蓟城）。另外的三位异姓王，一位是长沙王吴芮（都城在湖南临湘），吴芮深得刘邦信任，他的后代得以享国，传位五世，至汉文帝时，因无后嗣除国。还有两位王地处南疆，南越王赵佗（都城在广州，古称番禺），传位至汉武帝时期，因谋反被除国。闽越王无诸（都城在福建冶山，古称冶城），传位至汉武帝时期除国。

刘邦诛灭异姓王的同时，册封了十一位同姓王，十一位同姓王中，有七位是刘邦的儿子。长子刘肥，封齐王。三子刘如意，封赵王。四子刘恒，封代王。五子刘恢，封梁王。六子刘友，封淮阳王。七子刘长，封淮南王。八子刘建，封燕王。刘邦共有八个儿子，史称"两帝六王"，二子汉惠帝刘盈，四子汉文帝刘恒，刘恒即帝位之前，被封代王。

刘邦的胞兄刘喜，初封代王，镇守北方，匈奴入侵代国，刘喜弃国而逃，被贬为郃阳侯。刘喜儿子刘濞，受封吴王。刘邦的异母弟刘交，受封楚王。刘邦的族兄刘贾（一说为堂兄），受封荆王。

汉代隐患的爆发是在建国五十年之后，吴王刘濞坐拥扬州，盘踞富庶之地，构建了自己的独立王国，长达二十年不进京朝奉皇帝。在经济上，吴国垄断着半壁江山的盐业，并且依仗着境内的铜矿资源发行货币。汉景帝三年（公元前154年），刘濞联合楚王、赵王等七国刘氏诸侯王举兵反汉，纵然三个月之后即被平叛，但留下的教训是苦涩而沉重的，当年特别行政区的待遇太过特别，大汉的江山险些命丧在自家王爷手中。

刘邦册封刘濞为吴王时，是第一次见到这个侄子，很反感他的面相，"若状有反相"，《汉书》记载，刘邦当时拍打着刘濞的背部，说："五十年后东南有一场祸乱，不会是你吧。"

刘邦发现文化的亮光之后

刘邦是率性而为的皇帝，不待见读书人，甚至见到儒生的穿戴都烦。起兵"闹革命"之初，有儒生上门投附，要么避而不见，"通儒服（叔孙通，汉初大儒），汉王憎之，乃变其服，服短衣，楚制（楚地老百姓服式）。汉王喜"。要么直接出手把冠帽摘下来当尿壶，"沛公不喜儒，诸客冠儒冠来者，沛公辄解其冠，溺其中"。《汉书》记载这些细节，用笔不忌皇帝讳，用心却大器深远，就是这么一位性格不羁的领袖，身边却吸引团结着多位重量级文化人物。汉定天下后，武将的命运多有不测，但文化人受到尊重，讲真话讲实话的，不仅不压制，还受到重用。"初，高祖不修文学，而性明达，好谋，能听……初顺民心作三章之约。天下既定，命萧何次律令，韩信申军法，张苍定章程，叔孙通定礼仪，陆贾造《新语》。"

陆贾是汉代"文化治国"的最初顶层设计者，因是近臣，顶撞刘邦也多，最典型的一次是，刘邦骂他："老子是在马上得到的天下，和《诗经》《尚书》有狗屁关系！"（"乃公居马上得之，安事诗书！"）陆贾不慌不忙地说："在马上得到的天下，还要在马上治理吗？古代的贤君明主，均是文武并用。假如秦始皇统一天下后，行仁义，法先圣，陛下是没有机会得到天下的。"刘邦听后，"有惭色"，说："你把秦朝失天下，以及古来治国成败之道全部写出来给我。"陆贾写一篇，刘邦认真读一篇，这就是陆贾所著《新语》（十二篇）的始末。据传《新语》这个书名，是刘邦所赐，对他而言，这些"老货"都是新鲜话。

叔孙通是大儒，学问在陆贾之上。原为秦朝博士，是秦二世的文化顾问。第一次见刘邦时因穿戴儒服遭到冷遇，但之后被刘邦封为奉常。奉常，后改为太常，位列九卿之首，主管国家意识形态，兼管教育、文化、礼仪工作。再之后，兼任太子太傅，做太子刘盈的师傅。汉初的朝廷礼仪、政策条例多由叔孙通牵头修订，并且带出了一个三十人的工作团队，均是他学有所成的弟子，这些人被刘邦任命为郎中，分派进入朝廷多个部门，成为汉代初年首批专职文化干部。叔孙通还有一个贡献，制定并实施"征书令"。秦始皇公元前221年统一全国，八年后，公元前213年下达"禁书令"，又七年后，公元前206年亡国。焚书范围包括各诸侯国史书，《诗经》《尚书》，以及诸子百家著作。汉代建国不久，即颁行"征书令"，在全国范围内抢救整理文化典籍。"汉初，改秦之败，大收篇籍，广开献书之路。"这项工作，被长期坚持下来，几乎终西汉一朝，至西汉末年，共修复整理书籍六个门类（六艺、诸子、诗赋、兵书、术数、方技）三十八种，约计一万二千多册书籍，我们今天见到的先秦著作，百分之九十以上都是经由汉代整理出来的。

张苍是天文学家，"苍本好书，无所不观，无所不通，而尤善律历"，也通数学，增订、删补《九章算术》。张苍原为秦朝御史，"明习天下图书计籍，则主四方文书"，被刘邦重用，任为"计相"，主掌国家计簿（人事、赋税、户口），汉初的历法、音律均由张苍主持制定。张苍在汉文帝时任丞相十余年，进一步完善典章制度。张苍长寿，享年一百余岁。但晚年牙齿全无后，主食人乳，成为后世人的褒贬谈资。"苍之免相后，老，口中无齿，食乳，女子为乳母。妻妾以百数，尝孕者不复幸。"

刘邦实际在位七年，汉五年称帝，汉十二年去世，享年六十一岁。刘邦个人没有文化，不按规则做事，长于打破各种框框，但识人，"能听"，善于吸纳多方有识之见，发现文化的亮光之后，转"打破"为"建树"，章程和制度建立后，他带头遵守，不反复，不出尔反尔，为西汉一朝扎实的文化生态预留了宽阔的空间。

有多少种觉悟叫迷悟

菩提本无树，有什么呢？

佛学是进口的，是外来的精神。佛进入国门之前，儒学担纲着国人修身齐家治天下的责任。尤其是汉代，一门独大。佛学进国门之初，是奢侈品，被皇家御用，有点反客为主的意思。宋代儒学再度中兴，把佛学从宫廷中排挤到民间。佛门是伟大的，生命力极强，就此落地生根，禅宗便是佛学中国化的产物。外来的精神想中国化，如果不被老百姓广为接受并喜爱，是不太可能的事情。从这个角度讲，马克思主义中国化还有一段踏实的路要走。

汉代治国养民的大义有"六指（旨）"，"天端，流物，得失，法诛，尊卑，谦义"。天端是顺自然，守天地大规律，德在天地，神明贤集，"木生火，火为夏，木为春，天之端"，"火由木生，为物皆本于春，《春秋》首书春，所以正天端也"。流物是世间百态，以及变幻无极的万物。"援天端，布流物，而贯通其理，则事变散其辞也"。"天端"和"流物"是总则，世道变数的奥秘之理隐于其中。"志得失之所丛生，而后差贵贱之所始也"，影从形起，响随声来。记载得失产生的缘由，可察晓尊卑贵贱差别之义，用今天的话讲，叫考察社会各阶层心理指数。"论罪源深浅定法诛"，法律是保障社会公正的，要有恒温，不可因时而异，不可人为地从重从快。"载天下之贤方，表谦义之所在，则见复正焉耳"。推表贤良方正之士，彰显谦和礼义，人心则崇尚正道。六指是儒学大道理，汉代不是讲出来的，是做出来的。东汉末年的党锢之祸，是当年的"文化大革命"。166年和168年，政府两次镇压了几百位儒学大人物，读书人由此开始疏离政治，有了归隐田园心理，及至魏晋、唐之后，形成儒释道三足并存的中国文化局面。宋代的儒学，尽管再度被皇家器重，但已和汉代是两个天地了，汉儒在社会学范畴，宋儒升腾为理学，给自己留了退路，入了哲学的境地。

《曹源一滴水》是一本禅识录，有意味的是，里边有一辑是历代高僧大德专门回答"如何是道"的。恭录几则：

僧问："如何是道？"师曰："道远乎哉？"

僧问："如何是道？"师曰："何不问己？"曰："自己云何是道？"师曰："处处绿杨堪系马，家家有路通长安。"

僧问："如何是道？"师曰："妄想颠倒。"

僧问："如何是道？"师曰："顶上八尺五。"曰："此理如何？"师曰："方圆七八寸。"

僧问："如何是道？"师曰："只在目前。"曰："为什么不见？"师曰："瞎！"

僧问："如何是道？"师便咄！僧曰："学人未晓。"师曰："去！"

僧问："如何是道？"师曰："太阳溢目，万里不挂片云。"曰："如何得会？"师曰："清清之水，游鱼自迷。"

僧问："如何是道？"师举起拳。僧曰："学人不会。"师曰："拳头也不识！"

僧问："如何是道？"师曰："高高低低。"僧曰："如何是道中人？"师曰："脚瘦草鞋宽。"

僧问："如何是道？"师曰："拍手笑清风。"

僧问："如何是道？"师曰："头上脚下。"曰："如何是道中人？"师曰："一任东西。"

僧问："如何是道？"师曰："砖头瓦子。"曰："意旨如何？"师曰："苦。"

丝绸之路不仅是一条路

丝绸之路不仅是一条路，重要的是世界观。

中国在汉代之前，走的是自强与自安的国家路线，因自得而自在，和外国基本没有往来，也没有对世界的认识，只有"天下"这个概念。"天下"在西周时期是这么界定的，用"五服"做区划，以首都地区（京畿）为核心，向东南西北四外延伸，每五百里为一服，五百里之内称"甸服"，一千里内称"侯服"，一千五百里内称"宾服"，两千里内称"要服"，两千五百里内称"荒服"。方圆五千里，泱泱大国，是为天下。"先王之制，邦内甸服，邦外侯服，侯卫宾服，夷蛮要服，戎翟荒服"（《史记·周本纪》）。"中国"这个词最早出现在夏代，但含义与今天不同。夏代先民开始筑城而居，"禹都阳城"，住在城里的人称"中国人"或"中国民"，简称"国人"。《说文》的注解是，"夏者，中国之人也"。"中国"即"国中"的意思，用以区别无组织的游牧部落。西周的"五服"观念，针对"国人"是一种大的进步，有行政区划意识了。

中国的大历史，至少有一半是和北方民族的砥砺交融史，也是以汉代为分水岭。汉代之前的北方民族犬戎、匈奴等，南侵中原的目的比较单纯，就是掠夺女人、粮食、金银、财物。汉代之后，开始对政权有野心，因此，后世的历史里，有南北朝，有南宋和北宋，元代是蒙古人建立的，清代是满族和蒙古族合营的。

中原与北方民族的最早交恶，始于西周第五位君主周穆王的北征犬戎。据史书记载，那次北伐战绩一般，"得四白狼四白鹿以归"，但后果很严重，"自是荒服者不至"，从此以后，犬戎不来朝贡了。又过了两百年，西周被犬戎终结。周幽王治国无道，却是个恋爱男，偏宠褒姒，废申后，逐太子，大臣申侯恼怒之下引来犬戎大军，在骊山脚下杀死幽王，抢走褒姒，再把京城扫荡一空后班师北归。这一年是公元前771年。

秦朝建立后，匈奴在甘肃庆阳、陕西榆林一带屡屡犯边。公元前215年，秦始皇遣大将军蒙恬率军三十万御北，用了大约六年时间，收复了黄河以南的失地，把匈奴驱至黄河以北，并把秦、赵、燕三国的旧长城连通，修筑了一条西起甘肃临洮，东至辽东的万里边防线，即今天人们常挂在嘴边的"万里长城"。

汉代建国，正值匈奴强盛期，纵有"和亲"政策，匈奴每年仍然大肆入侵边境，杀官吏，掠民财。汉与匈奴的边境线长达数千里，西起陕甘宁，中间是山西、河北，东至北京、辽东，西汉中期之前的国家要务主要是戍边。汉文帝时的贾谊，写过一篇文章《解县（悬）》，指出汉与匈奴的关系呈"倒悬"之势，是大国屈辱。这种"倒悬"的态势从刘邦开始，经历了惠帝刘盈、吕后、文帝刘恒、景帝刘启，到汉武帝刘彻执政的中后期，国家综合实力大增，又开启了丝绸之路这种治国模式，才有所改善，但在军事上仍处于对峙期，汉军每打一次胜仗，匈奴均在他处疯狂报复。再经过昭帝刘弗陵，直到汉宣帝刘询时候，汉军把匈奴赶到贝加尔湖一带，边疆的维稳警报才算彻底解除。

丝绸之路最初是军事路、外交路，汉武帝派使臣联合西域的大宛、乌孙、大月氏等国，成立了一个松散的合作联盟，旨在孤立和削弱匈奴势力。之后是民生路、商业路、世贸路，再之后发展成了当时世界上最繁忙的物流大通道。由长安到西域，到中亚，到西亚，再绵延至欧洲。物质交流的同时，中国文化、印度的佛文化、伊斯兰文化、基督文化也相互间交集共生。丝绸之路是汉朝探索出来的，让中国融入世界，并渐而有发言权和影响力的一条大国之道。

"和亲"与"倒悬"

软骨头，指的不是骨头，是怯懦的心。怯懦有天生的，也有迫于无奈的，俗话叫示弱。

汉代的和亲政策是大国的屈辱之举，是用美女换和平，是礼仪之邦向野性的引弓之国示弱。这段辛酸和无奈的历史持续了大约一百五十年，具体的时间节点是，从公元前200年"平城之围"，到公元前51年（汉宣帝甘露三年），匈奴的呼韩邪单于首次以臣子身份入汉朝觐。这中间经历了七位皇帝和一位虽无帝名却是实际的柄国者吕后，依次为高祖刘邦、惠帝刘盈、吕后、文帝刘恒、景帝刘启、武帝刘彻、昭帝刘弗陵、宣帝刘询。

匈奴一统北国称霸的时间约一百五十年，与和亲政策的时间范畴相对应，共经历十二位单于——冒顿单于、老上单于、军臣单于、伊稚斜单于、乌维单于、儿单于、句犁湖单于、且鞮侯单于、狐鹿姑单于、壶衍鞮单于、虚闾权渠单于、握衍朐鞮单于。之后匈奴内部出现大分裂，形成军阀割据时代，呼韩邪单于以臣子身份朝觐汉朝，是五单于并存时期。他到长安城来，是来寻求保护伞的。

关于和亲的细节，《汉书》中《匈奴传》《西域传》和诸帝王纪的记载不尽相同，主要是时间上有些出入。有确实记载的，自武帝至宣帝，对匈奴和亲八次，对西域乌孙国和亲三次。具体是，高祖刘邦一次，惠帝刘盈一次，文帝刘恒三次，景帝刘启两次，武帝刘彻即位后提议一次被匈奴拒绝，后与乌孙国和亲两次，宣帝刘询与匈奴和乌孙国各一次。

与匈奴八次和亲的细节如下：

汉高帝七年（公元前200年），"平城之围"后首次和亲，"乃使刘敬（原名娄敬，和亲政策顶级设计人，赐姓刘），奉宗室女翁主为单于阏氏，岁奉匈奴絮缯酒食物，约为兄弟和亲"（《汉书·匈奴传》）。

汉惠帝三年（公元前192年），"以宗室女为公主，嫁匈奴单于"（《汉书·惠帝纪》）。

汉文帝即位后，提议和亲。"至孝文即位，复修和亲"。汉文帝四年（公元前176年），冒顿单于致汉文帝国书，问及和亲事，"天所立匈奴大单于敬向皇帝无恙，前时皇帝言和亲事，称书意合欢"。"汉许之"（《汉书·匈奴传》）。

以上三次和亲，嫁冒顿单于。

汉文帝六年（公元前174年），"冒顿死，子稽粥立，号曰老上单于"。"老上稽粥单于初立，文帝复遣亲人女翁主为单于阏氏"（《汉书·匈奴传》）。

汉文帝后元二年（公元前162年），"六月，匈奴和亲"（《汉书·文帝纪》）。

以上两次和亲，嫁老上单于。

军臣单于即位后，拒绝与汉和亲，大肆侵扰掠边。"军臣单于立岁余，匈奴复绝和亲，大入上郡（陕西榆林一带）、云中各三万骑，所杀略甚重"（《汉书·匈奴传》）。

汉景帝二年（公元前155年），"秋，与匈奴和亲"。汉景帝五年（公元前152年），"遣公主嫁匈奴单于"。

以上两次和亲，嫁军臣单于。

武帝即位（公元前140年）后，积极推行边境贸易，给匈奴最优惠待遇。"武帝即位，明和亲约束，厚遇关市，饶给之。匈奴自单于以下皆亲汉，往来长城下"（《汉书·匈奴传》）。

汉武帝元封六年（公元前105年），太初三年（公元前102年），两次与西域乌孙国和亲。汉武帝中后期，汉朝国力强盛，又联手西域诸国，与匈奴关系发生结构性变化，但仍处于军事对峙期，互有胜负；汉军每在一地取胜后，匈奴则在他处疯狂报复。

汉昭帝时期无和亲，匈奴提出和亲，汉朝不响应。始元二年（公元前85年），"狐鹿姑单于欲求和亲，会病死"。"壶衍鞮单于既立，风谓（即捎话，非正式国书）汉使者，言欲和亲"（《汉书·匈奴传》）。

汉宣帝神爵二年（公元前60年），"匈奴单于遣名王奉献，贺正月，始和亲"（《汉书宣帝纪》）。此时，汉与匈奴关系已有本质变化，匈奴派重要使臣入"汉奉献，贺正月"。

公元前51年（汉宣帝甘露三年），呼韩邪单于首次以臣子身份入汉朝觐，"汉宠以殊礼，位在诸侯王上"。公元前33年，呼韩邪单于第三次朝汉，"单于自言愿婿汉氏以自亲"，汉元帝赐王昭君嫁单于。这一年汉元帝改元，称竟宁元年。

贾谊是汉文帝时的博士，汉代的博士比今天的院士地位高，相当于皇帝的文化顾问。他给汉文帝的奏折中，称"和亲"政策是"倒悬"，是跛脚，是偏瘫，是国之大病。

"天下之势方倒悬，窃愿陛下省之也。凡天子者，天下之首也，何也？上也；蛮夷者，天下之足也，何也？下也。蛮夷征令，是主上之操也；天子共（供）贡，是臣下之礼也。足反居上，首顾居下，是倒悬之势，莫之能解，犹为国有人乎？非特倒悬而已也，又类蹩（跛脚），且病痱（偏瘫）。夫蹩者一面病，痱者一方痛。今西郡、北郡，虽有长爵不轻得复（很高爵位的人也不能免除徭役，复，此处为徭役，指戍边），五尺以上不轻得息（不能安居乐业），苦甚矣！中地左戍，延行数千里，粮食馈饷至难也。斥候者（瞭望哨兵）望烽燧而不敢卧，将吏戍者或介胄而睡。而匈奴欺侮侵掠，未知息时，于焉望信威广德难。"（贾谊《新书·解县（悬）》）

天子、蛮夷、首、足、上、下，这种观念是不妥当的，没有与邻为善的平等相处意识。但贾谊对国情态势分析有大眼光："蛮夷征令，是主上之操也。天子共（供）贡，是臣下之礼也。"听命于匈奴，大国丧失发言权。给匈奴奉贡，是臣子的行为，向他国俯首称臣，是屈辱。"中地左戍，延行数千里，粮食馈饷至难也。"由内地到边境戍边，长途跋涉千里，军费支出巨大。汉代中期时候，全国人口约4500万，常规部队仅七八万人，而与匈奴的边境线长达数千里，西北从陕甘宁一线起，至山西、河北、北京，东至辽东，汉代不得已实施全民皆兵政策，国民二十三岁至五十六岁，每年每人均有三天兵役义务。

"匈奴欺侮侵掠，未知息时，于焉望信威广德难"。在有和亲纳贡的政策下，匈奴每年仍要大肆侵边，不知何时能止，大国之威从何谈起。贾谊无奈地发出感慨："倒悬之势，莫之能解，犹为国有人乎？"国家有难，无人能解，是国家没有栋梁人才。

我们中国自汉代起，才开始以世界的眼光，重构国家的格局，这是汉代的大器之处，是"汉唐气派"的元点所在。但是这个大是多么地来之不易，历经了太多的韬光养晦和自强不息。对大国崛起之前压抑地带的反思与内省，应是今天建立中国气派大时代的基础课。

本文的五节文章分别刊发于《美文》2017年7期、《美文》2015年5期、《光明日报》2016年、《福建文学》2017年

一句能令万古传

潘向黎

一读唐诗，总觉得满纸珠玑，满目琳琅，常常忍不住在一些佳句下面画线，密密加圈。其中的千古名句不胜枚举，出自一流大诗人之手的自不待言（这也是他们之所以成为一流大诗人的主要原因之一），还有不少出自不那么鼎鼎大名的诗人之手。这些诗人的名字，往往就因为那一两句名句的永久生命力而成为不朽。

比如初唐的王湾，他的生卒年不详，诗作大多散失了，《全唐诗》中也仅存其诗十首。但是其中有一首《次北固山下》："客路青山外，行舟绿水前。潮平两岸阔，风正一帆悬。海日生残夜，江春入旧年。乡书何处达，归雁洛阳边。"写他初到江南看见万里长江和早春景色。中间两联，尤其是"海日生残夜，江春入旧年"将他的名字闪闪发光地镌刻在了中国诗歌史上。

当时的燕国公张说就十分欣赏这两句，将它题写在政事堂上，每每以它作为好诗的典范。直到晚唐，诗人郑谷还在自编诗集卷末题道，"何如海日生残夜，一句能令万古传"，表达了对这两句诗的无限景慕。这两句诗气象阔大，一个"生"，一个"入"动感十足：美丽的海日诞生于黑暗的残夜中，但终将驱走残夜的黑暗而给人光明。萌动的春意显现于残余的旧年里，却已经入主旧年的残余而示人生机。这两句，绝在构思奇特、令人耳目一新，"炼意炼句，虽然镂心雕肾，却又妙语天成，不见丝毫斧凿痕迹"（羊春秋《唐诗精华评译》），妙在写时节、状景之中写出北方人初到江南的惊喜，又充满了哲学的意味，新旧交替、希望永存，给人韧性的启示和乐观的鼓舞。

这样的诗人还有刘希夷。他的"年年岁岁花相似，岁岁年年人不同"（《代悲白头翁》），写流年似水、红颜易老，充满了对人生和生死、时间的深沉感叹，"花相似"与"人不同"的对比，自然而深刻；"年年岁岁"与"岁岁年年"的回环反复，表现了时间的绵逸悠长和大自然的永恒不变，读起来充满了音乐性，使这两句诗更富于艺术魅力。前人有"妙绝一时"的评价，其实倾倒的岂止是一代的读者！

这两句凄美婉转的名句还有着两个绝不浪漫的传说。其一是：刘希夷的舅舅宋之问也是个诗人，刘希夷刚刚写完这首诗，还没等向外界展示，被宋之问读到了，宋之问因为喜欢诗中的这两句，苦苦恳求将这两句诗的著作权让给他。刘希夷不肯，宋之问勃然大怒，派人用土袋把外甥压死了。其二是想出这两句之后，诗人自己也觉得是一种不祥的预兆，即所谓"诗谶"，但觉得生死由命，加上不忍割弃，还是保留了下来，结果一年后，诗人果然被害（见《大唐新语》《本事诗》）。这些故事未必能信，但都说明了这两句诗极高的艺术价值和人们被它感动的程度。

韩翃是中唐"大历十才子"之一，但是他的名字得以流传，要归功于名句"春城无处不飞花"。这是他的《寒食》诗中的第一句。写寒食时节到处鲜花盛开、春光明媚的景象，若写"春城处处皆飞花"便落了寻常笔墨，诗人用"无处""不"两次否定来强调，极写春花之无处不开，春色之无处不染，生机流动，暖意融融，有和风拂面、花光照人之感。前人对他有"意气清华，才情俱秀，故发调警拔，节奏琅然"的评价，确实非虚。

关于韩翃也有一则轶事。韩翃中进士后多年闲居，已到暮年，有一天半夜，有人敲门敲得很急，开了门，来人祝贺他"新擢驾部郎中，知制诰"。驾部郎中是掌管皇帝车马的官职，知制诰是负责给皇帝写诏书布告的官职，这在当时是较为尊贵的职位。韩翃不敢相信，便说："必无此事，肯定是弄错了。"坚决不肯接受。当时正好有一个江淮刺史和他同名同姓，中书问皇上把这个官职给哪一个韩翃？皇上（德宗）御笔将"春城无处不飞花"全诗写了一遍，然后批"与此韩翃"——就是说：给写了"春城无处不飞花"的韩翃，可见对这首诗的欣赏。这首诗的本意众说不一，有人认为只是对节令风光的描绘，有人认为是讽刺当时特权阶层，有人认为是不满得志君王对高洁亡灵的亵渎。但是描写寒食佳节和春天景象，意象之美，情韵之丰，诵之唇齿生香，有没有深意倒显得不那么要紧了。

在唐代诗人里，陈陶绝不算响亮的名字。但是他的"可怜无定河边骨，犹是春闺梦里人"（《陇西行》），却是哀感顽艳、催人泪下的名句。边防将士为了抵御入侵的敌人，奋不顾身地征战，几千人在一次战役中全部牺牲。可怜那无定河边的尸骨，还是妻子春闺日日想念、梦中常常相见的人。第一次读这两句，我就心脏收缩，掩卷不忍再看。温暖而精致的春闺，荒凉的无定河，梦中依然年轻英俊的丈夫，河滩上无人收埋一任枯朽的白骨，强烈的反差，命运已经从希望的巅峰直坠绝望的谷底，而女主人公还浑然不觉，还在痴痴地盼望和等待。这样的悲剧，具有跨越时代的震撼力和感染力。我认为，若以"句"为单位衡量，控诉战争的残酷和苦难，唐诗中无出其右者。只此两句，可以和"三吏""三别"等重量级长诗相颉颃。

赵嘏因为《长安秋望》中的"残星几点雁横塞，长笛一声人倚楼"一句之佳，骤得大名，赢得了"赵倚楼"的美名。但依我看，"长笛一声人倚楼"不如他的"月光如水水如天"（《江楼感旧》）。"长笛"句写的是数声长笛声中，孤客倚在楼头，确实富有画面感，也充满了诗的暗示性。但是"月光如水水如天"写月夜的江水和夜空，纤尘不染，缥缈空灵，又蕴含着对去年一起同来看月的人的追忆，暗示着思念的无处不在，诗意的迷茫弥漫在天地之间，比起"长笛"句更幽美，更有意境，更自然浑成。

曹松也是一个生卒年不详的诗人，一生穷困，到七十多岁才考取进士，是当时被人嘲笑的"五老榜"之一。但是他写下了一句不朽的诗句："一将功成万骨枯"（《己亥岁》）。诗人写道：请你不要说什么封侯的伟绩了，成就一个将军的功勋要付出万人生命的代价。将这个带有规律性的现象揭示得如此明晰、有力、触目惊心，"一将"与"万骨"，"功成"与"枯"强烈对比，高度概括，直刺心肺，发人深省。

还有"落花人独立，微雨燕双飞"。这两句许多人都把它归于晏几道名下。晏几道《临江仙》（梦后楼台高锁，酒醒帘幕低垂。去年春恨却来时。落花人独立，微雨燕双飞。　　　记得小蘋初见，两重心字罗衣。琵琶弦上说相思。当时明月在，曾照彩云归）是词中名作，而且将这两句化用得意境浑然，有升华之功。但是这两句的确是另一个诗人的原创——唐末诗人翁宏。写的是：落英片片飘落的季节，孤独的人，一个人久久地站立庭中；在霏霏的春雨里，成双成对的燕子，轻快地飞去飞来。抒发的是这样的清愁：燕子双飞，人却独立，芳华将尽，良辰难再。翁宏的全诗意象纷杂，语义不够流贯，所以作为整体的作品，当然是晏几道高出许多，但是这"能令万古传"的一句，著作权是翁宏的，还是让我们为这位唐代的名不见经传的诗人击节喝彩吧。

想到张九龄，我有点犹豫，因为他不是普通人，他比上面提到的那些诗人都显赫，而且显赫太多了。他是当时一个著名的贤相，人称"曲江公"，他的人品和官声俱佳，在当时享有很高的声誉。但是我还是明知故犯地写下张九龄，因为他的一句诗实在太好了，"海上生明月，天涯共此时"：无边的大海上升起一轮明月；我所想念的、远在天涯海角的友人（可以引申为普天下所有互相思念的人），此时此刻也望着这同一轮明月。这首诗的题目是《望月怀远》，这一句之中，"望月"和"怀远"皆出，"景语即情语"，海上生月，月中皆情，皎洁的月光、空阔的大海和深挚的感情交织在一起，天、地、人浑然一体，无阻无隔，无边无际。其实不需要贤相、曲江公这些名声，只凭这一句，张九龄就应该千古留名。

《新民晚报》2009年

乐器的性格

王祥夫

　　乐器和人一样也是有性格的，就像是人的嗓子，有的人的嗓子可以唱得高一些，有的人的嗓子却只能唱低音。什么样的嗓子唱什么样的歌是不能乱来的，这也有一种看不到的规律在里边，如果违反了这种规律，歌就会唱得很不像话。

　　中国的乐器很多，比如二胡，就是一种很悲剧性的乐器，所以瞎子阿炳才会用它来演奏他内心的凄苦。想象一下他一边拉着胡琴一边在江南细细的雨里慢慢走动，巷子又是长长的，细细长长的巷子，巷子里的石板路面一块一块都给雨水打得一片湿亮，这应该是晚上，二胡着了雨的湿气就更没了悲剧性之外的那一点点亮丽。中国乐器大多都是悲剧性格。马头琴更是这样，而且往往是拉马头琴的人还在那里调着琴弦，那悲剧的味道就出来了。马头琴能不能演奏欢快的曲子？我想几乎是不能，它是一种骨子里哀伤的乐器。草原的晚上是一无遮拦的空旷，你站到蒙古包的外边去，天和地都是平面的。没有树也没有山，什么都没有。忽然，马头琴就那么浑浑然地响起来了，拉的是什么？是《嘎达梅林》。那样哀怨，那样悲伤，那远方飞来的小鸿雁真是令人柔肠百转。听马头琴演奏这支曲子的时候你最好要喝一些烈酒，但是不能太醉，也不能一点也不醉，这时候你也许会被马头琴感动得流泪，那是一种极好的体验。马头琴也能演奏节奏很快的曲子，比如《骏马奔驰保边疆》，节奏是很快的，配着敲打得一如疾风暴雨的木鱼，让人从心里怜念那被骏马们踏来踏去的草场，如果是碰巧刚刚下过一场雨，想那草场是一塌糊涂的。演奏这种节奏快速的曲子不是马头琴的本色，马头琴的本色就在于它的低沉、苍凉、迂回、哭泣般的浑浑的音色效果。二胡和马头琴相比，还有那么一点点亮丽在里边，马头琴即使演奏那些调侃一些的曲子，如蒙古民歌《喇嘛哥哥》，性的挑逗在这支曲子里明显是很强烈的，但一演奏起来，还是不脱悲剧的味道。这悲剧的味道让人产生强烈的及时行乐的欲望，这倒合乎常理，越悲伤的人越想去行乐。

中国的乐器里边，琵琶是比较没性格的，它有些像是钢琴，没太明显的性格因素，却能演奏各路曲子，欢快的它来得了，悲伤的它也可以来。这就让它显出一种大度。就像是一个大气派的演员，什么他都能演。古筝也是这样的，古筝一旦演奏起来，便不是一条小溪样弯弯曲曲地流淌，而是从天边铺排而来的无边风雨，里边还可以夹杂着闪电和雷，可以很迫人地把你推到一个抽象的角落里让你去做具象的想象。琵琶也是这样。《十面埋伏》这支曲子里就有马在不停地奔跑，雨也在曲子里下着，云在曲子里黑着，有火在曲子里惨淡地红着。

琵琶、古筝都是这样的大角色演员。而古琴和箫却是极孤独而不合群的避世者，别的乐器是声，而箫和古琴却是韵，需要更大的耐性去领略，需要想象的合作，不是铺排得很满，而是残缺的，像马远的山水，再好，只是那么一个角落，树也是一棵两棵地吝啬在那里半死不活，需要读它的人用想象和它进行一种合作。听箫曲和古琴曲要闭上眼睛，要让自己暂时离开柴米油盐的现实，饿着肚子和有着强烈的肉欲是无法欣赏箫和古琴的，箫的性格其实也是悲剧性的，是一种精神境界里边的凄苦，而二胡却更现实一些，所以二胡还能演奏《旱天雷》和《瘦马摇铃》这样的曲子。箫却要以惨淡的江天做背景，天色是将明未明的那种冷到人心上的深蓝，冷冷的，还有几粒残星在天上，雁呢，已经在天上起程了，飞向它们永远的南国，飞得很慢，这就是箫的背景，红红的满江边的芙蓉花是和它不协调的。笛和箫大不一样，笛是亮丽，"芦花深处泊孤舟，笛在月明楼"，这一声笛是何等的亮丽，也是这一声笛，月色才显得更加皎洁，诗的境界才不至于太凄冷。笛是欢快的、跳跃的，但在山西的北部，笛这种乐器一出现在二人台这种地方小戏里，就很奇怪地尖利利地变得凄苦起来。笛是乡村的，箫却是书生化了的，这是不同的角色，根本的不同，想象不出来一个牧童坐在牛背上吹箫。笛的悲剧性是要在一定的背景下才能表现出来的。比如《红楼梦》中凹晶馆中赏月时那冷不丁突然响起的一声笛，直让人心惊胆跳，像见了鬼，又好像一个平时很温和的人一下子暴跳起来发了脾气，猛厉、没来由、让人防不住，几乎是绝望了的意思，一声就够了。这时候也只有笛才能压得住那种强作欢乐却已悲从中来的场面，如果让箫出场，会压不住那种气氛，那气氛太大，太沉，太暗，只有笛才压得住。

中国的乐器里，唢呐是一种极奇怪的乐器，一会儿高兴一会儿悲伤地在那里演奏着，让人完全捉摸不定。中国的红白事的场面都离不开唢呐的惊惊乍乍。你觉得这种乐器的性格变化得太快，太无常，喜欢与不喜欢它全要看是什么场面，是场面决定它的位置，而不是由它来决定场面。有一支湖南的名曲是《鹧鸪飞》，是用梆笛吹奏的，梆笛那有几分哑哑的音色给人一种疲惫的美感享受，颓唐的、疲惫的、无奈的美真是具有一种让人松弛到骨的魅力。梆笛吹奏的那支《鹧鸪飞》真是美，那只孤独的鹧鸪从远到近不倦地飞着，就是不离人们想象的左右，因为了这鹧鸪，人们自然会想象那南国的山山水水，想到辛弃疾的"江晚正愁予，山深闻鹧鸪"。唢呐吹奏的《鹧鸪飞》则完全是没了韵味的，没那种清韵，是世俗的热闹。唢呐的性格是直爽，直爽到有些咋呼，一惊一乍的，让人防不住的，或者就拉长了，好像是一条线，你看着它要断了，却分明又没断，你想象不到吹唢呐的人是去什么地方找的这么长的一口气。这时候的鼓掌纯纯粹粹是为了技巧或者就是恶作剧的怂恿，怂恿演奏者再吹下去再吹下去，或者这演奏者就会一下子闭过气去。有时候唢呐会没来由地急促起来，这急促让人想到战争中的子弹如蝗乱飞，直吓得人们把心伏在那里不敢动。和唢呐相反的有笙，唐代的故事"吹笙引凤"，首先那凤是因为笙之动听才会飞来，笙是以韵取胜的乐器，笙的声音得两个字：清冷。这清冷二字似乎不大好领略，不亮丽，不暗哑，有箫的味道在里边，但又不是箫，很不好说。南唐后主的"船上管弦江面绿，满城飞絮辊清尘，忙杀看花人"。那管弦中的管想必就是一阵阵的笙歌，只有笙，才会一下子布满江面，如是笛，就太亮了，直线似的在江面上飞起，就不对路了。

中国的乐器里，最亮丽的莫过于京胡。京胡是没性格的演员，但它处处漂亮，是一种戏曲中的装饰物。一个人在早晨的湖边独自拉京胡，你站在那里仔细听，就连一点点哀愁和喜悦都分析不出，它让你想到的只是一种经验的突然降临，忽然是妖精似的花旦出来了，忽然是悲切切的青衣掩面上场了。京胡和高胡又不一样，高胡可以很凄厉很绝望又很争胜，那是一种争斗性很强的乐器，说到性格却又似乎接近青春得意，执着地在那里逼尖了嗓子诉说着什么，你听也罢不听也罢。

中国的乐器里是很少有喜剧性的，雷琴好像是其中唯一的一种，可以学鸡叫，学马嘶，学各种的小鸟，《百鸟朝凤》这只曲子让雷琴演奏起来让你真是会忘掉了乐器的存在。雷琴什么都可以学得来，就是没有自己的本声本韵，雷琴就是这么一种乐器，它可以算是喜剧性的。但它又根本无法和锣鼓相比，锣鼓算乐器吗？当然算，锣鼓其实也是一种难以确定性格的乐器，但它出现在喜庆的场面太多了，所以，锣鼓一响起来，人们就兴奋了，这是历史的潜移默化。在中国，死人而敲锣打鼓是没有的事，喜庆的日子又离不开它，它的性格就这样给糊里糊涂地定格。

中国的乐器里，最不可思议的是埙，它在你耳边吹响，你却会觉得很远，它在很远的地方吹动，你又会觉得它很近。这是一种以韵取胜的乐器。是一种事不关己高高挂起超然独行的性格，世上的事都和它好像没有一点点关系，它是在梦境里的音韵，眼前的东西一实际起来，一真切起来，埙的魅力便会马上消失了。

音乐永远是一个人的，上百上千的人在一起听音乐，真不知道人们在那里听什么？乐器是有性格的，它静静地待在那里什么也不是，一旦被人操纵着，它的性格就出来了，该是什么就是什么，往往是，到了后来不再是人操纵乐器，而是乐器操纵了人。

2009年

《白石老人的虫子》北岳文艺出版社2017年版

山中少年今何在

——关于贫富和欲望

不久前我看了北京人艺的一出话剧名叫《窝头会馆》，编剧是中国非常优秀的作家刘恒。有人问起作者这出戏的主题，这让刘恒感到发窘，于是他说主题就是一个字：钱。如果"钱"显得直白，换个含蓄一点的说法是：困境。

正是"困境"这个词打动了我，让我想到第二届东亚文学论坛的主题之一：贫富和欲望。这几乎是一个当今人类社会无法回避的大问题，因为有人类就有贫富和欲望，有欲望就有困境。而人作为生物界的高级动物，所面临的困境更为复杂。"外在的困境是资源短缺，内在的困境是欲望不灭。"这也是刘恒的话。

面对一个大的命题，我常常感到自己叙述起来力不从心。那么，不如就让我从小处开始，从我的一个短篇小说讲起。

上世纪八十年代初期，我写过一个名叫《意外》的短篇小说，这是迄今为止我最短的小说，一千个字，汉字排版一页半纸。有时候我也会像刘恒那样被朋友问道：你这个小说是写什么的？为了简便，我常用一句话表述，我说这大概是一个关于困境和美的故事。小说大意是这样的：二十年多前中国北方深山里的小村子台儿沟，很少有人家挂照片，因为很少有人出去照相。镇上没有照相馆，去趟县城，跋山涉水来回五百里。谁家要是挂张照片，顿时满屋生辉，半个村子也会跟着热闹几天。小说主人公山杏的哥哥来信向家里要张"全家福"照片，信中特别提到，最想念妹妹山杏。他在南方一个小岛上当兵已经两年，走的时候山杏才八

山中少年今何在　　　　　　　　　　　　　　　　　　　　　　　　　*347*

岁。接到哥哥的信，山杏就催爹妈去县城照相，从春天催到秋天。后来，摘完了核桃、柿子，山杏一家终于决定远征县城去照相。那天晚上山杏一夜没睡好，看妈在灶前弯着腰烙饼，爹替她添柴烧火。他们用半夜的时间准备路上的干粮，如同过年一样。天不亮，他们就换上过年才穿的新罩衣，挎起沉甸甸的干粮篮子出了村。他们搭了五十里汽车，走了二百里山路，喝凉水、住小店，吃了多半篮子干饼，第三天才来到县城。他们找到了照相馆，照相师傅将他们领进摄影间。当满屋灯光哗的一下亮了起来，当高楼大厦、鲜花喷泉之类的他们从未见过的华丽布景把这一家三口人包围时，他们甚至来不及惊叹，照相已经开始。在照相师傅的指挥下，他们努力把自己坐端正，同时大睁着眼睛向前方看去。随着灯光哗地灭掉，这隆重的事件，几乎一瞬间就结束了。半个月后，山杏爹从村委会拿回一个照相馆寄来的信封。山杏抢着撕开封口，里面果然有张照片。但这张照片上没有大睁着眼睛的山杏一家，照片上只有一个人，一个正冲她们全家微笑的好看的鬈发姑娘。第二天，山杏家的墙上挂出了这张照片，照片上的姑娘冲所有来参观的人微笑着。有人问起这是谁，爹妈吞吞吐吐不说话，山杏说，那是她未来的新嫂子。

二十多年前我是一家文学杂志的小说编辑，有时候我会在小说《意外》那样的深山农村短暂地生活，或者说"采访"。在一个名叫瓦片的村子里，我在"山杏"的家里住过。那一带太行山风景峻美，交通不便。村子很穷，土地很少，河滩里到处是石头。因为不能播种小麦，白面就特别珍贵，家里有人生重病时，男主人才会说一句：煮碗挂面吃吧。我却被当成贵客款待。山杏的母亲为我煮挂面，煎过年才舍得吃的封存在小瓦罐里的腊肉。当我临走把饭费留下来时，他们全家吃惊地涨红了脸，好像这是对他们的侮辱。在这个家庭，我见到了被常年的灶烟熏黑的土墙上挂着唯一一张城市年轻女性的照片，就是我写进小说里的那一张。有位德国作家说过，变美是痛苦所能达到的最高境界。那么山杏一家对这陌生照片的态度，就是把困境变成了美吧？还有善良。

二十年之后，小村庄瓦片已是河北省一个著名旅游风景区的一部分了，因为铁路和高速公路铺了过来，一列由北京发车的火车经过瓦片通向了更深的深山。火车和汽车终于让更多的外来人发现原来这里有珍禽异兽出没的原始森林，有气势磅礴的百里大峡谷，有清澈明丽的拒马河，从前那些无用的石头在今天也变成了可以欣赏的风景，而风景就是财富的资源。我曾经为了自己一部电影的拍摄再次来到这山里，电影里需要深山农户的院落，我毫不犹豫地向导演推荐了山杏的家。我看见从前的瓦片村民大多开起家庭旅馆，山杏们有的考入度假村做了服务员、导游，有的则成为家庭旅馆的女店主。她们不再会为拍一张照片跑几百里地，旅游景点到处都有照相的生意。她们的眼光从容自信，她们的衣裳干净时尚，她们懂得了价值，也知道谈论信息。当我向她们打听一个更远的名叫"小道"的村子时，山杏们优越地说："哼，小道呀，知道。他们富不了，他们没信息！"瓦片和周边的村子都富了，在这些富裕起来的村庄里，也就渐渐出现了相互比赛着快速发财的景象，毕竟钱要来得快，日子才有意思。就有了坑骗游客的事情，就有了出售伪劣商品的事情，就有了各种为钱而起的"嚼清"。

那一次导演对我的推荐很满意，山杏家几乎原封不动地成为了电影里女主角的家。制片主任问我场地租金怎么算，我想起从前山杏一家的纯朴，有把握地说，你就随便给吧，他们不会计较。但事情并不似我的预料，当我回到我的城市后，曾很多次在家中接待瓦片的房东——山杏的爹。因为有了汽车、火车、电话，因为有了信息，遥远的山杏爹总是能够快速把我找到并申诉摄制组付他报酬的不合理。比方他说摄制组用墨汁把他的新房的白屋顶刷成了黑色；大灯把院里一棵石榴树烤成了半死；为了剧情需要他们还往河里摔过他的羊，摔了一次又一次，五只羊被摔得十天起站不起来……这都是钱啊，可他们都没给钱。我一次次放下手中的写作帮助愤怒的山杏爹向摄制组要钱，心中却时有恼火：要是没有火车呢？一切不是单纯得多吗？交通、通信和旅游业给瓦片带来了财富，同时也成为一种运载欲望的挑衅的力量。现代化的强大辐射面对封闭的山谷，是有着产生这种力量的资格的，虽然它的挑衅意味是间接的，不像它所携带的物质那么确凿和体面。并且我始终认为，它带给我们的积极的惊异永远大于其后产生的消极效果。

那么，现代化和市场经济在进化着乡村物质文明的同时，也扮演了催生欲望的角色。商业文明的到来和它"温柔的挑衅"使未经污染的深山农人的品质变得可疑；没有它们的入侵，贫苦的山杏们的思维逻辑将永远是宽厚待人。可我想说，这种看似文明的抵抗其实是含有不道德因素的，有一种与己无关的居高临下的悲悯。贫穷和闭塞的生活里可能诞生纯净的善意，可是贫穷和闭塞并不是文明的代名词。谁有权利不让山杏们利用大山的风景富裕起来呢？谁有权利不许一个乡村老汉跳上火车去找人"投诉"亏待了他的摄制组呢？其实当我在这儿比喻火车是催生欲望的角色时，蒸汽机火车已经从中国全面退役成为我们时代的一个背影；内燃机车、电气机车也不再新鲜。几年前上海就已经出现标志着国际领先技术的磁悬浮列车。在这个人类集体钟情于速度的时代，那个仿佛不久前还被我们当成工业文明象征的蒸汽机车，转瞬之间就突然成了古董。蒸汽，这种既柔软又强大的物质，这个引发了第一次工业革命、启动了近现代文明之旅的动力也就渐渐从领先的位置上消失了。当它的实用功能衰弱之后，它那暖意盎然的怀旧的审美特质才凸现出来。问题是，当今世界，早已先期享受了工业革命那实用功能所带来的诸多物质进步的人们，谁又有权利为了个人今天的审美愉悦，去对那些大山里的山民说，我们可以富，但你们却不行呢？

我在这时想起一个深山里的少年。上世纪九十年代，一个初秋的下午，我在一个名叫小道（向山杏们打听过的小道）的村子里，顺着雨后泥泞的小道走进一户人家，看见在堆着破铁桶和山药干的窗台上靠着一块手绢大的石板，石板上歪歪扭扭地写着三行字：

太阳升起来了，

太阳落下去了，

我什么时候才能变好呢？

问过院子的女主人，她告诉我这是她九岁的儿子写的。我又问孩子是否在家，女主人说他割山韭菜去了。那天我很想看见这个九岁的深山少年，因为他那三行字迹歪扭的诗打动了我——我认为那是诗。那诗里有一个少年的困境、愿望，他的情怀和尊严，有太阳的起落和他的向好之心。那天我没有等到他回家，但我一直记着石板上那三句诗。今天那个少年早已长大，或许还在小道种地，或许已经读书、进城。假如在新世纪的今天，我把他的诗改动一个字，变成"太阳升起来了，太阳落下去了，我什么时候才能变富呢"，我还会认为这是诗吗？

与其承认这还是诗，不如承认这是合理的欲望。如同十六世纪葡萄牙诗人在欢迎他们的商船从海上归来时那直白的诗句："利润鼓舞着我们扬帆远航……"

"利润"这字眼嵌入在诗行中看上去的确令人尴尬，但文学的责任不在于简单奚落"变富"的欲望，因为变富并不意味着一定变坏，而"变好"并不意味着一定和贫穷紧紧相联。文学在其中留神的应该是"困境"。贫穷让人陷入困境，而财富可能让人解脱某些困境，但也有可能让人陷入更大的困境。最近我在一篇讨论当代中国乡村的价值变化的文章中读到，消费经济时代的突然降临让许多没有足够心理准备和文化准备的村民，无暇也无力去做其他可供想象的人生筹划。多挣钱以确立存在地位的欲望压倒了这些，他们被迫卷入人与人之间一场财富竞赛的长征：争盖高楼，喜事大办，丧事喜办，以丧失尊严来换取自以为的"面子"。中国中央电视台曾经报道过南方一些农村，有人在办丧事时请戏班子跳脱衣舞，因为花得起钱而在邻里间"挣足了面子"。这让人瞠目，让人想到说的虽是村民但又何止村民？我的一位北京亲戚，当年住在四合院一间三平方米的小屋里，如今他在为自己选购汽车时，打开一款已属高档车的车门，竟皱着眉头不满地连声说："后排座间太小，空间太小！"所有这些，更让人思考一个国家在富强的崛起时，文明在何处以何种面目支撑。文明是对人之所以为人的制度性守护，是对人性尊严所必需的自由平等的捍卫。这也正是其价值魅力所在。

生活在前进，高科技日新月异。人类的物质文明在过去二百多年里发生的变化远远超过了之前的五千年。但我们也应该看到，相对于人类有文明史的五千年，二百多年的时间还是太短了些。更何况，若从非洲南方古猿走出森林开始，人类生理和心理的进化至少已经历了五百万年。有人类学家称，几乎所有人都对蛇有与生俱来的恐惧，源于人类祖先早年在丛林中生活，无数代人与蛇共处，很多人失去生命，因此已把这种警觉融入人类的基因代代遗传。当二百多年的进步使人类仿佛已经成为这个星球唯一主宰的时候，我们是否真正知道欲望将把自己带往何方？我们是否真正明白自己造成的这所有变化的结果和含义？人类恐怕还要有更漫长的时间去领悟，以让灵魂跟上变化的脚步。今天，我们对世界的理解不断加深，我们的生活水准不断提高，我们的物质要求也一再地扩大，虽然我愿意赞美高科技带给人类所有的进步和财富，但我还是要说，以财富和物质积累为核心诉求的变革，不能仅仅成为一种去伦理、去道德、去乌托邦的世俗性技术改革。巨大的物质力量最终并不是我们生存的全部依据，它从来都该是更大精神力量的预示和陪衬。这两种力量会长久地纠缠在一起，互相依存，难解难分。它们彼此对立又相互渗透，构成了我们内在的思想紧张。而文学要探究的领域，也应该包括这种紧张。

　　为什么我常会心疼和怀念瓦片村的山杏和她的一家？为什么处在信息时代的我们，还是那么爱看电影里慢跑的火车上发生的那些缠绵或者惊险？我不认为这仅仅是怀旧，我想说，当我们渴望精神发展的速度和心灵成长的速度能够跟上科学发明和财富积累的速度，有时候我们必须有放慢脚步回望从前的勇气，有屏住呼吸回望心灵的能力。就这个角度来说，文学最深层的意义和精神可能是保守的——即使以最先锋的形式呈现出来的文学。保守或许对科技创新有害，但在善与恶、怜悯与同情、爱与恨、尊严与幸福……这些概念中，并不存在进步与保守的问题。因为永恒的道德真理不会衰老，而保卫和守望人类精神的高贵，保卫和守望我们共同生存的这个星球的清洁与和平理应是文学的本意。在人类的欲望不断被爆炸的信息挑起、人类的神经频频被信息蹂躏的物欲时代的喧嚣中，文学理应发出它可能显得别扭的、困难而保守的声音，或许它的"不合时宜"将是真正意义上的先锋！也因此，文学将总是与人类的困境同行。也因此，文学才有可能彰显出独属于自己的价值魅力。

　　　太阳升起来了，

　　　太阳落下去了，

　　　我什么时候才能变好呢！

我还是记起了深山少年写在石板上这简单的句子，因为这里有诚实的内心困境，有稚嫩的尊严，更有对"我"的考问和期待。"我"是充满欲望和希望的少年，少年是人类世界的未来。

　　人什么时候、怎样才能变得更好呢？

《江南》2011年3期

忆三棵树

贺捷生

　　回到张家界，无论时间多么仓促，无论要走多么远、多么难行的路，我都要去看那棵挺立在旷野中的大树，那棵在风雨中生长了千百年的古树。就像我每次回到故乡桑植，必去看五道水那棵千年攀缘的紫藤；每次到了贵州，必去印江县木黄看那棵双躯交缠的古柏。

　　这三棵站在湘黔大地上像传说，又像绝唱的树，是父亲当年艰难转战的见证者，又是父亲离开后忠实地等待他归来的守望者。

　　三棵树，一棵见证了少年父亲揭竿而起，以他的血肉之躯，在黑夜沉沉的湘西，把旧中国的天空捅了一个窟窿；一棵见证了青年父亲带领红二军团与萧克带领的红六军团，在左冲右突中胜利会师。当第三棵树出现时，著名的红二方面军就将在英年父亲的麾下光荣诞生。

　　我现在要去看的，是站立在张家界慈利县溪口村外的第三棵树。

　　慈利是我母亲蹇先任的故土，外婆家就与溪口相邻，我从小在这片原野长大。命运的巧合使我相信，一棵树也是有灵性的，哲人爱默生就说过："每棵树都值得用一生去探究。"

　　那是一棵古樟，在南方的村子里都能见到，普通又名贵，是树中的尊者和王。它们通常站在村庄后面的高冈上，与炊烟缭绕的村庄患难与共，苦命相守。千百年来，村里的人一代代老去，一代代诞生，唯有它们盘根错节，经年不衰，代表村庄和村里的先人极有耐心地活下去，直到活得根茎爆裂，孔穴丛生，巨大的树冠遮天蔽地，如同一团团蓬蓬松松的云停泊在村庄上空；直到活成村庄的传说、村庄的历史、村庄的神，让人一辈子念念不忘，深怀眷恋。

但我要去看的这棵大树，这棵古樟，却与其他村庄的古樟大不相同。它没有生长在高冈上，而是顶天立地，孤独站在一片开阔的河滩上，年复一年地守护着身边的那片坪地，那条似乎亘古以来就环绕着这片坪地静静流淌的河流。远远望去，那几根粗大的如同赤裸的手臂伸向天空的树枝，像大地竖起的一片旗杆，又像河水高举的一簇波浪。

　　坪，叫王家坪；河，叫澧水。

　　哦，我又想起我亲爱的父亲了！那时我父亲在经历南昌起义的凤凰涅槃后，作为党的核心组织中的早期将领，他再一次白手起家，在湘西重新拉起一支虎啸龙吟的红军主力。我也想起我亲爱的母亲，那时她作为父亲队伍中的第一个女兵，经过残酷的战争洗礼，既成了这片黑暗土地上少有的播火者、战斗者，也成了我父亲相濡以沫的战友和伴侣。

　　父亲是1934年11月初到达溪口的，指出这一点，是因为在这年的10月中下旬，父亲刚率领他在湘鄂西创建的红二军团和萧克率领的红六军团，在贵州印江的木黄胜利会师，组成了强大的红二六军团。而由我未来的姨夫萧克率领的红六军团，是中央红军被迫从赣南撤离时，特地被派到湘赣边来寻找我父亲的。两军会师后，中央命令我父亲出任红二六军团总指挥，率部返回湘鄂西，把几十万围困中央红军的国民党部队拖进湘鄂西的崇山峻岭，让在血战中越过湘江的中央红军得以向贵州遵义挺进。

　　红二六军团进驻溪口，意味着这支顽强的部队不辱使命，在中央红军长征的危难时刻，只用几天时间便迅速插到了湘西的纵深。接着他们要做的，是利用大庸地区的特殊地形和深厚的群众基础，建立稳固的革命根据地，壮大红军力量，同虎狼般扑来的国民党大军展开生死搏斗，为革命的持续发展作贡献。

　　大庸作为湘西的一个县名，是近几年才消失，变成了今天以大自然奇绝的山水闻名于世的张家界的。父亲心目中的大庸革命根据地，是以天子山为中心，逐渐辐射和覆盖桑植、慈利、永顺、鹤峰等县。他生于斯，长于斯，对这里的山山岭岭烂熟于胸。当红二六军团开到他几十年后长眠的天子山下时，包括溪口在内的村村寨寨，无不向他敞开门扉，像搂抱自己的骨肉那样迎接他这支队伍。

明明知道参加革命九死一生，但生活在这片土地上的铁血男儿，这些湘军后代，不论是种田的，还是在澧水河上撑船的；不论是苗族、白族、土家族，还是其他什么民族，只要扛得起枪，抢得动大刀，都愿踩着父亲的脚印走，跟着他高举的那面在血雨腥风中飘扬的旗帜走。

当时作为红色政权中心的溪口，人家不算多，也竟有七百多名青壮年参加红军。那些日子的溪口，家家住着红军，夜夜燃烧着毕剥作响的火把。一队队红军和赤卫队员，在大路上和村庄里来来往往，川流不息。妇女们忙着为红军缝冬衣，做军鞋。每当夜幕降临，繁星满天，父亲总会带上萧克、王震、贺炳炎、卢冬生等一干将领和我母亲，来到大树下聊天。一壶茶，或一坛米酒，几个人坐在那儿谈天说地，纵论大势。

几天后，就在这棵大树下，父亲不费一枪一弹，便收编了李吉儒的一支上千人的群众武装。此事成为当地经久不息的美谈。

李吉儒草莽出身，性情豪爽，在天子山上占山为王。红二六军团进驻溪口后，他自称师长，打着红军游击队的旗号，到处"吃大户"，抢粮食。当军团司令部准备收拾这支队伍时，父亲却嘿嘿一笑说，杀鸡何必用牛刀？传我的手令，让他12月20日带领队伍来大树下集合。

李吉儒知道父亲的脾气。那天，他早早把队伍带到了溪口，在大树下把枪架在地上，队列整好，听候红军发落。到这时，他才发现，溪口已是红天红地，云水翻腾，红军和老百姓水乳交融，亲密无间，到处洋溢着同仇敌忾的气氛。最让他服气的是，红军该上操的上操，该出勤的出勤，对他的到来不加任何防范。唯有父亲与几个军团将领气定神闲，正坐在大树下慢悠悠地喝茶。

李吉儒凭着两撇小胡子认出我父亲，小心翼翼地把手令递上来说，贺老总，失敬失敬，粗人李吉儒按照命令，把队伍带来了，请清点人数和枪支。父亲指着一把椅子说，是李师长啊，你还真给我贺龙面子啊。李吉儒马上说不敢不敢，是贺老总和红军给我面子。我过去祸害百姓，做过许多坏事，甘愿负荆请罪，认打，认罚。

父亲笑了，说，李吉儒，你还算深明大义，下步有什么打算啊？李吉儒说，贺老总，我带领队伍从天子山下来，就不准备回去了，弟兄们都是苦出身，个个愿意参加红军。父亲严肃起来，对李吉儒道，天子山回不回另说，参加红军我也欢迎。不过话说在前面，红军有红军的规矩。在我们的队伍里，你既发不了财，也别想当多大的官，还要舍身舍命，这些做得到吗？李吉儒连连说，做得到，做得到。

树下，谈笑之间，李吉儒的上千人马全部投了红军，使红二六军团迅速得以壮大。值得一提的是，自从跟了我父亲，这些苦大仇深的潇湘弟子，冲锋陷阵，忠勇无比，几乎没有一个活着回湘西。溪口的这棵大树，从此深受群众爱惜。红二六军团离开湘西后，在天长日久的盼望中，他们逐渐把对父亲和红军的思念转移到这棵树上。在老百姓看来，这棵大树就是红军的化身，我父亲贺龙的化身。看见它，就像看见了我父亲和红军。

今年清明节回到张家界，上天子山为父亲扫过墓，我自然要继续往前走，继续回到我母亲的那片土地，去溪口看看那棵远近闻名的大树，看看以另一种形象站立在旷野中的父亲。

天下着淅淅沥沥的雨。因头天爬过天子山，我已累得腰酸背痛，四肢乏力，但我毅然踏上了去溪口的路途。从故乡桑植洪家关赶来看我的亲戚，在张家界工作和生活的贺家人，听说我要去看那棵树，也争着跟我去，两辆车，二十多个座位被塞得满满的。

好像有只眼睛在天上看着我们，盼着我们，车开出张家界，太阳便跳了出来。暖暖的阳光穿过袅袅升腾的晨雾，照着路两边刚刚被雨水洗过的树木，清新，亮堂，听得见万物生长的声音。车驶近怀抱溪口的王家坪，迎面扑来一片干干净净的白，轻轻盈盈的白，像刚下过一场大雪，天地间一尘不染。渐渐走进那片白，那片飘浮着奇异香味的白，才发现，那是铺天盖地开着的梨花。

那棵古樟就在这时从坦荡空阔的坪地上，从洁白的梨花中，脱颖而出，在眼前顿时高大起来，突兀和峥嵘起来。树顶上那几根枯枝，还像从前那么苍劲有力，那么孜孜不倦地托着瓦蓝的天空。那种雷打不动的气势，让人想到，即使黑云翻滚，即使头顶的天空在电闪雷鸣中轰隆隆倒塌，它也能伸手撑住，把坍塌的天重新举起来。而在大树主干的枝丫间死而复生，大团大团绽放的新绿，竟比前些年我看到的更蓬勃，更稠密，更欣欣向荣，仿佛汹涌的潮水势不可挡地往上漫。

看见这么广阔的一片梨花，看见这些梨花簇拥着拔地而起的大树，我的心在颤抖，泪水禁不住夺眶而出。我想，正是清明时节，难道这片土地，这千树万树洁白如雪的梨花，也知道今天是个怀想的日子，追忆的日子？车走在半路我还懊悔，来看这棵古樟，来大树下遥望父亲，我竟没有带上一束花，一件寄托思念的信物，谁想这漫山遍野的梨花，在天地之间，早早地为我布置了一场盛大的祭奠。

走到大树下，我为当地群众对红军、对父亲的爱戴和敬仰深深地感动了。他们的表达方式，是那样的朴素，那样的隆重。因为面对这棵千年大树，他们没有像其他地方那样用高高的栅栏把它围起来，也没有在它周边添加任何建筑，只是在路口立了一小块碑，刻上"红军树"三个字，同时在碑的下方以寥寥数语叙述父亲降服李吉儒的经过；又在大树的周围垫上一圈从澧水河里捞上来的鹅卵石，供人们围着大树从各个角度仰望它的风采。那些鹅卵石就像刚洗过似的，不沾一星泥土。唯一郑重的，是在大树的东北和西南角各竖起一根避雷针，以免它遭受雷击。再往前走，我特别注意到，在大树十几米高的躯干上，也许在昨天，也许就在当天早晨，人们在层层叠叠旧红布的外围，又裹上了一圈又一圈崭新的红布。这些布红得那么庄重，那么热烈，就像喷涌的血，熊熊燃烧的霞光，让人看一眼就想流泪。

听说贺龙的女儿回来看这棵大树，附近村子里的人们纷纷围了过来，和我一起抬头仰望。也就几分钟时间，公路上，村路口，尤其在通往大树的小路上，都站满了人。大家神情肃穆，眼睛都和我一样，红红的，湿湿的。

父亲离开溪口，离开湘西，带领在这片土地上发展壮大的红二方面军长征后，从来没有回来过。几个当年还是孩子，如今已是风烛残年的老人，在年轻人的搀扶下，颤颤巍巍地走到我面前。他们痛惜地告诉我，当年参加红军，跟着我父亲打过仗的人，都离开了人世，方圆几十里仅剩下一个已瘫痪在床的老赤卫队员。老人们在去世前，都为没能再看到我父亲一眼感到惋惜。他们说，贺胡子是从这片土地上走出去的开国元帅，是湘西出的最大的官。他生前顾不上回来看我们，看这棵树，但去世后他的英灵会回来的，会附在这棵树上存活下去。

抚摸过那块碑，听老人们说过对红军和父亲的思念，几个贺家的后人换着我围着大树转了三圈。我们缓缓地走，缓缓地走，眼睛始终望着它硕大的躯干。有时也昂起头来，凝望那片在父亲蒙受冤屈时曾死去而后又复生的青枝绿叶。想不到刚走完一圈，身后已跟上来无数的人。他们中有老人，有孩子；有当地人，也有外地人。每张脸都那么亲切，那么凝重。

大地无言，一阵阵风从广阔的坪地与河面上吹过来，把裹着大树的层层红布吹得啪啪作响。

是大树有什么话要对人们说吗？

我也想说，想对这棵大树，对父亲附在树上的英魂说：父亲，你还记得吗？当你站在这棵大树下的时候，我也快要来到这世界。你看，我和你们与这片深沉又肥沃的土地，这棵死而复生的树，彼此命运相连，已经难舍难分了。

我还想说，父亲，我也77岁了，成了一个比你还活得长久的老人。虽然身无大病，但腿脚却老得有些走不动了。就在为你扫墓的时候，我还对自己说，这恐怕是最后一次回来了。但是，当我回到母亲的这片土地，当我看到这棵老而弥坚的大树，我忽然改变了主意。我想，既然一棵树能死而复生，能把上千年的风雨继续扛下去，我作为你在这片土地上孕育的孩子，为什么不能顽强活下去呢？

《人民日报》2012年

原来姹紫嫣红开遍

迟子建

我怀念三四十年前的年。

小年前后，我会和邻居的女孩子搭伴，进城买年画。好像女孩子天生就是为年画生的，该由我们置办。

小镇离城里十几里路，腊月天通常都在零下三四十度，我们穿得厚厚的，可走到中途，手脚还是被冻麻了。我们知道生冻疮的滋味不好受，于是就奔跑。跑得快，血脉流通得就快，身上就不那么冷了。我们跑在雪地的时候，麻雀在灰白的天上也跑，也不知它们是否也去购置年画。天上的年画，该是西边天绚丽的晚霞吧！

进了城里的新华书店，我们要仔细打量那一幅幅悬挂的年画，记住它们的标号，按大人的意愿来买。母亲嘱咐我，画面中带老虎的不能买，尤其是下山虎；表现英雄人物的不能买，这样的年画不喜气。她喜欢画面中有鲤鱼元宝的，有麒麟凤凰的，有鸳鸯蝴蝶的，有寿桃花卉的。而父亲喜欢古典人物图画的，像《红楼梦》《水浒传》故事的年画。母亲在家说了算，所以我买的年画，以她的审美为主，父亲的为辅。这样的年画铺展开来，就是一个理想国。

买完年画，我们会去百货商店，给自己选择头绫子、发卡、袜子、假领子，再买上几包红蜡烛和两副扑克牌。那时我们小镇还没通电，蜡烛是家里的灯神。任务完成，我们奔向百货商店对面的人民饭店，一人买一根麻花，站着吃完，趁着天亮，赶紧回返。冬天天黑得早，下午三点多，太阳就落山了。

想在天黑前到家，就要紧着走。我们嘴里呼出的热气，与冷空气交融，睫毛、眉毛和刘海染上了霜雪，生生被寒风吹打成老太婆了！不过不要紧，等进了家门，烤过火，身上挂着的霜雪化了，我们的朝气又回来了！

人们为自己办年货，也为离世的亲人办年货。逝去的人，未必坟茔就在近前。所以小年一过，小镇的十字路口，会腾起团团火光。人们烧纸钱时，不忘了淋上酒，撒上香烟。年三十的饺子出锅后，盛出的头三个饺子，要供在亲人的灵位前，请他们品尝。

我小的时候，父亲和爷爷都在时，我们只在十字路口为葬在远方的奶奶烧纸。爷爷去世后，除了给奶奶买下烧纸，爷爷那里也得备一份了。等我长大成人，父亲过世了，母亲预备下的烧纸，就比往年厚了。

待到十年前我爱人因车祸离世，我回故乡过年，在给爷爷和父亲上过坟后，总不忘了单独买份烧纸，在除夕前夜，在我和爱人无数次携手走过的山脚下的十字路口，为回归故土的他，遥遥送上牵挂。火光卷走了纸钱，把我留在长夜里。

我快五十岁了，岁月让我有了丝丝缕缕的白发，但我依然会千里迢迢，每年赶回大兴安岭过年。我们早已从山镇迁到小城，灯笼、春联都是买现成的，再不用动手制作了。我们早就享用上了电，也不用备下蜡烛了。至于贴在墙上的年画，它已成为昨日风景，难再寻觅其灿烂的容颜了。

我们吃上了新鲜蔬菜，可这些来自暖棚的施用了化肥的蔬菜，总没有当年自家园田产出的储藏在地窖的蔬菜好吃。我们的生活变得越来越便利，越来越实际，可也越来越没有滋味，越来越缺乏品质！

我怀念三四十年前的年，怀念我拿着父亲写就的"肥猪满圈"的条幅，张贴到猪圈的围栏上时，想着猪已毙命，圈里空空荡荡，而发出的快意笑声。

怀念一家人坐在热炕头打扑克时，为了解腻，从地窖捧出水灵灵的青萝卜，切开当水果吃，而那个时刻，蟋蟀在灶房的水缸旁声声叫着。

怀念我亲手糊的灯笼，在除夕夜里，将我们家的小院映照得一片通红，连看门狗也被映得一身喜气；怀念腊月里母亲踏着缝纫机迷人的声响；怀念自家养的公鸡炖熟后散发的撩人的浓香；怀念那一杆杆红蜡烛，在新旧交替的时刻，像一个个红娘子，喜盈盈地站在我家的餐桌上，窗台上，水缸上，灶台上，把每一个黑暗的角落都照亮的情景！

可是这样的年，一去不复返了！在我对年货的回忆中，《牡丹亭》中那句最著名的唱词"原来姹紫嫣红开遍，似这般都付与断井颓垣！"不止一次在我心中鸣响。

好在繁华落尽，我心存有余香，光影消逝，仍有一脉烛火在记忆中跳荡，让我依然能在每年的这个时刻，在极寒之地，幻想春天！

《三联生活周刊》2013年5期

北国原野在讲述什么

陈世旭

一种美学的高度

我从酷热的南方，来至遥远的北国边境。逶迤的江河，伸出修长粗壮的胳膊；北国的原野，敞开无比宽广的胸膛；那些高飞的鸟，是好客的主人，融入云里的样子楚楚动人。

季节瞬间更替。燃烧的夏天消失得无影无踪。明亮的七月，静谧而严肃。铁质和石质的高速路，因为蜿蜒起伏而柔若无骨。原野上的路是对生命的沉思，它的形成，也就是生命的形成，是让人欣喜和热爱的生命完美的迹象。那些在时间中消逝的人为我们踏出了生命之路。我们将记住他们的步履，让他们永远存留在我们心上，以免让心灵之路荒芜。

我是如此地喜爱北国的原野，它有着天生的阳刚的禀赋。广袤和辽阔，本身就是一种美学的高度。

逃逸出被雾霾淹没的城市，这里的空气干净得近乎奢侈。波澜壮阔的绿色，一直向比天边还要遥远的远处汹涌。曾经血泪斑斑的战场，被深深地埋葬。坚硬而爽利的风，无边地鼓动生长的欲望。与春天不断地交合后的原野，仿佛从来就没有过忧郁的冬天：荒芜的坡地，颓废的花影，风霜如利剑切割，大树们悲伤的手指上缠满了凛冽的冰雪。沧桑，是一段需要唤醒的记忆。

美人松的集群，笔直地站在坡地的背脊，高扬着男性的头颅。白桦林自信而散漫，闪着诱惑的光。蓝皮和红皮的屋顶，在树丛中跳动。裸露的村头，棕色的马匹安详一如既往，偶尔扬起发亮的黑色长尾。

蓝天和绿野之间，云悬浮飘动。阳光一会儿在它前面，照出凹凸的曲线；一会儿在它后面，勾出金色的边缘。而它，兀自经营着明暗和色彩，酝酿暴雨。雨一旦降落，便是直立的柱体，顶天立地，气势磅礴地在原野上移动。它刚刚离开的地方，立刻就被阳光充满。野花落英缤纷，希望托付给种子，返回原野，接受季节的所有邀请，在春天来临之前，弥漫成又一度响彻云霄的灿烂。

一坡坡怀孕的玉米，凝聚在耀眼的阳光下面，傍晚的雷声隆隆滚过，在即将来临的诱惑之夜，陷入夏天的感情陷阱。流水一样的狗尾草，摇落细致的露珠。摒弃了多余的杂质，成为大地上一种蓬勃的力量。

将会有镀金的巨型收割机，把秋天装上。夕阳让老人们眯缝眼睛，细数着一颗豆荚、一棒玉米、一穗高粱走过的漫长路程，以及自己一生的收获。很多年前，他们曾经肩着绑绳，匍匐在原野的路上。

世界此时格外安详。大野肃穆，彩虹丈量着原野的两极。一只大手，抚摸着我们，如唤醒孩提懵懂的话语。我想我应该放弃词不达意的表达，蜷缩在那只手掌的温情里，一边看风景，一边咀嚼岁月的苦涩与芳香。

风一阵一阵地拉扯我的衣衫，我漫无目的地站在原野上，听任绿色进入我的身体，以及庄稼的芬芳渗入我的思考。

空间与时间无限扩大与延长。

四十六亿年的演化，地球馈赠给人类无数的珍宝。

第四纪。新生代最新的一个纪。其下限年代距今二百六十万年。那时，灵长目完成了从猿到人的进化，生物界进化到现代面貌。

一声巨响，无数巨岩伴着灰黑色的浓烟，翻卷着冲天而起；各个火山口，时而轮流喷发，时而静止，时而同时发作，绚烂无比的礼花在空中怒放。大地在颤抖，整个天穹被照得通亮，岩浆肆意奔流，为一个不可克制的欲望鼓舞，在烈焰迸溅的一瞬间，领会到生命的开端和终结的全部欢乐和痛苦。北起大兴安岭北部的鄂伦春诺敏河火山群，经阿尔山—柴河、锡林浩特—阿巴嘎火山群，南抵察右后旗乌兰哈达火山群，断续延伸一千公里，三百九十多座形态各异的火山，构成了内蒙古东部壮观的第四纪火山喷发带。

一座座拔地而起的火山锥，千姿百态。喷发年代由史前的两百多万年到近代的两百八十多年前，是世界顶级资源。这里拥有世界上最完整、分布最集中、品类最齐全、状貌最典型的新老期火山地质地貌。最新期火山岩浆填塞了浩瀚的远古凹陷盆地，一个个湖泊串起欧亚大陆桥上璀璨的明珠。

　　人类无法洞穿地壳，但地壳自身千疮百孔。火山遍布全球，有的孕育和爆发的条件伴随着整个造山运动；有的孕育和爆发的过程伴随着整个山体的坍塌；有的形成上下翻滚的火湖，熔岩从火湖的边沿流出，形成恐怖的熔岩瀑布、熔岩河流、熔岩喷泉。炽烈的岩浆汹涌，烧毁了森林，淹没了耕地，埋葬了整座城市。

　　火山是一种残酷无情的美丽：向上飞扬是一种毁灭，向下伸延也是一种毁灭。如同早逝的耶夫诺夫的诗：我不是活着，是在燃烧。

　　但北国原野上的火山，却写出了另样的诗篇，寻找到又一度烂漫的生命。

　　谁能想象沉寂了千万年的火山，会有如此的芳草萋萋，林木葳蕤。葱绿充盈的树叶和草叶，在黑色的熔铸金属上铺展。积雪融化、树木泛青之前，初春的达子香早已含苞欲放。原始石塘上粉色的云团，浩浩渺渺，香气远远地飘浮。关于烈火迸溅的记忆，早已在梦中消失；火山为自己狂热经历的辩解，早已坠落在深深的草莽。

万物皆神圣

　　踏着枯枝、落叶、青苔，走进谷地深深的树林。这里是满族、鄂伦春族、达斡尔族、鄂温克族的故乡。一个多情的季节，早已开始。顺着被年深月久的腐烂落叶弄得软绵绵的路走着。鱼鳞松、油松、杉松、柞树、色树、洋槐、刺槐、青桐、榛材棵子，满山遍坡都是。所有的树都被灌木丛紧紧地包围。在茂密的灌木棵子里，熙熙攘攘地挤满了霸王鞭、野丁香、狗尾花、山芍药、野玫瑰、扫帚梅。穿过茂密的、散发着浓郁的树脂和草莓香味的树林，衣服被弄得湿漉漉的，带给人一种清凉的、甜丝丝的快感。一个个被野火烧过的土墩子上，长满了草莓子。这儿的浆果和草莓子，都熟透了，发黑了，甜得要命。

风在沙沙地响，杜鹃、沙斑鸡和不甘寂寞的蝉在合唱。在这样的树林里走路，就像在彩色的、水声悦耳的溪水里游来游去的鱼。这是沉思默想的最好时刻。你会不由自主地回想起遥远的已经忘却的童年，脑子里充满了种种孩提的甜蜜和喜悦。头顶树丫上，这儿那儿站着野百灵、沙斑鸡、鹌鹑和山鸡。它们大大方方、满不在乎地站着。即使被你惊动，也不过稍稍地、懒洋洋地一跳。有时候，铁雀和斑鸠会落到离你很近的地方，然后又扑扑地飞起，它们拨起的风，直朝你脸上吹过来。长尾巴的松鼠在明明灭灭的树枝上无忧无虑地跳来跳去，毫不在意树林里出现的不速之客。如果是夜晚，从林子里跑出的狍子会傻傻地站在路中间，对迎面而来的灯光视而不见。

黄昏，潮湿的凉意从四面八方袭来。鸟悄悄地离开被太阳晒得温暖的树梢，振起翅膀，依恋地、默默地飞进树林深处。雾在林中飘荡。雾是半透明的，并不妨碍仰望树缝中的天空。被树枝分割的天空特别明亮。心轻轻战栗。北方无垠的原野，是美与善的象征。一切浮躁都被洗净，仿佛远离尘世，心灵恢复了本来面目，所有的恶念在与原野接触时消失。弥漫在原野上的沉寂与神秘，滋润着诗心，成为艺术深沉、宁静的心理背景。

森林中站着部族的图腾：太阳，月亮，男人，女人，飞禽，走兽，十二个杜瓦兰神，栖息在十二种植物上的十二种动物……萨满的根基是万物有灵，可见的世界到处是不可见的力量，所有的生命和非生命、有机物和无机物都有着灵魂。没有创始者，没有寺庙，没有成文的经典，也没有规范的礼仪，萨满是超越时空的文化，用不着既定的分类逻辑。人们崇奉的是氏族或部落的祖灵和图腾，乃至一切动植物以及无生命的自然物和自然现象。

世界最早的宗教，几乎与现代人类出现的历史一样长久，文明诞生之前，人们用石器打猎时就已经存在。各种外来宗教传入之前，萨满独占了北方的古老祭坛。

拜火，拜山，拜日月星辰、风雨雷电。祖神的偶像挂于树梢，两侧是日、月和大雁、布谷。树间皮绳上悬挂着兽头和兽尾、脏器和四肢，兽头朝向祖神。凭借祖神的力量，同鬼神交战。

猛烈地击打神鼓，疯狂地摆动腰铃。"乌麦"（为婴儿抓回灵魂的仪式），送魂，祈求猎物，求雨和止雨，咒术与法术，占卜与跳神。神鼓和腰铃是萨满语言的载体。宏大而嘈杂的鼓铃之声是萨满音乐的全部。变幻莫测、简朴粗犷的野性音响，充满摄人魂魄的威力。萨满音乐不是生活之外的"艺术"，它就是生活本身，是与神沟通的语言。萨满是"知者"，循着萨满旅程从另一个实在获得力量和知识，然后回到原本的世界，以其所得的力量和知识帮助自己或他人。由人到神，又由神还原为人。

自然是灵性和拯救的源泉，赋予人们改变境遇的能力。萨满相信万物皆活，万物相系，万物皆神圣。狩猎部族搬进了新居，古老的灵性修行并不曾消失。延续着大地灵性和个体意识转换与成长的主题，神秘的萨满依旧萦回在现代生活。

萨满只为与自然为友，并不追求彼岸世界。萨满的生命观基于人类自我实现的欲望。那便是寻觅自己的梦境，发现自己内在的神话。萨满的力量不是权力，而是能量，是人类与自然的整体生命力。在人类中心主义狂热肆虐造成的人类与自然的疏离乃至生态危机中，萨满强调自然与个体的能力，让所有的人都体验到与万物一体和万物之神圣，回归大地之母的怀抱，回归生命本身。萨满经验实现了深层原初的出神需要，这种出神是人类存在的意义！

守望心灵的高地

时间在不知不觉中推移，岁月像水一样流逝，而山川依旧。

北国原野是怎样的一个所在？仅仅是清新、古老与富饶吗？抑或只是遥远？

原野上有两种声音：

一个欢快，吟唱着尘世的演变，对生命充满感激。

人类的生息和繁衍，朝代的兴衰和更迭，全球化与城市化：雾凇和冰雕，古禅寺和旅游岛，滑雪场和度假村，火山温泉和森林浴，啤酒节和音乐会，俄罗斯风情舞和庄稼院二人转，人参、鹿茸和杀猪菜，红肠、列巴和苏波汤……

一个严肃，沉思着神性的里程，对生命有更深沉的敬畏。

北国原野，远离繁华激荡的中心，在世纪的神经末梢舞蹈。略带伤感的节拍流露出舒缓和飘逸。原野上的心灵只渴望飞翔。诗人们以草原、寂寞、候鸟、江水和波涛命名。饮下整夜的黑，一条河流的疼痛和曲折，像母亲一样的味道纠结成盐，抵达诗人们的内心并且变得深刻。上升或下沉，周而复始。从屈原开始的艺术高贵，至少在这里没有失落。岸边簇生的芦苇，细长的苇叶剪碎了天空的深蓝，新月是刚出鞘的银刀。江河是诗人们的黑美人，在诗歌的怀中静静酣睡。

爱和坚守都与山河有关。精神探求者们足踏在哲人向往的自由而新鲜的土地，在北国原野守望着心灵的高地：

他们或者静静地收拾了自己的行囊，避开了城市的喧嚣，蹲在祖居场院的石碾上，重新呼吸左邻右舍弥漫到屋院的柴烟，看着远处庞然连绵的楼群和熙熙攘攘的人流，那里各种欲望膨胀成一股强大的浊流，冲击所有大门窗户和每一个心扉。而他们整颗心没入父辈爷辈老老老爷辈生活过的这方原野的沉重的历史烟云，负了写出民族秘史的沉重使命，穿越一条幽深漫长得似乎看不到尽头的时空隧道。纷繁的世界和纷繁的文坛似乎远不可及，得意与失意，激昂与颓废，新旗与旧帜，红脸与白脸，似乎都是另一个世界的属于昨天的故事而沉寂为化石了。除了思想，他们完全地封闭了自己，领着笔下的人物穿行过世纪的风霜雨雪，让他们带着各自的生的欢乐和死的悲凉进入最后的归宿。

他们或者反感现代文明表面光鲜之下的种种卑琐，在一个争名逐利、以权贵自炫的时态中，坚持绝对的平民立场，着力状写北方硬汉的生存困境、荣辱沉浮，以及深深扎根于内心的孤独史和痛苦史。这些硬汉们往往不仅不是世俗的成功者，甚至差不多是失败者。然而他们正直，有力气，有色彩，有故事；敢打敢拼，说话声音高，骂人花样多，干什么事都不拐弯抹角，在社会转型的风吹雨打和涛翻浪涌中与命运抗争，希望，追寻，失落，抗拒，欢笑，悲号，扭曲与升华。这个世界是如此杂乱、浑浊、穷困、粗野，又是如此强悍、生气勃勃，是张扬生命力的舞台。他们有血有肉地活着，自主自立地站着。健全的生命和人格令他们天然地摆脱了颓废与堕落，绝不堕入人性变质的深渊，独立地在自己的本质内成就自己，与时尚保持距离，拒绝卷入狂飙突进的时代游戏。作为永不屈服于生存困境的草根意志的体现者，他们矗立在富丽堂皇、光怪陆离、物欲横流、信义沦丧的滚滚红尘中。

他们或者以特有的沉静和从容，义无反顾地追随着河流行走。岸边的村庄，迤逦于自然的河流形态，曾经的风情气韵激荡，拖拽着明明灭灭的故事。水流声里一条条生命游动。性急的孩子不等伏天早已光溜溜跳进了河水。岸上的女子，手臂如凝脂，脖颈如玉兰。老人坐在廊棚下听雨，猫啊狗啊的。一巷子蛙鸣浮起来落下去，不知名小鸟的啁啾遥远了一切，透明了一切……他们就这样走过无数的村庄，有过无数的无奈和迷惘：欲望把日子翻得断了线，人在诱惑、在生存原则的逼迫中现代化。一座村庄的经脉曲折起伏，难道只能是靠记忆了吗？他们于是写村庄，写那里的人们和土地的是非，写他们与土地目不斜视的狂欢，写他们在物事面前丝毫不敢清浊不分的秉性，写他们铺陈在万物之上的张扬；写他们对信仰的执着守诚；写一杆长鞭在月亮即将退去的黎明前甩得激扬，写一个女人想那长眉浓烈似墨，张开的大嘴吼出威震山川的期待，不屑去爱一个白面书生。爱到老，依然扯着皱褶重叠的脖颈仰望那一声撕裂的鞭声。

质朴而博大的文学于是在北方原野的泥土、水和空气里，在众生云集真情裸露的地方成长起来。一个以"产业化"为文化政策导向的时代；一个指望莺歌燕舞、插科打诨安抚社会神经的时代；一个用"富豪榜"评判作家优劣的时代；一个无须学问只需嘴皮子，甚至代笔、抄袭即可风靡天下的时代；一个连阅读也功利化的时代；一个连语文教学都边缘化的时代，丝毫没有影响他们执拗的守望。

北国原野上的文学是刚性的文学，像北国原野一样大气，总是带给我们一次又一次震撼。

离别北国原野的那个早晨，我在江边徘徊。

迷蒙的亮光缓缓地从地平线升起，渐渐点燃了丝丝缕缕的柔软的云，投向淡紫色的江面。笼罩在紫丁香般晨曦中的江水，带着无言的欢欣，奔流在静谧中。

大江用千里长线，携带着广袤北国的豪放和夏天的纯净，追逐地平线。地平线不断呈露出一处处闪耀在灰蓝色远方的诱人的、神秘的天地。

随意而潇洒，风无声地掠过大地，像琴弦低声细语的倾诉。江水应着风的节拍，为无形的精灵所牵制着驾驭着呼唤着。风，是江河自由的侣伴。

这样的静谧让我觉得什么地方有一个人像我一样，在聚精会神地倾听我所听不见的一些声音。他凝神屏息，睁大眼睛。有一种东西在激动他，让他马上就要打开自己的胸怀，对着一种巨大的、无边无际的、我所看不见的东西。他倾听着七月的黎明的音响，吮吸正在消失的夏夜的气息。沉默使他感到沉重。在这样的早晨不应该沉默，在这样的早晨要唱歌！这冲动不仅仅是来自歌喉，而且是来自一种心的深处发出的东西，一种最能唤起别人同样的激情，最能使人吐露最隐秘的心曲的东西。

那个人不是别人，就是我自己。

我喜欢在这样的早晨眺望原野。独自一人，面对着一片无声的闪亮的流水，一片无声的闪亮的绿色，听着一个想象中动听的声音讲述一个温柔的故事。在水凝滞在宁静的沉思中的地方，一切都像天空一样灿然。

朝霞燃烧起来，远处最高的山峰最先射出金色的光芒，一只不知名的鸟像个圆点悬在空中，仿佛一颗心脏似的颤动不已。一阵细雨般的、馥郁而温馨的花粉，不知从什么地方袭来，悄悄飘扬。凭这股香味可以闻到有无数的花儿在忽然之间盛开。一切都极其真实，就像朋友陪伴在我身边。我想象着我已经蜕变，像蝴蝶脱掉丑陋的衣衫，轻盈穿过原野，为漫长的河流吹起绸缎的涟漪，为所有热恋的人弹起竖琴。

不必费心地杜撰任何神话。再没有什么能比一会儿以温情，一会儿以力量，一会儿以安静，一会儿以快乐来触动人的心弦的北方原野更庄严神圣的了。在这个宁静的北方原野上的早晨，我比任何时候都清晰地感到一种依恋——一种对人生、对大地、对世界的依恋，并且许诺，要努力地领会和创造其中的意义。

《光明日报》2013年

植物记

陆 梅

植物之约

我对新疆的认识来自多年前一个作家朋友——他同时也是一个狂热的摄影爱好者——从新疆带回来的大堆照片：沉睡的喀纳斯湖，夕照、炊烟下的白哈巴，远山、牧马被层次繁复的蓝笼罩着的那拉提，银白树干和金黄透亮的哈巴河白桦林，魔鬼城乌尔禾，吐鲁番汲水的维吾尔少女，春天黄色小花铺排盛开的赛里木湖，布尔津的落日、树和天空，广袤草原和湖海的巴音布鲁克……

我被那些色彩所惊醒。那一树树繁茂金子般的胡杨，那蓝得旷世寂寞的天空，超现实得近乎不可思议。人间真有如此绝美的静谧和澄澈？诡谲和斑斓？我有些恍惚，找不到一个恰切的词形容我那时的感受。

多年后，我从南京大学教授王彬彬《2012年〈回族文学〉读札》一文里获知一个叫冶福生的西北作家，他在一篇小说里写到村庄天空的蓝："是那种让人心慌的蓝，那种一揭去蓝帷幕就能看到什么的蓝。"——我和王彬彬一样，觉得用"让人心慌"来形容天空的蓝，真是准确又尖新之极！也终于记起，曾经我被一大沓新疆照片所震慑，就是"心慌"这样一种心理状态——那澄澈无边的蓝，那璀璨透亮的黄，以强烈的视觉冲击，而令你瞬间眩晕。

然而我的新疆之行，一再地因各般琐事而延宕。或许是为"回报"我的一次次擦肩，2012年8月和9月，我竟连着两次踏上新疆的阿勒泰和伊犁。如今我的脑海里回旋着那一路去过的地方，布尔津、五彩滩、喀纳斯、天池、吐鲁番、赛里木湖、伊犁将军府、巴彦岱镇、喀赞其、塔兰奇……我的饕餮大餐般的眼睛，来不及消化那一路的盛宴。而我的匆促的闯入和探看，也注定了仅仅是、只能是一个外来者的走马观花。

那么就说说植物吧。我的每一次出行，总忘不了对一朵花、一株草、一棵树的投注。我对某个地方的回忆，也常常是融入了某种植物的回忆。我的相机里永远装着花儿、草叶和树。尤其是树和树的天空。我的一次次行走，惯常姿势总是仰望，远树和近树，一棵树、两棵树，乃至一整片树，它们在光与影之间细微的不同。

此刻我的脑海里漫过在新疆路途上看到的树：白杨树、葡萄树、桑树、榆树、桦树、柳树、胡杨树、石榴树、沙枣树、无花果树、红柳、梭梭……不单是树，还有很多的草本植物。写《植物的故事》的英国《独立报》园艺版记者、专栏作家安娜·帕福德曾骑马与哈萨克牧马人亚历山大一起穿越中亚天山山脉。一路上随处可见贝母属植物、蓝鸢尾、荨麻、藏红花、郁金香、粉色樱桃、葱属植物、成片的紫罗兰、大茴香、紫堇属植物、叶子呈箭头状的黑海芋……"简直比哈萨克人地毯上的针脚还要细密。"

所有这些在东方遍地丛生的植物，它们曾千里迢迢，从中亚的故乡辗转迁居到了欧洲的大小城市：帕多瓦、普罗旺斯、巴黎、莱顿，乃至伦敦。它们在异乡被赋予了新"身份"，甚而脱胎为"新贵"。安娜在书里写到一个数据："在15世纪中期到16世纪中期的一百年间，由东方引入欧洲的植物数量几乎相当于过去两千年中引入数量总和的20倍。"

这很令我感慨。一直以来，我从各种书里获知和认得的那些"西方植物"，比如玫瑰，却恰恰是由亚洲引入欧洲才光芒四射。——其实玫瑰叫不叫玫瑰有什么关系呢？牧马人亚历山大叫得出天山山脉脚下80%的植物通用名——梨是"格鲁沙"，荨麻是"克拉皮瓦"，鸢尾是"乌克拉"，郁金香是"凯斯卡尔达克"，还有那些美味的蘑菇——"西纳诺兹卡"！

还有菘蓝，也就是板蓝根、大青叶，可是维吾尔人给了它一个好听的名字：奥斯曼。叫菘蓝时，它是染坊里的染料；叫板蓝根时，我理所当然地视它为清凉解毒的草药。而在维吾尔人家的庭院、在新疆大大小小的巴扎上，它却奇迹般地重生，它有一个美丽的名字奥斯曼草，维吾尔女子用它来描眉生眉。

在新疆生活了20多年的诗人沈苇写过一本书《植物传奇》，我在书里识得它，知道每一个维吾尔女子还是小姑娘时，她的妈妈都会用奥斯曼草汁给她描眉画眉。想象那些捣碎了的深绿汁液，丝丝缕缕被眉毛吸附、蔓延、生长，那是怎样一种草木葱茏的舒展！

那个下午，在伊宁市达达木图乡布拉克村的塔兰奇文化村，我邂逅了这种草。意外相逢，竟似旧友般亲切。阳光铺洒的庭院，我梦幻般重返童年—— 一位维吾尔族大妈在给小女孩涂抹奥斯曼草汁，我弯腰上前，也请大妈帮我画眉。有心的《伊犁晚报》首席记者卢钟拍下了这一瞬间。看到照片，真是喜悦！那个坐在我和大妈间的小女孩，抬起画好了奥斯曼眉的额，眼里盛满清澈和纯真，还有一脸友善的好奇——哈！是呀，这真像一个寓言，它以无可预知的方式把我带回小时候。那眉毛上的奥斯曼，是通向童年的桥梁。

很多国家和民族都有自己的象征植物，如白桦之于俄罗斯、樱花之于日本、郁金香之于荷兰、猴面包树之于南非……那么广袤深阔的新疆呢？似乎很难用一两种植物来概括。新疆的植物太丰茂了！只要有绿洲，就有树。哪怕是沙漠和戈壁，也都奋力长出梭梭、红柳、沙棘和骆驼刺。

在喀赞其坐"马的"，迎接我们的一条条巷道，齐刷刷都是树，大树小树。刷着和天空一样颜色的维吾尔族民居，从洞开的庭院里看到更多的绿：葡萄架上挂着串串饱满透亮的葡萄，石榴树、无花果树枝繁叶茂，各种鲜花长势兴旺。你走进任何一家庭院，扑面而来的肯定是遮阴的绿、绿、绿。炎热阳光泼洒在葡萄藤蔓上、无花果树的枝叶上，你站在绿荫下，看天看地，眼里都是斑驳的光影，恍惚有迷离之感——那是一个陌生的闯入者在维吾尔人家感受到的第一丝气息：绿的气息。维吾尔族聚居的城市还有很多别的气息：香料的气息、经书的气息、尘土的气息、巴扎的气息、麦西来甫的气息……所有这些气息构成了一座城市的灵和魂。而所有这些气息中，绿是第一位的。

维吾尔族是一个爱树如命的民族，他们每到一个地方，决定居住下来时，首先要种几棵树，然后才是盖房子。维吾尔谚语："绿洲上没有树荫，还不如在戈壁滩上活。""在地下种树的人，能够吃到天堂里的果子。"所以你无论在城市的大街小巷行走，还是隔着车窗玻璃远望绿洲、农田、村庄和荒野，你总能够看到树。

我在伊犁将军府看到两棵120年的古榆树，沧桑浓郁。榆树的枝丫胡乱地向上伸展着。不讲章法的个性有点像胡杨，也是一径向上，自由随性，每个枝杈都乱长胡伸——不像南方的树，很多南方的树都被人为地修剪成球状、伞状、树篱状。尤其是主干道上的树，刚有一点繁茂气象，就被园林工人以"养护"为名不动声色地肢解了！还有些树，因为病虫侵蚀，被一劳永逸地用水泥将树窟窿死死堵住。这个硕大难看的疤，从此突兀地暴露在城市的目光下。更多景观道上的树，干脆不见一片叶子，枝枝丫丫缠满了电线和小灯管，白天你不会注意到它，乃至晚上才闪出它雪花般的银亮和霓虹来——可，这已经不是一棵树自身的美了。

所以我武断地以为，城市里的树不是树。城市里的树，可以是景观灯的依附，是聊胜于无的安慰或点缀，就不是一棵自然生长的树。自然生长的树在原野，在绿洲，在山谷，在森林，在很多爱树如命的民族间。沈苇在《植物传奇》里说到一些北方民族（尤其是阿尔泰语系民族）的记忆中，有崇拜苍天、高山和树木的传统，"认为树是天空的支柱、神灵的居所"——其实树神崇拜，几乎是遍布世界各个民族的一种习俗。有的民族甚至规定禁止去采摘神树上哪怕是一片树叶。那才是一棵树的福祉！这样的树，是生命树、灵魂树。

那两棵伊犁将军府大堂前的古榆树，肯定也是神树。大片大片长在绿洲上的野性的胡杨林、白桦林肯定也是神树。所以在新疆行走，你总会相逢一个个灵魂。它们或呢喃低语，或呼啸着舞蹈，或配以苍凉的呼告，或欢腾歌唱，或忧伤，或快乐，或激越……而你无论遭遇什么样的灵魂，最好的表情是学会一声不吭，懂得静立驻足。

安德烈·纪德在《人间食粮》里说："自然万物都在追求快乐。正是快乐促使草茎长高，芽苞抽叶，花蕾绽开。正是快乐安排花冠和阳光接吻，邀请一切存活的事物举行婚礼，让休眠的幼虫变成蛹；再让蛾子逃出蛹壳的囚笼。正是快乐的指引下，万物都向往最大的安逸，更自觉地趋向进步……"

其实植物和人类一样，一切的灵魂的挣扎与坚守，都是为找寻和静候一个让自己安居的家。

花、树和青苔

在瑞丽中缅边界的桥岸边看到一棵凤凰花树，高大繁盛，花朵烁烁。你一抬头，就撞见了一树红花。大朵大朵地醒目着，如火如荼。风吹过，啪啦，一朵花从高空里坠落。水泥地上尽是硕大花朵和鸟羽一样的花瓣。也无人捡拾无人在意。喜欢花的女子，弯腰捡起一朵，再一朵，满心喜悦。人在树下，也有了花一样的神情。低首微笑，朴素温柔。

大巴在老滇缅公路上行驶时，还看到路两旁一树一树开得热烈的扶桑花。红的惊艳，粉的嫣然，白的晃眼。也是大朵大朵，一点也不低调矜持。此地的花和树，和生长在这里的傣族、景颇族女子一样，皆热情灿烂，盛装裸足。在莫里热带雨林看到的三角梅，也不似别处的规整有序和探头探脑，一簇簇一丛丛，尽一切可能地高攀到直插云霄的竹梢上，不管不顾，热烈大胆。

比之花，更耐看的是树。我喜欢仰望树的天空。站在一棵棵高大繁盛的树下，我总是情不自禁仰头、仰头、再仰头。天空在繁密枝叶间漏将下来，树影婆娑。一盏一盏的金色小灯砸进眼里，瞬间眩晕。这是在夏天。秋天又不同。北方的秋天，天空高远，旷世寂寞，这时候你抬头，透过杨树、枫树、槐树、核桃树……疏朗峻拔、秋意浸染的枝丫，任何角度，你看到的都是一幅绝美的画。再也没有比这更辽阔、纯净、葳蕤和静谧的天空了！第一次，我伫立在树下发呆、出神，一声不吭仰望天空和流云。那些流云就是天上的帆船，载着你在空中翱翔。

我还喜欢密林间长满青苔的石头。在雨林里看到一块不规整顽石，佛一样静卧着，一动不动。若仅仅只是一块什么都不长的干枯石头——城市里多的是这样的石头，高价买来，雕成山水或是龙兽的模样，被买主供起来，视作镇店（楼）之宝，在我看来了无生趣。可是在雨林里却不同。温润潮湿的热带雨林，连石头也是有生命的。呼应着高大的绿树、缠结的藤蔓、羊齿植物和灌木丛，林间大大小小的石头上，覆满了翠绿苔藓，浓密厚实。你用手去碰它，轻轻触摸，一阵酥痒的喜悦。

脑海里翻出我和青苔相逢的美好时刻。一次在川藏高原的山林间，我邂逅了大片大片长在泥地上、倒木上和玛尼堆上的青苔。我俯下身，将脸轻轻地靠向它们，漫生在青白石块垒成的玛尼堆上的青苔，仿佛是我的旧友，甚或说丢失了的童年的自己——那一刻，我在雾霭密布的森林里把它们找回来了！它们是那样清洁、孤傲，恣意生长着，远离喧嚷……

又一次，在庐山植物园看到陈寅恪墓。一般游客不知陈寅恪，也甚少来拜谒，幸而获得一份清和静。陈寅恪是江西修水人，墓地选在这里，和一山的草木结邻，甚是合宜。墓地简素得只三块形状各异的石头。一块大石上刻着他写给王国维的名言："独立之精神，自由之思想。"这令我想起湘西凤凰的沈从文墓，也是安于喧嚷市声外的山角僻静处。墓地一块大石头，正面刻着沈从文手迹："照我思索，能理解我；照我思索，可认识人。"背面是其姨妹张充和手书撰联："不折不从，星斗其文；亦慈亦让，赤子其人。"

比之沈从文墓的清幽静谧，虫声寂寂，总觉得陈寅恪墓少了点什么。少了什么呢，一时懵懂。及至步出墓地，看到小径空阔处的两棵老水杉，顶天立地，隐天蔽日——这才豁然！陈寅恪墓地的三块石头太干净了，亦不见葱茏的大树。眼前这两棵水杉相依而立，里侧的一棵树干上绿绿地覆满青苔，像是一件滴翠的绿绒衣，真真清宁安好。

陈寅恪墓若是隐在这两棵覆着苔藓的水杉旁，那就理想了。

植物亦如人，也是有灵魂的。若持一颗朴素静美的心，你能感受到它身上的诸多美德，比如沉默，比如荫蔽，比如岁月荣枯，比如呼愁般的"莲花池外少行人，野店苔痕一寸深"的怅然！

沿途的花事

写过一篇《看树》，想着可续一篇《看花》。也搜罗了不少草木花事书，却是一宕再宕，未有行动。倒是在草木文字里浸染久了，越发地珍重起来，不敢敷衍，怕生生辜负了那些花草。遂悄悄发愿：但有时间，我要一篇一篇地将与自己有缘的花儿草儿逐一写来。

脑海里泛起老家门前一株紫玉兰，早春里烁烁怒放，一夜风催，"纷纷开且落"。兀自开落了好些年，却才知，紫玉兰在古代叫辛夷！而我曾以此为名写过一本书《辛夷花在摇晃》，更早些，我信手给自己取了个网名辛夷花——莫不是天意使然，怎解此番缘分？真真是："不能名言，惟有赞叹；赞叹不出，惟有欢喜！"（俞平伯语）

正当紫、白玉兰狂花满天，一树一树地醒目迎春时，可巧有机缘，与三五女伴去嘉善看杜鹃花。约定的日子，因这个早春的寒凉而延宕。于我却是欣慰，春意迟迟，何妨慢些，花事已了，春也去了，慢慢地等待一场花事之约，好比细用慢享一个完整的春天，多少快乐难得！

于是每日上下班路上，特别留意经过的一个公园。玉兰花开尽，梅花、桃花、樱花、梨花次第缤纷。眼见一树树花儿繁盛地开，纷扬地落，而树下四围多年生草花圃却只有新绿，尚无花蕾，点缀其中的绿叶小灌木，即是别名映山红的杜鹃。若不是有一个杜鹃花约，多年来路经于此，何曾投以别样关注，只因它太过寻常了。乃至对它何时孕蕾，何时花开叶长，何时繁花灼灼，都浑然不觉。

这个早春，我沿途的投注却都在杜鹃上了。又从旧书网上觅来科学小品名家贾祖璋的《花与文学》，刘难方、王兴麟选注的《历代杜鹃花诗选》，从科普记述，到文人雅士的诗词吟咏，算是对杜鹃花的前世今生有了番印象，亦长了见识。

杜鹃花有许多别名，见于唐代的有山石榴、山榴、山踯躅、踯躅和红踯躅（——这"踯躅"两字就是跼躅，徘徊不前慢慢走的意思，据说羊吃了杜鹃花叶会徘徊而死，在古代是作为蒙汗药的来源），宋代起又有映山红和石岩的名称。贾祖璋摘引的文献，明王世懋《学圃杂疏》称："花之红者曰杜鹃，叶细花小、色鲜瓣密者曰石岩。"这"叶细花小、色鲜瓣密者"不就是我在嘉善碧云花园看到的杜鹃盆景吗？云片的造型，小叶小花密集地铺陈，乍看去，嫣然秀致，一片霞锦。花园主人称，别小看这造型别致的小叶小花种，年久的树龄已达百年，植株看不出嫁接痕迹，一树开出粉、白、紫、红等多种颜色，比之大叶大花的寻常映山红，确乎珍稀与难得了。

贾祖璋只道是"石岩",他收录书中的《杜鹃啼处花成血》写于1987年,巧的是,这一年,杜鹃花被确定为嘉善县县花。翌年,贾老逝世。惜乎有生之年,钟爱花木一生的老人,未能得见嘉善人培植出来的新品种。

我在城市的花园、路旁、庭院看到的杜鹃,又叫西洋杜鹃(西鹃),有别于小叶小花的东洋杜鹃(东鹃)。《历代杜鹃花诗选》载:"来自日本的东鹃,有能在春、秋开两次花的'四季之誉';最早在荷兰、比利时育成的西鹃,于七至八月间孕育花蕾,也能在秋冬开花……""东洋鹃,因来自日本之故,又称石岩、夹套、春鹃小花种等。"

若不是拜读贾老著述在前,如上文字怎会引我慨叹——却原来,这所谓西鹃,原是从我国输入西欧,经栽培杂交而得,如英国18世纪栽培的欧洲杜鹃花,只10种左右,20世纪初发展到千余个种和品种。及至上世纪三四十年代,又回输到我国,称西洋杜鹃。而这东鹃,同样是早在唐代传入日本,后又分别输入我国和欧美。贾老谨严的文风亦忍不住感叹:"这个名称,不免有点数典忘祖,因为它们主要是从我国产的多种杜鹃花培养而成的……"

撇开这些不谈,我对杜鹃花的认识,源自大学时收到贵州友人寄来的一枚蓝杜鹃。薄如蝉翼的深蓝花瓣和枝叶压成了标本,成为我草叶收藏的珍爱。我且给它配了诗。此后但有收藏,即配诗一首。如今这些青涩的吟唱,连同三大本"草叶集"、草叶集里已然枯萎的杜鹃花骸一样,真真"花事已了,春也去了"——然,谁说不是秦观所谓"芳菲歇去何须恨,夏木阴阴正可人"呢?

少年花间岁月回不去,但有诗为证,草叶为证,再从纸上回到花树天地间,不是怅然,而是喜悦。

《红豆》2013年3期

根河之恋

叶 梅

6月，与大兴安岭的公路同行的，是那条流动的根河，它像一个信心满满的情人，紧紧相依，时而弯曲，时而浩荡，时而又隐入葱茏的绿树丛中，豪迈、率真、娇羞，兼而有之。

让人诧异的是，河水看去竟是黑的，醇厚地放着光，就如皮肤黝黑的青春透着光泽。为什么会是黑色的河呢？当地朋友笑言之，是河两旁茂密的草丛和树林染成的，它们簇拥亲昵着这河，将自己曼妙的身影投入河的怀抱，于是便成了河的一部分。一起涌动在河水里的，还有天上的白云，它们从高高的蓝天俯瞰着大地，根河成为它们美妙的镜子，它们为河水带去流动的光波，还有无比高远的气息。我一度恍惚，这是天在河里，还是河在天上？

不由得，我也很想成为一棵树，或是一朵云，长久地，就这样依偎着，或是不断亲近着这条河，这条名叫根河的河。

如果是春天，根河会从厚厚的冰层中泛起春潮，河的生命力会巨大地迸发开来，它推去坚冰，欢快地伸展腰肢，向远方而去。这破冰时节的河水才是它真正的本色，纯真清冽，水晶一般透明。河岸上，那些被严冬萧条了枝干的桦树林和灌木丛刚刚发青，它们与河的亲密还有待时日。它们互相邀约并相守着，等待不久之后的相拥。这条源自大兴安岭的河，原本的名字就是"葛根高勒"，正是清澈透明的意思。在一个个春天的日子里，根河回到童年，回到本真，然后再一次次丰满成熟，将涓涓乳汁流送给两岸的万千生物。

地球上如果没有河流，也就没有人类，人的踪迹总是跟河有关，又总爱把河水比作乳汁，将家乡的河称之为母亲河，给大河小河赋予了生命源泉的意味。在根河境内，有1500多条汩汩流动的河流与深浅不一的湖泊，构成了中国北方的大河之源。因为这河，人们寻觅而来。在东北的山岭草原湖泊河水之间，历史上无数北方族群部落逐河而居，使鹿的鄂温克人便是其中之一。他们跟森林河流贴得最近，西到额尔古纳河岸，北到恩和哈达和西林吉，东到卡玛兰河口和呼玛尔河上游，南到根河，他们与这些河流相依为命。在千百年的相处之中，萨满与神的对话，留给人们一首歌：

蓝天蓝天你好吗？

还好吗？

我们是天上飞翔的鸟儿啊！

河水河水你好吗？

还好吗？

我们是水里游动的鱼儿啊！

鄂温克人就这样世代生活在大自然的怀抱里，根河目睹了这一切。

鄂温克人像家人一般与驯鹿为伴，生活起居、狩猎劳动，都离不开看上去"四不像"的驯鹿，它长着马头、鹿角、驴身和牛蹄，毛色淡灰或纯白，体态高贵，温顺优雅，唐朝诗人李白曾赋诗："别君去兮何时还，且放白鹿青崖间。"乾隆皇帝则大为惊叹："我闻方蓬海中央，仙人来往骑白鹿。然疑未审今见之，驯良迥异麋麝族。"如今的小孩子会觉得驯鹿眼熟，圣诞老人从天边所至时，就是它昂着漂亮的犄角拉着雪橇奔腾而来的。驯鹿属于童话，它活蹦乱跳时就会有神奇的童话如金豆般诞生。

眼下，这些令诗人和皇帝惊讶不已的温顺的大鹿在全世界已所剩不多，中国也唯独在大兴安岭根河一带幸留着几个饲养点。相比从前的从前，古老的大兴安岭消瘦了许多，为了对生态及动物进行保护，鄂温克人结束了最后的狩猎，放下了猎枪。但驯鹿人的生活仍在继续，所有的人都有理由选择离开森林，进入城市或远走他乡，但敖鲁古雅部落受人尊重的长辈、94岁的玛丽亚·索一步也不想离开她的驯鹿。

一踏进根河，我们就听说了她美丽的名字。先是在一些画册里见过这位老奶奶的影像，她神色坚毅平静，紧闭着嘴唇，嘴角两旁的皱纹宛如桦树皮上的纹路，仿佛她的脸上就印刻着她相守了一生的森林，即使沉默着，也能看出她和鹿群的故事。

她或许就是根河的化身，充满了母性，慈祥温暖，柔和坚强，又有着丰富的传奇。年轻时她漂亮能干，是大兴安岭远近闻名的女猎手，与丈夫在密林里行走，打下的猎物无论多远，总是她领着驯鹿运回部落。常有人在茫茫林海中迷路，遭遇不测，玛丽亚·索会刻下"树号"——用短斧或猎刀在树干上砍下小小的印迹，举家搬迁或是远足狩猎，以此为指示；或者在大树上砍一个缺口，绑上横木杆，然后扎上柳条小圈，柳条圈会告诉人们搬家的方向，圆圈到树干的长度预示搬家的距离。这样，无论林海多么神秘遥远，都在她的方寸之中。玛丽亚·索豪气十足，聪明过人，还是一个能生养的母亲，一口气为她的民族养下了7个孩子。鄂温克族对人丁的繁衍几近崇拜，历史上因为气候严寒、多种疾病，还有饮酒过度，使得人口本来就极少的鄂温克发展缓慢，玛丽亚·索的7个孩子个个活泼健壮，她果真就是一条生命之河。丈夫在她生下第一个孩子之后就酗酒，不理家事，玛丽亚·索用丰沛的乳汁养大了孩子。她的部落人丁兴旺，鹿群生气勃勃，她的名字就是守护森林的敖鲁古雅的象征。

那天，本来准备到玛丽亚·索的部落去参观，但我却犹豫再三，终究未去。在我心里，其实已经见过她了，她的脸庞是那样熟悉，她的气息似乎就吹拂在耳边；虽然没有听见过她说话，但她如森林微风、根河波涛一般的声音似乎就流淌在我的心底。作家乌热尔图为玛丽亚·索拍的一张图片不止一次吸引住我的目光：白桦林里，老人穿着长袍，扎着头巾，侧身站在一头七叉犄角的驯鹿前，她微微佝偻着身子，皱巴巴的手抚过鹿柔细的皮毛、湿润的嘴角，鹿很欢喜地舔食着老人伸过来的苔藓，依偎在她的袍子下，那儿一定有着母亲的气息。这图片如诗如画，是那样的朴素自然，这位伟大的母亲恬然生活在她的鹿群之中，我们这些陌生的外来人，怎敢轻易去打扰她的平静？

根河之恋

其实我也很想为玛丽亚·索拍一张照片，以我的角度和理解。这些年，拥到玛丽亚·索猎民点参观游览的人络绎不绝，来自全世界，带着各式各样的目光。我想，每个人心中都有自己的根河，自己的玛丽亚·索，但我们这样匆匆地来去，怎么能有乌热尔图目光里的深沉呢？

因为乌热尔图就是根河的儿子。当年，这位从小生活在大兴安岭的鄂温克青年捧着他的《琥珀色的篝火》走上了文坛，霎时让人眼前一亮。人们从他的小说里，认识了这个寂寞又热烈的民族。出乎意料的是，乌热尔图带给文坛的除了他的小说，还有他后来辞去京官重返故乡的惊人之举。时隔多年，当我行走在呼伦贝尔草原上，那些将天边画出蜿蜒起伏线条的山丘，那些怒放成海洋或孤零零独自开放的花儿，那些低头吃草或昂头沉思的马群，还有袒露在草原上、始终默默流淌的河，都让人忍不住心潮涌动。我不禁联想起这位鄂温克作家的返乡，或许有诸多原因，但那或许都并不重要，只有一个理由就足够了，就是这片草原这些河流这些民族啊！她们无时无刻不在召唤啊，生活在山林里的祖先留在他身体里的血脉在涌动啊！我这样以为，不知对不对。在根河的一个夜晚，我问乌热尔图，他用他那双鹿一般的眼神看了看我，用力点点头，说是的，是这样的。

他和玛丽亚·索有着同样的眼神。乌热尔图在回到草原以后的日子里，完成了《呼伦贝尔笔记》一系列著作和摄影，那是他数十载的文化寻根，是他作为一个鄂温克的儿子，对母亲的深情眷念和报答。

记得来到根河的头一天，一切都是新鲜的。晚餐之后，热情的根河人为我们备好了第二天进入森林的行装，那是一双齐小腿的帆布靴子，还有一个养蜂人戴的帽子，说是为了防止一种叫"草爬子"的飞虫叮咬。在北京时，根河的朋友就再三发来短信，叮嘱备足衣物，来后又给了一张友情提示，说到草爬子的危害和防范措施。比如它类似蚂蟥，叮住就不松口，情愿没了性命也不撤退，会将半截身子扎在人肉里，只能拿烟熏，如果硬扯会断在肉里发炎，导致血液感染，过去就曾有一位因此而得了脑炎，等等。大家都很当回事，但走过几处山林，除了飞来飞去的瞎蠓围着人乱转，并没有遇到令人恐惧的草爬子。从小生活在海拉尔的艾平一路陪同我们，说小时候并没有这么多虫子啊，在她的印象中，她和小伙伴们常常在林子里玩耍，一玩就好半天，也从没被叮成什么样儿。是人类退化了，还是环境变化了呢？或许原本这世界就是所有生物共同拥有的，人类占有太多，才引发虫的攻击？人一下车，蠓虫就围上来了，上车时也跟着，在车厢里狂舞，大家一阵乱扑，但艾平说不要紧，只要车一开它就不见了。虽然车门紧闭，它们并没飞出去，但奇怪的是一会儿工夫就都不知躲到哪儿去了。

人说，大兴安岭里的蝴蝶真多啊！那天因为《民族文学》的图片要定稿下厂印刷，我留在根河的住处看图样未跟队伍同行，从山里回来的各位就是这样惊叹的。他们说公路旁，车前人后，白蝴蝶层层叠叠飞舞，就像盛开的花朵，好长好长一片啊！

山外的人远道去看山，原本住在山上的人却搬下了山。

人类到了21世纪，越来越意识到人与自然必须平等相处，生活在根河的大多数鄂温克人恋恋不舍地告别了山林，将更多的空间留给了无边的草木以及黑熊、狼、灰鼠和蝴蝶昆虫，在离城市不远的一个地方，新建了童话般的村落。

我们去到那里时，从山林里搬出的鄂温克人正三三两两地在自家门前，干着一些零碎的活儿。男人穿着时尚的T恤和牛仔裤，女孩们烫了发，也有的挑染成黄的深红的，在阳光下格外惹眼，她们的裙子仍然长长的，跟老去的玛丽亚·索一样，但却是城市里流行的花色，胸口有波浪似的蕾丝花边，眉毛精心描画过，越发显出鄂温克人有些突出的额头和凹下去的眼睛。

这里的房屋都是政府投资兴建的，咖色外墙，小尖顶，搬进来的一家家鄂温克人按照自己的想法装扮屋子，并盘算生计。我从那些敞开的门前慢慢走过，看窗户里垂下的花帘，摆放在门前的摩托车，挂在墙上的红辣椒，主人倚在门前，微笑点头。

鄂温克人热情好客，每当客人从远方来，全家都会出迎并行执手礼，老人们留给年轻人这样的教诲："外来的人不会背着自己的房子，你出去也不会带着家。如果不热情招待客人，你出门也就没有人照顾你。有火的屋才有人进来，有枝的树才有鸟落。"鄂温克祖祖辈辈形成了独特的生产生活方式以及宗教，待人接物的传统习惯，他们称之为"敖敖尔"，是族人自觉遵循的行为规范。

一处宽大的屋檐下，一辆童车里坐着个戴花帽的小女孩儿，粉团团的脸儿，对着人咯咯发笑。我张开双臂，她一点儿也不认生，两只胖乎乎的小手举得高高的，我一把将她抱在了怀里。母亲走过来，那是一个体态丰满的鄂温克少妇，她嫁给了一个山东汉族青年，一家三口住在这童话般的小屋里。门前的桦树皮牌子上写着"布丽娜鹿产品专卖店"，屋子上下两层，楼下的玻璃柜里摆着鹿茸鹿酒、桦树皮做的小盒子小杯子什么的。山东青年看样子对这里的生活很满意，递过妻子的名片，说这里的鹿产品都是最纯正的，是直接从敖鲁古雅部落运来的。妻子在一旁颔首微笑，她就是布丽娜。鄂温克人与外族人通婚是常见的事情，近些年显然更为普遍，他们的孩子取的是鄂温克名字，成为这新部落的新一代。

这座小城就叫了根河，在中国冷极之地，大兴安岭的腹地之中。6月的阳光将这个北方小城照耀得如火如荼，让人丝毫也无法与冬季零下50多度联系起来。而一年之中的12个月中，根河确实有9个月需要取暖。过去的岁月烧去的柴火来自一片片消失的森林，而今烧煤，并有不少人迁往了外地。除了驯鹿的鄂温克人，在这里生活的根河人大都是几十年前从山东、辽宁、吉林等地迁徙而来。

这里有过多年的繁忙，大兴安岭的木材源源不断从根河运往大江南北，贮木厂是小城最重要的企业，林业局林场可以说是小城的另一个名称。过往的一切留在了画册里，留在了几代人难以磨灭的记忆中。眼下，伐木工变作了看林人，大家挂在口边的是"天保工程"——天然林资源保护工程。自1998年以来，兴安岭木材砍伐逐年减量，现已减产到位，大批工人需要谋求新的职业和技能，他们制造压缩板材、可以装卸的小木屋，所有的努力在与以往告别，与未来接轨。根河人守着富饶的大兴安岭，但再不能轻易动它一下，这需要足够的定力。

根河天亮得很早。刚来的那天，半夜里就醒了，窗外明晃晃的，以为至少到了7点，一看表不过才3点多，反复几次，只得早早起床。走到窗前一看，根河就在眼前，河对面的广场上已经有许多人翩翩起舞，那么多的人，男女老少，似乎这个小城的人都聚集在此了。舞在前面的高手穿戴耀眼，红衫白裤、白手套白帽子，仪仗队似的整齐好看，跟在后面的大队伍五颜六色，却也是招式分明。

清晨和夜晚，我在窗前看了好几回，根河水伴着音乐，伴着舞蹈，让人跃跃欲试。那天黄昏之后我忍不住踱过根河桥，进入到舞者的欢乐之中。用不着有任何忐忑，谁也不会在意一个人的加入，大家都是这样笑着来又笑着去。在我身边的这些或高大丰满，或皮肤白皙的女人，有蒙古族、满族、达斡尔族、鄂伦春族、俄罗斯族，这从她们的穿戴和不时的言语中能觉察出来。我模仿着她们举手投足，扭动腰肢，想象着生活在此的种种愉悦。那是我度过的最为愉快的一天。

只有一个女子的舞蹈与众不同，我注意到她时，暮色已经降临，大批的人已在酣畅的运动之后纷纷散去，意犹未尽的还有一群人，她们伴随着一组民歌风的乐曲再次起舞。这女子却独自在一旁，仿佛只有音乐与她牵着一条线，她单薄的身体像一张弓，时而弯曲时而挺直，她随心所欲，两只手臂狂放不羁，在越来越浓的夜色中千变万化，就像6月根河那些黑色的带着神秘色彩的波涛，时而柔情时而迅猛。我从没在舞台之外的场合见到如此专注的独舞，或者她并不是为了舞蹈而只是一种宣泄。她在诉说什么呢，这个让我看不清模样的女人？

乐曲从《草原上的卓玛》到"哥哥面前一条弯弯的河"，再到土家人的《龙船调》，我在中国最北端的小城里，听到了来自三峡的"妹娃要过河哇，哪个来推我嘛？"这女人，用力划动着手臂，似乎她就要过河，她伏下肩膀又昂起头，跺着脚，用尽了全身气力。她是妻子，是母亲，她心中的大河一定交织着千般的喜悦与苦痛，还有希冀啊。这个根河的女人，让我忍不住热泪盈眶。

我转身离去，根河就在身边。大桥上的灯光将河水映照得流光溢彩，我知道我来过了但却远远抵达不了这河的深奥，我只能记住这些人和这些时光。

这些缓缓流淌的让人眷念的时光。

《光明日报》2013年

在火中生莲

——韩愈与潮州

李　舫

唐元和十四年，韩愈贬任潮州刺史。潮州一任不到八个月，他没有因为失意而消沉，反倒以极大的热情，投身到一系列为民谋利的工作中。他驱除鳄鱼，奖劝农桑，兴办教育，大修水利，延选人才，传播中原先进文明，从而使当时的蛮荒之地潮州，发生了翻天覆地的变化。

潮州百姓永远记住了韩愈，潮州的山水、路堤、亭台，很多都为纪念韩愈而命名，后人因此赞道："不虚南谪八千里，赢得江山都姓韩。"这份永远的纪念，不仅因为韩愈能写一手锦绣文章，而且因为他抛却了个人荣辱，脚踏实地地为老百姓谋福利、做好事。

居尘学道，火中生莲；德润古今，道济天下。这恰是今天来谈韩愈的意义所在。无论为文为官，无论是进是退、是荣是辱，只要能力之内，必应"民"字当先。爱民如子，视民如伤，为官一任，造福一方——做到这十六个字，才能得到人们发乎内心的拥戴，一生功业才会在百姓的口口相传中永世流芳。

> 文章随代起，烟瘴几时开。
> 不有韩夫子，人心尚草莱。

康熙二十三年的一天，清代两广总督吴兴祚一路向东，从广州来到潮州的韩文公祠。

远山如骏马奔腾而来，海天一色中的石阶高耸云表。岁月凋零，人心不老。吴兴祚感慨万分，题诗勒石。

这一年是1684年。此后三百余年，因为这首诗，吴兴祚与他倾慕不已的文公韩愈一道，被镌刻在中国南疆的文化碑林。

以这一刻为终点，时光向前倒退865年——这是公元819年，元和十四年，短暂的"元和中兴"已经攀到了顶峰。唐宪宗励精图治，国家政治由动荡渐渐回归正轨。这一年，是值得书写的一年：李愬讨伐平定淮西节度使吴元济；横海节度使程权奏请入朝为官；申州、光州全部投降；朝廷收复沧、景二州；成德镇上表自新，献德州、棣州；刘悟杀节度使李师道降唐；成德王承宗、卢龙刘总相继自请离镇入朝……藩镇割据的局面暂告结束。

端的是轰轰烈烈、扬眉吐气的一年。这一年，还有一件很小很小的事，小到同这一年的任何一件事相比，似乎都可以忽略不计。然而，恰恰是这件小事，改变了中国文化的命运。

史料记载："十四年正月，宪宗遣宦官赴法门寺迎佛骨至长安，留宫中供奉三日，然后送各个寺院供奉。长安王公百姓瞻视施舍，唯恐不及。"刑部侍郎韩愈却不以为然，他"不合时宜"地上表切谏，慷慨陈词，直言将佛骨送到寺院里让百姓供养，毫无意义且劳民伤财。在中国数千年、数万计的"表"中，这份秉笔直言、震古烁今的《论佛骨表》，是中国文化史中足以彪炳史册的大文章，也是中国政治史上文人因言获罪的耻辱一页。

由是韩愈贬谪潮州。韩愈于潮州的八个月，是他抱病守缺、失意彷徨的八个月，却是潮州日新月异、脱胎换骨的八个月，从此儒风开岭峤，香火遍瀛洲。

一

元和十四年元月十四日，一千二百年前一个阴冷晦暗的冬日，韩愈蹒跚着走出长安，以戴罪之身一路向东、向南，再向东、向南。

潮州属岭南道，濒南海，《旧唐书》记载其"以潮流往复，因以为名"。潮州自古就是荒凉偏僻的"蛮烟瘴地"，是惩罚罪臣的流放之所，唐代亦然。不少名公巨卿如常衮、韩愈、李德裕、杨嗣复、李宗闵等都曾经被远贬潮州。

> 一封朝奏九重天，夕贬潮阳路八千。
> 欲为圣明除弊事，肯将衰朽惜残年。
> 云横秦岭家何在？雪拥蓝关马不前。
> 知汝远来应有意，好收吾骨瘴江边。

在途中，韩愈写下了这首千古流芳的诗篇。十五年前，他因上书论旱，得罪佞臣，被贬阳山，也是隆冬时节，也曾途经蓝关。悲恸之情，何其相似？这是韩愈第二次被贬黜岭南，这一年，他拖着五十二岁的"衰朽"之躯，以为自己就此葬身荒夷，永无重归京师之日，无限唏嘘地托付子侄替自己埋骨收尸。

潮州，是韩愈一生中最大的政治挫折。在被押送出京后不久，韩愈的家眷亦被斥逐离京。就在陕西商县层峰驿，他那年仅十二岁的女儿竟病死在路上。不难理解，何以韩愈关于潮州的诗文中，惊愕、颠簸、险滩、潮汐、雷电、飓风……鬼影般反复出现，"飓风鳄鱼，患祸不测；州南近界，涨海连天；毒雾瘴氛，日夕发作"（《潮州刺史谢上表》），"恶溪瘴毒聚，雷电常汹汹。鳄鱼大于船，牙眼怖杀侬。州南数十里，有海无天地。飓风有时作，掀簸真差事"（《泷吏》）。

仕途的蹭蹬、女儿的夭折、家庭的不幸、命运的乖蹇；因孤忠而罹罪的锥心之恨，因丧女而愧疚的切肤之痛；对宦海的愁惧，对京师的眷恋……悲、愤、痛、忧，一齐降临到韩愈头上。这是最孤寂的征程，在漫无边际的冬日，世界向它的跋涉者展示着广袤的荒凉。

赴潮之时，宪宗盛怒之下，命韩愈"即刻上道，不容停留"。韩愈甚至来不及与京师的朋友辞行。潮州与京师长安语言不通，"远地无可语者"，他只好将家眷寄放在千余里外的韶州，相伴而行的，只有他叮嘱"收吾骨瘴江边"的侄孙韩湘。

他的朋友未曾忘记他。贾岛捎来《寄韩潮州愈》："此心曾与木兰舟，直到天南潮水头。隔岭篇章来华岳，出关书信过泷流。峰悬驿路残云断，海侵城根老树秋。一夕瘴烟风卷尽，月明初上浪西楼。"性情古怪的刘叉也赋诗《勿执古寄韩潮州》云："寸心生万路，今古梦若丝。逐逐行不尽，茫茫休者谁。来恨不可遏，去悔何足追？"但是，一句谊切苔岑的"海侵城根老树秋"，一句肝胆相照的"逐逐行不尽"，又怎能道尽韩愈的悲苦和孤寂？

> 梦觉灯生晕，宵残雨送凉。
> 如何连晓语，一半是思乡。

十四年前，韩愈被贬阳山时，曾写下《宿龙宫滩》。

夜幕四合，万籁俱寂，韩愈怀念京师，思恋亲人，他未曾想到，十四年前的诗句，似乎谶语一般卜示着他无法逃脱的未来。

二

然而，这又怎样？

浩浩复汤汤，滩声抑更扬。奔流疑激电，惊浪似浮霜——这才是韩愈！

身多疾病思田里，邑有流亡愧俸钱——这恰是韩愈的忧思与隐忍，与百姓的忧愁悲苦相比，个人的坎坷又算得了什么？四月二十五日，韩愈辗转三月余，终于抵达潮州，行程八千里，费时近百天。但是，他甫一抵潮，即理州事，芒鞋竹杖草笠蓑衣，与官吏相见，询问百姓疾苦。

元和十四年的潮州，风不调，雨不顺，灾患频仍，稼穑艰难。先是六月盛夏的"淫雨将为人灾"，韩愈祭雨乞晴。淫雨既霁，稻粟尽熟的深秋，又遭遇绵绵阴雨，致使"稻既穗矣，而雨不能熟以获也；蚕起且眠矣，而雨不得老以簇也。岁月尽矣，稻不可复种，而蚕不可以复育也；农夫桑妇，将无以应赋税、继衣食也"。过量的雨水使得韩愈焦虑不已，他为自己无力救灾而深感愧疚，"非神之不爱人，刺史失所职也。百姓何罪，使至极也！……刺史不仁，可坐以罪；惟彼无辜，惠以福也"。炽诚竣切，跃然纸上。

此后不久，韩愈还进行了一场别开生面的祭祀鳄鱼的活动。潮州鳄鱼的残暴酷烈，韩愈途经粤北昌乐泷时，即有耳闻。但鳄害之严重，在到达潮州之后，他才真正了解，"初，愈至潮阳，既视事，询吏民疾苦，皆曰：'郡西湫水有鳄鱼……食民畜产将尽，以是民贫'"。鳄鱼之患，实则比猛虎、长蛇、封豕之害有过之而无不及。

为了解除民瘼，救百姓于水火之中，韩愈断然采取了措施："居数日，愈往视之，令判官秦济炮一豕一羊，投之湫水，祝之……"这就是"爱人驯物，施治化于八千里外"的祭鳄行动。为此，韩愈写了《祭鳄鱼文》，文字矫捷凌厉，雄健激昂。一篇檄文，数次围剿，常年困扰百姓的鳄鱼被驱逐，韩愈迅速赢得了百姓的信任。

唐代流行的潜规则是，朝廷大员被贬为地方官佐，一般都不过问当地政务。韩愈的弟子皇甫湜在《韩文公神道碑》中写道："大官谪为州县簿，不治务。先生临之，若以资迁。"鳄害如此严重，前任官员或无动于衷或束手无策，任其肆虐泛滥。韩愈却不甘老迈，恭谨谦逊，恪尽职守。《韩昌黎文集》中，共收有五篇"祭神文"，韩愈之砥砺勤勉，可见一斑。

韩愈在潮州还有修堤凿渠之举。《海阳县志·堤防》引陈珏《修堤策》曰，北堤"筑自唐韩文公"。潮州磷溪镇有一道水渠叫金沙溪，当地传说是韩愈命人开凿的。清澈的渠水，至今仍在滋润着两岸的田畴。碧堤芳草，遏拒洪流；银渠稻海，扬波叠翠。潺潺的水声，奔涌的水流，千百年来，似乎在不断地诉说着韩愈当年奖劝农桑的功绩。

三

韩愈初抵潮州，即作《潮州刺史谢上表》。刘大櫆点校《韩昌黎文集》，评其"通篇硬语相接，雄迈无敌"。其实，居庙堂之高则忧其民，处江湖之远则忧其君——这恰是韩愈的忠贞与坦诚。偏居一隅的韩愈，勤于王室，忠于职守，不敢以州小地僻而忽之，不敢以体弱多病而怠之，其呼天、呼地、呼父母之连天悲号，皆为忠悌者之举，尽是贤达者之为。

《韩昌黎文集》还收录了《应所在典贴良人男女等状》一文。这是元和十五年十一月，韩愈从袁州调回长安任国子监祭酒时写下的，叙述他在袁州时放免男女奴婢七百三十一人，故历来史志均将释奴一事系于他任袁州刺史之时。

其实早在潮州时，韩愈已经注意到岭南"没良为奴"的陋习。唐代杜佑在《通典》中写道："五岭之南，人杂夷獠，不知礼义，以富为雄……是以汉室常罢弃之。大抵南方遐阻，人强吏懦，豪富兼并，役属贫弱，俘掠不忌，古今是同。"有唐一代，尽管较之前代已有明显的进步，奴隶问题在不同的阶段仍有不同程度的浮沉反复。当时的一个潜规则是"帅海南者，京师权要多托买南人为奴婢"。代买奴婢成为被流放官员向京师当权者献媚取宠的捷径。在这样的社会氛围中，获罪远贬的韩愈，何尝不希望京师当权者施以援手，以便早日回朝。可是他并没有以此谋取进身之阶，而是施以德政与人道，大举赎放奴婢，这恰是韩愈的刚正廉明。

韩愈不是潮州乡学的创办者，但对潮州文化教育却有不可磨灭的功绩。韩愈认为，国家治理须"以德礼为先，而辅之以政刑"，用德礼即推行儒家的"仁义"之道，"未有不由学校师弟子者"。为了办好潮州乡校，"刺史出己俸百千，以为举本，收其赢余，以供学生厨馔"。

百千之数，其值几何？唐代币制混乱，很难做出标准。据李翱著《李文公集》所载，元和末年，一斗米合五十钱，故百千可折合米两百石，数目不可谓少。如此算来，百千相当于韩愈八个多月的俸金。也就是说，韩愈把治潮八个月的俸金，全数捐给了学校。

韩愈对潮州文化的最大贡献，还在于他大胆起用当地人才，推荐地方隽彦赵德主持州学。相传赵德是唐大历十三年（778年）进士，早于韩愈十四年登第。唐代登进士第者还要通过吏部主持的"博学鸿词"科考试，合格方能授官。但赵德未能顺利通过此考试，所以韩愈刺潮时，他还是一个"婆娑海水南，簸弄明月珠"的庶民。但是，赵德"心平而行高，两通诗与书"的品行学识，终于被韩愈发现，他对赵德的评价是"沉雅专静，颇通经，有文章，能知先王之道，论说且排异端而宗孔氏，可以为师矣"！于是毅然举荐他"摄海阳县尉，为衙推官，专勾当州学，督生徒，兴恺悌之风"。起用当地人才主持州学，这是一项意义重大、影响深远的决策。

树一代之新风，斯有万世之太平。苏轼因此在《潮州韩文公庙碑》中感喟不已："始潮人未知学，公命进士赵德为之师，自是潮之士皆笃于文行，延及齐民，至于今，号称易治。"

四

元和十四年，这艰辛的一年终于浩荡地行至岁末。

韩愈接到圣旨，"于其年十月二十五日准例量移袁州"。次年，韩愈以袁州刺史身份，重蒙圣宠，"为朝散大夫、守国子监祭酒，复赐金紫"。此后一年，韩愈的官职经历了五次变动：由国子监祭酒转兵部侍郎、由兵部侍郎转吏部侍郎、由吏部侍郎转京兆尹兼御史大夫、由京兆尹兼御史大夫转兵部侍郎、由兵部侍郎再转吏部侍郎。

> 莫道官忙身老大，即无年少逐春心。
> 凭君先到江头看，柳色如今深未深？

他欢喜地写道。韩愈一生为文工整，为诗严谨，难得有这样浪漫的心境、飘逸的诗句。接连不断的迁徙、接踵而至的任命蚀空了韩愈的身体，他哪里还有闲心闲暇去欣赏江边的柳色？壮年时韩愈便自嘲，"吾年未四十，而视茫茫，而发苍苍，而齿牙动摇"；及至中年，"苍苍者或化而为白矣，动摇者或脱而落矣"。可是，灾难又怎能击垮他的乐观和刚毅？怎能改变他舍身报国的使命与决心？任潮州刺史不足八月，农、工、学、商等皆视韩愈为"不祧之祖"，"溪石何曾恶？江山喜姓韩"。任袁州知府七个月，韩愈"治袁州如潮"。任国子监祭酒八个月，"韩公来为祭酒，国子监不寂寞矣"。任兵部侍郎一年有余，韩愈宣抚镇州，平定内乱，"旋吟佳句还鞭马""风霜满面无人识"。任吏部侍郎不足一年，韩愈周旋于各种政治集团之中，仍"涉艰危，树功业"。任京兆尹兼御史大夫半年余，哀矜百姓，京城"盗贼止，遇旱，米价不敢上""禁军老奸，宿恶不摄，尽缚送狱，京理恪然"。这就是韩愈——修身、齐家、治国、平天下，一生抱负，尽付家国。

长庆四年（公元824年），韩愈病重，卒于长安。知道自己势将远行，韩愈召群朋曰："吾不药，今将病死矣。汝详视吾手足肢体，无诳人云韩愈癞死也。"质本洁来还洁去，莫教污淖陷沟渠。这就是韩愈——一生光明磊落，不愿染半点尘埃，韩愈死后被追赠礼部尚书，谥号为"文"，后世始称其为韩文公。

以元和十四年为起点，时光向后翻过二百七十三年——这是公元1092年，另一个失意文人苏东坡在不远处的扬州独自徘徊，气贯长虹的《潮州韩文公庙碑》横空出世。绝世的才情，慷慨的悲歌，雄壮的回响，两代文豪凌越三百年在潮州"相会"。"文起八代之衰，而道济天下之溺，忠犯人主之怒，而勇夺三军之帅"，苏东坡凛然发问：韩愈一介布衣，何以"匹夫而为百世师，一言而为天下法"？何以"参天地、关盛衰，浩然而独存"？

答案其实很简单——人无所不至，惟天不容伪。

有了韩愈的视民如伤，才有了百姓的风调雨顺；有了韩愈的横扫异端，才有了百姓的笃信文行；有了韩愈的知学传道，才有了百姓的耕读传家；有了韩愈的忠诚耿直、浩然正气，才有了百姓的德润古今、道行天下；有了韩愈的乐于天下、忧于天下，才有了百姓的安身立命、安居乐业；有了韩愈的精诚所至，才有了百姓的金石为开。韩愈没有把自己刻在潮州的石碑上，却留在了百姓的口碑里。

天地不言，万物生焉。感戴韩愈在潮州的所作所为，潮州百姓将此地江山以韩愈命名：韩江、韩山、韩堤、韩文公祠、景韩亭、昌黎路、祭鳄台、侍郎亭……草木如有知，能不忆韩郎？自古乐民之乐者，民亦乐其乐；忧民之忧者，民亦忧其忧。信夫，诚哉！

谁也未曾料想，一个卑微行者捧出的虔诚心肠，在此后的一千二百年，紧贴着大地，散播成中华民族的气度和风骨：

——沿着这道浩浩汤汤的历史文脉，走来了白居易、李商隐、柳宗元、刘禹锡、杜牧，走来了范仲淹、黄庭坚、欧阳修、文天祥、杨万里、归有光、顾炎武、朱彝尊、黄宗羲、林则徐……这是中华民族千百年来的文化理想，也是中华民族千百年来的家国诗篇。

——沿着这道枝繁叶茂的历史文脉，与韩愈一起沉吟低回的，是

"些小吾曹州县吏，一枝一叶总关情"的忧患，是"从来治国者，宁不忘渔樵"的叮咛，是"稳暖皆如我，天下无寒人"的祝愿，是"我亦曾糜太仓粟，夜闻邪许泪滂沱"的相许相知，是"苟利国家生死以，岂因祸福避趋之"的披肝沥胆，是"但令四海歌声平，我在甘州贫亦乐"的祈求和冀望。

——沿着这道光明朗照的历史文脉，曾经生长过灾难、战争、荒蛮、杀戮，重要的是，还繁衍着富庶、光辉、璀璨、梦想。

元和十四年，韩愈于潮州还曾亲手栽植橡木。而今，这些橡木已蓊郁成林，环绕韩文公祠，状如华盖，遮天蔽日。此树含苞不易，着花更难，时或春夏之交偶放一枝，熊熊若火莲，肃穆端庄，异常美丽。

《人民日报》2015年

出镜

南　帆

1

不知哪个机灵的工程师发明了自拍神器。这个简单的小机械征服了所有的旅行者。海滨、园林庭院、横跨马路的天桥、博物馆大厅，什么地方都有人正在自拍。从挎包里取出自拍杆拉长，顶端夹住手机或者照相机，对准自己调节好的笑脸咔嗒一声。这是雅俗共赏的游戏，大人物一样热衷。网络上流传过一张韩国总统朴槿惠使用自拍神器的图片。当初，精明的商人肯定想到了这个小机械拥有巨大的市场，可是，多少人预测到，这个玩意可能产生另一种文化？

很迟我才明白，大多数手机都有自拍的功能，自拍神器无非一种辅助设备。第一次看见手机自拍是在一个嘈杂的餐厅里。邻桌的一位男士左手精心地撩拨头发，脸部持续地配制各种型号的表情，右边的胳膊竭力伸长，巴掌中的手机对准了自己。当时我心里转过的疑问是，这个哥儿们是不是犯了什么毛病？一起进餐的伙伴开导之下我才明白，自拍如同正餐之前的一碟小菜那么平凡。现在好办了，自拍神器终于让我们的胳膊如愿地加出了一截。

我刚刚在网络上看到一张相片：游人如织的海滨沙滩，一个身穿比基尼的女士弯腰将自拍神器从胯下向后伸出，拍摄自己如花似玉的屁股。沙滩上肯定还有些手持照相机的闲人逛荡，但是，这种事最好不要麻烦他们，以免产生不良误会。许多人即兴地拍下自己的各种相片上传网络，网络是一个视觉的公共空间。无数微博在这个空间注册，每一个微博摆出一堆相片或者几段视频犹如小商贩在跳蚤市场铺开一个地摊。多少人光顾无关紧要，重要的是，自拍终于使出镜成了一件轻而易举的事情。

出镜曾经是莫大的荣耀，神奇而隆重。报社的记者举起了昂贵的照相机，镁光灯咔嗒咔嗒响个不停，个人的形象次日出现于报纸版面的某一个角落，赞叹之声绕梁三日；电视台的记者更为伟大，他们肩扛的那一台摄像机如同一个威风凛凛的火箭筒。摄像机可以长距离地锁定一个人，提供各个角度的拍摄，然后电视台负责将这个人形象发射到千家万户的电视机里面。可以从这些复杂的程序之中看出，出镜是多么幸运的奇迹。一个小官员事先得到通知，他在晚间的新闻节目之中拥有五秒钟的镜头。他迫不及待地打电话通知所有想得起来的亲朋好友，号召他们尽早守候在电视机屏前等待他驾临屏幕。现在，自拍神器极大地削减了人们的摄像机崇拜。那些影像符号没有多少特权了，我们自己都能生产。昔日那一批神气活现的记者突然有些失落。有了自拍神器，小巧的手机和无线网络片刻之间解决一切。

技术发明又一次不可思议地扭转了我们的生活。照相机或者摄像机让人眼界大开，看看世界吧—— 一个偌大的世界扑面而来；然而，自拍神器试图让一个偌大的世界侧过脸来，看看我们吧——现在轮到我们当主角了。这时，我们开始端庄地或者诙谐地出镜。

看是主体的向外扩张，眼珠骨碌碌乱转，目光贪婪地扑向整个世界。我想起第一次接触地图的激动。通常只能看见一条街道、一幢楼、一座山峰，然而，地图突然将整个世界神奇地铺开，一个巨大的空间浮出纸面。据说，全景画出现于十八世纪末的欧洲，这意味了开阔视野的形成。乘坐热气球飘浮在空中纵览远景，登上教堂的圆顶绘制四周的城市，那时的绘画开始崇拜巨大与无限，一心想把世界尽收眼底。然而，时至如今，这种野心逐渐疲惫了。世界是看不完的，天外有天，谁知道天尽头又在哪里？也许，现在是转身看看自己的时候了。不论世界的直径有多大，出镜就是把自己设为圆心。

我看到的一个最新视频是，几个小学生录制下他们与小伙伴之间的口水战。他们在视频之中表情生动地扮鬼脸，吐口水，说一些挖苦对方的刻薄话，做剪刀形手势，如此，等等。这些孩子如此熟悉视觉语言的编辑，一个自拍神器就可以造就一个表演舞台。

2

大约是钱锺书用鸡蛋与母鸡的关系比拟作品与作者：即使吃了一个不错的鸡蛋，仍然没有必要认识生蛋的母鸡。作者又没有三头六臂，有什么好看的？可是，对于许多人说来，这个观点肯定过时了。他们的阅读就是想追溯到作者，甚至仅仅对作者感兴趣。

那些睿智的见解或者巧妙的语言修辞哪有一张具体的脸生动。当然，容貌的质量是一个不言而喻的前提。美女作者的俊俏妩媚必须足够支持朦胧的浪漫幻想，皱纹纵横的老妪不宜公布相片；男子汉气概是帅哥作者的经典标志，掀起衬衫露得出八块腹肌，抽烟冥思的深刻表情可以暂时省略。总之，这是一个视觉的时代，语言的魅力正在急剧衰减。哲学思辨或者深奥的诗令人生厌，夸夸其谈的知识分子正在丧失他们的影响。视觉的时代是身体重新出场的时候，演员和运动员占据了传媒的绝大部分空间。红地毯和绿茵场成为全世界注目的聚焦点。运动场内矫健的身姿开出了天文数字的价格，女演员的脸蛋、乳房和手指头竞相成为保险公司的投保对象。哪些语言产品可以享受这个级别的待遇？某些教授的电视演讲获得了意外的成功，突然晋升为学术明星。然而，所有的人都明白，形象是充当明星的真正资本。讲坛上的表情、音调以及种种肢体语言远比渊博的知识重要。

现在可以提到"颜值"这个新词了。"明明可以靠脸吃饭，却非要去拼才华"，据说这是网络语言对于一个人的赞美。顾名思义，"颜值"即是指容颜的价值——这种价值可以兑换为各种谋生的资本。现在，的确到了为相貌美学拟定一张价格表的时候了。当然，这种美学算术有点儿复杂。以往这张价格表仅供某些类型的女人参考。既然世界上存在那么多大腹便便的富翁，女人一副天生的好眉眼就不该任意浪费。然而，现在的男色消费终于浮出水面。宁泽涛刚刚在世界游泳锦标赛之中获得自由泳一百米冠军，人们正在尝试把亚洲第一人的实力与"小鲜肉"的颜值相加，据说得数是五年之内可以挣得到五个亿。一个著名的电视评论员总结出一个计算公式，颜值就是在事业成就的基础上不断地乘以十。由于广告商的垂青，这些颜值偶像的收入动不动就要扩张十倍。之前的李宁、刘翔、林丹无不验证了这个公式。至于那些徒有肌肉而缺少颜值的运动员，他们的厚实巴掌仅仅攥得住金牌带来的有限奖金。

　　视觉的时代必须拥有另一批文化操盘手。那些哲学家或者诗人及时地转入幕后，导演、摄像、主持人、制片人络绎而至。然而，真正的巨变来源于一个有点儿别致的技术构思：每个人口袋里的手机都附加了拍照的功能。这个技术构思造就了年轻一代的一种特殊习惯——无论遇到的是台风天气的漫天乌云、街头小贩的火爆争吵还是阳台上一盆仙人掌冒出了新芽，他们所做的第一件事都是掏出手机拍照。如今，生产影像符号的文化团队空前强大。瓦尔特·本雅明当年引用过的一句话终于成为现实："未来社会的文盲不是不会写字的人，而是不懂摄影的人。"

3

　　然而，现在似乎流行另一种舆论：大批热衷于摄影的人正在变为文盲。对于电视台和网络空间的庸俗口味，多数来自印刷文化的老派知识分子纷纷表示不屑。《爸爸去哪儿》这种节目居然可以在电视台热播一时，很难想象印刷文化如此幼稚。没有思想的视觉只能浮光掠影，这种舆论隐含了文字中心主义的观念。一些教授时常回忆一个著名的典故：当年鲁迅在《呐喊》的自序之中解释了弃医为文的原因。他在生物课的幻灯片之中见到了一群麻木的中国"看客"，这些人正在神情漠然地观看同胞遭受斩首。鲁迅的感叹是，如果丧失了灵魂，苗壮的躯体又有多少意义？与其医治肉身的疾病，不如诊疗精神的创伤。因此，鲁迅放弃了医学，立志做一个解剖国民灵魂的作家。有趣的是，那些心细如发的教授竟然从这个众所周知的典故之中挖掘出一个意外的秘密：尽管触动鲁迅的是幻灯片，然而，他从未考虑投身于摄影，或者从事已经开始时髦的电影。这个来自绍兴的知识分子性格倔强。鲁迅愤慨地指控古老的传统是"吃人"文化，同时，他又冥顽不化使用那一支落伍的毛笔。鲁迅习惯的毛笔来自故乡的一家笔庄，价格便宜，别名"金不换"。

另一个文雅的知识分子似乎也不那么喜欢影像符号——阿根廷大名鼎鼎的博尔赫斯。据说他仅仅在1969年看过一次电视，因为电视转播的是美国宇航员乘坐"阿波罗"登月。博尔赫斯家里没有电视，只得临时向用人借了一台。博尔赫斯的小说充满拉丁美洲式的奇异想象，例如将一套莎士比亚的记忆当成礼品相互赠送，或者图书馆里藏有一本始终翻不到第一页和最后一页的书，如此，等等。《盗梦空间》这一类电影出现之前，如此奇异的想象只能托付给语言文字。或许因为家族遗传，博尔赫斯患有眼疾，晚年失明。不知道这个事实是否有助于解释博尔赫斯对于影像符号的厌倦，长时间面对电视屏幕肯定伤眼睛。另外，也许黑暗之中浮现于内心的语言文字远比照相机定格的那些乏味的表象精彩？

相片无非是机器偶然截取的一个世界片段，脱离了时间和空间，没有气味、重量、连续性和历史气息。一张相片的主题往往是分散的，闪烁不定，必须依赖某些文字解说给予凝聚，譬如拟定一个标题。所以，尽管电视台和网络空间正在重新装修这个时代，知识分子仍然顽强地坚信语言文字远为深刻。他们心目中的"文化"是一个书籍的世界。

那么，现在那个讨厌的自拍神器又一次企图动摇知识分子的文字信念吗？

4

鲁迅弃医为文的典故曾经赢得了许多的讨论，教授们称之为"幻灯片事件"。教授们拒绝将这个典故视为一则寓言。斤斤计较的考据癖认定，这是一个曾经发生的历史事件。因此，诸如此类的细节必须逐一考订：幻灯片还是相片？实物保存在哪里？什么时间看到的？《呐喊》自序与《藤野先生》的叙述存在多大的出入？线索纷歧的讨论之中，一个有趣的问题逐渐显现：看与被看。囚犯，"看客"，观看囚犯与"看客"的鲁迅，与鲁迅共同观看的异国学生——这些人同时还在窥视鲁迅的神态，西方视野之中"被看"的东方——这已经是萨义德的"东方学"与后殖民理论的议题了。不少人倾向于认为，看意味的是主动、权力、制高点，"刀锋一般的眼神"表明了视线令人恐惧的威胁；被看意味的是被动、接受、他人视野之中的客体，动物园笼子里的老虎只能沦为游客眼睛的玩具。

然而，日常生活的看与被看几乎不存在固定的语义。的确，古代的演员因为"被看"而身份低下，"戏子"之称隐含了不言而喻的鄙视；女权主义者认为，广告之中的女性形象时常制作为"被看"的物体，电影的性感镜头迎合的是男性意识的视觉欲望；那些民风剽悍的城市，看与被看时常会铿锵地撞出意外的火花——驾车在十字路口等红灯的时候，往相邻汽车的驾驶室里多看一眼就可能引发一场剧烈的斗殴。"你看我干吗？"拒绝"被看"的保卫战就是从这么简单的一句开始。当然，还有至高无上的神。所谓人在做，天在看，神没有必要亲临现场，但是，神会把一切都看在眼里，善有善报，恶有恶报。必要的时候，神会摇身一变，转换为俗世的行政权力。高速公路的入口、银行的柜台背后、火车站的候车大厅、住宅社区的楼道，不同等级的权力部门是众多监控摄像头的强大后盾。根据福柯的描述，边沁设计的全景敞视监狱是行使眼睛霸权的哲学模型，一个硕大的眼球高高在上地凝视监狱每一个角落，所有的囚犯都无处藏身。然而，看与被看同时存在另一套颠倒的评价语汇：鲁迅曾经发狠地说，最高的轻蔑是无言，连眼珠也不肯转过去——换言之，看同时意味了必要的尊重。"重视"一词不是褒义吗？凝聚公众目光的只能是领袖或者名流，普通人多半无法在电视机屏幕里找到自己的席位。

也许，古板地设定看与被看的等级犹如刻舟求剑。每一个现场的主题、空间装置以及特殊设计决定看与被看的相互博弈。街头的杂耍艺人或者寻衅滋事的醉汉只能收获鄙视，大剧院聚光灯核心的领衔主演享有特殊的尊荣。后者的威望借助了舞台垫出来的人生高度。许多人都秘密地藏有一个舞台梦。无法征服金碧辉煌的大剧院，那么，自拍神器至少提供了一个镜头之中的舞台。意外的是，传统性格的敦厚、内敛、含蓄与羞涩荡然无存，那么多人抢着把脸伸到镜头面前。这时，自拍神器正在表达一个强大的欲望："被看"。

5

出镜的是一副肖像，几个日常生活片段，镜头之中的舞台上演的是什么故事？不就是想让自己漂亮一点吗？那些软件工程师早就洞察到我们的虚荣心。一款称之为"美图秀秀"的软件负责修饰自拍的相片。增大眼睛，拉长身高，削去过于肥大的腰肢，智能手机可以自动完成一切。某些名流的文字自传曾经遭到辛辣的嘲讽。夸大其词，文过饰非，滔滔不绝的颂扬试图将自己叙述成一代圣人：要么业绩不凡，要么道德完善，要么不加节制地夸耀不凡的武功或者渊博学识。然而，进入网络空间投放自己的形象，许多人显然遵循相近的修辞策略，放肆地纵容美学篡改容颜的真相。当然，"美图秀秀"完成的目标简单多了——美貌可以急剧地提高性魅力的指数。

网络空间的各种图片之中，性主题是一个巨大的漩涡。各种色情网站寄生于视觉欲望，发达的传播技术甚至制造出一个奇怪的景象：性仅仅是视觉，例如网络空间的裸聊游戏。许多图片环绕于这个漩涡的外围，色情意味稍许模糊——这时的性主题称之为"性感"。搔首弄姿，挑逗的面容和神情、凹凸有致的身材、将脱未脱的服装，这一切无非制造性感气氛的各种元素。视觉对于性感品味丰富，许多图片不懈地开拓各种另类的性情趣。不久之前的网络出现了一组伤残军人的裸照。残缺的肢体与健壮的胸肌或者饱满的乳房形成了某种特殊的性魅力。另一些性感的图片肯定超出了一般的想象：一具插满了输液和导尿导管的女性裸体，或者，一个全裸的大胖子如同几坨肉摊在床上。那些保守主义者几乎每天都在发出愤怒的感叹：这个时代的眼睛趣味已经如此乖张了吗？

许多图片令人想到的第一件事就是，谁是拍摄者？这些图片的私密性如此强烈，以至于人们不能不猜测：要么源于自拍，要么出自最为信赖的亲密者。因此，这些图片广泛地流传多半得到了本人的授权——许多时候，本人即是发布者。从那些热衷于个人写真集的无名之辈到想方设法泄漏"艳照"的演艺明星，他们的各种借口无不指向一个相同的目的：如何堂而皇之地在公众面前脱下衣服来。

权力与财富已经严格地规定了这个世界的等级秩序，一个穷小子几乎无法挑战大亨。然而，性具有扰乱这个等级秩序的特殊能量。七尺之躯的若干器官和旺盛的激素分泌可能骤然冲决井井有条的社会屏障。例如，一副诱人的眉眼通常是一张额外的通行证。出入各种社会场合，推开一扇扇紧闭的大门，美貌远比一份平庸的文字介绍有效。由于相貌在异性组合之中占有的巨大权重，一个面目姣好的底层人士可以瞬间跨越权力与财富的众多台阶，跃入另一个社会阶层。一个大跨度的婚姻桥梁可以轻易地引渡一个家庭，甚至引渡诸多族人。历史悠久的男权中心社会，性的拯救是许多女人首选的生存策略。从古代的君王选妃、豪门纳妾到现今的跨国婚姻、扮演权势者情妇，性能量秘密制造的社会阶层流动从来就没有止歇。

相对于权力与财富编织的世界，网络空间扑杀性能量的防线远为薄弱。许多图片之中的小火苗始终在悄悄地蹿动，片刻之间就会燃成炽烈的一片。这似乎不是多么严重的事情。网络无非是信息交换的集散地，屏幕里的剧情仅仅是虚拟事件，操纵信息的躯体从未离开鼠标和键盘。信息的冒险又有什么关系？这时，空前放纵的暴露癖与观淫癖不断地制造视觉的狂欢。一张性感的图片呼啸登场，各种社会评论、哲学观念或者艺术消息纷纷黯然失色，这显然是自拍神器在网络空间掠阵的秘密武器。

6

那些激进的思想家开始将这个时代形容为"景观社会"。街道、霓虹灯、橱窗，还有无数的图片和影像符号。我们曾经抱怨无所不在的城市噪音，现在，视觉垃圾已经堆积成山。我们每天的触目所见无非人工景观，大自然的山山水水已经游离出我们的目光范围。当然，我们即是视觉垃圾的生产者。拍照，上传网络空间，这是许多人每日例行的功课。即使是进入医院检查身体，躺上病床之前还要将手机交给同伴——拍下，上传！另一个极端的例子是，一位女性不幸遭遇车祸，浑身是血地躺在马路上。她在第一时间所做的事情是，拿出手机自拍，上传网络。

景观社会的特征是眼界大开。摄像机探入一个双胞胎学校，一下子见到百来对双胞胎；上升到数百米的高空俯拍，镜头之中塞满了寸草不生的断崖绝壁——各种奇观正在制造剧烈的视觉震撼。日常生活之中，无所不在的手机拍摄赋予各种相片前所未有的世俗气息。地铁车厢里争抢座位的斗嘴，当街围殴"小三"，摩托车骑手摇摇晃晃地头顶一张席梦思床垫驰过十字路口，七旬老太太跳钢管舞英姿勃发，如此，等等。这些琐细的社会片段没有资格调遣火箭筒一般的摄像机。伟大的摄像机不习惯这些杂碎，犹如伟丈夫不习惯厨房灶台上的活计。有趣的是，这种世俗气息突然敞开了家庭的私密生活。传统的习惯之中，家庭影集通常放在客厅角落的一个小桌子上，只有熟悉的客人有资格翻阅。可是，现在的网络仿佛随时直播家庭的日常景象：菜市场买到了新上市的韭菜，下午在卧室的地毯上练了半小时的瑜伽，晚餐的餐桌上有一盘猪脚，家里的肥猫正舒适地躺在书桌上打呼噜，等等。

多数相片无法出现作者的形象。笨重的照相机、摄像机不能倒转过来拍摄自己。因此，自拍神器的主题是视觉文化的"自我"隆重出场。可是，网络空间并没有一场狂飙突进的浪漫主义运动，那些争先恐后的"自我"有些乏味，婆婆妈妈。自拍神器无非造就一些小情调、小趣味，嘟起嘴巴卖萌，伸出剪刀形手势，一件款式新颖的时装，脚踝上一个别致的刺青图案，如此，等等。对了，这仿佛是一个奇特的例外——网络空间竟然掀开了讳莫如深的性。作者勇敢地挺身而出充当素材，赤裸的躯体无所忌惮地暴露在众目睽睽之下。这些大胆的图片背后，人们可以听到甩开禁忌时的快乐尖叫。可是，甩开了禁忌的性似乎不再有更多的内容。故事总是迅速地跌回习以为常的结局，一张双人床就可以轻易地接纳全部情节。

自拍神器的确把镜头对准了自己。可是，出镜的那一张脸平庸无奇，看不出什么。当我们开始对自己的表现感到失望的时候，这个简单的小机械终于制造出一个复杂的问题：除了短暂的自恋，还有什么值得搬上镜头的舞台？

《上海文学》2015年

被岁月和父亲所塑造

梁鸿鹰

　　人的一生该是岁月塑造的、相识的人塑造的，是自己塑造的。难道，不更是自己父亲塑造的吗？时间就像一把盲目的刀子，肆意挥舞在父亲的头上，然后是自己的头上，不论地域、时间与人种，再傲慢的人都逃不过这把刀子的砍杀。

1

　　2016年3月，西班牙作家哈维尔·塞尔卡斯因小说《骗子》获"邹韬奋年度外国小说奖"，他在颁奖仪式上说，我们对承认自己的本来面目断然拒绝。我们能够不厌其烦地说"是"，却永远怯懦地不敢说"不"。我们所有人都扮演着一个角色，正如舞台上的演员一样，我们都是，也都不是我们本来的那个人。

　　他说得很有道理。我们都是戴着面具生存的，这是生活赋予的，也是自己无意中接受的，不管是在与自己的家人，还是与素不相识的旁人，我们摆脱不了"扮演"的宿命。每个"扮演"自己的人，首先都要遇到自己的父亲，在对世界进行探究的时候，先探究自己的父亲，反思与自己父亲的关系，会导致许多意想不到的结果。

　　父与子是世界话题，是世界文学史上那些留存久远的桥段，让儿子们找到掩盖自己的借口，或者在反叛中获得些许虚荣。在人类历史上，这对关系的探讨，纠缠了许多，美化了许多，每个人与他人的体验是那样的相近，但却往往获得截然相异的诠释，相较于世界的另一半——女性，母与女的话题则失去了许多发言机会。

我从哪里来、要到哪里去？每当他在早晨照镜子的时候，总会自己问自己一次：你是谁？这人真的是你吗？你是父亲的儿子吗？头发如父亲般变灰变白，脸上像父亲那样，有的地方塌下去、有的地方鼓起来，身上该凸起来的凹下去了，该圆润的却支棱起来了。岁月除了给了胡思乱想的头脑，也给了不争气的肚腩。

而且，他沮丧地发现，自己和晚年的父亲越来越相像。这一个自己最不想看到的局面，猝然地、宿命地出现了，令他无可辩白。去年有天他去照标准像，取回来吃了一惊，与自己父亲墓碑上用的那一幅出奇地相像——微胖的脸，短头发，目光直视，嘴边略带嘲讽的笑容，像得让他无法躲藏，像得让他被迫接受不想接受的事实。

他这才意识到，父亲的优点、父亲的毛病、父亲走路的步态，包括说话时不时出现的别人听不清楚、咳嗽时努着劲的声响，出门儿就想往地上吐痰的毛病，以及越来越喜欢吃面食、酸汤，吃饭坐不踏实，吃两口就要离桌溜达两圈，等等等等，如影随形，移步换形，都被百分百地移换到了自己的身上。他明白自己终究是父亲的儿子，如同曹禺话剧《雷雨》中繁漪对周朴园的儿子说的那样。

他还想起，早年自己就做过很多以父亲的名义、执行父亲使命的勾当，"以父之名"原来大都是在父亲无力执行一些不合理的、不人性的职责的时候。

2

对于他所遗传于父母的这张长脸，他经常在镜子面前久久盯望，从中可以看到他们的笑容，眉眼走向和说话时嘴唇的角度，难道我们还有在遗传上的遗漏吗？我们还加以修改吗？望着墓碑上父亲那张脸庞略微发圆、发胖的轮廓，他当时有些不相信，这与他平时见到的长脸型、尖下巴的影像是有很大的反差的呀。

为什么过了六十岁就发生了这样的改变？待他五十岁那年由于工作需要照标准像的时候，这才发现，自己的脸好像一下子发福了，变圆了，变丰满了。变得与父亲那张照片如影随形。只有气色的不同、肤色的差距，没有大轮廓和气象的不同。他拿到照片被惊讶得无话可说。

他被击中了内心一块柔软的地方。自小就想与父亲保持距离，不想遗传他的行事作风、语言思维方式、生活习惯。尤其是那张他过于熟悉、不想复制过来的面庞。但还是失败了。

他明白，自己是父亲的儿子，必须百分之百地接受他的基因，这一点上无可逃遁，没有死角。自从得出这个结论之后，他开始变得易于烦躁、悲伤、沮丧。

歌德说："我们赞同的东西使我们处之泰然，我们反对的东西才使我们的思想获得丰产。"他发现自己生命中有个时时要热爱、发现并反思的父亲，赞同或反对经常使他纠结。他一直想给自己交代一个使命，给自己打气，好与父亲有所差距，但直到发现与自己父亲这张不太相像的照片的相像之后，变得无能为力地沮丧，益发感到宿命的力量。因为这是一种确证，是一种无处可藏的接纳，不得不全盘、毫无保留，是真正的宿命。

其实这种宿命他很久以来就有的，有两件事给他印象最深。一件是妹妹初恋择偶的时候，奉父亲的命令，他去说服妹妹放弃她那次不理智的、在大人看来没有前途和不划算的婚前演练。他完全以一种家长的口吻、立场、态度向妹妹灌输那套陈腐、僵化与一本正经的说辞，从不给家族丢脸，考虑门当户对，有里儿有面儿的人才最合适等，不厌其烦地唠叨。一个驯服的说客，充当父亲的代言人居然轻车熟路，完全不顾妹妹的茫然、困惑和不解。此时的他，由妹妹的同盟、伙伴甚至密友，一下子变成了一个长辈、说教者，成了自己年龄的叛徒和敌人。他以与自己年龄不相称的成熟，拿出了光宗耀祖、不给家族丢脸、做个争气的好孩子等利器，使劲刺向了妹妹，完全忘记了自己只比她大一岁。

当他滔滔不绝、口若悬河地完成这一套陈腐理论铺陈的时候，他脑海涌出了曹禺先生话剧《雷雨》中的那句著名的台词——"你终究是你父亲的儿子"。

虽说妹妹的这场恋爱还没怎么开始就无疾而终，而且也没有造成任何遗憾，但这件事情证明了他与父亲在角色、价值、步调上的承传，他没有违逆，他依样画葫芦地执行了父亲的所有指令。当妹妹掉下眼泪，表示不解，试图反抗的时候，他也没有停止使命的完成。

但从来事情都最易于从内心攻破，或许妹妹摸透了他的角色和特点之后，在若干年后再次谈恋爱时，先从哥哥下手。在父亲尚未推行他的阻止计划的时候，已经把小伙子带到了哥哥的面前，小伙子显然机灵过人，进门就往他口袋里塞烟。一盒价值不菲的"凤凰"烟，让刚学吸烟的哥哥无法推却，下不了手。"不"字说不出口。小伙子比他大两岁，但一口一个"哥"地叫着，更让他产生飘飘然的感觉。小伙子农村出身，这当然是"家族"的大忌，但这次没有攻破。

<h1 style="text-align:center">3</h1>

还有一件"遗传"的铁证发生在他的身上。在孩子还小的时候，他有一次对妻子发脾气，向妻子大吼——当时他意识到，自己带口音的普通话用词和声调居然与父亲当年对妈妈呼喊出的一样一样，几乎不失板眼地依样复制——"滚屎开吧""我才不尿你呢"。

还有孩子小的时候，当他训斥不利，居然喊出了"一个逼兜拍（pie上声）死你"这样的话。让他吃了惊。因为孩子在北京出生，根本不知道"逼兜"的意思就是耳光。他们茫然、无解、不理，不知道爸爸说的是什么。只有自己知道这来自父亲的恶劣遗传——固执、不像样、不上档次。

还有他的步态，不时驼着背走路，说话的时候，一只脚放在另一只脚前面，以及他的口味、他早年的嗜烟。

舌头上遗传更是铁证，让人老老实实地投降，无法有丁点儿抗拒。唯独喝酒这一条没有传到他身上。传下了他喜欢醋、蹲着吃饭这两条。儿子不喜欢醋，他们是吃麦当劳、必胜客、肯德基长大的，西化得厉害，醋至今拒绝。但愿意蹲着吃饭被一个儿子传到手了，这一点他都自愧弗如。

他至今引以为憾的是可能没有从母亲那里遗传到什么。母亲给他留下的印象也太微弱了，可能相处时间太短，而且也时间晚。对她的短处、毛病、缺点了解并不多。她去得早，给他保留了过多的良好的那些方面。她确定是个完美的母亲、女儿、教师和故事讲述者。但这些角色她都没有履行好，没有履行完。她作为故事讲述者是出色的，这一点深深地影响了他的人生。母亲生命过于的短促，养病就是她的人生，占去了人生的绝大部分时间，使她成为家庭、职业等诸多角色的缺席者、落伍者。这是他一生中的另外大话题。

当然，对父亲的违逆，他有些时候是有成功的记录的。一次与父亲吵架，他说了一句令父亲张口结舌、颜面大失的话。当时情况是这样的，妹妹学习向来不好，高中也没有读下去。这对以书香门第为傲的父亲是个巨大的打击，是个令他郁闷的心病。但儿子的"榜样"让他挺直了腰。由于儿子在求学、读书、就业等方面的表率作用，使父亲成为小城亮点突出之所在，父亲为此陶醉了一辈子，在朋友圈里风光了一辈子。

有次谈到妹妹学习一直上不去，学不进去，没有出息，他认为家庭环境影响很大。父亲不解地问："那你是怎么回事？"他说："我是战胜了干扰才做到的。"父亲大怒："什么话，我怎么干扰了？"他第一次表现得硬气十足，回嘴说："你回家就喝酒，一喝一晚上——中午也喝，家里老是坐着很多人，聊天、猜拳、瞎扯，能有学习的气氛吗？"忘记父亲怎么说了，只记得他边抽烟边喝酒，脸涨得紫红，眼睛瞪得老大，屋子里的空气登时紧张起来，热得难以忍受，父亲的脸上面浮现着的不满、困惑、羞愧、惊讶混杂在一起，纠缠在一起，难分难解，难言难说。这次一来一往的谈话，撕裂了父与子心里的很多东西，捅开了他们之间隔膜已久的那张纸，自此蒙上了一层小小的阴影。但倒也没有造成什么后果。

他向来是个好儿子、好学生、好干部。这三个"好"令父亲享足了荣耀。他的自豪是实打实的，是持久的，圈里圈外有口皆碑。而现在他这句话，把作为父亲的骄傲、口碑、荣耀的一角揭了起来，掀开了只有彼此才知道的隐秘一角。原来这种声誉居然来自违逆、抗拒、排斥，这是父亲万万没有想到的。

实情真的是这样。父亲的生活方式非常糟糕。烟、酒是他的生命和生活方式。他每天抽三四盒烟，每天花在饭桌上的时间超过一般人的三四倍，时间被他挥霍得太多了。早饭是边吃边喝边抽烟。烧麦、馄饨、豆腐脑，样样油大、味重、滚烫，吃一两个小时是常事儿。中午回家吃饭还要喝，而且进门就开喝，凉菜、酱豆腐、白酒、浓茶、香烟。蹲在沙发上，喝到饭热端上来，总得一两个小时吧，吃喝完倒头便睡。晚上回来吃饭，照样重复中午的程序，只不过时间拖得更长，微醉之后上床。

而在更多的时候，晚上是聚会，是聊天，是流水席。把朋友、同事聚在家里，下班开始喝起，一直喝到半夜。猜拳、聊天、劝酒、抽烟，大呼小叫，此起彼伏，其乐无穷。一个月里家中这种事情可以发生五六次，甚至十几次。这对正处于成长中的他、妹妹、弟弟能有好的影响吗？

但从另一个方面看，这对他成了好事情。就是逼着他从小立下志向，许下个决死一拼的愿望——永远离开这个家，与这样的生活方式彻底决裂——永远离开这个地方，与这些推杯换盏、吃吃喝喝的生活气氛划清界限。这样一个最浅俗、最本能、最隐秘的信念，支撑着他奋发图强，埋头看书，埋头钻研，就是为了考好成绩，到大城市去生活。而不像父亲所想象的那样，是有什么大志向、有大追求。相反，父亲的生活方式、父亲的啸聚八方、呼朋引伴让他厌烦，使他痛恨，也使他奋起。使他获得和积攒了巨大的力量，最终使他对父亲的违逆获得了成功。

每逢假期他就迫不及待地到亲戚家，十八岁离开父亲到外地复读，十九岁到省会求学，然后到首都工作，永远离开了父亲生活的那块过于熟悉，熟悉得有些痛恨的地方。

地域上是真正离开父亲了，但情感并没有甩掉父亲，思维没有离开父亲。父亲如影随形，以强大的基因，在他完全意识不到的时候，在他的意志之外行使着权力，猝然无防地掌控着儿子，令儿子时时感到抵抗的软弱、狡辩的无力。

4

父亲，直到他的父亲从巨大的烟囱里飘走，都没有让他彻底猜透。他自以为足够了解父亲，其实不然，他至今不敢揭开父亲心里的那些幽暗的深处，去探个究竟。因为自己内心也躲着个野兽，要伺机挣脱牢笼，要摇摇晃晃地出来发飙、觅食、吃肉。

早年的时候他认为父亲无所不能，父亲就是自己的敌人，父亲阻止年幼的自己实现任何意愿，他行使着至高无上的权力而完全不顾作为儿子的心愿。后来一切都发生了逆转，父亲变为弱势。

德国浪漫派诗人诺瓦利斯有句话说得好，"即使听了相同的故事，每个人的体验，也都大为不同"。写下这些东西，希望唤起别人感同身受的阅读热情，但结果并不一定会如愿。

现在连自己也快成了老父亲，儿子们会探究自己吗？他经常问自己。但答案可能是唯一的——肯定会。

《十月》2016年5期

把油灯点亮

苏沧桑

在雨声里，水碓声并不清晰。我先是看到了它的样子，静静躺卧在南方冬天依然青绿的田野中，石桥下，芦苇岸边。溪流卷起巨大的水轮，带动碓木和碓锥一起一落，捣在青石臼里，发出"咿——呀——咚——"的声音，混合在细密急促的雨声里，像古琴声在贝多芬田园交响曲的高潮部分里泅渡，低沉缓慢的音符，不细听是听不见的，听见后，听觉便跟着它走了。古人描述的"碓声如桔槔，数十边位，原田幽谷为震"，显然是很从前很从前的情景了。

若有若无的水碓声中，我与善根不期而遇。这是2017年年初，江西上饶东阳乡龙溪村空无一人的村口，我从村外的农耕馆出来，打着伞走在通往村里的石头路上时，看到他也打着伞，迎面向我急急走来。

远远看见他时，我满脑子还都是农耕馆里堪称浩瀚的农具和生活用具，几百件之多，我用手机一张一张把每一件物品都拍了下来，包括菜籽、松果、玉米种，我想随时翻看无数村庄正在远去的日常。曾经被视为神器圣物的农耕器具，正在被岁月抛弃，尽管上一秒还沾着泥土和肥料的气息，汗水或鲜血的咸味。龙溪村姓祝的村民们捐赠农具时，心里是怎么想的？舍得吗？还是无所谓？甚至因为手头有了更便利的电动工具而高兴？我想应该是后者，假如我是一个村民，或这个村民的亲人，也会高兴。

石头路上，唯有我和他。初冬的田野像初春那么清新，大地盛开着无数绿色花朵，是一些蔬菜和一大片即将在两个月后开花的油菜。唯一的一座水碓响在石头路的左侧，然而大地上一切播种发芽、丰收加工，都已与水碓没有任何关系，它不再是工具，而是作为一道景观存在，水轮像一只巨大的眼睛，看着田野上蓬勃的农事，它成了局外人。离它不远的农耕馆，灯光下陈设的农耕器具、生活用具，也像一只只眼睛，隔着玻璃与游人、与孩子们对视。镰刀锄头已经生锈，像老人黯淡的目光，与泥土、稻谷再也无缘了，像绝大多数村庄一样，再也听不到水牛背上的牧笛了。

他花白的头发很短很齐，也很硬朗，像他的身板。他六七十岁，中等个子，古铜色的皮肤，端庄的五官，气质不像一个农民。我抬头看看他，他也看看我，又低头走。即将碰面时，我又抬起头看了他一眼，发现他也抬头看了我一眼，我笑了，他也笑了。此时，薄暮已经笼罩村庄，应该是做晚饭的时辰了，匆匆往村外走的老人，是去农耕馆吗？他去干什么呢？

擦身而过时，我说：老人家，你好！

他马上说：你好你好！

天都快黑了，你去哪儿呀？

我到农耕馆去，我要去锁门。我去锁了门，再到祝家祠堂给你们讲解。

在田埂上，我们停下来攀谈了几句。我刚刚恋恋不舍离开的农耕馆，和他果然有关系，他是看门人兼讲解员。他叫祝兴华，七十多了，是村里唯一的管理员，负责祝家祠堂、文昌阁、江浙社、农耕馆这四个地方。每个月五百元工资。他干过农活，教过书，当过铁道工，染过布，老了回了村里。他还有一个名字叫"善根"，是奶妈取的。

我也就是帮帮忙的。没有人管了，年轻人都出去了，就剩下老人家了。

那些农具有你家捐的吗？

有啊，那个装线的箩筐就是我捐的，我祖母用过的。那个书箱，是我太公用过的，他乾隆年间考上过进士。其他都是一百多个村里人捐的。

你每天都要来吗？周末不休息吗？

每天都要来，不来不行的。

老伴呢？

老伴在家烧饭，我工作还没完成，不能回家。

他的语气里，有捧着烫手山芋扔不得的焦急无奈，又明显有一份自豪。

与他道别后，我沿着溪流往村里走，水碓声在我身后渐渐消失。自汉朝起，南方北方，几乎所有有水的村庄都会有水碓声，加工粮食，碾纸浆，捣药、香料、矿石，夜深人静时，水碓房的油灯下，总是晃动着一个个劳作的身影。不久前，我去过千年纸乡温州泽雅，看到竹林间掩映着四个连在一起的水碓，是人们用来捣竹浆造纸的。水碓房里席地坐着一位白发老人，溪水在长满青苔的水轮间跳跃，汩汩有声，飞散的水珠在阳光下叮咚作响，水碓轻捣着石臼里的竹片，发出"咿——呀——咚——"的声音，山谷里回荡着无限诗情画意。然而那位老人只是在展示，而不是生产。此刻，我脚下的东阳曾是三省交界加工粮油的首选地，集舂磨碾榨功能为一体的大型水碓方圆百里首屈一指。而此时，石臼里并没有作料，近听，就能听清一声声空捣声，粗粝，坚硬，像一个空巢老人冬夜里的干咳，听起来有点痛。

一个金黄色的大草垛，立在农耕馆外，应该是刚刚收割后的稻草堆成的。刚才，我把整个身子都靠了上去，果然闻到了浓浓的湿湿的稻草香，那一秒，我觉得回到了记忆深处的村庄、想象中的村庄。龙溪村以血缘关系聚族而居，自古诗书继世、耕读传家。一个古老的村庄，一座桥，一条溪，半面断墙，一棵樟树，一个草垛，一大片油菜，两间青砖灰瓦的矮屋，一个美轮美奂的祝氏宗祠，一个气势不凡的文昌阁，一个仍然萦绕着喧哗声的江浙社，一个静谧的观音阁，田野间响彻着水碓声声，人们的血脉里浸染着翰墨书香，这是我梦想中的桃花源的模样。

可是，我不想怀旧。真的。假如我是一个农家妇女，像善根媳妇那样地道的农家媳妇，我为什么要怀旧呢？如果回到从前的从前，我和大多数女人一样，天没亮就得起床，蓬头垢面，挑水烧火做饭，忍着饥寒将谷子挑到村外的水碓房碾米，顶着烈日扛着笨拙的农具去田里劳作。上树采摘的皂角怎么都洗不尽衣服上的油垢，头发里长着虱子，没有擦脸油，甚至没有手纸……一场微不足道的小病就会轻易夺走自己或亲人的生命，怀胎生子更是过鬼门关。现实生活中一个极细微的便利，哪怕洗个热水澡，都要付出繁重的劳作。

在遥远的美洲，生长着一种外表极美的箭毒蛙，只有指甲那么大的母蛙担心蝌蚪在快干涸的水洼里死去，会将蝌蚪背在背上，开始史诗般的迁移。它从水洼出发，爬行一公里后攀爬到一棵大树上，找到凤梨植物叶子形成的完美的小水池，把蝌蚪放下，又回去背第二只蝌蚪，直到将六只蝌蚪一一安放在不同的小水池里。没有食物，它向水里排一个未受精的卵作为食物，隔几天就回来排一个。日日夜夜，它在马拉松式的漫漫长路上奋力攀爬，废寝忘食，让我想起自古以来乡野中的一代代母亲，如同箭毒母蛙一样，在无比艰辛的漫漫时光里攀爬，花容月貌迅速枯萎，脊背早早弯曲，指甲里总是藏着黑黑的泥垢……都说从前慢从前好，其实错的不是现代科技的进步，而是人心不古——忘本，贪欲，不耐心，不实诚，不再信奉一分耕耘一分收获。

水碓声在身后消失的一霎，我听到了一个乡野女子如释重负的叹息。每一个农人，都希望日子是轻快的、美美的，也想住高楼、装空调、开轿车、去旅游，有什么义务为我们城里人保留贫穷落后、保留所谓的诗意呢？时光的钟摆亘古不变，叫我们安常处顺，不必为一些注定消逝的事物伤感，并非只有通过水碓声，人才能接得上地气，记得住乡愁。有时，只需把心里搁置已久的油灯擦一擦，点亮。

2017年的第一场雨里，我与善根挥手告别，去跟同伴们会合。善根说，快点跟上他们哦，村子很大的，不要迷路了。

《人民日报》2017年

长安陌上无穷树

李修文

　　病房里的岳老师和那个七岁的小病号之前互不相识。我只知道他们一个是一所矿山子弟小学的语文老师，但是由于那所小学已经关闭多年，岳老师事实上好多年都没当老师了；一个是只有七岁的小男孩，从三岁起就生了骨病，自此便在父母的带领下，踏遍了河山，到处求医问药，于他来说，医院就是学校，而真正的学校，他一天都没踏足过。

　　在病房里，他们首先是病人，其次，他们竟然变作老师和学生。除了在这家医院，几年下来，我已经几度和岳老师在别的医院相遇，一个四十多岁的中年女人，早已被疾病和疾病带来的诸多争吵、伤心、背弃折磨得满头白发。可是，当她将病房当作课堂以后，某种奇异的喜悦降临了，她那终年苍白的面容上竟然现出一丝红晕。每一天，只要两个人一输完液，一刻也不能等，她马上就开始给小病号上课。虽说从前她只是语文老师，但在这里她却什么都教，古诗词、加减乘除、英语单词……为了教好小病号，她甚至要妹妹带来一堆书。

　　中午，每当病人和陪护者挤满病房之时，便是岳老师一天之中神采奕奕的时刻——她总是有意无意地提出许多问题来考小病号。古诗词、加减乘除、英语单词……什么都考。最后，如果小病号能在众人的赞叹中结束考试，那简直就像有一道神赐之光破空而来，照得她通体发亮。但小病号毕竟生性顽劣，只要病情稍好，就在病房里奔来跑去，所以，岳老师的问题他便经常答不上来。比如那两句古诗，上句是"长安陌上无穷树"，下一句，小病号一连三天都没背下来。

　　这可伤了岳老师的心，她罚他背三百遍。很奇怪，无论小病号背多少遍，那句诗就好像在他的身体里打了结，一到考试的时候，死活都背不出来。到最后，连他自己都愤怒了。他愤怒地问岳老师："连医生都说我活不了几年了，还背这些干什么？"

说起来，前前后后，我目睹过岳老师的两次哭泣，而这两场泪水其实都是为小病号流的。这天中午，小病号愤怒地问完，岳老师借口去打开水，到了走廊，就开始大哭。说是大哭，其实并没有发出声音——她用嘴巴紧紧地咬住袖子，一边走，一边哭。走到开水房前，她没有进去，而是靠在潮湿的墙壁上，继续哭。

哭泣的结果，不是罢手，反倒要教小病号更多，甚至，跟他在一起的时间也更多。她自己的骨病本就不轻，自此之后，我却经常见她跛着脚，跟在小病号后面，给他喂饭，让他喝水，还陪他去院子里，采一朵叫不出名字的花回来。送君千里，终有一别——小病号的病更重了，他的父母已经决定，要转院去北京。听到这个消息后的差不多一个星期里，她夜夜难眠。

深夜，她悄悄离开病房，借着走廊里的微光，坐在长条椅上写写画画。她跟我说过，她要在小病号离开之前，给他编一本教材。这本教材上什么内容都有，有古诗词，有加减乘除，也有英语单词。

这一晚，不知何故，当看见微光映照下的她时，我不由得哽咽了：无论如何，这人世，终究值得一过——蜡烛点亮了，惊恐和更加惊恐的人聚拢了。聚也好散也罢，都只是一副皮相，一场开端。生为弃儿，对，人人都是弃儿——被开除的是生计的弃儿，离婚的是婚姻的弃儿，终年蛰居病房的是身体的弃儿——同为弃儿，迟早相见，迟早离散。但是，就在聚散之间，背了单词，再背诗词，采了花朵，又编教材。这丝丝缕缕的不光是点滴的生趣，更是真真切切的反抗。

其实，是反抗将我们连接在一起。在贫困里，认真听窗外的风声；在孤独中，干脆自己给自己造一座非要坐穿的牢房；在反抗中，我们变得可笑、无稽甚至令人憎恶。这就是人人都无法逃脱的命运。

但是，有一件事情足以告慰自己：你并不是什么东西都没有剩下，你至少而且必须留下反抗的痕迹。在这世上走过一遭，唯有反抗，才能留下最后的尊严。就像此刻，黯淡的灯光反抗着漆黑的后半夜，岳老师又在用写写画画反抗着所剩不多的时光。她要编一本教材，让它充当线绳，一头放在小病号手中，一头向外伸展，伸展到哪里算哪里。最终，总会有人握住它。到了那时候，躲在暗处的人定会现形，隐秘的情感定会显露，如河水般，涌向手握线头的人。如果真的到了那时候，疾病、别离、背叛、死亡，不过都是自取其辱。

夜快要结束的时候，岳老师睡着了。我没有叫醒她，护士路过时也没有叫醒她，她迟早会醒来——稍晚一点，会起风，大风撞击窗户，她会醒来；再晚一点，骨病会发作，疼痛使她惊叫一声，再抽搐着醒来。醒来即是命运。这命运也包含着突然的离别。一大早，小病号的父母就接到北京医院的消息，要他们赶紧去北京。如此，他们忙碌起来，收拾行李，补交拖欠的医药费，再去买火车上要吃的食物，最后才叫醒小病号。当小病号醒来时，他还不知道，一个小时之后，他就要离开这家医院了。

九点钟，小病号跟着父母离开了。离开之前，他跟病房里的人一一道别，自然也跟岳老师道别了。可是，那本教材，虽说只差一点点就要编完，终究还是没编完。岳老师将它放在小病号的行李中，然后捏了捏他的脸，跟他挥手。如此，告别便潦草地结束了。

哪知道，几分钟后，有人在楼下呼喊着岳老师的名字。一开始，她全然没有注意，只是呆呆地坐在病床上不发一语。突然，她跳下病床，跛着脚，狂奔到窗户前，打开窗子。这样，全病房的人都听到小病号在院子里的叫喊声。他扯着嗓子喊出来的竟然是一句诗："唯有垂杨管别离！"可能怕岳老师没听清楚，他便继续喊："长安陌上无穷树，唯有垂杨管别离！"喊了一遍，再喊一遍："长安陌上无穷树，唯有垂杨管别离！"

离别的时候，小病号终于完整地背诵出了那两句诗。岳老师却并没有应答，她正在哭泣—— 一如既往，她没有哭出声来，而是用嘴巴紧紧地咬住袖子。除了隐忍的哭声，病房里只剩下巨大的沉默，没有人上前劝说她，人们全都陷于沉默之中，听凭她哭下去。似乎人人都知道，此时此地，哭泣，就是她唯一的垂杨。

2017年

《山河袈裟》湖南文艺出版社2017年版

敬告作者

为了保护有关作者的合法权益，我社曾多方联系本套书所涉及作者以便洽谈版权事宜。但遗憾的是，由于种种原因，截至本书付梓，仍未能与少数作者取得联系。现谨对尚未取得联系的作者表示歉意，并请有关作者或著作权人见书后，尽快致函作家出版社，以便及时奉寄样书和稿酬。

通信单位：作家出版社有限公司

通信地址：北京市朝阳区农展馆南里10号

邮政编码：100125

联系电话（传真）：010-65925260

图书在版编目（CIP）数据

新中国文学经典丛书·精选本　散文卷 / 孟繁华
主编 . -- 北京：作家出版社，2023.3
　　ISBN 978-7-5212-2187-9

　　Ⅰ . ①新… Ⅱ . ①孟… Ⅲ . ①中国文学 – 当代文学 –
作品综合集 ②散文集 – 中国 – 当代 Ⅳ . ①I217.1 ②I267

中国国家版本馆CIP数据核字（2023）第020041号

新中国文学经典丛书·精选本　散文卷

总 策 划：吴义勤　路英勇
主　　编：孟繁华
出版统筹：汉　睿
责任编辑：翟婧婧
装帧设计：天行云翼·宋晓亮
出版发行：作家出版社有限公司
社　　址：北京农展馆南里10号　　邮　　编：100125
电话传真：86-10-65067186（发行中心及邮购部）
　　　　　86-10-65004079（总编室）
E-mail:zuojia@zuojia.net.cn
http://www.zuojiachubanshe.com
印　　刷：唐山嘉德印刷有限公司
成品尺寸：152×230
字　　数：400千
印　　张：27
版　　次：2023年3月第1版
印　　次：2023年3月第1次印刷
ISBN 978-7-5212-2187-9
定　　价：68.00元